U0682293

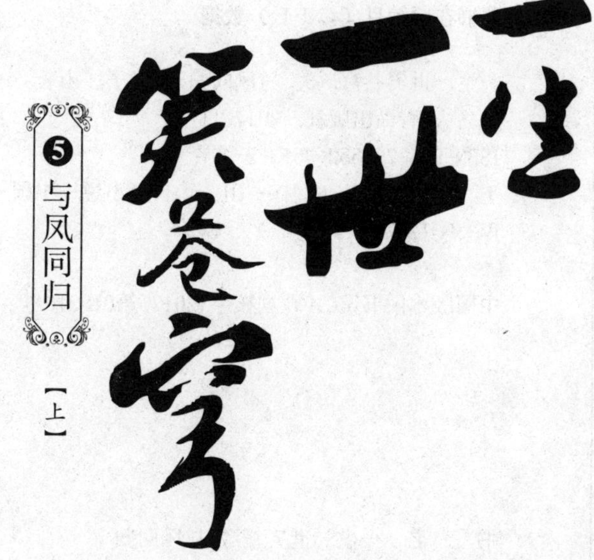

君子江山 作品

青岛出版社
QINGDAO PUBLISHING HOUSE

图书在版编目（CIP）数据

一生一世笑苍穹．5，与凤同归 / 君子江山著．--
青岛 ：青岛出版社，2017.11
ISBN 978-7-5552-3513-2
Ⅰ．①一… Ⅱ．①君… Ⅲ．①长篇小说－中国－当代
Ⅳ．①I247.5

中国版本图书馆CIP数据核字(2017)第018216号

书　　名　一生一世笑苍穹5与凤同归
著　　者　君子江山
出版发行　青岛出版社
社　　址　青岛市海尔路182号（266061）
本社网址　http://www.qdpub.com
邮购电话　010-85787680-8015　13335059110
　　　　　　0532-85814750（传真）　0532-68068026
责任编辑　郭林祥
责任校对　耿道川
特约编辑　崔　悦
装帧设计　李红艳
印　　刷　北京海石通印刷有限公司
出版日期　2017年11月第1版　2017年11月第1次印刷
开　　本　16开（700mm×980mm）
印　　张　34.5
字　　数　550千
书　　号　ISBN 978-7-5552-3513-2
定　　价　59.80元

编校印装质量、盗版监督服务电话　4006532017　0532-68068638
建议陈列类别：畅销·现代言情

CONTENTS

目录

【上】

目录

【下】

CONTENTS

第一章

哪来的野鸡，随便给自己加戏

噗！洛子夜险些喷了！她扫了一眼洛小七，问："你的意思是，爷是武修篁的妹妹，还是他女儿，或者是他姑姑？"

如果是同辈，她也许会考虑去认一下，让武琉月和武项阳对自己尊重一点儿。如果自己的辈分比武修篁还高，是他姑姑，那简直就更完美了。但如果自己是武修篁的女儿辈，那还是算了吧！

那个老不修，自己以后还要管他叫爹？！请不要跟她开这种玩笑！

洛小七的嘴角下意识地抽搐了一下，武修篁的姑姑？她能想到自己是武修篁的妹妹，他就觉得她真的太奇怪了，她居然还能丧心病狂地想到，她是武修篁的姑姑？嘴角抽了几下之后，他沉吟着开口道："嗯……应该是女儿吧！"

洛子夜立即嫌恶地摇头："这个玩笑不是很好笑，我对这个故事不感兴趣了！"

她大步往前走，阿记有点儿着急地说了一句："可是你的母亲是希望你知道的呀，她要是知道武琉月占了你的位置，当了这么多年的公主，还经常教唆武修篁来打你，你母亲是会很难过的，难道你就不想让你九泉之下的母亲安心吗？"

洛子夜登时沉默，九泉之下的母亲是怎么想的，洛子夜没有多在乎，毕竟她并不

是真正的洛子夜，但是想想自己占据了洛子夜的身体，听一听也是一种责任不是？尤其对方还谈到，武琉月占据了自己的位置？

她顿住脚步，看了一眼不远处的一片小树林："那好吧，我们过去躲在那边说！"

阿记也没说什么，赶快跟着她一起往小树林走！这种感觉其实也是怪怪的，不知道的还以为他们要去小树林里面干点儿什么见不得人的事儿。

走进去之后，他们很快便看见了一汪湖泊。月光映照在宁静的湖面之上，泛出粼粼的波光，还挺好看的。

洛子夜瞅着景色也是顺眼的，时机也是没什么不妥的，对面的这两个人也都是自己的人，于是才放心大胆地道："你说吧！"

在外在环境一切都过关的时候，再听一点儿自己不能忍受的事，听起来或许就没有那么难挨。洛子夜微笑着想。

阿记看着洛子夜的样子，心里毛毛的，但还是将话都说了："是……是这样的。我母亲当年，是端木府邸的一名侍婢，当年随同伺候端木家的家主去狩猎，那时候是多国一起狩猎，也就遇见了水漪公主。彼时，水漪公主已经是龙昭皇宫里面最为得宠的皇妃，无论是谁让她皱一下眉头，龙昭的皇帝陛下都会让对方掉脑袋的……"

洛子夜忍不住吹了一个口哨。武修篁对那个水漪公主这么好，说明这完全就是真爱啊。这个老不修这么欠扁，果然上天也惩罚他，让他失去了自己深爱的女人。难怪武修篁这么惹人讨厌，这都是失去深爱的女人之后，心理扭曲导致的啊，她觉得以后对这个人得多一分同情，少一分鄙夷！

但是，当她听了阿记之后说的话，她就觉得没那么值得高兴了。阿记继续道："那时候水漪公主说，我母亲很合她的眼缘，就时时让我母亲入宫陪伴她，约莫三个月，母亲就会去一趟龙昭的皇宫，面见水漪公主。也因为水漪公主，我母亲被凤溟的先皇封为一品诰命夫人，在端木府邸也非常受重视。母亲从一个卑贱的侍婢到一品诰命，算得上扬眉吐气了，于是她对水漪公主也十分感激！"

她这话说完，洛子夜点点头，示意她继续说下去。

而阿记也很快继续道："后来，母亲就得到了端木家家主……嗯，就是今日谋反的端木堂之父的宠幸，母亲几乎是和水漪公主同时怀上了孩子。那一日，水漪公主要生了，而母亲亦然，两个人在同一个晚上生了……”

“后来孩子被换了？”洛子夜很顺畅地接了下去。

阿记嘴角一抽：“差不多！只是并不是那时候换的，洛肃封的人将水漪公主的孩子偷了出去，把我母亲的孩子交给了她。洛肃封用那个襁褓中的婴儿，逼她离开武修篁，甚至跟随她回天曜，并且威胁她此事只字不能对武修篁提及！”

“武修篁那么厉害的人，自己心爱的女人生的孩子，被人家给换了他都没注意？”洛子夜的语气里带着鄙视！

阿记倒是摇了摇头：“这是一个局，当年洛肃封亲自去了龙昭，并且闹得很大，武修篁不得不去找他，宫中的皇后也早就是洛肃封的同党，两人合谋才做成了这件事情！”

洛子夜点点头：“那……后来呢？洛肃封将你母亲的孩子给水漪公主的时候，她们两个知不知道此事？”

“都是知道的！”阿记继续说，“洛肃封知道母亲和水漪公主感情好，便刻意拿母亲的孩子做文章，告诉水漪公主如果对武修篁说了这孩子不是他的，而是母亲生下的，就犯了混淆皇室血统的大罪，是会害死这个孩子的，所以水漪公主更不敢提孩子被抱走的事情。母亲怕自己的孩子会死，也只字不敢说！”

看来这部戏还挺大，洛子夜有点儿听蒙了，道：“你继续说！”

阿记点点头：“后来的事情，就是许多人都知道的了，水漪公主在皇后的帮助下，逃出了皇宫。那一日也正是立后大典，武修篁想要册封她为皇后。这正是人最多的时候，也最混乱，她就离开了。临走之前，她悄悄交给我母亲一本札记，让母亲将札记交给武修篁，说他看过之后就会明白一切。但当夜武修篁追出皇宫时，在郊外拦截到了洛肃封和水漪公主，他很生气，跟洛肃封缠斗在了一起……”

嗯！洛子夜点头，心想：这是很正常的。心爱的女人跟别的男人跑了，任谁都会生气！更何况是武修篁那样好面子的人，估计都气炸了！

阿记继续道：“母亲知道了这件事情，跌跌撞撞地跑去了当年他们交战的地方，可是只看见最后一幕……武修篁一剑即将杀了洛肃封，可边上的水漪公主上去，替洛肃封挡下了！后来，水漪公主就死了……”

她说着这话，一直小心翼翼地观察洛子夜的脸色。然而，直到她说完，也没有看出洛子夜有丝毫情感变化。

这下，阿记就放心了，继续道：“水漪公主是天曜的人，她在临死之前逼武修篁发誓，他在位之年不得动天曜分毫。水漪公主还说自己要回到故乡，所以她的尸身当年被洛肃封带走了。这就是为什么武修篁这些年一直云游四海，却始终没有考虑过一统天下！”

洛子夜继续点头，当年的事情听得差不多了，那这事儿跟她的关系呢?

阿记又小心翼翼地看了她一眼：“水漪公主还告诉武修篁，一定要好好待他们的女儿，其他的还没来得及多说，就去世了。她大概也不担心什么，毕竟所有的事情，她都写在札记上了，只要母亲将札记交给武修篁，凭借他的本事，一定能将真正的龙昭公主追回来，倘若洛肃封想安然带着洛水漪的尸身走的话，也一定不得不做出这样的妥协！但是……”

洛子夜瞟了她一眼：“但是那本札记，你母亲没有给武修篁，对不对？”

阿记点了点头，脸上流露出羞愧之色：“对！母亲还没来得及上前，就被端木家的人拖走了。端木家的人威胁母亲，如果想要自己的孩子活命的话，就什么话都不许说！他们还夺走了……夺走了母亲手中的札记，并将之交给了洛肃封，换了不少好处！”

“你母亲怕她自己的孩子出事，于是就真的隐忍了一切，什么都没有多言？”其实这样做，也无可厚非。当年阿记的母亲怎么选择，都不为过。是讲义气，还是讲亲情，相信哪个女人在做出选择的时候，心里也一定觉得非常折磨。

阿记点点头：“是的！就是这样！所以武琉月不是武修篁的女儿，也不是水漪公主生的。这一点是可以确定的！我母亲临终之前，让我一定要找到水漪公主的孩子，将这件事情告诉那个孩子，让真正的公主回到龙昭。我就是为了这个才去的天曜，可是我并不知道那个公主到底是谁！”

“我怎么相信你的话是真的？”洛子夜瞟了她一眼，“而且你确定你母亲的话都是真的，而你母亲这个人，并不是热衷于看话本子，产生奇妙幻想的人吗？”

要说当年的事情是这样的，洛子夜相信，但是要把这个事儿往自己身上扯，洛子夜就不那么愿意相信了，尤其当年洛肃封抱走了洛水漪的孩子这一点。一个皇帝能够为了带走一个女人，潜入他国，说明洛肃封也是很爱那个洛水漪的，所以就算带走了对方的孩子之后，怕是也不会随便处置，但是想想这孩子又是情敌的，洛肃封肯定是又爱又恨。

所以，就出于这点，洛肃封让自己女扮男装，当了太子，没事儿就拿出来整一整？要是这样的话，其实是说得过去的！但是洛子夜拒绝接受，拒绝接受自己有一丝一毫是武修篁的女儿的可能！

"呃……"阿记沉默几秒钟之后道，"我母亲这个人还是很务实的，从来不看任何话本子！"

洛子夜撇了撇嘴角："所以你们就是发现我的年纪是吻合的，加上我在天曜那样尴尬的身份，还有洛肃封对待我的态度，推断出我可能就是那个倒霉孩子是吗？"

"是的！"阿记点了点头，不知道洛子夜为什么这么说，换作旁人一听说自己可能是龙昭的公主，应该非常高兴啊，而且还是武神大人的女儿。武神大人是出了名地护短，洛子夜为什么要说自己是个倒霉孩子？

好吧，好端端的一个公主，本来应该含着金汤匙出生，却经历了洛子夜身上的这么多事情，还经常被自己的亲爹追着打，这样看起来还真的是挺倒霉的！

说到这里，阿记忽然想起什么："对了！我有一个证据能够证明我说的话都是真的！当年水漪公主给了母亲一本札记，那个札记上面，边角的地方写了一个字，是一个'记'字。这也就是我名字的由来！母亲说，我将来讲出这件事情，无凭无据的，对方不会相信，所以特意给我起了一个这样的名字！"

洛子夜顿了顿之后，想起当初自己接触过的札记。上头的确写着一个"记"字，这一点是没有错。

阿记继续道："我只是母亲收养的孩子，母亲故去之后，我悄悄地离开了端木家，他们大概不清楚我已经知道了这么多，所以在派人追杀我没有追到之后，也没有再坚持。所以洛子夜，你大概真的就是龙昭的公主，而就算你不是，武琉月也一定是假的！"

"这话你为什么不考虑去跟武修篁说？"洛子夜看向阿记。

阿记低头："我想见洛肃封都这么难，想见武修篁不是难如登天？你以为皇帝陛下是想见就能随便见的吗？"

并不是所有人都如洛子夜这样好命，就算是被掉包了，也还是当了十几年的一国太子，还能跟如今的不少君王传出一些桃色新闻。她没有洛子夜这么好命，所以见不着皇帝陛下。

她又补充道："而且……要是让武琉月知道，我是为了什么去找武修篁，怕我还没见到武修篁的面，就先被武琉月给杀了！更重要的是，就算我见到了武修篁，他也

未必会相信我说的话，毕竟我的手上并没有任何实际的证据，而那本札记还在洛肃封的手上，那个‘记’字，我就是说了，也无法对武修篁言明真相……”

母亲怕也是看透了这一点，于是从一开始就让自己来找洛子夜，一个字都没有提要找武修篁。

洛子夜沉吟着点头：“你说的倒也是很有道理！我还有一个疑问，当初到底是谁让你煽动大家说爷只重用带去大漠的人，不重用其他人，险些逼得其他人离心的？”

“是……是我自己……”阿记小心翼翼地看了一眼洛子夜，眼珠随即转了转，接着还是决定既然都说了一个开头，就不如将事情都老实交代清楚，“我希望自己能早一点儿见到洛肃封，所以才做出这种事情。那时候你不带着我们出门，不带着我们一起去大漠，我是真的急坏了……”

阿记顿了顿：“那时候上官将军查到了我的身上，我自然不敢多说这些，于是我就随意掰扯，说是有一个人暗中怂恿我的，但是那个人是为了我好，我不能说出他是谁……上官将军大概是见我年纪小，也不像是坏人，所以也没有多加逼问……他逼问我也不会说的，我总不会随便扯一个无辜的人去污蔑人家，所以……”

说完，阿记像是怕洛子夜生气，补充道：“我只是想让你重用我们，并没有别的意思，也并没有真的想害神机营跟你离心，我……”

她说着这话，小心翼翼地观察着洛小七的脸色，要是让他觉得自己对爷是不忠心的，想必一定不会原谅自己。所以她迫不及待地想解释清楚这个问题！

姑娘家动情的眼神，洛子夜当然看得懂，怕是这小丫头这时候跟自己解释这么多，其实也就是为了莫树峰吧！洛子夜也没有多言，点了点头：“行了！爷知道了，你们两个先回去吧，至于阿记你，愿意就继续在龙啸营待着，想走的话我们也不会勉强你，开心就好！”

阿记点头：“我愿意继续待在龙啸营里面！”莫大哥是肯定不会离开龙啸营的，想陪伴在莫大哥的身边，只有继续在龙啸营待着！

洛小七却没注意到阿记的眼神，倒奇怪地看了洛子夜一眼：“爷，这件事情您就是知道了，没有一些其他的……打算吗？”

“爷应该有啥打算？”洛子夜不答反问，“第一，这件事情爷有证据吗？说武琉月是假的，武修篁就相信武琉月是假的？武琉月在他眼中是洛水漪生的孩子，他从小宠到大的，怕是旁人说武琉月一句不是，他都要生气，何况还有人说武琉月不是他女儿？”

莫树峰顿了顿，似乎想说什么。

洛子夜一看他的表情，就知道他想说什么，接着道：“阿记口中的那个‘记’字的札记，的确是在武修篁手中，但是那本札记也曾经落到爷手上过，谁知道武修篁会不会觉得，爷就是看见那个‘记’字之后，伪造了这么一个故事，离间他们的父女关系？”

“您说的也对！”洛小七点了点头。

而这时候，洛子夜又补充说明：“最重要的原因是，如果这件事情是真的，武修篁也全然相信了，可是这对爷来说，并不是什么好事儿。还是那句话，是他的妹妹或者姑姑，我还是愿意去认一认的，可是他的女儿，那就算了吧，没啥可说的！这种亲戚我一点儿都不想高攀！”

洛子夜说完潇洒地起身，走了几步之后，回头看了莫树峰和阿记一眼：“你们两个先回去

吧，有些事儿爷去确定一下！”

如果阿记的话都是真的的话，那端木堂买凶杀自己，的确是有可能的。她倒是应该不急着回

去，而是找个客栈住下潜伏着。端木家肯定不会做亏本的生意，眼下他们全部已经入狱，武琉月作为龙昭的公主，可能是他们活下来的唯一希望！

端木堂一定把希望寄托在武琉月的身上，要是这样，端木堂是真的疯了，还是假的疯了，洛子夜就持怀疑态度了。怕是不想再被多问什么，于是就干脆装疯卖傻吧？

所以，这件事情她还是确定一下为好，尽管她是不可能去找武修篁认爹的，不过就如同阿记所说，知道这件事情的真相，让洛子夜九泉之下的生母安心也好！

洛子夜大步往天牢的方向而去，没走正门，却是从屋顶上，鬼魅一样蹿过。这时连冥吟啸都以为她走了，其他人肯定不会认为她还在这里，尤其端木堂更不会这样认为。

上了天牢的屋顶，她很快就摸索到关押端木堂的地方。端木堂手脚都戴着镣铐，一脸呆滞，不断地重复着：“怎么可能……怎么可能……”

她皱了皱眉头，事情跟她料想的不太一样！她拿起边上的砖瓦，正准备盖上走人。

可就在这时候，下头有了异动，一名狱卒走到端木堂的牢门之前，看他的样子，手中并没有什么实权，因为他身上穿的衣服，并不是牢头穿的，更不像是当官的人穿的。

洛子夜顿住脚步，打算再观察一会儿。要是这会儿是他们情报交接的时候，那她就是应了一句“来得早不如来得巧”。

而下头的人终于开口了：“少主，武琉月那边回信了，让您不要着急，她已经在回龙昭的路上了，她说纵然没办法说服武修篁帮您对付冥吟啸，但是有她在，让武修篁帮忙救您一条命，是可以的……请您少安毋躁！只要活着，以后多的是东山再起的机会！”

端木堂眉梢微微动了动，那狱卒立即放心，转身大步而去。

这下，洛子夜才算是明白了，看来自己没有料错，端木堂并没有放弃找人营救他，而他们和武琉月之间，也的确是有关系的。她放下了手中的砖瓦，很快从屋顶上离开。

从屋顶上下去之后，她就放了一个信号弹，让云筱闹他们知道自己在哪里。接下来还会有很好看的重头戏，决计不能错过！等武琉月来了，无非两个选择：第一，想办法营救端木堂，对她爹死缠烂打；第二，那就是杀人灭口！

如果自己正好能将杀人灭口行动抓个现形，那么说不定还能听见端木堂临死之前，还说了些什么。

正这么想着，在夜色之中，洛子夜看见一辆马车往皇宫的方向而去。她也不知道是为啥，下意识地就往边上避了避，而此刻正好扬起一阵风，窗帘被掀起。

里头的人，正巧也往外头一看。洛子夜跟武琉月完成了一个眼神交会。她也是没想到，竟然这么巧，说遇见武琉月就遇见，她还以为自己需要等待几天呢！

武琉月也愣了愣，当即便高叫出声：“停车！”

马车之内的武修篁有些诧异：“怎么了？”

武琉月立即道：“父皇，儿臣看见洛子夜了！她就在路上，她刚刚用口型辱骂儿臣！”

“……”洛子夜承认她有一瞬间觉得莫名其妙。也不知道是哪里来的野鸡随便给自己加戏，她啥时候用口型骂她了？自己刚刚都没张嘴好吗？

武修篁一听这话，竟登时就信了。他立即下了车，果然抬头就看见了洛子夜，冷声道：“洛子夜！龙昭和帝拓的战事，就是因你而起……”

“因武琉月而起！”洛子夜热心纠正。

武修篁嘴角一抽，也不纠缠这个话题，却问：“你方才骂了琉月什么？”

“说没骂你相信吗？”洛子夜扬了扬眉毛。

武修篁面色微沉：“你觉得朕应该相信你吗？”

洛子夜和琉月一直不合，纵然武修篁深知洛子夜不是那种做了不敢承认的人，可是洛子夜这句话毕竟是影射含义，并没有明说她没有骂。

但是就这一句话，像洛子夜这样被凤无俦宠坏了的宝宝，就已经不爱听了。要是阿记说的关于她身世的推断是真的，就这样的破烂爹有啥可要的？她真的有他们家臭臭一个人就够了！他们家臭臭对她那么好，完全就可以忽视爹这回事。

洛子夜语气不太好地道：“既然你觉得骂了，那就是骂了吧！也不知道是哪里来的野鸡，随便给自己加戏。本来今天完全没有她什么事儿，却偏要犯贱说别人骂她。这大概是不挨骂心里不舒坦吧，既然这样的话就早点儿说啊，爷可以安排《皇家都市晚报》报道，有一位公主特别喜欢挨骂，邀请全天下的人一起来辱骂她，这样这位野鸡也一定非常能找到存在感！”

“洛子夜，你！”武修篁也是怒了。听洛子夜这话的意思，就是她没有骂了！但是没有骂，好好解释一下就行了，至于说出这样一番话来吗？

洛子夜双手抱臂：“爷怎样？”

她这挑衅的样子，武修篁也是不能忍了：“洛子夜，你心里清楚，你不是我的对手！朕今日也不想与你动手，你若立即向琉月认错，朕还愿意原谅你！”

洛子夜登时便笑了，人家跑来就往她的身上泼一盆子污水，她还要向人家道歉？她冷笑着看向武修篁：“爷是打不过你没错，但是有本事你就打死爷呗，打死之后，你就等着看龙啸营是如何不死不休，我家臭臭是如何跟你没完没了的吧！”

武修篁也深呼了一口气，倒是武琉月忍不住说了一句：“父皇，不如就将洛子夜抓起来，用她来威胁凤无俦撤兵！”

她这话一出，莫说是洛子夜古怪的眼神看过去了，武修篁的眼神都跟着看了过去。从国家的战略角度来讲，将敌国的人抓了，用来威胁敌国撤军或者做出退让，这是可以有的！但是，从眼下来看就很奇怪了，因为两个女孩子发生口角，其中一方的家长便抓了另外一个女孩子，还拿去威胁换好处……

这种事情大概不少不要脸的奇葩做得出来，但武神大人表示自己做不出来。

武琉月见他们两个人都看着自己，也明白了那句话的不妥，她脸色僵了僵：“我，我就是随便说说……”她心里头很清楚，父皇如今对她已经有太多不满了，如果她还不知道收敛自己的某些秉性，那么一定会在父皇的面前失心。

武神大人盯了她几秒，很快收回了目光，没有多说什么。

而洛子夜也不想多说了，扬眉看向武修篁道：“所以你们到底是想怎么样？是想打老子吗？到底打还是不打？还有，武修篁你别忘记了，你儿子的命是老子带上澹台毓糖去救的，你今天要是真的打了老子……做人不能忘恩负义，这句话一定不需要老子教你吧？”

武修篁思虑了几秒钟，深呼吸了一口气道：“那好，算你说的有理！看在你救了项阳的分儿上，这一次你骂琉月的事情，朕就不跟你计较，可是如果再有下次，就算是跟帝拓打到两国山穷水尽，朕也一定要你给琉月道歉！”

洛子夜看着他冷笑了一声，转身走了！可武修篁确实不知道为什么，在看见洛子夜那样的表情之后，心里头忽然觉得有什么不对，总觉得自己说这话，像是做了一件很蠢的错事一样。

武琉月却露出了志得意满的表情，尤其看见洛子夜的背影在夜色中显得极为孤寂时，她心中没来由地就觉得一阵舒坦！坐着仇人的位置，享受着仇人的一切，尤其看见仇人的老爹在自己的怂恿之下，收拾对方，还有什么事情比这还让人开心的呢？

洛子夜怕是总以为她过得比武琉月好吧？天真！她是公主，洛子夜是什么？只是一个父母不详的野孩子！

她心中正畅快着，洛子夜忽然顿住脚步，背对着武琉月，声音不高也不低：“占了人家的位置还开心吗？”

武琉月登时便是一愣，脸上的笑意居然在瞬间僵住。洛子夜这话是什么意思？她是知道了什么？

她又听见洛子夜继续道：“不要总以为你手上捧着什么别人都趋之若鹜的宝贝，你可能不清楚，你自己心中当成宝贝的东西，其实人家根本就不稀罕，都懒得费工夫去捡回来！”

就比如武修篁这样的破烂爹，她真的懒得捡回来！还要她给武琉月道歉，洛子夜有一句“去你的”，实在是不知道当讲不当讲！

武琉月脸上的表情彻底僵住，尤其，洛子夜这一句一句，格外刺心，武琉月听着她的话，就是想不多想都很难。

武修篁却听不懂她们在打什么哑谜：“你们在说什么？”

洛子夜懒得搭理他，大步而去。武琉月倒是沉默了下来，方才的志得意满，也尽数消失不

见，面上还隐隐泛出一丝青色。所以……洛子夜的意思，是她已经知道了一切？知道了所有事情的真相，知道了谁才是真正的公主？可对方知道了，却并不以为意，她武琉月十分看重的东西，洛子夜根本就不稀罕？

这对于武琉月而言，简直就是打脸！她怒气之下，狠狠地攥紧了拳头：“父皇，我们走吧！”

这一声“父皇”，她叫得非常大声，像是刻意让洛子夜听见似的。她就不相信，洛子夜是真的一点儿都不在乎，她眼下的不在乎，其实都不过是假装的吧……她心知没有证据证明自己是真正的公主，所以故意做出来的姿态罢了！

如她所愿，洛子夜在听见她这句话之后，还真是有了一点儿反应，掏了掏自己的耳朵，大声自言自语了一句：“也不知道最近是怎么了，这大冬天的晚上，就是蛇这样的冷血动物都冬眠了，怎么还有这么多野鸡在黑夜里扑腾，还叫得如此嘹亮！唉，这种违背自然法则和原理的现象，居然还平稳地存在着，简直不可思议！”

武琉月的脸色登时又青了，当即扯了一把武修篁的袖子：“父皇！你看，她又骂我！”

“洛子夜！”武神大人也觉得听不下去了，扬手就是一掌，对着洛子夜的方位打了过去！他方才已经说过了，之前她辱骂武琉月的事情，可以看在对方帮自己救了项阳的分儿上，不计较，可是洛子夜竟然这么快又出口骂琉月！这是完全不将武琉月看在眼里！更是完全不将自己看在眼里！

洛子夜眼神一冷，抬手便扬起掌风去接，她眸色冰寒：“武修篁，希望你日后都不要后悔今日跟我动手！”

武修篁愣了愣，失神之间，使得他这一出手力度不是很大，内息散了几分。洛子夜用了九成的力道去接，可力道被散出去许多的武神大人，这番交手之下，竟然后退了几步，被洛子夜一击，他差点儿没站稳！

武神大人的脸色，这时候也有些难看，眸中却隐约透出了几分赞赏：“洛子夜，你的内功……”

洛子夜看着他眉宇之间的赞赏，嗤笑一声：“尊称你一声武神大人，请问武神大人，你知道你跟我之间的关系并不好吗？你知道我非常非常讨厌你，而你也经常没事儿就找我麻烦吗？所以你到底是出于什么，才能偶尔宛如智障一样，表现得仿佛跟我关系很好似的？请问武修篁，你要不要脸啊？”

这些话洛子夜真的憋了很久了。说他们两个势同水火一点儿也不为过，对方居然还能在一招之后停下来，夸奖一下自己，表达赞赏，这是有病吗？

她这话说完，武修篁登时面色一青。

“还打吗？”洛子夜扬了扬眉毛，看了武修篁一眼。

武神大人受了这么一点儿伤，对他这样内功深厚的人来说，根本算不得什么的！要是想再打，也是可以的！他扫了一眼洛子夜，冷声道：“洛子夜，你能不能告诉朕，你方才那句话，到底是什么意思？什么叫作朕要是今日打了你，以后不要后悔？”

洛子夜盯了对方半晌，又看了一眼他身后的武琉月！武琉月也紧张地屏住了呼吸，眼睛里泛着凶光，狠狠地瞪着洛子夜，担心对方说出对自己不利的话。

洛子夜扬了扬眉毛，刻意把自己的声音拖长：“武琉月，你对这件事情的建议呢？请问你希望我回答吗？”

“洛子夜，你最好不要太过分！”武琉月铁青着一张脸，瞪着洛子夜出言警告。

洛子夜一听这话，险些笑出声，这世上正派的人都是一个样子，不要脸的人却是各有各的不要脸，就如同武琉月这样的人，明明是她霸占了人家的位置，还让人家不要太过分！

武修篁却有些疑惑地看了武琉月一眼。

鉴于方才武修篁让自己向武琉月道歉，洛子夜很不爽，看向武琉月：“你不想我说也行啊，你现在就方才污蔑我骂你的事情，表示你的歉意，我高兴了也许就不多说什么了！”

武琉月的表情立即僵住。

洛子夜嘴角往上扬了扬：“快点儿啊，我这个人耐心是有限的！你到底要不要道歉？”

让一个贱人对自己低头道歉，比直接在对方脸上打两巴掌还爽。

“洛子夜，你……”武琉月死死地瞪着洛子夜。

洛子夜看她似乎气得不得了，更加扬了扬眉毛：“别你呀我的了，你就说你道歉不道歉吧？”

武琉月脸色青了青，倘若自己真的道歉了，一会儿就更不好对武修篁解释了。但是，就算是洛子夜什么证据都没有，她对武修篁说出这句话，也是足以引起武修篁的怀疑的。武修篁这么多日子以来，对自己的怀疑已经太多了，要是还加上这么一个，那自己就真的完了！

她深呼吸了一口气，强迫自己笑出声：“洛子夜，你何必如此生气呢，你这话的意思，是我下车之前你没有骂我了？你没有骂我的话直接说就好了，既然是误会，我们就好好商量，何必一定要闹成这个样子呢？你说是不是？”

她试图用虚假的善意，让洛子夜放弃让自己道歉的决定。

她这样的态度转变，也让武修篁青了脸！武琉月是什么性格，武神大人心中自然清楚，看她对洛子夜这样的态度，只能说明一点，那就是……洛子夜的手上，握着武琉月的把柄！

他铁青着一张脸，盯着洛子夜问：“洛子夜，你有什么事情，直接跟朕说无妨，不必威胁琉月！”

“不是我在威胁她，是我在跟她做交换！我此刻什么都不说，和她道歉，这两件事情的轻重，我相信您的女儿是拿捏得清楚的，而且她道歉之后，说不定还要感谢我的宽容呢，武神大人，这件事情您就不要操心了，年纪太大了操心太多容易老！”洛子夜微笑着说。

洛子夜说完，看向武琉月：“武琉月，你也不必与我说些有的没的，我没那工夫跟你解释，也不相信你虚伪的善意！你是道歉还是不道歉，我给你一会儿的时间考虑清楚！好了，半个一会儿已经过去了，一个一会儿也过去了，考虑时间到了，你想好了吗？”

武琉月脸色一变。

洛子夜摇了摇头：“看来你没有办法考虑好，或者是结果让爷很失望了！武神大人，方才您老人家问什么来着？是问我们两个在讨论什么话题对吗？对于这个问题啊，爷眼下就可以诚恳地回答你，我们两个在讨论……”

“洛子夜！我道歉就是！”武琉月大声地打断了洛子夜的话。

洛子夜扬了扬眉毛：“那好啊，你道歉啊！你吼这么大声干什么，别雷声大雨点小，赶紧道歉，快点儿！爷是一个缺乏耐心的人！”

武琉月铁青着一张脸，开口道："洛子夜，对不起，行了吧！"

"这位朋友，你这个人这辈子是不是没有对人道过歉啊？你道歉都不会弯腰鞠躬，腰腹之间来个九十度的折痕，来表达你的诚意吗？你就这么一张嘴飙出一句'对不起'，还要加上一个不耐烦的'行了吧'，你觉得你这样的道歉方式，我会满意吗？"洛子夜继续微笑。

武琉月的脸色登时更难看了。

而洛子夜很快继续道："不要拖拖拉拉婆婆妈妈的，是不是真的要道歉，嗯？"

武神大人在边上却看不下去了，自己最疼爱的女儿，在自己面前被人逼着道歉，这无异于在武神大人的脸上左右扇。他瞪了洛子夜一眼，怒喝："洛子夜，朕劝你还是不要得寸进尺！"

说完他复又看向武琉月："琉月，你说清楚，这到底是怎么回事？如果这其中你有什么委屈的话，父皇为你做主！"

"她一点儿都不委屈，武琉月是吧？对我道歉你委屈吗？"洛子夜盯着对方继续微笑。

武琉月强迫自己保持笑容和冷静："不错！我一点儿都不委屈！"

她心里也清楚，自己今日要是不弯腰道歉，这件事情是真的没完了！她强忍着自己心中的屈辱，没有回复武修篁的话，往前走了半步，对着洛子夜的方向，恭敬地九十度弯腰："洛子夜，对不起！"

"大声点儿，听不到！"洛子夜打开自己的扇子，"刚刚有些野鸡的声音不是很嘹亮吗？怎么这会儿就声若蚊蚋了呢？真是奇怪！"

武琉月脸色一绿，却不得不咬牙忍辱，高声道："洛子夜，对不起！"

"哪里对不起我？说清楚！把你自己的罪责，你对不起我的地方，都尽数说出。这样才能表现你的诚意，明白没？"洛子夜面露微笑，继续说道。

武修篁大步往前，站在武琉月的正前方，盯着洛子夜道："洛子夜，你有什么话直接说便是，不必这样故弄玄虚！朕倒也想知道，你们到底是在搞什么鬼！"

武琉月的眸中很快掠过一丝惊慌："父皇，这是我与洛子夜之间的事情，原本就是我误解了她，所以眼下就是我道歉，也是应该的！父皇不是也时常教导女儿一些做人的道理吗？有错就要认下，女儿觉得是自己应当做的！"

武修篁看了她一眼："怎么？朕在你的眼中，看起来就像个傻子？"

武琉月立即扑通一声跪下了："父皇，儿臣不敢！儿臣从来不敢这样想，权当是儿臣终于觉悟，不想再给您丢人了！父皇，如果您还心疼儿臣，不想逼死儿臣的话，就请您不要再多问了，儿臣叩谢父皇！"

她说完这话之后，就对着武修篁磕头。

武神大人自然是心疼女儿的。她这样慎重，甚至说到了要逼死她这样的程度，他也不敢多问了："既然你希望父皇不要多问，父皇不问便是！起来吧！"

他站到一边去，心里头却更加怀疑了。

"谢父皇！"

武琉月很快从地上爬起来，在洛子夜仿佛在看猴子的戏谑目光之下，忍着自己心中的屈辱，弯腰对着洛子夜飞快地道："洛子夜，对不起！我不应该随意找你的麻烦，我不应该栽赃诬陷你辱骂我，我不应该对你做许多错事，我希望你能原谅我！这一切都是我的错，对不起，我以后断然不敢再找你的任何麻烦了！我真的知道错了！"

洛子夜耸了耸肩，笑了一声："你有这样的觉悟，我觉得很好！那么，武琉月，希望你一辈子都记得你今天说过什么。如果你以后再随便给自己加戏，爷就没这么好说话了。爷会很认真地去寻找一下野鸡其实只是野鸡的证据，让野鸡知道自己永远都没办法成为凤凰！"

凭借自己的出身，来判定一个人到底是野鸡还是凤凰，这一点洛子夜是不赞同的。但是呢，武琉月这个样子，也不可能有她自己的实力，自然只能用身份来评定她了！

武修篁并不傻，在旁边听着这话，越听便越是觉得不对劲。武琉月把洛子夜恨了一个半死，却不敢再开罪洛子夜分毫："我知道了！"

她说着这话的时候整个人还保持着一个九十度弯曲的姿态，对着洛子夜。

洛子夜点头："看在你认错的姿态这么端正的分儿上，爷今日就放过你！希望我们永远都不要再见！对了，武神大人，这时候龙昭和帝拓正在交战呢，您作为龙昭的皇帝，竟然在外头瞎跑。您可要小心一点儿啊，爷必须得告诉您，你们要是打输了的话，我家臭臭是一定会拔了武琉月的舌头的。您一把年纪了，还这样不稳重，是容易眼睁睁地看着武琉月被拔舌头的！"

"洛子夜，你！"武修篁登时动了气。

他如此生气，洛子夜也是懒得多搭理他，倒是扫了武琉月一眼，用眼神暗示对方一些什么，武琉月登时便顿悟了，立即就对武修篁开口道："父皇，不要跟洛子夜生

气了！您到底是大国的君王，跟她生气会有失您的风度！”

武修篁深呼吸了一口气，懒得再跟洛子夜多动气了，心里头很明白武琉月一定是瞒着自己什么。

他凤眸冰凉，盯着洛子夜道：“洛子夜，这一次的事情，看在武琉月都认为是个误会的分儿上，朕不与你计较。你走吧！”

洛子夜嗤了一声，举步离开。武琉月攥紧了拳头，跟着武修篁一起上了马车。

待到马车离开的声音越来越远，淡定往前走的洛子夜面色骤然一白，扶住了墙壁，嘴角溢出了一丝鲜血！其实刚才，她一直都在强装镇定，和武修篁这样的高手交手，她根本不敢懈怠，出手的时候，根本没有丝毫保留，也不敢有丝毫保留，却未想过对方跟自己交手，不用全力也能打伤自己！

为啥她不对武琉月动手？为啥不继续打？就是因为她心知自己不是武修篁的对手。也只有她自己心里清楚，强忍着假装镇定，没有直接在武修篁面前就吐出鲜血，这得要多大的忍耐力度！而这一切都是因为她还不够强大，她还打不过武修篁！仅仅想到这点，她就攥紧了拳头，胸口一阵怒气高涨。

远处的云筱闹带着人，往她的方位过来了。他们收到了洛子夜的信号弹，但是迟迟不见洛子夜的人，也是有些担心，满大街到处寻找她，担心她出事！果然，他们远远地就看见她在吐血，这把云筱闹吓了一大跳：“爷，您没事吧？”

洛子夜抹了一把嘴角的血：“你看我这样子像是没事吗？”

云筱闹：“……”好吧，通常情况下，问人家是不是没事，对方一般不都是为了让关怀自己的人不要担心，于是说自己没事吗？

“您这是遇见谁了？竟然敢对您动手？”云筱闹很快扶着她。

洛子夜嗤了一声：“除了武修篁那个老不修，还能有谁有这么大的能耐！龙昭的皇帝带着他们的三公主，偷偷地潜入皇城了，好像是想去天牢救端木堂。你立即到凤溟的皇宫报信，好让他们全城捉拿武修篁！”

“呃……”云筱闹有点儿蒙，“您这是……”

洛子夜坦然道：“爷也就是为了给武修篁找不痛快！”这几天她一直都跟冥吟啸在一起，龙昭的皇帝要来凤溟这样的大事，是需要先发国书的，但是冥吟啸并没有收到对方的国书，洛子夜当然是知道的。没有按照规矩来，就会被当成细作，就算是捉拿，或者是杀了，按照国际律法，各国也都不会多说什么！

云筱闹点点头，立即扭头吩咐人去做。

话刚说完，洛子夜又咳嗽了一声，这回气血上涌更甚，她目光冰冷："武修篁，从此一生黑！"

云筱闹道："爷我们先回去吧，找个大夫瞧瞧！"

"那倒不用！"洛子夜抬起手表示不需要，可是找个客栈调息却是必需的。

她并没多说，但云筱闹也已经明白她的状况，赶紧带着洛子夜，往客栈的方向而去。洛子夜依旧生气，听了洛小七和阿记那番话，看了武琉月的表现，她身世的事，就算不是百分之百如此，八九成也是跑不掉了。眼下武修篁再来对她整这一出，她心里的感觉就完全不一样了！

她觉得武琉月担心自己会去对武修篁说点儿什么……这完全没有必要，除非她脑袋被驴踢了，她才会找武修篁认爹！

怀着这样一种愤怒的心情，在闹闹的搀扶下，她回了客栈。看她那脸色一直铁青着，云筱闹忍不住说了一句："您也别太生气了，等您回了帝拓之后，找帝拓的皇帝陛下为您报仇就是了！"

然而她这话说出来之后，洛子夜的心情更加恶劣了！离她对凤无俦扬言，要让他知道自己的厉害，至今快一年了，结果她还是一遇见绝世高手，就能直接被人打趴下，这简直就是奇耻大辱！

她脸色颇为不好看地坐下："这件事情不要对凤无俦说！"

"啊？"云筱闹有点儿不明其意，难道爷是怕对方知道了这件事情，跟龙昭不死不休，会给帝拓带来麻烦吗？

然而，她想太多了。洛子夜长长地叹了一口气："丢人啊！第二次在武修篁的手下吃亏了……不能告诉凤无俦，也不能告诉其他任何人，外头的弟兄们，让他们嘴巴都把住，都别吭声知道吗？爷的一点儿面子，迟早被武修篁这个挨千刀的败完！他真的丢尽了我的脸！"

云筱闹："……""丢尽了我的脸"这句话其实不是这么用的好吗？

洛子夜说完又强烈地补充："总之一定不能让凤无俦知道，他知道了肯定会找武修篁算账，到时候这件事情就容易闹大，搞到天下皆知，全天下的人都会知道爷被人打了！"

洛子夜说到这里，险些流出心酸的泪水。武修篁简直就是阻拦她显摆的一股泥石流，常常让她想把他连着泥土给一起铲了！

云筱闹：“……”好吧，像爷这样好面子的人，爷的内心世界，她并不是很懂。

她哆嗦着开口道：“那要是这样的话，我一会儿出去吩咐我们的人，不要对任何人讲起这件事儿……”

这也是醉了！不过想想也是，就是一般的人，被人给揍了这种事情也是憋在心里，决计不会随便拿出去宣传不是？

“嗯！去做吧，报仇的事儿爷自己慢慢来！”洛子夜不再多话。

“是，属下知道了！”云筱闹转身出去了。

洛子夜则很快闭上眼，开始调息。

皇城到处都在搜人。

此刻龙昭和帝拓正在交战，武神大人就是再任性，也无法公然因为武琉月喜欢上的人入狱这样的小事而造访凤溟的，于是他也就只能偷偷摸摸地过来。

但整个皇城都开始搜查他们了，即便是武神大人，无奈之下也只能抛弃他们的马车，选择轻功和徒步前行。毕竟马车的目标太大，很容易被人查到！

眼下冥吟啸重伤，整个凤溟的大局，目前是令狐翊代为主持。君主重伤，他国君主忽然神神秘秘地来了凤溟，并且没有递交国书，这显然是危险的信号，他马上就命令白羽带人满皇城地捉拿。

这让武神大人都感觉到了深深的震惊，就算自己来了，冥吟啸那小子不放心，也不至于搞得如此声势浩大吧？为了避免惹出一些不必要的麻烦，他老人家这时候只能悲催地带着武琉月，在天牢的屋顶之上，畏畏缩缩地走路。

武修篁自然是不知道，因为今夜冥吟啸出事了，他的处境才会这样尴尬，一到皇城就被人认为他是要搞大事情！于是，他就在洛子夜的“帮助”下，度过了他人生中最为尴尬的一天。

此刻，他脸色不是很好看：“真是奇怪了，朕来的时候，不是让你们不要走漏风声吗？凤溟的这群小兔崽子是如何知道的？”

茗人无语地看了他一眼：“陛下，那个……”您刚刚才跟洛子夜交过手，属下有点儿怀疑是洛子夜告密！

他的话还没说完，武琉月就先将话接了过去："父皇，此事还不简单吗？女儿认为是洛子夜跑去告知了皇城的人，我们藏得这样好，就是在龙昭都没有几个人知道我们出门，您还特意伪造了身份，使我们光明正大地从凤溟进来，不引人怀疑，所以除了洛子夜，女儿不知道我们还有什么暴露行踪的可能！"

说完她还补充了一句："父皇，女儿认为洛子夜这样做，实在是太过分了！她这根本就是想给您找不痛快，对您方才放过她的事情，完全没有丝毫感激，您以后再见到她，一定不能轻饶了她！"

听她说完这话，武修篁看她的眼神倒是有些深："方才你不是对洛子夜说了，以后不会再找她的麻烦了吗？"

武琉月眼神闪躲，眼珠转了转，立即便道："父皇，女儿这并不是在找她的麻烦，只是合理地推断，是她找父皇的麻烦，女儿只是看不过眼而已！"

武修篁倒是扬了扬眉毛："方才你们两个打的哑谜，什么占了人家的位置，什么道歉，什么回答朕的问题……这些事情，你当真是一个字都不能对父皇说？"

武琉月立即点了点头："父皇，儿臣一个字都不能说，希望父皇能够体谅儿臣！"

武修篁默了片刻："好！"

话音刚刚落下，很快便有下人过来了，是一名黑衣人，手中拿着一把钥匙："陛下，这是天牢大门的钥匙！眼下令狐翊将端木堂看得太牢，他牢门的钥匙，属下实在是没有办法拿到……"

武修篁立即看了武琉月一眼，武琉月很快道："没关系的父皇，女儿只是想进天牢看看他罢了，并不需要他牢门的钥匙。"

武修篁点头。

而那送钥匙来的人，继续道："公主，今日端木堂谋反，整个凤溟皇城并不安定，天牢那边属下已经安排好了，但是您只能进去一炷香的时间，时间长了一定会被人发现，到时我们龙昭在凤溟的整条密探线都会暴露，所以请公主您进去之后，务必早些出来，万不能坏事！"

诸国之间，都会派出一些眼线，潜伏在其他国家，以便知己知彼。然而，埋下的眼线，至少也需要两年才能潜伏进天牢这样的重地，故而他觉得很有必要提醒武琉月一句，不能待太久，否则会暴露他们！

武琉月不屑地看了对方一眼："本公主知道了！"

她这样的眼神一出，那人心中立即就不快起来，陛下对他们很看重，但是公主这个眼神，显然都不愿意将他们当人看，似乎是蔑视他们，一下子他们心中就不爽利了！

武琉月拿到钥匙之后，对武修篁道："父皇，女儿跟端木堂，或许就是做最后的道别，有些女儿家的话想对他说，所以女儿想请父皇就在这边等着，不要过去听女儿说话！"

"好！"武修篁答应得很干脆。

武琉月转身，走向三十多米之外的天牢入口，很快就下去了。

她下去之后，茗人开口道："陛下，您有没有觉得，公主最近是真的怪怪的？"

武修篁眼神微沉："不仅仅如此，也不知道为什么，从方才见过洛子夜，听了她几句古怪的话之后，朕的脑海中总是想起来，当日在天曜皇宫，洛子夜重伤之时，洛肃封恍神说的那句'对不起水漪'……还有无忧那个老头，说那本札记的秘密，要在洛子夜的身上找，这些……"

"您是怀疑，这些迹象都跟此刻公主的神神秘秘有关？"茗人大着胆子问了一句。

武修篁开口道："不错！尤其是方才，洛子夜威胁她，而她什么话都不能说，这些事情加起来，你不觉得真的太奇怪了吗？"

茗人险些流下奔腾的泪水，我的主子啊，您终于愿意好好分析这些问题，不再盲目地相信公主了，属下真的好感动！他飞快地点头："那么……陛下，这件事情您是打算查吗？"

不如先从过去偷听公主说话查起吧？

"不错！"武修篁坦然道，"不管是不是有问题，朕都不喜欢这种被蒙在鼓里的感觉！而且朕总有种直觉，要是不将这件事情查清楚，想要从洛子夜手中拿到水漪的另外半本札记，怕是痴人说梦！"

之前他与洛子夜做过交易，其中就有一条，以后不能找对方硬抢札记，于是这东西一直搁在对方手中。武神大人的心中不是不惦记的！

茗人看了一眼天牢的方向，用眼神提醒武神大人往那边去。武修篁默了几秒钟，虽已经答应武琉月不过去多看，可眼下倒也是憋不住了，他二话不说，便举步往武琉月所在之地而去。

到了天牢的屋顶，多走了几步，便约莫知道，这是端木堂的牢房。

下头有声音传来，是武琉月的："你且吃了这药，这是假死的药，我瞒着父皇偷偷带来的，倘若在行刑之前，你死了，凤溟的人或许就不会再与你多计较，你再找机会逃出去！"

"你不打算直接救我？"端木堂扫了她一眼。

武琉月却是下意识地看了一下屋顶，她还算得上是了解武修篁，今日的事情露出了这么多的疑点，她觉得父皇或许会忍不住，过来听自己说了什么。

是以她不敢多说，只是道："你犯下的罪是谋杀皇帝，就算是父皇也没有办法堂而皇之地救你。所以我只想到了这么一个办法，你考虑一下，要是你愿意用的话，你服下这假死的药，定然会被人把尸体丢到乱葬岗。到时候我再派人去接应你，可是如果你不愿意用的话，那你就一点儿活的机会都没有了！"

端木堂面色一变："武琉月，你不要以为……"

"我懂你的意思！"武琉月很快将对方的话接了过去，生怕对方说出自己不是龙昭公主的事情，因为她的直觉告诉她，父皇这时候就在屋顶上听着，"这个办法虽然不那么光明，但是你尚且有一线生机。可是倘若你不听我的，而我也没有旁的办法，玉石俱焚就是最后的归路！这样就是大家一起死，这值得吗？"

武琉月说着这话，还嘤嘤地啜泣起来："你要怪也不能怪旁的，只能怪我没用，不能正大光明地救你！"

她继续道："这些年来，纵然你与我接触不多，但对于我而言，你早已是亲人，如今你落难，我真的是心如刀绞……"

武神大人扬了扬眉梢，琉月先前的话之中，似乎是带着一点儿玄机，可眼下这句，却像是舍不得情郎。武神大人皱了皱眉头，这……难道是自己想多了？

端木堂看着武琉月，心中暗骂了一声惺惺作态。对方岂会真的为了自己心如刀绞？只是明面上并没有必要说这些。他伸出手将武琉月手中的药接过："武琉月，你最好不要骗我！"

武琉月眸色一冷，她早就知道端木堂是决计不会不留后路地相信自己的，恐怕他死了之后，一定会有人找父皇揭穿自己不是公主的事。但是事已至此，她顾不得这么多了，只能小心些，防范着一切要接近父皇的人。

她不愿意以后一直被面前这个人操控，所以最好的办法，还是杀人灭口！

她盯着端木堂道：“你且放心，我是断然不会丢下你不管的！这药极其珍贵，我找父皇撒娇了许久才要到，你快吃下，一炷香的工夫快到了，我若是再不出去，就会暴露父皇的线人，到时候后果不堪设想，想救你就更难了！”

她不等端木堂回话，起身便往天牢外走去。直觉告诉她，端木堂是一定会吃的！不然，对方就只剩下死路一条。他心里应当明白，眼下配合自己，是唯一的出路！至于那药……

她的确找父皇撒娇了许久，要来了假死的药也没有错，不过这是为了应对父皇偷听。可眼下她给端木堂的，是真真正正要命的毒药！

武修篁听到这里，也没听出不同寻常的事件。琉月也的确是找他要了假死的药，是以他也没有多想，只是觉得自己的女儿也的确是个痴情种，自己不愿意帮助她救端木堂，她就想了这样的主意。

武修篁在原地顿了许久，发现武琉月从天牢出来之后，冷声说了一句：“走吧！”

武琉月看了一眼对方所在的方位，的确就是在天牢的屋顶上。心知自己没有料错，武琉月眼底一瞬间掠过不易察觉的怒色，看来自己的父皇是真的已经一点儿都不信任自己了，而且这种不信任已经开始不加遮掩！幸好她心中早有盘算，否则……

她也没说什么，只翻身上了屋顶，眼底掠过怨毒之色。武修篁继续这样下去，一定会察觉问题！但如果武修篁死了，就不会再有人在意自己是不是公主，她的那些皇兄，也不会在乎她是不是洛水漪所出！可大皇兄已然被她得罪了，再想借武项阳的手，是不可能了。

所以，她倒是可以跟二皇兄合作。一旦时机成熟，夺取了龙昭的皇权，再寻个机会毒杀了武修篁，这也许才是她唯一的出路！

想到这里，她抬起头看了一眼武修篁的背影，想起这些年对方对自己一直都是如珍如宝，自己要是真的这么做，似乎太过分。可是，再想想近日自己受的这些折磨……以及对方对自己的诸多不信任和怀疑，她默默地觉得，对方若死了，对彼此都好。

相信武修篁不会希望知道自己宠爱了十七年的女儿，不是他自己的。而她也不愿意他知道这些，让父皇什么都不知道地死去，似乎也很好！人不为己天诛地灭，她只能……

翻都大陆，一场喜庆的婚事落下帷幕。百里瑾宸正要出门，便在自家门口遇见了无忧老人。他并无任何表情，却是无忧老人先开了口：“你是要去煊御大陆？”

百里瑾宸没回话。无忧老人也知道这小子性格淡漠，跟他爹是一个德行，于是没有强问，却道：“我与你结伴同行可好？”

他话音落下，百里瑾宸便直接避过了他，大步往前而行，显然对与人结伴毫无兴趣。

无忧老人被人如此明目张胆地嫌弃，摸了摸鼻子，跟在后头：“你不必如此无情，或许你会希望我去，我有一位老友的女儿丢了，我夜观星象，发现他与他女儿的相认之路，在他的愚蠢之下，越来越远，我有心去帮他。此事与洛子夜有关，你或许会因此得到更多与她相处的机会，你真的不愿意与我同行？”

百里瑾宸闻言，脚步一顿：“好。”

他这话一出，无忧老人便笑了。对于无忧老人这样来去如风的人来说，虽然拥有不低的地位，但是为了保持神秘感，他身边是没有下人跟随的。他难免就需要自己准备船和马车，从这里到武修篁所在的大陆，原就需要不少时日，自己要是再去找艘船，估计看见武修篁的时候，对方都已经被他自己给作死了！所以跟百里瑾宸一起走，是很好的选择。

轩辕无古怪地看了一眼无忧老人，不太明白，这个人为啥出个海还要来蹭他们的船。看来传说都是传说，话本子里面的无忧老人，都是哄人的。

百里瑾宸这个字落下，便大步往前，直接往海岸边行去。

倒是他身后传来一道闲闲的声音，带着天生慵懒的味道：“这么迫不及待地就要走了？要是让干娘知道，怕是又要念上许久！”

百里瑾宸回过头，来人正是煌埠大陆北冥的皇太子殿下，君惊澜。那人的一张脸，精美绝伦，找不到任何缺陷，最令人称奇的是，眉间一点朱砂，似能占尽天地之辉，万物都于他身后黯然失色。只是，眼下他那张完美的脸上，布满了瘀痕。

百里瑾宸倒没说话，从袖中掏出药，扔给对方。君惊澜接过，不必看他也知道这是治疗自己脸上的伤的药。百里瑾宸默了默，提醒了一句：“你再不走，后院的花草树木，母亲会要你赔偿。”

说完，他转身大步离去。妹妹百里如烟的婚礼之上，大楚的皇帝楚玉璃、东陵的皇帝皇甫轩可是都来了，而这两位都是自己的这位兄长、北冥皇太子君惊澜的情敌。

情敌见面之后，当然分外眼红，约定了不比内力，直接比蛮力，三个人打了一架，每个人都是一脸瘀青。

而他们府邸后院的花草树木，也被损毁了不少。以母亲那个重视钱的脾性，迟早要找他们赔偿。百里瑾宸这时候，倒好心提醒了一句。

他说完没再回头，也没打算对君惊澜交代自己要去哪里。

还没走远，就听见澹台凰聒噪的声音传来："百里瑾宸干啥去这是？如烟的婚礼刚完事儿他就要跑了？他……"

接着就是君惊澜那个腹黑之人不要脸的声音传来："你关心其他的男人，却不关心爷，爷的心很痛！皇甫轩和楚玉璃那两个衣冠禽兽，嫉妒爷煌墠大陆第一美男子的盛名，蓄意殴打爷，你要跟他们划清界限，才能表现出我们夫妻同心。不然爷今晚就在你门外打滚一万次，让天下人都知道，你是如何欺压爷，欺压你自己的夫君的！"

澹台凰："君惊澜，你能要点儿脸吗？他们脸上也都是你打的瘀青……"

百里瑾宸没什么反应，倒早就习惯了君惊澜对外人狠辣，不容情面，对他心爱之人却颇为不要脸，什么鬼话都说得出来的脾性。这时候，他倒是想起一个同样不那么要脸的人——洛子夜。

若是有一日，她对自己是这番不要脸的态度，他是不是会很开心呢？想到这里，他切断了自己的思绪，也不想再听身后那俩人恩爱的声音，举步而行。

倒是无忧老人回头看了那俩人一眼，摸了摸自己的胡子，神情很是欣慰，接着就回身跟上了百里瑾宸的步伐……

君惊澜的眼神，很快落到了百里瑾宸的背上，澹台凰的眼神也跟着转了过去并回头瞅了一眼君惊澜："不知道是不是我的错觉，我总觉得百里瑾宸，嗯……他这几天有些魂不守舍的！"

她这话一出，君惊澜低头看了她一眼，语气颇为不悦地道："太子妃，你的意思是你这几天都在偷偷地观察他？"

澹台凰一抖，很快摇头："并没有！只是无意中瞥见！"她自个儿的男人不仅腹黑得要命，而且还是个万年醋缸，吃起醋来有多丧心病狂，并且会对她做什么，再如何给他的情敌使绊子，她一清二楚，千万不得罪为好！

君惊澜闻言点头，旋即开始犯贱道："没有就好，毕竟如太子妃这样泼辣、蛮横不讲道理的女子，全天下大抵除了爷，也没有人忍受得了。你还是老老实实跟着爷吧，也省得被其他男人打击！”

澹台凰脸都气绿了，一脚就对着他踹了过去：“你这个贱人，你一天不嘴贱会死吗？！”

他倒也没躲，笑着老老实实地受了这一脚，并且立即将面前的女人拉入怀中顺毛。他心里头却也认同，瑾宸这些时日，的确有些怪怪的，像是有心事……

凤溟的天牢之中，武琉月走后，端木堂看了一眼自己手中的瓷瓶犹豫了许久，到底要不要相信武琉月的话。

可回头想了想，似乎眼下除了相信武琉月，他也没有别的选择。他根本就没有想到自己会输，所以布置了很多后招，却唯独没有布置自己出事之后，倘若武琉月不搭救自己，就让人去告发武琉月。这就意味着，如果武琉月给他的并不是假死的药，或者对方营救自己失败，那自己就完了，武琉月也不会因此付出什么。

他从自己衣摆上撕下一块布料。在这监牢之中，也是难以找到墨水，他便直接咬破了自己的指尖，用血在那块布料上写了几个字，旋即将之放入天牢中的床下面，掩盖在稻草之中。

倘若武琉月是真心救自己，那么自己出狱之后，他会再想办法，找机会回来将这揭发武琉月的东西带出去，但是如果对方并不是真心救自己，那么就对不起了。自己死了，这布条迟早会被天牢之中的人发现。

不管是落在冥吟啸手中，还是落在令狐翊那只狐狸手中，相信武琉月都讨不到什么好果子吃！

做完这一切之后，他打开自己手中的瓷瓶，将里面的药倒出来，吞了下去。然而，在吞下去之后，他立即便感觉腹痛不止，假死的药他是知道的，会有七窍流血的假象，让人以为是服毒而死，但是从来就没有腹痛如绞这一说！这反应一出来，他便心知自己大概是上了武琉月的当！

他立即面色青灰，扬声高叫：“救命！救命……”

然而，他是一个死刑犯，是死是活，还真的没有多少人愿意搭理他。

端木堂在牢房之中，又高叫了几声救命，但是依旧没有人理会他。他便知道自己今日是凶多吉少了，嘴角慢慢呕出黑血，这令他面色铁青：“武琉月……你这个贱人……”

这话音落下，他奋力地往床边爬去。想将掩藏在床底下稻草之中的血书翻出来，放在明面上，让冥吟啸的人知道武琉月的真实身份。他一步一步地挪过去，手慢慢地快要够到那血书所在的地方，可是还没来得及将之抓到，就断了气。

只余下一个攀爬的姿势，手离埋藏血书的地方，不到一寸。

地上便是大片晕开的血……

浓浓的血腥味，极为呛鼻，门外的狱卒们终于意识到了什么，一进来就看见了一具尸体！众人面色青灰："快！快去禀报令狐大人，端木堂自杀了……"

此刻，轩苍的皇宫之中。

水牢之中，申屠苗被捆绑在墙壁之上，任由水漫过她的膝盖，她知道自己不会死去，因为轩苍墨尘不会让她死。

当日她提出自己可以帮助轩苍墨尘做任何事，对方倒是将她留下了。她原本以为对方是被自己的话说动，却没想到，他竟然卸掉了自己的下巴，疼得自己眼泪直流。

他说："你活着，能帮我做的事情，无非给洛子夜带来麻烦。可是你认为，我会允许这样的事发生，允许任何人，或者允许我自己，再去伤害她吗？"

那时候她想讥笑嘲讽对方，要是当真如此深情，当初为何算计凤无俦，将洛子夜伤得那样深？如今再惺惺作态，做出这副样子，又有什么意义？洛子夜根本就不会多看他一眼！

可是彼时她的下巴脱臼了，根本就没有办法说话。接着她就被关在水牢里了，她也清醒地认识到了轩苍墨尘是个怎样的变态。她要是落在凤无俦手中，直接死了都比在轩苍墨尘的手上好太多！

对方时不时地就让自己戴上洛子夜的面具。是的，他找到了千面郎君，做了许多跟洛子夜的脸一模一样的人皮面具，让自己戴上之后，模仿洛子夜的样子陪同他用膳。可又会很突然地发脾气，说自己不是洛子夜，然后让人把自己拖下去鞭打一顿。

她从未见过这样的变态，她甚至怀疑轩苍墨尘是不是疯了。她日复一日地过着这样诡异难挨的日子，时不时地被鞭打，又忽然被人体贴得仿佛自己是世上最值得珍惜的女人。这让她的神经一直处在紧绷的状态，因为她真的不知道，下一秒钟她面临的会是鞭打，还是温言细语。

正在内心饱受折磨之际，牢狱的大门打开的声音又传了过来，申屠苗颤抖了一下。

就在这时候，门外走进来一个人，那是墨子渊。他偏头看了一眼边上的狱卒，开口道："给她把镣铐打开！"

"不！不……"申屠苗摇了摇头。

她忽然又觉得，其实在水牢里面待着，也是挺好的。至少这水是死物，是不会生变的，但是轩苍墨尘是活物，她永远都没有办法知道，对方在下一瞬间会对自己做出什么。在水牢泡一日她不至于死，但是被他折磨一日，她却可能会死。

墨子渊回头扫了她一眼："不知道你有没有听过一句话，叫自作自受？在准格尔好好当你的公主不好吗？却偏要给自己找事！"

他说话之间，申屠苗手腕上的镣铐，已经尽数被解开。

申屠苗被墨子渊这一句话堵住，却剜了他一眼："你自己不也是一样，在墨氏好好的皇子殿下不做，来轩苍被人家使唤！你比我好上多少？不过都是因为有所求，不过是因为贪心太过，想要的更多而已！我们两个人做的这些事情，都是为了追求自己想要的，你为何指责我？"

她在准格尔做公主，是很好，但是她还想做凤无俦的女人，想成为天下最尊贵的女人。最重要的是，那个人还是自己心爱的人。所以她才会来，她才会不惜一切，用尽手段，甚至到了没有自我、去假冒洛子夜的地步。她并不觉得自己这是错，为自己想要的东西去奋斗，去尽全力，这并没有什么错。

她这话一出，墨子渊倒也沉默了几秒。不错，皇子身份在天下许多人眼中，是求都求不来的，尤其是墨氏皇子，诸国的君王看见他，都只能行平礼。他却来轩苍，甘心做一个属下，一名宠臣。的确如申屠苗说的，是因为有所求，贪心太过而已。他并不愿意去做一个一事无成的皇子，这样历史上都不会留下他的名字。

然而，他眼神微深，挥手示意人将申屠苗拖出去。他行走在前，冷声道："不要拿你跟我比，我是用自己的实力去获取自己想要的，而你是凭借不入流的手段、下三烂的伎俩，还有诸多借用伤害别人来达到目的的行为，在追求你所谓的梦想。你的行为，谈追求二字，太脏！"

他这话一出，申屠苗登时便冷笑出声："墨子渊，你敢说你走到今天这一步，成为轩苍墨尘身边的第一宠臣，你就从来没有陷害过任何人吗？你的手段会比我光明正大多少？"

“士想为君顾，必当有谋略。申屠苗，政场上的东西，一向便是如此。可情场是不同的，你用手段和伤害换来的东西，只会是对等或者是更多的伤害。政场和情场永远不同，利益与真情永远有差，在政场上你面对的是敌人，但在情场上你面对的是你心爱的人，或一心爱你的人，这其中的差距，希望你自己想透！”墨子渊冷笑了一声，便不再多言。

申屠苗在这一番话之下，保持了缄默，低下头，细细思索……

就在这时候，前方传来一阵脚步声。所有人弯腰开口：“参见长公主殿下！”

申屠苗登时便直接颤抖了起来，因为这些日子里，她没少遇见过轩苍瑙，每次见到对方，对方都不会给自己任何好脸色，甚至时不时还会出手伤害自己。

这些日子，轩苍瑙憋了一肚子的气，她写了诸多信件给闽越，可闽越再也没有回过任何信件给她，并且拒收她的信件，还让人传话说，以后看见她，必将她当作仇人抓起来，交给凤无俦处置！

这下，她便是连去找他也无法鼓起勇气。并不是她怕死，而是被自己心爱的人绑起来交到他的主子手中处置，这未免诛心！她已经有很长一段时日无法见到闽越，或许以后也无法再见到，这自然令她心中有怨。

她冷笑了一声：“申屠苗吗？”

“是！长公主！陛下传她过去用膳！”墨子渊回复了一句。

轩苍瑙点点头：“那就让她去，一会儿回来了，把她押到我的寝宫里，我最近又研究出了新的游戏，想好好跟她玩一玩！”

申屠苗登时便是一抖，轩苍瑙和轩苍墨尘真的不愧是亲姐弟，折腾人的本事，都能到变态的程度。她险些落下泪来，早知道这样，直接死在闽越手中，或许也不会如此痛苦！一会儿从轩苍墨尘那里回来，是必然要去轩苍瑙面前受苦的。

墨子渊立即道：“是！长公主放心，属下会办好！”

前殿之中，温润儒雅的帝王，方才到了桌案边。

而这时候，已经被梳洗打扮好，戴上了洛子夜面具的申屠苗，进了正殿。

进门之后，申屠苗便战战兢兢的，生怕自己一个不对劲，就会惹怒自己面前的帝王，使得自己又被鞭打。

她颤抖着坐下，可大概也就是因为她这害怕的态度，轩苍墨尘眸色微深，放下了手中的筷子，嘴角却是上扬的，这样的模样，申屠苗太熟悉了。

她险些吓得哭出声来，脑海中忽然掠过什么，抬眸看向轩苍墨尘："轩苍墨尘，你放了我吧！我可以跟你做一笔交易，这事关一个重大的秘密，怕是凤无俦都不知道这件事情，你要是想帮洛子夜，你知道这个，对你是有用处的！"

"对帮她有用处吗？"轩苍墨尘顿了顿，微微一笑，"你说！"

三天之后，凤溟边境，萧疏影刚到便有人送来一封密函，来人坦诚道："姑娘，我们公主知道您前来，是为了洛子夜。公主的意思，是希望您能与她合作！只要您配合公主，以她早就盘算好的计划，一定会让洛子夜死无葬身之地！多一个人帮您，总比您一个人出手要好得多！"

萧疏影犹豫着接过了对方手中的密函，问了一句："你们的公主，是申屠苗还是武琉月？"

"武琉月！"那黑衣人微笑点头。

萧疏影没有再多问，打开信件，看完了上头的内容，旋即合上："告诉你们公主，她的办法很不错，我愿意跟她合作！"

洛子夜调息了两天两夜，又在床上挺尸了一天，身体才好。她爬起来之后，就听说端木堂翘辫子了，这个不在她意料之外。

她带着二十多个兄弟，还有云筱闹，跨上马背踏上归程。

刚刚走出凤溟的皇城，就有人来送信，洛子夜瞟了对方一眼："谁传来的，想干啥？"

"龙昭的皇帝陛下，陛下说有事情想问阁下，希望阁下能见一面！"那人回话倒是很恭顺。

洛子夜扬了扬眉毛："你回去告诉武修篁那个脑残中的战斗鸡，请他滚远！爷没空搭理他，让他最好这辈子都不要出现在爷面前！拜拜！"

说完话，她策马而去，姿态潇洒，只留下一地烟尘。那人愣在原地，手中还拿着武修篁让他交给洛子夜的信件。他人生中第一次遇到这种情况，有人这么不给他们的武神大人面子，不见陛下就算了，就连陛下的亲笔书信都不接，这个洛子夜未免也太嚣张了！

还有，对方刚刚骂陛下啥来着？脑残中的战斗鸡？战斗鸡是啥？一种用来作战的

鸡？脑残是啥意思？是脑子残缺不全吗？那人的嘴角抽搐了一下，心情十分复杂。

所以洛子夜等于是在骂陛下是一只脑子残缺不全，用来作战的公鸡？一种牲口，简称脑残中的战斗鸡？

云筱闹扫了那人一眼，无语地摇头：“也不知道武神是不是有病，他如今跟我们爷这个关系，到底为何会提出想跟我们主子见面啊……”

说完这话，她策马而去。

武修篁的下人：“……”他觉得自己被洛子夜捅了一刀子之后，又被云筱闹给补了一刀！

他生平第一次看见有人这么不给他们主子面子，而洛子夜来一下不够，云筱闹居然很快来第二下，这也是够了！难道如今辱骂他们的皇帝陛下，已经成为一种潮流了吗？

要不然他哪天不想活了，也跟着骂骂试试？

千里之外。

阎烈恭敬地立于凤无俦身后：“王，今日这一战之后，这一场战事便算是完了！相信从此以后，世人都将知我帝拓之威，再不敢于您身前挡道！”

凤无俦负手而立，不置可否。那双邪魅的瞳孔，看向天边。墨色披风在风下猎猎作响，可狂风又无法撩动那人的一身魔息，只能匍匐在他身后。他语调冷沉沉地询问：“与轩苍交涉得如何了？”

阎烈飞快地道：“王，交涉得还算顺利，轩苍墨尘表示，轩苍瑙营救申屠苗是因为将对方错认为洛子夜。对方对申屠苗并无善意，这些日子以来，也没有给申屠苗什么好日子过。据闻申屠苗常常被鞭笞，再这样被折磨下去，也活不了多久了！轩苍墨尘的意思，既是我们帝拓想杀的人，他们就算不交给我们，也一定不会让对方好过！”

阎烈说完这话，心里挺不屑轩苍墨尘的。这个人就是这样，从前与他们为敌，那简直就是不死不休，如今时过境迁，竟又变成了这样圆滑的态度，不得罪人，也不轻易服软示弱。但对方那种一定不会让申屠苗好过的态度，又让人无法在他的态度上，找到明显的错处。

想到这些，阎烈继续道：“王，既然轩苍墨尘是这个态度，我们查到的消息，也的确与轩苍墨尘说的话符合，这样的话，属下认为我们可以不必再管了，总归轩苍墨尘……”

他这话还没说完，便霍然被帝拓的皇帝陛下打断。他冷厉而富有磁性的声音，带着不容置喙的傲慢：“孤要杀的人，他轩苍墨尘没有资格替孤杀！阎烈，你当明白，孤从来不接受谈判！孤的话，就是准则。他们可以选择立即将申屠苗交出来，或者选择激怒孤，等着大军压境！”

阎烈立即单膝跪地：“是！王，属下知错，属下会马上将您的意思转达给轩苍墨尘！”

凤无俦冷嗤了一声，邪魅冷厉的声音逼人：“尽快，孤的耐心有限！孤相信，轩苍墨尘不会为了区区一个申屠苗，再一次打算跟帝拓交战！”

“是！”阎烈这一句话落下，想起一件事，“对了，王，您没有料错，南息辞如今已经渐渐摸清楚了龙昭军队的套路，属下看他的样子，是越来越有谱了，想必他要打一场漂亮的胜仗来给您看了！”

他这话一出，凤无俦倒是不置可否，眉宇之中的折痕，却越来越深。默了片刻之后，凤无俦骤然开口：“解罗或呢？”

“王，他在负责军事部署，您找他是？”阎烈跟随凤无俦多年，这时候自然看出了对方的心神不定。

王这几天的脾气一天比一天差，这种恶劣的程度，比起从前那种脾气不好，已经不在一个档次上了。旁人不明白这是为什么，阎烈却很明白，无非太久没见着王后，开始欲求不满了。他曾经隐晦地提醒王自己解决一下，结果差点儿被王一掌拍死……

不过，瞅着王今日的心神不定，好像是跟前几日的状态并不相同。等下，王就算是实在憋不住了，也不用找解罗或吧……虽然那小子长得白白净净的，但毕竟是个男人啊！阎烈在认真地胡思乱想着……

凤无俦今日的确心神不宁，尤其一炷香之前，心里头总有种不好的预感，觉得洛子夜可能会出事。

阎烈在胡思乱想的当口，便见那人从自己面前掠过。他邪魅冷厉的声音，以命令的口吻交代：“战事你与解罗或代为处理，孤去寻她！”

不管这感觉因何而来，不亲自见到她，他不能放心！

“是！”阎烈立即应下，回过头看了一眼凤无俦，见对方脚步匆匆，阎烈的眉梢也蹙了蹙。王倒是少有这样的时候，寻常就算是有什么事，也都不会这样着急。

他正准备跟上去恭送王，却霍然看见王魁梧的背影忽然在此刻顿了顿。阎烈眉心一皱："王，您这是……"莫不是寒毒又发作了？

从上次屠浮子出现，为王解开寒毒之后，王的寒毒已经很久没有出来作祟了。

时间虽久，但是没有一个人敢忽视这件事情。闽越这段时日也给王弄了不少补品，都是火性的，目的自然是克制寒毒。不过闽越也说了，上一次王解开寒毒时，中途被切断，导致那寒毒在王的体内潜伏着，但这潜伏的寒毒，并不会湮灭，更不会消失不见。

寒毒在王的体内潜伏的时间越久，寒毒发作的时候，就会越猛烈。所以这段时间，大家都对王的身体很是担忧。虽然大半年过去了，这寒毒一点儿要发作的迹象都没有，但是这也意味着它再一次发作时，将会给王造成巨大创伤。

阎烈这话一出，凤无俦的眉心已经蹙起。他的确感觉到一阵气血上涌，甚至通体寒凉，脚步也因此不再稳健，眉间的折痕也渐渐深了起来。阎烈立即道："快去喊闽越过来！"

"是！"边上的下人很快应了一声，飞快地奔去找闽越了。

闽越前段时日被王下令惩处，已经在病榻上待了多日。此刻听说王出事儿了，他立即就从床上爬了起来，一瘸一拐地往帐篷之外走去。

闽越上前来之后，还没来得及说话，凤无俦便骤然面色一变，一丝黑血已经从嘴角溢了出来！闽越惊恐地伸出手，给对方诊脉。而凤无俦立在原地，看不出半分会晕倒的迹象。

闽越立即诊断出来，此刻王体内的真气已经开始乱窜。寒毒也将他体内的血液渐渐冰封，这令闽越面色渐渐白了起来，心知王此刻的状况，不过是强撑。

他看了一眼凤无俦身后，马匹已经准备好了："王，您的身子……您这是打算去哪儿？"

凤无俦还没说话，解罗彧已经过来了。他是来复命的，到了凤无俦跟前，跪下开口道："王，最后一日的部署已经完成，今日的战局您不必去，属下也能解决！只是您这是准备……"

凤无俦沉眸："孤知道了，此事你们务必处理好！"

"是！"解罗彧应了一声。

阎烈道："王是打算……"

他话没说完，凤无俦已经伸出手，揉了揉眉心，缓缓地道："孤今日觉得心绪不宁。总觉着，孤若是不立即去找她，她或许会出事！闽越，你有没有什么药物，能暂且为孤压制住这寒毒？”

还压制？所有人心中都是不认同的，王体内的寒毒已经潜伏了大半年，潜伏越久，再发作的时候就会越凶险。若是继续压制，那么下一次发作的时候，怕是更加难以控制！

可大家也都清楚王的脾性，他现在预感到洛子夜可能会出事，即便只是可能，他也一定会去，这一点闽越心中最清楚，又诊脉片刻之后道："王，属下能为您压制十日！十日之后，会极为凶险，届时不论您在何处，您也定要调息！您去找洛子夜，属下与您同往，否则请恕属下大不敬，不能将药给您！”

他很快跪下。他这话说得极为找死，甚至是在威胁王。但是不这么做，他不放心。王素来面对洛子夜的事情，就会乱了分寸，他必须要跟在王的身边，在十日之后提醒王调养。

凤无俦沉眸看向他，那显然是被触怒的不悦。然而，那怒气却也在一瞬间便消失不见。他自然清楚，对方这是担心自己的安全，他合上魔瞳："准了！但闽越，你记住，这是唯一一次！”

“是！”闽越低下头，很快回自己的帐篷拿药。

这场景，阎烈和解罗彧也是忍不住松了一口气，心里头都觉得闽越最近的胆子真的是越发大了。王方才要是动了气，闽越必死无疑！

不一会儿，闽越取来了药，凤无俦吃下，暂且压下寒毒，便翻身上马，准备出发。

倒是这时候，多日不见的果爷，远远地唱着歌回来了。没有了翠花的日子，果爷觉得自己的鸟生，越发寂寞如雪。

果爷回来之后，便看见主人翻身上马，闽越还跟着一起，登时就不高兴了。它拦在凤无俦的前头，张开双翅，颠三倒四地开口："主人你干什么去？你是不是要去找洛子夜？你又要去找洛子夜，果爷的心好痛、好冷……”

阎烈默默地抹了一把额头上的冷汗。

凤无俦并没理它，抬手策马，良驹飞驰而起，很快从果果身畔掠过。

果爷登时就泪崩了，倒地一边哭一边伤心歌唱："不要以为我没发现你又偷偷跑去跟她见面，不要问我什么意见，你的眼神明明就是有鬼……果爷的警告只是最后一

遍，最后一遍，嗝……”

解罗彧等人：“……”果爷太能耐了，真的。他们发自内心地崇拜果爷，这样的歌也唱得出来，也不知道是从哪个闺中可怜妇人那里听到的。

看着王带着闽越和几个人策马而去，阎烈叹了一口气：“希望王不会有什么事！”

解罗彧倒是没有他这么悲观：“王的实力你应当清楚，这世上并没有多少人动得了王！我倒是操心，会有多少人不要命，想要去触王的逆鳞！”

阎烈也笑了：“你说的倒也没错！”

他或许也是太杞人忧天了，所以才觉得自己白头发都要长出来了，毕竟当第一暗卫压力是很大的，需要操很多心。

却是解罗彧叹了一口气：“我倒是有点儿担心闽越，他和轩苍瑙之间……”

他这话一出，阎烈觉得自己的头发又要白了：“闽越是我们几个里面，年纪最长的。这么多年来，从未看见过他对哪个姑娘有兴趣，我曾经怀疑他是不是那方面有点儿问题……不过，轩苍瑙出现之后，我总觉得他待那个女人似乎有些不同。可是轩苍瑙将申屠苗救走了……”

“闽越定然会认为，对方接近自己，不过就是为了利用他。”解罗彧没有阎烈那么啰唆。

阎烈又叹了一声：“纵然我已经清楚轩苍瑙的本意，但是她愚弄闽越，从我们这里将人救走也是事实。这件事情莫说闽越很难原谅她，就是我也不能！只是，想想闽越这小子吧，这么多年也挺可怜的，孤孤单单一个人，好容易有个姑娘……却……唉……”

阎烈觉得自己最近真是为了兄弟们的个人生活操碎了心。

解罗彧嘴角一抽，面无表情地提醒道：“闽越只比我们大一岁，我与你，也只是孤孤单单，一个人！”都是单身狗，阎烈到底为什么有勇气去同情别人？

阎烈：“人艰不拆（网络用语，意思是人生已经如此艰难，有些事何必拆穿）！”

解罗彧叹道：“这件事情大概会成为闽越的心结，如今我们操心也没什么用，只希望闽越自己能慢慢想通。倒是你和那个云筱闹的事，也早日处理一下吧！阎烈，死要面子，换来的无非三个字——活受罪！我看她并非对你全然无意，你再试试也未尝不可！”

阎烈的面色很快沉了下来，他何尝不知道死要面子活受罪的道理，只是对方已经说了要将他让给上官冰，还说男人不过就是一件衣服，言犹在耳，男人的自尊心作祟，实在不允许他再低头。

洛子夜刚刚拂了武修篁的面子，没多久就到了凤溟的边城附近。一到客栈门口，她便看见了一道熟悉的身影。

洛子夜嘴角立即露出笑容，往客栈之中走去……

“陛下，属下查到消息，萧疏影已经进了凤溟边境！”武青城在冥吟啸的身侧禀报。

病榻之上的君王，这几日过去，气色倒是好了不少。那张妖冶如画的面孔上，透着几分不以为然的轻蔑：“她来干什么？”

“看样子……是冲着洛子夜来的！”武青城说完这话，小心翼翼地看了一眼对方的脸色。

冥吟啸一听这话，眉梢便很快皱了起来：“小夜儿？按理说，即便是慢，昨日她也应当离开凤溟了，萧疏影来凤溟找小夜儿，你没弄错？”

这下，武青城的面上，展现出几分尴尬与复杂来：“陛下，日前洛子夜出宫之后，不知道是被什么人打伤了，那时候我们收到消息，说是……武修篁来了皇城。后来我们什么都没有搜查到，但也就是在当夜，端木堂自尽而死。我和令狐翊都怀疑，端木堂的事情跟武修篁和武琉月有关……只是目前还没有确切的证据，至于洛子夜……因为她当日的伤势，似乎并不是很严重，我怕您知道了她的事情之后，无法安心养伤，便将这件事情瞒了下来！”

他这话一出，便更不敢看冥吟啸了。这毕竟等于是在欺瞒君主！

果然，冥吟啸在听完他的话之后，当即面色惊变。那张漂亮的脸蛋，依旧美艳如画，只是已经藏满了冰冷的气息：“你说什么？”小夜儿受伤了，对方却将这件事情瞒了下来，没有告诉自己？

“陛下恕罪！”武青城立即跪下，“毕竟那时候您的身体还很虚，告诉您这件事情，对您而言也并无用处，只是徒增烦忧罢了。尤其洛子夜并无大碍，所以属下才斗胆……”

那时候陛下的身子，就是起身都不能，告诉他也不会有什么用处，所以自己就没多说。只是，这时候萧疏影来了，武青城担心再不说会出事，才对冥吟啸说了！

冥吟啸冷声询问：“所以，小夜儿是在凤溟滞留了几日才走？”

“是！滞留了三日，今日怕是正巧要遇上萧疏影，只是我们的人，在跟了洛子夜没多久之后，便将人跟丢了，所以……”其实武青城也是不敢跟踪洛子夜，毕竟洛子夜很敏锐，要是让她知道有人在跟踪她……

所以，他就算想提醒洛子夜，也不知道她人在哪里！

他这话一出，冥吟啸立即掀开了被子：“备马，朕去找她！”

“可是陛下，您的伤……”武青城皱眉。

冥吟啸面色苍白，却已经起身，取过屏风上的衣物：“备马，朕不想再说第三遍！”

“是！”武青城皱起眉头，也只能下去准备。

萧疏影听见脚步声之后，很快回过头，看了一眼她们来的方向，旋即起身。洛子夜看见萧疏影，心情也还不差，当初她们一起共进退过，这个姑娘还帮自己打击过申屠苗。当然，就算是不论这些，单单凭借对方是萧疏狂的妹妹，也足以令洛子夜对她态度友好了。

萧疏影看见洛子夜，嘴角便扬了扬：“爷，好久不见！”

洛子夜也笑了，那笑容十分艳烈亲善，让萧疏影在看见她的时候，有了一瞬间的恍神。

从洛子夜的笑容之中，她已经读懂了，洛子夜是信任自己的，而且是非常信任。

一个心中已经藏着黑暗与丑恶的人，在看见对方望向自己的如花笑靥时，那笑容之中的真诚与友善，自然会让其觉得无地自容。纵然权贵之家后宅肮脏龌龊的事情不少，但萧疏影作为大家闺秀，也是受过礼仪教育的，自然是有廉耻之心的，也就是这一份心思，令她在这一瞬间，竟然不敢与洛子夜对视。

然而，这样的情绪只在一秒之后便立即敛下。

萧疏影脑海中很快想起来，自己被退婚之后，墨氏古都的那些流言蜚语，多少待字闺中的姑娘家，对她议论纷纷；多少已为人妇的长舌妇人，对她指指点点；还有心爱之人毫不留恋的目光。

当这所有的场景在眼前清晰地浮现出来，她心中便只剩下一个字——恨！

恨，顷刻之间将她心中的愧意烧成灰烬。她看向洛子夜，面色从容。

洛子夜已经奔波了一路，并未发现她面上的异色，扬声一笑，就在她对面坐了下来："是啊，好久不见！上次你突然就走了，都没与我们打一声招呼，那时是有什么事儿吗？"

洛子夜问着，端起茶杯，给自己倒起水来，一连喝了几大口，才算是解了渴，缓解了这一路上的疲惫。

萧疏影笑了笑，坐在洛子夜的对面："是家中有些事情，父亲大人让我先回去！只是我的性子原本就是恋慕江湖的，所以在家中没待上几日，便又出了门。"

她话中有笑，洛子夜也没听出什么问题，却笑道："没想到这么巧，在这里我们遇上了！"

萧疏影点头："不过，一段时日不见，爷您已经从天曜的太子，变成了帝拓未来的王后。从男人变成了女人，这也算是天下第一的稀奇事，我起初听见了，还难以置信呢！"

她说着这话，眼神促狭，在洛子夜的身上来回打量，似乎是在洛子夜身上寻找女人的痕迹。

洛子夜作为一个女汉子、半个女流氓，对于她这样促狭的眼神，直接便扬了扬眉，甚至恨不得在萧疏影的面前转一圈："你没想到吧，爷一个女人也能这么帅！"

噗……云筱闹捂着嘴笑了起来。

萧疏影也是要笑不笑，却眼神幽深。是啊，谁会想到这样一个英俊的少年郎，其实是红妆呢？洛子夜真是好手段，若非如此，皇太子殿下岂会明知洛子夜是凤无俦的女人，还这般……还这般坚持，坚持要退了自己的婚！

她心中恼恨，面上却笑容灿烂，还寻着洛子夜问了一些她哥哥的事。倘若此刻萧疏狂在这里，怕也是知道防范萧疏影，可是偏偏萧疏狂并不在。

第二章

吾有老友蠢似驴

这三个女人，足足一日相谈甚欢。这几日奔波，大家都累了，跟随洛子夜前来的那些弟兄也都在吃喝。

“王爷，我们只探查到，萧疏影去那家客栈住了几日，像是在等什么人……”下人禀报。

暗夜之中，轩苍逸风那张俊逸的面孔，看起来有些阴沉：“除此之外呢？”

萧疏影当日已经对他说了那样的话，轩苍逸风就算是再喜欢她，也不会再像无尾熊一样，跟在她后头了，只是到底怎么回事，他还是要查清楚。

下人迟疑着开口道：“还有，今日洛子夜也在客栈投宿了，两个人似乎是旧识，谈笑风生！”

旧识？轩苍逸风微微皱了皱眉头，萧疏影与申屠苗联系过，如今申屠苗正在皇兄手中，申屠苗对洛子夜可谓恨之入骨，萧疏影跟申屠苗有联系，却能与洛子夜谈笑风生?

轩苍逸风默了几秒：“你确定她们几人，是谈笑风生吗？”

“王爷，属下确定！”那下人飞快地继续道，“她们几个人，足足说了两个多时辰，洛子夜看天色黑了，也在那家客栈住下了，怕是打算明天早上离开！”

他这话一出，轩苍逸风登时沉默了。

下人顿了顿之后，开口道：“王爷，您不宜继续在凤溟待下去了，您是陛下最看重的皇弟，将来轩苍的大业，恐怕都要交到您手中。这些时日，您却一直为这个女人在外奔波，陛下和长公主殿下都已经很不高兴了……”

轩苍逸风顿了顿，没回复那下人的话，只开口道：“继续查！有什么消息，直接向本王禀报！”

“是！”

吃罢晚饭，萧疏影笑着看向洛子夜，开口提议：“爷，这家客栈的后头，有一个温泉池，一边是男人们用的，一边是女人们用的！这些时日赶路，想必你们都乏了，不如我们都去泡泡温泉？”

云筱闹在第一时间就表示了赞同：“好！好！”

萧疏影轻声道：“那我们就去泡泡吧，爷手下的弟兄们，想必也是想泡泡的！”

洛子夜回头看了一眼自己的弟兄们：“泡温泉，你们想试试吗？”

“嗯！”那二十多个人，很快点头。每个人的眼神都十分晶亮，显然对泡温泉充满了兴趣！

洛子夜点点头，看向萧疏影：“看来你倒是给大家找了一个不错的消遣，大家都很感兴趣！既然这样，我们一起去泡温泉吧！”

凤溟皇城，客栈之中，正坐着被凤溟的大军搜查了多日的武神大人。

他看武琉月的目光，极不友善，武琉月战战兢兢地站在他面前：“父皇……”

武修篁自顾自地道：“端木堂是你心中之人，你很想救他！”

武琉月面色一变。武修篁继续道：“希望父皇给你假死的药，能够帮助他渡过这一劫！”

武修篁这话一出，武琉月完全不敢看他了。

武修篁继续道：“就算是不能救他，你也希望来一趟凤溟，就是见到最后一面，心中也是满足的！”

“父皇……”武琉月咬着自己的下唇。

武修篁说完这三句话，扬眉看向武琉月："武琉月，朕要是没记错，这些话都是你说的吧？"

"父皇，的确是儿臣说的！"武琉月老实回答。

武修篁登时笑了："你还记得是你说的就好！那么，你现在是不是应该交代一下，你既然如此喜欢端木堂……为什么要杀了他？武琉月，你一直都在欺君，是吗？"

他这话一出，武琉月扑通一声便跪下了。

她面色惨白，飞快地道："父皇，儿臣纵然是有天大的胆子，也不敢欺君啊！端木堂死的事情，跟儿臣没有一点儿关系，儿臣当日给他的药，就是假死的药，兴许……兴许他只是想不开罢了！"

"是吗？"武修篁扬了扬眉，将手中的瓷瓶放在桌案上，"既然你已经将假死的药给端木堂了，那么你告诉朕，这是什么？"

武琉月抬头看了一眼桌案上的瓷瓶，一张美艳的脸刷白。那是……那是真正的假死药！自己从武修篁的手中要来的，这东西极为难求，她没有给端木堂，也没有丢掉，小心翼翼地放着，却没想到，竟然被父皇给翻出来了！

她哆嗦着唇畔，惨白着一张脸道："父皇，您……您派人搜了儿臣的房间？"

"朕的好女儿，处心积虑地欺瞒朕，你认为朕不应该查吗？"武修篁面色不变，那张脸上全无见着洛子夜之时的为老不尊，只有一个帝王的冷酷。

武修篁回眸看了一眼茗人："你来说！"

茗人低头："是，陛下！这几天，我们的人去天牢查过了，接触到了端木堂的尸体。对方的确是服食毒药死亡，他吞下毒药的时间，与公主给他药的时间吻合，证明这毒药的确可能是公主给他的！"

茗人说完这话，武琉月霍然抬眸，杀人般的眼神看向茗人。

茗人又道："我们在天牢中的线人说，端木堂在临死之前，发出了求救的声音，但是天牢中的人并没有把这件事情当成一回事，才……所以，端木堂的死，应当不是自杀，若是自杀，他是断然不会求救的！"

他这话一出，武琉月仰头看向茗人："茗人！我跟你到底有何仇怨，你为何要在父皇面前编派这些莫须有的事情害我？端木堂与我无冤无仇，我有什么理由害他？你这根本就是肆意污蔑！你说，你是不是收了洛子夜的好处，所以在父皇面前诋毁我，想要我与父皇离心？"

茗人险些被她这些话呛死！这种颠倒是非的话，她居然也说得出来？茗人冷笑了一声，并不说话，但神态中的不满与不屑，已经溢于言表。

武琉月吼完，也不去管茗人的脸色，对着武修篁道："父皇，你要相信女儿！茗人一定是被收买了……父皇……"

武修篁盯着桌案上的瓷瓶，询问武琉月："你的意思是，这些都是茗人在陷害你？你的意思是，父皇眼盲心盲，看不出来是谁满身破绽，是谁忠心耿耿？你的意思是，你之前对父皇说的话，全部是真的，你是真的极喜欢端木堂？"

他这几个问题出来，武琉月立即指向茗人："父皇，您并非眼盲心盲，您只是被这个卑鄙的小人蒙蔽了而已！您不要相信他，他查到的东西谁知道是真的还是假的！父皇，难道您宁可相信一个外人，也不愿意相信您的亲生女儿吗？"

然而，武修篁听了，只是语气颇好地询问："如果你的话，全部是真的，那么此刻，你是不是应该对父皇解释一下，你既然如此喜欢端木堂，在知道他死了之后，你为何一点儿都不难过？"

武琉月面色惨白："父皇……儿臣，儿臣……儿臣只是不想在父皇面前表现出难过，徒然让父皇为女儿的事情操心罢了！"

武修篁睨了她一眼："武琉月，在你心中，父皇一直就是愚蠢至极的人，对吗？"

"我……"武琉月再一次咬紧了下唇！

武修篁却仿佛已经失去了所有耐心："武琉月，父皇只想问你，你方才说的这些话，你自己都相信吗？"

"我……"这下，武琉月自己都说不上话来了。

武修篁登时笑出声来："琉月，你自己说出来的话，你自己都不相信，你让父皇如何相信你？"

又是半晌沉默之后，武琉月颓然坐在地上："父皇，您说的没错！端木堂的确是女儿杀的，女儿骗了您。我并不是想来见他最后一面，我就是想杀了他而已……"

"朕想你说的不是这些，朕并不在乎一个端木堂到底是死是活！朕想要知道的是，你为什么不惜撒下如此之多的弥天大谎，不惜这样欺骗父皇，也一定要杀了他？"武修篁表情淡然，慢慢地问出这么一句话。

武琉月看了一眼武修篁："不管是什么样的理由，父皇都能够接受吗？"

"至少说出一个你自己能相信的理由！"武修篁面无表情地回复。武神大人现在

觉得，自己当真是很可笑。

武琉月心思一转，“父皇，儿臣是因为，不能接受！”

武修篁皱起眉头，武琉月继续道：“我不能接受凤无俦不喜欢我，不能接受我强迫自己不再喜欢凤无俦，喜欢上了端木堂，可他竟然如此无用！倘若我不杀他，不日之后，他就会在菜市场被人杀头，这些女儿都不能接受，所以……我选择自己杀了他，也算是一了百了，给他一个解脱，也给女儿一个解脱，就是这样！”

她说完这话，又道：“当初找您要假死药的时候，女儿是想过救他的，可是在天牢里看见他那副没用的窝囊样子，我后悔了，换了一种药给他……”

啪的一声响起！

所有人俱是一惊，难以置信地看向武修篁！陛下就算生气，也是很少这样的，他这一巴掌下去，武琉月的脸已经被打得肿了起来！他盯着武琉月，冷声吼道：“滚出去！朕没有你这样心思歹毒的女儿！”

武琉月一言不发地站起来：“儿臣告退！”说完就捂着自己的脸，乖乖地往门外走去。能躲过这一劫，她就已经谢天谢地，至于这一巴掌，跟自己的身份被曝光比起来，真的不算什么。

她走出大门后，茗人道：“陛下，公主大概真的像是洛子夜说的，被您给宠坏了……”

“不！”武修篁站起身，冷声道，“朕即便将她宠坏了，朕也从来没有忘记过教育她礼义廉耻、为人道义。她性子本恶，即便朕教，也是不能教会她！茗人，去好好查查，武琉月和洛子夜当日，到底是在打什么哑谜。还有，不知道为什么，朕最近竟然开始好奇，洛子夜既然不是洛肃封的孩子，那是谁的孩子？谁的孩子，能被洛肃封恨到那个地步，却不杀了她，反而将她当成太子养在宫中！”

洛肃封心思歹毒，但对方并不是无缘无故就要与人为难之人，这个疑点很有必要查清！

想起武琉月近日种种奇怪的行径，想起洛肃封当日对着洛子夜的脸说的话，想起洛子夜那天和武琉月打的哑谜，想起自己看见洛子夜不知道为何总会觉得亲近……武修篁的内心，萌生了一个可怕的怀疑……只是，这可能吗？

他在原地顿了顿脚步，很快走出了自己的房门，冷声道：“朕先回龙昭！茗人，洛子夜的身世，你要尽快调查清楚，朕有一种不太好的预感……”

尤其这几天，脑海中一再闪过，洛子夜让自己不要后悔跟她动手的画面，这令他心情都沉重了几分。

“是！”茗人领下了对方的命令。

武琉月回了自己的房间后，将自己桌案上的东西全部掀了！被武修篁当着那么多下人的面打耳光，她一生里从未当众受过如此大辱。这一笔账，她自然是没有办法记到已经死去的端木堂身上，于是……只能记在洛子夜和武修篁这对父女身上了！

“公主，二皇子殿下已经收到您的信件，说愿意跟您合作！他让属下来问您，您打算怎么做？还有，他跟您合作，能得到什么？”下人禀报了这个消息。

武琉月眼神阴毒：“你让他等着就是！”

“是！”那下人应了一声，很快退了出去。

门被关上，武琉月坐在桌案前，面色幽冷，正要准备歇息，就在这时，听见了窗外嗤嗤的笑声。她一瞬间便面色煞白，回头便看见一名黑衣人，她惊恐地起身：“你，你怎么会……怎么可能？你……”

修罗门的门主不是都已经死了吗？修罗门不是已经重新回到武青城的麾下了吗？这是她日前在茗人向父皇禀报消息的时候，无意中听见的，那时候她几乎是欢呼雀跃的。

可是……可是对方为什么会再一次出现在自己面前？

那黑衣人看着武琉月眸中的惊恐，嗤笑了一声：“怎么？很惊讶我还活着？我早就对你说过了，对于主公而言，修罗门只是他手中的一枚棋子！一个小小的筹码罢了，你以为修罗门倾覆了，主公的势力便没有了吗？你未免太天真了！”

他这话一出，武琉月的脸色登时难看了起来。原本她还以为，修罗门覆灭，端木家被满门抄斩，只要洛子夜死了，自己的身份就永远不会被揭开，可没想到……

那黑衣人冷笑着上前来，将武琉月拉进他怀中。

武琉月立即开始挣扎：“你干什么？”

“干什么？”他说话之间，手已经从武琉月的衣领钻了进去，狠狠将武琉月压在桌案上，撕扯她的衣服，“你说我想干什么？武琉月，你这具身体，我可是已经想很久了！左右你对主公来说，也已经没有用了，主公如今视你为弃子，那么你这具身体，我就可以好好享用了！”

战栗的感觉从身上掠过，灭顶的恐惧袭来，武琉月挣扎着道：“你放开，你……”这黑衣人武功高强，他作为那位主公身边的第一人，武琉月根本就不是对方的对手。

她声音渐高，那黑衣人低下头：“你若是不愿意，你大可以叫，叫人来救你！然后让人知道，所谓龙昭的公主，所谓武修篁最疼爱的女儿，不过是端木家一个贱婢生的女儿，不过就是一只永远上不得台面的野鸡。啧啧……武琉月，从公主的尊位上跌落，你舍得吗？”

武琉月登时便僵住，所有反抗的动作，也都被制住，口中也不敢再发出任何声音，一张脸更是死白。

对于那位主公来说，她只是一个弃子了？她应该开心自己对于那个人来说没有用了，以后不会再被对方威胁，还是应该难过就是因为如此，自己面前这个禽兽，才会对自己做这种事？

她来不及有更多的反应，身上的衣服已经被剥落……

在剧痛来临那一刻，她只听见那人满足中透着得意的声音：“武琉月，要怪就怪你自己命不好！野鸡想做凤凰，不付出代价怎么行？哈哈哈……”

她死死咬着牙，忍住了一切声音，手心攥紧，血液顺着纤细的手腕流了下来。她眸中怒火冲天，却不得不忍辱承受！

她不能失去公主的地位，她不能。

这十多年来，为了这个地位，她已经付出很多，她不能失去！

半个时辰之后。

那黑衣人穿衣服的声音传来，武琉月如同死了一样，躺在桌案上，目光空洞地望着屋顶，似听不到屋内的其他动静，只余下满身的剧痛，在提醒她刚刚发生的事情。

她听见那男人说：“虽然不是真正的公主，但是当成公主养大，皮肤的确比窑子里的姑娘滑！以后我再来找你……”

说完之后，他得意地笑着离开了。

窑子里的姑娘？他拿自己跟窑子里的姑娘比？

她是公主，是龙昭最尊贵的公主！什么窑子里的姑娘！她是公主……

又是半个时辰过去，她慢慢起身，收拾自己一身的凌乱，整理好之后，蹲在角落中狂笑起来。这笑声很大，不一会儿就惊来了下人，见她一脸狂乱，那下人问道，“公主，怎么了？”

“你过来！告诉我们的人，这样对付洛子夜……”她慢腾腾地开口，幽幽地吩咐下去。

“公主，这……”

“马上将我的话，传给我们的人！最好把萧疏影也算计在内，不要让她破坏我们的计划！”武琉月不想听他的任何意见，瞟了他一眼，冷声道，“你若是有意见，去效忠洛子夜便是，不必在我这里浪费时间！”

“属下不敢！属下立即就去办！”下人赶紧退了出去。

他走到门口，武琉月的声音传来：“不必害怕，出事了也是萧疏影做的，跟我们没有关系！死不承认就行了。所以，不要动萧疏影，她是要帮我们顶罪的，要是她出事了，那事情就难办了！还有，多找几个蛮荒部族的人去做这件事，懂了吗？”

“懂了！”

待到下人离开，武琉月摊开自己的掌心，看了一眼手心的鲜血，霍然狂笑起来：“洛子夜，我武琉月所遭受的所有屈辱，都要从你的身上百倍讨回！我所经历的痛苦，我要你也尝一遍……”

客栈之中。

洛子夜、萧疏影、云筱闹三个人在温泉里面惬意地泡着，说了一会儿闲话。

洛子夜渐渐觉得困乏，温泉原本也是不能泡久的，于是她起身：“我先出去了！你们泡着！”

“嗯！”云筱闹应了一声，但是不知道为啥，也觉得自己越来越困倦，是因为这温泉池子里头太舒服了吗？她眼下觉得自己看洛子夜的身影都看不分明。

洛子夜的状况也没比云筱闹好多少。她上岸之后，穿上衣服，过程中也一直觉得头昏脑涨，就算是这几日累了，她觉得自己也不该累到这程度。

她回头看了一眼温泉池，眼前一片氤氲，什么都看不清楚，头却越来越重。

这时，她听见萧疏影在喊她：“爷，您怎么了？”

“爷？您还好吗？”这声音似乎就在耳边，可似乎又是从很远的地方传来。

“爷？”

洛子夜伸出手抓了一下自己身畔的屏风，希望自己能站稳。然而，手落到哪里了，

她自己都不清楚，就在半空中乱抓。

萧疏影适时地接住了她。

云筱闹还在温泉池子里头蒙着，一下子困意来袭，没办法站稳。她脚下一滑，栽进了温泉池子里面，想要扑腾着站起来，但是浑身上下使不上一点儿力气，在水下吐出了几个气泡浮在温泉的表面，然后破开。

而洛子夜也没办法再撑住自己的意识，晕了过去！

萧疏影看了一眼洛子夜，又看了一眼还在温泉之中的云筱闹，犹豫了几秒钟之后，到底还是走过去，将已经晕倒的云筱闹从温泉池子里面拉了起来。

她的目标只是杀了洛子夜而已，云筱闹并不是她的敌人，尤其云筱闹一直把自己当成朋友！

当成……朋友？

她把云筱闹拖上岸，心思忽然重了起来。是啊，朋友，云筱闹和洛子夜，都将她当成朋友，杀了洛子夜，真的好吗？

她忽然不确定起来，也就在这犹豫之间，慢腾腾地给云筱闹穿着衣服。

而隔壁的温泉池子里头，那些个大汉也都晕了过去，被人从池水里头拖出来，都绑了起来。

萧疏影犹豫了半晌，却在扭头看见洛子夜那张脸的时候，心中涌起一阵烦闷。她蹲在地上迟疑了许久。

两个时辰之后，有人来敲门："萧疏影，事情做好了吗？"

"做好了！"萧疏影应了一声，起身将门打开，看着门口的人，"你们准备今夜便杀了洛子夜吗？"

"不错！"那人应了一声，手一扬，很快便有人进去，将晕倒在地上的洛子夜架了起来。

萧疏影看着洛子夜从自己身畔被人架走，却在偏头之间，看见了几个蛮荒部族的人，他们长得比中原的人都要健壮，想不注意到都难。她心中顿时有了不好的预感，看向跟自己接头的人："你们找蛮荒部族的人做什么？就算要将洛子夜打一顿，也实在不必……"

她这话一出，那人暧昧地笑了一声："公主说了，在杀掉洛子夜之前，让我们找几个男人好好伺候伺候她，蛮荒部族的人比较粗暴，相信洛子夜会更加满意！"

"你说什么？"萧疏影顿时变了脸色！

她是一个大家闺秀，也是一个女人。她能接受洛子夜被杀，能接受对方被毒打，但是她无法说服自己接受，同样身为女人的对方，在临死之前遭受这种屈辱！

她立即拔剑："你们放下洛子夜！"

她这话一出，与她接头之人立即笑了："怎么？萧疏影，你这是想反水？"

"我们的计划之中，根本就没有这一项，与其说是我反水，倒不如说是武琉月不守信在先！"萧疏影面色铁青。

那人冷笑一声，扫了一眼洛子夜："你不是很讨厌她吗？这样的事情，应当无所谓吧？"

"我是想要她死，但这并不表示，我赞同你们的手段！放下她，否则别怪我不客气！"要杀她萧疏影自己可以杀，犯不着劳烦他们！

"别跟这个八婆废话了，不如把她一起睡了好了！也是个绝色的美人……"他身后凑上来一人。

那人当即回头道："你忘了公主说了什么？让我们不要动萧疏影，这件事情还需要萧疏影来为我们顶罪！"

那人颇为可惜地打量了萧疏影一眼，退到边上去了。萧疏影被他打量得满头大火，心知武琉月说会让自己脱罪，实际上是打算让自己顶罪，但从她打算对洛子夜动手开始，她就没想过全身而退。有武琉月帮忙，会更容易得手，她才会答应合作，可是没想到那个女人竟然卑鄙到这样的境地，还想对洛子夜……

她的琴不在此处，随身携带的长剑，横在那接头之人面前，可几乎就在同时，她感觉到一阵头晕目眩。

她听见那人的声音传来："温泉池中的迷药，是我们给你的！萧疏影，你之前拿到的，并不是真正的解药，只能让迷药延缓发作两个时辰而已！不然你以为我们为什么有耐心，在门外等你两个时辰？"

那人的声音之中，带着几分得意。

萧疏影闻言，立即便站都不能站稳，扶着墙壁，怕是过不了多久，自己就会晕过去！

而那人继续道："等你醒来之后，有人来找洛子夜，就只能看到一具尸体。而你正好在这里，冥吟啸之前就怀疑过你，你说，要说这件事情是你做的，是不是顺

理成章？”

萧疏影却顾不得这些，扬声道：“你们听着，你们不能这么做！那个女人是洛子夜……那是凤无俦的女人，你们要是这么做了，一定会给蛮荒十八部族……带来灭顶之灾！”

她这话一出，那些蛮荒之人皱了皱眉头，看向带他们来的人，其中有一个人对着那接头之人道：“武义，这个女人真的是凤无俦的女人？”

武修篁是谁，他们当中都有人不知道，但是凤无俦是谁，他们全部听过！只是他们身处蛮荒，消息闭塞，并没有听过洛子夜的名字，否则也不会受骗。

“凤无俦的女人怎么可能在这里？你们不要听这个女人胡说八道！这要真的是凤无俦的女人，你们认为她有胆子设计这女人吗？”武义很快回了一句。

他这样一说，那些蛮荒部族的人才算是放下心来。

有一人开口道：“可是将军，我们在外面惹这样的事情，国王陛下知道了，会不会收拾我们？”

他这话一出，便暴露了来人的身份，竟是蛮荒部族的将军。

他们多年来烧杀抢掠，无恶不作，奸淫妇女对于他们来说，就是家常便饭。有一天晚上他们正在客栈吃饭，跑来一群人，给他们钱请他们去睡女人。那将军一听，二话不说，就带着人来了，也没言明自己的身份。眼下看着洛子夜长得如此出色，他们也没后悔来一场。

这下，倒是把武义给吓到了：“你是哪个部族的将军？”

那将军没理他，只回了自己手下的话：“我忽域烈这辈子就没怕过谁！国王陛下又怎么样？总归我们蛮荒部族就没做过好事，也不差这一茬！”

他一挥手，他带来的那些原本看起来毫无攻击力的人，这时候竟二话不说，上前来将武义反绑了起来，武义想反抗，却很快被制住！还有武义带来的那些人，也全部被包围了。

武义愣了：“你……”

忽域烈一把抓住武义的下巴：“老子再问你一遍，这个到底是不是凤无俦的女人？”

似乎听过凤无俦有个很喜欢的女人，但是那个女人叫什么，忽域烈不知道。他的确没怕过谁，但是凤无俦……他却不能不怕。

武义一看这情况，就知道自己惹了麻烦了。这时候也只得硬着头皮道：“她真的不是凤无俦的女人！只是，她的男人也是凤溟的权贵，所以你们最好按我之前跟你们说的……”

啪——忽域烈一巴掌打在他脸上，“老子怎么做事，不需要你教！”

他话音落下，很快便有人上去，将武义等人身上所有的钱财搜刮了出来。

而客栈外，已经被忽域烈的人给包围了。忽域烈看着晕倒中的洛子夜，也不多话，上去扛着她就往边上的房中走去。

哗啦！

洛子夜是被水给泼醒的，睁开眼就看到一张放大版的脸，她并未见过这个人，想坐起来，却发现自己浑身无力，动了动胳膊，发现自己的手腕被绑着。

而她面前的男人，开始宽衣解带。洛子夜还没理清楚自己为何会在对方手中，但她就算再傻，这时候也明白了是什么状况，下意识地向后挪了挪，冷声警告：“我劝你，如果不想死，就马上滚出去！”

她这话一出，忽域烈蹲下身，抓住了她的下巴：“够辣！老子喜欢！”

他说话之际，已经粗暴地扯开了洛子夜身上的衣物。这下，洛子夜才开始慌了！她并不是那些失去了贞洁，就觉得自己应当以死明志的女子，但是她不愿意，不愿意凤无俦之外的人碰她！

“滚开！”她话音刚落，身上的中衣也被撕裂。

正当那人的手要落到她胸前，而洛子夜眸中也渐渐浮现恐惧时，门口忽然传来了敲门声：“将军，不好了！有人闯进来了！”

“什么？”忽域烈还没来得及起身，砰的一声，房门被踹开。冥吟啸便进来了！

看见对方的时候，忽域烈一怔，他反应很快，立即将自己跟前的洛子夜抓了起来！袖中的匕首横在洛子夜的脖子上：“别过来！过来我就杀了她！”

冥吟啸一双邪魅的桃花眼眯起，看着衣衫不整的洛子夜，眸中燃起熊熊怒火：“小夜儿，别怕！”

他说出这几个字，洛子夜眼眶一热，却没哭。她的确是怕的，不怕死，但她真的怕这个人碰她！

而那人手中的刀子往前一送，她的脖子就见了血。

冥吟啸目眦欲裂："你放开她！我放你走！"

"放开她？"忽域烈冷笑了一声，从自己身后掏出一瓶药，对着冥吟啸扔了过去，"放开她可以！吞下那药，你过来换她！老子这辈子还没见过这么漂亮的男人，玩起来一定比这个女人舒服多了！"

冥吟啸那张脸，的确比他怀中的女人要出色得多！忽域烈向来男女不忌，看见那张脸，就动了心思！

他这话一出，冥吟啸面色苍白，眸中更是燃起熊熊怒焰。洛子夜知道，这是触到了他心中的伤。

"快点儿！"忽域烈手中的匕首又往前送了送，鲜血沿着洛子夜的脖子流了下来。

"放开她！"冥吟啸深呼吸了一口气，此刻他是一个人先闯进来的！武青城带人在外面与忽域烈的人交手，眼下这客栈之内，对峙的只是他们三个人！

忽域烈听了冥吟啸这话，便知道让对方屈服可能有戏！他低头看了一眼地上的瓷瓶，旋即再一次看向冥吟啸，那表情很恶劣，咧开嘴角道："这是你的女人吧？啧……不错，夫妻两个都长得不赖！不过今日，你可以好好想想，是把这个女人给我玩，还是你自己过来！我耐心有限！至于这药，你现在就给我吃了，否则我就杀了她！吃不吃？"

他说话之间，那刀子又往洛子夜的脖子里面扎了半寸。

忽域烈能够意识到，面前这人是个高手，所以他不敢贸然动手，只能利用洛子夜胁迫对方将药吞下去！

冥吟啸咬紧了牙关，他身上的伤并没好，此刻，他不敢贸然出手，那刀子已经横入她脖颈之中，他如果出手，只要一个失手，她可能就会死！

倘若此刻他没受伤，也不惧对方这样的威胁。可……

"吃不吃？"忽域烈又提醒了一句，眸中凶光毕现。

"住手！我吃就是！"冥吟啸蹲下身去捡那药。洛子夜看着他，下意识地摇摇头，她太了解冥吟啸，她害怕对方会因为她做出那样的妥协。看了一眼自己颈间的刀子，她直接便将自己的脖子往上送，可忽域烈很快掐住了她的脖子，不让她乱动，"小美人，你还是小心点儿，别自己撞上刀子，你要是红颜薄命，老子可是会心疼的！"

她没撞上去，脖子还被控制住，便也懒得理会对方说了什么，却盯着冥吟啸道：

“冥吟啸，你别管我了，你……”

她话未说完，冥吟啸已经将那瓷瓶捡了起来，打开瓷瓶将那药吞了下去。这是顶级的迷药，药效来得很快，吞下去之后，他便觉得自己的视线有些模糊，然而他摇了摇头，极力地保持着清醒。

外头是士兵们打斗的声音。

由于时间太紧，为了赶紧赶来，他带来的人并不多，也并未想到竟然会对上蛮荒部族的将军！武青城在外头交战，外面的战局，最终谁胜谁败，还未可知！

忽域烈看他吞下迷药，立即笑了。他向来对自己的手下很有信心，所以外面打成什么样了，他并不关心！

他松开手，将横在洛子夜颈间的匕首扔掉：“我忽域烈这个人，素来说什么就是什么！你既然肯吞下那药，我就不会杀她！不过你可想好了，你们两个，到底是谁伺候我？”

说着这话，他面上的笑容更加恶劣，手便往洛子夜身上摸去。

还没落到洛子夜身上，冥吟啸的声音从牙缝中挤了出来：“放开她！我换！”

“不……”洛子夜盯着他，摇了摇头。她不知道自己为什么会落到这个人手中，可她第一时间怀疑的人，自然就是萧疏影。如果是她又一次愚蠢，又一次信错了人，下场不应该是冥吟啸为她承担。她怨恨自己浑身无力，哪怕她有一点儿力气，咬舌自尽了也好，也不必冥吟啸面对这般抉择。

“哈哈哈……好！”忽域烈当即笑出声，伸出手示意冥吟啸过去，“不愧是性情中人！为了喜欢的女人，这样的屈辱也能忍下！既然同意换，就快点儿过来，不然……”

他说话之际，手便又要往洛子夜身上去。

冥吟啸那张妖冶的面上，看不到丝毫血色，他大步往前：“你别碰她！我过去便是！”

他话音一落，脚步便是一顿，虚浮之间险些摔倒，那迷药的效果极强！此刻，他唯一能指望的，就是自己带来的人能打败忽域烈手下那些人，带着人杀进来，否则今日……

他脚步晃动之间，忽域烈已经松开了洛子夜，大步起身，将在迷药之下已无任何抗击之力的冥吟啸往床榻上一扯，便开始撕扯他的衣服……

洛子夜被推倒在地，跪坐在地上，看着床上那一幕，泪流满面：“你放开他！你放开他！”

不可以的！她怎么能让冥吟啸为她担下这种事……

客栈外的打斗声还在继续，谁都不会想到，忽域烈竟然会忽然打起冥吟啸的主意，也更不会想到，这屋内的场面，会演变成眼下这样……

忽域烈回头看了洛子夜一眼，调笑道：“你们倒是夫妻情深！”

“他不是我夫君，你放开他！”洛子夜嘶吼出声，却看见忽域烈一口咬在了冥吟啸的脖子上，这令她眸中的泪落得更凶。

冥吟啸心中埋藏最深的伤，就是多年前那个晚上，那个老男人险些碰了他，而他的母亲也因此自尽。可是今日，因为她，他要再一次受这样的苦！怎么可以，怎么可以……

床榻之上，冥吟啸浑身无力。他能听到洛子夜的声音，能感觉到有人的手抚过他的肌肤，带起一阵战栗，很恶心，如同当年那样恶心，让他想吐。

他倒忽然开始庆幸，庆幸自己早来一步，庆幸自己不放心，先闯了进来。否则，这样恶心的事情，是不是要落在小夜儿身上？

他微微侧过头，便见洛子夜哭着看着他，他声音很弱：“小夜儿，你别看！”

是的，他希望她别看。如今他的尊严，注定被人碾碎在地。他希望，她至少不是亲眼见证。

洛子夜哭着摇头看着他：“不行的，冥吟啸……不行的，你不能这样……你不能……”

忽域烈却已经不耐烦了，起身将洛子夜拎起来。她此刻衣衫不整，他也不在意，直接便将洛子夜丢在门外。在冥吟啸这样的美人面前，其他任何男女，都会黯然失色。

砰的一声，那门关上。

洛子夜被关在门外，听着屋内男人的喘息声和动静，情绪原本就已经崩溃，这一瞬更是心如刀绞：“你放开他！你放开他……武青城，武青城，臭臭……凤无俦……”

谁可以帮她？

谁可以帮她救他？

可她这样的声音，终究无法传到客栈之外，无法传到武青城耳中。

她手腕被绑着，用尽了全力，想要挣脱自己手腕上的绳索，可是无论如何，也挣脱不开，回首之间，只能看见门外的人在交手，刀光剑影的声音一再传来。

洛子夜几乎要疯了，死死盯着那一扇门，不敢想象里面正在发生什么。听见里面的喘息声渐浓，她双眸猩红，泪水早已落了一脸：“冥吟啸……冥吟啸，臭臭，臭臭你在哪里，你在哪里……”

砰!

她话音刚落下，一阵巨响传来，整个客栈都晃了晃。

魔息传来，她下意识地看向门口，脸上带着一丝错愕，看着那人大步而来！凤无俦进门那一瞬，便看见她衣衫不整，面上更是满是泪水。

一瞬间，他那双魔瞳之中蓄满了怒意，飞身上楼，将她抱入自己怀中。内息扬起，已经震碎了她手腕上的绳索，并很快用自己的外袍将她包裹起来。

洛子夜却顾不得惊喜，也顾不得其他，看向那屋子：“臭臭！你快救他，冥吟啸在里面……”

看着她这衣衫不整的样子，凤无俦很快意识到了什么，内息扬起，那房间的门被狠狠撞开！他再一次抬手，原本趴在冥吟啸身上的人，被他的内息狠狠扯起从屋内拖了出来！砰的一声，自楼上摔到地上。

洛子夜顾不得他，便想往房中爬去，凤无俦抱起她，很快进屋……便看见冥吟啸一身青紫，好在，裤子还穿在身上。洛子夜喜极而泣，却哭得更收不住。

冥吟啸这时候也看向他们，他精致的唇角淡扬，那笑容却很苍白。似乎，每一次他想保护小夜儿，都会把自己弄得狼狈不堪，而每一次，也都会让情敌见证自己的无用!

凤无俦此刻看着他，心思更沉。不必多想，他就能意识到发生了什么！幸好，他有了不好的预感，预感到她可能会出事，他就来了。否则……否则……

不一会儿，武青城从屋子外头进来了！他看着敞开的房门，也没多想，可进屋之后，见着冥吟啸无力地躺在床榻上，身上满是瘀痕。只是一瞬，他的面色便铁青了起来!

洛子夜看着眼前这一幕，渐渐觉得自己的头越来越昏，还来不及再说什么，就晕倒在凤无俦怀中。

那脸上满是泪水，一张小脸埋在他怀中，受尽了委屈。这令凤无俦眸中震怒的气息高涨，他更憎恶自己，为何没有再早来一步，若是再早来一些，也许冥吟啸就不会

遇见这种事！她也不必如此绝望，如此痛苦。

砰的一声响起。

还在交战之中的人，霍然看见忽域烈的身体从客栈之中被抛了出来！抛向半空，砰的一声落下，那身体竟然在半空中四分五裂！

闽越见状，喉头一哽，这样的出手方式，他心知王已经震怒。

门外所有的人看见这残忍的一幕，手中的动作都顿住。

很快，内息四散开来。外头的人只感觉到一阵阵罡风，刮得自己面上生疼！

凤无俦抱着洛子夜，大步从客栈中出来，魔瞳扫向那些蛮荒部族的人："谁给你们的胆子，敢欺辱孤的妻子！"

他说的是妻子，不是其他任何的词。

妻子。

这样的身高，这样的气场，有人很快认出了他。

"是凤无俦！"

"她真的是凤无俦的女人……"

他们话音未落，便是魔息涌动！整个画面几乎被定格，那些蛮荒部族的人，还有边上被绑起来，面露惊恐之色的武义，都难以置信地看着自己的身体，慢慢升向空中！

那人魔瞳一凛，眉梢蹙起。

轰隆一声，地动山摇！

闽越下意识地闭上眼，王的震怒，无人可以承受！

顷刻之后，方圆几百米的树木被连根拔起，化为灰烬。而地上，是蛮荒部族的人，一地的断臂残肢！还有将地面都染红的血……被云层遮蔽的月也展露出来，照出这一地血腥。

凤无俦……

这就是凤无俦真正动怒的样子，王之怒，天地也承担不起！

武义此刻还悬浮在空中，盯着地面上的那些残肢，还有满地断掉的手指，甚至还有人的脚趾！他面色刷白，很快，便见着凤无俦的眼神落到了他的脸上。

凤无俦魔魅冷醇的声音，带着铺天盖地的怒意："孤给你三句话的时间，解释清楚！"

"我……"武义看了一眼凤无俦的方位，又看了一眼地面上的残肢，他根本不敢再说出任何狡辩的话，也根本不敢欺骗凤无俦，“是公主！是武琉月，她跟萧疏影合作，萧疏影利用洛子夜的信任，在温泉池子里面放了迷药……”

这句话落下之后，他很快说出第二句：“武琉月说不能让洛子夜这么轻易地就死了，要找几个蛮荒部族的人侮辱她……”

砰！

他第三句话还没来得及说出来，他的身体便在半空中被扯碎，落于地上，成为一地残肢！

“武琉月、萧疏影、蛮荒部族！”凤无俦森冷如冰的声音，响彻众人的耳膜。

不一会儿，肖青从客栈之中出来：“没有找到萧疏影，想来是我们来之前，就被人救走了……”

洛子夜昏迷之中，也极不安稳，抓着凤无俦的手，口中喊着的人却是冥吟啸：“冥吟啸，你不能……不能这样……冥吟啸……”

这令凤无俦魔瞳微凛，眸中震怒的情绪越发浓烈。洛子夜重情，冥吟啸竟然这样救她，这样的恩情，恐怕此生都会刻在她心中。可他不能责怪情敌任何，他甚至应该感谢他，若不是冥吟啸早来一步，被侮辱的人就会是她！

“臭臭……臭臭，你在哪里……”她忽然哭了起来。

那时候的绝望和痛苦，都在梦中重演了一遍。

他攥紧了她的手，将她紧紧抱在怀中，冷醇磁性的声音一遍一遍响起：“孤在这里！没事了，没事了……”

他心中怒悔交加，他为什么没有早来一步？为什么就偏偏晚了这么一步？

让她伤心成这样，倘若他再晚来一步，她是不是会绝望到……不要他了？

是啊。她面对这种事情，冥吟啸比他先一步到这里，甚至不惜用自己的尊严和身体去救她。而他呢？

而他凤无俦呢？那时候他在哪里？

她险些被人欺辱的时候，他在哪里？

冥吟啸舍身救她的时候，他又在哪里？

她最需要他的时候，他都不在她身边。所以……今日这一切，都是他的错！

闽越心知王在想什么，可王的身体，纵然是被药物压制住了寒毒，那毒性这一路

上也没少出来作祟，多次让王呕血。王已经是尽全力，用最快的速度赶来了，可是谁知道……

这能怪谁？闽越也不知道。

但他清楚，王是不会原谅自己的。这件事，王会永远记在心上，记着因为自己来晚了一步，险些发生这样的事情，这自责和后悔，也会相伴王一生！

洛子夜闹腾了半个晚上，才算是睡着了。

第二天中午。

她醒来的时候，便发现自己窝在凤无俦怀中。她问出的第一句话，便是："冥吟啸呢？他怎么样了？"

她与凤无俦对视之间，闽越便先开了口："他走了！昨天晚上连夜走了……怕是……"

闽越没有说完，但洛子夜懂了对方的意思，一张小脸瞬间刷白。

怕是……昨夜的事后，冥吟啸不愿意面对她，所以走了。毕竟这样的事，对一个男人来说，无异于尊严尽失。尽管忽域烈并没得手，可对于冥吟啸而言……

她咬住了下唇，凤无俦却将自己的手递进她口中："洛子夜，要咬便咬孤！都是因为孤来得太晚，洛子夜……都是孤的错！"

只是，她能不能不要因此，便将冥吟啸当成她生命中最重要的人？

只是，她能不能不要因此，就放弃他？

洛子夜低下头，看着他递到自己唇边的手，狠狠一口咬了上去！她不怪他，她怪的是她自己。可她还是咬了，这一咬，她的眼泪落得更凶，直到尝到血腥味，她方松开他，在他怀中捶打他："你为什么不早点儿来？你为什么不早点儿来？"

她知道这不能怪凤无俦，他远在千里之外，根本不可能知道她出事。他能来，能出现在这里，就已经是个奇迹，她不能怪他的。

可是，她所有的情绪，所有的痛苦，都需要一个宣泄口。或者说，她心头的自责，需要一个宣泄口。她为什么会这么愚蠢？为什么会相信萧疏影？为什么会丝毫不设防？为什么……

最终害得冥吟啸险些因为她被人……被人……

然而，因为她爱他，所以她能把自己的小性子，把自己的脾气，都尽数撒在他身上。尽管她心中真正责怪的人是她自己……

他自然能看见她的痛苦和自责，更清楚她此刻并不是真的怪他，可在她情绪崩溃之际，他却只能抱紧她，不断将责任都揽在自己身上："是孤的错！都是孤的错……"

洛子夜哭闹了一会儿，才终于冷静下来。

哭闹声止住之后，她紧紧抱着凤无俦，才轻声道："臭臭，幸好你来了！"

是的，她真正想对他说的话，是幸好他来了。如果他没来，昨夜的事情才是真正无法收场。

她总因为自己的愚蠢和轻信他人犯错，最终却总是要他和冥吟啸来为她收拾残局。

她更知道，凤无俦来晚了，他心里也是愧疚的。她不能再把这样的情绪宣泄在他身上，她不能明明心中怪的是自己，口中却说怪他，这会让他更加自责，更加在自责和内疚中无法自拔。

他微微一颤。他自然能懂她忽然说出这句话，意味着什么。她不希望他自责，可他如何能不自责？她这样，只会让他更自责心疼罢了！

又是半晌过去。

洛子夜彻底冷静下来，问了凤无俦一句："你有没有查清楚，到底是怎么回事？"

继续悲伤是没有意义的，她应该报仇！让那些妄图伤害自己、伤害冥吟啸的人，付出代价。

"你要走？"冥吟啸看着自己面前的人，倚靠在马车之中，昨夜的药性已经过去，但是他后腰的伤依旧没有好全，还需要休养。

武青城面无表情地道："对！"

他这话一出，再一次抬眸看向对方："冥吟啸，我不想继续待在你身边了！我待在你身边是为了保护你，可是你……你却为了洛子夜，这样轻贱自己，让自己沦为男人的玩物……既然这样，我待在你身边，还有什么意义？"

他已经死心了，他没有保护面前之人的能耐。既然这样，继续留下，对于他来说是多余的。对于冥吟啸而言，也是毫无意义的。

这时候的他，已经取下了自己常常戴在脸上的面具，露出一张与武修篁颇为神似的面孔。

没带包袱，也没带任何东西，却将手中最后一把钥匙，递交给了冥吟啸："这是冥吟昭走之前，留下的国库钥匙！我已经交接好了。来你身边的时候，我没带来什么，走的时候我也不打算带走什么。珍重，如果你愿意的话，希望你记得我！"

冥吟啸将钥匙接了过来，并未有任何挽留的心思，反而道："你应当会回龙昭吧？对于你而言，回龙昭，是最好的选择！"

就是这样，淡淡的态度，建议自己回到龙昭，或许对于对方来说，自己早些离开才是最好的。武青城也没打算瞒他："武项阳要脱离天家皇子的身份，几日之前，父皇传信，说希望我回去……他正要离开凤溟往龙昭而去，我眼下与他一起走，也正好！"

他没说的是，父皇传信说希望他回去，他直接就拒绝了父皇。

只是，昨夜之事，对冥吟啸……他是恨铁不成钢，也是失望吧。

他太清楚，当年冥吟啸险些被那个老男人……给冥吟啸造成了多严重的影响和多大的阴影。而他武青城如此珍视他，那么担心他会再一次面对这种事情，可是呢？可是冥吟啸他根本就不在乎，他在乎的只有那个洛子夜，既然这样，自己再多的保护，也都是多余的。

"嗯！一路顺风！"冥吟啸笑着说了一句，那笑靥妖娆美艳，令人沉堕。

然而，武青城明白，这些都不过是表象。他敛下心神，转身而去。

就在这时，冥吟啸抬眸看了一眼他的背影，竟道："但愿多日之后，我能收到你成婚的请柬！"

武青城顿住脚步，整个背影也僵住。即便是做梦的时候，他都没有想过，冥吟啸竟然能无情到这步田地！他应当谢谢对方的祝福吗？或者将这理解为一种善意？

终于，他还是没能说服自己说出一声谢。

冥吟啸回头盯了一眼手中的钥匙，他房中还放着无数把钥匙，是他多年来敛下的小金库。直到这一步，身边的人全部离开，从洛子夜、冥吟昭，到武青城，尽数去走他们自己的道路。

他终于慢慢扯了扯唇畔，他还剩下的，就只有一个国家、一身身为帝王的责任，以及……这个敛财的小小爱好与满足感。如果没有这个，他的人生是不是会……一点儿乐趣都没有了呢？

大概帝王，就注定是孤独的。

他闭上眼，开口吩咐道：“去墨氏王朝，告诉墨子燿这件事！萧疏影的全家人，墨子燿若是不愿意料理，我来替他料理！”

门外有人很快应了一声：“是！陛下！”

马车还在继续前行，外面是车轮轱辘的声音，慢慢在耳畔响起，直至无声，直至天青路远……

下人胆战心惊地说：“王爷，您将这个女人救回来……”当日，他们感觉到客栈里头情况不对，王爷赶到，就已经看见武青城的人和蛮荒部族的人打了起来！王爷也没掺和，从客栈的后院翻进去，找到了萧疏影，将对方救了出来。

“她救过我一条命，如今算是两清！”轩苍逸风淡淡回了一句。

此刻，他们在苍山之下，世外高人隐居才会选的地方。凤无俦的人就算是搜查萧疏影，也断不会想到这个地方。

说话之际，原本昏迷中的人，倒是醒了！她从床榻上坐起来：“不行！你们不能这么做，你们不能……”

坐起来之后，看着面前的场景，她才发现情况似乎不太对。这里不是客栈！这里是哪里？

她往边上一看，便发现自己在一间竹屋里头。回过头，她便看见轩苍逸风神色复杂地坐在她床边。

不知道为什么，看见这个几日不见的人，萧疏影竟然有一瞬间的恍神。她原本以为，对方不会再出现，对于她来说，是甩掉了一个很大的麻烦，可是这几日他不在，她竟然常常觉得不习惯，甚至坐立难安！

而这时看见对方，她竟有了一种莫名的安全感。

然而，轩苍逸风的眼神却很冷，是她从未见过的冷！令她怀疑是一盆子水，从他头顶浇了下来。

“醒了？”轩苍逸风语气很冷，很疏离，不像从前那般臭不要脸，也不像从前那般死缠不放，就是冰冷得没有丝毫温度！

萧疏影点了点头：“醒了！是你救了我？”

“不错！当初你救了我一命，如今我还给你一命！从此之后，你我之间就算是两

清了！至于以后，你是被凤无俦抓住，还是被洛子夜找到，你是生是死，我都不会再多问！”轩苍逸风说完就起身。

萧疏影看着他的背影，有些恍神，他的背影看起来很近，但仿佛对方今日走出这个门，从此以后，他再也不会回来。

不知怎的，她心头涌起一分慌乱：“你是在怪我吗？怪我当日对你说的话？”

“我轩苍逸风还不至于那么小家子气！不过，萧疏影，也如你所愿，我不会再纠缠你了。”轩苍逸风顿了顿，面上浮现出一分讥诮之色，回过头看向萧疏影，“如果我没料错，昨夜你是与武琉月合谋，想要杀洛子夜对不对？”

萧疏影面色一白，但她很快仰起头看向他：“没错，是又怎么样？”

“你们不仅仅要杀她，还要找人玷污她的清白？”轩苍逸风看萧疏影的眼神，就像是看着一个肮脏之物，或者说，更像是看着一只让他避之唯恐不及的蛇蝎！

这眼神，刺得萧疏影心口生疼，她正想为自己辩驳。

轩苍逸风先她一步开口了：“好了！你不必说了，我已经知道了！萧疏影，我喜欢上你的时候，就是你救了我，我从昏迷中睁开眼的那一秒，那时候我看见的是你眼中的善良。可是现在，我发现我看错你了。我心中仙子一般美好善良、口硬心软的女子，原来根本毒如蛇蝎！不过是墨子燿退了你的婚，你就要杀人？”

他这么一问，萧疏影面色发白，在对方锐利的眼神之下，说不出话来。

而轩苍逸风也没有等她回话的打算，却偏转头继续道：“情爱之中失利，便要下毒手杀人，甚至杀了对方还不够，还要与人合谋，在杀死对方之前，玷污人家的清白！萧疏影，我现在觉得，我当初大概是瞎了眼，才会觉得你善良，才会爱上你！”

萧疏影被他一席话，说得面如白纸！轩苍逸风的话不全对，她并没有要找人玷污洛子夜的清白，她就算是憎恶那个女人到极点，也做不出来这样恶毒的事。可对方的话也不全错，自己的确想要洛子夜死。

的确只是因为，墨子燿不喜欢自己，退了自己的婚，所以她才想要对方死。这在男人眼中

……不，在一个但凡知道礼义廉耻，知道伦理道德的人眼中，都是歹毒的。

所以，就算是解释，也是无用。

轩苍逸风举步往门外走去：“我轩苍逸风一生光明磊落，敬重品质高尚之人，敬重道义！今日救你，是为了还你当日恩情。至于你我，便是此生不复相见的好！我不

想再回忆起来，自己竟然爱上过这样一个女人，相信心里只有墨子燿的你，也不会希望再看见我！”

说完这话，他踏出了大门。

萧疏影心头一惊！看着对方离开的背影，骤然感觉到心口抽疼，比当日墨子燿来退婚的时候，看着对方离开的背影，还要叫她心痛难忍！

于墨子燿，当日她是觉得失望、尴尬、愤怒、不服输，还有绝望。

可是今日，她却觉得，像是有刀子，要将自己的心生生割裂！她惊惶地道：“轩苍逸风，你等等……”

她这声音一出，轩苍逸风的脚步果真顿住，他头也不回地道：“你不必担心，你住在这里，吃住自然有人安排！凤无俦的人也不会想到你藏在这里。如果你要走，也没人拦着你！”

萧疏影喉头哽了哽：“如果我说，我从来没有想过，要找人玷污洛子夜的清白，你相信我吗？”

轩苍逸风沉默了，站在门口。

看他久久不说话，萧疏影也有些着急了：“轩苍逸风，我真的没有想过那么做……昨天晚上我也犹豫过，犹豫过到底要不要杀了洛子夜，但是……”

“但是你最终还是决定杀了她，决定杀了一个把你当成朋友，对你毫不设防的人！”轩苍逸风依旧没有回头。

他这话一出，萧疏影再一次哽住。

不错，轩苍逸风说的没有错！但是……最终她还是决定杀了洛子夜！她闭上眼，这时候忽然不知怎的，眼中就掉下泪来：“没错，我还是决定杀了她！但是在知道武琉月打算找人玷污她的时候，我是出手拦了的，只是那时我也被下了迷药，所以……”

“萧疏影，你连杀了她都做得出来，都能下定决心，你认为我凭什么会相信，你会忽然好心到出手帮忙拦着？”轩苍逸风语气里带着淡淡的讥诮。

萧疏影闻言，当即面色煞白：“所以……所以，你不信我？”

她双唇颤抖，其实她并不应该奢求对方相信她，毕竟放在任何一个人身上，都很难相信。一个会因为嫉恨，想要杀人的女人，谁会相信她还会有一丝善念，想要帮情敌保住清白？

果然，轩苍逸风笑了笑，吐出了两个字：“不信！”

说完他又道：“莫说是不信了，即便信又怎样？你想杀了洛子夜，依旧是事实！倘若你名正言顺地跟她交手，我还不至于如此憎恶，可偏偏，你是利用朋友的信任，来做这种事情！萧疏影，你的行为，的确让我觉得恶心！”

轩苍逸风在江湖上，虽然一直都是亦正亦邪，让人捉摸不透。但了解他的人，都知道他是正道之人！他只是对邪魔外道还之以邪魔外道，对道貌岸然还之以道貌岸然罢了！他心中是向善的，对朋友义气尤为看重，自然地，也无法接受萧疏影这样从恶的人。

恶心？他竟然连这两个字都说出来了！

萧疏影顿时不再说话，闭着眼，任由泪水流了自己一脸。他恶心自己！这一刻她觉得自己很委屈，她真的没有他想象的那么坏，可是在世人眼中，她也的确已经算坏了。

她不知道为什么，她会这样难过，难过得像是有一个人，正拿着刀子在剜她的心，抽痛之间，竟只能紧紧握着双手，攥紧了自己身畔的床沿。

她到底怎么了？轩苍逸风又不是她的谁，她喜欢的人是墨子燿不是吗？那么为什么，她会觉得那么难过？

轩苍逸风举步，往苍山之外走去。风中，只传来他的最后一句话：“我不后悔我爱上你，但日后，我不会再爱你！”

萧疏影坐在床榻上，听着对方离开的脚步声，每一下都似踩在她的心尖上，那么痛……痛到她觉得自己浑身麻痹，痛到她觉得自己这一秒，就几乎要死去。

当那脚步声平息，那人已经从这里离开后，她终于无法控制自己的情绪，抱着自己的双腿，失声痛哭起来！

为什么，为什么，为什么……

为什么当初他追上她，试图带她回头的时候，她不听他的？

为什么她鬼迷心窍，真的动了杀人的心思，明明她根本就不是狠毒的人？

为什么她明知道武琉月不安好心，却还是答应跟对方合作，那样丧心病狂到不惜一切代价，也要杀了洛子夜，最终搞成这样？

为什么……

为什么她没有早早地想到，轩苍逸风是什么样的人？

为什么她没有早早地想到，她做出来的事会让他无法接受？

为什么，她一直到现在，到他们之间已经走到无法挽回的地步，到他说恶心她，说他不会再爱了，她才发现，原来……她爱他？

触手可及的幸福不要，却总是看向无法触及的东西。最终，越错越远，最终，一无所有，与身边的幸福也失之交臂。有时候并非命运愚弄人，而是人太过偏执，最终愚弄了自己。

“我该怎么办……”

洛子夜和云筱闹，从此不会再将她当成朋友。兄长也一定会失望至极，觉得无颜面对洛子夜，说不定还会做出傻事。家人也定然会因为她被连累。而她真正爱上的人，也因为她的狠毒，选择了弃她而去。

为什么她从前没有想过，她其实拥有的有这么多？

有朋友，有家人，有兄长的疼爱，有轩苍逸风，却只偏执地看着墨子耀，看着对方退了自己的婚，看着自己因此遭受的屈辱，看着自己被折辱的尊严，看着自己碎了一地的心，看着……

最终，落到如今这样一无所有、连累身边所有人的田地！

她痛哭的声音，也落到轩苍逸风耳中。他走了很远，也能听见她的声音，那一瞬间心口有过闷痛。毕竟，他是真正、真心实意地爱过那个女人，甚至不惜冒着得罪凤无俦的风险，将她救了出来。可是……

他叹了一口气，斩断了眸中最后一丝不忍。

他要的，不是这样的女人，从来都不是！就算对方真心悔过，但他心中那一张纯白的纸，已经被泼了墨，脏了就是脏了。这世上，并不是所有的错，都可以被原谅的。

他再一次举步离去，脚步比方才要轻快许多，身后还有萧疏影的哭声传来，但这似乎已经无法再影响他的心绪。

“你说什么？”武琉月眸中露出惊恐的神色。

那下人也被吓得够呛：“就是这样的，我们的人没有得手，因为凤无俦当天晚上赶到了，当日所有参与此事的人，全部死了，只余下一地的断臂残肢，人的手指头和脚趾头，都四分五裂地落在地上，方圆几百米的树也都被连根拔起……”

武琉月面色煞白：“武……武义呢？他还活着吗？”

“死了！”那下人颤抖着道，“我们的人不敢靠近，怕被凤无俦的人察觉，但是

武义……武义的头颅，从那堆尸体附近滚了出来，滚出去几十米，所以……所以我们都看见了……怕是他的身体，也被四分五裂了，就在那一堆残肢之中！”

听说武义被杀了，武琉月轻轻地松了一口气：“还好，武义没有落到他们手中！”

然而，她还没有高兴完，那下人就道：“公主，武义虽然没有被抓到活口，但听说在他死之前，就已经把您招供出去了！凤无俦很生气，已经派人在搜寻您的下落了！”

“什么？”武琉月不敢相信自己听到的。

“凤无俦已经向南息辞下了命令，要立即攻破我们的边城，要将您……将您充为军妓，碎尸万段！”那下人说着最后一句话，竟都不敢抬头看武琉月。

扑通一声，武琉月跌坐在椅子上。

还没来得及说什么，她的房门便被武修篁推开，他面色铁青，第一句话便是：“武琉月，你又做了什么？”

原本他们跟帝拓交战，就已经让他焦头烂额，纵然没有输，但也耗费了武神大人不少精气神！但自己这个女儿不知道又做了什么，使得凤无俦竟然怒不可遏，下令刚刚结束扩张疆土之战的王骑护卫，立即赶赴边城，不惜一切代价攻破龙昭，并且扬言要将武琉月充为军妓，碎尸万段！

冥吟啸还下达政令，说不再售卖武器给龙昭！凤溟是制造武器的第一大国，龙昭精锐们手中的武器，都是从凤溟购买的，不仅仅龙昭，其他各国基本上也都是从凤溟购买武器。他们买来武器充备军用，凤溟因此得到钱财，各国军用往来良好。

就在凤无俦要找武琉月麻烦的同时，冥吟啸表示以后不管龙昭出多高的价格，也不再将武器卖给龙昭！要是这两个小子都是来真的，那即便他武修篁贵为武神，龙昭为天下第一强国，也够他喝上一壶了！毕竟帝拓和凤溟，都不是小国！

“父皇，我……”武琉月从来就没有在武修篁的脸上，看见过这么可怕的神色。

而武神大人登上皇位以来，这么多年来从来就没有遇到过这样的政治危机，尤其这事还是屡教不改的武琉月捅出来的，他实在难以不生气：“武琉月！此事若给我龙昭带来大难，朕定废了你的公主之位，向天下臣民交代！”

武琉月的表情登时精彩了。她费尽心机做了这么多，隐忍下这么多的屈辱，甚至还失去了女人最为重要的贞洁，也不敢吭一声，就是为了保住公主的尊位，但是武修篁竟然对她说，要为此废了她公主的位置？

她还来不及说话，武修篁已经恼恨地转身，并用力摔上了房门！

武琉月再一次瘫坐在椅子上……

出了武琉月的房门，武修篁气得狠狠抓住了栏杆："茗人，朕觉得自己大概是做了一件很错的事！"

"陛下，是公主自己的问题！"茗人直接便道，"您对公主那样好，事事都恨不能亲自教导，但是她无法领会您的良苦用心，越错越远，这一点岂能怪您？而至于方才，您怒极之下，说要废了她的公主之位，属下认为，这能算得上是对公主的一个警告，说不定能警醒公主以后收敛一下，故而……"

故而陛下其实没有什么大错。

武修篁深呼吸了一口气，也是失语。武琉月真的是他这一生里，遇见的最难解决的难题。偏偏对方又是自己最疼爱的女儿，许多手段也不能在她身上使用，最终才变成这般。

默了许久，茗人道："陛下，洛子夜的身世没查到头绪，只透过一些细枝末节的事，推断洛子夜是大概十八年前，被洛肃封抱回去的。至于他回宫的时间，跟当年他来龙昭……来龙昭妄图带走水漪公主后回宫的时间吻合！"

茗人心中也是震惊的，大着胆子道："陛下，水漪公主生产当日，乾宁宫起火，宫中一片混乱……现在回想起来，当年会不会……不，属下没有旁的意思，属下只是……"

武修篁听了他的话，目光如炬："继续查！朕就不相信，洛肃封真的能将洛子夜的身世藏得这么好！"

"是！"

这几日，整个天下的人都胆战心惊！据闻，凤无俦向蛮荒十八部族下了战书！

战书的内容，是要血洗蛮荒。当初在天曜，凤无俦为了夺取圣晶石，曾经做出要远征蛮荒之态，然而还没有来得及真正动手，就被轩苍墨尘设计。蛮荒部族的人，每次想起都是又惊又喜，欢喜自己没有被攻打。可还没欢喜多久呢，怎么正式的战书就下来了？

凤溟天牢。

令狐翊冷着一张脸，拿着一块帕子，捂着口鼻，眼神在端木堂的身上打量了许久。

“丞相大人，端木堂出事当日，我们的确听到了他求救的声音，但是……”狱卒说着这话，声音更小了，“但是对方竟敢挟持陛下，我们也是很生气，是以刻意没有理会他，哪里知道……”

令狐翊原是龙昭的人，来了凤溟之后，却让凤溟第一世家令狐家唯他马首是瞻，以至于让不少人都误以为令狐翊出身于凤溟第一世家，他这样的人，自是不简单。

只见他眉梢扬了扬，便看着端木堂的衣摆上，有一截布料不见了。他眸色微深。睨了一眼那狱卒：“你们发现端木堂的时候，他死的姿态如何？”

“趴着！”狱卒略一思索，“当时是趴着的，在往床的方位爬。仵作说从他的样子来看，是想去够什么东西，小的们推断，他莫不是太痛了，所以想爬到床上去？”

令狐翊回头扫了一眼门口的狱卒：“你进来，告诉我端木堂当时是如何趴着的，示范一遍！”

“是！”那狱卒很快趴在地上，摆出端木堂当时的模样。

令狐翊的眼神，随着他的手伸去的方位，落到床榻下的草堆之中。他上前去，蹲下，试探性地在草堆里面翻了翻，没一会儿，就看见了一截布料。

他嘴角微扬，打开一看，是一封血书：“武琉月并非真正的龙昭公主，她只是当年与水漪公主交好的一名贱婢所出，真正的龙昭公主，在十七年前就已经被洛肃封抱走，那个人是洛子夜。”

令狐翊微愣，这东西……真的还是假的？这东西要是落入另外一个人手中，怕只是觉得端木堂发了一回疯，或是觉得这件事情根本不关他们的事，放下就不再理会。可是，偏偏落到了令狐翊的手中！

三年前，令狐翊还是龙昭的人，是武项阳最为仰仗的权臣，被誉为天下三公子之一，在朝野之中屡立奇功，晋升飞快，就连武修篁也对他极为赞赏，有了封王封爵的念头！然而，一次酒宴之上，他却受到龙昭那位最得圣宠的公主——武琉月的欺辱。

那女人生性高傲，觉得她自己高人一等。自己当初不过是端着一杯酒，被后头的人一撞，险些泼到武琉月的身上，武琉月是有些武功的，当时就已经避开。

原本此事，他道个歉就应该作罢。然而他出言道歉之后，那个女人口中不饶人，张口就是一句：“哪里来的狗东西，瞎了你的狗眼，竟敢冲撞本公主！”

彼时他在龙昭已经算是位高权重，即便武项阳都不会随便得罪他，武琉月却……

武项阳上来解说了他的身份，没想到武琉月听完之后，却更加不屑：“平民之家出来的野狗，就算是当上大司马，也只是野狗而已！”

这句话，令狐翊会记住一生一世。龙昭的令狐家，纵然不像凤溟的令狐家这样，是赫赫有名的名门望族，但他为官之前，父亲就已经是从四品的官员。然而这些在武琉月的眼中，竟然也就叫“平民之家出来的野狗”？

武项阳说了不少调解的话，而那时候的令狐翊，还是十八九岁的年纪，心中愤愤不平，找武修篁评理。毕竟他已经是权臣，武琉月因为这样的小事就出言辱骂，实在是过分！

不过，他忘记了武琉月是武修篁最疼爱的女儿，武修篁当时的确震怒，给了自己许多赏赐，甚至还给了一块封地作为安抚，表示武修篁的爱才之心，可到底没有处罚武琉月，只警告了武琉月一句“日后说话稳重一些”。

当时令狐翊就觉得心寒无比，他找武修篁去讨的是尊严，可不是赏赐。他当场取下了自己头上的冠冕，谢绝了武修篁要赐给他的那些东西，拂袖离开了龙昭皇城，龙昭所有的人都记得此事，也有无数人为他可惜。

一年后他辗转遇上了在外漂泊的冥吟啸，得到对方对自己才华的赏识，才来到凤溟再一次被重用。

当年他不能接受武修篁那样随便的态度，但如今在官场上又待了许多年，也能够理解，臣子固然重要，但武琉月在武修篁心中的地位，怕是比什么都重要，谁让武琉月命好，是天家的公主呢？谁让对方好死不死，还是洛水漪生的呢？

这些年过来，这件事情在令狐翊的心中已经淡化了，反正他在哪里为官，都一样是重臣，也无所谓是不是留在龙昭。

只是，理解了，想通了，并不代表可以原谅！

令狐翊这辈子都不会忘记，自己堂堂一个男人，被人当着那么多人的面，折辱了尊严，辱没了人格！

而自己无法还嘴的原因，其实就只有一个，对方是公主！身份高贵的公主！而端木堂是要告诉自己，对方并不是公主吗？这也是要给自己一个雪耻的机会？

令狐翊嘴角扬了扬：“进宫！”

洛子夜再一次转醒，便发现自己躺在凤无俦怀中，同时也感觉自己的头还有些晕

乎，看了他一眼："我发烧了吗？"

她询问之际，他已经探过她额头的温度，是正常的："有些烧，不过并不严重，眼下已经好了！"

因着当日情绪太激动，又受了些凉，才会如此。想起当日之事，他眸中又有鎏金色的光芒掠过，那是怒极的表现！

"嗯！"洛子夜点点头，往他怀里蹭了蹭，情绪很低落，"臭臭，你说我是不是很蠢？"

当日的事情，他已经告诉她了，果然就是萧疏影整出来的幺蛾子。当初她因为轻信了洛小七，吃了那么大的亏，竟没想到还是学不聪明，再一次险些在萧疏影身上栽了大跟头！

她这话一出，他的大掌便落入她发间，魔魅冷醇的声音缓沉地道："不是你蠢，愚蠢的是孤！"

这一句，森然切齿，其中也带着深深悔意。当初他和冥吟啸，都意识到萧疏影可能有问题，然而彼时那件事情是冥吟啸处理的，他相信冥吟啸插手了，就应当没有太大的问题，于是没对那个女人赶尽杀绝，最终让她做出这种事！

洛子夜登时便不说话了，这个男人向来大男子主义，怕是她出了任何事情，他都会在他身上找原因，都会觉得是因为他的疏忽失误，没有保护好她。所以跟他争论这些，没有意义。

她叹息道："既然愚蠢也不是什么优点，爷就不跟你争了！"

她这话一出，凤无俦眉心一跳，即便威严霸凛目中无人如他，嘴角也抽了抽。

下一瞬，他冷醇磁性的声音，在她头顶响起："自今日起，孤不准你再离开孤身边半步！"

"……"洛子夜倒是觉得很憋屈，"你好意思说，你自己出征的时候，不是死活不带我去吗？"

那时候她觉得他简直是吃错了药。

当初不带着她去，是因着想打下那片土地送给她，作为她生辰的惊喜，早知道自己没带着她去，会让她遇见这种事情，无论如何，他也一定会将她带上。只是眼下，后悔这些也是晚了。

"是孤的不是！孤以后断然不会如此了！"说话之间，他将她抱得更紧。

洛子夜抬眸之间，便落入那一双霸凛的魔瞳之中，她在他眸中，看见了愤怒、自责、内疚。对于这件事情，自责自己愚蠢，险些害了她自己，险些害了冥吟啸的，不仅仅她一个人。

他同样自责。

她不知道自己应当如何安抚他，就如同他除了把责任都揽在他自己身上，也不知当如何安抚她一样。下意识地，她抱紧了他："你休息一下！"

从他眉宇之间难掩的疲惫，她能看出来这几日他一直陪在她身边。一两日不休息，以他的身体应当撑得住，但是好几日不休息，就是铁人也受不住！

他应了一声，但也没动，依旧保持着那个姿势，看着洛子夜在他怀中睡去。

肖班掀开了帘帐，进来禀报兵马已经传召过来，还没来得及开口，便见洛子夜正睡着，凤无俦沉眸看向他，示意他暂且不言。

洛子夜再一次醒来之后，并没看见他，掀开自己的帘帐，就看见几个人跪在自己的帘帐门口。

带头的人是云筱闹。洛子夜皱了皱眉头："你们这是？"

"爷，当日的事情都是我们的错，如果不是我们听见泡温泉，就激动得不能自已，连个防守的人都不留下，断然不会变成这样！"云筱闹满心自责。

洛子夜盯了她一眼："你们跪了多久了？"

"嗯……跪了三天了！"云筱闹很快回话。

洛子夜叹气："都起来吧！"

这件事情也不能怪他们，对方当日已经算计得那么好，就是留下几个人防守，怕也是没什么作用。而且她自己也没有吩咐他们留下防守，既然这样的话，自然就不能责怪他们不是吗？

云筱闹道："爷，您还是处罚我们吧，您让我们起来，我们心里头是过不去那道坎儿的！"

"如果要处罚你们，首当其冲应该被处罚的人，是爷自己不是吗？"洛子夜盯了他们一眼，"算计我们的人，还都活得好好的！我们与其把精力放在这里，折腾自己，折腾自己人，还不如整顿一下精神，想想如何找回这个场子！"

她这话一出，云筱闹等人眸色也是一沉。

话说到这里，洛子夜开口道：“好了，都起来吧！不要忘记我们的宗旨是什么！”

那二十多个人，立即站起身，扬声道：“我们的宗旨是，搞事！搞事！搞事！这群该死的贱人，我们一定要搞死他们！”

王骑护卫的人：“……”

谁能告诉他们，龙啸营的人为啥会有这么多奇怪的宗旨？

洛子夜走出去几步：“凤无俦呢？”

闽越开口道：“我们收到消息，武修篁正在这附近，武琉月也在，王……王去围杀他们了！”

“在哪里？”洛子夜问了一声，她现在就想亲自过去，把武琉月给卸了！

闽越道：“从这里往西，策马半个时辰之后，应当就会找到他们！”

洛子夜一听这话，便直接翻身上马，往西面而去。

闽越回头看了一眼云筱闹等人：“如果你们愿意的话，我想让阎烈或者解罗或帮忙带带你们！你们这个样子，我觉得不是很妥当！”

他这话一出，云筱闹有些犹豫。闽越似乎知道对方在想什么，径自开口道：“之前龙啸营还是神机营的时候，军队都是阎烈帮忙练过的。眼下让他们教你们点儿东西，日后会为洛子夜省下许多麻烦！”

教教他们，告诉他们应该如何保护主子，如何行事才比较稳妥，甚至让阎烈他们去帮助龙啸营开一个情报系统，闽越觉得龙啸营需要这样的援手。

云筱闹也意识到，很多时候他们都不知道自己应当做什么。常常都是洛子夜吩咐他们，他们才知道去做事。有时甚至洛子夜在外头忙着，他们却闲着，不知道如何才能给洛子夜一些有效的帮助。这一次竟然还犯下这样愚蠢的大错，是以她很快开口道：“那好吧，就有劳你们了！”

“嗯！”闽越点了点头。

“小子，我怎么总觉得，那个丫头似乎对你有兴趣？”无忧老人坐在船头，他们的船，还有一个时辰，就能上岸了。

他的眼神看向他们身后，有一艘船，一直紧随着他们的船。那船的船头坐着一个人，正是木汐尧。

百里瑾宸无视他的话。

无忧老人这几天也是习惯了，经常被这个小子无视，早点儿习惯对彼此都好！而且对方的不理会，丝毫不影响他调侃的心情：“怎么了？不喜欢啊？老夫掐指一算，就知道你跟洛子夜没缘分，这个小姑娘也还不错，你就真的不考虑一下？到时候要是孤寂终身了，你可别说老夫没提醒你！”

无忧老人认为自己搭了人家的顺风船，给人家一点儿善意的提醒，来证明自己是个不错的人，会显得特别有恩就还，这是可以的。

然而他这话，没有得到任何回应。

无忧老人在心中摇了摇头，微微叹了一口气。看来终究是无缘，就算自己在中间撮合再多，也是无用！罢了，既然年轻人的世界是不好掺和的，不如他就掺和一下老年人的世界好了？

无忧老人如是想着，伸出手指，掐算了一下，嘴角忽然抽了抽，脸上露出了很不忍的神情。他看向轩辕无，飞快地道：“能不能让你们的船夫速度稍微快一点儿，要是再不上岸，老夫明年大概就要去我那位老友的坟前上香了……”

轩辕无：“……”

倒是一直沉默着的百里瑾宸，扫了对方一眼：“武修篁？”

无忧老人点了点头：“不错，就是他！吾有老友蠢似驴……”

从翾都大陆出发，他就知道武修篁作了不少死，没想到他们在海上漂了几日，天象显示对方又作了死。话说，他前段时间让人去提醒武修篁的话，全部白提醒了是吧？

近一年之前，他跟武修篁分别的时候，对对方说的话，都白说了是吧？武修篁就一句都没有听到心里去！原本挺聪明的一个人，怎么年纪大了，就越来越蠢了呢？难道是因为年纪大，脑子生锈了？

百里瑾宸听了，也并没有让人加快行船速度的意思。

然而，无忧老人很快道：“一定程度上，我也可以说是来帮洛子夜的，我建议你还是让人快一点儿的好！这样慢腾腾的，对武修篁、对她、对你，都没有什么好处！”

他算是明白了，原以为说出武修篁，百里瑾宸会看在对方是他的师祖的分儿上，吩咐自己手下的人快点儿走。

但他发现，武修篁对百里瑾宸根本一点儿影响力都没有，既然这样的话，他只好把洛子夜的名字提出来了。

还好，最终百里瑾宸没有让他失望，他扫了一眼轩辕无。

轩辕无很快去吩咐船夫加快速度……

“父皇，救我！”武琉月悬浮在半空之中！

她跟着父皇回龙昭，半路竟然忽然遇见凤无俦！对方看见自己之后，二话不说，就霍然出手，用内息将自己的身体扯到了半空。

那人一身霸凛的气息扬起，泛着鎏金色光芒的魔瞳，涌出残忍暴戾的气息，使得武琉月很快回忆起来，当日参与那件事情的所有人，全部被凤无俦用内功撕碎了身体！

她很怕自己也落得一样的下场！

在她开口求武修篁救命之前，武修篁已经出了手！凤无俦这一招，用了多少真力，武神大人自然看在眼里。自己要是出手慢一步，武琉月的身体已经被扯裂了！

黑色的内息，如同一根无形的绳索，将武琉月的身体扯到半空中！而金色的内息狂涌而至，从中截断，与凤无俦的内息对抗！

武修篁扬眉看向凤无俦：“凤无俦，看在朕的面子上，有什么话好好说！”

凤无俦一双魔瞳扫向他，那眸中带着铺天盖地的怒意和毫不遮掩的轻蔑傲慢。魔魅冷醇的声音响彻天际：“武神大人的面子的确不小，值得孤与你一谈！等孤撕碎她，再与武神大人好好说话！”

武修篁额角的青筋一跳。

砰的一声，两股紧绷在一起的内息燃起，在半空中霍然爆炸！

内息拉扯之间，竟将武琉月撞出去几米远！她打算翻身之下站稳，却发现自己这一点儿微末的内息，在凤无俦和武修篁的真力面前，根本无法支撑她站稳。

她翻滚之下，从五米的高空直接摔下，砰的一声，像是一个沙袋，被狠狠甩落在了地上，一口血噗地射出去老远！

“琉月！”武修篁着急地回头看了她一眼。

武琉月趴在地上，一动不动，更是知道自己的肋骨、腿骨都已经摔折了，口里又喷出一口血，那血呛了一脸，看起来极为恶心。

武神大人看着她这样子，当即面色发青。这种情况，要是不赶紧就医，怕是会死！

他看到了凤无俦眼眸中满怀杀意！他视若珍宝的女儿，对方犯下任何错，武神大人都舍不得动这样的手。凤无俦竟然一出手，就要了武琉月的半条命？他眸中怒火滔天，冷声道：“凤无俦，你这小儿，未免太嚣张！朕今日，就要叫你知道轻重！”

他这话一出，帝拓的皇帝陛下微微仰起下巴，神态带着与生俱来的傲慢，蔑然的目光落到武修篁的身上，魔魅霸凛的语气更透出不以为然：“孤拭目以待！”

武修篁二话不说，手中便扬起一个内息球，对着凤无俦的方位抛了过去！

凤无俦嘴角淡扬，墨色的衣摆在风中翻飞，似妖魔君王临世。一时间罡风四起，空气中的内息，狠狠挤压撕扯着，将边上的武琉月再一次扯起！

武修篁面色一变，心知对方的注意力并不在自己身上，也没有要跟自己分出一个胜负的心思，凤无俦眼下就是想杀了武琉月而已！武神大人心头剧颤，眼下也不敢再主动出击，跟凤无俦纠缠，于是一心将内息下放，全力保护住武琉月！

而他手中那内息球，抛出之后就被凤无俦的魔息扯裂。

武修篁也立即扬手，带起一阵金色罡风，将此地牢牢罩住，与凤无俦相抗……

“皇太子殿下，凤溟的人求见！”下人禀报。

墨子耀闻言，血瞳眯起：“让他进来！”

冥吟啸屠杀墨氏三城，自然知道自己不会待见他，对方竟还派人来，看来定是有要事了。

“是！”

不一会儿，就进来一名凤溟的士兵：“拜见皇太子殿下！”

墨子耀冰冷的声音，直接便响起：“冥吟啸派你来，是想做什么？”

那士兵道：“启禀皇太子殿下，是因为萧疏影……萧疏影是墨氏煜成王府的人，我们陛下的意思，是不打算放过煜成王府满门，陛下说，如果您不愿意出手料理的话，陛下会亲自出手料理！”

墨子耀听了这话，冰冷的面上透出几分不悦来：“怎么？冥吟啸是打算插手我墨氏内政吗？还是他真的以为，我墨子耀怕了他不成？”

纵然墨氏老弱残兵居多，但是冥吟啸也不能忘记，倘若他真的将墨氏怎么样了，立即就会引起天下诸侯的讨伐，天下大局一乱，凤溟就是下一个被诸国瓜分的目标，毕竟对墨氏不敬，就等于同“忠”字翻脸，诸国定然会抓住这样一个理由，向凤溟宣战！

到底，如今凤溟的实力，还不足以完全震慑天下。

他这话一出，便是动怒了。

第三章

王在小树林背求婚台词

那士兵立即道："陛下并不是这个意思，而是您从前的未婚妻，险些害死洛子夜。不仅仅如此，她还连同武琉月，合谋找了不少蛮荒之人，想要玷污洛子夜的清白，幸亏陛下和帝拓的君王到得及时，不然洛子夜就……陛下和凤无俦都已然震怒，所以煜成王府，陛下希望您能代为料理！"

"你说什么？"墨子燿剑眉皱起。

那士兵很快道："相信您应当明白，我们陛下不会为了陷害一个女人，就对您编派这些！还有，陛下说了，萧疏影伤害洛子夜的唯一理由，怕就是因为您，所以，这件事情您有责任善后！"

墨子燿默了半晌，冰冷的声音很快道："回去告诉冥吟啸，既然是我墨子燿惹出来的事情，自然不需要他操心！只是，不日之后，煜成王府也许会跟凤溟串通，他若是够聪明，就让他学会保持沉默！"

那士兵应了一声："是，小人告退！"

他的话说完，便转身出去了。

待到他走出门之后，墨子燿狠狠一掌，拍在了自己面前的桌案上！

轰隆一声巨响，桌案裂开，轰然落于地面之上。

“殿下！”宫人吓了一大跳，“殿下息怒！”

墨子燿站起身：“让暗影今夜在煜成王府放一封伪造信件，写上煜成王府与凤溟勾结之事。明日一早，便派兵去搜查煜成王府！本殿下要萧疏影为她的愚蠢，付出血的代价！”

宫人吓了一跳：“是！”

那宫人出去传令之后，墨子燿双拳紧紧握起：“武琉月、萧疏影！传父皇的诏令，请龙昭皇帝尽快来墨氏述职！”

“是！”

墨子燿冰冷的唇角淡扬，诸国皇帝，每三年来墨氏古都述职一次，他提前传召武修篁来述职，按规矩，除了自己的近臣，是不能带着其他人进入墨氏皇宫的，武琉月自然不能跟来。

而只要武琉月不在武修篁的视线范围之内，那么，不需要他出手，凤无俦和冥吟啸想要收拾她，都如同囊中取物！

凤溟皇宫之中。

冥吟啸方回到宫中，便见到了令狐翊，令狐翊将从天牢取得的东西交给对方：“陛下，这是在端木堂的牢房里面发现的，布料是他自己身上的。臣也仔细检查了他的手，还有这上面的字迹，应当是他亲手写上去的……”

冥吟啸沉眸，将对方手中的布条取过来，目光凝了凝，扫了令狐翊一眼：“端木堂出事当晚，武修篁和武琉月，曾经在凤溟皇城出现过？”

令狐翊回道：“我们在城中搜查的人，并没有看见他们，但来报信此事的是洛子夜的人。想必此事不假！”

冥吟啸轻声评价：“那这东西，也许是真的！”

“臣也认为是真的！”令狐翊很快说了一句。

冥吟啸将自己手中的布条交给对方：“先将它交给小夜儿，小夜儿若是不打算用，就交给武修篁！武琉月总是顶着武修篁女儿的身份，让那位武神大人欺压小夜儿，到如今，也是她该还的时候了！”

令狐翊点头，但很快又皱眉：“若是先将这个交给洛子夜，洛子夜不同意交给武修篁怎么办？”

洛子夜知道自己是武修篁的女儿，怕她会觉得世界都崩塌了！

冥吟啸轻声道：“你说的也是！小夜儿性子倔强，的确是很难同意在问过她之后，再将这东西交给武修篁。既然这样的话，容朕先想想……”

“是！”令狐翊应下之后，却并没有马上离开，“陛下，关于我们对龙昭进行军需制裁的事情，不少人都对此颇有微词。您看……”

毕竟龙昭国盛，他们每年将武器卖给龙昭，跟他们谈价格都很好谈。眼下陛下忽然决定不跟对方合作了，他们凤溟会因此少了许多经济来源。

他这话一出，冥吟啸那双邪魅的桃花眸中，透出一丝狠辣：“那就告诉他们，龙昭太过强大，继续将武器卖给他们，有朝一日，凤溟若是要再次与龙昭对战，岂不是要与自己制造的武器为敌？”

“陛下……”令狐翊难以置信地抬头。

陛下这话，是打算向整个凤溟的人表示，陛下有逐鹿天下的野心？否则何来再次与龙昭对战之说？只是，这样的话，各国对他们凤溟，都会非常警惕。

陛下只是为了给洛子夜出一口气而已，讲出这样的理由，让整个天下都防范他们，使得他们日后可能面对外交不顺，陛下真的想好了吗？

要是真的这么做，那陛下一定还得做出一番振兴凤溟的举动来，才能向凤溟的臣民证明，陛下的话是真的。那凤溟接下来，会有一番大动作了。

冥吟啸笑了：“令狐，凤溟已经沉寂太久了，沉默了三年，已经足够了！”

“您的意思是？”令狐翊顿时感觉心中振奋。

冥吟啸坦言：“凤无俦与龙昭开战，以他的实力，迟早使帝拓步入一线大国的行列。已经把小夜儿输给他了，我冥吟啸岂能什么都输给他？我凤溟，也将要站在一线的位置上。即便不能超越凤无俦，也必要与他并肩！”

令狐翊立即道：“是，臣立即将您的意思，传达给他们！”

也要将陛下眼下的话，告知他们的亲信。凤溟真的沉寂太久了，久到他们这些热血男儿，都快忘记了自己当初的冲劲；久到他们当中不少从前对陛下忠心耿耿的人，如今都已经对是否还要效忠陛下产生了怀疑；久到他令狐翊，都差点儿要忘记当初的梦想……

梦想着，在他的辅佐之下，凤溟成为第一大国，将曾经羞辱过他的龙昭，踩在凤溟的脚下！

他想，后世对凤溟这段历史的记载，当用这样一段话，来形容凤溟已经登基三年的皇帝：凤溟有鲲鹏，拢翅居于巢穴，三年不鸣，而不鸣则已，一鸣惊人！

洛子夜赶到时，便见火光冲天。

黑色的魔息和鎏金色的光芒，在半空中闪耀，看起来极为刺眼！武修篁走不了，凤无俦在对方的全力反击之下，也只能与武修篁缠斗，腾不出手再一次收拾武琉月。

于是，洛子夜来了，眼神直接就放在了武琉月身上！她翻身下马，也不跟谁打招呼，就三步并作两步地对着武琉月杀去！

武修篁见状，当即眸色一冷，回头看了茗人等人一眼，示意对方保护武琉月。而凤无俦不必回头，他身后的肖青和暗中保护着洛子夜的肖班，这时候也已经冲了出去，对着茗人的方位杀了过去！

茗人的内心有点儿淡淡的惆怅：陛下，您让属下去拦着洛子夜，这就已经很为难属下了，毕竟洛子夜的武功比属下高。眼下还有肖青和肖班两个人挡路，在这种情况下，属下还要保护自己并不待见的武琉月！属下……茗人含着一眼心不甘情不愿的泪水，在内心鞭策着自己，对着不可能完成的任务，冲杀了过去！

茗人和肖青等人，如火如荼地交起手来。

不远处，是武修篁和凤无俦，打得山摇地动的声音。

洛子夜奔赴武琉月身侧，武琉月看着对方步步逼近，想逃走，可是摔得只剩下半条命，想逃走根本就是痴人说梦。

武神大人被凤无俦缠住，没办法抽出身，盯着洛子夜，扬声嘶吼：“洛子夜，你若是敢动琉月一根汗毛，朕定叫你后悔终生！”

洛子夜从容地看了他一眼，伸出手抓住了武琉月的脑袋，示威一般看向武修篁，旋即将武琉月的脑袋狠狠往地上一撞！

只听得砰的一声响，武琉月的脑袋已经被洛子夜这一击，狠狠打入泥土之中。

武神大人愣了愣，还没来得及说话，洛子夜就开口了：“武修篁，你可看清楚了！老子只是动了武琉月的脑袋，没有动她身上的汗毛。毕竟汗毛这东西贴着肉长，要把它们找出来，并且当着你的面有效地动一动，这太麻烦了，甚至我还觉得这样做会显得有点儿为难人！所以，你可得整明白了，爷没有动她身上的汗毛，所以你也不用生气！”

武神大人开始严重地质疑，到底是自己的脑回路有问题，还是洛子夜的脑子不对劲!

洛子夜抓着武琉月的头发，在对方的惨叫声之下，将对方的头颅从泥土里面拔了出来！很好，生命力还比较顽强，没断气，可以继续玩："看见没有，你爹很心疼你呢！"

"你爹"这两个字，洛子夜咬得很重。

武琉月撑着所有的精气神，切齿骂道："洛子夜，你这个贱人！"

洛子夜掏了掏耳朵："做贼的喊捉贼最响，贱人骂别人贱人最大声！"

扑哧一声，肖班忍不住笑了，肖青不赞同地看了他一眼。肖班立即捂着自己的嘴，另外一只手一刀子就对着茗人挥了过去，做出一副自己正在认真打架的神态，表示自己是个严肃的人!

洛子夜瞅了他们一眼："想笑就笑，别憋着！憋坏了容易影响繁殖能力！"

众人："……"

茗人和武修篁手下的人的内心：我们就算是被影响繁殖能力到这辈子不能繁殖了，我们也是一定会憋住的，洛子夜骂他们公主，他们要是笑了，想死吗?

洛子夜盯了武琉月一眼，忽然看向肖青："爷想以其人之道，还治其人之身！你们有没有人想睡她？要不然你们聚众把她给睡了，给爷出一口气呗？"

"咯……"肖青和肖班一边费力地打架，一边认真地摇头，"王后，您还是不要为难我们了！我们愿意为您把她大卸八块，给您出一口气，但是睡她……还是算了吧！这种女人，属下觉得自己看着她就会不举！"

这下，武修篁的脸色难看得不能看了。武琉月的表情倒是想难看，但是自己的脸上都是泥土。就算是表情再难看，其他人也看不见，便硬生生地只把自己一个人气得险些吐出一口血，还憋闷着无法说出来!

洛子夜摇了摇头，看武琉月的表情很是同情："你看看你，免费睡你大家都不乐意，你说你这样活着还有什么意思？不如爷就帮你，死了算了吧，免得你活着面对这些侮辱！你说呢？"

武琉月心知今日的洛子夜，是真的动了杀机！她惊慌之下，飞快地摇头。

武神大人也胆战心惊，竟失了神，凤无俦冷嗤道："在孤面前失神，可并不是什么明智之举！"

这话音落下，一道罡风已经狠狠对着武修篁的胸口撞了过去!

武神大人被这罡风击中，一口血喷了出来。

而洛子夜收到武琉月的拒绝信号，一脸不赞同地摇头："你这个人怎么这个样子，我好心好意关心你，对你的人生提一些可以一了百了的建议，你不感谢我就算了，还强撑着摇头，你对人善意的建议接受度这么低，你觉得这样合适吗？"

武琉月险些没呕出一口血。她切齿说话，出来的声音，比方才她骂洛子夜的声音小了许多，洛子夜离她这么近，也很难听清楚。

洛子夜将武琉月的头发扯起，唱道："扯起你的头颅来，让我看看你的脸，你的脸上是一坨泥啊……"

噗……肖青等人，为了自己的繁殖能力，根本都不憋笑了。

武琉月的脸上全是血和泥土，还有她的眼泪鼻涕混合在一起，一眼看去别提多倒胃口了。

洛子夜看了一眼，实在是受不了，干脆又把武琉月的脑袋重新按回去，让她的脸跟地面摩擦，擦了半天，对方的脸还是又脏又臭！她长长地叹了一口气："你这脸皮未免也太厚了，脸在地面摩擦了这么久，竟然什么效果都没有。也就是泥土掉下去了，血迹没有多少了，这层皮居然还在！"

她这话一出，武琉月登时感觉自己浑身的汗毛都竖起来了。

下一瞬，洛子夜抓着她的头发，就往边上的石头走去。那石头上面全是棱角，武琉月看着离自己越来越近的石头，心里头慢慢惊颤起来。难道洛子夜是打算……

她也没料错，洛子夜是真的打算将她的脸磨上去！

"不……"武琉月声音很轻，可眼下的状况，根本由不得她！

洛子夜拖着她的头发走，她根本无法挣脱。

武修篁扭头看向洛子夜，一边应付着凤无俦，一边扬声怒吼："洛子夜，朕希望我们能沟通一下！这件事情纵然是武琉月不对，但是朕愿意补偿你，你要什么，我们可以谈！"

洛子夜听着，却只觉得想笑："那么武神大人，你觉得我会想要什么？权位？我需要？你能给？钱财？土地？你觉得你手中的什么东西会是我感兴趣的，能拿来跟我谈条件，让我放过你的宝贝女儿？"

武修篁顿时语塞了，也是！若是换一个人，说不定真的愿意谈条件，可是眼下是洛子夜！洛子夜如今根本就不缺什么！

"洛子夜，你这样做对你也并无任何好处！"武修篁脸色微沉。

洛子夜冷笑了一声："谁说对爷没有好处了，今日弄死她，就少了一个强有力的给爷找麻烦的贱人，我觉得这个好处对我来说，真的太诱人了！"

话说到这里，她拎着武琉月的脑袋，就往那石头上重重一磨！武琉月惨叫的声音响起。

而同时，淅淅沥沥的血水，沿着那石头滑了下来……

"洛子夜！"武修篁一张脸气得通红！他二话不说，扬起一掌就对着洛子夜的方向打了过去！

洛子夜二话不说，将武琉月拎起来，往自己身前一挡，让对方的掌风直接打到了武琉月的身上。

砰的一声巨响，武琉月觉得自己的内脏险些被震碎，一连几口血，直接噗噗便往外吐。

看着武修篁生气中带着难以置信的脸，洛子夜啧了一声，对着武琉月道："你看见没有，你父皇口口声声说在乎你的安全，但整了半天，他这一掌其实让你受伤最重啊！我们打了你这么半天，都没有你爹这一掌打得狠！你瞧瞧你可怜不可怜？来，你有没有什么话要对你父皇说的，我可以为你转达！"

武神大人登时气得脸都绿了，切齿道："洛子夜！"

洛子夜没理会武修篁的怒气，低头看了一眼武琉月，武琉月已经晕菜了！她的脸已经完全被洛子夜磨烂，红色的血肉全部露了出来，看来极为恐怖。怕就算是百里瑾宸在这里，想把这张毁了容的脸救回来，也是没戏了！

武修篁二话不说，又是一掌对着洛子夜打了过去！

洛子夜当机立断，把武琉月的身体往半空中一抛，正对着武修篁的掌风！武修篁面色一青，立即出手将自己那一道掌风抓控住，并狠狠往回一扯，这才将武琉月扯回自己手中！

武琉月回到武修篁手中之后，他立即伸出手探了一下对方的鼻息！这一探，武神大人吓了一大跳！没气儿了！恼火之中，他手中力道一甩，再一次对着洛子夜袭击而去。

也就在同时，他身后的凤无俦一掌狠狠落在了武修篁的后心，使得武修篁和武琉月一起从半空中摔了下去。

噗的一声，武修篁也吐出了一口血，他的状态并没有比武琉月好上多少。凤无俦这一掌杀气冲天，若非武修篁内力高深，此刻已经断气了！

武修篁落地之后，狠狠地按压了几下武琉月的胸口。武琉月猛然咳出一口血，他再一次探了一下对方的鼻息，这才发现终于有些气了，他来不及松一口气，便感觉到凤无俦的掌风再一次从自己身后袭来！

眼下他已经受到重创，想再一次提气应对这一掌，已经是不可能了。他当机立断，直接便用自己的身体护住了武琉月。

茗人当即扬声高喊："陛下！"

所有的人都为武修篁捏了一把冷汗，就是洛子夜眸中也掠过一丝复杂之色。

而就在这个时候，西面霍然传来一阵掌风，对着凤无俦的掌风撞了过去。洛子夜迅速偏过头去，看了一眼那掌风袭来的方向！帝拓的皇帝陛下，眼神也很快看了过去。

可他们还什么都没有看清楚，便只能见到面前一阵雾气升起。前方的一切都被遮蔽……

那雾色很浓，将所有人都困在了里头。

凤无俦扬手便是一掌，对着西面打了过去！

那一掌被人接住，雾色中有一道苍老的声音响起："好嚣张的小子！"竟然什么都没看清楚，也不打算看清楚，直接就出手吗？而且还是下这样的重手，这掌风如此厉害，他要是有丝毫懈怠，这时候也都接不住！

对方似没有跟凤无俦交手的意思，接住了这掌风，并没有回击。

却是在下一瞬，此地的雾气更浓了一些。

凤无俦魔瞳一凛，下一掌直接就对着武修篁的方位打了过去！

轰隆一声响，这一掌并没有打到武修篁的身上，却是打在了一棵大树上，那大树轰的一声，倒塌在地。

接着，四面的雾忽然散了。方才武修篁所在之地，已经没有人了，武琉月的身影也随同消失不见。

洛子夜回头看了一眼凤无俦："这是谁出来捣鬼？"

他冷嗤，魔魅冷醇的声音缓缓地道："这天下能接住孤那一掌的人，并不多！素闻武修篁有个好友，乃享誉天下的无忧老人。方才还有这一阵雾……"

看来，也就是无忧老人无疑了。

洛子夜一脸的遗憾和不爽：“也不知道这些糟老头子都是什么鬼，一大把年纪了还不让人省心，没有一个是惹人喜欢的！”

凤无俦嘴角一抽，明白她口中的糟老头子，包括自己的父王凤天翰。

他沉眸扫了洛子夜一眼，沉声警示了一句：“下次有武修篁在的时候，你最好还是不要来！”

洛子夜听着他的话，有点儿憋屈地瘪了瘪嘴，但她这段时日以来，大部分时候受伤，都是被武修篁给打的，而武修篁每次打她，都是为了武琉月那么一个假公主！偏偏武琉月还是一个贱人！

想到这里，洛子夜心里开始不爽了。她觉得就算自己无意去给武修篁当女儿，但是也不能继续放任武琉月下去了，要不然，想个办法把武琉月给揭穿了？

正想着这些事儿，却骤然被帝拓的皇帝陛下抓住了下颌。

她微微一愣，接着她的脸被抬起，他魔魅冷醇的声音传入她耳中：“有心事？”

他很不喜欢她在自己的面前一副若有所思的样子在认真想事情，并且还似乎没有任何要与他分享的意愿。

对视之间，她看出了他询问之下的隐约不爽，扯了扯嘴角：“嗯！是有心事！”

洛子夜很快开口道：“前几天在凤溟，有人跟爷说，武琉月是假的，说她不是武修篁的女儿，而……”

她指了指自己的鼻子：“找我说这个秘密的人告诉我，他们怀疑，我是真的龙昭公主！”

听她说完，就是凤无俦都愣了愣，这个消息实在太过突然。

接着，洛子夜又道：“爷琢磨了一会儿，是不是想个办法，把武琉月给戳破了？要是这样的话，爷觉得以后会省很多麻烦！”

凤无俦默了几秒，断然道：“孤不需要岳父！”并不需要多少时间思虑，帝拓的皇帝陛下就知道，岳父对于自己来说，不会是一个很好的存在！

如今洛子夜无牵无挂，就算是有不少冥吟啸这类足以让凤无俦切齿的“好朋友”，但这些朋友，毕竟都不能超越他在洛子夜心中的地位。可是岳父就不同了，岳父就是洛子夜的父亲，谁能保证，洛子夜对父亲的重视程度，会不会超过对他？

尤其从武修篁对武琉月的态度来看，对方是很珍惜这个女儿，要是让他知道洛子夜才是他的亲生女儿，出于愧疚和亏欠，想必对洛子夜会比对武琉月更好。难免就会让洛子夜的生命之中，多出来第二个非常重要的男人！

帝拓的皇帝陛下认为自己比较小心眼儿，并不希望这个人出现。

其次，他跟武修篁交手也已经不是一次两次了，对方多次被自己打伤，有时候是两败俱伤，武修篁也不仅仅一次明着表示，不喜欢自己。摄政王殿下已经活了二十八年了，虽然没有吃过猪肉，但也是见过那些有岳父的"猪"跑。

非常重视妻子的男人，都免不了需要讨好岳父。一来，他凤无俦素来没有讨好人的习惯。二来，以他眼下跟武修篁的关系，对方也是难以被自己讨好的。

这显然又对自己不利！

最后，凤无俦不仅仅知道，武修篁非常不喜欢他，还知道对方很喜欢轩苍墨尘和百里瑾宸。

于是，帝拓的皇帝陛下，深深地意识到了，如果武修篁真的是自己未来的岳父，那么，自己是很不招自己这位泰山大人的喜欢的，而情敌里头却有好几个对手，是很得对方的欢心的。

这显然就对自己名正言顺地迎娶王后更为不利！

综合考量之下，帝拓的皇帝陛下，还补充了一句："尤其是武修篁这样的岳父，孤更不需要！"

洛子夜的嘴角抽了抽，好吧，他不需要武修篁这样的岳父，她也不怎么想要这样的爹！他们两个的观点，倒是出奇统一。

洛子夜还没来得及说旁的话，肖青和肖班已经将茗人等人给围了起来："王？他们怎么处置？"

茗人的内心几乎是崩溃的：无忧老人为什么这么残忍无情，救人也不救到底，只把陛下和公主救走了，他们呢？他们这些人就不是人吗？好气哦！

凤无俦的眼神，很快落到了茗人手中的长剑上。茗人以光速，将自己手中的长剑给扔掉了！在面对敌人的时候，手中拿着武器则表示要坚持战斗，但是如果放下武器的话，当然就表示……投降！

反正南息辞那小子，在战场上也经常投降，彼此都是各国的将军，自己偶尔投降一次，皇上也是不会怪罪自己的对吧？

凤无俦收回目光："抓起来！等龙昭来赎人！"

龙昭多次放过南息辞，这一次，他也放过了识相投降的茗人。

"是！"肖青和肖班将茗人押了起来。至于茗人身后的那些人，也以光速把兵器放下了！

当这些人被押着，从洛子夜的面前经过时，茗人突然偏头看了洛子夜一眼，有些突兀地问了一句："洛子夜，我想问问你，你对你自己的身世，知道点儿什么吗？"

洛子夜看了对方一眼："你问我这话，是想说你知道了什么？"

茗人直接就道："陛下近日对你的身世很感兴趣，一直在让我查访……还有就是，我和陛下最近都对武琉月产生了怀疑。所以，洛子夜，如果你知道点儿什么，我希望你告诉我！说不定最后的消息，对大家都有益处！"

他的话说完，莫说是洛子夜眉心一跳了，帝拓的皇帝陛下，眉心都是一跳。听茗人这话的意思，洛子夜的身世问题，还真的就能有些谱了？眼下不仅仅有人对洛子夜透露了消息，就是武修篁自己，都已经开始怀疑了。

洛子夜对茗人的话没有给予多少正面回应："你们家陛下还蛮闲的嘛，怀疑自己的女儿就好好查查自己的女儿嘛，查爷这么一个外人干什么？爷虽然不知道自己的身世，不过爷断言自己的身世跟你们的武神大人没有任何的关系！只不过呢……"

洛子夜顿了顿："只不过呢，前几天爷倒是听见有人说，武琉月不是真的公主，还说她是端木家的一个和当年的水漪公主关系颇好的侍婢生的，至于具体是不是这样呢，爷就不知道了，你们就自己回去琢磨着吧！"

她清楚地说明了，武琉月可能有问题。同时呢，盖过了她自己可能是龙昭公主的问题。没有把武修篁这样不靠谱的人，往自己父亲的位置上引，两全其美。很好！

"什么？"茗人难以置信地瞪大眼，"你的话是真的吗？消息的来源可靠吗？"

洛子夜耸了耸肩，坦然道："消息是不是可靠，爷还真的不知道，因为爷并没有证据。事情的真相到底如何，就需要你们自己去查了！只不过，相信你也记得，那天爷不过是刻意暗示了一下武琉月，问她占了别人的位置滋味儿如何，她当即便服软，对我又是弯腰又是道歉的，那么一个试探之下，爷觉得这消息是靠谱的！"

肖班和肖青，直接就把茗人押下去了。洛子夜回身看了一眼凤无俦："好了，我们回去吧！"

离此地数里之外，无忧老人正在给武修篁疗伤。

内伤之下，必然需要运功调息，眼下即便是无忧老人，为武修篁疗伤，也需要不少精气神！

而武琉月这时候，就像一只死狗一样，被抛弃在一边。

倒是轩辕无，在边上小心翼翼地看了一眼自家主上的脸色。以自己多年来对主上的了解来看，主上眼下就是心情很不好的表现。

无忧老人说要来帮自己的老友，并且还说对洛子夜也是有好处的，主上才示意自己让人快点儿划船，赶紧到岸边。

然而呢？无忧老人上岸之后，也没跟谁打招呼，几乎是以迅雷不及掩耳的速度，就将武修篁直接给救走了。主上在不远处看见了，来不及阻止，最终只能跟来。

武修篁跟凤无俦、洛子夜在对峙没有错吧？无忧老人救了洛子夜的敌人，却还好意思斩钉截铁地对主上说，他做的事情会对洛子夜好？

就连他轩辕无都能看出来，主上是被无忧老人给诓骗了，主上岂能看不出来？主上心情要是能好，那才真的是怪了！

无忧老人自不知道百里瑾宸的心情，他还在认真地为武修篁疗伤。

倒是轩辕无看了一眼死狗一样趴在地上的武琉月："主上，看武琉月的样子，要是再不救治的话，估计是活不了多久了，我们救不救？"

百里瑾宸闭上眼，靠在自己身后的巨石上。纵然是并没有回话，但轩辕无已经明白了——不救！

恍恍惚惚，三个时辰就过去了。武修篁在无忧老人的施功之下，终于气血通畅。

而无忧老人也慢慢收功。停下来之后，无忧老人直接便扭头看了一眼百里瑾宸："你眼下可能不能懂，我为何分明在与洛子夜作对，却对你说会帮到洛子夜。不过，具体的我不能对你多言，这件事情你需要慢慢看，时间长了，一切水落石出，你就懂了！"

百里瑾宸没开口，没说信，也没说不信。

这时武修篁也醒了过来，才刚刚睁开眼，无忧老人就开了口："从我认识你的那一天起，就从未见你受过这么重的伤！看来凤无俦那个小子，当真是很厉害！"

也是，一个人能集帝王星和将星于一身，要是不厉害，那才是奇怪了。

然而，他这赞扬凤无俦的话出来之后，这里有两个人都不是很高兴。一个是刚刚被凤无俦打伤的武神大人，另外一个人，是身为凤无俦情敌的神医大人。

武神大人纵然很不高兴，但老友毕竟救了自己一条命，还是不情不愿地说了一声：

“多谢！”

接着他看了一眼边上的百里瑾宸：“帮我救她！”

武修篁探了一下武琉月的鼻息，呼吸越来越弱了。这令他眉头皱起，看向百里瑾宸的眼神，带了几分急切。

百里瑾宸闭着眼睛，吐出两个淡漠的字：“不救。”

武修篁盯着百里瑾宸，咄咄逼人地问：“为什么不救？”

这么一问，又是一阵诡异的沉默。

他不回答，武修篁却不死心：“为什么？”

百里瑾宸也算是明白了，武修篁身上的某些点，其实跟洛子夜是很像的，就比如这种不问出一个结果就决计不死心，会一直问下去的态度。

在武修篁的第三遍“为什么不救”之下，百里瑾宸终于开了口，堵住对方聒噪的声音，依旧只有简短的两个字：“太丑。”

噗……轩辕无忍不住喷笑。

武修篁的脸色很是不好看：“你这是在说谁丑？”

难道是在说英俊潇洒、风流倜傥、四十年如一日俊美的自己吗？要真的是这样的话，武神大人就要生气了！

不过，百里瑾宸给出来的答案，虽然不是会直接就让他生气的，但是也没有让他高兴到哪里去。百里瑾淡漠地道：“她。”

其实，美与丑，还真的不是百里瑾宸判定救不救一个人的标准。这一点作为他的下属的轩辕无是明白的。无非因为武琉月一直跟洛子夜作对，主上根本就不待见这个女人罢了。

武修篁的脸色登时就青了，看了一眼武琉月，然而他纵然生气，却也不得不承认，自己的女儿这时真的很丑，脸被洛子夜在石头上磨得一片血肉模糊。

武神大人咬牙切齿地怒道：“洛子夜！”

百里瑾宸一听他这语气，显然是想动洛子夜，登时更不想救了。不等武修篁再多问自己什么，也不等对方再试图说服自己什么，他淡漠的声音就先响了起来：“不救，太丑，辣眼睛。”

武修篁的脸色登时就青了。可眼下为了武琉月的性命，他也只好忍气吞声，并开口道：“百里瑾宸，神医门的规矩是一命换一命！若是朕愿意拿朕的命来换她，你可愿意救？”

他这话一出，无忧老人终于憋不住了：“先别说这个了！修篁兄，我想问问你，上次我们分别之前，我说的话你都当我放屁了吗？之前没多久，我让人传信给你，让你在洛子夜身上找原因，你也全部忘记了吗？眼下竟然还要用你的性命，去换这个女人的性命，莫非多日不见，你的脑袋被驴踢了？”

他这话一出，武神大人登时就是一僵：“你这话是什么意思？你的意思是我没必要这么做？”

“难道你觉得你有必要吗？”无忧老人捂着自己的眼睛，差点儿流下奔腾的泪水。他做梦都没想到，自己话都说到这个份儿上了，对方还不理解。

武修篁看着他这样子，也慢慢意识到了什么不对：“你是说……”

无忧老人叹息道：“我似乎提醒过你，武琉月跟你一点儿都不像，可是那时候你并没把我的话听进去，还给过我脸色看……”

无忧老人说起这件事情来，就有点儿忧伤。自己冒着遭天谴的危险，哆嗦着告诉他一些天机，万万没想到对方不领情、不感激也就算了，还恩将仇报一样给自己脸色看！

他简直就是说起了武修篁的郁闷事，武修篁一阵无名火涌上心头，并且把对方的行为，理解为多日不见的老友一出现就踩自己的痛脚。他冷声道：“朕此刻没有心情与你说这些，朕只想先救她！”

他说完这话，便将武琉月扶起来，不等无忧老人说什么，也不等无忧老人伸出手来拦着，他就直接输入自己的真气，将自己的内功传给她，助她体内的气息循环。

武修篁救人的速度这么快，无忧老人就是拦也拦不下来。一旦开始运功，将对方打断就会令对方走火入魔。无忧老人更惆怅了，只得从袖子里头掏出一枚药丸，给武琉月喂了下去：“希望你今日如此坚持救她，日后不会后悔吧！”

为了老友的生命安全，他不得不喂药救一下武琉月。

百里瑾宸在原地立了一会儿，终究是没什么兴趣，大步离开了。无忧老人看了一眼对方的背影，心里悄悄地松了一口气，还好百里瑾宸并不是不讲道理的人，自己说了那些话之后，对方就没有表示出什么恶意。

无忧老人目送他走远，就坐在百里瑾宸方才坐过的位置上，惆怅地靠着，用一种看智障的眼神看着武修篁为了救武琉月，额头都冒出了不少冷汗。他闭上眼，眼不见

心不烦。

又是半天过去之后，武修篁终于收了功，武琉月体内的气息已经在无忧老人那颗药丸的帮助和武修篁的内息灌输之下，调息好了。但是伤势非常重，没有个一年半载，怕是出房门都很艰难。

至于武琉月脸上的伤，武神大人看着，怒不可遏。

然而他只带着止血的金疮药，于是也只能暂且抹在武琉月的脸上，先防止伤口出现更严重的恶化。偏偏百里瑾宸那个臭小子，竟然真的说不救就不救，也不知道冷子寒这小子是怎么带徒弟的，带得这么无法无天，不尊重师祖！

他恼火地折腾完了一切，无忧老人闲闲地问了一句：“你忙完了吗？”

武修篁的眼神立即就放到了他身上：“忙完了！”

无忧老人坐在地上，翻了一个身，侧着身子对着他：“忙完了之后，有兴趣听听我说话了吗？”

“你想说什么？”眼见武琉月至少是没有性命之忧了，武修篁这时候还是比较冷静的状态。

无忧老人叹了一口气：“说真的，看着你这样子，我有点儿觉得自己什么都不想说了！”

他这话一出，武神大人也随着他往地上一坐：“你有什么话想说，直接说便是！反正我认为你说出来的话，也并不会有多大用处，毕竟你为了避免自己遭天谴，从来都不肯明着说，总是暗示半天，装神弄鬼，朕也从来懒得揣摩！”

他这嫌弃的话一出，无忧老人的嘴角抽搐了一下：“你从来都是懒得揣摩，我自然清楚，只是今日的事情我还是建议你揣摩一下，将我说的每一句话，都细细思索一番，否则你以后一定会后悔今天没有听我的. 武修篁，你应当知道，我不是那种喜欢胡说八道的人！”

他这话一出，武神大人才算是正色：“你说！”

无忧老人皱眉：“我事前是对你说过的，那本札记的秘密，只能在洛子夜的身上找。而你，就完全没有想过，跟洛水漪有关的札记，会和洛子夜有什么关系？”

武修篁登时便皱了皱眉头。

无忧老人继续道：“你是不是应当也仔细思索一下，我明知道洛水漪留下的骨血，是你最珍爱的人，却不赞成你舍命救武琉月？你真的以为这只是因为，我顾惜你的性命吗？”

他这话一出，武修篁眉宇之间的折痕也更深了：“你到底想说什么？”

无忧老人扬起眉毛：“武修篁，这段时日以来，你就一点儿都没有怀疑过什么吗？”

武修篁面色一变，看向无忧老人，坦然道：“朕是怀疑过的！眼下，朕也的确是在查。”

“嗯！”无忧老人点了点头，“虽然我不是很清楚，你的怀疑具体是什么，但是我能断言，你的猜想是正确的，所以你沿着这一条线好好查吧，最后一定会有意想不到的结果，相信这结果，也不会让你我失望！”

武修篁看向无忧老人，沉眸道：“你是想说……”

无忧老人打断了他，却问了他一句：“说这些之前，我倒是想先问问你。你跟洛子夜之间的关系，到底如何了？”

武修篁看了一眼武琉月：“你看琉月这个样子，你认为我跟洛子夜之间的关系，能好吗？”

无忧老人再一次扶额：“你一定忘了，当日你我分开之前，我曾经提醒你，做任何事情之前，都要记住留有余地……”

武修篁默了几秒：“也不算完全没有余地！”

他也没有杀了洛子夜，怎么就能叫事情做得余地都没有了呢？他要是真的一点儿余地都不想留，那上次在凤溟的大街之上，对方逼着武琉月弯腰道歉，还一口一个野鸡的时候，他就已经直接把对方给杀了。

“哦？你的意思是还有些余地？”无忧老人怀疑地看了他一眼，“那么从你的角度来看，你认为洛子夜如今还待见你吗？她希望看见你吗？”

武修篁很快回话：“自然不希望！她眼下就只想杀了琉月，既然是这样，又岂会希望看见我？我在琉月的身边，她想动手的话，很难！”

无忧老人又用一种看智障的眼神瞅了他一眼：“我不是这个意思，我是说，在不牵扯杀武琉月的前提之下，如今洛子夜还待见你吗？”

武神大人思索了片刻。想起当日洛子夜离开凤溟，自己派人去送信，说想跟对方见一面，对方拒绝见面就算了，还骂自己是脑残中的战斗鸡，是这个鸡没有错吧？这么看来，就算与武琉月的事情无关，对方也不待见自己。

他瞟了一眼无忧老人：“不待见！不过你问这个做什么？”

无忧老人叹了一口气："你很快就知道为什么了，你还会知道，你如今得罪她，以后一定是会后悔的。大概就是你现在嚣张的大海，最终在以后，你会发现那根本就不是什么大海，全是你脑子里面进的水！"

武修篁："你的意思是，洛子夜以后会比朕还要厉害，甚至在天下间的威望也比朕高，来找朕的麻烦？"

"这个我倒是不知道！但是我知道的是，你一定会在她面前装孙子的！"无忧老人看了他一眼，眼神忽然不怀好意起来。

武修篁咬牙切齿："无忧！你再这样胡说八道，朕真的要生气了！"

"是不是胡说八道，你自己心里清楚！"无忧老人表情很冷淡。他相信武修篁并不傻，自己提醒了这么多，对方一定能理解过来什么。

其实他也没料错，武修篁沉眸看向无忧老人："不需要你明说，但给我指条明路！"

无忧老人道："这条明路很简单，只是我直接告诉你，恐怕会连累我遭受天谴，但我又不能不帮你，所以我希望你……"

"需要付出些代价？"武修篁看向他。

无忧老人点点头："对于你来说，其实算不得什么代价，就是帮我一个小忙罢了！大概一两个月之后，我会找你帮忙做这件事情，也不是什么大事，就是让你玩一下角色扮演，帮我收拾一个花心滥情的男人罢了！"

"你什么时候变得如此正义？"这完全就不是无忧老人寻常的行事风格！

无忧老人苦笑着摇头："倒不是我变得正义，只是我亏欠了这丫头一些事情，算得上是间接害死她的兄长！她喜欢的男人，心中有她却完全不自知，所以我想帮她一把，也算是弥补了她兄长的死！"

这些比较复杂的事，武修篁没兴趣知道，但是收拾一个花心滥情的男人，他倒是乐意效劳。武神大人这辈子，在遇见洛水漪之后，就变成了一个痴情种，生平最不喜欢的就是花心滥情的男人。他扫了无忧老人一眼之后问："那个男人叫什么？"

"楚长歌！"无忧老人回话很快。

武修篁点了点头："我知道了，到时候你安排就行！"

"好！"无忧老人点点头，"给你的这条明路，其实很简单！你想不想知道，洛水漪的那本札记上，到底写了什么？"

武修篁立即看他一眼："自然想！"

无忧老人开口道：“那本札记是被无垠之水泡过的，解开无垠之水的唯一办法，是将写下那本札记之人的至亲之血，溶入水中，再将札记泡进去，晒干之后方能解开！”

“写下札记之人的至亲？”武修篁蹙眉。

无忧老人点头：“无垠之水，出自天机门，所以解开的方式，也很是玄秘！知道解开之法的人并不多。原本我是不能告诉你的，毕竟天机门的东西，许多都违背常理，所以规矩就是里头的玄秘都不能为外人道。事前对你说起这件事情，我都没有明说，就是这个原因！”

武修篁听完，当即明白过来，看了无忧老人一眼：“要多少血方可？”

“半碗！”无忧老人说着，用手比了比，那是一个碗的大小。在人的身体状态很好的情况之下，取这么半碗血，是一点儿问题都没有的。

武修篁低头看了一眼武琉月，眼下武琉月重伤成这个样子，要是取血的话，说不定会令她伤势恶化：“只能等琉月伤好些了之后，再取血来泡札记了！”

无忧老人点了点头，不置可否。毕竟这时候在武修篁眼中，武琉月还是他的女儿，要对方完全不管武琉月的安危，直接取血，至少对眼下的武修篁来说，是有些强人所难的。

不过，他倒是提点了武修篁一句：“你要记住，只有洛水漪至亲的血才有用！”

武修篁抬眸扫了他一眼，眼神微冷：“你这话是什么意思？”

“这话的意思，你可以反着理解，那就是如果不是洛水漪的女儿，那么她的血是毫无用处的！”无忧老人很快笑着，说出了这么一句。

武修篁眼神很快深了起来。

看他若有所思，无忧老人霍然问了武修篁一句：“洛子夜……”

“你缘何今日一再提起洛子夜？此事与洛子夜之间，有何关系？”武修篁皱着眉头，看向对方，那眼神之中透着几分不解。但是心里头的感觉，越发不好。

无忧老人顿了顿，抬头看他，也不说话，也不嘲笑他的智商，就那么静静地看着他，无声地对视。

两人对视了一会儿，武修篁终于收敛了眼神：“你的意思是……”

也是，洛子夜的年纪和武琉月的年纪是一样的。

都是女子！尤其，洛肃封对洛子夜的态度那样古怪。要说琉月如果不是自己的女儿，那洛子夜真的可能是！只是……忽然一下子让武神大人接受这种事情，纵然并不

是已经有了铁证摆在眼前证明这些，但只是往这样的方向去推测，武神大人都觉得难以接受。

自己宠爱了十几年的女儿不是自己的，被自己多次打伤的人，却可能是自己的女儿，这……

“我没什么意思，你自己慢慢参悟！”无忧老人已经意识到自己今天说了太多，要是继续说下去，可能会给自己惹来不少麻烦。怕是武修篁的女儿问题还没搞清楚，自己就先出事被天谴了。

于是他立即道：“我就是觉得洛子夜这丫头，脾气很差，她还跟凤无俦关系那样好。你要是跟她作对，凤无俦那个小子怕也是不会跟你好好相处，所以……”

武修篁冷笑了一声：“今日我被凤无俦所伤，不过是为了保护琉月所致，你以为我还真的怕了凤无俦不成？那个洛子夜，我不但不惧，还多次打伤她，你也许没看见，今日他们将琉月伤成这样，我震怒之下，也打了她一掌。虽然没要她半条命，但她已经吐血了！”

“……”无忧老人无语了，看着武修篁对凤无俦一脸的愤懑，和对打伤了洛子夜的骄傲，默默地抚了抚额头，悲呛地感叹了一句，“吾有老友蠢似驴，如今坟头草丈许……”

另外一边，洛子夜跟着凤无俦回了营帐，闽越便上前来：“王，好消息！老王爷再一次抓到了屠浮子，对方交出了能为您调理寒毒的药方。这个药方，属下已经查验过了，并没有任何的问题！用这些药来调养的话，相信不出三年，您体内的寒毒一定能解开！”

凤无俦闻言，只是沉声吩咐道：“确认没有问题，便直接煎药吧！”

“是！”闽越激动地应了一声之后，很快退下了。

洛子夜倒看了一眼凤无俦：“我觉得你家那个臭老头，其实还挺好的，至少对你好！”

她打算收回她之前对所有的糟老头的统一恶性评价，给凤天翰开个小天窗，不再坚持恶性评价对方。

凤无俦浓眉扬起，大掌抚过她的发，揉了揉。倒是一副宠溺的模样。

不一会儿，闽越再回来之后，便跪下提醒凤无俦：“王，今日是第十天，您应当调养您的寒毒了，属下熬好药之后，会立即给您送过去！”

凤无俦闻言，扫了一眼洛子夜，魔魅冷醇的声音之中，带着几分命令和警告的味道：“孤去调息，你老实些待着！”

他这话一出，洛子夜老实地点了点头。他去调息，她也不想给他任何后顾之忧。所以她还是应下这句话，不要惹他担心好了！

凤无俦满意地点头，回身进了王帐。

“你确定，就是在这里？”轩苍墨尘看了一眼自己面前的人。

申屠苗手上和脚上都被戴上了镣铐。此刻他们正在准格尔边境的一片湖泊边上，湖泊里头是一座小山。

申屠苗点了点头：“是的！是在这里，里面是我准格尔这么多年来累积的宝藏。我们若是从正门进去，一定会对上王兄的人，所以我们要从下头的密道走进去，这样才能将里面的财宝运出来，并且不被他们发现。这个密道也是王兄告诉我的，轩苍墨尘，你必须答应我，带你进去之后，你就放了我！”

轩苍墨尘倒是干脆，微微一笑，温声道：“如果里面的财宝真的有你说的那么多，朕自然会放了你！”

申屠苗立即放下心来：“里面的宝藏，是一定不会让你失望的！”

这是王兄这么多年来打下来的财宝，出于信任，王兄只告诉了自己一个人，但是……为了她的性命，她眼下也只能暂且对不住王兄了！

而下一瞬，轩苍墨尘看向她：“那你是不是能告诉朕，这里头的东西，跟洛子夜有什么关系？”

申屠苗眼神微转：“其实没什么……这件事情跟洛子夜并无多大的关系，有关系的是萧疏影，萧疏影不日之前就已经去凤溟了，想对洛子夜不利，她之前就与我串通过，所以我知道她的意图。洛子夜很相信她，说不定会在她手上吃亏！”

“什么？”轩苍墨尘微微皱眉，看申屠苗的眼神，更带了几分晦涩。

他不知道洛子夜身边发生了什么，倒是很清楚凤无俦和冥吟啸最近对龙昭都有些动作，甚至听说，墨子耀都忽然发了诏令，让武修篁去古都述职。他正在遣人探查，到底发生了什么。

眼下听申屠苗这么一说，他才算是明白了，莫非……

这念头出来之后，他倒也没说什么。毕竟此事已经有凤无俦和冥吟啸去处理了，也不必他多操心。他看了申屠苗一眼，温声道："带路吧！"

几个时辰之后，那些财宝，终于都运了出来。

申屠苗看了轩苍墨尘一眼："你看，这么多财宝，我已经全部交给你了，你也应该履行诺言，放我走了吧！"

"朕自然会放你走！"轩苍墨尘扫了一眼边上的士兵。

士兵们立即上前来，将申屠苗手上的手铐和脚铐都解开。

申屠苗还没来得及高兴，便听到轩苍墨尘微微一笑："对了，申屠公主，朕忘了告诉你，三日之前，你王兄已经知道你在我这里了。他许诺了朕半个准格尔国库的财宝，要换你回去！想必他是认为自己的国库给了朕一半，也还有这里的宝藏可以填补！"

"什么？"申屠苗难以置信地看着他。

轩苍墨尘笑道："他可能也不知道，自己费尽心机救的好妹妹，这时候已经为了自己的安危，彻底将他出卖了，完完全全辜负了他的信任！"

"轩苍墨尘，你——"申屠苗死死地瞪着他，一双眼眸猩红。

大概这世上，再也没有能比轩苍墨尘更为工于心计的人了，对方这话，根本就是一刀子割在她的心上，划过去之后就是一片血肉模糊。

王兄不计代价地营救自己，可是跟王兄相比，自己这个做妹妹的，又做了什么？利用了王兄的信任，将这些东西全部交给了轩苍墨尘，就是为了自己的自由，就是为了自己能够活命？

她看着轩苍墨尘一眼温雅的笑意，猛然又想到了什么："轩苍墨尘，王兄三日前跟你谈条件的时候，你就已经准备答应他的条件了对不对？就算我不将这些东西的下落告诉你，你也一样会

……"

她的话还没说完，轩苍墨尘已经笑着将她的话打断："不错，就算你不这么做，我一样会放了你。其一，申屠焱开出来的条件，的确不错。尤其轩苍北部正经历天灾，你们准格尔愿意付出这么大的代价，来换一个毫无价值的公主，这样的生意，只要是合格的帝王，都不会反对！"

至于凤无俦和武修篁那样的，一个会为了女人跟人打仗，一个会为了女儿跟人打

仗的，在轩苍墨尘的眼中，决计是够不上“合格的帝王”这个称谓的。

说完之后，轩苍墨尘又笑道：“其二，凤无俦是什么样的人？他明知道你在朕手中，自然是会来找朕要人的。你竟然敢冒充洛子夜，还屡次算计洛子夜，如今折磨了你这些时日，朕觉得也够了。与其等到凤无俦的人来把你带走杀了，朕什么都得不到，还不如就在这时候，拿你换些条件，再将你这个烫手的山芋，丢给你王兄！”

他这话，说得云淡风轻，听起来却是那样残忍，令申屠苗颤抖着，哆嗦着，恨不能自己就掐死自己。

所以，她算是完全傻了，完全疯了，才会主动对轩苍墨尘说出这些话，才会做出背叛王兄信任的事情！她到底为什么要这样做？她这样做对得起自己的王兄吗？她……她真的就是被鬼迷了心窍！

尤其她脑海中，还很不合时宜地想起来，当日在皇宫之中，自己说出要拿些东西来交换自己性命的时候，轩苍墨尘的表现，根本一点儿都不惊讶，就像是早就等着一般。

这令她猛然意识到了什么，抬眸看向轩苍墨尘：“轩苍墨尘，这些日子你的种种表现，其实都是装出来的？你一直就知道我是申屠苗，从来没有在心里哪怕一刻将我当成洛子夜过。那些所谓的温言细语，还有时不时来的鞭笞，其实都是假的，目的不过就是折磨我而已？你其实早就知道，王兄一定会用好条件来换我，凤无俦也不会放任我在你手中，所以……”

说到这里，她整个人都气得颤抖了起来，哆嗦着唇畔道：“所以，你从一开始就没打算将我留在轩苍，你故意折磨我，就是为了让我受不住这些残酷的刑罚，然后对你说出我所知道的所有有用的事情？”

她这话一出，就是墨子渊都愣了愣。是这样的吗？

关于这个问题，轩苍墨尘没有回答，只是微微笑着，挥了挥手：“把她交给申屠焱吧，告诉申屠焱，朕不希望再一次在中原看见她的身影，否则，到时候就是申屠焱开出再诱人的条件，朕也不会再一次放过她！”

“是！”下人领命，将申屠苗给架走了。

在申屠苗被架走之时，她听见轩苍墨尘警告的声音，从她身后传来：“倘若你再一次做出对洛子夜不利的事，申屠苗，朕会让你看见，地狱是什么样子！”

申屠苗通身震颤，其实这段时日，她真的已经明白了什么叫作地狱，什么叫作生不如死。她宁可死，也不想再一次落到轩苍墨尘的手里。

而轩苍墨尘，又在申屠苗已经受到许多摧残的身心上，加上了一笔："对了，申屠苗，你知道你今日出卖你王兄的行为，其实等同于叛国吗？只要朕不说，你王兄未必会知道这些都是你告诉朕的，但是……如果让朕知道，你日后还是冥顽不灵，继续与洛子夜为敌，那么这个消息，朕就守不住了，你知道的，那时候你会面对什么！"

申屠苗一张漂亮的脸立即惨白。轩苍墨尘说完这些，便拂袖回皇宫去了。

申屠苗又气又怨又恨又害怕，就这样被带走。可诡异的是……

她回首之际，看着那个人离开的背影，看着那个人一袭明黄色的锦袍，慢慢消失在自己的视野之中，她脑海中竟然有些突兀地掠过这几日对方温言细语对自己说话的情景，那时候他的声音极为悦耳，他那一张脸，美若空谷幽兰，似远天之上朦胧云雾之下的浅月。

那属于神祇的姿态……

想着自己马上就要离开对方的魔掌，她心中万分庆幸自己终于还是活下来了，能够活着离开，能够解脱了的同时，竟然还涌现出一分诡异的不舍。

这是为什么？是她的错觉吗？

"皇兄，您叫臣弟来，所为何事？"轩苍逸风跪在轩苍墨尘面前，恭敬地询问。

轩苍墨尘温雅的声音，终于响了起来："你告诉朕，萧疏影是不是被你救走了？"

凤无俦不知道轩苍逸风和萧疏影之间的纠葛，于是没有往自家皇弟的身上想，但是自己是知道的。

轩苍逸风当即面色一变："皇兄！"他只喊出这么一个称呼，背后已经沁出了冷汗，俯身跪了下去，却不敢再抬头，也不多说一句话。很显然，他不愿意交代出萧疏影的下落。

他这般态度，令轩苍墨尘眯了眯那双墨玉般的眸子，盯着自己面前之人，温雅的声音倒是沉了几分："你这意思，是想说是你救的，还是并非你？"

"皇兄，臣弟不想欺君！"轩苍逸风回复了一句。

皇兄对洛子夜的喜欢，轩苍逸风是知道的，萧疏影这一次做了这么过分的事情，皇兄要是为了给那个女人出气，将萧疏影五马分尸，这都是有可能的，所以轩苍逸风实在不敢交代萧疏影的下落。

轩苍墨尘轻声询问："所以你的意思，是你一定要护着她了？"

“皇兄，她对臣弟有救命之恩！救命之恩如同再造，这样的大恩，臣弟不能不报。所以还请皇兄体谅臣弟，就权当不知道这件事情，臣弟不胜感激……”轩苍逸风迅速说着。

然而，他话刚说完，便听见了一阵轻笑，那是自家皇兄的笑声，这令轩苍逸风更为惧怕。

“皇兄……”他又出声求了一句。

轩苍墨尘温声笑道：“逸风，这些时日，朕交给你的不少书，你都没有看，却时常跟在那个萧疏影的身后，任凭朕如何传召也不愿意回宫，朕对此很不高兴！”

轩苍逸风咬了咬牙，立即道：“皇兄，只要您愿意放过她，臣弟日后一定听从您的差遣，再不忤逆您的意思！”

“很好！”轩苍墨尘满意地点头，继续道，“你既然一定要保她，朕就遂了你的心意一次，但是，朕有一个条件！”

“皇兄请说！”轩苍逸风的额头上已经出了汗。

轩苍墨尘温声道：“詹家的大小姐詹月情，秀外慧中，深明大义。而你，多年来浪迹天涯，没个定性，朕认为她是你的良配。你若是愿意迎娶她为王妃，萧疏影的事情，朕就不过问。你若是不愿意……”

接下来的话，他没说完。

但轩苍逸风已经明白了。他顿了半晌，整个身体都僵硬在大殿之中，脑海中一再掠过萧疏影的身影。

最终，他狠狠闭上眼：“皇兄，臣弟——领旨！”

凤无俦那日服食了药物，调息了一番，那寒毒便暂且停止了肆虐。

洛子夜在帐篷里头足足憋了三日，这才出门。出来之后，便见多日不见的阎烈，带着解罗彧、魔伽、魔邪等一众弟兄，以及那个走一步就对她翻一个白眼的果果，一起过来了。

阎烈上来之后，二话不说，就将一幅地图展于洛子夜面前，扬声道：“王后，这是王送给您的礼物！”

洛子夜愣了愣，有些不解：“这是啥？”

一张地图？

阎烈看着地图落到洛子夜的手中，对方完全是一副发蒙的样子，便直接开口道："这是王为您打下来的土地，眼下我们已经开始为您建造城墙，等一切都步入正轨之后，您再入住，就可以称帝了！"

噗……洛子夜抬头看了他一眼，怀疑自己是否听错。

这个时代女子虽然不是特别没地位，可也并不是十分有地位，称王称帝这种事情，到目前为止，她还没听说女人完成过，凤无俦和阎烈都是怎么想到的？

而阎烈开口介绍道："王后，这地图之中，画出来的几处，分别是吴、蜀、陈、云、东齐五个小国。吴地有矿石，蜀地物产颇丰。陈国、云国、东齐三地连在一起！这版图归于一处，便能算得上一个不小的国家了，王做这一切，是因着数月之前，应丽波说您曾经羡慕武琉月可以做个被人庇护的公主，王的意思是……公主不算什么，他要让您做女王！"

洛子夜低下头，看着自己手中的东西，心中泛起感动来。

她皱着眉头在心中做下了一个决定，但是她也没有对阎烈多说，只是开口笑道："你们如今要处理诸多战事，这座城池的建设工作，对于你们来说，也是需要耗费一些工夫的，所以不如让我自己来吧，左右也是凤无俦决定送给我的土地，我自己来折腾，才能建设成为我想要的样子！"

阎烈倒是没什么意见，这几处地方打下来之后，地方文化，还有各国之间的交融、百姓的情绪，等等，都是必须要解决的问题，这些都不是好解决的事，可是洛子夜的能力，阎烈也是知道的。

她既然能说出这话，那就意味着她是有信心的。他开口道："此事自然应当遂王后的心愿！"

他这话一出，洛子夜便笑了，抬眼看了看他，问了一句："凤无俦呢？"

"呃……"阎烈的表情有一些古怪，其实他有点儿想提醒王后，王后难道根本就没有意识到，今天是她自己的生辰吗？

她一副没心没肺的样子，实在是不像意识到了的，看来对她的生辰大事上心的人，其实只有王一个人。然后呢，王今日将礼物送给了王后。

除此之外，王还准备求婚的。至于王为什么没有在第一时间出现在洛子夜的面前，并且说出求婚的言辞，并亲自将这礼物送给洛子夜呢？那是因为，王这会儿，正在离此地不远的小树林里面，再一次背求婚的台词呢。

第四章
总不能已经丢脸了，就破罐子破摔吧

其实那台词王已经背得滚瓜烂熟了，但王大概也是因为将要面对男人一生之中极其重要的一件事情，从前又没有什么经验，于是特别紧张。这紧张之下，就担心自己忘词，于是一个人出去背台词了。

去之前呢，他就吩咐了阎烈，如果洛子夜醒来出门之后他还没回来，就让阎烈先把生辰礼物送上。阎烈表示自己这一辈子，从来就没有看见王做什么事情这么上心过，这已经上心到了一种过头的状态了。简直是一种强迫症的地步！

他断定那些台词王就算是倒着背一遍，也一定是滚瓜烂熟了。可是没想到……最可怕的是，洛子夜起床起得其实并不算早，所以王已经独自去小树林温习台词两个时辰了。要不是因为王武功盖世，阎烈这时候真的要担心王是不是出事了。

洛子夜看阎烈一脸古怪，简直就像凤无俦出去做什么见不得人的事情了似的，她心里头登时就不好了："呃啥？他干啥去了？不能告诉我？"

"不！不是……"阎烈摇了摇头，但是吧，王还没有开始求婚呢，自己就先把王给出卖了，其实这并不是很好，"王后，王去做什么了，等他回来了您自然就明白了！属下实在是不方便多言……"

"哼！"这一声是果果发出来的，出于对洛子夜的嫉恨，果爷尖着嗓子道："主

人去找女人了，主人去找其他女人了，那女人比你好看，主人……”

砰！它还没说完，骤然一阵罡风扬起，纵然它已经感觉到不对劲，飞快地跳起来，可是整只鸟还是原地爆炸了！

一阵鸟毛烧煳的味道，从地面上冲天而起，黏在自己身上的皮脂，非常疼。这是果爷第一次被主人下这样的重手，主人对它动过手，但是从来没有伤得这么严重过！果爷登时又哭了，两泡泪一起滑下来。苍天对果爷太残忍了，果爷只是挑拨离间一下，为什么就正好被主人听见了？

“你的城府有多深，我爱得有多蠢……呜呜呜……”果爷伤心哭泣着唱道。

洛子夜瞟了一眼果果，别说是凤无俦要打它了，她都很想揍它。

阎烈也不说什么话，直接将果果给拎走了。洛子夜瞟了凤无俦一眼，凤无俦一双魔瞳落到洛子夜面上，浓眉微微蹙了蹙，眉宇之中掠过几分挣扎。下一瞬，他看向洛子夜：“生辰快乐！”吐出了这么四个字。

拎着果果准备走的阎烈，听见这话之后，心里头登时就有了不好的预感，总觉得王今天得让他失望。

他回头看了一眼，便见王说完这句话之后，就啥都没说了，而阎烈还眼尖地看见，对方在话音落下之后，将背在身后的拳握紧。

洛子夜看了他一眼，他两手空空，这令她故意扬了扬眉梢：“谢谢你啊！不过鲜花呢？你连花都没准备吗？”

连带帝拓的皇帝陛下在内的王骑护卫众人：“……”

他们一直跟着王，快乐地闯天下并打着光棍，所以所有人包括凤无俦在内，没有一个人知道是需要鲜花的。凤无俦不知道，阎烈等人也没有经验，于是也没有提醒他。

这下，就尴尬了。

凤无俦魔瞳微凛，那双泛着鎏金色光芒的眸中，掠过一丝疑惑，竟问：“你很喜欢鲜花？”怎么之前并没有听人提起过，也并没有看见她表现出来过？

噗……洛子夜忍不住笑了。

帝拓的皇帝陛下魔瞳一凛，从她的反应看起来，也知道自己大概问了一句蠢话：“其实，并不是你喜欢鲜花，而是这种时候，都应当送鲜花对吗？”

“嗯！”洛子夜点了点头，其实还是有点儿想笑，以至于憋笑憋得有点儿痛苦。

有个对感情一片空白的男人，那体验估计就跟她是一样的了。他只知道给她他认为最好的，给她所有他所能探知的她喜欢的东西，却无法领会到一些该有的浪漫，这样的话，也就更不指望他知道其他的了。

他眼角的余光扫向尴尬地拎着果果站在不远处的阎烈，阎烈立即意识到了什么，飞快转身，狂奔而去！

这一天才刚刚开始呢。鲜花之前没有准备，可以现在准备嘛，他们是谁？这世上有多少东西是他们不能临场准备的？不就是鲜花吗？他马上就让人运一车过来！

对，运一车！不，一百车！

阎烈一挥手，带着自己的兄弟们一起大步离去。不过，王的台词里面，不是先祝王后生辰快乐，不等王后回话就求婚吗？

为啥说出了生辰快乐之后，对方似乎把求婚这件事情给忘记了？

不！不可能忘记，那王为什么没说？想到这里，阎烈忽然露出了难忍的表情。难道王是忘词儿了？

看见阎烈带着人一阵风似的跑走了，洛子夜嘴角扯了扯，想笑又不好笑。用脚趾头想，她都知道他们一定是去准备鲜花了！

这群汉子还真的是蛮耿直的，她说要鲜花他们就立即去准备鲜花，也不为自己辩驳什么，更不说一句觉得她矫情要求太高的话，简直……棒棒哒！

而凤无俦，凝眸扫了她一眼："是孤考虑不周！"

"没事！"她还是一副憋笑的模样，旋即看了他一会儿。接着，没什么预兆地上前一步，抱住了他的腰："谢谢你！"

其实，她早就该预料到的，她的生辰他不可能不上心，也不可能不做任何准备。

却因为老大、妖孽她们都不在，她就莫名地认为，自己的生辰没啥可过的，以至于她根本都忘记了这回事儿。可眼下，有他其实不也一样很好过吗？

"陛下，古都来的诏令，让您回古都述职！"宫人跪在武修篁的跟前禀报。

武修篁听了这话，眉头微微皱了皱，顿感头疼，怕又是因为琉月！他扫了一眼那宫人："朕知道了！好生招待着古都的来使，告诉他，朕即日就会启程！"

宫人立即点头："奴才领命！"

而这时候，武修篁骤然想起什么，问了对方一句："可有茗人的消息？"

这话问出来了之后，那宫人很快开口：“茗人被凤无俦给抓了，不过凤无俦并没有杀他，看样子是希望您去赎人……”

武修篁立即扫了他一眼：“派人去赎！”

“是！”宫人领命之后，很快退了出去。

而武修篁沉着一张脸，进了武琉月的房间。御医开口禀报道：“陛下，公主身上的伤很严重，纵然您已经全力为她调息保住了她的性命，但是这伤……尤其脸上的皮肉全部划开了，这张脸是不可能痊愈了。臣……臣已经尽全力了，臣无能，请陛下恕罪！”

武修篁脸色一沉，其实他也不能怪御医，毕竟这脸已经伤成这样了，并不容易好。他问了御医一句：“朕若是要在她身上取半碗血，什么时候可以？”

御医皱了皱眉头，思索了片刻：“十日之后就可以了！”

毕竟他虽然比较无能，以至于没有办法将公主脸上的伤治好，但是把公主的身体调养好，还是没什么问题的，只不过是半碗血，十日之后，一定没问题。

武修篁颔首：“公主随同朕一起前往古都，你也同往！十日之后取血！”

“是！”那御医很快应了一声。

公主是不能进古都的皇宫的，但是跟着陛下一起去墨氏，是没什么问题的。不过他有点儿不解的是，取血是为什么？而且陛下需要这么着急吗？说十日就是十日，片刻都不愿意缓。

他这话一出，武修篁点了点头，示意他可以退下。

而武修篁神色复杂地看了一眼床榻上的武琉月，转身出去了。他不知道的是，他出去之后，床榻之上的人霍然睁开眼，偏头看了一眼武修篁离开的方位。

方才的话，她全部听到了，父皇要取她的血做什么？

滴血认亲？这是涌现在武琉月脑海中的第一个念头，这令她心慌了起来。不，等等！如果是滴血认亲的话，那应当只需要一滴血就足够了，为什么会需要半碗这么多？

武琉月心思转得飞快，内心不好的预感却越发真实！

所以，不能……决计不能等到十日之后，父皇真的取了自己的血。

要是真的如同自己预料的那般，是为了探知自己到底是不是龙昭的公主，最终探测出来的结果是否定的，那自己就……完了。

她狠狠地攥紧了拳头，这十日，她一定要做些什么，一定不能让父皇取走自己的血。

“大胆狂徒，光天化日之下，竟敢拦路抢劫？”冥吟昭皱着眉头，手中拿着长剑，看着自己面前的强盗。

冥吟昭其实是有武功的，却只是一点儿三脚猫的功夫而已，被关在地牢里面的时候，他没能有学功夫的机会，从地牢里头出来，当了皇帝，他又吃不得苦，学了三年也没学出多少名堂来。

在皇宫里头养尊处优多年，不愁吃穿，这出宫之后，才知道洛子夜说的没错，就是活下去，对于他来说，也不是一件容易的事情。

他出门之前，带了不少银子。

可从初始出宫的挥霍和不知道物价被人讹了不少钱之后，他身上带的银子也没剩下多少了。日子日渐窘迫，可偏偏还在这时候遇见了强盗，这简直就是屋漏偏逢连夜雨。

他这话一出，立即引得那群强盗哈哈笑了起来：“好熟悉的台词，这不是几年前流行的骂我们的话吗？小子，你是不是话本子看多了，还是听人讲了太多江湖中的事情，所以出来逞英雄，张口就蹦出这么一句？”

冥吟昭的脸立即红了红，他有些恼羞成怒，瞪着他们威胁道：“不想死的就立即滚开！我身上没有多少钱财了，你们要劫也劫不到多少！”

他这话一出，那领头的大哥倒是笑了，盯着冥吟昭那张漂亮的脸，笑道：“劫不到财，劫色也行！你那张脸长得这么好看，该不会是姑娘女扮男装的吧？”

“找死！”冥吟昭登时便怒了，手中的长剑，对着那领头的大哥刺了过去！

纵然他只会一些三脚猫功夫，但是大多数的强盗，其实也都是三脚猫，甚至不少人根本不如他。他这一剑，对着那领头的大哥一刺。

一旁的强盗们都惊呼道：“大哥，小心！”

大家的声音落下时，那大哥已经翻身从马背上落了下来，也避开了对方的长剑：“没想到这小白脸，竟然还有些本事！来人，把他给我围起来，今日不管如何，也要将他抓了，先给老子爽爽，再卖到小倌馆去！”

“你敢！”冥吟昭脸色一青！

那强盗头子狞笑了一声：“你看老子敢不敢！弟兄们，上！”

“是！”一众强盗很快便出手了。

这些人同时动手，冥吟昭起初还能跟他们过几招，但是到后头越来越力不从心！一群人和他一个人打，虽然也都是武功不怎么样的人，但是车轮战就已经足够将冥吟昭击败。

刺啦一声，冥吟昭的胳膊被划破了。嫣红的血滴入泥土之中，冥吟昭吃痛之下，眉头都皱了起来。

原本就已经不敌，眼下便是更加无能为力了！手中的长剑，不知道什么时候也已经被敌人挑开，飞了出去！

这下，冥吟昭的脸色完全青灰下去。而这些人很快上来，将他重重包围了起来！

暗处奉冥吟啸之令，正在保护着他的人，犹豫着要不要出去救人，正迟疑着，林中暗处霍然闪过一道剑光！不一会儿，一道白色的身影从林间跃了出来！

冥吟昭抬起头，便见着一名女子自丛林之中跃了出来。对方的手臂之间缠着一根白色的丝带，这女子的容貌，生生就是绝色，这令冥吟昭看着竟然有了一瞬间的失魂。

那女子跃出来之后，手中的白色丝带飞快出击，很快缠上了边上两名强盗的脖子。

内息涌动之间，白色的丝带扬起，将他们的身体狠狠地抛了出去，直直滚出去老远！

那个强盗头子当即怒了，咬牙切齿地道：“哪里来的骚娘儿们，竟然敢坏我们的事！给我上，今日老子非得把她一起……”

“呃……”话没说完，他的脖子已经被木汐尧手中的白色丝带缠住。

木汐尧狠狠一扯，那强盗头子的身体便直接冲天而起，连着被缠绕着的脖子落入她的掌心。

她嘴角扯起：“想把我一起怎么样啊？啊？”

说话之间，她也不等那强盗头子回话，便直接将对方抛向半空，那白色的丝带缠着对方的脖子，从一棵大树的枝丫上甩了过去。木汐尧悠闲地站在地上，看着那丝带从枝丫之上横过，而那强盗头子被吊在半空中。她从容地将手中的丝带拉了拉。

这一扯，强盗头子就被吊起来，撞向枝丫处。

“啊……疼！”他惨叫出声。

他手下的弟兄们惊悚地呼喊："大哥！大哥……"

"你快把我们大哥放下来！"

"大哥！"

木汐尧扫了他们一眼，冷笑着问了一句："你们刚刚说想把我怎么样来着？嗯？"

"没，不……我们不敢！"老大都被扯到半空中去了，他们还敢想什么啊！

木汐尧笑了一声："哎呀，不错！现在知道不敢了！我木汐尧纵横江湖这么多年，就没看见过谁敢这样威胁我！"

"木汐尧？"这下，不仅仅是那些强盗被吓到了，就连半空中的强盗头子，都被吓得不轻！

木汐尧他是知道的，江湖第一侠女，任何不平事，只要落到了对方的眼睛里面，对方是一定会管的！犯到这个女人手中，他们今日还有活路吗？

那土匪头子脖子已经快被勒断了，捂着自己的脖子，开口道："你饶了我吧，女侠！你饶了我们吧，我们再也不敢了，我们真的再也不敢了，女侠……"

木汐尧冷笑了一声，霍然一松手，手中的丝带脱离出去，那枝丫之上，被丝带扯得上上下下的强盗头子登时就从半空中掉了下去，狠狠砸落在地面上！

木汐尧拍了拍手上的灰，看了他们一眼："是真的不敢了吗？"

"不敢了！不敢了！女侠饶命！"一众强盗很快跪了下来，连连给木汐尧磕头。

冥吟昭看着这一众人，方才面对自己那样嚣张，眼下在这个女子面前，竟然如此乖顺，他一时间竟是灰头土脸。原来，不管是在皇宫里面，还是在江湖之中，这个世道从来是由强者说话，弱者唯一的出路，就是任人宰割！强者则能站在高处，看弱者在自己面前低头俯首。

木汐尧看了这些人一眼，冷声道："行了！滚吧。下一次再让我看见你们犯事，姑奶奶扒了你们的皮！"

那些强盗立即千恩万谢，灰头土脸地跑了。

等到他们都走了，木汐尧的眼神才落到地上的冥吟昭身上。她蹲下身，扯了一下对方受伤的手臂："你没事吧？"

江湖儿女不拘小节，她直接就伸出手，表达了自己的关心。

冥吟昭抬起眼，便见着一张美若天仙的脸，对方长长的羽睫，几乎就要碰到自己的脸上。

这一瞬间，他竟然无法控制自己的心跳，却是多年来，第一次听见了自己心跳失控的声音。他见过不少美人，也有过不少女人，可是他深知，他对那些女人根本就没有爱，就连喜欢也不曾。所以他从来都不能理解，冥吟啸为洛子夜能到疯狂的地步，到底是为了什么。

但是，当他看见自己面前这个女人的时候，当心跳的速度已经失去控制的时候，他忽然在这一秒，有些懂自己的皇兄了。

木汐尧见他没回话，低头就对上了他的脸。

这一看，她呆住了："冥吟啸？嬴烬？"

盯了对方几秒，木汐尧又猛然意识到了什么："不对！不是冥吟啸！"

冥吟啸浑身透着勾人的气息，而自己面前的这个人，虽然长着一张和冥吟啸一模一样的脸，但是对方身上的气质半点儿都不相同。

只是，不是冥吟啸的话，为什么会跟对方长得那么像？

冥吟昭也摇了摇头，故作懵懂地道："凤溟的皇帝吗？我……我当然不可能是冥吟啸了！"

"嗯！我看你也不是！"木汐尧将对方从地上拽了起来，看着他胳膊上还在流血的伤口，二话不说，就从自己的袖中掏出一个瓷瓶，将里头的药粉倒在冥吟昭的胳膊上。

在皇宫生活了这么多年，任何东西都可能是有毒的，任何一件事情，都有可能伴随着危险和阴谋，冥吟昭自然知道，也一直活得小心翼翼。

但是眼下，木汐尧将药粉倒在他的伤处，他竟然一点儿都没有怀疑，潜意识里面，他就相信这一切都是真的，不是局！那药粉撒落到他的手臂上，他手臂上的刀口立即停止了流血。

木汐尧问了他一句："会包扎伤口吗？"

冥吟昭脸上掠过一丝赫然，坦然道："不会！"包扎伤口，从来都是御医或者是下人来为他做的，何时需要他自己做？所以他是真的不会！

木汐尧一愣，有些难以置信地道："你连包扎伤口都不会，就敢独自在外头闯荡？"

她说着摇了摇头，从自己的衣摆下方撕下一截布料，给对方包扎起来："看你身上的衣服也是好料，应当是世家公子，或是有钱人家的孩子吧？"

冥吟昭没有说话，只低着头，盯着对方的手在自己的胳膊上包扎。看她一双灵巧的手，动得飞快，他几乎能听见自己如擂鼓的心跳声。

他没有回话，木汐尧就以为对方是默认了："小子！姐姐提醒你一下，在江湖里面闯荡，不是什么人都可以的，你至少需要有些防身的功夫，还要有自保的本事，你的武功不怎么样，还连包扎伤口都不会，这样是很危险的！"

冥吟昭似乎认同地点头："不错，的确是很危险！"

木汐尧继续道："所以啊，你还是早点儿回家去吧！你们这些世家公子，不要总是随便听一些人的煽动，以为外面的江湖真的有多好，以为有那么一点儿武功，就能成为英雄……我跟你说，没这么简单的事儿，这些年像你这样的公子哥，我见多了，你也别觉得我说的话不好听，我这个人就是这样的，说话不懂得转弯抹角！"

冥吟昭的心念却忍不住动了动，姐姐吗？这女人比自己大？其实说起来，他并不是很排斥这个称呼。

木汐尧包扎好伤口，看了他一眼："好了，包扎完了！你赶紧回家去吧，如果你家不是很远的话，我也可以送你回去！"

冥吟昭竟抬眼看了对方一眼："我家中出了一些变故，我……我不是出来闯荡江湖的公子哥，而是家中出事了。所以……我现在没有地方可以回去！姐姐，你这么厉害，能不能带着我一起闯荡江湖啊，我……我一定不会给你带来任何麻烦的，真的！"

他满怀期待地看向木汐尧。

木汐尧嘴角僵了一下："呃……"她行侠仗义多年，从来没有一个人，跟自己面前这货似的，被自己救了之后，摆出要自己终生负责的态度，还保证不会给她带来任何麻烦。这小子就没有意识到，他的存在本身就是一个麻烦吗？

哪有好人家的姑娘家，会带着个男人在外头游荡的？木汐尧登时觉得整个人都不好了，连连摇头："这不方便吧，我毕竟是一个姑娘家，带着你一个男人，这……"

"姐姐，可是如果你不带着我的话，我就完了！说不定我以后又会遇见跟刚刚那群人一样的不法之徒，我……"冥吟昭越说越是可怜。

木汐尧嘴角抽了抽，她现在也觉得非常为难了。

而冥吟昭又可怜兮兮地喊了一声："姐姐……"

木汐尧嘴角一抽，她一直被人称呼汐尧小姐、木女侠、木姑娘，从来没有人叫过她姐姐，这么一叫，她竟然觉得无法拒绝。

“姐姐，你就带着我吧，我一定不会给你惹麻烦的！”冥吟昭又喊了一声。

木汐尧为难地看了他半晌，最终无奈地开口：“好吧！”说出这话的时候，她自己的眉心就是一跳。她觉得，自己仿佛掉进了一个陷阱。

冥吟昭认了“姐姐”之后，叫得还算是很顺口：“姐姐，你为什么会从这里经过啊？”

“我跟着一个人过来的，但是跟丢了！”木汐尧回话倒是很快，说着，她那双漂亮的水眸之中，划过几分失落。

这样的神情，很快就落入了冥吟昭眼底。他纵然算不得聪明，可也是绝对敏锐：“那个人是姐姐的心上人吗？”

木汐尧奇怪地看了他一眼。这小子竟然这么聪明？毕竟对于一个云英未嫁的姑娘家来说，当着一个第一次见面的男人，就说自己追着心上人到了这里，也实在是太羞人了，是以她沉默着一言不发。

冥吟昭知道自己猜对了，这令他眸中掠过失落，很快他又开口问了一句：“姐姐这么厉害的武功，跟着那个人竟然都会跟丢，那个人的武功一定也很厉害吧？”

“对！”木汐尧有些自嘲地道，“他的武功很厉害，至少比我厉害！”

不然她怎么会弄到最后，连对方的影子都没能跟上呢。

这下，冥吟昭的心情就更加不好了，果然，她喜欢的是有实力的人，是比她还要厉害的人。而自己呢？现在的自己，还远远不及。然而，对方竟刻意甩掉了自己面前的人，想必那个人对木汐尧应当是没有那方面的想法的，想到这里，他又开始在心里给自己打气。

没关系的，冥吟昭，你一定可以慢慢强大起来的，也一定有机会超越她心中的那个人的，到那时候，她的目光，也一定会往你的身上扫。

他笑着感叹了一句：“比姐姐都要厉害，那个人一定是个了不起的人物！”

“我们就不要说他了！”木汐尧真的不想说百里瑾宸，她原本也没想死缠烂打，不过就是在他身后跟着而已，一直保持着有礼而疏离的距离，却没想到，对方竟然连被她跟着都不愿意，立即就甩开她。

冥吟昭点头：“好，我们不说他！”

木汐尧忽然说起另一事：“不过你真的跟冥吟啸长得很像，要不是你们气质完全不一样，单单凭借你这张脸，简直就足以以假乱真！我建议你还是戴上一张人皮面具吧，将你的脸遮掩一下，也免得惹上麻烦！”

说完这话，木汐尧就从自己背上的包袱里头掏出一张人皮面具递给他。

冥吟昭将对方手中的面具接过，立即戴上了：“谢谢姐姐！”

木汐尧见他这样听话，笑了笑：“好了，我们走吧！你就跟着我一起闯荡江湖，我教你武功，等你的武功学得差不多了，你就自己去闯，我也算是功成身退啦！”

“好！”跟她学武功，早日强大起来，他再期待不过。

当申屠焱带着申屠苗回到准格尔，他便立即收到了消息。他藏在鳞波湖下头的财宝，被人偷走了！

他第一时间就怀疑了自己的妹妹申屠苗。只是，他还没有把怀疑的眼神放在申屠苗的身上，她就率先一步有了反应，几乎是光速般站起来，盯着那来禀报的下人道：“你说什么？财宝被人家偷走了？王兄养你们都是吃白饭的吗？你们就全然不知道是谁干的，甚至对方是谁，你们也一点儿都不知晓？”

她似乎比申屠焱更加生气。

申屠焱皱了皱眉头，竟也不再多怀疑什么了。也是，苗儿一个姑娘家，要那些财宝干什么？能有什么用处？她作为公主，平常能用来花销的钱也不少了，决计犯不着去动那些财宝。更重要的是，对方要是想动的话，早就动了，岂会等到如今呢？

他当然不知道，申屠苗是为了自己的安全，把那些东西直接出卖给轩苍墨尘了。

申屠苗这么一咋呼，那下人也是吓坏了：“公主，属下是真的一点儿都不知道，我们都认真地守着，一点儿动静都没有听到……”

申屠苗回头扫了申屠焱一眼：“王兄，一定是那条密道泄露了，否则外人是不可能这样神不知鬼不觉地就将东西全部运走的！”

申屠焱沉眸：“你说的没错，定然是从那条密道将东西运走的！”

申屠焱说完，终于还是无法控制自己的怒气，狠狠地一掌重重拍在了桌案上！他愤怒的声音从牙缝里面挤了出来：“要是让我知道是谁泄露了密道，我定然将他千刀万剐，碎尸万段！”

他这话一出，申屠苗心中便是一颤，面上却不敢表露出丝毫破绽，也是冷声道：“要是让臣妹知道是谁做的，臣妹一定会剥了他的皮！”

申屠焱看了她一眼：“对了，你是怎么落到轩苍墨尘手中的？”

申屠苗清楚，凤无俦在知道自己回了准格尔后，也一定不会放过自己，会遣人

来找王兄要人，所以这件事情是无论如何也瞒不住的。于是她老老实实地将真相全部说了出来。

申屠焱听得目瞪口呆："你竟然做出这种事？"

亏得他那时候还以为洛子夜对她不利，却没想到她竟假扮洛子夜去欺骗凤无俦。

"王兄，我……"申屠苗唇角动了动，一时间竟然失语。

但是她很快扑通一声跪下："王兄，凤无俦是一定不会放过我的，轩苍墨尘就是知道凤无俦不会放过我，也不想把我这个麻烦留在轩苍，才会与你谈条件。王兄你一定要救救我，除了你，没有别的人可以救我了！"

她泪流满面，申屠焱表情复杂。对方已经到了丧心病狂的地步，可看她可怜兮兮的样子，让他不管她的死活，他也办不到……

这段时日，整个天下都是动荡不安的。

而最近让诸侯王最为恐慌的帝拓皇帝陛下，此刻正在营帐之中，方才完成了一场对蛮荒部族之人的屠杀。

阎烈站在他身边不远处，欲言又止。

事实上王这模样，从洛子夜生辰那天开始，就出现在他脸上了，一直持续了好几日。

帝拓的皇帝陛下实在是受不了了，他魔魅冷醇的声音缓缓地道："你想说什么，就说吧！终日摆出这样一副表情，孤看见便烦闷！"

呃……原来他的表情王一直看在眼里，而且一直作为王的心腹，自认为自己是王的贴心小棉袄的自己，已经不知不觉地被王给嫌弃了？王已经看见自己就烦闷了？

这下，阎烈有什么话也不敢憋了："王，之前我们不是说好了，王后生辰当日，您就要求婚吗？只是那日，您为什么一个字都没有说，这几日也没有再提起这件事情？您……莫不是，怯场了，怕王后拒绝您？"

这是阎烈最近怀疑得最多的理由，但是他心里又有一个声音在告诉他，王并不是这么怂的人。

凤无俦闻言沉眸，魔瞳扫向他，缓缓地道："当日孤在林中想了许久，还是觉得，如今不是求婚最好的时机！"

"嘎？"阎烈直接傻了。

他魔魅冷醇的声音逼人，语调缓沉道："蛮荒部族的人都还活着，武琉月也还活着，萧疏影下落不明，你认为这种时候，孤有什么资格说要娶她？"

阎烈："……"他顿时失语。

是了，他怎么忘记了，以王对王后的重视程度，当日的事情王就一直不能释怀，没有彻底给王后报仇之前，王心里头怎么可能舒服得起来，又岂会觉得自己有求婚的资格呢？

阎烈默了几秒："王，属下明白了！"

如果说这世上，有啥部族是真的不需要存在的，那就是蛮荒十八部族了。

所谓蛮荒十八部族，其实并不是指十八个种族的人，而是每个民族里面都会出一些败类，那些败类人品低劣到没有办法了，就会到蛮荒十八部族，选择一个合适的部族加入，然后继续做坏事。因为这世上所有的部族里面，只有蛮荒十八部族做坏事是一种优点，并且还被法律维护。

是以，凤无俦这一次血腥的征讨，在帝拓皇帝陛下和王骑护卫的眼中，是为了维护洛子夜。但也就是因为铲除的是天下的毒瘤，所以百姓都认为他们是正义之师。随着这七八日过去，蛮荒十八部族已经被灭掉了三个，大家更是欢呼雀跃。

倒是洛子夜这几天比较惆怅，上一次上当，她已经深切地意识到了，自己不仅仅在武功上无法突破第十重的桎梏，似乎在智力上都不怎么靠谱。或者因为她情商太低，所以得罪人了都不自知？或者因为她完全没有识人之能？

她一直认为萧疏影是很好的一个姑娘，根本就没有想到，这个女人竟然会算计她。之前她倒是挺希望凤无俦跟她求婚的，但是最近和凤无俦一样，她也觉得时机不合适。

她觉得不合适，是因为她觉得自己太蠢了，跟凤无俦实力悬殊，其实一直以来她都是一个挺自信的人，但是到如今，她已经完全自卑了。

云筱闹看着洛子夜一直闷闷不乐，忍不住劝解了一句："爷，关于萧疏影的那件事情，谁都没想到，您真的不必再多往心里去了，毕竟其他人处在您的位置上，也未必会想到这些！"

洛子夜的心情还是很沉郁，她已经开始质疑，要是身边曾经真心帮助自己的人，都会忽然变成想要自己的命的推手，那么到底要如何才能精准地判定，自己身边哪些人是可信的？

想到这里，她伸出手揉了揉自己的额头，回头看了云筱闹一眼："我们的武器

制造得怎么样了？”

“爷，差不多还有七八天，就可以完工了！”云筱闹很快回复了一句。

洛子夜满意地点头：“那就好！”

正说着，云筱闹提起一件事情：“对了爷，日前闻越对我提议，把阎烈或者解罗或借给我们，带一下我们，我已经答应了，您看呢？”

洛子夜点了点头：“好事儿！不过他们说了是借哪一个吗？”

“呃，这个倒是还没说，不过应该是借解罗或吧，毕竟阎烈是帝拓君王御前的人，应当不是太可能借给我们的！”云筱闹如是分析。

洛子夜瞟了她一眼，为啥自己就觉得他们会把阎烈派过来呢？至于目的，当然是自己面前这个小妞！不过她看得出来，这两个人是情投意合的，就是中间……眼下她也不会多说什么，只点了点头。

云筱闹的表情，倒是有点儿迟疑：“爷，那个……萧疏狂说他想见您！”

洛子夜很快道：“你让他过来吧！”

萧疏狂过来，二话不说，便直接扑通一声跪下：“爷，您杀了属下吧！”

洛子夜：“……”

她嘴角抽搐了几下：“你这句话一点儿创意都没有……你自个儿觉得，爷会为了这个杀了你吗？”

萧疏狂立即哽住：“爷，这件事是跟属下有关的，您的女儿身的事情，就是萧疏影告诉申屠苗的，彼时这件事情被冥吟啸知道了，冥吟啸要杀她，她来求我救她，我一时糊涂……才让人把她送走！她临走的时候，也多番对我保证过，一定不会再出现在您身边，也一定不会再害您，可是没想到……”

说到这里，萧疏狂面上愧色更重，磕头道：“爷，这件事情都是属下的错！属下不该相信她的话。这是属下自己的私心所致，属下不配被您信任！”

洛子夜倒是有点儿惊讶了，原本她以为萧疏影这是突发行为，原来很久以前，对方就已经想对自己动手了吗？

她顿了许久，终于盯着萧疏狂道：“就算是出于兄长对妹妹的关心，你要送走她，我也是可以理解的，但是我认为你至少应该提醒我一下！看在你的面子上，那时候她还没做出什么真正对我有大害的事情，我应该会放过她。可是现在呢，搞成这个样子，如何收场？凤无俦不会放过她了，我也不会！”

“属下知错，这的确是属下的责任！请爷处置属下！”萧疏狂面上尽是愧色和悔意。

洛子夜盯了他一会儿：“你为我做过不少事情，就当将功折罪了！只是，萧疏狂，如果我没料错，你应当决定离开了，对吧？”

萧疏狂顿了顿，点头道：“不错！属下是来找您请罪的，如果您不杀属下，属下就决定回古都了，相信您知道，属下家中惹上了通敌叛国的大罪，此事定然与您那件事情有关……冥吟啸当初警告过属下，倘若萧疏影再犯，是会让我们全家人来为她的行为做祭的。眼下……”

“所以你打算回去跟家人同生共死？或者是劫狱？”洛子夜看了他一眼。

萧疏狂点头：“不错！希望爷成全！您也不必担心我走后没有人为您操持事务，我已经找好了接班人，莫树峰他不会比我差！”

他这话一出，洛子夜的脑海之中，很快掠过莫树峰那张脸。不知道为何，她总觉得那个人似乎有点儿熟悉，脑海之中却抓不到那个人的丝毫影子……

洛子夜扫了萧疏狂一眼：“你应该清楚，莫树峰加入我们的时间并不久，迄今为止，他并无任何特殊的功绩！所以……”

萧疏狂道：“爷，您可以不着急将他提调到属下的位置上，先多观察他一段时日，多给他一些立功的机会，相信他很快就会表现出杰出的才能来！他在我们的军营，很得大家喜欢！因为他经常会做好事，比如他自己领到每个月的饷银之后，要是谁家有难，他就会将自己的饷银给人家。再比如，我们的兄弟，但凡有人受伤，他都会关怀备至，只要他帮得上忙的，他都不会推托。对于不过分的要求，他也是有求必应，是以弟兄们都很喜欢他，他就只是需要一些立功的机会，来证明他自己了！”

洛子夜点了点头：“如果你打算走的话，爷不会强留！只是，爷不会帮你的，相信你能理解！”

洛子夜表示无法说服自己以德报怨，只不过，这其中到底牵扯上一个萧疏狂，所以洛子夜不管，她难免觉得自己有点儿不够意思，可这种踩底线的问题，她没办法说服自己够意思起来。

“属下理解，属下也不敢接受您的帮助！”萧疏狂很快应了一句。

洛子夜偏转了头，开口道：“你要走就赶紧走吧，相信看在爷的面子上，墨子

耀应当不会对你如何，但是你的家人……你现在赶紧出发的话，就算无法从牢狱中将他们救出来，至少也赶得上见他们最后一面！”

“是！属下走了！”萧疏狂对着洛子夜又行了一个礼。

他的眼眶已经微微红了起来，这一年来，他们这些兄弟，早就已经情同手足，他曾经以为自己一辈子都不会离开龙啸营，但是如今，不得不走了。

家中的事情，让他必须马上离开。就算家中没有出事，他也没脸继续待在洛子夜身边了。

走了没几步，站在原地的洛子夜偏头看了一眼萧疏狂的背影：“萧疏狂，你怪我吗？”

这件事是萧疏影做的，但是也就是因为受害者是洛子夜，所以连累了煜成王府满门。萧疏狂扯了扯唇角：“这件事情要怪，只能怪我自己！若非我当初愚昧，错信了她，也不会发生这种事情！这是我们兄妹的错处，怪不得别人！”

他继续道：“这是我自己咎由自取，没将冥吟啸当初的话放在心里。您不用觉得对不起我，当初我纵然有再多放走萧疏影的理由，其实一切也都逃不过两个字——私心！她是我亲妹妹，我不希望她死。那时候我竟然没想过她会言而无信，如冥吟啸所说，我会为我的愚蠢付出代价。而如今，也正是我为自己的愚蠢付出代价的时候！”

萧疏狂沉了眼，大步离开。他唯一庆幸的，是他对那个王府，对他所谓的父王并没有什么感情，所以眼下也不至于太过伤心难忍。

而至于是不是后悔这一点，其实到这一步，说一万遍后悔也已经晚了，如今，到了承担代价的时候！自己作的死，与人无尤。

洛子夜目送他走远，眼眶也热了热，不管怎么说，也是一年生死与共的兄弟，如今对方离开，而且彼此心中都明白，不管他此去是生还是死，对方都再也不会回来，或许此生都没有机会再见面……

可是，让她对煜成王府宽容，她也做不到。如果当初萧疏影只是想杀她，不曾整出那么一出，更不曾让冥吟啸险些被拖下水，也许她会心软，但是……但自己的好朋友都被卷进来，险些为自己付出惨痛代价，洛子夜无法说服自己宽容。

半个时辰之后。

萧疏狂走了的消息，整个龙啸营都知道了。不少风言风语传了出来，比如洛子夜逼走了萧疏狂，比如萧疏狂和上官御、云筱闹等高层不合，最终被逼走……种种流言很快传出来，并且散播开来。

这时候，洛子夜倒见识到了莫树峰的能耐，都不需要她做什么，莫树峰这小子就动之以情，晓之以理地让所有人慢慢冷静下来，告诉大家是因为萧疏狂家里出事了，惹上了重大的官司，所以他要亲自回家去处理。

在莫树峰的言语之下，这件事情终究平息了，没有人来责问洛子夜，并且都慢慢接受了萧疏狂离开的事情。慢慢地，大家也都想开了，毕竟天下无不散的筵席，一味地把这件事情栽到爷的身上，这对爷其实也太不公平了不是吗?

云筱闹亲眼见证了莫树峰的实力，也忍不住在洛子夜的跟前说了不少赞许莫树峰的话，因为云筱闹自认她自己并没有这样的能力。

洛子夜自然也是看在眼里：“下回去战场的时候，带上那小子！如果真的像萧疏狂说的那么有本事，提拔上来也是可以的！”

“是！”云筱闹很快应了一声，接着她开口，“帝拓君王送给您的那片土地，我们已经全部接手过来了，如您所料，几块土地的整合，的确遇到了不少麻烦和桎梏。那几国的百姓，都不是很配合，不少甚至跟我们的人大打出手，不过，当我将您写好的政令贴出去之后，就是那个什么……无产阶级什么的，大家看完之后，基本上全部平静了，虽然不少人好像不完全懂啥叫无产阶级，但是大家对您其他的话，还是看得明白的！”

洛子夜点了点头：“知道了！”

其实也不是什么了不得的政令，她只是用了一些无产阶级一起发家致富的理念，表明各国虽然归于一处，但是各国在政治上是平等的，并将坚决维护大多数人的利益，最好能够实现在未来的某一日，所有人都富裕起来。

对于百姓来说，能不能吃饱饭，一直就是他们操心并担心最多的问题，这时候忽然听见洛子夜发布政令，说大家还要一起富裕起来，一下子，他们闹事儿的火气就全部熄灭了，其实挺想跟着试试看。

但是呢，穷人们是高兴了，富人们就不是很快乐了。啥叫共同富裕？他们这些有钱的人富裕着不就行了吗？为什么要把钱财分散给那些穷人一起富裕？他们的内心是拒绝的！

这些个富人还没开始没钱呢，心里头就已经开始抗拒了。所谓居安都要思危，他们现在几乎是处在一种居危的状态，自然也是不可能说服自己思安。在他们的眼中，社会的资源就只有那么多，现在是他们少部分人在分，如果真的大家都富裕起来了，那到最后，分到自己手上的钱不是没有多少了？

原本是打算好好地抗议一下，却没想到，他们还没开始起义，军队就分别站在他们家门口了，大概的意思就是他们要是对政令不满意，那好，也不需要等到以后共同富裕了，现在就直接把他们抄家，把钱分给穷人吧。

这下，原本已经打算好作妖的富人，全部老实了，再有钱也是玩不过军队的不是？

于是，整个社会就太平了！

"爷！您真是太厉害了！"云筱闹把所有富人的反应、穷人的反应，都分别告诉了洛子夜。她说得唾沫四溅，手舞足蹈，眉飞色舞。

洛子夜扬了扬眉："其实这也并不算是什么厉害的，不过是明白国家之上是人民罢了。百姓的诉求，无非吃饱、穿暖、过上好日子，我们给他们这样的许诺，并且好好去做，他们自然会跟我们走！至于那些富人，他们虽然掌握着比平常人多得多的资源，但是他们毕竟是少数人，恐吓起来会比较方便，最重要的是，人在一穷二白的时候，是什么都不怕的，但是有钱之后，就不一样了，有钱了就会舍不得死，也很难有玉石俱焚的念头！"

这就是人说的，光脚的不怕穿鞋的。这就是为什么，不少什么都没有的人可以放手一搏，最终成为不平凡的人，而不少早先有了一些资源的人却畏首畏尾，不敢轻易有所动作，因为怕输，因为怕亏本，怕自己最终什么都得不到，并且就连现在所有的东西也都失去。

于是，就这样度过一生。比一般人过得好，却也并不是真的成功。

云筱闹认同地笑道："所以那些富人，以后就会老老实实地听话了？"

"不！"洛子夜摇了摇头，笑道，"你太乐观了，有钱的人手中掌握着更多的社会资源，自然也会掌握着更多的渠道，心里头也会有比一般人多上许多的想法。当面对危险的时候，他们好汉不吃眼前亏。但他们一定会做出一些回击，让我们知道他们的厉害，以警告我们不要动他们手中的资源，甚至他们会试图让我们知道，我们做事情要把握分寸，不然的话，他们是会要我们好看的！"

一个富人不算什么，但是许多富人联合起来，那就意味着富可敌国的财宝。这些财宝能做多少事情，自然是不言而喻的。所以，彻底激怒那些富人，并不是什么好事，也不是明智的做法。

是以，到目前为止，洛子夜下达的指令，都只是恐吓而已。

她这话一出，云筱闹当即愣了愣："您是说……"这些人，其实并不是心服口服，甚至，接下来还会进行一些反击吗？

"不错！"洛子夜手中的扇子在云筱闹的额头上点了点，"不要把事情都看得太简单，任何复杂的问题，如果用简单的方式解决了，我们都要警惕最后这件事情处理的真正走向，麻痹大意、随意轻敌，是容易吃亏的！"

云筱闹皱了皱眉头，看着洛子夜道："爷，可要是这样的话，您觉得这些人都是怎么想的呢？他们要是想与我们作对，这时候他们会干什么？"

"一支筷子容易被折断，还是一把筷子容易被折断？"洛子夜问了她一个很浅的问题。

云筱闹皱了皱眉头："自然是一支筷子容易被折断，一把筷子难以折断了……"

"对！"洛子夜扯唇笑了笑。

云筱闹立即会意："您的意思是，他们可能会很快联合起来，想办法跟我们对抗？"

洛子夜没说话，只笑着扬了扬眉毛。但是从她的表情里，云筱闹就知道自己猜对了："爷，我明白了！我马上让人在暗中盯着他们！"

洛子夜这才算是满意地点头："还不算太笨！好好盯着他们，爷要是没料错，他们很快就会聚众商讨，还会整出点儿事情来警告我们。你们一定要好好探查，把牵头的人给找出来，然后这事儿就好办了！"

"是！"

当洛子夜的这个政令被王骑护卫的人知道的时候，不少人心中都是惊叹的，尤其阎烈和解罗彧，觉得洛子夜简直就是一个奇才。

不过，阎烈却也并没有盲目乐观："洛子夜就只做了这些？"

他这问题出来之后，下人马上便开口道："洛子夜还下令，让人盯着那些富人！"

下人这么一说，阎烈就忍不住笑了起来："看来我们的王后，应当是不会轻敌了！"

闽越倒是问了阎烈一句："若是将彻底收复整座城这件事情交给你处理，你多

久能够完成？”

“一个月！至少也是一个月能彻底解决！而且大概还要死不少人，让许多百姓对我们生出怨气来。”阎烈很快回答了一句。

他这句话一出，闽越笑道：“我好奇洛子夜多长时间能够解决这件事情！”

阎烈看了闽越一眼：“要不然我们打个赌？”

“可以！”闽越也很好说话。

阎烈笑道：“你赌多长时间洛子夜能完成？”

“十天！”闽越直接吐出了一个数字。

他这个数字出来之后，阎烈的脸就青了，他直接便冷声道：“闽越，你这话的意思是瞧不起我吗？”

这还不单单是瞧不起他，简直就是瞧不起他们王骑护卫的实力，毕竟王骑护卫的首领是阎烈，他带领王骑护卫去做成这件事情，至少也需要一个月，闽越却赌洛子夜十天就能完成。闽越这到底是瞧不起他阎烈，还是太瞧得起洛子夜？

闽越听了他的话，也没什么感觉，双手拢在袍袖里：“不是瞧不起你，但是我就赌十天！洛子夜这个人，心思跟我们不一样，她都能想到什么无产阶级的政令，那就意味着，她脑子里面说不定还装着其他奇思妙想，所以我就赌十天！相信十天之内，这个任务她是可以完成的！”

“我赌二十天！”纵然阎烈也是相信洛子夜的实力的，但是无论如何，十天的可能性也不大。

甚至，尽管闽越已经强调了他不是瞧不起自己，可是阎烈还是感觉自己遭受了深深的侮辱：“这一次我们的赌注，也不要用银子和酒了，我们赌上男人的尊严！谁输了，谁就穿着花裤衩，围着军营跑一圈！”

闽越：“……”他不就是高估了一下洛子夜吗？至于赌这么大吗？

倒是这时候，刚刚走来的肖班插了一句嘴：“你们赌什么呢？十天二十天的？你们赌王要是求婚几天能成功吗？我赌三天！三天就够了！”

“我们是在赌洛子夜几天能平复城池异动！”阎烈黑着脸扭头看了他一眼，“很好，记住你赌三天！”

肖班觉得自己眼前都黑了！三天怎么可能解决？都怪自己没听清就瞎赌，这下可好了。他哭丧着脸说：“我能不赌了吗？”

“不能！”阎烈和闻越倒是异口同声。

不管洛子夜多厉害，三天是肯定不可能解决的，肖班这时候加入就等于是免费过来陪着他们两个当中输了的人，一起穿着花裤衩跑圈了，既然这样，当然不能让他溜了！

只是，他们没想到……故事的最终结果，是完全超出他们预料的！

而本来以为自己穿着花裤衩跑定了，于是已经流着后悔的眼泪，回家去准备一条看着不那么滑稽的花裤衩的肖班，最后居然没跑成……

“好些了吗？”武修篁看向悠悠转醒的武琉月。

这几日，武琉月时常处在半梦半醒之中，这令御医都觉得很奇怪，并且心下一直在发怵，之前他可是对陛下打了包票，说公主的身体十天之后就一定可以取血的。

但公主竟动不动就晕倒，这实在是让御医心中充满了不确定，开始怀疑自己的判断到底对不对，以至于他还认真地怀疑了一下，公主是不是中了什么蛊毒，所以才会这样。于是，自己还特意探查了一番。

可是，自己这几日各种仔细探查和研究之下，也算得上确认了，公主并没有中任何蛊毒，可是既然没有中任何蛊毒，内伤也是处于渐渐好转的状态，那为什么还动不动就晕倒呢？御医觉得这件事情，简直就是……离奇！

御医这几天，都在怀疑人生了。说实话，在夜深人静的时候，他不仅仅怀疑过人生，他还怀疑过人类，他怀疑的那个人类，就是……他们的公主殿下——武琉月，对方是真的晕菜了，而不是假装的吗？

这时候，看见武琉月又醒了。所以他也是忍不住，悄悄地抬眼看了一眼武琉月，观察对方的面色和面部表情，看看是否能看出异常。

他给对方诊脉的时候，是真的一点儿要晕倒的诱因都没有发现。

就在他的眼神看向武琉月的时候，竟然发现武琉月就像是心虚一样，飞速地偏转过头，并且，她很快看向武修篁：“父皇，儿臣……儿臣还是觉得有些头晕！”

她这样似乎躲避和心虚的眼神，让御医禁不住心头一跳，心中也生出了几分怀疑来，难不成自己真的瞎猫撞上了死耗子，猜对了，武琉月是真的在装晕？那对方的目的是什么？闲得无聊吗？

正在他心中思绪百转千回之际，武修篁骤然回头看了他一眼：“桐御医，你过

来看看，公主的身体到底是怎么回事？先前你说十日就可以取血了，可如今已经过去几天了，缘何公主的身体还是这样差？这到底是因为你医术不精，还是因为你在戏耍朕？”

御医登时便扑通一声跪下了，原本就郁闷的心情，这时候更是崩溃了：“陛下，您就是借给老臣一百个胆子，老臣也是不敢戏耍您的！公主到底是怎么回事，老臣是真的不清楚，公主身上的伤，差不多已经好全了，按理说这几日都应当能下地走动了，可是公主还是这般……臣近日也是百思不得其解，也问了几位随行的同僚，他们也是不清楚这是怎么回事！”

武修篁皱眉：“难道公主身上，还有什么隐患你们没有发现？比如蛊毒？”

“启禀陛下，臣已经查验过了，公主身上并没有蛊毒！臣……”御医说到这里，霍然抬起头，竟大着胆子看向武琉月，“臣觉得这件事情，兴许公主比臣更知道原因！”

他这话一出，眼神便一直放在武琉月的脸上，不放过对方脸上一丝一毫的表情变化。果然，他发现在他说出这句话之后，武琉月的脸上竟然掠过一丝慌乱，甚至那手还忍不住抓了一下盖在她身上的被子。

这下，御医发自内心地怀疑，公主这几日就是在装晕。他登时觉得一阵头大，毕竟自己身为一个御医，一直都以为，自己只需要好好诊断，给这些皇孙贵胄看病就完事儿了，没想到临老了，竟然还遇见这一茬。

武琉月先是脸上闪过不自然的神色，旋即很快怒瞪他：“你这话是什么意思？本公主难道……咳咳，本公主难道还故意装晕，陷害你不成？你这狗东西，你，你……咳咳……”

桐御医面无表情地道：“臣也没有什么意思，请公主不要误解！臣只是不知道公主经历了什么，才会如此难以转醒罢了，莫不是公主受了什么打击，所以不愿意醒来面对，于是一再晕倒？”

他这话，带着几分讽刺的味道。他是发自内心地觉得，这绝对是武琉月在怼他！他在龙昭皇宫当了三十年的御医，虽然说没有百里瑾宸和神医门、千浪屿那么出名，但是人家提起他桐佟的医术，无不是赞誉万分。先皇在世的时候，自己就是先皇最为倚重的御医。

陛下当上皇帝之后，自己也一直是陛下最信任的御医，没想到这回，陛下居然都问自己是不是医术不精了。桐御医只觉得皇宫的套路太深了。

这下，武神大人听出了几分言下之意了，若有所思的眼神，很快放到了武琉月的身上。武琉月一看他的眼神，登时就被吓到，心里头已经很慌乱，但面上还是不动声色：“父皇，儿臣觉得桐御医说的对，儿臣的脸……儿臣……”

说着这话，她便倒下去，扯过被子，蒙住脸哭了起来。既然对方都说了，自己是因为受了打击，所以才会如此，那么自己就直接顺着对方的话说好了。这几日她的确一直在装晕，就是因为担心十日到来之后，自己真的要被取血。

所以她一直装出一副身体不适的模样，御医也好，父皇也罢，就是要考虑取血，也不敢轻举妄动。武修篁皱了皱眉头，看向武琉月的脸。桐御医已经明确地说了，是不可能痊愈的，难道真的就是因为脸上的伤，武琉月的伤情才会如此反复？

武神大人不懂医术，一听她的话，心中就有了这样的想法。

但是桐御医就完全不这样看了！天地良心，他刚刚说出公主有什么事情不敢面对的时候，其实是一种试探和讽刺，要是真的有什么事情不能面对，那对方岂会反复晕倒啊，那是直接就沉在噩梦里面醒不来了好吗？

但是他做梦都没想到，武琉月居然会顺着竿子往上爬。

他嘴角抽搐了几下，实在是没有忍住：“陛下，臣有一句话想说！方才臣说公主是否因为有什么事情不能面对，故而如此，其实只是随口一言，事实上就算真的因为受了什么打击不愿意醒来，身体状况也不应该是公主眼下这样！”

武修篁：“……”

武琉月：“……”

这就很尴尬了。

武琉月面色青了青，出言为自己狡辩：“桐御医，你未免也太可笑了，本公主如此信任你，才认为你说的话大抵是正确的，才顺着你的分析这样想。可眼下你竟然忽然改口，你这莫不是戏耍本公主？那既然不是因为如此，不如就由你来告诉本公主，本公主的身体状况如此，到底是为何？”

她反咬一口，外带倒打一耙。

桐御医觉得自己的内心几乎是崩溃的，很显然就是武琉月身上有问题，没想到话都说到这个份儿上了，对方还能先发制人，桐御医都想骂人了。可是想着自己都已经一大把年纪了，当着这么多人的面公然骂人，似乎显得自己很不稳重。

于是他只能忍了，低下头道：“陛下，关于公主的状况，臣可能需要单独对您说！”

这个女人根本就是一条疯狗，忽然攀咬，各种倒打一耙，果然祖师爷们都没有说错，唯女子与小人难养也！

他不想继续在武琉月面前说任何话了，他厌恶被她当面坑害的感觉。

他这话一出，武修篁登时也明白了点儿什么。武琉月心中却是警铃大作，面上却还要强迫自己保持镇定，看向武修篁："父皇，您方才说取血的事情，是怎么回事？您要女儿的血做什么？"

武修篁已经看出了一丝端倪，倒是故意说了真话，想看看武琉月的反应："无忧老人告诉父皇，你母亲写下的那本札记，需要她至亲之人的半碗血才能够解开！你母亲的至亲，还活在世上的就只有你一个，是以，父皇希望能取你的血，将之解开！"

他这话一出，明显感觉到，武琉月似乎是瑟缩了一下。

而武琉月也很快看向他："父皇，您只是为了一本札记，就要取女儿的血吗？还是半碗这么多？"她表面上似乎镇定，但心头已经着急得要发疯。她又不是洛水漪的女儿，她的血取出来，又能有什么用处？

她这话一出，倒是跪在地上的桐御医开口了："公主，只是取半碗血，对您的身体不会有任何妨害，您大可以放心。而且，有一种说法是放血之后，能使体内的血液再生，对身体还有好处的，是以您不必担心！"

他这话一出，心里头还在想着：莫不是公主什么时候知道自己要被取血了，担心取血对她的健康不利，所以一直在装晕，就是不想被取血？要是这样的话，一个女子怕痛什么的，似乎也是说得过去。

于是桐御医的内心，已经非常善良地有点儿理解武琉月了。

武琉月却是半点儿也高兴不起来，甚至气得要死，心里头觉得这个桐御医简直就应该去死才对，她原本还能以自己担心这样做会危及自己的安全，并想办法说服武修篁为了自己的安全，放弃解开那本札记的打算。相信在亲生女儿的性命和一本札记面前，武修篁就算是不甘愿，也是知道孰轻孰重！

可是呢，就是因为这个该死的桐御医，竟然如此多嘴，直接就说出来这不仅仅对身体没坏处，而且还对身体有好处。这令她狠狠瞪着桐御医，切齿地道："桐御医，你真的不是在与本公主开玩笑吗？取了那么多血，不仅仅对身体没有妨害，还会对身体好？本公主看你是想害死本公主才甘心吧！父皇，这个桐御医，满口胡言乱语，您快点儿将他拖出去处死！"

桐御医：“……”他这回是真的想骂人了。

“休要胡闹！”武修篁也不傻，呵斥了武琉月一声，示意她暂且闭嘴。武修篁凝眸看了一眼桐御医，开口询问：“桐御医，你确定取血不仅仅对身体没有害处，还有好处？”

桐御医闻言，开口道：“启禀陛下，取血是不是对身体有好处，这一点老臣不能完全保证，这个说法是从神医门传出来的，也就是如今的神医百里瑾宸的娘亲南宫锦，又名苏锦屏的那个女人，提倡的说法。她在医学方面的造诣，早就已经是登峰造极，严格来说，百里瑾宸还是她亲手教出来的徒弟，她算得上是天底下医术最好的人。臣认为这话既然是她说的，那么这个说法应当是没有问题的。”

武修篁闻言沉眸，那个南宫锦，武修篁是见过的，爱财如命，但是医术是真的靠谱，他点了点头。

桐御医继续道：“另外，就算南宫锦的论断是错误的，就算取血这种事情，其实对人的身体并不是好事，但是臣能够保证的是，人体取出半碗血，是一定不会伤及性命，也是不会危及健康的。如果陛下和公主不相信，老臣可以将自己的血取出半碗，来证明老臣的话！”

桐御医一直是一个倔强而且坚持的人，实在是受不了人家质疑自己的医术。说到这里，他感觉自己简直都是拼了，一大把年纪都愿意以身相试，希望陛下就看在他如此认真的分儿上，不要再随便怀疑他了。

武琉月的心，登时就沉入谷底。万万没想到自己竟然这样倒霉，还遇上一个如此难缠的御医，难道对方就不能看着自己明显不想被取血的样子，稍微配合自己一下吗？却偏偏要说出这样的话，好像自己被取血了，对这个该死的人有什么好处似的。

怀着这样一种恼恨的心情，她将被子一扯，把自己的脸盖住：“父皇，您不要听他胡言乱语，女儿不要被取血，女儿害怕，女儿……”

说着，她就晕了过去。

武神大人眸色微深，回头扫了一眼桐御医：“给公主看看，是怎么回事！”

“是！”桐御医立即从地上爬起来，站起身去给武琉月诊脉。

这一诊脉，他的嘴角就忍不住又抽搐了几下，又是这样，人晕倒了，从脉象上面来看却很正常。他看了武修篁一眼，旋即开口道：“陛下，我们还是先出去吧，臣有话要对您说！”

他是真的有点儿话，想出去之后对陛下说。在一个没有武琉月的地方，好好地跟陛下沟通一下，不然他实在是很担心，自己说到一半武琉月忽然醒过来，然后又开始怼他。

他现在终于明白了，茗人刚刚被赎回来，听说是自己在给公主诊断，到底为啥一脸同情，并告诉自己自求多福了！

武修篁看他一脸认真："随朕出来吧！"

"是！"桐御医应了一声之后，很快便跟着武修篁走出了武琉月的房门。

而这时候，床榻之上的武琉月便睁开了眼！眼下他们两个出去说话了，父皇武功高强，要是自己去偷听，一定会被父皇发现。想到这里之后，武琉月心中顿时涌现出无限后悔的情绪，心里头也开始暗骂自己。

早知道自己"晕"过去之后，那个该死的桐御医竟然要出去单独对父皇禀报，她便是无论如何也不应该假装虚弱地晕过去。想到这里，她便将那个桐御医直接恨到了骨子里。

怎么办？她一定要想到办法应对这件事情！到这时候，她心里头又开始怨恨起洛水漪这个贱人来，人都已经死了那么多年，却偏偏还要留下一本该死的札记，给自己惹来这么多的麻烦。

恼火之间，她狠狠一拳头砸落在床沿上，传来咚的一声响。

而她不知道的是，武修篁和桐御医并没有走远，都正在门外守着，等着听屋子里的动静。武神大人也是不理解，自己和桐御医一起走出了房门之后，桐御医竟然忽然停下来，并且对自己比了一个噤声的手势。

武神大人很快就意识到了对方是想做什么，于是很快就停了下来，立在原地，听着屋子里的动静。而他们刚刚走出房间的大门，才一会儿，就听见拳头落在床沿上的声音传来，很显然，屋子里头的人是醒着的。

那么对方方才的晕倒……想到这里，武神大人的脸色，霍然青了下来。

而下一瞬，桐御医的手，往不远处的院中指了指，示意武修篁过去说话。

武修篁也没什么意见，很快走了过去。两人走出去三四十米之后，确定武琉月是不可能听见他们的对话了，桐御医这才对着武修篁开口："陛下，老臣怀疑公主的晕倒是假，已经有好几天了！按理说，公主的身体在几日之前，就应当已经慢慢好转，可诡异的是，她一直在晕倒。老臣斗胆大不敬地怀疑了公主的这番表现，是不是装出来的！然后，事实您也看见了……”

他老人家说着，已经感觉到了一丝委屈，很快跪下，对着武修篁开口道：“陛下，您是知道老臣的，老臣这么多年来，在宫中从来不掺和任何是非，也从来不会应对一些阴谋诡计，老臣实在是想不明白，公主到底为何如此，莫不是老臣在什么时候得罪了公主而不自知？陛下，若当真是如此的话，还请陛下对公主直言，要杀要剐，请公主决定便是，断然不要在老臣临老还辱没老臣的医术！”

他这般一说，武修篁立即道：“起来吧，爱卿的意思，朕已经明白了！此事原本也不是爱卿的问题，说到底，还是朕错怪爱卿了！”

“陛下不生老臣的气，老臣便已经是感激涕零了，又何来陛下错怪臣这一说？老臣只是不希望自己再被公主……”说到这里，桐御医就不多话了。

武修篁自然明白对方的意思，这原本就是武琉月一直在搞事情，一会儿假装晕倒，一会儿假装虚弱，这也就罢了，她竟然还反咬一口，将这许多的责任，全部怪在御医的头上，并且还让自己将桐御医拖下去处死，桐御医眼下说这样的话，其实也是人之常情。

桐御医又对着武修篁磕了一个头：“陛下，公主的病情，臣实在是不敢继续负责下去了，若是可以的话，臣希望陛下换一位同僚为公主诊断吧，臣并非不愿意为君尽忠，只是臣实在是不知道，公主以后还要如何。”

“好了！”武修篁打断了他，伸出手亲自将对方扶了起来，“爱卿不必如此，但凡爱卿的诊断，朕相信便是！朕也不是随便就会相信挑拨的人，爱卿只管好好给她治病，有任何事情直接对朕禀报便可，朕既然敢将武琉月的性命交到爱卿的手中，那便是信任爱卿的！”

桐御医才算是放了心：“那臣就先谢过陛下信任了！臣先告退了！”

武修篁颔首：“退下吧！”

“谢陛下，臣告退！”桐御医说完，二话不说，就离开了此处。

武修篁站在原地，脸色发沉，忽然有人来禀报：“陛下，茗人一个时辰之前，已经回来了。知道公主伤势不好，您正在陪伴公主，所以没有来打扰您，他说自己有重要的事情，想向您禀报，您是否要召见他？”

茗人从来不是不分轻重的人，武神大人直接便道：“传他过来！”

茗人收到传召的消息，出现在武修篁的面前，他第一反应是先跪下，一脸羞愧

地开口道："陛下，属下无能，竟然要您赎回来……"

"好了，起来吧！这件事情就不要再提了。"武修篁示意对方起来，"有什么事情直接说吧！"

"是！"茗人很快起身，犹豫了几秒钟之后，直接就切入了正题，"陛下，属下被抓的当日，听到一个说法，是说……是说，说公主是假的，说她不是您的亲生女儿，她也不是水漪公主所出！"

"放肆！"武修篁当即便怒斥了一声。

茗人通身一颤，却并没有丝毫退却，大着胆子，顶着脑后的汗，将洛子夜当日对自己说的话，尽数对武修篁讲了出来。

武修篁的脸色难看得厉害，盯着茗人，一言未发。

事实上这样的怀疑他最近一直都有。但是有这样的怀疑，却不代表能够毫无感觉地听人说出这种话来。当茗人把所有的话都说完，甚至还谈到了当初的那个婢女的时候，武修篁心里头差不多已经有数了。

当年那个婢女，与水漪交好，而那婢女是端木家的人。之前有段时间，武琉月忽然要去找端木堂，这件事情在武神大人看来，非常古怪。倘若茗人的话都是真的，那武琉月当初去凤溟杀了端木堂，其实是为了杀人灭口，这是有可能的。

尤其眼下，当自己说出需要她的血来解开水漪札记上的内容时，武琉月所表现出来的抗拒，武修篁也看在眼里。而方才他还发现，对方这几天其实一直在装晕……

他沉默了数秒，开口询问："你说的事情，有证据吗？"

"证据是没有的，不过属下认为，若是一定要查的话，循着当年的事情，说不定能查到一些蛛丝马迹！"毕竟这世上任何一件事情，都不可能是天衣无缝的。

武神大人点头，闭上眼道："你且先去查！"

茗人立即应了一声："属下马上就去查！"

其实，他还有一个更快的方法，来验证武琉月到底是不是自己的女儿，只需要半碗血，这个问题就能被解决！但是，如果武琉月真的不是自己的女儿，那自己的女儿去哪里了？

想到这里，武修篁骤然开始心慌起来。如果武琉月真的不是自己的女儿，那水漪为他生下的孩子在哪里？那孩子叫什么？她这些年过得怎么样？

这些问题一个一个，盘旋在武修篁的心头，令他几乎已经无法保持镇静，心头也是越发紧张起来。若是自己真的弄错了这么多年，他如何对得起水漪，又如何对得起他们的女儿？武修篁几乎是一刻都不能等，迅速转过身，往武琉月的房间而去……

不管这个消息是不是真的，这件事情都应当马上有结果。

就在这时，霍然有下人过来了，开口便道："茗人，四皇子殿下回来了，正在外头，您要……"

他话没说完，茗人就飞快地往外头奔去。大皇子殿下现在是跑得影子都没有了，这皇位在未来十有八九还是得落在四皇子殿下身上，四皇子殿下眼下回来了，自己能不赶紧出去迎接吗？

嗯，他茗人只是为了代替陛下表示对四皇子殿下的重视，决计不是为了拍未来君主的马屁什么的！他一直是一个纯洁又正直，从来不溜须拍马的人。

"父皇！"武琉月听见房间的门被大力推开，凝眸看向门口的武修篁，眸中掠过一分惊恐。

在武修篁开口之前，她便先一步开了口："父皇，您这是怎么了？是谁惹您不高兴了？"

"朕没有什么不高兴的！"武修篁定定地看向自己面前的人，语气很冷。明明是自己已经相处了十八年的女儿，这一刻看着对方，武修篁竟觉得对方看起来这样陌生，陌生到让武修篁竟在恍惚之中有一种错觉，觉得他们两个人，其实根本就不是什么父女，而只是两个路人。

他走到武琉月身前："若说朕一定有些不高兴的缘由，那么朕相信，这理由你一定比朕清楚！"

"女儿，女儿只是害怕取血罢了，女儿并没有别的意思……"武琉月半垂下眼眸，说着这话，眼中就有眼泪将要掉出来。

她这模样一出，武修篁的心头有了片刻心软和自我怀疑。到底没有确定对方不是自己的女儿之前，还是不必太苛刻了。武修篁又上前一步，沉眸询问："武琉月，你是朕的女儿，并非手无缚鸡之力的女子，朕认为怕取血对于你来说，其实是有些牵强的！你自己认为呢？"

武琉月的眸中掠过片刻的慌乱，但她很快开口道："父皇，毕竟女儿这么多年来，受伤都很少，好端端地听说自己竟然要被取血，心里头自然慌乱。不过，儿臣想了想之后，觉得这其实也并不是什么大事，不过是半碗血，儿臣咬一咬牙就挺过去了，还请……还请父皇不要动怒！桐御医说女儿的身体，十日之后就可以取血，如今已经是第八日了，父皇便耐心等两日吧！"

武修篁倒是一怔，颇有些难以置信："你的意思是，你愿意取血？"

她若不是水漪的女儿，那么应当死也不会愿意取血的吧？

他这话一出，武琉月怯生生地看了武修篁一眼："父皇，女儿纵然不愿意，也有些吃味，不过是一本札记，您就这样在意。但是女儿想了想，这毕竟是母亲留下的东西，想必父皇您心中也是焦躁，女儿倒也不觉得有什么了，反而十分理解父皇。至于取血或许会有些不适感，如父皇所说，女儿并非手无缚鸡之力的女子，忍一忍应当就过去了吧！"

她这话说得小心翼翼，言辞之中又似乎分外委屈。

武修篁眉梢微微蹙了蹙，心里头倒是松了一口气。她愿意配合，这自然最好不过，武神大人其实也实在是担心，对方不愿意配合的话，自己到时候是不是还需要用强制的手段。若是真的弄成那样，而最终的结果是自己想多了，那父女之间的关系，就会变得非常尴尬。

武琉月抚了抚额头，眉心皱了皱："父皇，儿臣觉得眉心有些痛……"

武修篁皱起眉头，二话不说，便走到她跟前去。才坐到床边，床榻之上的武琉月便霍然起身，一脸委屈地往武修篁的怀中扑去："父皇！"

武修篁登时动作一滞，没有动，由着她扑入了自己怀中。

而下一瞬，扑入他怀中的武琉月，那手忽然一动，袖中冒出一根泛着黑色光泽的银针！这上头沾染了剧毒，只要自己扎下去，武修篁必死无疑。

她已经管不了这么多了，武修篁死了，自己才有一线生机，她正打算神不知鬼不觉地动手。

可就在这时候，门口传来一阵脚步声，武琉月眸中掠过慌乱，几乎是光速地将自己手中的毒针收了回去！

吱呀一声，房门被推开。

武青城出现在门口，眼神看向床边的那对父女，根本就不想多看。不过，武青城也是习惯了，反正对自己的父皇来说，大概武琉月才是唯一的子嗣，自己慢慢习惯就好。

他跪下开口道："父皇，儿臣奉诏归来！"

鉴于对方愿意回来，是以就算对方擅自闯入，龙昭的皇帝陛下并没打算计较："起来吧，回来就好！"

武琉月却愣了，她原本还盘算着，武修篁死了之后，自己跟二皇兄勾结，二皇兄登上皇位，许给自己荣华富贵。可武青城竟然回来了？

这……那她之前的计划还能用吗？

她正想着，就感觉到武青城不善的目光，落到了她的身上。武青城这一次回来，很大程度上就是为了让她从此不痛快！若非因为这个贱人，冥吟啸也决计不必再受一次那样的苦。不管他武青城最终是不是真的能登上皇位，但是从今日起，他一定不会让武琉月过得舒坦就是了！

这样的眼神，令武琉月一惊，登时就吓得话都说不出来了，心里头有了更加不好的预感！

"父皇，武项阳呢？"武青城看向武修篁。

他早就收到消息，说武项阳决意离开龙昭皇宫，并且采取的是"挥一挥衣袖，不带走一片云彩"的潇洒方式。那时候他真的是奇怪了一下，武项阳可从来都是一个致力于在父皇面前露脸，并想要努力登上皇位的人，眼下对方说走就走，连自己皇子的地位都不要了，这似乎有些蹊跷。

他这话一出，武修篁的面上划过了一丝尴尬之色，还有一丝若有若无的愧意。一看对方这表情，武青城稍微联想了一下，又看了一眼此刻正在武修篁怀中的武琉月，就秒懂了，自己之前的推断，应该是正确的。

不需要武修篁开口，他就自顾自地点了点头："儿臣明白了，父皇不必多说了！父皇与三皇姐慢慢叙话。毕竟父皇三日之后，就要去见墨天子了，三皇姐如今得罪的人，已经如同过江之鲫，也不晓得父皇去了皇宫之后回来，三皇姐是不是还活着，眼下你们多说些话是对的，以免日后想说都没机会了！"

武修篁一听这话，脸色当即便青了青。他的几个孩子里面，如今剩下的皇位继承人里头，最合适的必然就是自己面前的这个小子，然而，他所有的儿子里面，最

不听话、不服管教的，也是这个在宫外漂泊了十多年的儿子。

偏偏许多时候还无法责怪他，毕竟一句“儿臣在外多年，不懂宫中规矩，还请父皇恕罪”就能把所有的罪责和处罚顶回去。尤其对方在外这么多年，武修篁就连抚养的义务都没有尽到，所以对他的这个小儿子，武神大人一直是最愧疚的。

是以，他只冷声警示了一句：“既然知道这是你皇姐，说话就尊重一些，朕相信你不是蠢人，应当知道什么样的话是不该说的！”

“父皇，儿臣当然知道什么话是不该说的，但是儿臣这个人性格比较耿直，皇姐她做了那么多坏事，说句不好听的，每每想起自己有这样的皇姐，儿臣都觉得很羞愧。所以儿臣认为，父皇您最好是长命百岁，最好不要把皇位传给儿臣，也千万不要让儿臣从自己皇兄的手中，抢到继承权。不然，只要儿臣登上皇位，是一定会把武琉月的名字从我们皇族的玉牒上划掉，让世人知道她跟我们龙昭皇室，跟我们武家是没有关系的！”武青城不冷不热地说完这句话。

武青城满意地看着自己这句话说完之后，武琉月在一秒钟就青灰下去的表情，也不等武修篁回话，当即就说了一句：“儿臣告退！也希望父皇宠爱皇姐的时候，稍微把握些分寸，不要把皇姐宠溺到无法无天，给我们武家的列祖列宗丢脸。虽然以皇姐的能耐和她这段时间做的‘好事’，她已经很给祖宗和龙昭皇室丢脸了，但是父皇还是要劝告她收敛一些，总不能已经丢脸了，就破罐子破摔吧？”

武青城夹枪带棒地说完，也不等武修篁说他可以走，就转身大步离开。

第五章
人与人之间最基本的关怀呢

武神大人活了这么大一把年纪，今日是真的被人给气到了！前几天才被大儿子气了一顿，今日又被小儿子给气了，他咋有这么多不孝子呢？

眼见着武青城嚣张地走出了门口，武琉月立即梨花带雨地对着武修篁开口：“父皇，您也看见了，四皇弟如此不喜欢儿臣，要是真的让他登上皇位，恐怕儿臣都活不了几天。到时候还请父皇怜惜儿臣，千万不要将皇位传给他！”

她这话一出，武修篁不善的眼神就落到了她的身上。

武琉月通身一颤，反应过来，自己是莽撞了。公主是不能对朝廷的事公然提出任何怀疑的，尤其自己的话还明显是为了私心。

武琉月很快道：“父皇，儿臣方才只是一时失言，实在是被四皇弟给吓到了，还请父皇不要生气！”

武修篁当即沉声道：“朕以为你们姐弟之间，不应当有太多隔阂。你到底是姐姐，年纪比他大一些，如果你们之间有什么误会，朕认为你应该主动去化解，而不是就此结仇！不管如何，你们也是骨肉至亲，你们如此敌对，父皇是真的感到非常失望！”

“儿臣知错了，儿臣一定会好好跟四皇弟沟通，尽快让四皇弟对儿臣改观的！”武琉月话是这么说，心中已经开始怨恨武修篁了。

什么最宠爱的女儿，武青城这一回来，说了那么多不客气的话，武修篁都不处置对方就算了，还让自己跟他好好相处。武琉月的拳头紧紧地握了起来，对武修篁恨了一个十成十：“父皇，儿臣有些乏了！就先休息了！”

“嗯！”武修篁替她盖好被子，嘱咐了一句，“好好休息！”

“爷！我们查到了，果然如您所料。那些个富人，今天晚上就准备了一场聚会，地点选在城东的一家商铺的地下室。牵头的人，是这几国最有钱的一个富商，名为百里奚。眼下他们已经开始行动……”云筱闹盯着洛子夜，很快说出了这么一番话。

洛子夜回头看了云筱闹一眼：“让我们的人，今天晚上就过去，将那个商铺包围起来。要等他们所有的与会者全部入地下室之后，你们再行动，以及……”

说到这里，洛子夜在云筱闹的耳边耳语了一番。

云筱闹皱着眉头听着，旋即开口：“爷，属下知道了，属下马上就去办！”

“嗯！”洛子夜点了点头，示意对方赶紧去。

云筱闹出去之后，洛子夜从袖中掏出一本秘籍。那是当初国寺的方丈给她的秘籍！这段时间以来，她一直都在研究如何突破自己内功的第十重，但是比较悲哀地发现，一直都找不到突破口。

眼下正好有点儿空闲的工夫，她便想起来这本秘籍，说不定这上头会记载着什么办法，或者是关于第十重的特殊之处。然而，这本秘籍，将所有的东西写得比较详细，可最后的一重竟然没记载！

对，没记载！

深呼吸了一口气之后，她将自己手中的札记放下。每一种上古内功的修行，都是不一样的，所以她的武功也不能去问凤无俦怎么解决，毕竟武功在入门的时候，基础功都是一样的，大概在六七重的时候，以凤无俦的实力，都是可以指点她的。

但是已经到了第九重，要冲击第十重的时候，就已经到了一个高深内功的阶段。

在这种情况之下，就算是凤无俦，也是帮不了她的，因为高深的地方，他和她所练的武功，未必就是同一条路子，甚至很有可能是相反的，于是只能自己想办法解决。

闭上眼，屏息凝神，她再一次尝试去找突破口。两个时辰之后，正当她有些颓废的时候，却骤然感觉到一阵古怪的气流，在丹田处轻轻地窜了窜，这令洛子夜登时一喜……很快又往那个方向探了探，并且全神贯注地将自己体内所有的力量，都往那个地方集中。

诡异的是，那一点儿内息，就跟在逗她玩似的，她一探，它就一缩。她收回内息，它就再一次探出头来！洛子夜纵横内功界已经一年了，从来没有见过这么贱的内息，她都怀疑是不是在耍她！

被那股内息又捉弄了半天，洛子夜额头的汗水都流了出来。

四个时辰过去，洛子夜也饿了，暂且收功，看了一眼桌案上的点心，正准备过去吃一点儿，云筱闹就掀开帐篷的帘帐，进来了："爷，按照您的吩咐，我们去寻了一下，果真找到了您说的问题，已经埋伏好！而您吩咐的其他事，我们也准备好了，那些与会者这会儿已经零零散散地到了一大半，我们是眼下出发吗？"

"嗯！"洛子夜应了一声，所以她这时没时间吃饭了，把桌案上的糕点连同碟子都一起端了起来，直接往外头走，"走吧，我们现在就去！"

说着话的过程中，洛子夜把手中的糕点飞快地往自己的嘴里塞。这番情态，看得云筱闹白眼直翻："爷，您该不会到现在还没有吃晚饭吧？"

"嗯，没吃！"洛子夜很快应了一声，表情很是随意。

云筱闹出去准备的时候，正是上午，那时候也没有到吃午饭的点，于是她忍不住又问了一句："您不会午饭也没吃吧？"

洛子夜点点头，更加满不在乎地道："也没有，别说这些了，我们还是赶紧走吧！"

她连续练功达八个小时，在这个过程中是肯定不能停下来吃饭的，这没吃不是很正常吗？

云筱闹："……"

走出帐篷之后，门外正守着下人，看见洛子夜出来就问了一句："爷，方才见您在练功，我们就不敢打扰您，怕您走火入魔。您今日已经两顿饭没吃了，您眼下要先吃点儿东西吗？"

洛子夜把自己手中的糕点抬了抬："爷吃着呢！"

那下人瞟了一眼她手中的糕点，嘴角抽搐了一下。亏得是帝拓的君王不在这里，不然他们这些无辜的下人，都要因为爷不认真吃饭的态度，被收拾了。

这下云筱闹就不是很愉快了，有帝拓君王在的时候，爷的一日三餐都是必须要吃的。就算是她什么时候使性子，不想起床，凤无俦也是很粗暴地直接把她从床上拎起来，喂给她吃。

以至于洛子夜这段时间，一直都在抱怨，说凤无俦这个浑球，实在是管得太多了，就连吃饭这样的小事情都要管！可是偏偏爷又不是对方的对手，于是每每只能乖乖地被押着吃饭，有时候还睡眼惺忪的就被拎起来，坐着一边吃饭一边小心翼翼地观察凤无俦的脸色，那样子别提多可怜了。

以至于云筱闹这段时间都有点儿同情洛子夜，纵然帝拓君王这么做，都是为了爷的身体好吧，但是这也太惨兮兮了。

可是呢？今天凤无俦出兵了，原本是坚决要带着洛子夜一起走，洛子夜以今天晚上要处理城池中那些富商的事情为由，卖了好一会儿的萌，撒娇了许久，凤无俦才终于在她的坚持之下松口，同意她今日去处理自己的事情。

结果，凤无俦只是一天不在，爷就把自己过成这样了。一天三顿饭，两顿都不吃！

洛子夜看着她不甚好看的脸色，一边往嘴里塞糕点，一边口齿不清地问："你咋了？谁欺负你了？"

"没有人欺负属下！"云筱闹白了洛子夜一眼，"爷，帝拓的君王一天不在，您就不好好吃饭，属下是真的觉得，您就是欠他管教！"

咳咳……洛子夜险些没被她这句话给呛死！

怎么了这是？为什么自己的人都反水了？难道不应该觉得是凤无俦欠缺被自己管教吗？云筱闹这个小妞，也真的是太让她伤心了。

洛子夜一伤心，就忍不住说了一句："闹闹，你怎么能这样呢？我这么爱重你，你的胳膊肘却往外拐！我这段时间被他管教得还不够惨吗？你是不是没有看见你们家主子我的惨况啊？你居然还说出这种不负责任的话来，我的心已经被你挫伤了！"

她被凤无俦管教得都开始怀疑人生，好不容易今天那个狂魔不在，自己度过了自由自在的一天，结果云筱闹居然说出这样的话来伤她的心。

果爷也在旁边唱起了应景的歌曲："小白菜哎，地里黄啊……"

它这么一唱，洛子夜更悲伤了！

云筱闹恨铁不成钢地看了她一眼："爷，虽然前几天属下是真的非常同情您，而且的确觉得帝拓君王实在是管得太严了，但他一天不管教您，您就开始两顿饭不吃，您说您不是欠管教是什么！"

云筱闹是真的很不高兴，怎么爷自己的身体，帝拓的皇帝陛下都那么上心，爷自个儿就完全不上心呢？练武功固然是很重要，可重要得过自己的身体吗？爷之前是怎么告诉他们来着？身体才是革命的本钱，身体都没有，那还有啥好说的？

云筱闹说完这句话之后，都不想理洛子夜了，大步就往前头走，便是一副都不愿意看见洛子夜的样子。

洛子夜的小心脏完全凋残了，默默地抓起自己面前的糕点，又往嘴里塞了一块，一起往前头走，她真的觉得自己过得越来越没有地位了。

不就是两顿饭没吃吗？至于吗？至于吗？

她不清楚的是，云筱闹这时候已经默默地决定，等晚上他们的事儿办完了，帝拓的皇帝陛下也回来了，自己一定要去好好地找凤无俦告状，让帝拓的皇帝陛下好好教训一下爷，这个坏习惯一定要改掉！

跟着云筱闹，一直到了商会所在之地附近，远远地，洛子夜就看见那间房子里面，有不少人都走了进去，零零散散的，还都带了几个下人。

洛子夜偏头看了云筱闹一眼："查到他们的会议，是几点开始了吗？"

"还有半个时辰就开始了！"云筱闹很快回复。

洛子夜翻个身，往地上一躺，闭上眼："等半个时辰之后再喊我！"早知道还有半个时辰才开始，她一定吃顿饭再来。都怪她当时听说人都来了一半，也没问一下会议开始的时间，现在好了……

糕点虽然也是可以填肚子的，但是她还是觉得饿啊。

云筱闹开口道："好的，您先休息一下，半个时辰之后我喊您！"

这小半个时辰，洛子夜还真的睡着了，她一直都在做梦，梦见各种好吃的，各种美食，什么红烧猪蹄，什么烤全鸡，什么琵琶虾。不管她在梦里如何蹦跶，也没有能吃进自己口中。

终于半个时辰过去了，云筱闹把她给喊醒了！醒来时肚子不争气地叫了一声，她是真的开始怀念他们家臭臭了，原来每天把她那样管着，其实也挺好的，至少这段时间以来，她基本上就没怎么挨饿过。

"他们都进去了？"洛子夜瞟了云筱闹一眼。

云筱闹点点头："已经都进去了！爷，您是现在就进去吗？"

"嗯！"洛子夜点了点头，对着不远处的上官御一挥手，上官御很快就带着士兵，一起围了上去。

洛子夜站起来，大摇大摆地往那边走。云筱闹递给洛子夜一张请柬，这是洛子夜今天吩咐她去伪造的。

云筱闹不放心地看了洛子夜一眼："爷，这伪造的请柬，不会被他们认出来吧？"

“你们造假的时候，留下了什么破绽吗？”洛子夜回头看了她一眼。

云筱闹立即摇头：“没有任何破绽！上头所有的细节我们都处理过了，看起来和真的请柬是没什么差别，但是您是不是忽视了一个问题……这一场聚会的发起人，是百里奚，您觉得百里奚会连自己有没有多邀请您这么一个人，也不知道吗？”

云筱闹说着这话，险些没落下眼泪，也不知道爷这到底是莫名自信，还是把这个问题给忽视了。

洛子夜瞟了她一眼，倒是一副怡然自得的态度，走路简直脚下带风，那样子一点儿都不像是伪造了请柬要去参加聚会的人，倒是看起来比真正受邀来的人都要精神体面许多。

这下，云筱闹也不敢说话了。

好吧，看来这是考验演技的时候了！洛子夜走到门口，云筱闹看了她一眼：“爷，我们怎么进……”“去”字还没说出来，洛子夜就先伸出手，砰砰砰果断地敲了几下门。

云筱闹：“……”这种进去的方法，真的好简单粗暴啊，她已经开始有点儿崇拜爷了，真的。

这会儿，云筱闹也穿着男装，打扮成一个小厮，在洛子夜身后跟着。

砰砰砰地敲门之后，洛子夜回头看了暗处的上官御一眼，手一挥。上官御立即收到了对方的指令，抬起手往下一放，示意大家躲起来。随着上官御的手势指令一出，他们带来的所有士兵，全部往地上一蹲，蹲下之后才发现自己身前什么遮蔽物都没有。

上官御嘴角一抽，手再往边上一挥，所有人二话不说，拔腿就往边上跑。几千个人一起跑，地上的灰尘都被跑得飞了起来。

云筱闹的内心也是很着急，希望他们跑快点儿，千万不要被发现。她看了一眼之后，收回眼神，目不斜视地跟在洛子夜的后头。

吱呀一声，门开了，那是百里奚家的下人。

他定定地看着她们身后，洛子夜武功高强，自然晓得上官御这时候已经带着大家都撤到一边去了。云筱闹的眼神顺着那下人的眼神往后头一看，只看见了半空中吓死人的灰尘，倒是没有看见一个人，她提在半空中的心脏，这时候才算是终于放回了肚子里。

“看什么呢？没看见外头都是灰尘，爷都快被熏死了，你还不请爷进去？”洛子夜的表情十分不好看，一阵咋呼，将一个脾气不好的有钱人的无礼态度，表现了个十成十。

云筱闹也渐渐进入状态："你这小子，堵在门口干什么？这就是你们百里家的待客之道？"

那开门的人，一看他们两个人这么说话，心里头知道这是两个不太好惹的人，他盯着洛子夜问道："这位公子，您有请柬吗？"

洛子夜一听这话，就将自己手中的请柬递给了对方。

那下人一看请柬的颜色、字面上的内容还有上头的字迹，对着洛子夜低下头，弯腰开口道："请进！"

洛子夜就这么大摇大摆地进去了。

而那下人站在门口，又往大门外看了许久，看见那些灰尘在半空中飘飞了一下，完全没有发现任何问题，就很快将大门关上了。

这时候，上官御等人才算是松了一口气。还好，没被发现！不过很快，上官御就发现了，这个商会的发起者百里奚是真的很不简单。

眼下那个商会已经开始了。而几乎在同时，上官御眼尖地看见，围墙的周围很快跃出几名黑衣人，分别镇守东南西北四个方位，观察着周围的异动，以保证如果出了什么事情，能第一时间就发现。

上官御示意自己的人，都低下头，潜伏起来。

幸好他们很早之前，就已经在三十米处埋伏了一圈，并且早就准备好了，如若不然，这时候对方的屋顶上出现这么多人，他们要是出去移动的话，是会导致他们的身影马上就暴露的。

而洛子夜这时候已经跟着下人，去了这个商铺的地下室里面。所有的人全部到了，并且都在互相寒暄，当大家听到脚步声的时候，都回头去看了一眼，很快便看见了洛子夜。

洛子夜的眼神，往这地下室里面扫了一圈。里头的椅子，全是沉香木，上等的沉香木，等同于黄金。这个百里奚，只不过是办一场商会，桌椅板凳就要用上好的沉香木，还有桌案上的那些茶壶，都是和田白玉打造。

洛子夜都有点儿羡慕了，纵然她现在已经开始慢慢有钱了，可跟这小子比起来，怕还是远远不及。

大家的眼神都看过来的时候，云筱闹背后的冷汗都流了出来。

大堂正中间，一个穿着一身白袍的清俊公子，扬眉看向洛子夜，开口询问："阁下是？"

他的一张脸长得很秀气，这让洛子夜立即就对自己面前这个小子多了不少好感，是的，她对长得好看的人，一向很容易产生友好的感觉。

她很快开口道："我是船行老板的儿子，我爹今天一大早从二姨娘的床上下来，不小心把尾椎骨给摔了，这会儿正躺在床上呢，所以就把我从青楼里面拎出来了，让我代替他参加商会。我爹说了，让我在这里好好跟各位学习商讨，一切事情我拿主意就行，我这个人也不知道拿什么主意是正确的，总归到时候大家商量商量，你们都觉得可行的办法，那就是正确的吧，我听你们的意见！"

百里奚皱了皱眉头："不知道令尊是？"

"我爸是李刚！"洛子夜随口胡说八道了一句，"爸就是爹的意思！"

百里奚再一次皱眉，他还真的不记得，哪位船行的老板是叫李刚的。但是这么多年以来，商人们之间来往，常常是互相称呼对方的尊称，比如李兄、陈兄、陈老板、李老板，很少是直呼其名的。如果来人是没怎么跟自己合作过的人，自己不记得对方的名字，也没什么好奇怪的。

而他请的人，并不都是自己的朋友，而只是商场上颇有地位的人，故而如果李刚只是一个刚刚够上名流线，但并不特别出名的老板，自己没印象也不奇怪。

这么一想，百里奚的眼神很快平静了下来："阁下带请柬了吗？"

"带了！"这话是洛子夜身后，百里奚的下人说的。

这下，百里奚就不多说什么了，指了指边上的位置："公子请就座！"

"多谢！"洛子夜拱手之后，就从楼梯上下来，往那边找自己的位置。云筱闹跟在她的屁股后头，不断地咽口水，只觉得爷还真的是很能说，李刚啊，船行啊，说得就像是真的一样。

百里奚对洛子夜打消了疑虑，毕竟他主营的是金行和古董、钢铁，一般都是走的陆运，很少跟船行的人打交道，于是就这么被洛子夜忽悠了过去。

但是在场还是有不少船行的老板的，他们就蒙了！怎么从来就没有听说过，他们的同行里面有一个叫李刚的？

云筱闹顶着满头的冷汗和压力，在洛子夜的身后走着，忽然听见洛子夜用密室传音问了一句："我左边的第三个人是谁？"

来之前洛子夜让自己收集了这些老板的画像，自己也都看过了，知道他们的资料，是以，云筱闹很快小声道："那是洱厉，珠宝行的老板，平日喜欢逛青楼酒肆……"

"哎呀，洱叔叔，好久不见！我还认得您呢，上回在酒肆里面，您与我爹相谈甚欢，一转眼我们已经这么长时间没见了，不知道叔叔是否还记得小侄啊？”洛子夜笑容满面地寒暄。

洱厉：“……”他还真的不认识。

但是他们从商的人，从来都是精明得很，每日也要跟许多人打交道，的确是很有可能跟对方的父亲一起喝过酒，但是自己忘记了，尤其对方说的还是在酒肆，那就是自己喜欢去的地方，更有可能是真的了。加上百里奚邀请过来的人，基本都是名流，所以洱厉这时候就算是完全不认识洛子夜，也不愿意说自己不认识，这样就得罪人了。

秉承着一位成功商人的高情商做法，洱厉很快道：“啊，原来是贤侄啊！真是好久不见！”

云筱闹：“……”这个世界到底是怎么了？

洱厉这样的表现，当然在洛子夜意料之中，要是料不到对方这个表现，洛子夜定然是不会说出这句话的。

日理万机的大老板们，怎么可能谁都记得？但是，但凡有点儿情商的人，一般会说自己是记得的，以免得罪人。能够成为出色的商人，那情商肯定都是没话说的。所以洱厉这会儿的表现，正中洛子夜下怀！

洱厉这么一说，不少原本还对洛子夜的身份有点儿疑虑，并认真地思考着，李刚到底是谁的商人，一下子也都放心了，原来洱厉是认识的，那应该就没什么问题了。

而洛子夜又用密室传音问了一句：“我右手边的第五个人是谁？”

“他叫秦月，青楼的老板，一般招待朋友都是在自己的青楼！”云筱闹很快回了一句。

洛子夜二话不说，扭头继续笑道：“哎呀，秦老板！好久不见，上回我跟随父亲，还有几位叔伯一起与您见面，您还在自己的青楼招待了我们，那些漂亮的姑娘，一直让愚弟难以忘怀啊！秦老板果真好本事，能找到这些美貌的花姑娘！”

秦月：“李公子过奖过奖，上一次见过李公子之后，我就一直期待再一次见面，没想到竟然在这儿遇见了！”

其实他不认识啊，不过对方既然认识自己，那就应该没错吧？说不定就是什么时候一起吃酒了，自己忘了，毕竟对方是跟着他父亲一起来的，那时候他父亲才是自己的客人，所以没太注意这人也是有可能的。

作为一个高情商的商人，秦月也表示认识，并且想了一下洱厉也是认识的，那

自己的认识应该是没什么问题的。

洱厉本来说了自己认识之后，心里的感觉还有点儿不好，突然想起来他们这一场商会，不比寻常的宴会，要是让来历不明的人混进来了，后果恐怕会很严重。但是这时候看见秦月也认识，他立即放心了，还好，还好！应该是可以认识的！

于是，高情商的洱厉和秦月，互相瞅着对方认识，于是他们两个也都放心大胆地“认识”了“李刚”和“李刚的儿子”。

云筱闹已经不知道自己应当说点儿啥了，只觉得自己今天三观和认知，都被刷新了！

而在场的商人们，一看洛子夜已经被两位大老板认识了，一下子也都放心了：“李公子，快些坐下吧，我们的商会开始了！这一次你是代替你的父亲过来的，希望你也听到一些有用的话，回去跟你父亲商讨！”

大家的态度，一下子也变得客气起来。

于是洛子夜就找到了一个位置，心满意足地坐下！云筱闹怀着一种诡异的心情，老老实实地在洛子夜后头站着。这个社会到底是怎么了？这些老板，明明根本就不认识，还能做出一副不仅仅认识，而且很熟的样子。人与人之间，就不能多一点儿真诚，少一点儿套路吗？

洛子夜坐下之后，在场的不少人，也都跟着坐下了。这么一场暗地里进行的，想要瞒着官府、瞒着洛子夜，坚决不让洛子夜知道一点儿风声，并且以洛子夜为他们的战斗目标的商会，就在洛子夜本人的面前，盛大地展开了。

第一个开口的，竟然是那个洱厉：“你们说这个洛子夜，到底是想搞什么鬼？什么叫作无产阶级，带领大多数人共同富裕？她一个女人，知道些什么？胡乱搞出这样的事情，不少穷人都以为自己明天就要发财了，她把我们这些人都置于何地？难道是准备把我们的钱都拿出去救济那些百姓吗？”

“是啊！也不知道凤无俦到底是怎么想的，居然……”把他们这几个国家的土地，交给一个女人管理，女人懂什么？就算那个洛子夜手中，好像是掌控着龙啸营，甚至还有那个什么《皇家都市晚报》，但是女人就是女人，能成多少事！

百里奚皱眉，打断了对方：“阁下慎言！”

那商人登时也知道自己失言了，屁都不敢放了，激动之下，竟然议论起凤无俦了，自己是不是不想活了？那个人的名讳，天下人都不敢随便提及的，自己竟然作了这样的大死。

接着，又有一名商人道："我们谈话之中还是不要牵扯其他的人，这主要是洛子夜的问题！"

洛子夜在边上听着，算是明白了。很显然这些人的情绪都是恶劣的，他们的内心都是不满意的，他们说话也全部是充满攻击性的，但是他们没有一个人是敢怼凤无俦的，于是都只敢怼她洛子夜。

云筱闹抽搐着嘴角在后头听着，要不是因为她这会儿在跟洛子夜一起玩角色扮演，她真的想善意地提醒一下他们，事实上怼洛子夜让凤无俦知道了之后，会比怼凤无俦下场更惨的。

谁不知道那个护妻狂魔，对爷是什么样的维护态度？要是让凤无俦知道，这群人大半夜不睡觉，专程在这里开个会说洛子夜不好，他们这些人基本上都不用活了。

洛子夜摸着自己的下巴，一脸温和地看着他们讨论。

他们吐槽她半天之后，终于有一个人出来总结了一句："我觉得洛子夜的政令，完全就是冲着我们来的！这就是要瓜分我们手中的钱财，老百姓都有钱了，我们怎么办？我们就开始成为平凡人，跟大家一起过一样的日子吗？"

人有钱了许久，是容易生出优越感的，并且深深地感觉自己与众不同。

在旁边听了这么半天的洛子夜，立即做出一副义愤填膺的样子："我们要给洛子夜一点儿颜色看看，让她知道我们的厉害！让她知道我们这些人都不是好欺负的，我们不是吃素的！"

她这话一出，立即引起了不少商人的赞同。

百里奚其实在洛子夜坐下之后，内心深处还在不动声色地回忆，自己到底有没有邀请过李刚这个人，这下听洛子夜这话一出，完全是主张大家一起跟洛子夜杠到底的态度，他心中登时什么怀疑的情绪都没有了。

百里奚也点了点头："不过，我们说话的时候还是小心一些，纵然我相信大家都不会将这些话传出去，可凤无俦是个护妻狂魔，我们还是不要用太难听的话说洛子夜的好，以免有什么万一，最终后果大家都担待不起！"

他这话一出，云筱闹在内心点了点头，总算是有个明事理的了。

一众商人听完这话之后，也点点头，虽然在这件事情上还是要跟洛子夜死磕到底，但是嘴上还是不要胡说了。

洛子夜也不知道是该哭还是该笑，护妻狂魔是什么鬼？

而百里奚提点完这一句之后，便又开始切入正题："我们的确也需要表露出一

点儿实力，让洛子夜知道，我们不是任人鱼肉的人！”

边上的洛子夜倒是皱了皱眉头：“可是他们有军队，我们想要硬打，肯定是不行的！要是带着自己的钱财离开吧，自己一个人容易，带上钱走也容易，可是产业是无法带走的。纵然我们可以把产业都变卖了之后带着钱离开，可是换个地方……常言道，强龙不压地头蛇，我们去了新地方，是不是真的能够发展起来，这也是问题，这还真是难办！”

这话完全说到了在场这些人的心坎里！是啊，他们这两天一直就在想这些，脑海里头都是洛子夜说的这些问题，他们真的头发都要愁白了，留下吧，干不过，走吧，舍不得。

那洱厉更是看着洛子夜道：“贤侄，你真是说出了我的真心话啊！”

还有人夸赞了洛子夜一句：“贤侄你方才还说，你不会拿主意，你这一句话，就正中了我们这些人的内心，你方才说你要跟我们学习，这真是太谦虚了！”

洛子夜更加谦虚了：“哪里！哪里！我哪里有您说的这么厉害，父亲与小侄讨论过此事，所以小侄知道一二！”

“唉……”大家摇头叹气，当真是一样的情况，一样的凄惨，一样的顾虑，一样的悲凉。

他们每个人心里的想法都是差不多的，于是百里奚说要开一个商会，所有人光速出现在了这里！就是希望一人计短，许多人计长，盼望他们一群人在这里聚集着，能够商量出一个好办法。

这时候，从开始到现在，他除了认识了李刚和李刚的儿子，做了这么一件不那么真诚的事情之后，就没搞别的事情，认真地保持着风度翩翩形象的秦月，倒是抬起头看了一眼百里奚：“不知道百里兄有没有什么解决之道？”

“今日请大家来，就是一起商讨主意的，百里奚自然不敢托大，妄说“此事我已经有主意了”！所以大家如果有什么主意，不妨都说出来试试看，如果可行，倒不失为一件好事！”百里奚回复了一句。

秦月轻轻一笑：“我有一个主意，我们一起压低价格，收购大米。所有的商人都把价格压低，收购大米，那些地主要是想把大米卖出去，自然不得不同意低价售出，不然堆积着是会霉变的，单独售卖给百姓也是卖不出多少，他们只能对我们妥协。等我们把大米都买回来之后，再哄抬物价，把大米卖到天价，让那些老百姓都买不起，也吃不起饭，这样的话，相信过不了多久，整个城中就会饿死不少人！我们就能看到洛子夜的共同富裕，能走到何种程度！”

他这话一出，洛子夜真的是惊呆了，这里就百里奚和秦月这两个小子长得最好看了，百里奚二十五六，秦月将近三十，身上独有一股成熟男人的魅力，长得也是相当不错，一双眼睛如黑曜石，十分好看。

却没想到说出的一个主意，就是要人命的！

洛子夜再一次在心里认识到了一点，但凡长得好看的男子，十有八九是蛇蝎！轩苍墨尘不是个好东西，嬴烬初见的时候表现得也不像是个好东西，凤无俦长得那么好看，杀人也是不眨眼的，洛小七一张天使般的面孔，心里也住着一个小恶魔。

而至于面前的这个人，更厉害了，开口就要害死许多老百姓，就是为了给自己一点儿颜色看看，至于吗？难道现在的男人们，都认为自己长得好看，就可以不善良了吗？

洛子夜暂且没说话，等着看其他人的反应。不少人竟然开口道：“这是个主意！”

“还是秦老板有远见，这个主意我赞同！”又有人说了这么一句。

倒是百里奚，皱着眉头没说话。

秦月看了他一眼：“百里兄可是对我的看法不认同？”

百里奚坦诚地道：“这到底是我们商人和洛子夜之间的事情，连累百姓，我觉得并不是很妥当。商人做事，还是应当有自己的底线和原则，毕竟百姓是无辜的，而且眼下他们只是看到了洛子夜的政令，也还并没有得到什么！”

洛子夜倒多看了他一眼，还好，还是有心地善良的人，并不是所有人都为了钱和自己的利益，就罔顾许多人的死活。

“可是，除了这个办法，百里兄你有什么其他的办法吗？”秦月放下了手中的杯子，从容地看着百里奚。

他这么一问，百里奚登时也沉默了。大家看百里奚不说话，心里头也明白了，对方应当是没有更好的办法。

于是众人就七嘴八舌地议论开了。

洛子夜在边上坐着，一边喝茶，一边听着他们商量。这群人商量到最后，终于还是“人不为己天诛地灭”等一系列说法，占了上风。

不少人对百里奚道：“纵然这样的确是太缺德了，可是我们也没有其他更好的办法了，百里兄，你认为呢？”

百里奚的面上，一直都是很为难的神色。他能走到如今这样商界龙头老大的地位，

不那么光彩的事情自然也干过，可是明着去害死这么多人，还是有些考验良心。

终于，边上的洛子夜开口了：“我觉得秦兄的这个主意，非常好！这一定能够让那些愚昧的老百姓心中都明白，洛子夜其实就是在吹牛，根本不能决定市场，也让洛子夜清楚，想对付我们不是这么容易的！”

洛子夜这煽动的话一出，众人都表示了赞同，并且连连点头。

但是云筱闹就有点儿看不懂了，爷这是在干吗呢？这是在给自己找麻烦吗？

很快她就知道，她小看洛子夜了。

洛子夜忽然摸着下巴，一脸困顿地道：“可是……可是如果洛子夜生气了，派兵把我们的大米全部抢走，免费送给老百姓，那我们咋办？最后事儿也没办成，颜色也没给她看成，买大米花的不少钱也拿不回来了……”

她这话一出，众人全部噎住了！要是这样的话，那就很尴尬了！

秦月看洛子夜的眼神，也没有一点儿对方把自己的主意拍死的不满，反而充满了感激，要不是她想到了这个，到时候自己在商会估计都没有办法立足了，就算不用负责任，这些大佬，也难免因为他的馊主意，对他不满了。

秦月立即看向洛子夜：“李兄弟真是高见，只是不知道李兄弟是否有些其他的主意呢？”

然而，在秦月的询问之下，在所有人的热切目光之下，洛子夜却摇头：“小弟也是希望自己有一些好主意啊，奈何完全就想不到办法，不知道秦兄是否还有别的想法？”

她话音落下，大家的脸上都渐次露出了失望的情绪。

倒是百里奚，暗自松了一口气，还有几位一直沉默着的商界大佬，也忍不住松了一口气。说实话他们也觉得这个方式太缺德了，心里头一直在做着利益和良心之间的拷问。

紧接着，大家又商讨起来。

商量了一会儿之后，洱厉开口道：“我们是否能够考虑，将所有的船舶停运，不再售卖马匹？这样百姓出行不便，大家也肯定都知道，我们是对洛子夜的什么……无产阶级说法不满，定然会把这一切算到洛子夜的头上！”

他这话一出，一众大佬又开始考虑这个问题。这个办法没有方才秦月的办法打击力度大，可是呢，至少不是那么缺德了。

百里奚却皱眉：“寻常的百姓平日里并不需要出远门，他们也少有人购买马匹，所以这么做用处并不是很大。而船舶停运对于许多百姓来说，的确会导致生活不便，但是……这样给船商带来的影响也是很大的，杀敌八百，自损一千，这样的生意，我认为并不划算！”

不少船商忍不住开口了：“是啊！洱历，你这就是站着说话不腰疼，让我们停运船舶，那我们的损失你来支出？你自己不是做船生意的，你就乱出主意，你倒是考虑过我们这些人的心情没有？”

洱历登时也不好意思开口了，他其实就是顺着秦月的办法，举一反三而已，的确没想到太深的地方去。也是，要是真的这么做，那船商们怎么办？

而洛子夜作为李刚的儿子，李刚又是一个船行的老板，这时候的她当然是相当有发言权的：“而且，就算我们船商不计损失，甚至各位其他行业的兄台叔伯，还愿意给我们一些钱，让我们一起渡过这个难关，大家一起承担这个损失。但是……要是洛子夜知道了，她一生气，下令让军队把我们的船和马都抢走了怎么办？”

众人：“……”这真是一个悲伤的故事！

他们面对的人，可不是什么冠冕堂皇的君子啊。其一，洛子夜是个女人，肯定不能指望对方君子地对待他们，而且对方是侵略者，身份是官方的土匪！土匪们干了事儿，还会惧怕官府找他们的麻烦，但是洛子夜就是官方啊。

“唉……”又有一个人，叹了一口气。

“或许我们还有一个好办法！”百里奚突然笑了笑，开口道，“我们可以尝试从官府的方向下手，将那些容易收买的官员都收买了，让这些官员在接到洛子夜的政令之后，阳奉阴违，都不好好按照洛子夜的政令做事，要是这样的话，洛子夜想要对付我们，就不是那么容易了！”

他这话一出，秦月也很快表示赞同：“这是个办法！”

洛子夜听着，只觉得幸亏自己来了！

这个百里奚，还真的是不简单。要是自己什么都不知道，让百里奚这么干了，那到时候政令下来之后，没有收到效果，她大概还处于一种自我怀疑之中，一时半会儿想不到有些人在下头做了什么。

“我也认为这个办法很好！”又有人应了一句。

只是，百里奚竟把眼神放到了洛子夜的身上：“李兄弟呢？你对这件事情怎么看？”

商量了这么半天，他们都已经非常高看洛子夜了，毕竟洛子夜之前说的话，都

如同当头一棒，让他们立即就清醒了，所以他们十分看重洛子夜的意见和建议。

大家都没有意识到，一直到这会儿，大家已经在潜意识里，把洛子夜当成决策者了。

洛子夜皱了皱眉："百里兄的这个方法，听起来是最靠谱的了。只是这样的话，我们一定会付出非常大的代价，收买官府那么多的人，一定需要不少钱的，但是我们这样做了之后，结果一定是我们自己想看到的吗？"

她这话一出，大家很快就听出了一些深意来。

百里奚和秦月，都算得上是聪明人，这时候都看向洛子夜，觉得这小子或许会说出一点儿不一样的东西。

百里奚开口询问："不知道李兄弟这句话是什么意思？能否说细一些，让我们都了解一下！"

"可以的！"洛子夜开始侃侃而谈，"诚然，我们所有人都意识到了一个问题，那就是洛子夜的政令，是想要做点儿对大多数穷苦百姓有利的事情，但是从一开始，洛子夜说过一定会做出对我们不利的事情吗？"

在场的人都是一愣，回忆了一下，好像也并没有，除了他们想要暴动的时候，被军队恐吓了一下，洛子夜的政令之中，并没有说明一定会侵占他们的利益，可是……

有人开口："可是，如果真的如她所言，让广大群众都富足了的话，那么接踵而来的问题，就是……"

洛子夜立即扬眉笑了："你这话的意思我懂，但是，这都是我们的推断不是吗？我们都只想着，广大群众有钱了，我们的资源就要被分走，我们很快就不像现在这样有钱了，但是……"

洛子夜顿了顿，看向他们的眼神更深："但是，这一切都只是推断而已！洛子夜从来就没有这么说过，也从来就没有说过带领更多百姓走向富足，最终付出代价的就一定是我们。其实我们现在在这里担忧来担忧去，我觉得是有点儿杞人忧天了！"

百里奚眸色微深，看洛子夜的眼神，有了些微变化，盯着洛子夜道："你继续说！"

"嗯！"洛子夜点了点头，"还有一点，就是很浅显的道理了，如果我们都推断错了，洛子夜的矛头并不是对着我们，她想要帮助百姓共同富裕，并非一定要以剥削我们的利益为前提，那我们做的一切，都是为了什么？"

这下，大家都沉默了，开始面面相觑起来。

其实一直到现在，洛子夜在明面上还真的没有说什么怼他们的话。他们这样担心得不得了，仿佛明天天就塌了，是不是悲伤得太早了？

“所以，你的意思呢？”百里奚看着洛子夜，那眼神已经开始不善起来。

洛子夜自然看得出来对方的眼神，已经完全变化了，而且她赌五毛钱，这小子一定看出了什么。她扯了扯嘴角：“我只是在想，我们在杞人忧天，担心得不得了，害怕洛子夜动我们的时候，为什么不先想办法知道一下，洛子夜到底是怎么想的呢？如果她的目的，并不是针对我们呢？”

她这话一出，秦月也看出了一些问题，忍不住看了一眼百里奚，两个男人对视了一眼，很快看出了对方心中的想法。

洱厉这时候，却还是属于不明情况的状态：“可是，我们如何推断，洛子夜并不是针对我们呢？我们又有什么办法，知道洛子夜心里真正想的是什么呢？”

“其一，洛子夜跟我们无冤无仇，她就算要讨好百姓，也决计犯不着把我们赶尽杀绝，我们手中握着多少资源，她心里一定清楚，真的把我们这些商人都处置了，那么她手下这一块土地里，不说别的，不少工人的工作都会丢了，整个市场也崩塌了，这对她来说，有什么好处？”洛子夜问了一句。

在场的人，互相看了几眼之后，慢慢也发现了，好像还真的就是这么回事儿。

洛子夜又道：“其二呢，我们在此之前，从来就没有听说过洛子夜是一个看不得别人好的变态，更没有听说过，她是一个致力于将所有过得好的人，全部从高高的台阶上面扯下来，满足她变态虐人的欲望的人，所以，我认为既然她没有这种特殊的爱好，那就更没有动我们的动机了！”

“你的意思是，洛子夜未必是冲着我们来的？”洱厉看着洛子夜，问了一句。

洛子夜点了点头：“其实我们一直猜测的这些，都是我们自己瞎想的，洛子夜从来就没有真的说她要针对我们，不是吗？”

而也就在这会儿，百里奚看向洛子夜，眼神微冷：“你到底是谁？或者你应该告诉我们，李刚到底是谁？”

已经说了这么半天，他要是还不能看出端倪，洛子夜才要怀疑他的智商了！

秦月也看着洛子夜，冷声道：“阁下真的是李刚的儿子，而不是洛子夜派来的人？”

“……”不少商人的眼神，都放到了秦月身上，并且大家的内心都不是很高兴，秦月这话是啥意思？该不会是他根本就不认识这个人吧？刚刚他不是还对这个小子说好久不见，一直在期待再次见面吗？为什么忽然改口？

秦月看见大家的眼神都看向自己的时候，也立即意识到了什么，摸了摸自己的

鼻子，神情有些尴尬。

他方才还是一个认识对方的人，回头又忽然说出这种话，这显然就是对与会者，对他们这个商会不负责任啊。不过……他再不出来说一点儿实话，就会搞出一些不能收拾的局面了。

想到这里，秦月的眼神忽然看向洱历：“洱兄，你也是真的认识这位小兄弟吗？”

洱历嘴角也是一抽，大家很快看向他。

这下，情况就很尴尬了。

洱历瞟了一眼洛子夜，又瞟了一眼自己对面的秦月：“嗯……其实，我不认识！”

说完之后，他也瞟了一眼秦月：“可是秦贤弟，你之前不是说你认识吗？”

秦月：“分明先说认识的是你！”

洱历：“我先认识了他，跟你认不认识他有何关系？”

秦月：“……”

众人：“……”

眼见洛子夜的身份就这么暴露了，云筱闹已经开始紧张了，但是洛子夜竟然一点儿都不紧张。

那表情反而很是怡然自得。

大家面面相觑，百里奚神色难看地盯着洛子夜：“阁下到底是谁？来我们这里的目的是什么？”

“我是谁，一会儿我再告诉你。至于我来这里的目的，当然是参加商会了！”洛子夜直接就坐下了。

百里奚嘴角一抽，盯着洛子夜，生气得半晌说不出话来。洛子夜这不是废话吗？他当然知道她来这里是参加商会的，他问的，是更深一层的目的！

洛子夜看他一副生气的样子，也完全没往心里去，看了在场的人一眼：“各位，你们觉得我刚才的话是不是有道理？你们要是觉得没道理，那你们想怎么样，你们随意就是！就在这里折腾得你们不快乐，洛子夜也不高兴好了。但是呢，你们要是觉得我的话有道理，我们倒是可以继续分析分析！”

他们这时候谁都不知道，就在他们的地下室之上，房间之中，正坐着一名男子。他容色淡漠，那双眼美如明月清辉，从宅子之外进来，便是如入无人之境，宅院之上守着的那些黑衣人，竟然没有一个人发现他。

而屋内的下人们，这时候却全部被点了穴道，站在原地面面相觑，话也说不出来，动也不能动。

百里瑾宸此刻却能清楚地听见地下室的声音。

轩辕无扫了一眼百里瑾宸的后背，压低了声音开口道：“主上，洛子夜已经搅和到这件事情里面来了，那这个百里奚……”

这天下，姓百里的，其实只有南岳皇族那一脉。皇族中人零零散散，早已散开。但……大概两年前，掌控着煌墠和翾鄀两块大陆大部分经济资源的主上，意识到有一股势力一直在跟他们夜幕山庄作对。而对方的掌权者，就是叫百里奚。

当夫人听见这个名字的时候，就让他们查了一下对方的身份。

方知道当初跟他们的老主子争夺皇位的，南岳的皇子之中，就有一位是叫百里奚。而这位百里奚，年纪跟对方肯定是对不上的，再一查，竟然发现对方是当年那个百里奚的外室所出，那外室是个妓女，想必百里奚也是为了自己在皇帝面前的形象，于是就没敢把她带回皇子府。

只是，儿子以父亲的名字重出江湖，还跟他们夜幕山庄作对，这目的是什么呢?找事儿的感觉，就很明显了。

可是他们夜幕山庄的实力，却并非对方能够撼动的。主上一动，对方手中那么一点儿势力就已不堪一击，接着就销声匿迹了，直到一年半之前，主上发现了这一块大陆，而从上个月开始，主上有了在这里扩展夜幕山庄势力的意思，于是就让他们查了一下这边的商业发展情况。

这一查，就查到了百里奚。跟当初那个跟他们作对的，竟然是同一个人!

百里瑾宸容色淡淡，长长的羽睫垂下，似乎在想什么。

轩辕无开口道：“百里奚跑到这里来，短短几年之间，生意越做越大，说不定对方的目的，还是我们夜幕山庄，如今潜伏在这里，大概是为了韬光养晦！当初他的父亲跟老主子争夺皇位，丢了性命，如今……对方要是真的冲着我们来的话，属下还是建议您将他杀了，免除后患！”

一个人跟你作对了一段时间，打不过你，就换了一个地方去发展。这样的人，决心是很强的，要是对方真的想跟他们作对的话，的确就是一个麻烦，不然主上也不会在这一次来了煊御大陆，见证了无忧老人救了武修篁，离开他们之后，第一时间就来解决掉百里奚这个麻烦了。

只是，也不知道是巧还是不巧。他们在外头就看见上官御那一行人，暗地里在那里埋伏着。

大概就从洛子夜进去说第一句话，表示她爸叫李刚的时候，他们就已经到了。一直听那个女人在这里胡说八道到现在，轩辕无也是不知道自家主上是何时开始有了这么好的耐心，竟在这里听这种事儿，听了这么久。

不过吧，轩辕无也觉得……那个洛子夜还真的是蛮搞笑的。

他这话说完，百里瑾宸淡淡扫了他一眼，那容色中倒是看不出什么情绪来，但是轩辕无已经明白了对方眼神的意思，那是让他闭嘴。

轩辕无嘴角抽搐了几下之后，乖乖地站到边上，不吭声了，跟着自家主子继续听着下面的声音。

下头，洛子夜的话音落下之后，在场的人再一次开始面面相觑，一众人互相看了几眼，也是在进行眼神交流。

有人看了一眼百里奚："左右事情已经到了这里了，不如听听看这小子到底想说什么，说不定，他说出来的话，对我们还有点儿用处呢！"

洛子夜立即扫了他一眼，笑容满面地赞赏道："你聪明的样子真是迷死人了！"

那人："……"他一点儿都不觉得洛子夜是在表扬他，真的！他甚至觉得这是对方的一种讽刺。

"会长，你认为呢？"有人看了百里奚一眼。

百里奚眸色深了深："陈兄说的没错，我们眼下听听看，也是无妨！阁下还有什么话，不妨就一并说了。我们这些人，其实也都是明事理的人，只要洛子夜的意思不是剥削我们的利益，那么一切都好商量，但如果是指望我们做出一些退让，那我们就没有这么好说话了！"

洛子夜瞟了他一眼："你为什么一定就认为，大多数人共同富裕，这个大多数人里面，不包括你们？"

"呃？"大家都愣了愣。

他们还没来得及说出一句话辩驳，洛子夜就先开口道："你们是认为自己已经很富裕了吗？有多富裕？已经有钱得不能更加有钱了，所以不需要更加富裕了？于是就认为大多数人的共同富裕里面，是不需要带着你们的？如果你们真的是这么认为的，你们就停留在这里，鼠目寸光地待着吧，我就先走了啊！"

她说着这话，就要站起来，一副要走人的样子。

这下，大家就开始有点儿着急了。洱厉第一个就开口："慢！小兄弟留步！你不妨把话说完了再走！”

到底谁会嫌弃钱多啊？反正他洱历就不嫌弃钱多，而且他深深地认为，自己应该更加有钱！反正他洱历就不是这么鼠目寸光的人！

百里奚眸色也很深：“你有什么话，不妨直说，不必如此！”

洛子夜把扇子往桌上一放，笑吟吟地抬眼：“我是想说，各位为什么一定觉得，洛子夜不是想要带领各位，让我们这整块土地，尽快发展起来，甚至产业往国外发展，使得大多数人，包括你们各位，也越来越富有呢？那所谓的少部分不能富裕的人，说不定只是指不跟洛子夜合作的人呢？”

“你是说……”百里奚皱起眉。

秦月也反应过来：“你的意思是，我们去赚取其他国家之人的钱财？”

“不错！”洛子夜的手在桌案上虚指一画，“这只是我们这里，这是你们的产业！可是整个天下有多少钱财，你们知道吗？你们衡量过吗？我们为什么不能，从官到商，再到百姓，都抱成一团，一起发展我们这个地方的经济，将我们的势力慢慢发展壮大呢？这样，你们得到的是更多的钱财，而洛子夜得到的，就是她手下这片土地的强盛！这就是两全其美，既然这样，我们何必要敌对？”

商人们对视，倒是觉得洛子夜的这个说法，真的很新奇，也很有道理。

秦月看着洛子夜道：“你的意思是，以后朝廷会帮助我们这些商人，甚至将我们的产业，发展到其他国家去？”

“不错！”洛子夜点头，“不过，如果你们多赚了十成银子，拿出三四成多支出给你们手下的工人一些工钱，这应该不是什么特别苛刻的事情吧？”

大家眉头一皱之后，心下狂喜起来，在朝廷的帮助下多赚的钱，那就不完全是他们自己的努力获得的，而这些钱里面，只需要分一部分给百姓就行了，剩下的都是他们的收益，这的确算得上是双赢的事儿。

“你的意思是，洛子夜一定会帮助我们？”百里奚看向洛子夜。

洛子夜眨眨眼：“我的意思是，我们官商勾结一下！”

众人：“……”为什么要说得这么阴暗呢，不过听着感觉好刺激啊！

百里奚看向洛子夜，一双眸子黑沉：“可是这些话，都只是你的片面之词，要如何保证洛子夜想的跟你是一样的？如果洛子夜并不这么想，那我们岂非白高兴一场？甚至盲目降低了警惕，最终令自己陷入被动？”

“是啊，是啊！”洱历听完之后怔了怔，从兴奋中缓过神，张口表示赞同。

其他的商人也都纷纷点头，面露迟疑之色。

秦月也看了洛子夜一眼："你既然知道这么多，想必不会全部是你信口胡诌的，你应当是洛子夜的人吧？只是，这些话都是你自己的意思，还是洛子夜的意思？你做得了主吗？"

"是啊！你做得了主吗？可别我们白高兴一场，最后什么都没捞着，还被骗了！"边上的一名商人皱眉表示。

洛子夜闻言，扬了扬眉，把桌案上的扇子拿起来，英俊潇洒地挥舞了几下："我自己的主，你们说我做不做得？"

"你自己的主，你是说……你是洛子夜？不可能吧！"一名商人忍不住站了起来，难以置信地盯着她。

而百里奚这时候也禁不住看着洛子夜，并上下打量了她几眼："传闻中洛子夜是一个喜欢穿男装的女子，喜红衣，手中常年拿着折扇，还有一双桃花眼……"

"并且看起来非常英俊潇洒，风流倜傥，貌赛潘安！"洛子夜笑眯眯地补充。

百里奚嘴角一抽："……"

不过，自己面前的这个人，一切都是吻合的，红衣、扇子、桃花眼，传闻之中虽然没有她自己描述的那么夸张，但也的确长得不赖。尤其对方这时候竟然能出现在这里，还带来了请柬，这也不是一般身份的人能做成的事。

他盯着洛子夜道："所以，你真的就是洛子夜？"

"什么？"洱厉这下完全惊呆了。

秦月刚刚拿到手里的杯子，竟然直接滑了出去："你真的是洛子夜？"

"哪里不像吗？"洛子夜盯了他一眼。

"呃……"秦月摸了摸鼻子，其他人也一起摸鼻子，其实吧，重点倒不是这个人的身份多么特别，而是……他们刚才说了洛子夜不少坏话啊。

一般来说，女人就是一种很记仇的生物，他们会不会被挟怨报复？

这个故事告诉我们，不要轻易在背后说一个不认识的人的坏话，尤其是目前比你强大的人，因为你不知道，对方是不是正好就听着你的高谈阔论。

或者，这个故事应该告诉我们更深度的东西。不要在背后说人坏话，要是自己说的话传出去，可能会有坏处。而没传出去，对自己也不会有好处。轻易不说是非，才是一个聪明人的正确处世之道。

他们小心翼翼地瞟着洛子夜，内心深处都深深地渴望着，对方不要记仇。

然而，百里奚却看了洛子夜一眼，有些审视地问了一句："你竟然敢亲自来，你就不怕我们对你动手？"

"你敢说出这种话，就说明你小子挺有胆子的！"洛子夜赞赏地点头，"不过呢，我跑来也不是为了做什么对你们不利的事情，我觉得你们并没有要杀我的必要，不是吗？而且，就算你们真的想杀我，那么……你觉得我会一点儿准备都没有，就出现在这里吗？"

百里奚眼神一冷："你带兵来了？"

他话音落下之后，整个商会的人都怔了怔，一个个也都紧张起来。

洛子夜摆了摆手："都紧张什么？一群大老爷们儿，胆子都这么小，这不是怕你们想把爷怎么样，所以带人来自保吗？就像这位百里奚兄台刚刚说的，要是你们想对我不利怎么办？毕竟我性格又好，长得也好看，实力还超群，还有强硬的后台，我这样的人，很容易引发人的嫉妒，让人觉得我这样完美的人，不应该存在于世上，然后让人忍不住对我做出禽兽不如、猪狗不如，想要谋害我性命的事情……"

众人："……"能不能把她的嘴巴给堵住，还能好好沟通吗？

云筱闹默默地抚了抚额头，只觉得爷是又犯病了。

地下室上头的百里瑾宸主仆，听着她的这些鬼话，嘴角也忍不住抽搐着，倒是轩辕无这时候忍不住小声说了一句："主上，这个洛子夜无耻的时候，当真很有我们家夫人的风范！"

也不知道都是从哪里来的奇葩，之前洛子夜还表示，好像是认识夫人的来着。想到这里，轩辕无忍不住抚了抚额头，要是说她们两个是认识的，这一点轩辕无还真的相信。毕竟那个话是怎么说的来着，物以类聚，蛇鼠一窝。

百里瑾宸倒是没说话，但是淡漠的眉宇之间，已经隐隐透出难忍之色，他甚至已经开始怀疑，自己到底是如何看上洛子夜的，他分明多年被母亲荼毒，又遇见了澹台凰那么一个嫂子，导致他素来不喜欢聒噪的女人，更不喜欢这般臭不要脸的。

然而……

轩辕无看对方不说话，但是情态仿佛不是很好，便又说了一句："对了公子，我们发现了煊御这块大陆的事情，还未曾对北冥太子他们讲过，以后有空的时候，是不是要提一下？"

他这话一出，便又见百里瑾宸沉默着。

轩辕无嘴角抽搐了一下，好吧，就像公子这种闷骚的人，指望他主动说话，主

动跑去找北冥太子君惊澜分享什么消息，说哎呀，你不知道啊，我又发现一块大陆了……那简直就是天方夜谭，毕竟公子是一个即使内心独白已经围地球转了一百圈，面色还是淡漠如常，一句话也不说的人啊。

“主上，这个百里奚……”我们应当如何处置？眼下洛子夜显然要拉拢百里奚，如果他们这时候杀了百里奚，这些商人也许会怀疑是洛子夜做的，投鼠忌器，就会坏了洛子夜的事。

“不必管了。”百里瑾宸说完，便直接起身，往门外去。

轩辕无愣了，盯着百里瑾宸的背影：不必管了？不想给洛子夜惹麻烦，所以就不管了？

“主上，可是这样放任下去的话，或许……”情况会变成他们不能收拾的局面。

然而，百里瑾宸不想再听他聒噪了：“区区百里奚，值得一顾吗？”

“呃……”轩辕无这一愣之下便懂了，也是，百里奚就是再厉害，他们夜幕山庄也不看在眼里，虽然说隐患固然是先除掉比较好，但就算对方壮大了，他们也不至于怕啊，“属下明白了！”

“如果你们没有什么问题了的话，这件事情我们就这么定了？”洛子夜扬眉看了看他们。

百里奚开口道：“主线上倒是没什么问题，但是具体的实施，我们还是有些好奇的，不知道……”

“具体的实施，在我完全接管城池，并且一切都平定之后，你们会看到政令！到时候你们就会清楚了！”洛子夜很快说出了这么一句。

秦月忍不住确认了一句：“阁下今日的话，都是真的吗？不会反悔？”把经济向他国发展，实在太诱人，他们的确担心洛子夜反悔。

“自然不会反悔！”洛子夜很快回复。

“那好，既然这样，我们就等候……女王佳音了！”这话，是百里奚说的。

他这话一出，众人都愣了愣。是了！洛子夜如今就是他们这块土地的领导者，眼下也就是没有举行登基大典而已，等举行了，可不就是女王吗？

一众商人一起弯腰开口：“吾等愿意唯女王马首是瞻，并等候女王的政令！”

“咳……”洛子夜被呛到，摆了摆手，“先别急着叫女王，这些我们日后再论！

我们今日可以先签订一个条约，我保证一定会履行今日的承诺，你们也保证，一定会配合我，怎么样？”

“好！”众人很快点头，他们也怕洛子夜反悔，正想着呢。

签订完合约的洛子夜，哼着歌儿，出了百里奚的商铺，一挥手带着自己的士兵走人。

回了营帐，洛子夜就看见一张不那么友好的脸。这令她忍不住回头看了一眼天色，这时候明明还没到子时，凤无俦摆这么一张臭脸是为啥？她又没有超时。

此刻，他那张俊美堪比神魔的面孔冷沉着，魔瞳凝锁着她，眸色阴鸷，这令洛子夜收拢了眉梢，看向他，有点儿纳闷地问了一句：“你咋了？”便秘了？应该不会吧？

跟在洛子夜身后的龙啸营的众人，都非常自觉地各自退散了。他们的退散也没有别的意思，就是瞅着帝拓君王的脸色似乎不是很好看，估计就有一阵狂风骤雨等着爷。

毕竟爷这个做主子的人，在凤无俦面前一向是老老实实的，他们这些做属下的，难道还敢跟对方叫板不成？他们甚至比爷更怂，所以还是赶紧走吧，快点儿。

大家互相在内心催促着走在自己前方的人，快点儿走，只希望对方能走快一点儿，不要挡住自己离开的道路。洛子夜听着自己身后的脚步声，回头看了一眼，就见大家都不讲义气地尽数离开。

一下子她心里拔凉拔凉的，为什么这些小浑蛋，看着主子落难，都没有一个有要上来帮个忙的意思呢？人与人之间最基本的关怀呢？

所有人都离开了，洛子夜惆怅地看了凤无俦一眼，胆战心惊，小心翼翼：“咋……咋了呀？喂……”

还没问出个所以然，人就被他拎了起来。

“喂喂喂，你干啥呢？有啥话咱们好好说行不，你这个样子，你……”洛子夜觉得自己有点儿想哭，这到底是啥事儿啊？

怀着一种纳闷的、不理解的、很痛苦的、被拎着走非常丢脸的心情，她一路上打开扇子，遮着自己的脸，被凤无俦拎进了他的王帐。她现在已经发现了，被他拎着走的时候，不管她做多少挣扎和抗拒，其实都是没意义的，他根本不可能放她下去，

而她的实力，也是没能耐挣脱他的桎梏。

那不如就把脸遮着好了，一定程度上降低丢脸场景的曝光率。这是洛子夜内心的想法……

然而，这一路上王骑护卫众人的内心：他们未来的王后是在干什么？拿着扇子挡着脸干啥？她以为她这样做，他们就认不出来是她了吗？看她穿的衣服，拿的扇子，还有那个身形……更重要的是，除了她，王怎么可能拎着其他人？所以她遮着脸有意义吗？

也就是因为觉得她这个举动实在是太没有意义，所以不少人看洛子夜的眼神，都是有点儿诡异的，虽然有个词在这个时候用起来并不是那么贴切，但是大家还是想用在洛子夜的身上——掩耳盗铃。

洛子夜完全没意识到，自己眼下的形象，在大家心里居然是这样的，她还自以为自己这样遮着脸，可以让很多人注意不到这是她，并且成功减低丢脸率的，这就是想象和现实的差距了。

等她被拎进凤无俦的王帐之后，看着自己面前的一大桌子饭菜，人也被他放在了地上，洛子夜的肚子已经在咕咕叫了，她瞅了一眼食物之后，又扭头瞅了一眼他，愣是怂在原地不敢动："你到底咋了呀？"

他魔瞳凝锁着她，表情依旧不甚好看，魔魅冷醇的声音，带着森冷的味道，以命令的口吻对着她："吃饭！"

洛子夜艰难地咽了一下口水："我说小臭臭啊，你有什么话的话，你就直接说出来，我们好好沟通呗……"

他闻言，魔魅冷醇的声音，带着不豫的味道："先吃饭，或者直接被孤操练！"

从洛子夜这张战战兢兢的脸上，帝拓的皇帝陛下已经看见了两个大字，那就是心虚。

然而，洛子夜根本不是心虚，她就是怂，嘴角抽搐了几下之后，耷拉着脑袋，老老实实地过去吃饭。在端上饭碗之前，她非常饿，但是坐在凤无俦的面前，瞅着他那几乎就是铁青的面色，洛子夜盯着自己面前的红烧猪蹄，竟毫无食欲！并且就像是被什么哽住了喉咙，让她怀疑自己在这种时候吃东西，会直接被噎死。

帝拓的皇帝陛下也沉着一张脸，坐在洛子夜的对面。

她食不知味地扒了一口饭，看了他一眼，哆嗦着问了一句："那个，你不吃饭吗？"

他下巴微仰，那双魔瞳之中，都是森冷和不悦的味道，令洛子夜心尖儿发颤，旋即，便听得他森寒的声音传入她耳中："孤劝你还是在孤没有动怒之前，立即将饭吃完！"

洛子夜嘴角一瘪，一秒钟就顿悟了他这话的意思，就是让她不要讲废话了，默默地含着眼泪吃饭。

"你们说，帝拓君王到底怎么了？"帐篷外不远处，云筱闹八卦地问了一句上官御等人。

上官御摇摇头："我也不知道，不过……他脸上的表情，和被戴了绿帽子没两样！"

真的！除了是被戴了绿帽子，上官御真的想不出来别的什么理由，来解说凤无俦那种难看的表情了。

云筱闹白了他一眼："我说上官御，你要是不知道，你就不要胡说八道了，爷也就是带着我们一起去见了一下百里奚和商会的人，也没有干啥，根本就没有任何的……"

"你说的对！"上官御点头，"可是帝拓君王的那个表情，的确就是……"的确就是被戴绿帽之后的标准表情没有错！

云筱闹："……"

这下大家也都惆怅了……

倒是上官御脑海中忽然灵光一闪："对了！"

洛子夜吃完了饭，战战兢兢地看着自己面前的人："那个，我吃完了！"

砰！话音刚落下，她的人就被他的铁臂捞起来，砸到了床上。

洛子夜看着他沉着一张脸，欺身过来，一秒钟吓得脸都白了："凤无俦，你疯了？"

她的预感果然没有错！真的就是吃完了就被"杀"！

她话音刚刚落下，身上的外衫就已经被撕了个粉碎。他一口咬在她的脖子上，虽然不重，但还是疼得洛子夜嗷嗷叫："你到底发什么疯？"

话音落下，她的下巴就被他钳住，他狠狠攫住她的唇畔："百里瑾宸就那么好，你饭都不吃，就出去与他私会？"

啥？！

那边王帐里面正在整事儿……这边。

"喂！打听一下，你们的事情解决得怎么样了？"阎烈偷偷地摸了过来，找上

官御打听事情。

眼神左顾右盼，那是生怕自己被闽越等人发现。毕竟这一次他们赌博，实在是赌得太大了。

他很担心自己会输掉，要是自己真的穿着花裤衩，围着军营跑一圈儿，以后还怎么带兵啊，以后还有什么作为男人的尊严？！

上官御一看见他，就知道自己探知帝拓君王到底怎么了的契机来了，瞟了阎烈一眼："我们的什么事情解决得怎么样了？"

阎烈立即就道："关于你们这一次处理商会问题的事情啊，谈得怎么样了？商会的人都怎么说？"

上官御开口道："哦。你想打听这件事情啊，关于你和闽越、肖班之间的赌局，其实我们已经早有耳闻……"

"什么？"阎烈难以置信，这件事情他们怎么会知道？

边上莫树峰倒是回了阎烈的话："因为……肖班早已把这件事情告诉大家，说他很快就要穿着花裤衩丢人了，希望大家当天都不要出现在帐篷外面，希望大家出于一种兄弟情谊，尽可能地待在自己的帐篷里，等他跑完了再出来，这样友情才能长治久安！"

说起这件事情，莫树峰也很想笑。也不知道王骑护卫的人为什么会有这种恶趣味，就是打赌也没有这样的吧，这要是输了，丢的脸也太大了，尤其他们更加不明白，肖班为什么明明知道他自己会输，还要去打赌！

最搞笑的是，打赌完了就回来嘱咐大家看在兄弟的情分上，不要去围观他奔跑。他们当然不知道，肖班话都没听清，就直接同意了。不过，莫树峰嘴角扬了扬，肖班自己应当也是没想到，他最终会赢吧。

"肖班这个笨蛋！"阎烈的眼泪都差点儿掉下来。

这小子是真的笨还是假的笨啊，这种事情提前告诉大家，以大家那个损得不得了的德行，根本就不会出于什么兄弟情义，在帐篷里面待着，反而在知道之后，原本没准备当天出帐篷的人，也要忍不住出帐篷来围观好吗？

上官御看他一脸悲催，也是想笑不好笑："既然你是来打听情况的，那作为交换，你也跟我们交流一下消息呗，你先说说，你们家主子到底是怎么了？为什么好端端的，忽然就臭着一张脸看着我们爷？听说还直接拎走了？她做了什么激怒你们陛下的事儿吗？"

对于这个问题，阎烈倒是不吝回答，白了上官御一眼之后说：“这有什么可问的，洛子夜的动向，从来就在王的眼皮子底下，她指望自己做了什么事情王不知道，那根本就是不可能的！所以……”

“所以？”上官御盯着他，所以千万别是自己想的那样，不然洛子夜这回就太冤枉了。

刚刚在那边防守的时候，肖青是看见百里瑾宸从里头出来了，准确来说，就是看见了一截白衣翻飞，但是那个速度，除了百里瑾宸，根本不做第二人想，而且对方似乎是有意让他发现，或者并没有打算瞒着他他们去过，于是肖青还在夜色之中，看见了轩辕无的脸。

但是他们速度太快，驻守在屋顶上的黑衣人都没有发现，就足见他们的速度了，于是上官御也没有来得及跟他们打招呼。

“所以，洛子夜假借要出去谈商会的事情之名，让王放她出去一天，悄悄去见百里瑾宸的事情，王已经知道了！”阎烈说完这句话之后，皱了皱眉，又觉得自己说得可能不是很全面。

于是他又补充道：“或者事情的真相并不完全是这样的，也许并不专程是为了去私会百里瑾宸，但对王隐瞒了她要见百里瑾宸的事情，而且，她需要人陪同她一起去商会的话，为什么不邀请王，王纵然是出征，也定愿意为她停下来一天，她却要偷偷跟百里瑾宸一起去，你们说，王知道了这个事儿，能不生气吗？”

阎烈摇了摇头，心里头也是对洛子夜的处事方式强烈地质疑。

云筱闹嘴角一抽：“请问你们这是听谁说的？”

“也没有听谁说啊，肖青亲眼看见洛子夜离开商铺之前，百里瑾宸和轩辕无从商铺里面跃了出来，纵然百里瑾宸的速度太快，没有看清楚对方的脸，可是轩辕无的脸，肖青可是看得一清二楚！”阎烈长长地叹了一口气。

“你们就凭这个……”上官御难以置信地看了他一眼。

阎烈嘴角抽搐了一下，总觉得上官御这话，仿佛有点儿别的意思：“呃，难道还有别的隐情吗？他们肯定至少是背着王见面了啊！”

反正今天一大早，洛子夜说自己要去商会的时候，她就没有对王说，自己还会跟百里瑾宸一起去。所以这可不就是背着王见面吗？要是提前告诉王一声，王一定不至于这么生气，因为提前告诉了，大多就表示不会有太大的问题，但是这样背着干，想不觉得有问题都难。

上官御咽了一下口水，好吧，其实他们的分析没有问题，连自己都这么想了，自己都觉得百里瑾宸和爷见过了，何况肖青呢，可是事情的真相是……

看上官御咽着口水不说话，阎烈只当是自己说洛子夜的行为不妥，说得上官御都为洛子夜羞愧了，于是直接就道："好了，我们就先不说这个了，你先告诉我，你们在商会谈得怎么样了？"

"谈得很顺利，应该这两天，所有的问题就能解决吧！"之前就说好了是交换彼此之间的情报，所以上官御非常干脆。

"什么？"阎烈难以置信。

"你也别什么什么的了……我觉得这件跟你的个人荣辱有关的事情，眼下也许对于你来说，并不是那么重要，而另一件关乎你们家主子明天早上会面对什么的事儿，你也许会更加感兴趣！"上官御是绝对相信，以阎烈对凤无俦的忠诚，对方是一定会以凤无俦的事情为先的。

果然，他这话一出，阎烈立即就顾不上自己的那点儿破事儿了："你这句话是什么意思？"

"也没什么意思，就是，爷其实根本就没有见到百里瑾宸！"上官御默默地说出这么一句话，他要不是深知自己这时候跑去凤无俦的王帐，可能会被直接拍死，或者看见什么不该看见的画面，他已经忍不住进去救驾了。

云筱闹虽然觉得见着了阎烈很尴尬，但也忍不住插了一句嘴："我是真的可以做证，我们根本就不知道百里瑾宸进去过，还有……那就是我们从地下室商讨完事情出来之后，发现地下室上头的下人，全部被点穴了，显然是有什么人来过了，并且对方武功高深，所以爷也没有发现对方……"

说完这一句之后，云筱闹继续补充道："考虑到他们讨论的问题，其实迟早是要公诸天下的，也不是什么秘密，所以爷也没有太在意被人偷听，直接就回来了，这些事儿商会的所有人，都是可以做证的！你们眼下这么说的话，那那个进去听见了点儿事情的人，十有八九就是百里瑾宸了……"

"啥？"阎烈登时咽了一下口水，"你们确定你们说的话都是真的？"

"你可以去查啊！这件事情整个商会的人，还有百里奚府上的不少下人都是知道的，眼下他们家中还有两名下人，因为平素身体就不好，被点穴立了两个时辰，解开了之后都动弹不得，还在床上躺着呢！这个都是证据，相信你们一查就能明白！"云筱闹立即又说了一句。

“坏了！”阎烈二话不说，转身就往凤无俦的王帐狂奔。

希望还来得及！他现在开始有点儿同情肖青了，虽然肖青说的消息也都是真的吧，但是也算是对王有了一定的误导作用，当时还有啥来着？对了，还有多嘴的自己，在听见了肖青的话之后，就在王的耳边说了，洛子夜竟然背着王去见百里瑾宸，王一定不能轻纵。

天哪！阎烈一边跑，眼角的泪花一边往外飞。王要是把洛子夜给收拾了，王明天早上绝对完了，自己和肖青也肯定完了，这简直比穿上花裤衩狂奔，还要让人忧伤！

王骑护卫的众人，看着阎烈狂奔而过，都抻长了脖子观察！

而这时候，王帐之中，传出来的是床榻晃动的声音，以及洛子夜哭都哭不出来，断断续续的惨叫：“凤无俦，老子真的没有啊！天地良心，老子真的……呃……真的没有私会他，老子连他一根毛都没看见……唔……”

阎烈狂奔到这里，就听见了洛子夜这么一句话。他哆嗦着走到门口，看着守卫的那些兄弟，问了一句：“里头……里头的情况，嗯，我的意思是，王后生气吗？”

门口的侍卫红着脸道：“王后都被王整治半天了，估计也没有力气生气了吧……”

果然，接下来没再听到洛子夜的怒吼声，但是阎烈觉得自己的世界都崩塌了。他默默地看了一眼远天，他和王，还有肖青，主仆三个还能看见明天早上的太阳吗？

他捂住了自己的眼，明知道王是个容易吃醋的性格，自己在听见肖青的禀报的时候，为什么不先劝王冷静呢？不劝就算了，还煽风点火！最后弄得害了王不算，还把自己作个半死，他这时候已经感觉到了寒风萧瑟，觉得自己整个人就像是光着身子，站在冰天雪地里面。

悲伤之间，他盯着门口的下人道：“去把肖青叫来……”

“是！”守卫立即领命，去寻找肖青。

其实阎烈找肖青也不想干什么，只是想把这件事情，第一时间分享给肖青，让肖青这个始作俑者，和自己一起率先分享痛苦，这一夜还很长，他阎烈不想独自懊悔痛苦。

肖青来了之后，他们两个就走出了几米远，在远处尽可能不打扰凤无俦地讨论这个问题。

当肖青听阎烈把话说完了之后，两个人站在王帐门口的不远处，两两对视，悲

伤相望。

阎烈痛苦地道："你说这件事情怎么办吧？"

肖青沉默了许久。有一句话叫作有什么样的主子，就有什么样的手下。所以他们这些年跟着王，整个团队的主要特色就是所有人都跟王一样耿直，很少玩什么阴谋诡计，但是吧，他肖青也算是探查情报的人，自己纵然没有玩过什么阴谋诡计吧，也是探查到过不少阴谋诡计的故事的。

常言道，没有吃过猪肉，也看见过猪跑，看见猪跑多了之后，就难免有一些跟着那些猪跑一跑的想法。

于是，肖青偏了偏脑袋，看着阎烈道："这件事情，我们既然已经洞察先机，如今就只剩下两条路可以走！"

阎烈立即扭头看了他一眼："两条路？"还有一条自己不知道的路可以走吗？他还以为只有等死一条路了呢！

肖青点了点头："是的，两条路！第一条，就是直接等死。第二条，就是我们把这件事情，从假的做成真的，把所有的有力证据全部毁灭掉，再威逼所有的证人改口。相信以我们王骑护卫的威慑力，他们应该不敢不听我们的，这样的话，王后私会百里瑾宸的事情，就是板上钉钉，没有办法解释清楚的了，那么王就会认定这件事情是真的，我们两个就安全了！"

肖青如是说道。作为一个从来就没有用过阴谋诡计的人，肖青说出了自己的阴谋之后，心里头还蛮得意的，认为自己聪明透了。阎烈作为他们王骑护卫的首领，都没有自己聪明机智，肖青独自高兴着，便一不小心把自己笑成了一个傻缺。

但是在阎烈的眼里，说完这些话的肖青，基本上就跟傻缺没有什么两样了。这是啥馊主意？

是的，以他们王骑护卫的实力，要是按照肖青的想法这么去干的话，绝对没有问题，可是这不就是在陷害洛子夜吗？阎烈最在乎的，当然不是洛子夜可能被他们陷害的问题。

而是……他回过头看见肖青还在得意地傻笑，并且从那笑容看起来非常自豪，阎烈实在是没有忍住，冲着他的脑门狠狠地敲了一下："你小子到底在想啥呢？要是真的这么干了，洛子夜是被我们陷害成功了，王怎么办？"

"呃……"肖青忽然被敲了一下，本来还有点儿不服气，但是这会儿听对方这么一说，也是愣住了。

是啊，他要是这么干了，阎烈和自己是脱罪了，那洛子夜就被定罪了，洛子夜一定会觉得自己特别冤枉，她一冤枉就会觉得王对她不好，那个女人这么作，说不定就要跟他们王闹分开，要是这样的话……王就惨了！

并且王还处在一种完全不知道自己是为什么被甩的情况之下，煮熟的媳妇儿就飞了。

“你这不是专业坑主子吗？”阎烈狠狠地剜了他一眼，“不单单如此，还有，我们要是真的这么做，就等于蒙蔽王，那就是对王不忠，你出这种要命的馊主意，到底还想不想活了？”

“首领，我想回去泡一桶冰水冷静一下！”肖青一脸麻木地说道。是啊，这个办法真的不行。

他很希望自己回去之后，用冰水把自己泡成一个重病，发高烧，神志不清的那种，病个半死不活，说不定就可以逃过这一次罪责。

阎烈睨了他一眼：“还是不要回去折腾自己了，要是你真的泡完冰水之后发了高烧，明天王问你什么你都答不上来，神志恍惚的，洛子夜还在闹脾气，王震怒之下，说不定你在病中就被拖下去砍了，去了阎王殿自己咋死的都不知道……”

“……”肖青眼眶一热，两人此刻离王帐几米的距离，寒风萧瑟地刮过他们的脸，王帐里头还传出让人脸红心跳的声音，但是他们两个人的脸早就已经全白了。

肖青歪着脑袋捂着脸，流下两根宽面条泪：“王后都没声儿了，王怎么还没完事儿啊？”看来王今天很生气，王后这八成是晕了，王也没打算停呢。

阎烈抹了一把脸：“王今日有多勇猛，明日一早我们主仆三人就有多惨！”他的眼角已经有些湿润了。

这是他们两个属下，第一次大不敬地希望他们家主子那方面能力并不行，能早点儿完事儿。可是，这可能吗？王不仅没有啥是不行的，而且干啥都是天下第一棒，可他们完全为王骄傲不起来。

肖青闭上双眼，抽噎着道：“首领……我有点儿想号哭！”

“忍着！”阎烈抹了一把眼角的泪花，如是规劝。

肖青瘪嘴哭道：“为什么呀？”

“你一哭，王说不定就听见了，停下了……王的幸福和我们的小皇子，说不定就被你哭没了，我们还是以大局为重，忍一忍吧！”阎烈自己也哽咽了一下。

肖青：“……”

阎烈这时候，也终于没有控制住自己的面条泪，无声哭泣起来：“还有，你千万不要号哭啊，你一号哭，我估计我也憋不住了……”

那他阎烈的脸就丢完了，花裤衩还没穿呢，就先没办法带兵了。

传出去成了啥？王骑护卫的首领，在某个夜深人静的时刻，带领王骑护卫手下情报组第一人，在冬夜里号啕大哭！

“你说为什么这就是个误会呢？”肖青哭得更惨了，要是真的多好啊！

好吧，虽然这样想一下，似乎对王不是那么好，王的女人跟其他男人背着王见面了……可是如果不是真的，他们的下场真的会好惨啊。

阎烈也是悲伤得不能自抑：“我做梦都没想到这是个误会……”

直到天空泛起鱼肚白，王帐里面才算是安静下来。

从阎烈和肖青在外头听了这么半天来看，王后是零零散散地晕过去三次，第一次晕过去之后醒来，还在嗷嗷叫着为自己辩驳，第二次晕过去醒来之后，直接喊什么分手。

可能这一喊，王更生气了，于是一顿整治之下，第三次晕倒的王后，没能再醒来。可能王看见她半天都没醒，担心她出事，于是就完事儿了吧？

果然，他们正猜测着，就听见凤无俦魔魅冷醇的声音从王帐之中传了出来：“传闽越！”

“是！”门口的守卫立即去找闽越了。

阎烈默默抹了一把脸，其实甚想跟进去看一看，看一下洛子夜这会儿成啥样儿了，借此推断自己会死成什么样儿。

于是，瞅着闽越过来了之后，他们也赶紧几个大步过去，跟着上去求见：“王，我们有要事禀报！”

也有下人道：“王，闽越大人到了！”

凤无俦此刻已经穿好了衣服，将床上的被子给洛子夜拢了拢，确定每一寸肌肤都已经被遮住之后，才沉声道：“进来！”

“是！”门外闽越、阎烈和肖青，一起进来了。

而进门的过程中，闽越一直很纳闷，阎烈和肖青是咋了？他们两个脸上的表情简直就是如丧考妣！

等阎烈和肖青进去之后，看着里头的场景，更是眼睛都黑了，地面上全部是被撕碎的衣服。当然那都是洛子夜的。足见王当时有多么急躁……

而洛子夜那张小脸，眼下看起来非常苍白，就像是生了一场重病，在那儿躺着，发丝凌乱……

阎烈和肖青的表情，登时用如丧考妣已经不足以形容，就像在一个晚上，一下子就失去了双亲。

他们两个的表情，自然也落入了凤无俦眼中。只是帝拓的皇帝陛下，此刻并没有心情去理会他们，扫了一眼闻越："看看王后如何了！"

"是！"闻越其实不看都知道如何了。

还能如何，无非就是王纵欲过度了呗。他其实很想说，能不能不要三天两头为这种鸡毛蒜皮的小事找自己来看一看，这种问题，休息个一两天就自然醒来了，大不了就照着从前的方子吃点儿药，动不动就把自己这棵大树当牙签，大材小用，王这不是为了刻意虐待单身狗吧？他拒绝吃狗粮！

但是吧，王都开口了，他也不敢不上去把个脉，做出一副自己非常认真，也十分敬业的样子。于是，片刻之后，他盯了凤无俦一眼，开口劝了一句自己劝过很多遍的话："王，您还是节制些吧！"

他心里也是纳闷儿：王咋了？就算有段时间没要，也不至于这样吧……洛子夜这回的样子，看着是真的有点儿惨淡了。

凤无俦顿了顿，扫了一眼洛子夜，那双魔瞳之中，掠过一丝懊恼。事实上，他纵然无法克制自己的怒气，但是他也并没想真的把她整治成这般，只是忽然见她没有再次醒来，才知道问题又有些严重了。

他大掌伸出，揉了揉眉心，想起百里瑾宸，心中又是一阵烦乱，扫向阎烈和肖青那两人，声音冷沉："你们有何要事找孤禀报？"

"王……"阎烈瘪了一下嘴角，扑通一声就跪下了，惨号道，"王，这其实是个误会！王，完了，王后醒来一定不会放过我们的！"

凤无俦浓眉皱起，揉着眉心的动作也顿住。还没来得及多问，肖青也扑通一声，跟着跪下了。那表情看起来比阎烈的表情更加痛苦，毕竟他才是这件事情的始作俑者，一定要责怪的话，责任最大的那个人肯定是他。

接着，两个人就把这件事情的过程，全部说了出来。

包括阎烈去打听到了什么，上官御说了什么，云筱闹又保证了什么。而肖青也

很快表明，自己当时的确只是看见了他们先后离开，并没有看见他们两个的确见面了。

肖青忽然开始怀疑，那个百里瑾宸不是故意的吧？

以对方的武功，要是不想让自己发现，自己是肯定不会发现的，而轩辕无武功远不及百里瑾宸，可是只要对方不转过脸，自己也决计不会看见对方，现在回忆一下，轩辕无那时好像还就是忽然回头的。

接着自己才看清楚对方的脸，于是就猜测到了他们的身份，再接着自己就回来对王禀报了这些。

如果百里瑾宸是故意的，那么他就是为了误导王，再令王在怒极之下，惩治他们的王后，这样就可以离间王和王后之间的关系。那么获利的就是王的情敌们了！

而百里瑾宸就是王的几个重要情敌之一！

这么一想，肖青险些拍了一下自己的大腿，一切都通了！

第六章

从今天开始，叫我小祖宗

“王，我们……”阎烈咽了一下口水。我们咋办呢？

“王，这都是属下的错，都是属下没有把问题探查清楚，就被百里瑾宸那个心机男子算计了，要不然等王后醒了之后，您就把责任全部推在属下身上，说是属下骗了您……然后把属下拖下去打一顿，以儆效尤？说不定这样王后就消气了！”肖青很快开始出主意。

阎烈其实也很想跟肖青一样表忠心，但洛子夜是什么性格，他阎烈比任何人都要清楚：“以王后的性格，就算我们两个把所有的责任揽到自己身上，王后也一定会责怪王，说王竟然相信我们不相信她。”

凤无俦忽然偏头，魔魅冷醇着声音缓缓地问了一句：“闽越，这件事情你如何看？”

闽越嘴角一抽：“属下斗胆问您，您惩罚王后之前，您就没有问过王后，听一听她的解释吗？”

如果王后解释了，王不相信，那就扯到了一个信任问题上了。事情就更麻烦了！

凤无俦顿了顿，那张俊美堪比神魔的面孔上，掠过一丝尴尬。一看凤无俦的样子，闽越登时也明白了，敢情连解释都没听呢！这可咋办？

闽越默默地叹了一口气，问了一句：“那王，方才王后有没有说，嗯……说以后

不跟您好了？”

他这一问，莫说是凤无俦的脸色立即沉了，阎烈和肖青也差点儿哭出声，阎烈抢先回答了闽越的问题：“王后那时候是说了，要跟王分手！”

“是的，我也听见了！”肖青擦了擦眼角。

闽越最终说出了一句话：“王，您自求多福吧！”

说完这话之后，他默默地跪下了。

肖青立即开口道：“要不然跪搓衣板……”

砰！阎烈一巴掌就打到了肖青这个不知事儿的蠢货头上，也不看看王是什么人，王是那种能跪下请罪的人吗？他切齿道：“不要胡说！”

闽越就在旁边问了一句：“不能跪搓衣板？要不然跪榴梿？”

整个王帐，陷入了一种诡异的静默……

墨氏古都之中。

一大早，武修篁就收到了消息，说武琉月请他过去。十日已经到了，原本就已经到了取血的日子，武神大人其实已经有些等不及了，去了武琉月的房间。

下人来找武青城禀报：“四皇子殿下，有人传给您的消息！那个人好像是从这里经过，知道我们在驿馆，所以就传了消息过来！”

武青城眉梢微皱：“来人是谁？”

“是大皇子殿下。他身边还跟着一个姑娘，属下认识，是西域的公主，澹台毓糖！他们把这个东西交给属下，说让属下转交给您或者陛下，之后就走了！”那下人如是回话。

武青城皱了皱眉头，将下人手中的东西接了过来：“他看起来过得怎么样？”

下人开口道：“看大皇子殿下好像过得还不错，他旁边的姑娘心情也是很好的模样，笑靥如花，是以……”

武青城打开包袱，上头有武项阳龙飞凤舞的字：“这个布帛，是我回国祭拜母后，跟随她多年的宫婢交给我的，乃母后的遗物，纵然龙昭皇室与我不再有任何关系，但顾惜父皇的养育之恩，更感念父皇以皇后之礼将母后下葬，这东西我还是愿意交给父皇——武项阳字。”

武青城诧异之中，便将那布帛打开了。

这是一封血书，皇后字字句句，都是泣血之言："陛下，臣妾临死之前，写下这血书一封，请乞圣听！臣妾二八年华，嫁与陛下，不曾得陛下半分爱怜，妒忌之下，联手洛肃封将洛水漪运出皇宫，是臣妾之过。但，臣妾恨极陛下无情无义，是以，多年来，半分不曾提及武琉月并非陛下的亲生骨肉，她乃端木府府邸那名与洛水漪交好的侍婢所出！"

武青城便是一怔，很快看了下去："洛水漪和陛下的女儿，早就被洛肃封抱走！十年前，洛肃封曾对臣妾坦言，那孩子就是洛子夜。臣妾原本至死不打算将这消息告诉陛下，却听闻那个贱婢的女儿竟在边城毒害臣妾的儿子！臣妾忍无可忍，不得不将这些话恭请圣听，望陛下能查清当年之事，为项阳报仇！至于这一切，都是臣妾一人所为，项阳半点儿不知情，请陛下不要迁怒于他，臣妾叩谢圣恩——忘尘绝笔。"

忘尘，是皇后开始礼佛修行之后，用的名字。

武青城当即面色一沉！倘若皇后的话都是真的，那武琉月定然就不是真公主，对方一大早却还主动让父皇去她的房间取血，这岂不是会更早暴露她的身份？

这不合理！莫非，武琉月是想对父皇不利？武青城立即敛下心神，大步往武琉月的房间奔去……

武修篁进了武琉月的房间之后，不知何故，竟在进门的那一瞬间忽地感觉一阵神志恍惚，但只是片刻之后，又恢复清明，难道是这几日太困？

他未曾多想，就往内殿走。

有侍婢出来，跪下开口："请陛下稍等片刻，公主在侧边的房间更衣，待到公主更衣完毕，自然会出来见陛下！"

"嗯！"武修篁点了点头，"传桐御医一炷香之后过来！"

"是！"下人们很快应了一声。

而那侍婢将武琉月让她说的话说完之后，就退出了房间。接着，这屋子里头就只余下武修篁一人，还有在偏殿更衣的武琉月。

武修篁在桌案之前，有些紧张，半盏茶的工夫过去了，他竟感觉口干舌燥。明明出门之前，他已经喝过茶了。但他也没有多想，扫了一眼自己面前的茶壶，给自己倒了一杯茶，饮下……

他却不知道，武琉月正在偏殿，捅穿了窗户纸悄悄地窥探着，看着他饮下了这杯茶水，她束好了腰间的衣带，便大步往门口走来。

而武修篁刚刚放下手中的茶杯，武琉月就从偏殿出来了："父皇，女儿使人请您，您就立即来了，女儿真是荣幸呢！"

武修篁并不是蠢人，自然听出了武琉月这话中的阴阳怪气："你这话是什么意思？"

武琉月笑着上前，已经在武修篁面前坐了下来，将自己面前的茶壶拿起来，在对方审视的目光之下，开口道："父皇，您还口渴吗？是否需要女儿侍奉您再喝一杯茶？"

武修篁几乎在一瞬间就意识到了什么。进门之后，便莫名地感到神志恍惚，紧接着就是一阵口干舌燥，但他并没有多想。而茶水方才他已经喝了！他正打算说话，却骤然感到一阵气血上涌。

这令他面色微青："这茶有问题？"

"不错！"武琉月笑着应了一声，对方已经喝了一杯，毒性已经足够致命。

看着她面上阴毒的笑，武修篁有些难以置信："为什么？"

他自认自己这些年对武琉月即便不算是千依百顺，但决计待她不薄。

"为什么？"武琉月的面上展现出一丝狂乱来，怒道，"你以为我想这么做？这都是你和洛水漪那个贱人逼的！你为什么要在乎那么一本札记？为什么一定非要解开它不可？她又为什么一定要留下那本札记，还必须要至亲之人的血才能解开？"

在武修篁难以置信的目光之下，她继续道："父皇，原本我也不想这么做的，倘若你的身体不好，活不过多久了，也许我会找个地方躲起来，等到你百年之后再出来。可是你的身体这么好，你要是不死，我该怎么办？"

"你……"武修篁怒极，想起身给她一掌。

武琉月冷眼盯着他的举动，轻声道："父皇，你对我动手也是无用之举，你越是动，身上的毒性就会发作得越快。上一回你不是为了端木堂的死，责问过我，你一直为那件事情耿耿于怀，还给了我一巴掌吗？你既然这样怜惜他，这一次我给你下的，是一样的毒！"

她这话一出，武修篁眼神更冷，嘴角已经溢出鲜血："朕能知道原因吗？"

武修篁到底也不是怕死的人，更不是无法直面现实的人。到这会儿，其实他心中的许多猜测，已然有底了，只是他想要自己面前的人亲口说。

死也要死个明白！

武琉月也不打算瞒着他："父皇，其实你最近已经开始怀疑了不是吗？你命令茗人去查的东西，我早就知道了，你没猜错，我真的不是你的女儿。你的女儿，就是多次为了我而被你打伤的洛子夜……”

“你……”武修篁喉头一哽，又是一口血涌了出来。

武琉月扬了扬眉毛：“怎么样？是不是难以置信？你看我的脸，都是拜洛子夜那个贱人所赐！而你，眼下却要查我。你们父女都是一样的，一样这么惹人厌恶！不过呢，父皇你也算遭到报应了，你知道吗，其实洛子夜早就知道她是你女儿了，你猜猜她为什么不说呢？”

她这话，便等于是诛心之言。武修篁的脑海中，很快想起来，不久之前跟洛子夜交手的时候，看见她眸中那么明显的厌恶。再有，凤无俦要杀自己，洛子夜便一点儿都不动容，似完全不在乎。

他骤然便感觉自己心头一刺，如同被针寸寸扎过。洛子夜才是他的女儿？

她明明早就知道了，却一个字都不说。这说明什么？这无非说明，自己已经让她失望透顶!

否则，这乱世之中，谁会有一个强大的父亲不要，一个强大的龙昭作为后台不求，甘心做一个父母不详的孤儿，被凤无俦朝堂上的那些人指点身份，说她的出身配不上凤无俦的后位？

“武琉月，你的话都是真的？”武修篁切齿询问。

武琉月扯唇冷笑：“不愿意相信这是真的吗？是不愿意相信，自己宠爱别人的女儿宠爱了这么多年，还是不愿意相信竟多次打伤你自己的女儿？说起来，好几次都亏得洛子夜避过了呢，她要是没避过，说不定还会死在你手中！”

“你！”武修篁怒而起身。

武琉月看着他嘴角的黑血，脑海中掠过了这些年的种种，掠过这些年对方对自己的好，可是……闭上眼，这些终归还是被她掐灭在心中。

她蹲下身，扯下了武修篁腰间的玉佩，低声道：“父皇，其实我也不想这么做，杀你是下下策，是你逼我的！当年的事情，谁让你要查呢？要怪你也只能怪洛水漪，如果她没有留下这本札记，你也不会日日为此不能安寝，非要解开无垠之水不可，这都只能怪你们自己！”

说完这话，她不再停留，转身离开，却在回身之际，眼角落下一滴泪。

其实她并不想杀武修篁，尽管最近对方对自己越逼越紧，尽管最近对方对自己越

发失望，甚至失望之下还会对自己动手，但是她都不想真的这么做。

毕竟这些年，自己处在刀尖之上，锋口之中，多少人在威胁自己，利用自己，有求于自己，却只有武修篁，是真正对她好的人，尽管这好原本并不属于她，但她也已经领受多年。她心知自己这一次出手，就等于是杀掉这世上唯一真心待自己的人。

杀掉她在这世上仅仅剩下的温暖。

杀掉……自己的良心。

可是，她没有别的选择了。如果她不这么做，她就会死！她算计了洛子夜那么多次，那么多次借武修篁的手去对付洛子夜，试问一个父亲岂能接受这种事情？一旦真相浮出水面，武修篁一定不会放过自己。

而且……她不能失去眼前的一切，她不能失去公主的尊位。这些她都不能失去。

她已经为了公主的身份，付出太多太多了，这十年来被人胁迫，每日都不得安寝。她活得这么累，还在那个晚上被一个连脸都看不清楚的肮脏男人夺走了清白，如今脸都毁了。

没有贞洁，没有一张美丽的容颜，还失去了公主的尊位，她以后会变成什么样？她不敢想！人不为己天诛地灭，至于父皇，她只能说一句对不起了。

眼下，她只能拿着象征着父皇身份的玉佩回到龙昭，用这东西帮助二皇兄尽快成事，只有这样，自己才有可能继续当公主！她相信，比起她是真的公主还是假的公主，她的二皇兄更加感兴趣的，应当是皇位！

只要得到皇位，其他的一切，都好商量。

她从窗口跃出去后，桐御医就到了武琉月的房间门口，武青城也快步过来了。

下人们立即进去禀报：“陛下，四皇子殿下和桐御医……”

话说到这里，看着倒在地上的武修篁，下人难以置信地瞪大了眼：“陛下……”

对了，公主呢？门口的武青城和桐御医很快对视了一眼，飞快进了武琉月的房间。

接着，便也看见了房间里面的这一幕。桐御医已经吓呆了，上去给武修篁诊脉，却面色惨白地哆嗦着：“四皇子殿下，是毒！这毒，老臣无能为力，老臣……”

武青城立即怒喝：“即便无解，你是否有什么药物，能令父皇体内的毒性延缓发作，多撑个几日？”

武青城这话一出，桐御医如梦初醒，立即想起一种药物，并哆嗦着掏出来：“这药是可以的，能让陛下多拖上两三日！”

他话音落下，那药丸已经被武青城喂入武修篁口中。

可桐御医此刻并未有丝毫轻松：“即便能多拖上几日，陛下也不能醒来，只是在昏睡之中……”

武青城皱眉：“也管不了那么多了，先稳住再说……”

“主上，您为何不去找洛子夜，却要去古都？”轩辕无觉得有些奇怪，难道主上已经放弃洛子夜了？这一点轩辕无还真的很希望，但是他并不敢这么乐观地想。

百里瑾宸顿了顿，淡漠地道：“无忧老人的话，令我怀疑一些事，想去求证。”

轩辕无纳闷地问了一句：“主上，那一日我们离开商会的时候，您为何忽然让我回头？是为了让上官御发现，让他们知道我们来了吗？”

“是为了让其他人看见。”这一句语气淡淡的。

“啊？”其他人看见？轩辕无有些愣了，“您是说……”

他嘴角忽然抽了抽，顿悟了什么，摸了摸背后的冷汗，不得不说自家主子真的太厉害了，挑拨离间哪家强，百里一族少年郎……唔，还挺顺口的！

他默默地道：“那主上，我们眼下是去找武修篁吗？”

那人淡淡应了一声：“嗯。”

洛子夜昏睡的时间越长，这主仆三人就越紧张。纵然征战蛮荒部族还在继续，但是帝拓的皇帝陛下，那张俊美堪比神魔的面孔上的烦闷，显而易见。

更让他们不能接受的是，上官御和云筱闹这几天还经常用一种很诡异的眼神看着他们，只要他们主仆经过，就会面对龙啸营集体的目光洗礼。

纵然没有一个人敢把眼神看到凤无俦的脸上，但是那个方位，大家还是敢悄悄瞟一瞟的。

作为局外人加上这件事情知情者的闻越，曾经很认真且诚恳地对王他们分析过上官御等人的表情：他们大概也没别的意思，就是想看看您和阎烈、肖青会怎么死。

肖青和阎烈都不约而同地认为，闻越还不如不要跟他们分析。至于帝拓的皇帝陛下，也是瞬间就沉了脸。

而也就在这时，肖青手下的人查到了萧疏影的下落！说是对方正在飞马赶往墨氏古都，而不日就是萧疏影一家被处斩的日子！

当他把这个消息禀报给凤无俦之后，帝拓的皇帝陛下的决策是让她先回古都，亲眼见证自己的亲人因为她的愚蠢而丧命，再将她抓回来，碎尸万段。

肖青当即领命。

洛子夜醒来的时候，只觉得自己浑身就像被马车来回碾压了一样痛。

她甚至怀疑自己是不是出车祸了，但是比起难堪，她心中更多的却是委屈。什么百里瑾宸？

到底咋回事儿啊？她根本就连百里瑾宸的影子都没看见好吗？这么一想，洛子夜登时就更加生气了，恼怒之下，手中的枕头狠狠地砸了出去！

而也就在这时候，帝拓的皇帝陛下正好掀开门帘进来。他一袭墨色锦袍，绣着鎏金色的暗纹，唯我独尊的气场一眼看去便是天生尊贵。这帘帐刚刚掀开，便见着她的枕头对着自己的脸砸了过来。

素来不容人忤逆冒犯的帝拓君王眸中很快掠过一丝戾气，正要将那枕头扯碎，却骤然意识到什么。于是，将要伸出的手顿住，也没敢避开，由着那枕头劈头盖脸地砸到了他的脸上。

砰的一声之后，又落于地面上。

古代的枕头，不似现代许多枕头那样柔软，不少枕头还是很有分量的。比如洛子夜甩出去的这个枕头就不轻，所以这一下砸上去，还是有些痛。

凤无俦并未多言，举步往她床边走。

洛子夜也没想到他竟然正好进来了，本来打算爬起来出去，不要跟他待在一个房间里面，然而刚刚起身，腰间一痛，根本坐不稳，她又摔了回去。

凤无俦的动作却很快，在她摔回床榻之前就抱住了她的腰，让她摔在了自己胸前。然而洛子夜根本不领情，回身就把他一推，二话不说躺回了床上，翻个身背对着他。

这下，帝拓的皇帝陛下眉心一跳，登时也明白，这件事情大概比他想象的，要更加严重。他魔魅冷醇的声音带着几分试探的味道："洛子夜？"

然而，洛子夜根本没有搭理他，闭上眼睡觉，假装没有听见。

她这个没有反应的反应，令凤无俦眉心一跳，心头却更是紧张。她完全不理会他，他耳间还能听到门口的呼吸声。抬手之间，桌案上的杯子就被他的内力提起，狠狠对着挂有帘帐的门口砸了过去。

门口偷听的闽越、阎烈、肖青吓了一大跳，被杯子挨个砸了脸。很显然，王是连他们偷听的姿势都一清二楚，才能一个杯子飞出来，把他们三个人的脸都给砸了!

咚!

咚!

咚!

三个人都被砸地上去了，一下子赶紧退开老远，不敢再偷听了。

他们咋忘了王是什么脾性，他们竟然吃了熊心豹子胆，过来听王的墙脚，他们到底是不是不想活了?

几个人大眼瞪小眼，都不说话，也不敢再上去了。算了，墙脚也不能听了，他们只剩下一条路可以走了，那就是听天由命!

洛子夜自然也听得见自己身后的声音，她完全不在意，闭上眼睛继续装睡!

他大掌伸出，落在她肩头上，正打算将她扳过身，揽入怀中，她却狠狠一巴掌拍在他的手背上，将他的手挥开。

这一巴掌下手很重：“出去！”洛子夜背对着他，就说了两个字。

这是一个命令的口吻，自然也是在挑战帝拓皇帝陛下的权威。他眸中鎏金色的光芒一闪而过，却又在瞬间熄灭。一来这件事情的确就是他的错，二来即便不是他的错，他也无法掐住她的脖子或是如何。

沉默半晌之后。

凤无俦魔魅冷醇的声音再一次响起，这一回，那语气之中倒是带了不少歉意和轻哄的味道：“别生气了，是孤不好……”

他伸出手，将她的被子扯了下去，露出那小脑袋。

洛子夜二话不说，直接再把被子往回扯。人却始终背对着他，都不肯回头看他一眼。

她往上扯，他便往下拉。拉扯了几下之后，他骤然听见她抽噎的声音。

眉梢一皱，他顾不得那些，便钳住了她的肩膀，让她翻过身来，面对着他。这一翻身，他就看见了她布满泪痕的小脸，还闭着眼咬着下唇，委屈着，不让自己哭出声的样子。

他心头猛然一揪，心脏便阵痛起来。洛子夜根本不想让他看见自己在哭，以免太丢人。这下被他一扯，一切就暴露在他眼前，登时她便更激动了，想要挣开他。

然而，他不再给她挣开的机会，狠狠将她按入自己怀中，大掌伸出，心疼地给她擦泪："别哭了，都是孤的不是！你如何惩罚孤都好，不许哭了……"

他竟没想到，自己这一次的举动，竟让她委屈至此。然而，他这般替她擦泪，却越擦越多。

她这辈子最讨厌的事情就是被人冤枉了，结果他居然连解释都不听，就这样冤枉她。这一年多来，她被人栽赃陷害冤枉得还少吗？结果呢，现在就连他也冤枉她。

洛子夜越想越心酸，想想这一年来，自己的种种凄惨，再结合一下这件事情，那眼泪就跟决堤了似的，完全没法控制。许多时候人的情绪崩溃，还真的就不是为了眼前这一两件事情，而是好多不顺心的事情堆积起来的，这时候又出了一件事情，便成为压垮骆驼的最后一根稻草，以至于所有压抑的情绪，都在瞬间崩溃，一起爆发。

看她无论如何也不肯听他的劝哄，还是在哭，贝齿还咬着她自己的唇，几乎就要将那娇嫩的唇咬破，他抬起她的下颌，狠狠攫住了她的唇，并强硬地撬开她的贝齿，不让她继续咬自己。

然而，不让她咬自己，她就狠狠一口，咬在了他的唇上。

这一咬，他吃痛。很快，两人便目光交会。

而洛子夜一直没打算松口，咬到自己的舌尖能够尝到血腥味，才松开他。

他倒也没在乎自己的唇畔出血，大掌伸出，指腹从她的唇上轻柔擦过："生气也不要咬自己，想咬便咬孤！"

洛子夜别过头不看他，但是不能不说，咬了他一口之后，心头的怒气也的确消了许多。

他倒也不说什么话为自己辩解，看她眼泪到底没有之前落得那么凶了，他才沉声道："这件事情孤已经弄清楚了，肖青说他看见你和百里瑾宸先后离开商铺，孤便以为你们见过了。孤妒火之下，才会做出这种事情，这的确都是孤的过失，孤……"

洛子夜霍然回过头看向他，语气很冷地问道："凤无俦，我只问你，是不是哪天有人对你说，看见我与他们谁通奸了，你也立即就相信了？"

他魔瞳中怒气一凛，显然不乐意听见她这样的话，下一瞬，他魔魅冷醇的声音，很快响起："不会！"

的确不会，他了解她。跟其他男人见面、吃饭，甚至忍不住握手，再进一步偷窥对方，或许她都做得出来，但是决计不会做到这样的程度上！她只是好色，却并非随便的女人，这一点他一直清楚。

他眼神坚定，让洛子夜心头的火又消了一些。所以，他的表现，便只是因为以为她跟百里瑾宸私下见面了，并不是以为自己跟百里瑾宸做了什么？

她红着眼眶看着他："你发誓你说的是真的！"

"孤发誓！"他倒是应得很快，这一句判定，的确就是他的肺腑之言，既然发自肺腑，自然也没有什么是不能发誓的。

洛子夜也是了解他的性格的，他断然不会是那种昧着良心说话的人，眼下她没那么生气了，倒有了跟他算账的心思，抡起拳头捶了他一顿："你这个浑蛋，别人都冤枉我就算了，你也冤枉我！我解释了半天，你一句话都不听。凤无俦我跟你说，我再也不喜欢你了！我真的生气了，我说不喜欢你了，就不喜欢你了，我这个人说话算数！"

他由着她打，看她哭着控诉，心中歉疚又心疼："都是孤的错，孤去睡钉板……"

洛子夜难以置信地抬头看了他一眼。

她愣愣地看着他，但脸上的泪水到底是止住了。

他大掌伸出，再一次为她擦干净脸上的泪，魔瞳中噙着难掩的温柔，轻声开口："睡钉板也好，睡帐篷顶也罢，只要你能消气，孤都愿意受罚！"

洛子夜青着一张小脸，别过头去不看他："你不要以为你这么说，我就会轻易原谅你！"

看着她状若不高兴实则傲娇的小模样，他沉声闷笑起来，伸出手捏了一下她的鼻尖，那是宠溺的味道，魔魅的声音从她耳畔擦过："嗯，不要轻易原谅孤，孤犯下这样的大错，你一定要把你所有能想到的主意，全部拿出来，将孤狠狠惩罚一遍！只要你能消气，孤怎么样都好！"

"那好，从今天开始，叫我小祖宗！"洛子夜扭头瞟了他一眼。

她这话一出，他表情顿时僵住。

对视之中，看他难以置信地盯着自己，半晌不说话，洛子夜扬了扬眉毛，小嘴儿一瘪，看起来似乎又要哭了："你到底叫不叫？"

一看她这模样，他原本就很心疼，此刻更加无法控制，于是只得立即投降：“孤叫！”

“真的？”洛子夜斜着眼睛看他。

他颔首：“真的！”

这下，洛子夜的心情就好多了，却还是没好气地看了他一眼：“你叫一声听听？”

这话说完，整个营帐里头顿时就沉默了。

凤无俦似乎也顿住了，那双魔瞳中带着几分纠结，几分难以启齿，与她对视。

“怎么了？叫不出口？”洛子夜瘪嘴。

他嘴角一抽，这女人真的很知道如何对付他。他的确叫不出口，然而眼下看着她这委屈的样子，似乎即便叫不出口，却也别无他法。

看他还是不说话，洛子夜感觉自己今天可能是没机会听到了，却还是不死心地问：“叫不叫？”

当她再一次问出声，帝拓的皇帝陛下，到底还是选择了妥协。他又沉默了几秒钟，最终还是强迫自己对着洛子夜开口道：“小祖宗！”

“啥？”洛子夜仰头盯着他。她发誓自己真的不是故意假装没听见，只是有点儿惊讶。

她这样的音节出来之后，他便直接将之理解为她嫌弃自己太小声，于是沉了沉眸，在洛子夜再一次开口之前，稍微加大了音量：“孤的小祖宗，满意了吗？”

魔魅冷醇的声音，听起来还是那样好听。当他两次喊出这个称呼之后，她骤然扬眉笑了。

事实上这个称呼，也并没有什么不贴切的，就比如眼下这样的场景，叫出“小祖宗”这三个字，其实是再应景不过。

“呃……”洛子夜发出了这么一个单音节字，是真的做梦都没想到，自己有生之年，能听到他这样称呼自己，这种感觉无异于被一个人压迫了许久，忽然有一天这个人对着你低头了。

就在她相当得意之际，他魔瞳沉敛，盯着她询问：“开心了吗？”

“还不错！”洛子夜的眼珠子往上看，盯着屋顶。

他取过边上的帕子，为她处理哭了半天流出来的鼻涕。洛子夜老脸一臊，说实话这鼻涕她自己都觉得挺恶心的，却没想到他竟然半点儿不觉得。脑海中倒是不自觉地想起来，半年多之前，他曾经为她处理过沾染在头发上的经血。

那时候她曾经问过他是否觉得恶心，然而即便觉得恶心，他还是帮她处理了，其实一直以来，他对她都很体贴。只是当脾气上来，就难免会忽视这些。

诚然他的确是表现得不相信她，不过吧，如果是自己处在凤无俦的位置上，也难免不这样认为，因为毕竟自己在这方面的“前科”，真的太多了。

一直想到这里，她越想就越没那么恼火了。

而他心中也是莫名觉得好笑，他爱上她之后没多久，她曾经把自己的眼泪和鼻涕，都尽数抹在他的锦袍之上，那时候他就有一种预感，他终有一日会习惯这些，这不，如今便已经习惯到亲手帮她处理眼泪和鼻涕了。

然而，真的到了这样的时候，他却并没有为这件事情感到多开心。作为一个男人，让自己的女人哭成这样，而且主要还就是因为他，这自然是一种失败！处理完，他将手帕抛掷一边，伸出手揉了揉她的发：“洛子夜，下一回你再恼了孤，打孤骂孤便是，若是不解气，用刀子扎孤都好。但是不许再哭了，听到了吗？”

“没有！”洛子夜虎着一张小脸，继续矫情着。

她这样的反应，令他失笑。这一笑却又捅了马蜂窝，洛子夜狠狠瞪了他一眼：“你竟然还敢笑！”

他立即闭上嘴，不笑了。

洛子夜见他识相，恼火地继续开口道：“凤无俦，你自己比我大多少，你知道吗？”

她这一问，他一怔。她便已经问到了一个他最介意的问题，也算得上是他跟她在一起，真正令他感觉到自卑的地方，的确就是年纪太大。他比她长九岁，严格说来，是九岁半。若说他觉得自己有什么配不上洛子夜的地方，那就一定是年纪的问题无疑了。

洛子夜却并不知道他在想什么：“你不要忘记了，你是一个比我大九岁的男人，你做事情就不能稳重些吗？你生气之前，就不能先求证一下吗？啊！你说说你，一大把年纪了，都快三十岁的人了，对我一个小姑娘这么残忍，你觉得这样合适吗？”

洛子夜越说越生气，以至于最后的声音都慷慨激昂了起来。

她一慷慨激昂，让外头的人都听见了。

洛子夜要表达的，其实也就这么简单。但是落到了帝拓的皇帝陛下耳中……

且不说落到凤无俦耳中了，就是落到阎烈的耳朵里面，阎烈已经率先闭上眼，为王掬上了一把同情泪。王后这是明摆着在戳王的痛处啊，一开口就是一大把年纪了。但是想起来之前……

王进入王帐的时候，被王后用枕头砸了脸，他、肖青、闽越三个人就在门口被王用杯子砸了脸，这会儿王还遭受了王后这样的打击，一会儿出来之后，王不会还要打击他们吧？

三个人想着，嘴角同时抽搐了一下。忽然想起来，他们都是跟王年纪差不多大的“老男人”，尤其闽越比王还要大一岁，而王好歹已经守着自己心爱的女人了，但是他们还是一群高龄单身男青年。

一下子他们心情都不好了，觉得王后真是太不会说话了，男人快三十岁怎么了？男人三十一枝花！为什么要这样打击他们？简直过分！

洛子夜一口气说完，心里的那把火才算是消得差不多。

而帝拓的皇帝陛下，作为一个一大把年纪，已经近三十了，在她口中还非常不稳重的人，气得半晌说不出一句话来。所有的情敌之中，他败给他们的硬性条件，无非年纪这一条了，这女人却还特意提起，倒不知道这是不是对自己的嫌弃。言语之中还在指责自己，年纪大了人还不稳重……

凤无俦表示自己并不生气，真的！一点儿都不生气！

他一副若有所思的样子，那魔瞳中似乎还有隐忍克制着的怒意。

洛子夜却一点儿感觉都没有，不怕捻虎须地继续道：“我跟你说，你不要总以为自己脾气不好是什么值得炫耀的事情，这是一个缺点，你应当考虑自己快三十岁了，应当随着年纪的增长，慢慢稳重……唔……”

说了半天的嘴，被他的唇堵住。没一会儿，她就被他吻得七荤八素，压到床上去了。

洛子夜一下子被吻晕了头，连自己为啥生气，都给忘了个一干二净，被隐忍着怒火的男人，剥成了一个滑溜溜的鸡蛋，压在床上又疼爱了一回，才意识到哪里不对。

不过这一回他倒是很温柔，非常温柔，十分适可而止。

洛子夜被他温温柔柔地欺负了一回，才意识到自己明明是找他算账的，怎么最后反而还便宜了他。这一回他这样温柔节制，于是最后她没有觉得自己身体不妥。

在她没有晕倒神志还比较清醒的时候，不高兴之下，那就该是他不妥的时候了！

她把一个枕头塞进他的手中，怒吼一声："你给我滚出去，睡帐篷顶！"

他被洛子夜赶出来，可那气场依旧是唯我独尊，不容僭越，然而阎烈和闽越、肖青都是一脸嫉恨的神情，盯着他们的主子，本来以为王进去是惨了，怎么还在里头占了几个时辰的便宜才出来呢?

不过，这个帐篷顶，应该不比钉板好睡吧?

阎烈开口道："王，您今天晚上，是准备好睡帐篷顶了吗?"

凤无俦沉眸，魔瞳扫向阎烈和肖青："你们认为，你们两个今日能回房中睡觉?"

阎烈和肖青嘴角一抽："……"好吧，他们一个是这件事情的始作俑者，一个是情况都没有搞清楚就随便煽风点火的人。

于是，这一个晚上，王骑护卫们都记得，在王后的命令下，王艰难地在并不平整的帐篷顶上，过了一整夜。至于阎烈和肖青，他们两个人领受了王的命令，在上半夜，一个人跪了搓衣板，一个人跪了榴梿，下半夜就分别去了另外的两个帐篷顶睡觉。

上半夜他们两个腿疼得不得了，跪着的时候，阎烈哭着说："其实这一回，王和王后吵架，他一点儿都不亏。前天晚上算得上是吃饱了一回，就是没完全饱，也是饱了七八分了，今天又吃了回点心，他其实赚了，我觉得王这一回，是值得的！"

"可是我们两个真的亏死了！"肖青泪如雨下。

阎烈继续哭："肖青，如果我抱你一下，你会觉得我是断袖吗?"

"不会！"肖青哽咽着道，"因为我也想抱你！"

于是，这两个人就旁若无人地抱头痛哭了半个时辰，一个人的悲伤两个人一起分享，感觉真是好了许多。他们不仅仅要面对主子对他们能力的怀疑，还要受罚，甚至要感受到王和王后对他们这两个单身狗的暴击！过程中还被王后一句话射中了胸口，嘲讽了他们的年龄。

活着太累了，真的！阎烈这辈子都没有如此伤心过，肖青也没有比他好到哪里去。

墨氏古都。

武修篁出了这么大的事情，就算是武青城有心要守着，也不得不将这件事情传信告诉墨子燿。

明日就是父皇奉命述职的日子。不管以什么理由说不能去，那都是抗旨的大罪，唯一的办法就是将这件事情坦诚告知墨子燿。而与此同时，武青城的相关信件，也已

经传回了国内，告知自己手下的那些人，应当如何防止自己的二皇兄发难。

事实上武青城清楚，不管自己交代多少，自己不亲自回国，二皇兄要是发动政变，自己都一样是必败无疑，只是眼下武修篁出事了，尽管自己对这个父皇是怨恨多过在意，但他也不能眼睁睁地看着对方出事，丢下对方不管，直接回国争夺皇位。

这样一副孝子的态度，令茗人很为陛下高兴。

这时，下人忽然来禀："首领，外头来了两位贵客！"

茗人还没有来得及问是谁，门外就已经有下人扬声禀报："皇太子殿下驾到！"

这禀报的声音一出，墨子燿已经进了大门。而几乎也就是他进来的同时，一袭雪白的衣袖掠过，门外有人跃过了院墙，落到了院中。

墨子燿无法小视此事。如今墨氏皇朝，需要龙昭匡扶，武修篁算得上是一个有实力，但是没有逐鹿天下野心的帝王，对于墨氏的传召，都是有求必应。这样"忠臣"级别的诸侯王，墨子燿当然不希望对方出事。只是这个武琉月，墨子燿却还是希望对方早日出事就是了。

武青城对两人的态度都很是尊敬："皇太子殿下、公子宸！"

墨子燿血瞳眯起："不必多礼！龙昭皇帝眼下如何了？"

"情况不是很好，我们带来的桐御医，已经是太医院的院判，乃我龙昭医术最为精湛的御医了，但他还是束手无策。父皇眼下还在昏迷之中，若是再不醒，不日龙昭恐会陷入一场混乱之中！"武青城这话一点儿都没有危言耸听。

这一点就算是他不说，墨子燿也清楚。他四下看了看，冷声询问："贵国公主呢？为何没有出来迎接？是在陪伴龙昭皇帝吗？"

武青城眉心一跳，这下算是确定了墨子燿这时候急召父皇来墨氏，怕针对的目标，也同样是武琉月。墨子燿对洛子夜的心思，武青城自然知道，无非又一个想给洛子夜出头的人罢了。

他也不瞒着他们，苦笑了一声："不瞒两位，父皇眼下变成这个样子，就是琉月做的！"

这话一出，他便将这件事情细说了出来，说完之后，也是想到百里瑾宸对洛子夜的心思，于是将皇后留下的血书，直接递给了他们："如果这张血书的内容是真的，而武琉月早就知道她并非真正的公主，那么她对父皇做的事情，就很好理解了！"

他话音落下之后，墨子燿便将血书接过，直接便展开，平直抓握，让百里瑾宸也能清楚地看见上面的字。扫完之后，墨子燿的眉心跳了跳，不敢相信自己看见的。

倒是百里瑾宸看过之后，眸中掠过一丝了然。

这一秒钟，墨子燿忽然觉得有些滑稽。如果这一切都是真的，那么觉得最讽刺的人，定然就是武修篁无疑了。自己百般维护的女儿，竟然是别人的，而自己为了别人的孩子一再伤害的人，却是自己的亲生女儿？

几乎是在同时，百里瑾宸和墨子燿对视了一眼。

这是他们两人第一次如此默契，都在彼此的眼中看见了同样的信号。武修篁是洛子夜的父亲？武修篁醒来之后，一定会求证这件事情，如果一切顺利的话，洛子夜很快会得到龙昭公主的身份。

龙昭的公主，婚事是不是很大程度上是可以由龙昭的皇帝决定，或是龙昭皇帝可以提出一些意见？就算是洛子夜如今跟武修篁的关系不好，那……以后呢？

说不定武修篁认真地忏悔、赔罪，他们父女关系修复，那么……

武青城看向百里瑾宸："这次的事情，希望神医能够伸出援手！"

百里瑾宸听了武青城的话，那双月色般醉人的眸子微凝。下一瞬，目光就落到了对方的脸上："你父皇……对徒孙成为女婿的事情，怎么看？"

"……"武青城嘴角一抽，怀疑自己是不是理解错了什么。

徒孙和女儿之间，这其实是一个越辈的事情了。

从伦理上来讲，自然是不妥的。百里瑾宸问这个……那意思是？武青城顿悟，嘴角抽搐了几下，倒是很坦诚："毕竟并没有血缘关系，父皇并不是不通情理的人，也并不是恪守礼教的人！尤其，父皇这个人护短，既然是徒孙，定然是比一般的外人要亲厚许多！"

他这话说完之后，墨子燿冰冷的眼神霍地从他们两人的面上扫过。他自然不傻，同为情敌，不会有人比他更加清楚，百里瑾宸在想什么。

武青城看了一眼百里瑾宸，询问道："公子宸的意思是……"

"救。"百里瑾宸一个字落下，便举步往武修篁的房中走。

武青城嘴角一抽，实在是没憋住："倘若我方才的回答，是父皇定然会介意徒孙成为女婿，那……"

"那还是死了好。"百里瑾宸语气淡薄。这种无情的话，真的很难让人想到，是从他这样不食人间烟火的人嘴里说出来的。

武青城：“……”

轩辕无嘴角抽了抽，其实吧，主上义兄的媳妇儿澹台凰，评价主上的一句话还真的没有错——平常不爱说话，一说话常常能噎死人。

墨子耀负手站在门外，那脸色很是难看，扫了一眼武青城：“贵国皇帝，是否会因为百里瑾宸救了他的命，就对百里瑾宸刮目相看？”

“呃，会……会吧！”武青城回答了这句话之后，心里头开始没底。话说墨子耀不会听完这句话之后，觉得父皇活着对百里瑾宸是有利的，于是决定把父皇给杀了吧？呃……应该不至于吧？

事实上，墨子耀的确是不至于。

要是让洛子夜知道，武修篁是她的父亲，并且是有那么一点儿感情的，墨子耀却将武修篁给杀了，这无疑就是令自己和洛子夜已经缓和的关系，再一次因为杀父之仇，重新变成不可挽回的局面。

他当然不会这么做。既然不会这么做，就只能……

他拳头紧握，回头看了一眼自己身后的人：“将皇宫所有对武神大人身体有好处的补品，全部搬来，若神医能救治成功，一定要尽我墨氏全力，让武叔父快些痊愈！”

对，只能讨好了。

武青城嘴角一抽……刚刚还叫贵国皇帝呢，怎么一会儿就改口武神大人了？再一下还变成武叔父了？能要点儿脸不？好吧，皇太子这样称呼自己的父皇，要是父皇醒着，一定得弯腰说不敢当，这的的确确是太抬举了。

茗人在边上冷眼看着，觉得洛子夜作为陛下的女儿，和武琉月作为陛下的女儿，这差别待遇真的太大了。

武青城心思百转千回，便也只是道：“皇太子殿下不可，您这样的称呼，我龙昭承受不起！”

这简直就是在陷龙昭于不忠好吗？墨子耀是皇太子，是君，龙昭帝王是臣，哪有君主叫臣子叔父的？

墨子耀闻言，却抬了抬手，声音冰冷：“本太子倒是希望，将来跟龙昭的关系，能更加亲密一些！”

武青城：“……”

你不如把你的企图直说算了，反正你不说我也看出来了。

桐御医在边上开口道：“四皇子殿下，老臣有一事想要禀报！”

“说！”武青城一看他的表情，就知道他想禀报的，应该不会是什么好事。

桐御医下意识地看了墨子燿一眼。

墨子燿自然不是不会看脸色的人，他很快转身，往大殿之中而去：“你们有什么话便说，本殿下在殿中等武神大人醒来！”

“皇太子殿下请！”武青城也没有过去将对方送进大殿。

墨子燿离开之后，桐御医才开口道：“四皇子殿下，是这样的……前段时日，老臣第一次给公主诊脉，就已经发现了，公主并不是处子之身。但公主既没有驸马，也没有已然定下的驸马人选，所以此事老臣已是纳闷许久，只是兹事体大，诊断出来的结果也并不一定百分之百准确，于是老臣一直未敢提及！”

关于是否处子这一点，并不同于其他的病症，是可以完全确诊的，只能是推断而已。

之前，桐御医是完全不敢说，只是到眼下，武琉月弑君的事情都做出来了，桐御医也没什么不敢说的了。

他话音落下，武青城看了他一眼：“你确定？”

“老臣有八成的把握！”桐御医很快开口。

武青城听罢，一张脸顿时就青了：“这个贱人！”竟然连这样不要脸的事情都做了，这简直就是……

桐御医继续道：“还有一事，就是公主好像是……怀孕了！”

“你说什么？”武青城侧目看向他。

桐御医立即道：“老臣也是慢慢诊断出来的，只是胎儿不足一个月，所以老臣还是无法确定，那脉息很弱，随着老臣这些日子给公主治疗，却是一天一天强起来，原本老臣是打算再等十天半个月，能够完全确诊是否有胎儿的时候，再寻个机会或理由，去确定这件事情，但是现在……”

现在武琉月都跑了，所以桐御医也是没有办法确定了。

武青城的面色，已经难看到令人不敢直视了。这么一个贱人，霸占了他龙昭皇室公主的位置多年，抢走他们兄弟所有的宠爱，这也就罢了，竟然处在高位还完全不知检点，做出这样令皇室蒙羞的事情。

眼下莫说对方大概不是自己的姐姐了，就算对方是自己的亲姐姐，武青城也不打算放过。

他眉峰皱起，吩咐了一句：“李鑫、李扣，立即沿途搜索武琉月的踪迹，一旦发现，格杀勿论！尸体如果不能带回来，就当场销毁！”

李鑫和李扣都是愣了一下，之前门主的命令，都只是找到武琉月，尽可能活捉，这下就直接要对方的命了？

“是，属下等立即去做！”

洛子夜把有些浑蛋赶出去睡帐篷顶之后，揉着自己酸痛的腰，迷迷糊糊又睡了整整一天。

而即便她昏睡之中，她吩咐过的事情，也是在外面如火如荼地进行着。凤无俦赠予她的土地之中，不少被毁掉的墙壁，都已经开始重建。

此刻，客栈之中，秦月、百里奚、洱厉，都在里头。

先是秦月开口道：“这个洛子夜，真的是不简单，先利用不少百姓想发财并仇富的心态，发布一个政令，政令也不明说，却让大多数老百姓以为她是在针对我们，并将要发展他们，于是百姓对她抱有期待，不再聚众闹事，随即……”

百里奚将话接了下去：“随即，再来对我们示好，也并不向百姓解释政令不是针对我们这些富人。这一步棋，下得的确很好！一来得了百姓的心意，二来也得到了我们的认同。这个女子，年纪轻轻就有这样的智谋，不简单！”

“若是个男人，怕早非池中之物！”秦月笑着接下去，“或者，至少天下三公子，也要加上她一个！”

百里奚笑道：“不少不知事的世人，都说洛子夜如今的一切，大多是靠着凤无俦得来，如今看来，怕是凤无俦光芒太盛，将洛子夜的锋芒盖过了！”

大概洛子夜不在凤无俦的身边，以她的能耐，早就扬名了。

只是因为，她身边有一个凤无俦，一个全天下最为能干出色的男人，任何人在他的身边，都会黯然失色，是以大家才很难将眼光掉转到洛子夜的身上来。

“若是洛子夜真的能将我们这里治理好，并且按照她说的，‘将贸易打开到国际市场’，那么此事对整个天下，乃至历史的影响，都会是巨大的！”说到这里，洱厉顿住了，皱眉道，“只是我们以后，真的要跟着一个女人干吗？”

好歹他们三个，都是排进了煊御大陆十大富豪榜的人，以后要是真的唯一个女人的命令马首是瞻，传出去了，好像真的不光荣。

他这话一出，另外两个人都沉默了。最终，却是百里奚看了他们一眼："我们是商人，商人的目的是做什么？"

"赚钱！"洱历是一个很耿直的人。

秦月登时就明白了百里奚的意思："你说的没错，商人的目的，就是赚钱。我们平日里赚来的钱，就是光明正大、辛辛苦苦得来的，在不少人眼中，也觉得那是黑心钱。既然如此，还在意这些个乱七八糟的事情做什么，赚钱才是第一位！"

"所以，洛子夜是不是女人，这跟我们关系并不大！唯一重要的，就只是她是不是真的有带领我们获利的实力！"百里奚扯了扯嘴角。

洱历点头："不错！还是会长说的有道理！"

"那我们接下来……"秦月看了一眼百里奚。

百里奚笑了笑："我们接下来，自然就要展现出我们合作的诚意了！"

诚意?

不久之后，他们的诚意，就让所有人都知道了，那些个一起在商会商讨了事情的富人，在知道洛子夜的人都在修墙壁之后，竟然都在百里奚的带领之下，雇了一些人手，带上了修缮城墙所需要的工具和材料，一起过来帮忙。

有了他们的参与，还有这些富人花了大价钱请来的能工巧匠，这修缮的工作，立即就做得很快了，并且修建的城墙比从前更加坚固。

不仅如此，他们还充分发挥了有钱能使鬼推磨的本事，聘请了不少没有生活来源的苦力，来帮忙做这件事情，并支付他们工钱，这一下子富人、穷人、士兵，全部团结起来，一起修建墙壁。

不少穷人因此改善了生活状况。富人们这一回，也就是出了些钱，但商人最懂得付出与回报之间的投资，早日帮忙把城墙修缮好，他们得到的，就比眼下付出的要多得多了，而且这样也能在洛子夜面前留下好印象。

于是，与其说他们这是帮忙，不如说他们是在对洛子夜示好，也是在提醒洛子夜，不要忘记了他们"共同富裕"的约定。

当这消息传入阎烈的耳中，他的嘴角忍不住抽搐了好几下，这件事情放在自己的手中，怕也就只能用武力镇压了，但是不知道洛子夜到底是怎么做到的，真的就是三天的时间，一天准备，一天商讨，第三天就整片土地的人全部众志成城、团结一心，一起帮忙修墙了。

连最近闲得都快孵蛋的果爷，都忍不住跟着一起去刷墙了。

阎烈不知道自己应当说什么了，总归天亮了之后，他和肖青从帐篷顶上下来，肖班就热情地笑着，为他送来了花裤衩，并遣人去寻找闽越，送上了另外一条热情的花裤衩。闽越一大早知道肖班在遣人找自己，就飞快地蹲进了茅厕躲着。

然而他们眼下是在外头打仗，茅厕的资源实在是不多，是以因为他在茅厕蹲了两个多时辰，外头已经排起了长长的队伍，一些人已经忍不住叫喊："闽越大人，您便秘了吗？"

"闽越大人，如厕蹲太久是容易生出痔疮的！"这里一共就六个茅厕，担心如厕冲撞了王后，于是单独分出一个茅厕给王后个人使用。王个人自然也是有一个单独的茅厕的。

而龙啸营的人一来，又给占去了剩下茅厕的一半。

所以他们就剩下两个茅厕了，王骑护卫五千多人，闽越大人一个人就霸占了其中一个茅厕，蹲了两个多时辰，他们已经憋得快要就地解决了好吗？

将士们喊得震天响，闽越躲了一个早上，最终还是灰头土脸地被揪了出来，和阎烈在大冬天里，一人穿了一条花裤衩，光着膀子围着军营跑了起来。洛子夜一大早起床之后，就看见两个身材很棒的肌肉男，光着上半身在跑步。

云筱闹也不晓得是不是让洛子夜给带坏了，目不转睛地看着。就是他们两个的花裤衩，看着实在是很搞笑。

云筱闹一边陶醉地看着，一边开口："爷，我们城墙的修缮工作……"

"现在先不要说这个！"洛子夜也目不转睛地看着这两个肌肉男。

她脑海中已经开始想象，凤无俦、冥吟啸、百里瑾宸、墨子燿、轩苍墨尘等集体裸着上半身跑步的样子，情不自禁地滴下口水。

就在这时候，忽然感觉到身畔气压一沉，魔魅的声音带着危险的味道："在看什么？没事做了吗？"

帝拓的皇帝陛下，刚处理完政务，出来就看见这女人痴迷的脸。

洛子夜完全不察情况，一脸沉醉地道："有什么事？爷现在沉迷男色，完全无心政事！"

她完全没有意识到危险来临，擦了擦嘴角的哈喇子，搞得云筱闹都奇怪地看了她一眼。虽然说阎烈和闽越的身材还不错吧，但是都见多了帝拓君王那种极品美男子身材的人，至于看见这两具光着膀子的肉体，就激动成这样吗？

难道是尝遍了山珍海味，忽然想试一下清淡的？

她哪里知道，洛子夜这是眼前看着一块石头，脑海中已经浮现一座大山，满脑子都是美男子们聚众裸奔的画面，思绪早就飘飞到天外，完全沉浸在幻想之中，不能自已！

而云筱闹不转头不知道，一转头就吓了一跳。

登时看见了帝拓皇帝陛下那张森冷的面孔，她的第一反应，是飞快地捅了捅洛子夜的胳膊，然而洛子夜还完全没意识到问题，不耐烦地往边上侧了一步："别闹，没看见爷正忙着呢！"

云筱闹："……"她还没来得及再提醒，就已经感受到一阵充满压迫力的目光，放到了自己身上。

云筱闹登时明白了，自己要是再多话，自己的下场也好不到哪里去。

她扭过头沉醉地看了一眼那两个奔跑的半裸男之后，舔了一下自己的唇瓣，飞快地扭身跑走了。眼见帝拓的皇帝陛下就要发火了，自己还是不要留在这里当可能被殃及的池鱼了！

听着她跑走的声音，洛子夜还偏头看了一眼。可惜云筱闹跑离的方向是左边，而帝拓的皇帝陛下，这时候在她右边，于是洛子夜依旧没有察觉到，眼神重新看过去。

阎烈和闽越在那边跑着，眼角的余光不小心扫到了自家王，同时也看见王后一脸痴迷地看着他们，笑得宛如一个智障。

他们的嘴角抽搐了几下，又看了一眼自家王之后，心里开始同情起洛子夜来了。然而，他们还没有同情完洛子夜，便先听得自家王具有严重针对性的声音，已经对着他们响了起来："光着身子不冷吗？"

洛子夜听见这声音就在自己耳畔，竟然完全没意识到什么，还横着步子往凤无俦的身边挪动了一番，笑眯眯地道："要是所有身材好的男人，每天都如此为人民群众奉献如此美好的视觉体验，那这个世界将会多么美好啊！"

阎烈和闽越，却是通身一颤。

他们还没来得及过去跟王请罪，也没想好自己要说句什么话脱罪，就听得凤无俦沉声吩咐道："既然你们如此喜欢跑步，那么今日起，你们两人每日夜间三更，光着身子跑一个时辰！白天不准跑，给孤滚！"

阎烈和闽越："……"他们只是赌博输了，所以今天需要跑步好吗！可是王居然要求他们从今天开始，每天半夜跑一个时辰，还光着身子，王知道这是冬天吗？他们光着身子跑步，其实根本就不是凉快，而是寒冷好不好！

他们招谁惹谁了？

阎烈特别想哭，昨天才因为煽风点火的事情，被王处罚了，今天大中午的又被王说出一个"滚"字，他觉得自己再这样慢慢下去，就要在王的面前彻底失宠了。真的，人倒霉的时候，干啥都不顺心！

他俩怀着这样一种痛苦的心情，内心崩溃地领下了这道命令："是！"

两人扭头跑走了。

洛子夜这时候却还处在一种高度幻想之中，眼巴巴地看着他们两个跑远，还遗憾地咂了咂嘴。她笑了一会儿之后，转个身打算找云筱闹问一下正事。

结果一转头就看见了一堵墙，是一堵人墙，那人墨色衣襟，就在自己眼前。

鎏金色的暗纹之上，是张扬的飞龙。不必抬头，她也知道眼下这是什么场景。情难自禁地咽了一下口水之后，她仰头对上了他那张极为难看的脸。

"你什么时候来的？"这是洛子夜听见自己问出来的第一句话，并且明确地听见了自己咽口水的声音。

刚刚问出来，她的下巴就被他的大掌握住。他魔瞳凝锁着她，带着危险的味道，一字一顿，语气森冷地询问："醒来之后，见着男子的身体，便如此沉醉？怎么，王后的意思，是嫌弃孤昨夜太温柔了吗？"

洛子夜眉心一跳，"没有！哪有嫌弃，爷觉得你昨天的表现，简直就是世上最好的男人才有的，爷特别欣赏，真的……喂……"

洛子夜小嘴翻飞着，还没有说出一个所以然，人就已经被他拎着，往王帐里面走去。

妈呀！她已经躺了两三天了，好不容易才从里面出来，她真的不要再进去了！这般想着，当他拎着她，经过帐篷的大门的时候，她伸出两只手抱住了门沿，扯着帐篷的大门死活不进去：“小臭臭，你冷静一点儿，有啥话咱们在外面好好说，就不要进屋了成吗？”

他盯着自己面前的小女人，魔魅冷醇的声音警示道：“放手！”

“不放！”放手之后她就惨了，她才没有这么傻，“小臭臭，你听我说，我刚刚根本就不是在看他们，什么沉迷男色，什么无心政事，其实都是因为在幻想你，真的……在幻想你……”

这是一句实话，唯一不那么诚实的，是她在幻想他的同时，也在幻想其他美男子罢了。然而，她这样的话，是真是假，他岂会听不出来？

他唇角淡扬，迫人的气息很快散出，魔魅冷醇的声音缓沉地道：“既然是在幻想孤，那为何不松手？”

他这话一出，洛子夜登时险些哭出声来：“我是为了你的身体好，真的！臭臭，你经常这样是会肾虚的！”洛子夜脸不红心不跳气不喘地说着，一脸诚恳真挚。

然而，对于她这样的“关心”，帝拓的皇帝陛下却并不打算买账：“王后大可以试试，孤会不会肾虚！松开手，或者你希望，在门口做！”

他这丧心病狂的话一出，洛子夜光速地松开了自己的手。比起在门口，还是进屋吧，她没有那种被人围观的恶趣味，她太了解这个丧心病狂的人了，他什么事情都做得出来。

松开手之后，人就被拎进屋了。她抱着他的腰嗷嗷大哭：“臭臭，别这样！爷再也不瞎看了，再也不随便想象了，真的！我发誓，我用人格担保，我……”

话没说完，人已经被他压回了她刚离开没多久的床榻上。

她哭丧着脸：“爷还有正事儿没处理呢，修墙的事情，还有商会的事情，许多政务都等着爷处理呢，我们晚上再说行吗？”

先推到晚上，躲得过一时是一时。

然而，他却并不打算买账。手已经伸入她的衣襟内，魔魅冷醇的声音带着几分森冷的味道：“王后不是沉迷男色，完全无心政事吗？怎么？孤这样的男色，还不足以令王后沉迷？”

那张俊美堪比神魔的面孔贴近她，对视之间，洛子夜被他这张脸迷得七荤八素的。

她哭丧着脸道：“你身为爷心爱的男人，在看见爷险些误入歧途，沉迷男色的时候，

难道不应该好好地劝谏我，帮助我走向正确的道路吗？怎么能帮助我一起错下去呢？你这样是会耽误社会建设的，是对我们的身心发展，尤其是对我完全不利的！”

然而他丝毫不打算因此放过她，正扯开她的腰带，却在这时候，她骤然感觉到自己腹部一阵抽痛，这令她眉梢动了动，被他攥紧的手腕也用力地挣了挣：“臭臭……”

原本以为她是不愿意在挣扎，他先是按住她，却在听见她似乎隐忍的声音传来时，抬眸扫向她，接着便见她面部表情扭曲，眉心完全皱在一起，完全不像是装出来的。这令他心头一慌，便松开了手，将她抱入怀中：“怎么了？”

“痛！”洛子夜抱着肚子，小脸惨白，腹痛如绞，一只手揪着他的衣襟，痛得冷汗直冒，腹部抽搐，“我肚子痛，很难受……”

他顺着她的眼神往下看，便见着了她裤子上的血迹。

他立即对着门外怒喝：“传闽越！”

洛子夜看他这样紧张，伸出手攥住了他的大掌，忍痛开口道：“不用紧张，估计……估计多半是月事……”

洛子夜捂了一下自己的脸，强烈地感觉到了丢人。按理说这时候她应该立即把他推开，去给自己兜一块月事布，但是太痛了，她根本连动弹都不行。

他魔瞳一滞，骤然问了她一句：“月事多久不曾来过了？”

他这么一问，洛子夜倒是意识到了不对劲：“有段时日了！”

她忽然小脸一白：“我不会要当未婚妈妈吧？”

她这话说完之后，却没想到，他竟回了一句：“不会！”

“呃？”洛子夜仰头看了他一眼，有些不解。她歪着脑袋盘算了一下，细数他们那个啥的时候，从生物学的角度来看……好像一直是她的安全期！

她心头一跳，难不成……是他有意避开？平常他们之间发生什么，也都是他主动，她一来实在无法招架他，于是不敢上去招惹，二来出于女子的矜持和羞涩，所以她未曾主动过，可是眼下这么算算……

胡思乱想之间，闽越已经到了。洛子夜盯着闽越给她诊脉，心绪却飘远了。如果是他故意的，那这意味着什么？意味着他不希望她怀上他的孩子？脑海中竟然还好死不死地想起来，他为啥不求婚。这样一想，更是脸都白了，她潜意识里面，一直在提醒自己，这样想是不对的，他绝对不会这样想，但就是无法控制自己胡思乱想的心。

不一会儿，闽越就皱起了眉头，看了一眼洛子夜：“王后，您最近是不是被人打伤过？属下指的不是上一次您与王一起跟武修篁交手之时，受的那点儿小伤，而是在这之前，是否受过内伤，最终又调息好了？”

洛子夜此刻心里正在想一些令人心乱如麻的事情，以至于她对闽越的话，很快产生了反感：“不要叫我王后，我还不是你们的王后！请你称呼我为洛子夜，或者洛姑娘。”

凤无俦跟她那啥，都知道选安全期呢。关系走到这一步，他也没求婚，也没明确说过要娶她，王后这个称呼，她担不起。

凤无俦和闽越眉心都是一跳。尤其帝拓的皇帝陛下，并不知道她忽然开始闹什么别扭，分明方才还好好的。而闽越也是不解，之前他们偶尔叫洛子夜王后，她也是没有意见的，今天忽然这样正式却阴阳怪气地纠正，让闽越生出了几分困惑来。

王惹洛子夜生气了吗？

但现在也不是计较这些问题的时候，先弄清楚眼前的情况才是正事：“那王后，您最近……”

“受过伤，几日之前，在凤溟被武修篁打伤过，回来调息了几日之后，也好全了！”洛子夜慢腾腾地说着。

而闽越顿时收回了手，已经明白了，二话不说，飞快地走到桌案边上，写下药方：“王后您这是来了月事，您小时候服食过改变身体特征的药物，这些对您的身体都是有损的，随后您为了解开禁药，又服食过阳紫岚，这些都是损阴的。属下很早就对王说过，您的身体一年之内不宜受孕，否则会对您的身子有大损，而您的月事也需要调理，才能恢复正常，但是眼下看来……”

一年之内，不宜受孕？洛子夜愣了愣，下意识地抬头看了凤无俦一眼。所以他挑选她的安全期，不是因为她想的那些，而仅仅是因为这个？只是他们为什么都没有对她说过？

他倒没意识到她的眼神正看向他，那双魔瞳却盯在闽越的身上。闽越的眼神也看了过来，那神情有些同情。他盯着洛子夜道：“上一次武修篁下手即便不重，怕也绝对不轻，您的脉象是被击中肺腑，并影响全身，内息震伤了宫房，所以这一次才会剧痛无比，还有……”

看着他同情的眼神，洛子夜嘴角抽搐，这是啥眼神？

这种眼神，肯定就意味着这件事情决计没有眼前看起来这样简单。这个“还有”

里面，一定有大问题："还有什么？"

"您如今身体大损，三年之内，不管调养得再好，也难以受孕，甚至……如果再不注意，再一次宫房受损，或许一生都不能受孕！"闽越说完，不敢去看他们的面色。

原本是因为身体上的问题，一年之内不宜受孕，自己对王说出这个判定的时候，王曾经让自己不必告知王后。

这一次，竟然如此严重。三年之内，是想怀上都很难了。

洛子夜的脸色隐隐有些发白，她当然能意识到闽越的话意味着什么，事实上她眼下的身体刚刚十八岁的年纪，怀孕她倒是不急，但是……不愿意怀上和怀不上，却是两回事。

她几乎都能想象，自己要是真的嫁给凤无俦，三年无子，会被帝拓朝堂的那些人议论抨击成什么样子！就算是普通人家的妇人，三年无子也应该休妻了，更何况是皇帝的女人。

她再一次抬头去看他的面色，很想知道他此刻会是什么样的情绪。对于皇帝来说，子嗣有多重要，自然不言而喻，然而……她要是不能怀上，那……

她这一抬头，果然看见了他眸中的戾气。

而正当她担忧他会不会因此对她发火的时候，他也的确发火了，那双魔瞳凝锁着她，沉声询问："他还打过你？"

洛子夜愣了一下："你没意识到闽越刚才说啥了吗？他说我……"

他盯着她，沉声开口："比起这些，孤更在乎你！他之前还打过你，你为何不对孤提？为何不让孤为你出头？"

早知道如此，上次交手的时候，他的目标便不该全然是武琉月，也当将武修篁一起处理了才是。

闽越在边上顿了顿，也没有多说什么。

这种事情放到其他的皇帝面前，怕是需要愁闷一番，但是放在王面前，以王对洛子夜的在乎，肯定是不会在意这种事情的。当自己第一次对王说出王后一年之内受孕，会对身体不好，于是自己给了王一个日期表格，示意王在某些日子不宜碰王后的时候，王也没说什么。自己问王是否介意的时候，王还有些不解地问自己，介意什么？他就讨了个没趣，摸着鼻子回来了。

王都不操心，他一个当大夫的人，为啥要操心。

“王后眼下痛经的症状十分严重，属下立即遣人熬药过来，希望能够有所缓解。眼下王后应该多喝些糖水暖宫，也会对缓解疼痛有益处。属下立即下去准备！”

“去吧！”凤无俦应了一声。

闽越退了出去。

而闽越一出去，他便起身下床。洛子夜无意识地伸出手，抓住了他的手腕。对视之间，他竟然从她那双漂亮的桃花眼之中，看出了几分不安。

他顿时知道她此刻在担心什么，计较什么。大掌回握住她的小手，魔魅冷醇的声音缓缓地道：“孤不是出去，孤是为你拿干净的亵裤和月事布。洛子夜，不必担忧。孤爱上你，从来只是因为你，而并不是为了子嗣！”

他刚开始爱上她的时候，曾经还以为她是个男人，却一样义无反顾，不曾顾虑这些。而今，也不过就是三年之内不能受孕罢了，即便一直不能受孕，对他而言，或许会有些遗憾，不能有她为他生下的血脉，但决计不致令他改变对她的看法或态度。

她眼眶一热，腹痛如绞，在他面前总容易脆弱怕疼的她，这时候竟然顾不上这些，却是问了他一句：“你先前刻意选了一些安全的日子行房事，就是因为怕我受孕吗？因为闽越说，一年之内，受孕对身体不好？”

“不错！”他应了一声，握紧她的小手，“女子生子原本就是九死一生，闽越曾经提及，一年之内，倘若你受孕定会很危险，故而……此事孤不愿意让你烦心，便未曾提及！”

她喉头哽了哽，问了一句：“不是听说有一种药，叫避子汤吗？”

如果危险的时期，真的想要，对于这些帝王来说，应该很容易解决，每一次都憋着，他就不觉得憋屈？

他浓眉皱起，盯着她，语气倒是重了几分：“谁告诉你有那种东西的？那种东西对女人的身体损伤更大，孤不会让你喝的！”

洛子夜登时就不说话了。一个男人，能够因为怕损伤她的身体，时刻隐忍欲望，甚至箭在弦上，都能时时克制住，这样的事情，放在一个生杀予夺的帝王身上，便是除了珍惜，再找不到其他词来言说。

这一瞬，看着他那双魔瞳，从来就没有想过孩子的她，竟然很想为他生个孩子。

可是……这一秒，她心里头已经把武修篁恨了一个十成十！原本她跟武修篁之间不过是一些气阻在中间，可眼下，却是让她的身体三年都难以受孕，这算得上是仇了！

她情绪波动，心情恶劣，以至于腹部痛感更甚。

他将她紧握的拳头打开，沉声道：“欺辱你的人，孤都会让他们付出代价，不必为他们动气伤身。即便是为了孤，你也必须好好保重身体！”

她乖巧地点头，示意他可以去拿月事布。要不然，再过一会儿，这床榻上估计都要鲜血泛滥了。

他起身去拿。他极高，依旧是一副唯我独尊，令万物屈膝臣服的气场。

洛子夜看着他的背影，却忽然有些担心地双手交握，抓住自己的指尖：“三年……三年都不能怀上子嗣，对帝拓皇室来说，真的没关系吗？”

那时候，恐怕宗亲的人，还有天下人，都会质疑她，都会觉得，他还需要其他的女人来为他、为帝拓皇室开枝散叶。说不定还会说她是下不出蛋的母鸡，只是这么一想，洛子夜都觉得难堪。不想生，跟不能生，真的不是一个概念。

若他是个寻常人，那也还好，可偏偏他是皇帝，许多人都等待着他第一个子嗣的出生。她却因为自身的问题……

她不安地问话之际，他已经从她离开帝拓皇宫之前准备的包袱里头，找出了她所需要的东西，大步走到她身边。

看她一副担忧的样子，他抓住她拉扯自己指尖的小手，缓沉着声音道：“不必担心，即便有事，孤也不会让他们议论你。若一定有人问及，若天下人一定要议论，那就说是孤有问题！”

洛子夜错愕地抬头看向他……这定然不会是什么好事。放在女人的身上，会令人极为尴尬难堪，放在男人身上，说是世上最丢脸的事情也不为过。

她错愕之际，他已经将她像抱小孩一样抱起来，为她换贴身的衣物。

洛子夜眼眶泛红，没说话。他好像总是能轻而易举地让她感动，也让她羞愧，想起来几分钟之前，她还在心中揣度，他刻意挑选安全期，是不是不想让她怀上他的孩子，这么一想想，就算胡思乱想是女人的专利，这时候她心中还是难免对自己产生了一些怀疑。

总是有点儿不对劲，就想这些有的没的，真的好吗？

他为她更换贴身衣物的动作，让洛子夜成功觉得自己像个废人，什么事情都不必自己做，而什么事情他也都会为她准备妥帖。

找了一个男人，不仅仅将她当媳妇儿宠着，还当成女儿照顾着，这种感觉还真的不是一般……甜蜜。

看她若有所思，他魔魅冷醇的声音很快自她头顶响起："在想什么？"

"在想……之前你特意挑选我难以受孕的时日行房，是不是因为，不希望我怀上你的孩子，或者是觉得我没那个资格……"洛子夜倒是很坦诚。

他动作顿了顿，已经为她换好了贴身的衣物，右手放在她的腹部，以内力为她暖宫。他的左手却猛地抬起了她的下颌，旋即低下头，薄唇狠狠攫住了她的唇畔。洛子夜瞪大眼，便对上他盛满怒意的魔瞳，一看这眼神，就知道他不高兴了。

凤无俦和其他美男子，往往是不同的。他的情绪从来不加遮掩，生气了便直接表现在面上。

一吻作罢，他放开她，伸出食指狠狠揉了揉她娇嫩的唇瓣，魔魅冷醇的声音听起来有几分切齿的味道："小没良心的！"这似乎是在抱怨，也是在指责。

"呃……"洛子夜嘴角一抽，默默看天。好吧，对比一下他对她的种种好，再想想她一个不高兴就七想八想，把他往坏处想，她还真的看起来挺没良心的。

她很快说出了更没良心的话："臭臭，你说……要是我真的三年怀不上，也按照你说的，将这些事情都推在你身上，说是你有问题，你会不会因此遭到冥吟啸、轩苍墨尘他们的嘲笑啊？唔……"

话刚刚说完，唇又被他堵住。倘若当真如此，他真的是很有可能被嘲笑的，至于此刻刻意提起……

她在他浓烈的深吻之下，瘫软在他怀中，也听得他魔魅的声音撩过她的耳畔："洛子夜，孤不惧嘲笑，你不必介怀，也不必再提！比起这些，孤更怕你受委屈！"

她一怔，他果然懂她的意思，她是故意这么说的，就是希望他打消念头。这原本就是她自己身体上的问题，没理由让他被天下人议论，就算他是凤无俦，就算百姓不敢议论他，但是这世上也总有敢议论他的人。

她肯定不可能跑去挨个告知冥吟啸、轩苍墨尘，说自己的身体出问题了。而以他们跟凤无俦之间的关系，嘲笑他是很有可能的，她也并不希望他面对这样的难堪。所以她故意提起，故意让他觉得她更没良心，也故意让他知道如果这样做，他可能面临什么样的尴尬，令他打消念头。

然而，他懂她的意图，也将她此刻的想法扑灭。比起这些，他更怕她受委屈。

她靠在他怀中，腹部的疼痛依旧明显，但无论如何也抵不过此刻心中的暖意。沉

默了一会儿之后，她忽然开始哪壶不开提哪壶了：“那个，刚刚的事情，你还生气吗？”

说的自然就是她在外头，一脸陶醉地看半裸男子的事情。

下一瞬，她听得他切齿道：“等你好些了，孤再收拾你！”

洛子夜嘴角一抽，忍不住瑟缩了一下。

此刻，也有一人如洛子夜一般，腹痛如绞。

那正是刚从墨氏古都逃出来的武琉月，她一路策马颠簸，感觉到自己的下腹生出一股坠痛感，且这股感觉越发强烈。

其实这感觉，之前也是有过的，那是被凤无俦和洛子夜打伤当日。只是当时她身上的内伤和骨肉摔折的疼痛，将这痛感完全盖过，加之她从小身子底子就好，武修篁又在第一时间为她疗伤，所以她醒来之后，就不曾再意识到。

只是，今日不知为何，竟莫名地又疼了起来。

可是眼下，正在荒郊野岭之中，莫说是大夫了，就连个村庄都见不到。浓烈的坠痛感之中，她不得已勒住了马匹的缰绳，从马背上下来。

一看马鞍，上头全是血迹。她面色微白，原本以为自己是来了月事，却没想到在下马之后，那痛感越发浓烈，令她头晕目眩，猛然之间支撑不住，直接晕了过去。

而下身流出了许多血。此地不久之前，才下过一场雪，那血迹，将白雪染红，一眼看去，竟有些触目惊心。

她的马在原地打了几下响鼻，居然丢下她，直接撒丫子跑了。

两个多时辰之后，一名青衣男子从此地经过，扫了一眼地面上的人，正是他这一次出来专程寻找的人：“将她带回去！”

“是，二皇子殿下！”下人很快应了一声，便将武琉月从地上扯了起来，扔进马车之中。

他们很快就注意到了武琉月下身的血迹。

随行的御医很快上去，为武琉月诊断。不一会儿，御医就白着一张脸，看向边上的武云倾，开口道：“二皇子殿下，三公主这是……这是小产了！”

这时候他们还并不知道武琉月不是公主的事情。不过就是武云倾放在武修篁身边的线人，知道武修篁出事了，多半是武琉月下的手，而武琉月这时候带着代表武修篁的玉佩失踪，故而他才寻出来。

到目前为止，他也好，御医也好，都并不知道武琉月并非他的妹妹。

他这话一出，武云倾面色一变。他一张脸极为俊秀，看起来倒颇有几分玉面书生的味道，而这一瞬，他那张脸看起来极为阴沉，他竟骂了一声：“这个恬不知耻的贱人！”

与人有奸情便罢了，还怀孕，甚至小产。整个武家和龙昭皇室的脸面都被这个贱人丢尽了。更别提她还是个倒贴凤无俦，对方宁可跟他们龙昭开战，也决计不娶的女人！

御医见他生气，哆嗦着问了一句：“二皇子殿下，怎么办？三公主不久前，就受了很重的伤，眼下还小产……”

“死得了吗？”武云倾抬眸看了他一眼。

那御医皱了皱眉：“死倒是死不了，只是三公主小产之后，流了这么多血，还在雪地里躺了这么久，已经伤及根本，怕此生都无法受孕了！”

“那也好，死不了就行了！”至于以后是不是还能受孕，跟武云倾没关系。

御医继续道：“二皇子殿下，陛下出事，好似与公主有关系，您眼下是打算利用公主夺权，还是打算将公主送到陛下面前？”

武云倾开口道：“先带她回宫！”

“那殿下，眼下是否要为公主止血？”御医看了一眼武琉月下身不断流出来的血，觉得有些心惊。

然而，他这话问出来之后，却只面临了武云倾冷漠的目光。他嗤道：“止血？不死就行了！眼下多流些血对她有好处。至少本殿下看见了，心里会觉得痛快！”

他这话一出，那御医立即会意，心里头却觉得，武琉月真的不是一般傻，做人做得这么失败，整个龙昭基本上就没有人待见她，大皇子殿下如今很讨厌她，二皇子也不喜欢她，听说四皇子这次回来之后，还直接就怼了她一回。

眼下成了这样，也没人愿意管。就连唯一对她万分宠爱的陛下，以后对她是何种态度，怕也是很难说了。

御医正想着，武云倾闻着马车里头的血腥味，受不了了，起身出去了。看着这个令人厌恶的女人，他还真的不如就在外头骑马。

离开马车之前，他吩咐了一句：“别让她死了！”

“是！”御医应了一声。

“父皇如何了？”见着百里瑾宸从殿内出来，武青城很快上去询问。

墨子耀的脚步也很快，不知道的人，看见墨子耀急迫的样子，还以为是他父亲出事了。

百里瑾宸的面上带着几分疲惫，轩辕无在边上开口道：“已经没有大碍了，这几日就会醒来！两位还是先让一让，主上需要休息！”

这一次救人，主上不仅仅耗费了太多精气神，而且耗费了不少内力。

武青城和墨子耀都松了一口气，很快让开，武青城开口道：“多谢公子宸！”

百里瑾宸只淡淡扫了他们一眼：“但愿我不会后悔今日救他。”

百里瑾宸心头的确隐隐不安。按理说救了这个人，他大概会成为自己的岳父，这应当是一件好事，只是不知道为何，在救治成功之后，他的眼皮一直在跳，仿佛自己这是做了一件不甚吉利的蠢事。

武青城愣了愣，和墨子耀对视一眼，两个人都觉得云里雾里。而墨子耀，看见自己手下的人将成箱的补品抬进来，不知道为何，眼皮也不吉利地跳了一下……

等到洛子夜休息之后醒来，她便撞进那双担忧的魔瞳之中。她身上已经感觉不到痛感：“我没事了！”

看她一副神清气爽的样子，他终于放心了。

而这时候，阎烈过来禀报战况。洛子夜努了努嘴，示意他去处理。见她无事，凤无俦揉了揉她的发，便转身大步出去了。

他刚走，云筱闹就进来了：“爷，不好了！出事儿了！我们修缮的城墙，今天中午忽然塌了。死了好几个人，眼下那些人的家人正在城墙那里闹事呢，这要是继续闹下去，事态扩大了，那我们之前做的事情，就全部白费了！”

她话音落下，洛子夜当即目光一凉：“可有查到出事的原因？城墙为何倒塌？”

云筱闹皱眉道：“具体的原因，还在查！您眼下……”要去看看吗？

她话还没说完，洛子夜就掀开被子下床了。

看着洛子夜行色匆匆，门口的人在她走了之后，立即偏身开口：“去禀报王这件事！”

而萧疏影这时候，正失魂落魄。

她得知家中出事的消息就离开了苍山，飞快地往墨氏古都赶来，就是希望自己来得足够早，出现在父母面前，救下他们的性命。

可到底是晚了一步，就连最后一面都没有见到，只看见了染血的菜市场，听着来往的路人说，尸体已经被抛入了乱葬岗。

而也就在这时候，她抬头之间，在人群里面看见了自己的亲生兄长——萧疏狂。

对方似乎也是来晚了。那双刚毅的眸子泛红，他盯着萧疏影，竟然没有说出任何一句责备的话，沉默了片刻之后，转身大步去了。

萧疏影当时便怔住了。原本以为兄长会大声责骂自己，甚至会打自己，或者干脆杀了自己，要是这样的话，自己心里也会好过一些。但是万万没想到，对方竟直接离开。

这令萧疏影有些呆愣，跌坐在地上，一坐就是半日。

解罗或看着她的样子，却并没有丝毫同情心，心里头倒是有了一种想法。他认为这个时候萧疏影是最绝望、最后悔的，让她就这么死了，还真的有点儿便宜她了。在这种情况之下，她活着才是一种真正的折磨不是吗？

但解罗或到底还是一挥手，示意手下的人过去捉拿。

萧疏影看着他们过来，坐在地上一动不动，她并没指望自己能逃脱。

从开始决定算计洛子夜那一天起，她早有自己会付出代价，会被王骑护卫的人抓走的准备，但事实上，在她所有的准备之中，其实真的不曾包括自己的全家会因为自己的愚蠢，付出如此惨痛的代价。

眼下，解罗或抓她，她应该跑吗？能跑吗？

一来自己根本不可能逃掉，二来就是能够逃掉又如何？以后永远活在深不见天日的自责里，活在后悔里吗？要是这样，还不如此刻就死了。

可她没想到，就在王骑护卫的人过来时，砰的一声，一枚烟幕弹在她面前燃起。浓浓的白烟呛得她几乎睁不开眼。

解罗或心知眼下是出了变故，二话不说，亲自飞身而起，上去准备拿她。

可到底还是晚了一步。待到他到萧疏影跟前的时候，那人已经不见了。

他忍不住骂了一声：“混账！”

到底是谁？竟然敢在他们王骑护卫的眼皮子底下救人？他看了一眼自己的手下：“追！”

“是！”

当烟幕弹彻底散去，萧疏影被一名黑衣人拎着，奔出去了老远。很快，丛林之中出现了又一名黑衣人，拉着一个身形和萧疏影相差无几，还穿着一模一样衣服的女子，跑了另外一条路。这自然是为了将解罗彧引开。

萧疏影看着自己面前的人，她自然认得出来这熟悉的背影。

她开口道："轩苍逸风？"

说出这四个字，她眼眶之中便浮现出了泪。这个人说过，他们之间完了，说过他对她很失望，令她以为自己此生都不可能再见到他，却没想到，在自己生死攸关的时候，他却再一次出现在自己面前。

这意味着什么？如今家中所有的人都被她连累，她断然不敢再奢想自己能获得幸福。可再看见自己面前这个人，她那颗几乎已经停止跳动的心，竟再一次跳跃起来。

她这一声出来，她面前的人背影有了一瞬间的僵硬。

但也仅仅就是一瞬，便立即恢复如常。他回眸看了她一眼，扯下了自己面上的面巾。的确，就是轩苍逸风！他一张面孔俊逸依旧，只是眉眼之中，满是疲惫与倦怠。

他轻声开口："不错，是我！凤无俦的人，已经被我的人引开了。你难得来一次古都，如果有必要的话，就去见一下你心爱的人吧，不过……墨子燿眼下一定不想看见你，所以你要去的话，注意安全！"

他说完这话，也不多说什么了，转身便走。

才走出去三步，萧疏影霍然开口："站住！"

轩苍逸风果真顿住，等着她开口。而萧疏影再也不能控制自己的情绪，飞奔过去，抱住了这个男人的后腰。几乎是在这一瞬间，她便已泣不成声。

这令他的背影，有了一刻的僵硬。

而很快，他听见她的声音从自己身后传来，是带着哭腔的声线："轩苍逸风，如果我说，我心爱的人，是你呢？如果我说我后悔了，后悔当初逼你走，后悔说出那些伤害你的话，后悔做出那些让你失望的事，你会不会……"

会不会还有哪怕一丝原谅我的可能？

她说着这话，已然号啕大哭，哭出了自己久久压抑在心中的情绪。这几日经历的这些事情，这一日都没能看见自己父母最后一面的懊悔，这一心以为这辈子再也不能见到他的愁苦，都在看见他这一瞬，看见她心爱之人这一瞬，土崩瓦解。

她的声音传入他耳中，令他闭上眼。

再一次睁开，她在他背后，脸紧紧贴在他的后背上，她看不见他泛红的眼眶，也看不见在她这话落下之后，他紧握成拳的双手。

这些话，其实在梦中，他不止一次听见她说过，他不止一次期待着她后悔她做出来的那些事，也不止一次期待过她说她爱的人其实是他。

可是……

他伸出手，几乎是无情地将她抱着自己腰的手，扯落了下去："萧疏影，太晚了！三日之后，我要娶妃了！"

太晚了，如果从一开始她愿意听他的，不曾去做那些伤害洛子夜的事情，他们就不会走到如今这一步。他出来救人，尽管是背着皇兄的，可他清楚，自己的行踪、她的行踪，一直在皇兄的眼中。

如果他不娶詹月情，皇兄一定不会放过她，也一定会给洛子夜出这口恶气，那萧疏影就真的会死无葬身之地了！皇兄的实力，他没有办法撼动，以目前他轩苍逸风的本事，根本无法在皇兄手下保住她。

而皇兄对付人的手段，他比谁都清楚。他不禁开始想，倘若她没有这么做，她如今便还是煜成王府的郡主。

门当户对，皇兄定然不会反对他们的婚事。他也不必对她的品行如此失望，以至于这样痛苦纠结着，却又深深爱着。如果她没有一意孤行，或许他们现在已经能够成婚，能够在一起，朝堂也好，江湖也罢，做一对神仙眷侣。

可是，没有如果。

他这话一出，便如同刀子一般，狠狠扎入她的心。他要娶妃了吗？

只是这短短几日，他便已经有了要执手一生的人？她颤抖着看着他的背影，这一秒钟心痛如绞，轻声开口道："她……你爱她吗？"

爱她吗？其实他根本就没见过她，或者什么时候在宫宴上见过，自己却没有任何印象了。

爱她吗？自然是谈不上爱的。只是……

他轻声道："爱她，她是一个很善良的姑娘，能够娶她为王妃，是我的福气！至于你，忘了我吧，如果你愿意改变你自己，或许以后你会遇见比我更好的人，我祝福你！"

他其实并不想祝福她的。

他其实想告诉她，不管她是一个什么样的女人，他依旧爱着她，他此生也不可能再爱上别人。

他更想让她知道，哪怕她将来遇见比他更好的人，他也不希望她跟那人有任何关系，他希望她永远属于他，只属于他一个人。

但是，他不能。

皇兄永远不可能宽恕她，也决计不会允准她跨入轩苍皇室的大门。如果自己执意跟皇兄作对，他不怕皇兄盛怒之下杀了他，但是他知道……要是这样做，她一定活不了。

所以，除了就此放开手，除了祝福她，他已经没有别的路可以走。

尽管心痛如绞，尽管说出这些话的时候，他恨不得自己已经死去。

他这话一出，她眸中所有的光芒，都在瞬间熄灭："我知道了，你走吧！"

他也不曾停留，大步而去。她面上都是泪，他知道。他脸上也有泪，只是站在他身后的她，无法看见。

哪怕深爱，注定是错身而过。

当他的身影从她面前消失，她慢慢拿出匕首，划开了自己的手腕，鲜血如注，她却已经没有丝毫痛感。如果这是报应，这苦果，她必须笑着去吞下……

"怎么回事？"洛子夜飞速赶到城墙边上，就看见不少人在哭闹。

而负责花钱请人来的百里奚，也是一脸冷沉地站在边上。看见洛子夜过来之后，他直接便开口道："城墙忽然坍塌，但是按理来说，不应当如此。我们的人在砌墙的时候，都认真检查过，没理由出现这种问题……"

洛子夜听完他的话，看了一眼那断墙处。直觉告诉她又是有人在搞事，但会是谁？萧疏影现在自顾不暇，武琉月重伤，还有谁？

看洛子夜若有所思，以免洛子夜误会他们，百里奚开口道："这件事跟我们商会的人没关系，这么做对我们也没有半点儿好处！"

第七章

我怀疑我是你姑奶奶

洛子夜瞟了他一眼:“我知道这件事情跟你们不会有关系,用人不疑,疑人不用!”

她这话一出，百里奚才算是放心：“您既然相信我们，那百里奚就不多言了，只是此事……”

已经不仅仅是洛子夜一个人面临的问题了，这些工人是自己请来的，百里奚自然也要面对这些问题。

“可派人勘查过到底是怎么回事？”洛子夜瞟了他一眼。

百里奚立即道：“从表面上来看，的确像是不小心出的意外，出事的时候，在场的工人全部被砸死了。只是不知道为何，我觉得不像是这么简单！”

百里奚说着，已经走到了断墙处，伸出手摸了摸。

他心中所想的问题，此刻洛子夜也关注到了，刚往前头走了一步，地面上的一块石头忽然动了动。一只八哥的脑袋，从里面伸了出来，那正是这几天闲着没事做，过来帮忙修墙的果爷。

“砸死果爷了！果爷差点儿被砸死了……”它出来之后，就发表了这么一句话。

它其实昨天晚上就被砸晕了。但是大家都看人员损伤去了，根本就没有人注意到果爷这只神兽。爬出来之后，它就看见了洛子夜若有所思的脸。

果果虽然一直就是不着调的，但是作为一只神兽，它还是很聪明的，一看洛子夜的眼神，它立即就跳起来："搞的鬼不是果爷，不是果爷搞的鬼！"

她问了它一句："不是你干的，那你知不知道是谁干的？"

墙面倒塌了之后，在场的人都死了。果果也被砸到了，还埋在石头堆里面，这就说明果果可能是当时唯一在场的证"鸟"，它倒是真的很有可能知道。

果爷眼珠一转，出于不愿意帮助情敌，说道："果爷知道也不告诉你！不告诉也知道……"

"哦！"洛子夜点头，接着偏头看了一眼自己身后的士兵，"既然它这样说，那肯定就是它干的了！先把它抓回去，之后严刑拷打，用刀插，用火烧，用箭射，一直到它承认自己的恶行为止！"

"嘎？"果爷难以置信地看着她，就是做梦都没想到，洛子夜竟然会说出这种话来。

它正一脸蒙，洛子夜瞟了它一眼："你现在知道是谁干的了吗？要是还不知道的话，那就……"

"洛子夜！不是人你！你不是人！"果爷伸出一只翅膀，难以置信地愤怒指着她。

洛子夜掉转目光："看来应该真的是它干的了，不用多说了，把它抓走吧……"

"果爷说！果爷真的鸟不受你！啊呸，果爷真是受不了你……"果果一看，就知道对方是想逼自己开口。想想自己也差点儿被砸死了，就算不愿意帮助洛子夜，可是把事情的真相说出来，至少也是可以帮果爷报仇的。

这么一想，它双翅背在身后，开始变换着嗓音，模仿人说话。

"我们这么干，会不会让洛子夜的人，看出来是我们做的？"

"不会的，我们做得这么隐蔽，看起来就会是意外工伤。主子说了，不能让洛子夜好过，一旦出现这样的工伤，洛子夜的事儿，就办不好了。"

"老子做梦都没想到，从修罗门出来之后，竟然要效忠一个娘儿们！"

"还是手无缚鸡之力的娘儿们！不过也没办法，谁让她有钱，而我们缺的也就是钱……"

四句话，用两个人对话的不同语调说完，果爷就抬起头，看了一眼洛子夜："就听见了这些果爷，果爷听完了之后就晕倒了，成了一脸英俊的睡神兽……"

"没想到你除了没事儿争风吃醋，还有点儿用！"洛子夜收回了目光。

“那是！”果爷得意地捋了捋自己的羽毛，回头发现洛子夜这话，好像并不完全是在夸奖它。一秒钟过去，果爷的脸就绿了，洛子夜之前认为果爷是没有用处的?

洛子夜目光掉转，云筱闹皱了皱眉：“看样子是跟离开修罗门的那些人有关，而且幕后指使者，是个女人！如果果果的话都是真的，那就说明……”

“果爷的话肯定是真的！”果果在旁边咋呼，“不相信果爷算了，不相信算了，哼……”

它的话洛子夜是相信的，尤其看它现在气急败坏的样子，以它素来的秉性，定是真的。

“手无缚鸡之力的女人吗？”洛子夜眼神微深。

百里奚看她们若有所思，问了一句：“是有怀疑的人了吗？”

“暂时没有！”洛子夜回了一句，毕竟她所有的情敌，基本上都是有武功的。

洛子夜看了一眼云筱闹:“传个消息给李鑫、李扣他们,既然是从修罗门离开的人，他们之前都是兄弟，说不定之后还有联络，也许修罗门的人，知道那些人现在在效忠于谁！”

云筱闹点了点头：“我立即回去传信！希望……”

洛子夜敛下思绪，转身大步回营帐，思绪有些烦乱，问了一句：“萧疏影找到了没有？”

上官御开口道：“听说解罗或已经找到她了，爷，那个萧疏影……”

“背叛朋友的人，比武琉月更该死！”洛子夜语气森冷。她的宽容和耐心，早就已经用尽。

上官御明白了她的意思：“是！您的意思，属下会转达给解罗或！”

“还有一件事情！”上官御递给她一封信。

洛子夜将信件展开，那是冥吟啸亲笔写的书信，跟武修篁有关，跟她所谓的身世也有关。说他拿到了一张血书，是端木堂临死之前留下的，表明她就是龙昭的公主。

洛子夜盯了几眼，将信件折叠起来：“告诉冥吟啸，哪怕武修篁跪在我面前，我也不会认他这种爹！这件事情让他不必管了，若是有机会，我会打残那个老头！”

“是！”上官御应了一声。

该死的，要不是因为武修篁，她的身体怎么会出这种幺蛾子？怎么可能三年都怀不上，现在来个“姨妈”，还痛到这份儿上?

“陛下，功夫不负有心人，臣找到了当年给武琉月接生的稳婆！”令狐翊禀报，“当年端木家的人，原本是打算杀了那个稳婆的，孩子是他们抱走的，稳婆当年也并不清楚他们神神秘秘地抱走孩子是为什么，只是说那个晚上，端木家去了一位神秘人，隐约听见有人喊他陛下，还提及天曜两个字……那个稳婆感觉到事情不对，所以连夜跑了，如今听说端木堂死了，日前端木家也被满门抄斩，那稳婆才敢回京城，也就被臣的人找到了！”

“看来这些事情，都是真的了！”冥吟啸的手，慢腾腾地敲打在桌案上。

令狐翊立即道：“臣也认为是真的，还有一事，洛子夜回信了，说自己并不需要这种父亲，如果有机会，她会打残那个老头！”

他这话一出，冥吟啸忍不住笑出声。

令狐翊倒是没有他这么好的心情，他还非常指望洛子夜去找武修篁认亲，然后把武琉月这个贱人从公主的尊位上推下去呢：“陛下，我们如何处理？洛子夜任性得很，说不认怕就是真的不会认，可不能否认的是，这样的父皇要是认下，对洛子夜只会有好处，不会有坏处！”

“所以令狐觉得，我应该违逆小夜儿的意思吗？”冥吟啸扫了他一眼，眉眼含笑。

令狐翊表情一僵：“那倒不是，只是……那个稳婆从臣手下跑了，逃掉的时候还带走了端木堂的信件，因为她知道，如果她把自己知道的事告诉武修篁，她会得到许多好处，从此荣华富贵，享用不尽！”

他这话一出，便立即跪下了。

“臣无能，请陛下降罪！”所谓跑了，其实就是放了。放了稳婆，自然是令狐翊的决定，这件事情要是做起来，未必对洛子夜不是好事，所以他是故意的。

冥吟啸倒是沉默了，没想到令狐翊竟然会先斩后奏。他伸出手，支着下巴，倒是一副从容的模样：“说起来，朕倒也想看看，武修篁觍着脸求小夜儿原谅的样子，大抵到了那时候，小夜儿才会真正觉得解气！既然这样，此事朕就先不责难你，且看看武修篁的表现吧……”

“多谢陛下！”令狐翊松了一口气。

“父皇，您醒了？”武青城表情淡淡的。

武修篁睁开眼，便看出来自己还是在之前的房间，他问了一句："朕昏迷几天了？"

"五天！"武青城应了一声。

武修篁下意识地摸了一下自己的腰间，茗人道："陛下，您的玉佩，公主……武琉月带走了！"

五天了？玉佩还被带走了？而武青城这时候竟然还在墨氏古都，没有回龙昭争夺皇位。武修篁伸出手，拍了拍武青城的肩膀，很是欣慰。

武青城低头看了一眼落在自己肩上的手，神情动了动，可也并未多言。

下一瞬，武修篁开口询问："洛子夜眼下在何处？"

武青城立即眯了眯眼，将自己袖中的血书拿出来，递给武修篁："父皇，这是大皇兄遣人送来的！"

武修篁接过，展开来看了一眼，眼神幽冷。约莫一炷香的工夫，武修篁开口询问："朕晕倒之前，中的什么毒？"

"无药可解的毒，桐御医束手无策，幸好神医正好来了，才救回您的命！只是为了救您，即便是神医，也元气大伤，眼下还在静养。您是在鬼门关走了一遭！"武青城很快回话。

武修篁扯了扯嘴角："朕就是养了一条狗十七年，这样如珍如宝地对待，怕也不会毒害朕。白眼狼无论如何养着，也终究就是一条白眼狼！"

"既然如此，陛下就不必为她忧心了，眼下她带着您的玉佩，先行回国，想必是为了投靠二皇子殿下，毕竟她一个公主，必然是掀不起大浪，许多事情都只有二皇子殿下才能完成。您眼下是立即回国，拨乱反正吗？"茗人看着武修篁。

然而，他这话说完，却并未得到武神大人的认同。他睨了对方一眼："国中已经乱了吗？"

"没有！"茗人摇了摇头，可是，武琉月这样一个祸害回国了，还带上了玉佩，这要是乱，是迟早的事情吧？

武修篁摇了摇头，笑道："朕倒是不着急回去，朕很想看看，朕若是继续在古都生死不明，国中是不是真的会乱，以及朕的儿子，是不是会让朕失望！"

至少，武青城不仅仅没有令他失望，还令他很惊讶。接下来的不动作，便将是考验二儿子的时候了。

茗人立即点头，表示明白，并很快开口道："凤无俦眼下正在诛灭蛮荒十八部

族的征途中，洛子夜跟他在一起，陛下，您是打算去找洛子夜吗？”

“不错！”武修篁应了一声，看了一眼武青城，“你先回龙昭，看着武云倾，他若是有大动作，你便直接为朕将他拿下，至于处置，最好是等朕回来之后，再做定夺！”

“是！”武青城很快领下了这道命令。

武修篁这时，也问了一句：“对了，几日之前进宫述职的事情……”

说话之际，他已经看见了殿门之外的墨子燿，看对方的神情，似乎是有些疲惫。

这令武修篁嘴角一抽，从墨子燿的神态来看，像是一直守着等自己醒来，只是自己已经到了足以令墨氏的皇太子都重视到守几天的地步吗？武修篁自问自己没这资格。

就算是龙昭对于墨氏来说再重要，就算是这位少年太子对自己再倚重，想必也不会做到这份儿上，所以这是为了什么？

墨子燿先他一步开口了：“武神大人既然已经中毒了，没有按时进宫述职的事情，本太子当然应当予以体谅，武神大人不必过于介怀。眼下既然武神大人有事情要去处理，述职的事情便以后再说吧，不知武神大人眼下觉得自己身体如何？”

武修篁看着墨子燿：“皇太子殿下，是知道洛子夜也许才是朕的女儿了？”

他这话也算是开门见山，更差不多是一句话便点明他意识到了什么。

墨子燿也不打算瞒着他，坦诚地道：“不错！对于这样一个消息，本太子很惊喜，并且祝贺武神大人，将迎来真正的金枝还朝！”

“多谢皇太子殿下体谅臣中毒之下不能进宫述职，也多谢皇太子殿下吉言，但愿朕真的能如皇太子殿下所言，使得我龙昭的凤凰，早日还朝！”武修篁脸色有些沉。

茗人开口道：“陛下，这是皇太子殿下送来的补品，希望您的身体能够早日康复！还有，神医在救您之前，已经明确表示了，希望徒孙能成为女婿！”

武修篁也是默了几秒钟。

此刻，百里瑾宸的房间，大门也已经开了，一袭白衣的男子举步从屋内出来。武修篁的眼神看了过去，也是能看出来对方面色苍白，想来的确是为了救自己，付出了不小的代价，武修篁道：“多谢两位相助和关心，至于你们两个人想求的事情，朕心中也有数！”

只不过……他坦然道：“你们这一辈的年轻人朕最不喜欢的，就是凤无俦那个傲慢无礼的小子，朕自然也不会希望他成为朕的女婿，更别提朕跟凤无俦的父王，还互相赌咒发誓，他说过决计不会让儿子娶朕的女儿，朕也说过决计不会将女儿嫁给他的儿子……”

说到这里，武神大人觉得自己背后的冷汗都出来了。那时候他和凤天翰还互相打赌，要上吊还是要跪着求来着。眼下要是自己服软，这似乎是一件非常丢人的事情。

他继续道：“只是，你们也知道，因为武琉月，洛子夜眼下很不喜欢朕，故而……”

“故而，即便是武神大人，也并不清楚您在洛子夜的心中会有多少分量，也并不能给我们任何保证？”墨子燿问了一句。

武修篁苦笑着点头：“莫说是分量了，洛子夜肯不肯认朕，朕都不知道！朕是很愿意帮助你们的，但是，朕并不能确定，朕的话和意见，对于她而言，是否有意义！”

百里瑾宸默了默，倒霍然意识到了什么，抬眼看了看武修篁，缓缓地道：“倘若洛子夜不仅仅不喜欢你，反而很讨厌你，那么……作为这一次我救了你的交换，不要告诉她救你的人是我。”

武修篁：“……”

这个臭小子的话是什么意思？他这是觉得，自己在洛子夜的面前，不仅仅不能被当成一个父亲敬重，并且他还认为，洛子夜是希望自己早点儿死了，所以他这是在赶紧跟自己撇清关系吗？

他一直就知道百里瑾宸这个小子不是很靠谱，而且一肚子的坏水，但是，听见百里瑾宸说出来这种话，武修篁还是感觉到了一丝受伤。对方是自己的救命恩人，也不好发作，他嘴角抽搐了半天：“朕知道了！”

墨子燿倒是没有学习百里瑾宸的拆桥技术，硬着头皮，继续表示对武修篁的友善：“武神大人是要离开古都吗？可需要本太子派人护送？”

“不必……”

三日之后。

洛子夜这几天，白天一直都在场地里面，守着工人。晚上她回去睡觉，就让大家都别干了，一起回去休息。于是，暗中搞事情的人，就没有找到机会。

但是洛子夜这几天也是累得够呛，还因此每天被凤无俦阴鸷的眼神扫来扫去，责备她不应该令自己这样劳累。但是洛子夜比较倔强，所以没理会他的情绪。

今日忙完，所有工人也收工了，她一回头，就见着了自己的老熟人，武修篁。对方的神情似乎有些动容，看见洛子夜，声线都哑了几分，倒是开门见山："洛子夜，朕……朕怀疑，朕可能是你父皇！"

洛子夜当即翻了一个白眼："滚滚滚！我怀疑我是你姑奶奶！"

武修篁："……"

武神大人沉默了几秒钟，坚定不移地往前头走了一步，堵在洛子夜的面前，不让对方走。一双威严的眼眸看着她，那神情很复杂："洛子夜，其实你早就知道了这件事，对不对？"

洛子夜瞟了一眼云筱闹："快去喊我家臭臭来，告诉他我遇见了危险，有些老不修显然又想以大欺小！"

武神大人嘴角一抽，也不好继续挡在洛子夜面前了，让到一边去，让她自由行走。

洛子夜避开了对方往前头走，心里觉得武修篁还是识相的，没有真的等闹闹去喊凤无俦来。

武修篁还跟在后头，还想说什么。就在这时候，天空中传来轰隆一声巨响。

闪电刺破了夜空，如同一张网，在虚空中拉开，令在场的所有人，都抬眸看了一眼。刚刚抬头，淅淅沥沥的雨就从半空中滴落了下来。

洛子夜正打算拔腿跑回去，结果那雨几乎就在短暂的十秒钟之内，变成了倾盆大雨。洛子夜嘴角一抽，云筱闹开口建议道："爷，那边有个工棚，我们先过去躲一会儿雨吧！"

"嗯！"洛子夜没拒绝。

她来了月事，不宜淋雨的，要是生病了身体状况会变得更差，本来就因为身体不好难以怀孕了，如今肯定是要多注意一些。

就是有一点不是很美好罢了……果然，她进了工棚避雨之后，武神大人也跟着进去了。

他盯着洛子夜，再一次开口："洛子夜，那件事情……"

砰砰砰！一阵飞跑的声音传来。

所有人的眼神，都跟着看了过去，不一会儿，一个年纪已经四五十岁的老妇人飞奔了过来。

她行色匆匆，似乎是路过这里，想来避雨。

武修篁几乎是下意识地就往洛子夜身前不远处一站，挡在那老妇人的身前，一副生怕对方过来，是为了伤害洛子夜的样子。

然而，洛子夜见此，只是扯了扯嘴角冷笑："这世上能伤到我的，除了名扬天下的武神大人，还能有几个？"

武修篁嘴角一抽，整个人便已经僵硬在门口。

"武神大人？"那位刚刚躲雨进来的老妇人抬头看了一眼武修篁。

见对方一身明黄色的锦袍，头上银冠束发，一双剑眉之下，是幽深的眼眸。薄唇紧抿，透出几分属于王者的威仪，看起来三十多岁的年纪，这和传说中武神大人的模样很是吻合。

武修篁低头看了一眼那老妇人，眸色微冷："你是谁？来这里做什么？"

"我是……我是凤溟人，是当年端木家的小姐出生的时候，给她接生的稳婆！我是听说龙昭的皇帝陛下如今在墨氏古都，所以赶往古都。正巧路过这里而已，不过……这位公子方才叫您武神，您真的就是龙昭的皇帝陛下吗？"那老妇人看着武修篁，眸中透出几分惊喜来。

毕竟武神，这世上只能有一个。

洛子夜的眼神，也扫到了那老妇人的身上。给端木家小姐接生的稳婆？那就是为武琉月接生的人了？这时候出现在这里，是想做什么？

大概当上苍决定一件事情要浮出水面的时候，所有的迹象，便都会在同一时期显露出来，以至于这个时候，连失踪了多年的稳婆也出现在此处。

武修篁听完她的话，开口询问："你是想找朕？找朕所为何事？"

"啊……就是这个！"稳婆一看他没否认自己的身份，立即便将自己包袱里面的血书递给了武修篁，"这个血书，是端木家的少主端木堂，在临死之前留在牢狱之中的东西。凤溟的丞相令狐大人让我带着这个东西来找您，说您若是看见了这个，一定会赏赐我！"

武修篁的眸色深了深，令狐翊他自然是知道的。那小子当初因为武琉月才离开了龙昭，到了凤溟之后，也是天下有名的能臣。武神大人一度以对方离开了龙昭为憾，眼下听说令狐翊的名字，不免又想起那些往事。

看着稳婆手中的血书，武修篁沉默了片刻，将其接了过来。打开一看，上面的内容和之前自己看见皇后所表述的内容也是一般无二，都是意指武琉月不是他的女儿，洛子夜才是！

稳婆也很快开口道："当日我是看见一个神秘人，进了端木家府邸，有人称呼那人为陛下……"

接着，她又把自己所知道的事情，全部都说了。

说完之后，便是一副期待的样子看着武修篁，她一副战战兢兢，又遮掩不住自己渴望金钱的模样，武修篁便扫了茗人一眼，茗人很快拿出一沓银票，递给那个妇人。

顷刻之后，那个妇人千恩万谢地拿着银票走了。

令狐翊的为人，武修篁是清楚的。对方纵然是不喜欢武琉月，但是也决计不会为了陷害武琉月，整出这么一出。理由很简单，令狐翊此人纵然如今是在为凤溟效力，但是这个人骨子里头还是爱国的，龙昭是他的母国，他有可能做出算计武琉月甚至杀了武琉月的事情，但决计不会做出混淆自己母国皇室血统的事情。

这是一个被称为"士"的人，所应有的基本品性。

洛子夜在边上听着他们的话，也权当自己没听到。武修篁收下了血书，回头看向洛子夜，那眼神之中除了复杂，更多了几分愧疚："洛子夜，方才稳婆的话你也听见了，武琉月说这件事情其实你早就知道，朕……"

"我家臭臭咋还没来接我呢！"洛子夜对他的话充耳不闻。

武修篁也不傻，一听她这话，顿时就明白了她的意思，自己的确很不得她待见。

这时候，洛子夜还饶有兴味地瞟了他一眼，微笑询问："对了，武神大人，您这回出现在我面前，怎么没看见您的宝贝女儿武琉月啊？您难得看见我一回，难道不想打我一顿，给你女儿出气吗？"

她这话一出，武修篁的脸色更是一阵红一阵白。回忆了一下自己从前看见洛子夜，还当真就是十次看见她，就有八次是为了给武琉月出气，他恨不得给自己两巴掌。

这时候对于他最不看好的女婿凤无俦，竟然有了一丝感激，若非对方在很早的时候就护着洛子夜，那女儿是不是真的如武琉月所说，死在自己手上了？

想了想一再险些要了洛子夜的命的自己，再对比一下多次解救她的凤无俦，武神大人原本就铁青的面色，这时候就更加难看了。想跟女婿争宠，仿佛已经不太可能了！他已经不是输在起跑线了，他是栽倒在起跑线上！

"那个，朕……"武修篁想说一句，为自己拉点儿分。

然而，他的话还没有说完，洛子夜就先瞟了他一眼，一副恍然大悟的样子：“哦，我想起来了！你如今已经不想打死我了，你比较希望我给你女儿——武琉月公主殿下道歉对吧？”

“洛子夜，朕不是这个意思，你明明知道朕不是为了这个来的！”武修篁急切地为自己解释。

洛子夜点点头，一副恍然大悟的样子，从自己的胸口掏出那半本札记，对着武修篁扔了过去：“那你是为了这半本札记来的了？给你给你！快拿走，不用谢！请你有多远走多远，这辈子都不要出现在我面前，当然，等我武功比你厉害了，你可以出现一下，我也没别的意思，就只是想扫跛你一条腿！”

洛子夜看见他就心烦，打又打不过，所以只希望他快点儿滚。

武修篁将那札记接住，脑海中又想起来，自己是如何从洛子夜的手中抢走另一半札记，当初又是如何打伤她的，他立即便悔不当初。

垂眸之间，却看见札记的边角，染上了血迹。

洛子夜的眼神也随着他的眼神看了过去，耸了耸肩，面上毫无愧意：“哦，对了，忘了给你说，你的札记上面被我不小心染血了，这也不能完全怪我，这是上回在凤溟你打伤我之后，我一口血吐在衣襟上，把它给染脏了。责任还是在你自己！不过你也不用太伤心太难过，反正这玩意儿被那个什么无垠之水泡过，上面的字你也看不见，染血了就染血了吧！”

她这话一出，武修篁随手将那札记翻开。

然而，诡异的是，原本应该一个字都看不见的札记上，在边角染血的地方，竟然显露出了一些字迹。方才下雨了，洛子夜的身上被淋湿，这札记上面也沾染了一些水。至亲之人的血，溶入水中，将之浸泡起来，就可以解开无垠之水。

虽然只是边角上显现出来几个字，但足以证明，洛子夜的血才能解开这札记上的谜团。而眼下只解开几个字，若是要完全解开，需要半碗血。

武修篁眼神一滞，所以，她真的就是自己和水漪的女儿无疑了！边角显露出来的字，加起来也并没有几个，并不能看出什么内容，但是武神大人依旧红了眼眶，洛水漪的字迹，即便十年、百年、千年，他也不会忘记。

他口口声声说爱她，却连他们的女儿都弄丢了。这么多年都没有意识到自己的孩子流落在外，这也就罢了，自己这个做父亲的，还一再对她动手。也就在这时候，

武神大人还不合时宜地想起来，当初在天曜皇宫，她险些被洛肃封父子给打死，彼时洛肃封已经说出了一句“对不起水漪”。

可自己竟没有意识到任何问题，见死不救，等着凤无俦去救她。这些种种加起来，他觉得自己枉为人父。

洛子夜看他容色深沉，要哭不哭的样子，冷嗤了一声，也不想理他。

就在这时候，一阵马蹄声传来。

洛子夜抬眼看去，便见夜色之中，一袭墨色锦袍的凤无俦疾驰而至。他那双魔瞳，很快便落到了她身上，那眸中似乎有几分怒气。还不待洛子夜反应过来，他手中的披风便抛过来，劈头盖脸地盖住她的脑袋，跟洛子夜想象的甜蜜场景完全不同。

武修篁这一回过头，还没来得及对凤无俦说一句话，那人的掌风就迎面打了过来。他飞快后退避过，心里也是一阵火光冒起！这个没礼貌的小子，一见面就对自己动手。

而下一瞬，帝拓的皇帝陛下，扫了一眼洛子夜，见她无事，便知武修篁没对她动手。

他冷嗤了一声，人便已经到了洛子夜身边，警告了武修篁一句：“离孤的女人远些！想死可以单独来找孤！”

他说完这话，便不再理会武修篁，一把将洛子夜拉入怀中，为她擦拭被雨水淋湿的头发，开口便是教训：“孤今日是不是让你不要出门？偏是不听！身上都淋湿了，就不知道用内功将衣物蒸干？孤一刻不在，你就不知道如何照顾自己。你这女人……”

洛子夜被教训得很没面子，心里头也是默默无语，大概谁都不会想到，凤无俦这样威严霸凛的人，会这样教训人吧？

而他教训之际，却很快用内力为她烘干了衣物，擦拭完头发上面明显的水珠，再用内力将剩下的水分蒸干。

武神大人才避开了凤无俦的一掌，就听见凤无俦的话，再看看那小子的表现，一来便做出这些举动，怕洛子夜受凉，说的这些话看似责怪实则关切，再对比一下在这里傻站了半天的自己，嘴角抽了抽，他觉得自己都快自卑了！

有凤无俦这样的吗？还给不给做父亲的人留活路了？

“我不就是一会儿忘记了嘛……”洛子夜忍不住为自己申辩。

她这话一出，凤无俦原本便不悦的声音，此刻更是冷沉了几分：“继续狡辩！”

洛子夜：“……”好吧，还是老实闭嘴的好，省得这个丧心病狂的家伙生气了，等她月事走了，又跟她算账什么的。

云筱闹在边上要笑不笑地看着，总归这世上就是有那么一个人，能把他们爷收拾得服服帖帖就是了。只是爷这么一个跳脱的性格，也实在是让人担忧，这要是有了孩子，帝拓的皇帝陛下指不定就要照顾一大一小两个孩子了。

武神大人在边上看了一会儿，便看出了女儿是被凤无俦吃得死死的，也感到了一丝莫名的心累。

待到凤无俦将洛子夜身上的水汽都蒸干，已经不再余下任何生病的隐患，他大掌便放在她的额头上探温度。洛子夜扯了扯他的手："好了，我没事，我哪里有那么娇弱……"

然而她这种拉扯他大手的动作，却丝毫没有动摇他。那手依旧探上了她的额头，确定无事之后，才收回，便算是放心。

洛子夜的嘴角抽搐了几下，这家伙总是这样的，她实在是忍不住要用小题大做来形容他的行为！

就在这会儿，雨慢慢变小了。

武修篁觍着一张脸过来了，他不瞎，从凤无俦对待洛子夜的态度，已经看出这个男人对于洛子夜而言，不仅仅是心爱之人，甚至还如兄如父，有了这么体贴入微，连父亲能做的事情都做了，还对自己好得没话说的男人在，谁会想要自己这种不靠谱的爹？

他很快就认识到了危机，然而，他还没往洛子夜的方向走出两步，凤无俦便抬眸看向他，那双魔瞳之中，杀气森然。这令武修篁眉心一跳，一时间不明白自己到底是如何得罪这个小子了。就算是不喜欢自己，也不至于这样吧？难道自己还做了什么过分的事情，自己不知道？

他还真的不知道就是因为他几日前那一掌，以至于洛子夜三年不能怀孕。

他眼神也不太友善地盯着凤无俦："凤无俦，这是朕和洛子夜之间的事情，洛子夜想对朕怎么样，朕都不会还手，但是你这个毛头小子，还轮不上你对朕动手动脚！"

他这话一出，洛子夜立即站起身，扬起一掌就对着武修篁打了过去！

"不还手是你说的，你可别后悔！"这一掌洛子夜用上了足足八九分的力道。

没想到，自己这一掌过去之后，武修篁竟然站在原地一动不动，硬生生受了这一掌！

“陛下！”茗人瞠目结舌。

这一掌过去，纵然不足以将武修篁的身体打得飞出去，但是他还是遭受重创，猛然呕出一口血，后退数步！

洛子夜心情有些复杂，但是并没有多少愧疚，三年不能受孕，她对武修篁有怨。

看她出手这样不留情面，但到底并没有真的要打死武修篁的意思。凤无俦浓眉皱了皱，到底没有再出手。

洛子夜瞟了一眼武修篁，那眼神很冰冷，说出来的话更是无情：“我不是你女儿，你女儿早就死在天曜皇宫了，你眼下应当也看得出来我不待见你，所以你也不必继续出现在我面前，毕竟你的出现，也无法改善我们之间的关系。大概每一次，也只能以要么你被打伤，要么我被打伤的故事结尾。既然这样，我们没有再相见的必要！”

说完这话，她扯了凤无俦的手，直接便走。

帝拓的皇帝陛下，魔瞳中带着森冷的光，扫了一眼武修篁，冷嗤了一声，举步离开。

武修篁擦拭掉了自己唇边的血迹，对于洛子夜说的那些伤害父亲的话，武神大人选择了……间歇性失聪。

外面的雨已经停了下来，洛子夜翻身上马。凤无俦很快坐于她身后，抱着她的腰策马前行。

武神大人充满怨念的眼神，在凤无俦抱着洛子夜的腰的手上，狠狠瞪了半晌！这种感觉就像是自己家的一棵大白菜，被猪拱了。虽然这棵大白菜不是自己悉心浇灌长大的，但到底种子是自己家的，这种感觉实在是令武神大人心痛。

大抵天下的岳父，在面对再出色的女婿的时候，也都只会觉得，对方是一只拱了自家品质优良的白菜的猪。

武神大人也很快翻身上马，策马屁颠屁颠地跟在他们身后。

一开口一句话，差点儿让洛子夜喷了。

“姑奶奶，等等你的父皇！”武神大人的态度非常诚恳，洛子夜现在在他的眼里就是祖宗，姑奶奶算什么，叫祖宗武神大人都愿意！

茗人：“……”陛下，请您给“龙昭皇帝”这四个字，留下一点儿颜面好吗？

洛子夜屁股滑了一下，幸好身后有个凤无俦在第一时间掌着她的腰，她才没有坠马。

武修篁这一句话出来之后，洛子夜没有搭理他。他不屈不挠地继续跟着：“你要如何才能原谅朕？姑奶奶，要不然你扫跛朕一条腿吧？”

茗人：“……”陛下，龙昭不能有跛子皇帝啊，属下希望您说话之前慎重考虑一下！

洛子夜嘴角抽搐了一下，没想到武修篁这个人，居然能这么死皮赖脸，她回头看了一眼武修篁，准备说些什么。

武修篁已经先她一步开口了：“朕的姑奶奶，你就别再说朕的女儿已经死了这样的话了，就算是真的死了，眼下你也还活着，你的身上流着朕和水漪的血，这就是事实。你是朕的女儿，这也是铁一样的事实，并不会因为你不认朕，就有丝毫改变。朕建议你还是扫跛朕一条腿，然后欣然地接纳朕这个父皇！”

武神大人就是做梦都没有想到，自己这辈子会有一天，屁颠屁颠地跟在别人的后头，求着对方扫跛自己的腿。这时候他倒想起来老友无忧老人说自己的那些话……

洛子夜抬头瞟了一眼凤无俦：“臭臭，我们快点儿回去吧，我累了想睡觉了！”她这话一出，就往他怀里缩了缩。

其实大冬天里，还有点儿冷，他将貂皮大裳盖在她身上，才策马加快速度，想将自己身后那个聒噪不休的人甩开。

武神大人自然也听见洛子夜的话了，更加明白对方这完全就是不待见自己的表现，但是武神大人一点儿都不气馁，很快策马跟上去，并且在他们的身后道：“女儿，你晚上睡觉冷不冷？要不要父皇去为你打几只狐狸或者貂回来，用皮毛为你做被子？女儿你是喜欢狐狸毛的还是貂毛的呢？或者狼毛？”

洛子夜闭上眼，假装没听见。

武神大人不屈不挠，继续开口：“女儿你喜欢吃什么？喜欢喝什么？待见什么？朕都可以为你找来，这世上只有你想不到的，没有朕找不到的……”

“这些我家臭臭也能给我找到，实在是用不着您啊！”洛子夜忍不住回复了一句。

武神大人嘴角一抽，策马已经到了凤无俦的身侧。他一脸深沉地看着洛子夜，语重心长地道：“但是他不能给你如朕一般绵长而宽广如山的父爱啊！”

洛子夜：“……”能要点儿脸不？

这下，倒是帝拓的皇帝陛下忍无可忍了。

他沉眸扫了武修篁一眼，那双魔瞳之中，带着傲慢霸凛的味道，看武神大人的眼神，甚至都带着几分天生的蔑然：“武神大人多虑了，你能给她的，孤只能给更多。对于洛子夜而言，父亲是可有可无的，武神大人若是无事，还是早日回龙昭吧！孤未曾告诉你，半个时辰之前收到战报，南息辞已经攻破龙昭边城，武神大人真的不打算回国操持政务吗？”

他这话一出，武修篁的表情登时就僵了僵。回头看了一眼茗人，茗人也是愣了愣，目前他还没有收到这个消息。但是凤无俦既然这么说了，这个消息便断然不会是假的了！

但武修篁的神情，很快就淡定了下来。

南息辞纵然攻破了边城，也只能是一时之间的胜利，自己手下的名将，几日之内就算是不能将南息辞打败，但是将对方从龙昭的边城赶出去，问题应当也不大，只是在自己想要认回女儿的时候，凤无俦忽然提起让自己如此不光彩的事情，简直就是大大降低了自己这个父亲在女儿面前的诱惑力，这实在是令武神大人非常不高兴。

并且，对自己的这个未来女婿，在这种时候一点儿都不帮助自己就算了，还说出这种不利于自己和女儿相认的话，武神大人表示非常不满！

他脑海中很快过滤了对自己客客气气的墨子燿，还有救了自己的百里瑾宸，以及一直被自己欣赏的轩苍墨尘，武神大人默默地在心中警告凤无俦：你这小子不要太得意！等我武修篁在女儿，啊不，在姑奶奶的面前拿回了自己的地位，一定要撺掇女儿换个夫君！

这么暗地想着，他回眸看向洛子夜：“姑奶奶，你不要理他，父皇才是你应该重视的人啊……”

对于武修篁这种宛如智障的言辞，洛子夜实在是不愿意搭理。

茗人也表示不忍直视，根本不想多看。

武神大人就这样恬不知耻，屁颠屁颠地在他们的身后跟了许久，一路上都在叨叨，啰唆得洛子夜很想把他一脚踹飞。最让人厌烦的是，这个人各种往自己脸上贴金。

比如眼下：“姑奶奶，你可能不知道你的父皇有多厉害，是泛大陆所有人心中的武神，朕年轻的时候，天下间无人能敌，在世人眼里已经是神的存在了，于是就有了武神之称！”

洛子夜听着他叨叨，不是很耐烦地转过了脸，用自己的后脑勺对着他。

武神大人牵着自己的马头，跑到洛子夜的另外一边，继续开始自己的第二轮叨叨：“有朕这么一个父皇，说出去就是一件非常光彩的事情！所以啊……”

话没说完，洛子夜再一次不耐烦地转过脸。

看着她不耐烦的样子，帝拓的皇帝陛下，也是觉得他们身侧的这个人实在是令人厌烦了，沉眸扫向他：“所以……所以武神大人是忘记了，几日之前险些被孤打死的事？”

武修篁：“……”世上有讨人厌者无尽，其中以凤无俦为最！

武修篁实在是忍不住，看向凤无俦：“傲慢无礼的小子，你知道朕是谁吗？”他可是岳父！岳父！

凤无俦睨了他一眼，那双魔瞳之中是不耐烦与轻蔑，沉声道：“是半个时辰之前，战败的龙昭帝国君王？”

武修篁：“……”能不专门说起战败这件事情吗？

他是发现了，自己跟凤无俦肯定是八字相克，生来就不合，才会令自己面对这样悲壮的情况。

怀疑自己是不是跟凤无俦八字不合的武神大人，忍不住问了一句：“凤无俦，你什么时候出生的？”

他一定要找一个高人去算一算他们的八字，看凤无俦的八字是不是克自己的，要是克自己的，那他真的是死也不能让洛子夜嫁给这个臭小子了。因为这将意味着武神大人从今以后的日子，都会非常痛苦，并且毫无尊严。

他这话问出来之后，并没有得到帝拓君王的回复。帝拓的皇帝陛下表示，自己并不愿意回答这种低智商、毫无价值的问题。

洛子夜有点儿心烦了：“我要睡觉了，能别叨叨了吗？”

“听见了吗？朕的姑奶奶要睡觉了，你们都不要吵闹了，听见了没有！”武修篁扭过头，对着众人就是一阵呵斥。

然而，他这句话落下之后，所有人，包括他自己带来的人，眼神都齐刷刷地看着他。其实一直在聒噪，一直在叨叨的人，是他自己好吗？可怕的是，这个人还在喊他们

安静一点儿，让他们不要吵闹。

洛子夜也无语地瞅了他一眼。

武神大人回忆了一下方才的情况，觉得好像的确不是那么对劲。不过他还是选择了目光如炬，强装镇定，盯着自己面前的道路，慢腾腾地策马前行，嘴巴也闭得很紧，一副从古至今没有人比我更安静的模样。

众人："……"

轩苍皇宫。

萧疏影醒来，看着自己床顶上繁杂的花纹，偏头之间便看到粗壮的柱子，这样的建筑，一般家庭里面，即便是世家豪门也是不会有的，所以她眼下是在哪里？

她记得自己划破了手腕，她没死吗？低下头一看，她手腕上缠着几圈绷带。她微微一怔，她真的没有死，是谁救了她？

正在诧异之际，她听见了一阵脚步声，自门外传来。

不少人恭敬的声音传了进来："陛下！"

她盯着门口，不一会儿，就看见一张温雅如玉的面孔。那张脸看起来俊美如同神祇，似乎远天之上的朦胧浅月，那样俊美，美出了距离感的俊美。

这令她有了片刻呆愣，而下一瞬，也是认清了自己面前的人："轩苍墨尘？"

她为什么会在轩苍墨尘的手中？轩苍墨尘是轩苍逸风的哥哥，这个男人疯了一样爱着洛子夜，他要是知道自己对洛子夜做的那些事情，自己将要面临的下场，也许不仅仅是死这么简单。

她飞快地开始扯自己手腕上的绷带，希望里面的血能再一次迸出来，若是这样的话，自己就能放心地死去，而不是这样到最终连死都会变成一种奢想。

然而，她拉扯了几下，却并无用处。而此刻，轩苍墨尘已经到了她面前。

他薄唇微扯，看萧疏影的目光倒很是温和："不必着急死，你的用处完了，你要死朕自然不会再拉着你！"

"你这话什么意思？"萧疏影盯着他，直觉告诉她，自己面前的这个人，不会让自己好过。

轩苍墨尘扫了她一眼，缓声道："带她出去！"

"是！"下人们很快上来，将她架起来。

萧疏影原是想反抗，却发现自己浑身上下一点儿力气都提不上来，于是就这样被动地被这些下人，从大殿之中架了出去。

离开这大殿，萧疏影看见了满眼刺目的大红喜字，还有来往的宫人面上喜悦的笑容。这一瞬间，她已经意识到了什么，往后退了一步："不！"

是轩苍逸风的婚礼吗？轩苍墨尘让自己活着，就是为了让自己去见证轩苍逸风的婚礼？

不，她不想看见。即便听她都不想听见！她不要看见轩苍逸风的婚礼，她不要亲眼去见证，她……

然而，她后退的步伐，却被宫人扯住了。

轩苍墨尘轻笑着，让人点了她的哑穴。他的声音听起来很温柔，却只令人觉得头皮发麻："原本是打算先让你看看他们拜堂的，只是御医们没什么能耐，想尽了办法，你也只能眼下才醒来。故而，拜堂你是没机会看见了！"

萧疏影瞪着他，这时候被点了哑穴，说不出话，却难以置信地看着面前这个人。轩苍墨尘此人真的是阴狠毒辣，有着一张天下最为温柔的面孔，却也有着世上最冷酷无情的心肠。他深谙人心，于是也就知道，怎样做会让人痛苦。

下一瞬，轩苍墨尘转身而去，淡淡地吩咐道："带着她跟上！"

"是！"

三炷香的工夫之后，他们已经离开了皇宫，到了风王府。

门口的下人，原本是想进去禀报，轩苍墨尘却抬手，示意他们不必禀报，直接便带着萧疏影进去了。

绕过后院的假山，便听得一阵男女欢好的声音传来，萧疏影通身一震，脚步僵硬在原地。那是轩苍逸风的声音，她听得出来！

轩苍墨尘……这个人为什么能做出这样的事情，能做到这样残忍的地步，让她知道他已经跟其他人成婚了还不够，还要她亲自来听这样的声音？

看她不愿意再往前，但眼神已经能看到那一间屋子，轩苍墨尘也没有勉强她继续往前走，一阵风扬起，那间屋子的窗子被风吹开，从萧疏影的角度，已经能看见床上那个男人的脸。

那的确就是轩苍逸风。

她一瞬之间，面色惨白如纸，原本心头还有许多幻想，幻想这一切都不是真的，幻想轩苍逸风这么做，不过是为了气她，幻想……幻想了许多许多。可眼下，这一幕出现在自己面前，血淋淋的，令她咬破了自己的唇瓣，泪如雨下。

而轩苍墨尘，却是轻笑了一声，扫了边上的下人一眼。

下人很快解开她的穴道。旋即，轩苍墨尘好心情地开口道：“几日之前，你割腕自尽，逸风回头发现了。他救了你，可是被朕察觉了，以他的能耐，还不足以与朕为敌，想保住你，他还做不到，所以你就落到了朕手中！”

萧疏影回头看了他一眼，总觉得对方还会说出什么话来，解释面前的这一切。

果然，便见轩苍墨尘如玉的长指伸出，指了指那间屋子的不远处，一个柱子的边上，那里站着一个嬷嬷。他轻笑了一声，有些恶劣地看向萧疏影：“从一开始，他答应迎娶詹月情，就是为了保护你。而今日，被迫圆房，也是因为你在朕手中，明白吗？朕告诉他，今晚的结果，如果能令朕满意，朕就会放了你，反之，朕就会将你赐给为朕征战疆场的将士们。他今夜喝了许多酒，大概是醉了之后，去完成朕的要求，会容易一些！”

他这话一出，就等于揭开了所有的真相。

萧疏影原本就惨白的面色，登时便近乎透明。所以那个嬷嬷守在那里，就是为了查验今日的结果？而轩苍逸风所谓的喜欢上了别人，要跟别人一生一世，这全部是假的？

轩苍墨尘说完之后，回眸看向萧疏影。语气还是那般温柔，只是说出来的话，令萧疏影凉到了骨子里：“萧疏影，你当初阴错阳差救了逸风，朕原本以为你们能成就一段英雄美人的故事，你或许不知道，逸风尾随你在江湖游走时，朕曾经亲自去古都见过你父王，商谈过你与逸风之间的婚事。彼时你父王是愿意的，说等你回去之后，问问你的意思！”

说起这些事情的时候，轩苍墨尘都觉得自己愚蠢得很。他做这一切，自然是为了自己最宠爱的弟弟能得到幸福。可是没想到自己面前的这个女人如此冥顽不灵，愚不可及。

他这话一出，萧疏影喉头一哽，眼中很快又蓄满了泪水。

而轩苍墨尘扯了扯唇瓣：“可惜，谁都没料到，你会做出这种事情！朕若是没料错，逸风一定劝告过你，只是你都没有听。如今，煜成王府满门抄斩，你哥哥也因为你，没脸再待在洛子夜身边。而你自己，你认为以你煜成王府余孽的身份，足以嫁入轩苍皇室，还是认为，以你伤害了洛子夜的行为，足以成为朕的弟媳？”

他这话，便等于是告诉萧疏影，不论是公是私，对方都不可能接受自己嫁给轩苍逸风。

她扯了扯唇，苦笑起来。

轩苍墨尘复又笑了笑：“这一切都是你咎由自取，而他眼下所做的他不愿意做的事情，也都是拜你所赐。朕认为，看见这一幕，知道这些，对于你来说，才是令你生不如死的最好惩罚，你说对吗？”

萧疏影盯着他，盯了半晌之后，忽然开始冷笑：“不错！你做到了，这的确足够让我生不如死，轩苍墨尘，可是你自己呢？你没有得到洛子夜的每一个日夜，知道她在凤无俦身下承欢的每一个日子，是不是也一样生不如死呢？”

她恨他，恨他逼轩苍逸风和那个女人在一起，恨他让自己看见这样一幕！

他不让她好过，他也一样别想好过。

她继续冷笑：“轩苍墨尘，我生不如死，我可以选择死，可是你连死都不能，你还要守着你的轩苍，守着你的皇位，守着你的百姓，守着你的责任，你比我更可怜！而你如今的一切，也都是你咎由自取，如果你当初不那样算计洛子夜，你也不会是这样的下场！我跟你，谁又比谁好到哪里去了，你眼下为她出气，她会知道吗？她不会！她依旧厌恶你！而我，逸风至少是爱我的。不像你，你什么都没有，哈哈哈……”

轩苍墨尘霍然看向她，那双温润的眸中，是令人恐惧的幽光：“你说什么？”

萧疏影清楚，对方已经被自己激怒！他温润如玉的外表下，已然只余下杀意！

然而，萧疏影一点儿都不在乎，她死死瞪着轩苍墨尘，冷笑出声：“我说什么？我在说什么你不知道吗？还是我每一句话都说到了你的痛处，所以你受不了了，不能接受现实了？轩苍墨尘，承认吧，你比我更可悲！你有什么资格在这里指责我？你又有什么资格说我的不是？跟你比起来，我做的事情算什么？我至少不会丧心病狂如你，我至少不会一而再再而三，亲手去伤害我心爱的人！”

她觉得自己是疯了，只想多说一些话，来伤害自己面前这个人，因为对方给自己的痛太重。

她真的怨恨自己，那一次的割腕自尽，为什么没有划深一些，为什么没有马上

死去，以至于要面对眼下这些她即便死也不想看见的事！那时候如果她死了，轩苍逸风就不必被任何事情威胁，也不必为了她，迎娶自己不爱的人，还要被逼着圆房。

说完这话，她恶意地笑着，看着轩苍墨尘：“你知道洛子夜多讨厌你吗？你知道她多希望你死吗？你有什么资格惩罚我？你做的事情，比我做的事情恶心万倍！”

她这话说完，在场所有的人都保持了沉寂，大家甚至不敢大声呼吸。这时候即便是墨子渊，都沉默地低着头，不敢去看轩苍墨尘此刻的表情。

“看来你并不知道你自己的处境！”轩苍墨尘竟没生气，反而轻轻笑了一声。

萧疏影却并不看在眼里，继续冷笑：“怎么？生气了？恼羞成怒了，却还是要保持镇定？不高兴了就杀了我啊，有种你就立即出手，杀了我，给你自己出一口气。你也好继续自欺欺人，告诉自己你从来没有伤害过洛子夜，呵呵……”

轩苍墨尘却没恼羞成怒，反而微微一笑，盯着萧疏影道：“所以你眼下的行为，朕可以理解成，是你在为逸风出气吗？”

她倒也坦诚，仰了仰下巴：“不错！轩苍墨尘，即便你不喜欢我，但是你作为兄长，也不应该这样逼迫你的亲弟弟！轩苍逸风他做错了什么？他什么错都没有，你却逼他娶他不爱的人，逼他……就因为你讨厌我，就因为你想为洛子夜出头，就因为你要断绝我跟他所有的可能吗？轩苍墨尘，你不觉得你这样做太自私了吗？你枉为人兄！”

她这话一出，却没想到，轩苍墨尘竟然笑了：“萧疏影，你太高看你自己了！朕这么做，是因为在朕眼中，你这样心思歹毒的女人，配不上逸风。逸风心思单纯，消受不起你这样的女人。他现在的王妃，心地比你良善一万倍！她比你更适合他，朕这么做，只是帮他早点儿忘记你，早点儿步入正轨，早点儿明白什么样的女人才值得他珍视。毕竟你这样的女人，不配被他爱着，也不配做他的王妃！朕不认同，更不允许！明白了吗？”

他话音落下，萧疏影张狂的表情在一瞬之间滞住！饶是她做梦都没有想到，轩苍墨尘竟然会说出这么一段话来，竟然会说出，自己不配，自己配不上轩苍逸风！

她惨白着一张脸，看着轩苍墨尘说不出话。

而轩苍墨尘轻笑一声，缓声道：“不过，萧疏影，你刚刚对朕说了这些话，你觉得朕应当如何做，才算是对得住你呢？”

“你想怎么样？”萧疏影看着他。

他闻言，双手拢入袍袖之中，轻声道：“原本朕答应了逸风，他今日按照朕的意思办，朕就会放了你。但是既然你如此怨恨朕，令朕如此不高兴，那便证明，你一点儿都不需要朕的宽恕。既然如此……子渊，将她送入军营吧，慰劳一下将士们！”

“轩苍墨尘，你敢！”萧疏影目眦欲裂，难以置信地瞪着对方。

温雅的帝王微微一笑，轻声道：“你大可以看看，朕敢不敢！”

他话音落下，墨子渊便已经一挥手，下人们捂住了萧疏影的嘴，将她拖了下去。墨子渊看了轩苍墨尘一眼：“陛下，这件事情若是让风王殿下知道了……”

陛下原本是打算放了这个女人的，但偏偏对方说出这些不知死活的话。纵然萧疏影是咎由自取，但是轩苍逸风要是知道了这件事情，肯定会怨恨陛下的，毕竟陛下已经答应放萧疏影走了。

轩苍墨尘扫了他一眼，轻声询问：“你认为这件事情，他有知道的必要吗？”

墨子渊一愣，立即反应过来：“臣明白了！”所以这件事情，是要瞒着风王殿下，一直瞒到死了。

“风王殿下和风王妃……”墨子渊的神情有些深。陛下此举，也不知道是好还是坏，毕竟眼下风王对风王妃是一点儿感情都没有的，陛下却逼着风王殿下圆房了。

轩苍墨尘轻轻一笑，温声道：“詹月情是适合逸风的人，他会爱上她的，只是早晚的问题！”

他这话说得确定，墨子渊自然也不再多言。

就在这时候，忽然传来一阵脚步声。一名黑衣人上来之后，开口禀报：“陛下，出了一件大事！”

轩苍墨尘看着他，静静等待下文。

黑衣人立即道：“我们的人探查到消息，武琉月对武修篁下毒之后，被武云倾带回了龙昭，看样子武琉月是打算串通武云倾谋朝篡位！”

“武琉月为什么这么做？”墨子渊第一个表示不能理解。

他这话一出，那黑衣人立即道：“这就是属下要禀报的重大事件，据可靠消息称，武琉月已经被武修篁发现，她并不是他的亲生女儿，洛子夜才是他的女儿！”

“你说什么？”轩苍墨尘剑眉皱起，作为一个喜怒不形于色的君主，这是他少有的直接在面上表露出情绪的时刻。洛子夜才是武修篁的亲生女儿？

这……

那黑衣人继续道：“所以眼下，墨子耀、百里瑾宸都在相继讨好武修篁。我们在墨氏古都的线人来报，说百里瑾宸知道这件事情之后，就救了武修篁的命，而墨子耀更是送上了许多墨氏的至宝，有不少甚至是我们千浪屿都没有的好药！”

说完这两个人的狗腿行径之后，他又道：“还有就是，武修篁这时候已经去了帝拓的军营，屁颠屁颠地跟在洛子夜的身后，在寻求原谅，不过洛子夜好像……并不买账！”

他的话说完，便见轩苍墨尘沉默了。

他剑眉皱着，那表情似乎是难以置信，其间还有浓浓的复杂情绪交织，中间有懊恼、后悔、矛盾，还有许多隐约的痛意。

就在萧疏影刚刚提醒他半年之前的事情，就在他心头清晰地萦绕着自己对洛子夜的伤害之后，他竟然知道了洛子夜是武修篁的女儿。这样讽刺的事情，如果他早就知道……他岂会做出那些事情？

如果他早就知道，只需要迎娶龙昭的公主，他就可以借用龙昭的力量，让轩苍成为第一大国，即便这样做会显得他像吃软饭的男人又如何，只要他能跟心爱的人在一起。

如果他早就知道，就不会因为实在不喜欢武琉月，又不愿意牺牲自己的婚姻，也过于相信自己的能力，于是拒绝了武修篁迎娶龙昭公主的提议，步步为营，一步一步算计，最终令洛子夜和自己走到不能挽回的境地。

如果他早就知道……

他有心让洛子夜爱上他，一心一意对她好，以凤无俦的情商，又如何可能是他轩苍墨尘的对手？

到这一刻，回顾起往昔，他忽然觉得这样讽刺，又觉得自己像是一个愚蠢的笑话。或者说，他一直就是被老天玩弄、被上苍遗弃的人。

对。被上苍遗弃的人。

他霍然扯唇，轻笑了一声，脑海中再一次翻覆着，武修篁曾经拉下面子，对自己说愿意把女儿嫁给自己，可是自己当时做了什么？自己拒绝了。

武修篁那时候还说，这样的话，他此生只会说一次。但是自己也没有把握住！果然还真的就是被上苍遗弃的人呢。

“陛下？”看他一直不说话，墨子渊有些担心。

轩苍墨尘回过神，轻轻笑了一声：“朕没事！”

是，没事。其实，他也不能责怪上苍遗弃了他，要怪只能怪自己从一开始，就不能将洛子夜当成自己心中的第一位。而自己没有做到的这一点，凤无俦做到了。所以对方得到了上苍的优待，得到了她的心，而自己没有，仅此而已。

跟冥吟啸那个与凤无俦一般愿意付出一切的人相比，自己似乎连伤心和责怪上苍不公的资格都没有。

所以，他没事。

但下一瞬，他看向墨子渊：“从今日开始，尽我轩苍之能，重新在武修篁面前博得他对朕的好感，这位泰山大人，朕一定要全力认下！”

黑衣人：“……”

黑衣人的内心：陛下，您全力认下泰山大人的方式，不会是和武修篁一样不要脸似的，跟在洛子夜身后当孙子吧？

作为姑奶奶的洛子夜，回了军营之后，就安心睡觉了。

武神大人虽然不得洛子夜待见，但毕竟武功高强，又是洛子夜的生父，身份相对特殊，于是他死皮赖脸地要跟着进军营，谁也没能拦住他。

武神大人跟着进了军营之后，就鼠头鼠脑地贴在凤无俦和洛子夜的帐篷外头，暗暗地在王帐边上偷听，想知道凤无俦那个傲慢无礼的小子，有没有对自己的宝贝女儿做什么男人和女人之间，成婚了之后才当做的事情。

然而，因为洛子夜来了月事，帝拓的皇帝陛下没做啥。于是原本打算里头要是发生了啥，无论如何都要搞破坏的武神大人啥都没干成。

第二天一大早，武神大人已经打听到了因为前几日城墙那里出了事，自己的宝贝女儿每天亲力亲为，去城墙那边督促着。这令武神大人天没亮就起床了，替女儿去城墙边监督并干活。

洛子夜睡到大中午，云筱闹也没来喊她，这让她很奇怪，自然醒了之后，才听见云筱闹说武修篁替她去干活了。

洛子夜跑去城墙边上，就看见武修篁在那里挥斥方遒：“小心一点儿，对！就是这样！朕告诉你们，朕今天是来替女儿指挥你们的，朕的女儿每天来守着你们，那是你们烧高香了，她对朕都没有这么关注！你们要心怀感激，你们最好和朕一样称呼她姑奶奶，你们……”

他说得正高兴，一回头就看见了洛子夜一张黑透的脸。

洛子夜真的给他跪了：“武修篁，你像不像个傻缺，你自己好好想想！”

她跟兄弟们一直就相处得好好的，武修篁在这里胡说八道什么？这显然就是要把自己和弟兄们之间亲密无间的距离给拉开，扯出距离感来。更别说这个人在说话的时候，一点儿都不像是一个正常人应该有的表现了。

而洛子夜这句话出来之后，她手下的这些弟兄，看洛子夜的眼神也活活地就像是看见了救星。他们真的一点儿都不想看见武修篁，一大早就跑来叨叨，尽说些没用的，虽然这个人在这里帮忙守着，可以有效地为他们避免许多问题。但是这个人的啰嗦程度，实在是让人无法容忍。

他们有一句话想对他说很久了，那就是：你是不是傻？！

偏偏他又是龙昭皇帝，并且自称是洛子夜的父亲，武功又很高强。这让龙啸营的众人对他是打也不能打，骂也不能骂，内心都很崩溃。

武修篁被洛子夜这句话一骂，表情也僵硬了几秒钟，感受到了强烈的脸上无光。骂他是个傻缺就算了，还让他自己好好想想自己像不像，他一点儿都不想好好想想这种事情。

但是，看洛子夜表情不太友好，他还处于一种被女儿拒绝原谅的地位上，于是舰着脸笑了笑，乖乖地站到一边去了，并且老实地道：“朕一定好好想想！”

他一副做错事的小学生样子，站在旁边。在场的人内心也是无语的，武修篁在煊御大陆所有人的眼中，是第一霸主的存在。这会儿被洛子夜一句话，就吼得乖乖在边上站着了。这个……

洛子夜嫌恶地看了他一眼之后，看向自己手下的人：“不用管他，你们好好做事就行了！”

武神大人觉得自己也是很冤枉。他那样说话，其实也并没有别的意思，就是想让全天下都知道，他的宝贝女儿在他心目中是世界上最高贵、最值得崇拜的人罢了。

甚至他还着重提出，自己这个龙昭的皇帝都要喊洛子夜姑奶奶，这说明了洛子夜是多么高高在上。可是没想到，自己想要表达的意思，女儿根本一点儿都没打算领情，还觉得自己是傻缺，他很想哭。

茗人在旁边默默地仰望天空，其实茗人自己也怀疑，自己一早上遇见的都是假陛下。

"是！"大家听了洛子夜的话，最后还扭着脖子看了武修篁一眼，那最后的一眼里面，也都充满了鄙视和不忍直视，以及深深的解脱。

他们一大早起床就要开始干活，其实已经非常痛苦了，在干活的时候还听见有人在自己的身边叨叨，严重提高了他们干活的痛苦体验度，降低了生活质量。有个人能让他闭嘴，真的是太好了！

洛子夜又在地基边上检查了一会儿，没发现任何问题，周围也并没有任何异象，说明武修篁虽然说了一大堆没用的废话，并且宛如一个智障，但是做事情还是有两把刷子的。

这让她生出来的火气，灭掉了一些。

她扭过头看了武修篁一眼，态度依旧很恶劣："你下次说话的时候麻烦注意一点儿，我跟你没有什么关系。不管你做多少，不管你做什么，都不会改变我对你的态度和看法，你还是不要在这里浪费时间了！"

她这话一出，武修篁面色有些发白，他听得出来洛子夜语中的嫌弃。

而洛子夜根本没在意他的脸色，继续道："龙昭公主的身份很多人都想要，就像武琉月，为了这个身份，什么事情都愿意做，也什么事情都做得出来，我觉得这么尊贵的身份，应该给愿意为它不择手段不惜一切的人，比如武琉月这样的人。这样她也开心，我也不用烦心，皆大欢喜，您看呢？"

武修篁登时便沉默了。

洛子夜还不知道武修篁和武琉月之间发生了什么，只是听见自己手下的情报人员汇报，武琉月回了龙昭。她并不晓得武琉月连下毒这样的事情都做出来了。是以，她的话还是真心的。

不管怎么说，武琉月也是武修篁养了十几年的女儿，就是养了一条狗这么多年，也是有感情的了，所以洛子夜觉得，就算如今武修篁知道了自己才是他的亲生女儿，他对武琉月，还是会有许多顾惜和旧情的。

她洛子夜一来没办法宽恕武修篁之前对自己做过的那么多事情，二来也不愿意

成为什么龙昭的公主跟武琉月争宠，她觉得自己眼下的生活很好，并没有吃饱了撑的要给自己找不痛快的意向。

以后看见武修篁对武琉月好，她也会觉得特别硌硬。所以最好的做法，就是根本不认。

武修篁眼神一深，盯着洛子夜开口道："但是，朕只有一个女儿！武琉月她不是朕的血脉！"

洛子夜抬头看他，扬了扬眉毛："但是武神大人难道不是重感情的人吗？对于你来说，血缘固然很重要，可是武琉月跟你这么多年来的父女之情，也一样很重要，不是吗？"

茗人忍不住开口了："洛子夜，陛下和武琉月之间的关系，并不是你想象的那么好！陛下已经很多年没有回龙昭的皇宫了，还是洛肃封死了之后，陛下不得不回国处理了一些政务，事实上之前……陛下就是因为不想看见武琉月，便离开龙昭，将政务丢给大皇子殿下处理了好几年！"

这的确是真话，茗人继续道："你可能不知道，武琉月从小性格就不像陛下，也不像水漪公主，不仅仅如此，品行也不好，不管陛下如何教导，也没用，气得陛下几年没有回国。她纵然是陛下最宠爱的女儿，但陛下对她的宠爱，仅仅是因为水漪公主和血缘牵绊而已，跟她没有半分关系！"

他这话，倒是让洛子夜有些惊讶地看了他一眼。

茗人看自己的话仿佛是有些用处的，继续道："武琉月的种种言行，陛下都是不认同的，她的处事方式和品质，也一直让陛下头痛，陛下不止一次想要处罚她，甚至动过废了她公主尊位的念头，可常常都是因为她将水漪公主搬出来，陛下才作罢，所以，陛下对武琉月的感情，并没有您想象的那么深！"

他这话一出，洛子夜倒真的震惊了。她只晓得武修篁对他自己的那个女儿，简直到了一种不问青红皂白溺爱的程度，她还以为武修篁是喜欢武琉月喜欢得没办法了呢，结果居然只是因为那位水漪公主和血缘关系？

茗人说出这些话之后，还嫌不够一样，接着道："陛下不仅仅不喜欢武琉月的品行，而且陛下还很喜欢你的性格，想必你也清楚，陛下素来是一个好面子的人，但是你多次不给陛下面子，若是放在寻常人身上，早就不知道死多少次了，但是陛下鲜少与你计较。所以，陛下在知道你才是陛下的女儿之后，真的非常高兴，不仅仅是因为血缘，不仅仅是因为水漪公主，而是陛下本身就很喜欢你！”

这话简直就是说到武神大人的心坎里去了。

洛子夜点头：“哦，我知道了！”

就一个“知道了”，就算茗人说的全部是真的，就算武修篁的确就是这么想的，可是这能改变什么呢？自己还是被武修篁揍了这么久，武琉月还是被武修篁当成珍宝一样宠爱了这么久。

有段时间，洛子夜其实是非常羡慕武琉月的，羡慕对方不管做什么事情，不管干啥了，都会有一个如此强大的老爹在她身后给她撑腰，对比一下自己的父皇，对比一下洛肃封，她就觉得自己格外惨。

她这时候都不由得开始想，如果一开始她就知道自己的老爹其实是武修篁，武修篁也知道这些，她的日子是不是就好过很多，是不是就不必受这么多苦，如轩苍墨尘这样的心机 boy 是不是根本就不敢算计她？

答案都是肯定的。所以，她才更加难以释怀。

她看着武修篁，说了一句特别现实的话：“要让我管一个人叫爹，这老爹是不是一定要尽过做父亲的义务？对洛子夜，对我这具你口中跟你有血缘关系的身体，十八年来，你没有尽过任何的抚养义务。而这一两年来，我吃了许多苦，这其中还有很多苦难是你给的，那些痛苦的日子我自己和我身边的人都扶持着我艰难地走过来了。在我过上幸福日子的时候，在我认为自己已经艰难地挺过了所有不幸的时候，忽然出来一个人，让我管他叫爹，我以后还要珍视他、孝顺他，这样的事儿，放在武神大人你身上，你乐意吗？”

从现实的角度，的确就是这个理。

这一年她受了多少苦，曾经多少次陷入绝望，甚至曾经希望自己死去，让敌人直接杀死她，那个时候这个所谓的父亲在哪里？他还在帮助那些敌人一起伤害她。

现在她好不容易从那些痛苦之中出来了，好不容易有了几天平静的日子，好不容易开始感觉到幸福，武修篁就要来认女儿了，有这么便宜的事儿吗？

她想到这里，眼神更冷：“所以，阁下也不必做任何徒劳之举。你也看见了，凤无俦对我很好，你能给的他能给，你不能给的他一样能给，有他在我身边，我已经足够幸福，至于武神大人你，只要你以后不要再来威胁我的生命安全，不要再来打扰我的生活，我就已经很感激了！请便吧！”

“朕刚刚间歇性失聪了，宝贝女儿，你说什么了，朕都没有听清楚！”武修篁眨眨眼，一脸纯洁。

洛子夜：“……”

武修篁：“宝贝女儿，你口渴吗？父皇给你倒水吧？你饿不饿啊？父皇亲自给你下厨，父皇的厨艺可好了。还有武琉月是谁，父皇根本不认识她，父皇早就修书回国停战，让他们把武琉月交出来了。宝贝女儿，你不想叫朕爹没关系，朕可以叫你爹啊……啊呸，不，叫你祖宗……”

茗人：我可能真的看见了假陛下！

众人：我们可能看见了假龙昭皇帝！

“放开她！”暗夜之中，传来一道声音。

萧疏狂手中持剑，站在大道中间，挡在那些暗卫的面前。

萧疏影有些难以置信地看着对方，她原本以为自己犯下这样的大错，哥哥是决计不可能原谅她的，却没想到，这时候萧疏狂竟然出现了。

眼下，轩苍墨尘那个丧心病狂的人，竟然要将她交给军营的那些人，这对于她而言，真的是比死还要可怕万倍的事情。这时候看见了萧疏狂，她心中燃起一丝火光，哥哥可能是唯一能救自己的人了。

也是她眼下，唯一的希望了。

她不怕死，但是她不要被交给军营的那些人。她觉得自己就算是丢了性命，那也是自己罪有应得，可是被充为军妓，这样的惩罚她不能接受，毕竟当初在洛子夜出事的时候，她也曾经试图拦着那些人，曾经试图改变武琉月的决定。

纵然她失败了，但是她从来没有恶毒到那样的份儿上，所以她认为，轩苍墨尘也不该这样恶毒地待她！

而此刻，萧疏狂的眼神，也正落在她身上。

萧疏影眼下如同一个粽子被死死捆绑着，不能乱动。而她的口中，塞着一个布条，这副模样，莫说是想挣脱这些桎梏逃出生天了，就是想自尽，都是奢想。只是眼下，将她抓握着的人，有数十个。

个个都是轩苍墨尘手下出色的暗卫，基本都是高手。

萧疏狂明白，自己并不是这些人的对手。只是，倘若他们是要杀了萧疏影，他是能接受的。因为他心中清楚，事情到了这种境地，就算是他们不杀萧疏影，萧疏影自己也未必有勇气活下去。

但是他发现，他们把萧疏影押出来，并不是为了杀她这么简单，他们带着她走的是军营的方向。

萧疏狂不管从前是多么不得自己的父亲喜欢，也到底是出身王府的公子，自然清楚一个犯了事的女人，半夜三更被押往军营意味着什么，既是这样，他自然不能袖手旁观！

那带头的黑衣人眼神幽冷地看着萧疏狂："我劝你小子最好还是不要多管闲事！萧疏影得罪了多少人，你心里清楚，即便今日你真的有能耐救走她，墨氏的皇太子不会放过她，凤溟的君王不会饶了她，帝拓的人正在追杀她，她就算是躲得过今日，也躲不过明日，你何苦站出来救她，最终为她搭上一条性命？"

萧疏狂冷眼盯着对方："你说的不错，就算是我今日将她救走了，她也逃不过明日，目前想杀她的人太多了。但是，你们就算是要杀她，难道就不能给她一个痛快吗？我们煜成王府的人，就算是死，也不能遭受你们轩苍人这样的侮辱！"

那黑衣人首领道："如果你一定要出手，那你就不要后悔！"

萧疏狂听完他的话，直接便将自己手中的剑往前方一指："出手吧，你们要是真的能杀了我，我求之不得！"

反正这段时日，他并没有比萧疏影的日子好过多少。她在后悔自己的愚蠢，使得她害死了煜成王府上下的人，而他萧疏狂又何尝不后悔？何尝不后悔自己当初为什么没有直接将对方交给洛子夜处置，后悔自己当初为什么要帮助她逃走。

最终害得自己没有脸面继续待在洛子夜身边，害得自己只能离开龙啸营的弟兄们，也害得萧疏影自己越错越远，还害死了他们煜成王府上上下下几百条人命。他的心中不比萧疏影好过半分。

身为一个兄长，他没有管教好自己的妹妹；身为一个属下，他没有完全对自己的主子尽忠；身为一个儿子，他也没有保护好自己的父母家人。这些一条一条堆积在他身上，他同样感觉生不如死。

可墨子耀并不杀他，他也遇见过追杀萧疏影的解罗彧，对方也不杀他，无非因为他是被洛子夜视为好兄弟的人。可就是他们的不杀，才让他萧疏狂的日子更加难熬。

而一炷香之前，解罗彧在知道轩苍墨尘打算这样对付萧疏影之后，已经带着人走了。

那黑衣人的眼神冷了下来，也抽出了自己腰间的软剑：“既然你如此冥顽不灵，那就不要怪我们不客气了！”

萧疏影看向萧疏狂，那眼神之中带着几分乞求，而乞求之下透着几分绝望，那是生无可恋的味道，还有一些兄妹之间才能领会的意思。

萧疏狂看着她的神情也有些复杂，他哑着声音，坦然开口：“我可能救不了你！你的兄长有多少本事，你自己也是清楚的，他们这么多人，我真的不是他们的对手！”

萧疏影含着眼泪点头。

而那眼底，又很快透出另一份希望，看着萧疏狂。她的嘴巴被堵住，不能说话，不能对着萧疏狂直接传达自己想要传达的意思，于是只能用肢体语言去表达这些。她便看着对方，先是摇头，接着再点头，再摇头，最终闭上眼，那眼中的泪水便是止不住一般，滑落下来。

这一瞬，他原本便暗哑了的声音更是低哑了几分：“我明白了！”

这四个字说出来之后，萧疏狂的眼眶也红了。

那一群黑衣人便看得云里雾里，有些不解地两边看了看，还没来得及再说什么，萧疏狂手中的长剑便对着那黑衣人首领砍杀了过去。那黑衣人首领也很快拿着自己手中的软剑，过去与萧疏狂交手。

两把剑，很快撞击在一起。

又有一名黑衣人上去，跟萧疏狂交手，想要两个打一个。

萧疏狂往后一侧身，便避开了对方的长剑，而同时，他眸中忽然凶光一闪，不管不顾地直接便对着押着萧疏影的黑衣人攻击过去！

那黑衣人便愣住了，没想到萧疏狂竟然什么都不管，直接便对着自己出手。

黑衣人首领更是蒙了，飞快出手，狠狠一刀对着萧疏狂砍了过去。

却没想到，萧疏狂不闪不避，只是对着萧疏影右侧的黑衣人疾驰！眼见长剑已经到了自己的跟前，那黑衣人下意识地抽出自己腰间的软剑，已经准备好了跟萧疏狂对战。

却没想到，就在萧疏狂的长剑快要攻击上他腹部的当口儿，他手腕霍然一转，那长剑对着萧疏影的方向刺了过去！而被拽着的萧疏影，看着那长剑对着自己过来，居然不仅仅不闪不避，还猛然往前一撞，将自己的腹部对着那长剑狠狠撞了过去！

哧！

噗！

两声落下。

萧疏狂手中的长剑，刺穿了萧疏影的腹部。

而那黑衣人首领手中的软剑，这时候也狠狠一刀，砍在了萧疏狂的肩膀上！萧疏狂为了完成这一剑，根本就没有管自己。

整个场面都静止了片刻。

那些黑衣人都不敢相信自己看见的，萧疏狂过来，原来不是为了救萧疏影吗？他只是为了杀了这个女人？

还拽着萧疏影手臂的那名黑衣人有些失神，手一松，萧疏影便摔了下去！

扑通一声，是人体落地的声音。

萧疏狂看着她，手中的长剑早就从他手心脱出，插在萧疏影的腹部。他声音喑哑："对不起，是哥哥没用！"

他很清楚，想要将萧疏影从他们手中救下，根本就不可能。他救不下萧疏影，所以就只能……杀了她。至少这样做，可以让她不必面临那些侮辱。而他也懂，在他动手之前，萧疏影给他的暗示，就是这个意思。

她是在让他帮她，让他杀了她。

"咯……咯咯……"萧疏影躺在地上，咳嗽了数声，又是几口血吐了出来，但她竟然笑了，"谢谢……谢谢哥哥！"

这样的结局，对于她来说，才是最好的。

她什么都没有了，失去了自己的亲人，害得自己的哥哥不得不放弃他最想过的生活，也害得自己永远失去了心爱的人，死对于她来说，是最好的解脱。

就算是轩苍墨尘放了她，她也不愿意再苟活于世。

她终于解脱，也不用面对那些男人的侮辱。或者，这就是上苍对于她当初在算计洛子夜的时候，还有一丝善心的回报吧。她那时候是不愿意让洛子夜被那些男人玷污的，而老天也终究没有这样残忍地对待她。

她已经很满足了。

这一句艰难的话说出，她闭上眼，静静地躺在地上，这一次闭上眼，再没有睁开……

迷蒙之中，她看见年纪尚小的自己，第一次看见墨子燿时的惊羡爱慕。

她看见自己被退婚之时的心碎。

她看见……

看见轩苍逸风，看见他不要脸的样子，看见他说喜欢她，看见他调戏她，说要她做他的王妃，说他会一辈子对她好，会伺候她一辈子。

也看见，自己不顾一切，策马而去的背影，将他抛在身后，徒留他受伤地停在原地……

轩苍逸风……

如果时光可以重来，我一定不这么选。如果这样的结局，是因果循环，是我做了恶事必须有的恶报，那么……你那么好、那么善良的人，我希望老天善待你，我希望你能得到所有的福报好报，我希望你……幸福。

就算……就算你身边没有我。

血蔓延了一地，曾经墨氏古都最美的女子，终究凋零于此，再无声息。

那些黑衣人看向萧疏狂，首领开口道："既然你这么做了，那我们就只有拿你回去交差了！"

萧疏狂站出来，就没有想过自己还能全身而退。他神色复杂地看了萧疏影一眼，耳边还盘旋着她那一声谢，闭上眼轻轻一叹。

他的肩膀已经受伤，原本就不是这些人的对手，眼下便更是不可能打得过他们了。他也不做任何徒劳的事情，束手就擒："你们要抓就抓！"

"李鑫和李扣回信了吗？"洛子夜瞟了一眼应丽波。

应丽波回了洛子夜的话："他们说联系上那些人了，出于之前的兄弟情分，也都愿意告诉他们是怎么回事儿。只是他们自己也都不是很清楚那个女人的身份，那个女人一直蒙着面纱，每次出现在他们面前，也从来不以自己的真面目示人。但是她自称，自己是……是……"

"是什么？"洛子夜听出了她的吞吞吐吐。

而应丽波说话之际，也的确是小心翼翼地瞅着洛子夜："那个女人也不知道是不是有毛病，自称自己是帝拓君王的未婚妻！"

洛子夜一听这话，嘴角就抽搐了一下："她真的是这么自称的？"

应丽波点点头："据说那个女人第一次这么自称的时候，他们险些以为那是您本人，后来他们收到命令，来找您的麻烦的时候，才知道不是您！并且推断着……约莫也是一个喜欢帝拓君王的女子，于是就希望您过得不痛快吧！”

洛子夜的嘴角又抽搐了几下，终于忍不住笑出声：“所以说，爱上一个太出色的男人，其实也不是什么好事对吗？”

应丽波瞟了她一眼：“爷，您必须承认，爱上一个很出色的男人，虽然是需要面对许多情敌，但你要是爱上一个什么本事都没有，浑身上下没有一点儿优点能吸引其他女子的男人，还有啥爱上他的意义？”

洛子夜被应丽波这句话堵住了，但她还是忍不住吐槽了一句：“可是，客观来说，凤无俦的爱慕者是真的太多了，我简直都有点儿受不了！”

应丽波吐槽了一句：“还不是您自己不加把劲，赶紧把他拿下。婚事一直拖而不决，他一个男人或许是对这些事情不敏感，于是根本没注意，可是您一个女子，也不知道多操心吗？快点儿把帝拓君王给拿下，是您做帝拓的王后也好，让他做我们的王夫也罢，总归就是赶紧成婚，这样外面的那些贱人，也不用每天闲着没事儿在家里随便意淫了！”

她这话一出，洛子夜盯了她一眼：“你没想过，其实他这么出色，我根本就配不上他吗？”

这就是洛子夜一直在别扭的问题。

应丽波瞟了她一眼，双手抱臂，说了一个很现实的问题：“爷，别说您配不上他了，您放眼看一下整片煊御大陆，有配得上他的人吗？帝拓君王是站在巅峰的存在，任何人都只能臣服于他，许多人努力了几十年，都没法跟上他的步伐。就像那位武神大人，泛大陆的强者，天下第一的霸主，然而眼下有远见的人都能看出来，他如今的地位早晚会被帝拓君王取代，所以吧，就帝拓君王这样的人，你想配得上他真的太难了，不是您不行，是他真的太强大！所以您就别别扭了，您继续这样拖下去，百八十年之后我看您也还是配不上的，还是早点儿死心，老老实实过日子吧，不要想什么配不配的问题了，先成婚再说！”

洛子夜：“……”她原本以为应丽波会安慰她几句，说其实她已经可以了，或者鼓励自己不要灰心，也许过一段时间就跟上凤无俦的步伐了。但是应丽波说了一些啥玩意儿？百八十年之后，自己肯定还是配不上的，所以还是早点儿死心算了，不要纠结这个问题了？

她现在很想吐血怎么办？

看洛子夜一副深受打击的样子，应丽波也完全没有要纠正自己的话的意思，继续开口道：“所以您就不要矫情了，而且配不上帝拓君王的问题，他都不嫌弃您，您在这儿自己想不开干啥呢！”

洛子夜：“……”所以在应丽波的眼里，自己不仅仅是配不上凤无俦的，还是已经到了一种会被嫌弃的程度了？

她已经感觉到了一丝心累，应丽波看洛子夜一脸生无可恋，也怀疑自己的话是不是说重了。

出于一种人道主义同情，应丽波又说了一句大实话：“但您要想到的是，虽然您没厉害到可以跟帝拓君王比肩的地步，可煊御大陆之上，所有的女子之中，您已经是最出色的了！目前在江湖之中，被赞誉最多的女子就是木汐尧，但是在政场之上，在国与国之间，在所有人口中，已经没有其他女子比您更厉害了！”

说完这些，应丽波总结了一句：“所以您也还是不错的，毕竟比您出色的，并且有好名声的女子，也没有谁点得出来了。既然这样的话，您就把自己拾掇一下，赶紧嫁了吧，帝拓君王也亏不到哪里去，反正他在煊御大陆也找不到比您更出色的女子！”

“……”洛子夜还是默默无语，所以，她应该感觉到一丝安慰吗？

最终，应丽波的手拍到了她的肩膀上：“虽然你是我的主子，但是我年纪比你大，看的事情也比你多，作为一个长了你几岁的姐姐，给你一个忠告，那就是到手的幸福，一定赶紧抓住，机会是不等人的。不要因为一些莫名其妙的别扭和矫情，与你想要的失之交臂了，毕竟您也知道，他是那么出色的人，有很多人都盯着他，并且想把您给干掉！”

“应丽波，你是不是什么时候被策反了？”洛子夜看了她一眼。

“啊？”应丽波摸了摸鼻子，眼神四处乱看。她会承认，前些日子，被拖到凤无俦的军营里面问了一下洛子夜可能想要什么的时候，她已经在那边的威逼利诱之下，在内心决定自己一定要支持凤无俦了吗？

她会说，她最近觉得，凤无俦身边那个叫解罗彧的小哥，冷冰冰的样子真是非常迷人，只要爷和帝拓君王的婚事开始筹备了，自己就可以找到至少一千个借口，过去进行婚礼事宜交接，制造跟解罗彧在一起的机会，然后把那个英俊潇洒的小哥收入裙下吗？

她肯定都不会承认的！她盯着洛子夜，真诚地道：“爷，属下都是为了您好！

您还是好好想想吧，难道您一点儿都不想名正言顺地做他的王后，让那些每天惦记着他的人，都早点儿死心吗？其实您也是想的，您就不要刻意忽视这个问题了！”

她这话一出，洛子夜也噎住了，其实应丽波说的也没错，她的确是想的。

她瞟了一眼应丽波：“你的意思是让我主动对他求婚？”

“嗯！”应丽波认真地点头。只要爷开口去求婚，这件事情一定会成功。成功之后，自己还能借由这件事情去找帝拓的皇帝陛下邀功，过分地强调自己对洛子夜劝谏的重要性，然后最好就让凤无俦直接把解罗彧赐给自己好了，啊哈哈哈……只要想象一下，她就想狂笑出声。

洛子夜却有点儿犹豫，也完全没想到自己手下的这个人，早就见色思迁，身在曹营心在汉。她还认真地问了应丽波的意思：“可是你不觉得这样的话，嗯……会显得我有点儿不矜持吗？”

“爷，您回回想做总攻的时候，哪里矜持了？您看见美男子们，流鼻血，扑上去套近乎的时候，哪里又矜持了？本来您就是厚脸皮的人，就不要假装矜持了！”应丽波简直是一针见血。

洛子夜被她说得嘴角直抽，脸皮都开始发烫。被手下的人，如此诚恳地说自己是个厚脸皮的人，简直就是痛心！最痛心的是，她根本就找不到话反驳。

她惆怅扶额：“我们不是在说正事吗，怎么扯到这里来了？”

应丽波更加认真：“爷，难道这件事情对您来说，不算是正事吗？”

洛子夜：“……”

今日的事情处理完之后，洛子夜就回了军营。

在看见凤无俦的那一秒钟，她嘴角抽搐了几下。今天被应丽波怂恿完了之后，她是发自内心地开始跃跃欲试了，并且整个下午，满脑子都在想，自己要是求婚的话，应该咋求，应该说啥。

看她一副心事重重的模样，他便只以为她是太累了。

他大步上前，抱着她就要回王帐睡觉。洛子夜多次欲言又止，终于在他抱着她，将要跨进王帐的时候，没憋住：“凤无俦，你打算什么时候娶我？”

她这话一出，自己先被自己囧到，直接就把自己的脑袋往他怀里一埋：“我什

么都没有说，你刚刚什么都没有听到，那都是幻觉！”

她这时候很想一巴掌呼死自己，应丽波一说，她就真的跑来胡说八道了，她是不是脑袋被驴踢了？虽然应丽波有一句话真的没有说错，那就是她一直是厚脸皮的，但是这种程度也实在是太过头了，悲伤捂脸。

王帐门口的侍卫们，也眼神古怪地斜着眼睛看了洛子夜和自家王一眼，并且他们内心深处，深深地认为，事情发展成这样，就是他们王不对了，竟然让一个女子主动开口询问。正常情况下，一个女子是很难说出这种话的，唯一的解释，就是王的拖延实在是让人受不了了。

仔细想想也是，王和王后之间已经是什么关系了？

该做的不该做的，全部做了。正常的女子，怕是早就着急了，毕竟女子的清白是多么重要，洛子夜能够忍到今天才开口，其实已经很了不起了。

帝拓的皇帝陛下还没来得及说什么，不远处就传来一道尖锐的声音，这声音里面充满了不接受、不认同、不支持！

那是武神大人的声音：“不行！不行！我不同意！”

他这话一出，所有人的眼神，全部看了过去。瞅着武修篁飞奔而来，刚刚把自己的脑袋埋入凤无俦怀中的洛子夜，这时候也抬起头，看了武修篁一眼。

那脸色有些发黑，不同意，不同意啥？

武修篁飞奔过来之后，瞪着凤无俦开口道：“朕不同意，朕不同意你们两个人的婚事！不同意！”

“这关你什么事，请问你有什么好不同意的？”洛子夜不耐烦地瞅着他。

武神大人嘴角一抽，实在是没想到洛子夜居然这么无情。

武神大人其实很想说，我是你爹，这当然关我的事了！但是看着洛子夜那个表情，他不敢这么说话，怕把洛子夜给激怒了！

最终武神大人咳嗽了一声，噘着嘴盯着他们两个道：“反正我不同意！这件事情怎么能你开口，这需要凤无俦亲自开口，并且跪着求你答应才是。不仅他需要求你答应，他还需要求我答应，你自己怎么能瞎问！不行，我不同意，说什么都不能同意！”

他的话说完，沉默这么半天的帝拓皇帝陛下扫了武修篁一眼。

那眼神霸凛依旧，傲慢依旧，看着武修篁，态度不是很好地道：“此事需要孤亲口求洛子夜答应，孤认同！需要孤单膝跪地求她，孤同样认同。但是至于求武神大人答应，孤认为没有这个必要吧？武神大人说什么都不能同意，这一点似乎与孤，与洛子夜，都没有什么关系！”

“凤无俦，你！”武修篁真的是被凤无俦给气到了。

洛子夜听完凤无俦的话，也是愣了愣，她愣的地方当然跟武修篁没有什么关系，完全在于凤无俦说这件事情不需要武修篁同意，而且……他说，他也认同求婚是应该他来，他也认同需要单膝跪地，来求自己答应这件事情？

所以，他也是愿意求婚的，并且也是想过的，并不是自己之前胡思乱想的，他根本就没有这方面的意识？可是，既然是这样的话，他为啥没开口呢？

看武修篁差不多被气成了一只青蛙，气鼓鼓地瞪着他们，洛子夜不耐烦地挥了挥手：“武神大人，您要是没什么事儿的话，就别处玩去吧，我们两个的事情真的不关你的事！”

武修篁又被这样明确地嫌弃了，他激动地继续发表：“洛子夜，你听朕说！朕这是为了你好，你这样轻易地让他得逞，这是不对的，他必须要付出许多代价，对你非常好，拿出很多聘礼，你才能嫁给他，你这样子，他以后是不会珍惜你的！”

洛子夜：“……”

在场的众人：“……”

这种话，应该是武修篁这样一个当皇帝的人说的吗？这不应该是三姑六婆们，拿来建议给自家的闺女或是侄女的话吗？

大家都觉得很无语，武修篁也觉得自己很是头大。这一切都是因为水漪太早离开人世，所以自己现在是需要又当爹，又当妈，但是……看女儿的样子，好像并不想听自己多说什么，这真的是让武修篁头疼！

洛子夜无语地看了他几秒钟：“那个，武修篁，你知道你现在其实是在敌营里面吗？你知道我们超过一天没有把你抓起来，已经非常给你面子了吗？我建议你还是赶紧离开我们的军营吧，要是我一个不高兴之下，忍不住让人把你扣留下来，去龙昭换取一些利益，那就更不好了是吧？”

武修篁做梦都没想到，洛子夜不认他就算了，竟然还说出这么无情的话。哪有把自己的亲爹拿去换利益的，委屈之下，他可怜兮兮地盯着洛子夜。

然而洛子夜根本不看他，掉转眼神，看了一眼凤无俦：“好了，我们回去睡觉吧！”

她话音落下，凤无俦也不再多看武修篁，直接便抱着洛子夜进了王帐。

武神大人委屈地在门口站了半天。

茗人本来以为陛下这时候要说出什么愤怒的话了，却万万没想到，武神大人竟然找了个地方蹲下，然后开始默默地在地上画圈圈。

茗人："……"

他可能看见了假陛下。

进了王帐之后，陷入了一种诡异的静默之中。

洛子夜不说话，并且很快扯着被子，把自己的脸盖住，试图让凤无俦认为刚才的事情根本就没有发生。

而帝拓的皇帝陛下，进了王帐之后，也是一句话也不说，把洛子夜放在床上之后，便沉声道："孤先出去一下！"

"呃……哦！"洛子夜有点儿惊讶地应了一声，惊讶之下，心里还有点儿失望，因为在自己说出这句话后，她其实是希望听到答案的。

她这一声应下，凤无俦没有多停留，很快转身，大步离开了王帐。

洛子夜有点儿纠结地在床上坐了一会儿，盯着王帐的大门口，心里已经开始严重怀疑，自己这样莽撞地对他说出这种话，到底对不对。她一个女人自己开了这样的口，但是他不回答她，她真的觉得尴尬，而且还有点儿难堪。

而凤无俦离开王帐之后，阎烈就在门口，很奇怪地看着他，心里有点儿纳闷儿：就算王之前不求婚是因为没有把武琉月和萧疏影收拾完，没有把蛮荒部族的人处理完，可现在这种情况下，洛子夜都开口了，王也应该赶紧顺着话接下去吧？可是王为啥在这种时候出来了呢？

武修篁也有些奇怪地看了一眼凤无俦。

而帝拓的皇帝陛下，这时候却是一脸镇定，仿佛刚才根本就没有发生什么。他沉默着，双手背在身后，往不远处的密林走去，看那样子好像是有什么事情要去处理。

阎烈皱了皱眉头，在原地站了一会儿之后，最终还是犹豫着跟了上去，因为他觉得王实在是太反常了。

他小心翼翼，并保持着距离，跟着自家主子走了许久之后，终于看见前方那人脚步停下。

接着，阎烈的嘴角就开始不断抽搐，因为他远远地看见，自家从来威严霸凛的王，居然在远方兴奋地跳起，一副捡了天大便宜的样子，连着往半空中跳跃了三下。

阎烈：“……”

所以王这是在外人面前，努力维持着镇定，然后走到大家看不见的地方，独自兴奋了？王为了维护自己在大家面前的形象，强装半天镇定也是蛮拼的了！

无语地看了几秒钟之后，阎烈倒也理解过来，其实这时候的王，已经不完全是一个睥睨天下的王者，更多的，是一个在心爱之人对自己表明心迹之后，感到兴奋的男人。他是在担心自己过于兴奋，在众人面前丢脸，于是就独自出来高兴了吧。

想了想王之前那样抓心抓肺地准备，各种担心自己的求婚会失败，却没想到最后竟然是洛子夜先开口，证明王从前的各种担心其实都是多余的，那个女人是愿意嫁给王的。这种事情放在谁的身上，都是会很开心的吧。

阎烈默默表示了自己的理解，然后二话不说，赶紧转身飞快跑走了，他千万不能让王发现自己，王在大家面前装了那么半天的镇定，要是让他知道，自己偷偷摸摸跟上来看见了，那下场是会很惨的。

洛子夜还比较惆怅地在王帐里面坐着，完全不知道某人已经兴奋到难以名状了。

龙昭皇宫。

武琉月刚刚醒来，就看见大殿正中央的武云倾。

他正坐着给自己斟茶，在听见武琉月的声音之后，眉梢微微扬了扬，回头看了她一眼，语气不算热络地道：“你倒是能睡，昏迷了足足三天！”

他这话一出，武琉月立即盯着他：“是你救了我？”

武云倾扫了她一眼，眉宇之间带着几分讥诮：“怎么，对你的救命恩人，不打算客气一些吗？武琉月，多日不见，如今再看着你，还是如往常一般令人厌恶！”

第八章

生气得连自己都打

武琉月闻言，扫了他一眼，那眼神极为锐利："武云倾，你……"

"你瞧瞧你自己，永远是一副尖酸刻薄的模样！"武云倾说话之际，还从容地起身，将边上的镜子放到武琉月的面前，让她对着镜子看着自己的脸，"你的确需要好好看看你自己的脸，多观赏几遍，你才知道自己有多令人厌恶！"

武琉月就这样正对着自己的脸。

武云倾继续开口道："高高在上的神情，傲慢的眼神，偏偏浑身上下没有半分值得称道的地方，所有的骄傲和不可一世，全部只是借由自认为自己是洛水漪生下的女儿，是父皇最宠爱的女儿而展现出来的。平民百姓见着你，因为你的公主身份，的确是该对你敬重，但是武琉月，你凭什么一而再，再而三，对我露出这种高傲的表情？"

他这话一出，霍然伸出手，一把攥住了武琉月的头发，并狠狠拉扯了一下，切齿道："你是龙昭的公主没有错，但你要搞清楚，我是你二皇兄，是你的兄长。整个龙昭除了父皇和皇后所出的嫡子武项阳，论身份没有人比得过我。从今日起，如果你再敢用这种高高在上的眼神看我，我就将你的眼珠挖出来！"

他这话一出，还有这狰狞的样子，便硬生生将武琉月给吓到了。

她惊恐的神情，无疑取悦了武云倾。他松开抓着她头发的手，慢条斯理地开口道："武琉月，作为你的皇兄，我能不能问你一句，你肚子里的孩子，是谁的？"

"肚子里的孩子？"武琉月难以置信地看着对方。

而几乎就在同时，她伸出手捂住了自己的腹部。怎么可能？不过是一次而已，她腹中就有了贱种？不，她不能接受！她是公主，是龙昭高高在上的公主，她怎么能够生下这样一个贱种？

不……不可能！

她惶然之间，飞快地摇头："不可能的！不可能！怎么可能出现这种事？不可能……我不能生下这个孩子，我……"

"你不会生下这个孩子。第一，龙昭不允许。第二，我在雪地里面找到你的时候，已经流掉了，因为你有孕在身，还骑马数日，怕是腹痛如绞也没有在意吧！"武云倾说这话的时候，倒是一副云淡风轻的态度。

武琉月立即便松了一口气。

然而，看她松一口气的表情，武云倾忽然恶意地笑了："对了，御医说你在雪地里面躺了两个时辰，身体大损，以后再也不能怀孕了！"

"什么？！"武琉月立即站了起来！

看她这么大的反应，武云倾倒是不甚在意："你也不必反应这么大，刚刚镜子里面，你自己的脸，相信你也看见了。你如今这个样子，世上也不会有男人愿意娶你，即便娶你，也是迫于你的公主身份，日后对着你这张脸，想必也是难以提起兴致，还能不能生，我看对你也没有多大的影响！"

"武云倾，你！"武琉月原本就受了非常大的打击，眼下再听见武云倾这么说，更是气不打一处来。

然而，对她这样激动的反应，武云倾并没有什么感觉，慢腾腾地道："你带回来的玉佩，的确是真的！我已经用上了，不过我很好奇，武琉月，你跟我合作的目的是什么？父皇对你还不够好吗？还是父皇做了什么事情让你不高兴了，令你已经不想看见父皇继续坐在皇位上？"

他话音刚刚落下，门外立即有下人跑了进来："二皇子殿下，不好了！四皇子殿下回来了，并且带回了陛下的手谕，说是捉拿武琉月！"

"别慌！这有什么不好了？"武云倾不以为意。

那下人看武云倾淡定得厉害，心里头也开始紧张了。武云倾很快开口道：“武青城现在已经回来了吗？父皇已经没事了？”

“看样子是没事了，说武琉月竟然胆大包天，毒害陛下，眼下陛下下旨要将她交给帝拓大军！”下人说完这话，看了武琉月一眼。

武琉月心头一慌，惊恐地看向武云倾。

而武云倾皱了皱眉头：“你是说，是武青城自己回来了，带着父皇的手谕，并非父皇亲自回来？”

“对！”那下人很快回话。

武琉月飞快地道：“武云倾，你不要被他们骗了！我给父皇下了很重的毒，那种毒药根本无药可救，父皇眼下一定已经驾崩了，武青城是回来诓骗你的，就是想哄骗你束手就擒，将代表父皇身份的玉佩交出去。你要是真的交出去了，你就输定了！皇位就是武青城的了！”

她这话一出，整个大殿陷入了一种诡异的静默。武琉月的话是有道理的，按理说，出了这么大的事情，父皇要是真的没事的话，应当第一时间就回国处理政事才对，怎么会只让武青城带回来一张手谕？

然而……

武云倾眸光一冷，忽然有些恶意地看向武琉月：“可即便如此，眼下武青城只是让我将你交出去，却并没有让我将玉佩也交出去，不是吗？”

“你这话是什么意思？”武琉月眸中泛出凶光。

武云倾笑道：“也没有别的意思，总归父皇现在是生是死，我并不清楚，而武青城回来之后，也没让我将玉佩交出去，既然这样的话，我为何不先将你交出去，再把玉佩拿在手中，观望一下情况呢？反正现在对于我来说，你已经没有用了不是吗？”

“你敢！”武琉月已经明白了他想做什么，声色俱厉。

然而武云倾只轻轻笑了一声：“我当然敢了！难道我会为了一个对于我来说毫无用处的人，冒着得罪父皇，抗旨的风险吗？但是眼下将你交出去，对我而言，却半分损失都没有！”

话音落下，他冷声道：“将她绑起来，送到边城，交给南息辞！”

“是！”

“武云倾，你这么做是会遭报应的！你们放开我，武云倾，你，放开我，放开！武云倾，我咒你不得好死，放开……”

“好了吗？”肖班看了一眼肖青。

这时候，整个军营已经变成了一片花海，整个营帐已经快被鲜花给淹没了。

肖青点了点头：“好了！”

肖班忙活了一整夜，直接就往地上一躺：“我觉得要是再这样下去……我就要累死了！还有啊，我觉得要是有一天我不做将军了，我应该可以改行做花匠！”

肖青跟他一起躺在地上，眼角的余光往十米之外，一脸不耐烦的阎烈脸上扫：“我们这算什么？阎烈大人再被王折磨几遍，他以后可以改行做婚礼司仪了！”

肖班嘴角一抽，眼神也跟着看了过去：“王还没整完吗？”

“是啊！”肖青的眼神也看了过去。

他们的王，两三个时辰之前，认真地换了一个多时辰的衣服，对比哪一件穿起来会更为俊美，选完衣服之后，又开始选束发之物。从玉冕，到王冠，再到玉扣，又折腾了半个时辰。就算是登基大典上，王也没有对自己的衣物如此重视过。而阎烈一直负责参考，提意见，还非提意见不可。

至于现在的这一个时辰，王又在温习自己的求婚台词。

阎烈现在站在王的身后，忍不住一再悄悄翻白眼。就在这时候，便见他们威压霸凛的王，认真地背出一遍：“洛子夜，孤期待今日已经多时……”

本来背得好好的，凤无俦却忽然扭头看向阎烈：“孤的语气自然吗？有没有太浮夸？”

阎烈：“……”他真的要哭了！

他悲愤道：“王，已经很好了，非常好了！属下相信王后一定会满意，您还是赶紧去吧，您的语气十分诚恳，一点儿都不浮夸，属下发誓！”

他真的要听吐了！王从前加上今天，在自己面前背这个台词，已经不下两百遍了！他觉得自己都已经倒背如流，可以代替王去求婚了！肖青和肖班的脑门后头都是巨大的冷汗，特别同情阎烈。

凤无俦沉吟片刻，终于下定决心，鼓足勇气一般沉声道：“将孤准备好的东西拿来，孤这就去！”

“是！”阎烈其实并不是太清楚，王准备了什么。只是知道王在回来之后，便回了一趟自己处理军务的王帐，将几件东西全部收入一个锦盒之中放好，便放在桌案上头了。

眼下他这么一说，阎烈便直接让下人过去拿锦盒过来了。

这下，躺在地上的肖青和肖班，都一骨碌地爬了起来，一会儿王就要求婚了，要是王后出来看看，一看就看见他们两个人躺在这里，一副要死不活的样子，那是有碍观瞻的。他们伸出手挥了挥，示意边上所有的人全部站稳。

远远地看去，一片漂亮的花海，不少士兵在花海中间站着，身段笔直，看起来便像是古老国家的绅士们，场景非常盛大。

云筱闹一脸憧憬地看着面前的花海：“爷真是太幸福了，帝拓的皇帝陛下的这个准备……能嫁给这样一个男人，真的是不枉此生了！”

“是啊！”应丽波附议，“原本我以为怂恿爷主动开口问婚事了，接下来我们直接筹备婚礼就可以了，却没想到，帝拓君王居然这么有心！”

倒是上官御发现洛小七的样子，似乎有些不对劲：“莫树峰，你怎么了？”

这小子定定地看着花海，好像被什么勾走了魂，整个人都是一副不在状态的样子。

洛小七很快回过神，尽可能地让自己镇定，轻笑了一声：“没什么，帝拓的皇帝陛下此举，我有一丝惊讶罢了！”

应丽波第一个点头：“是的！帝拓君王那样的性格，我实在是想不到，铁汉也会有这样的柔情！”

云筱闹瞟了一眼应丽波：“不过你说，爷会答应吗？”

她这话说出来，应丽波的眼皮就忍不住跳了一下：“如果帝拓君王今天不出什么差错的话，应当是没有多大的问题！但是如果他出了什么问题，让爷不高兴了的话，她反悔了不想嫁了，完全是有可能的……”

云筱闹的嘴角抽搐了几下：“希望帝拓君王今天谨慎一点儿！”

卢梦芳插了一句嘴：“我希望那位武神大人今天老实一点儿，不要出来搞事情！”

众人：“……”是啊，他们怎么把这个大麻烦给忘记了。

帝拓的皇帝陛下，到了洛子夜的大门口。

洛子夜听见脚步声，惊醒了过来，这才发现在凤无俦离开王帐之后，自己心情郁闷之下，居然在床上，连衣服都没脱就睡着了。不过有些奇怪的是，凤无俦居然还没回来。

正想着，王帐的门帘被人掀开了。

看着门口那人，洛子夜怔了怔。

他穿着一身黑色的曳地锦袍，那是王室的礼服。衣襟之上，依旧是鎏金色的暗纹，却也透出隐约的威严之感。那张俊美堪比神魔的面孔，依旧是令人一眼看去，便心潮澎拜，激动不已。那一身唯我独尊的气场，也如往常一般，只是站在那里，就能压得边上的人屈膝。

而与往常不同的是，他从来飞扬不羁，散在身后的墨发，今日倒是用王冠束了起来。金色的王冠中间是一颗尊贵耀眼的黑色宝石，镶嵌在王冠中，正落在他的眉心，比往常那种一眼看去就帅得神魔震颤的姿态还要帅上很多。他的王冠真的很好看，束缚着他不羁的墨发，竟别有一番出于绝世的强者正在借着那王冠的束缚，克制着自己的实力，使自己不轻易对平凡人出手的感觉。

她扬了扬眉："你今天认真地打扮过了？"

帝拓的皇帝陛下听见她这个问题，竟有些局促难安，怕自己认真的打扮，反而不合她的心意。他魔魅冷醇的声音，缓缓地吐出表示认同的字，也就一个"嗯"。

而他一个嗯字吐出来之后，便看见洛子夜的鼻子里面，流出了两管血。她飞快地伸出手一抹。她本来都以为，自己对这些美男子的美貌已经免疫了，却没想到，完全架不住凤无俦的认真打扮。她捏着自己的鼻子："天气太热了，上火！只是上火！"

说完之后她自己就囧了，这大冬天的，天气太热了？

她这反应一出，他嘴角淡扬，自然也明白了是为什么。他也没有多说，更没有嘲笑她，倒是不安的心，平静了下来。

到这时候，他竟然有些想笑自己。他凤无俦一生就没有怕过什么，更没有畏惧过什么，可今日，他是真的在怕，在畏惧。他担心自己的任何表现，会令她不满意，担心自己脱口而出的求婚，最后将面临的是失败。他畏惧自己这一次要是真的失败了，那么她是否还愿意给自己下一次的机会。

他大步进来，阎烈也很快跟着进来了，随同进来的，还有魔伽、魔邪。

一看他们这架势，洛子夜就察觉到了情况和往常好像有点儿不一样，再一看认真地打扮了一下的凤无俦，还有一脸正经，顶着一副神父才会有的表情的阎烈、魔伽、

魔邪，她隐约意识到了什么。

她抬头问了凤无俦一句："你们这是干啥呢？"可千万不要是她想的那样，要真的是那样的话……她是会害羞的！

她问完，魔伽和魔邪已经分列在两边站好了。

而凤无俦走到床前，那双魔瞳始终凝锁在洛子夜的身上，默了片刻之后，终于开了口："洛子夜，孤等今日，已经许久。孤……"

说到这里，他顿住了。

浓眉也很快皱了起来，眉心跳了跳，不知道是不是因为实在太害怕自己忘记了台词以至于求婚失败，于是过于紧张，眼下就直接导致……

他真的把背了几百遍的台词给忘了！

看他说到这里之后，忽然不说话了，洛子夜奇怪地看着他："等到今日，然后呢？"

凤无俦："……"

站在他身后的阎烈已经意识到了什么，心里其实都有点儿想吐槽王了。求婚而已，王后自己都是愿意嫁给王的，王至于这么紧张吗？好好的一个过目不忘、一目十行的人，居然紧张到在这种关键的时候，把自己亲自写出来，还背了几百遍的台词忘记了。

真是让人头大！阎烈悄悄地上前一步，用密室传音："相识多日，幸运！"他提了两个关键词。

而凤无俦听见他密室传音过来的信息之后，果然很快想了起来，看着洛子夜继续道："你我相识多日，你能选择孤，于孤而言，是此生最幸运的事！纵然你对孤有诸多不满，但……"

说到这里，帝拓的皇帝陛下看到洛子夜那双晶亮的眼睛里头盛满了笑意，像夜空中最美的星星一般好看。

而这样的眼神，几乎是在一瞬之间，就撩动了他的心神，令他很想低下头吻住她，很想去触摸她的眉眼。当他意识到自己眼下正在求婚的时候，便立即扼杀了自己这样的想法，并且人也紧张了起来，于是……已经乱掉的心神、紧张的情绪，弄得被忘掉的台词，这时候又开始……想不起来了。

他顿住，又成功地忘词了！

阎烈一看他又不说话了，两根面条泪都已经开始酝酿了。他阎烈实在是难以想象，王这样出色的人，就那么几百个字的台词，在外头对着自己练习的时候都能倒背如流，怎么进来面对着洛子夜，这才说了三句话，就忘了两次呢?

阎烈悲伤地用密室传音，继续提示关键词："理解，陪伴！"

帝拓的皇帝陛下一愣，立即记了起来，继续道："然有幸你一直理解孤，并愿意让孤陪伴你。孤但望在未来的日子里，也能这般……"

凤无俦："……"

他现在对自己都有些无语了，为何能紧张到这个份儿上？居然看着她的脸，一紧张又忘词了！他倒也不是不能撇下那些台词，直接就对着她说出别的求婚的话，但是他很怕由于自己的情商桎梏，以至于说错话让她不高兴，可这已经是他今日第三次因紧张忘词了……

这下，他竟然也不想再多说什么了，直接便回身，将阎烈手中的锦盒拿过来打开，递给她："孤认为，再多求婚的话，也比不上这份礼物所展现出来的诚意，也没有其他任何的言语，能比它们更能证明孤的真心！"

他这话一出，包括洛子夜在内的所有人，眼神全落到了他手中的盒子上。

阎烈这时候心里忽然有了不好的预感，希望上天保佑，王没有被爱情冲昏头脑！然而……

当他踮着脚，看见那个盒子里面的东西的时候，嘴角一瘪，捂着自己的眼睛转过头，险些哭了！这都是什么事儿啊，倘若洛子夜接近王是有目的的，到时候抱着这盒子跑了，真的啥目的都得到了。

他这个表情，让魔伽和魔邪心里也生出了不好的预感，开始踮着脚眺望。

而洛子夜在看见里面的东西的时候，微微愣了愣，伸手把盒子接过来。里面躺着五件东西，其中有一件是她很熟悉的，当初因为它，他们险些决裂……

这东西，他终究还是找回来了，没有重新去打造吗?

那是，王骑护卫的虎符。

至于旁边的，还有一个虎符，她拿起来看向他："这个是……"

她这话问出，他魔魅冷醇的声音缓缓地道："这是帝拓大军的虎符！洛子夜，你手中捧着的，是帝拓的玉玺、王骑护卫的虎符、帝拓大军的虎符、帝拓国库的钥匙。但凡孤有的一切，孤手中掌握的权势，都愿意毫无保留地交托给你！"

他说出了这盒子里面的四件东西。

这令洛子夜愣住，忽然觉得自己手中的盒子有些烫手，这东西她接得住吗？

下一瞬，便见他魁梧的身躯在她面前缓缓沉下，单膝跪于她面前，执住她的一只手，魔魅的声音缓沉地道："洛子夜，孤要天地在你脚下。当你接过帝拓的玉玺和虎符，凤无俦愿意从此在你手下为将，为你开疆扩土，孤愿以骨灰，做你垫脚之石。孤希望，孤的真心你能看见，孤希望，你愿意嫁给我！"

洛子夜僵住。在她手下为将吗？他不做皇帝了？要在她手下做个将军，为她开疆扩土？做她的垫脚之石？

他是不是疯了？

可看他眼神如此真诚，哪里找得到半丝神志不清的样子？

但是阎烈、魔伽和魔邪，觉得……王要是没疯的话，他们自己都要疯了。

还有盒子里面的那个，是……

在洛子夜呆愣之际，他大掌伸出，将盒中那颗宝石拿出来。那是一颗黑色的宝石，发出耀眼夺目之辉，足足有人的拳头那么大。

他将之置于她面前，沉声道："这颗宝石，名为'苍天之眼'。传说千年之前，落于人间，得到这颗宝石的人，将会成为天地之间唯一的王者。今日，孤将它送给你，它意味着，你是孤唯一的妻子，如违此誓，天诛地灭！"

他这话说完，阎烈已经说不出一句话了。苍天之眼，自从问世以来，便一直是天下人趋之若鹜、争来抢去的至宝，无数王者诸侯，都曾经为了争抢它而毙命。一颗稀世珍宝之上，染了多少人的鲜血。

这些君王去争抢这个宝贝，大多是为了唯一王者这样一个祈愿。就是王也是在登基为帝拓君王之后，花了三个月的时间，并亲自出手，才将这东西纳入囊中。却万万没想到，今天拿出来，竟然并不是为了证明自己是天地中的唯一王者，而只是为了……

表明自己的心意，让洛子夜知道，她将会是他唯一的妻子？

王这简直就是被美色迷了心窍好吗？

魔伽实在忍不住，偷偷捅了一下阎烈的胳膊，用密室传音心痛地道："王之前背的台词里面，有这些话吗？"

阎烈一个硬汉，鼻子里流出一管伤心抽噎之下的鼻涕，用密室传音回话："根本没有！”

现在看来，王之前背的台词，根本就只是一个求婚的前言。而送上礼物的时候，这些发自肺腑的表白与承诺，才是真正的重头戏。想到这里的时候，阎烈更加伤心了，只不过这回并不是对王的恨铁不成钢，而是发自内心地心疼自己！

是啊，只是一个求婚的前言而已，前言而已，王就折磨自己这么久，还让自己各种帮忙改词，找问题，听王背诵，帮王剖析语气对不对。整个人都快被折磨疯了，结果最后这根本只是一个前言？！

难道他阎烈的劳动、时间，还有精神创伤，其实这么不值钱吗？

好想哭！王这根本是见色忘兄弟！

他心里是想哭的，而洛子夜在听凤无俦说完所有的话之后，霍然沉默了，低着头没说话，眼眶却自己红了。他到底还想为她做到何种地步？他到底还想让她多感动？他到底还想让她多无地自容？

三个时辰之前，她还在因为他匆忙离开了王帐，没有给自己任何回应，而在心中质疑：他是不是根本就不想迎娶自己？

而眼下，当他将真心展现于她面前，她才知道，一直以来，有事没事就矫情，有事没事就怀疑他的自己，心理是有多阴暗，多看不清他。从前她还能告诉自己，她所有对他的怀疑，对他的不确定，对他的担忧，都是出于自己太在乎，太怕失去，甚至是自卑，所以才会有的反应。

但是，当他将自己的一切奉上，将心掏出来，捧在她面前的时候，她还能这样安慰自己吗？

看她低着头不说话，他魔瞳沉敛，心下开始担忧，自己是否还是因为没能记得台词，说错话了，令她不高兴了，以至于从来威严霸凛目无一切的他，这时候竟有些心慌起来。手中的宝石还捧着，等待着她接过。

正在他紧张之际，她霍然抬起头看向他，嘴角含着笑，那似乎是幸福的笑容，有着独属于女儿家的柔美。她把手里的东西往上面抬了抬，那里面是帝拓的王权、军队、财富，也是他所拥有的一切。

她说：“你这是准备用你所拥有的一切，来换我吗？”

那么，她在他心中的地位，还真的是很高呢。

然而，当她这话一出，他嘴角淡扬，魔瞳之中是宠溺的柔光，盯着自己面前的

小女人沉声道："不是换你，是求你！"

今日，他是在求婚，求她嫁给他。

而并不是换，如果是换，那么……倾尽他所有，占据这世上的一切美好，也都不够分量，拿来换一个她，不够来换……他心中，比一切更重，比所有都要美好的她。

他这话一出，洛子夜又愣住了。原本以为他的答案会是"是的，就是这样"，那就已经足够让她感动了，却没想到，他的答案不只于此，也是在告诉她，她并不是她手中盒子里面装着的这些东西可以衡量的。

洛子夜微微噘了噘嘴："成婚之后，你会什么都听我的吗？"

阎烈的内心：王现在本来就什么都听你的好吗？哪回你想要点儿什么，不是撒个娇王就全部答应了？

他正在内心吐槽的时候，发现自家没出息的王居然还一副甘之如饴的样子，扬起嘴角："对，孤什么都听你的！"

魔伽忍不住看了一眼魔邪，用眼神交流：看来以后在王的手下，是混不出什么名堂来了，他们还是早点儿投靠王后吧……

想到这里，两个人又险些流下眼泪，偏偏尽管心里这么明白如何选择对自己的前程是最好的，但是他们的内心对王还是忠诚的，没办法完全去投靠王后啊……只能这样伤心。

洛子夜满意地点头，问了他一个恶俗的问题："我跟你父王一起掉进水里，我跟他都不会游泳，救了其中一个，另外一个一定会淹死，那么……你先救谁？"

他魔瞳微凛，盯着她，眉宇之中倒是认真，沉声道："先救你，孤陪父王一起死！"

这便是永远将她看得最重，也全了自己的孝心。因为他确定，当那一切发生，他根本就无法思考，潜意识就会为他做决定，直接救她。如同当初去天曜皇宫救她，以至于自己的兄弟们被困千里峰一样。这些潜意识之下，身体做出来的决定根本不由他控制。

所以，他大概真的只能是潜意识之下直接便救了她，内疚之下只能陪父王死。

阎烈等人的内心：王，您想过老王爷的感受吗？兴许老王爷只想活着，根本不想跟您一起死呢？唉，算了，反正老王爷要是知道了，我们就安慰他说，您这是为了求婚说出来的临场之言，不能作数，让老王爷不要忧伤好了。

反正老王爷的性格也不会忧伤，而且要是换个角度，让老王爷知道王回答了先救老王爷，导致求婚失败，老王爷才要骂王蠢。说起来前几天老王爷还修书问了闽越，打听王打算啥时候跟洛子夜办婚事来着。

洛子夜没想到他都没有犹豫一下，直接就说出答案来了，原本拿着手里的锦盒，摇晃得还挺开心的，这下子锦盒都摇晃不动了。

她霍然顿住，盯着他，伸出手抓握住他一直举着的宝石，接过，将它攥在手心里。

然后她低下头，主动吻住了他的唇瓣。

他魔瞳一凛，眸光炽热。他还未及反应，洛子夜的唇已经离开了他的唇，她轻声笑道："如果真的那样，还是先救你父王吧，然后，你跟我一起死，不必留我一个人活着。因为……没有你，我不能活！"

她这话一出，边上看了半天的阎烈、魔伽、魔邪等人，这时候都相继笑出声来，已经率先高兴得鼓起掌来，为自家主子欢呼雀跃。

太好了，总算是答应了，王终于不用再说出什么让他们这些做属下的都对王格外恨铁不成钢的话了！

然而，作为正主的帝拓皇帝陛下还有些愣，回头看了一眼自己欢呼雀跃的手下们，还有手中紧紧攥着宝石的洛子夜，沉声询问："所以……洛子夜，你是答应了吗？"

咚！阎烈栽倒了。

砰！魔伽和魔邪，脑袋撞在一起了。

洛子夜都表现得这么明显了，人家宝石都接过了，还说出了这么动听的话，王居然还没意识到洛子夜是不是答应了？王这已经真的不是一般情商感人了！

"难道我没答应吗？如果你送给我的礼物都是真的，如果你说此生唯一是我，否则天诛地灭都是真的，那么……我答应了也是真的！"洛子夜扬了扬手里的宝石。

她跟他父王一起掉进水里，他先救谁？她爱他，其实根本不应该用这种问题去为难他，可是，他能给出令她满意的答案，哪怕这答案只是一句甜言蜜语，是求婚的时候说出来的虚假言辞，她听着也是开心的。

更何况，她明白，他是不会对她说假话的。

而下一瞬，还未等洛子夜反应，他已拦腰将她抱住，霍然将她抛入天空，惊得洛子夜尖叫一声，又很快被他接住。她忍不住笑着在他胸口捶打了一下，笑骂了一句："你真是……"

话没说完，她已经被他抱着走出了王帐。

入眼是一片花海，令洛子夜难以置信地瞪大眼，看着自己面前的美景！大概在梦里，她都没有看见过如此美丽的画面。

而凤无俦抱着自己怀中的女人，或者说是抱着他此生最为重要的一切，一次一次将她抛入半空，再一次一次接住她。

那是在向所有人炫耀他的幸福。

也是想让天下人都知道他的愉悦，都知道，她将会名正言顺地成为他的妻子，此生唯一的妻子。

王骑护卫和龙啸营的人，这时候也都远远地看着，一看帝拓君王这个兴奋的样子，便知道今日他的求婚一定是成功了。一下子所有人都忍不住露出了笑容来，即便神色复杂如洛小七，这时候都扬了扬唇角，希望自己的太子哥哥真的能幸福。

然而，见证了求婚过程的阎烈、魔伽、魔邪等人，这时候都默默地、面无表情地站在凤无俦的身后。

三个人用密室传音交流："王这回求婚是把所有都搭进去了！"

"是啊，玉玺、虎符、国库钥匙、稀世宝石，还说自己要自降身份去做将军，我以后已经不知道应该称呼洛子夜为王，还是称呼王为王了……"

阎烈看着不远处抱着洛子夜兴奋不已的王，说出一句心如死灰又大逆不道的话："是啊，王把什么都搭进去了才求婚成功，他居然还有脸高兴……"

"你们在说什么？这是什么情况？"刚刚睡醒的武神大人看着自己面前的场景，心里有了不好的预感，他只是回去睡了一觉而已，为什么发现整个世界仿佛都变了！

茗人正在他营帐的门口，斜着眼睛扫了他一眼："陛下，听说是求婚，昨天晚上您睡下之后，王骑护卫的人就开始准备了。嗯，看帝拓皇帝陛下的表现，应该是……求婚成功了吧？"

他这话一出，武修篁顿时一张脸黑透："你说什么？求婚？还成功了？！"

茗人点点头："肯定成功了啊，不然帝拓的皇帝陛下能高兴成这样吗？"

"你的意思是，在朕昨天睡觉的当口儿，凤无俦这个臭小子把朕的女儿拐走了？"武修篁的脚步踉跄了一下。

他话音落下，茗人站在原地顿了几秒钟，不一会儿，脑后就冒出冷汗来了，哆嗦着开口道："呃，陛下，好像是这样……"

只是，自己是不是惨了？

果然，正在他万分担忧之际，他的陛下的确生气地开口了："茗人，所以你的意思是，你昨天晚上目睹了这件事情，目睹了凤无俦的准备过程，你都没有叫醒朕？"

当一件事情让自己生气到无以复加的时候，把自己的怒火转移一些到其他人身上，其实也是一种能在一定程度上安慰自己心灵的做法。

"陛……陛下，属下该死！"茗人扑通一声就跪下了，"因为您三十多年来，都不允准任何人因为任何除国事之外的事情打扰您睡觉，所以……所以属下……"

他怎么忘记了，这三十多年来，陛下的确是不允许谁打扰他的，但是水漪公主的事情就是例外啊？只有水漪公主在龙昭皇宫的那几年，陛下是完全把自己的各种事情都置之度外，所有的事情都以水漪公主为先。

睡觉算什么？眼下，洛子夜的事情其实也就是一样的程度了吧，自己为啥没有想到这是水漪公主的女儿，是陛下眼下的心头肉呢？

武修篁生气地在原地跳了好几下，再一次伸出手，竟然是对着自己的脸的！

茗人抬首之际看见了，赶紧惊恐地道："陛下，不可！"

陛下身份尊贵，怎么能打自己的脸呢？

他这么一喊，武修篁的动作到底是顿住了，但是武神大人的心都已经彻底碎了，没有打自己的脸，就是狠狠把自己的腿重重地拍打了好几下，悲愤地道："朕真是生气得想打死自己，为什么要去睡觉！昨夜明明都能看出来，凤无俦也许是有异动的，可是朕竟然毫无防备地去睡觉了。难道朕今天睡了几个时辰，百年之后就可以不用死了吗？"

茗人："……"陛下，其实也没有那么严重啊，只是求婚成功了而已，您至于生气得连自己都打吗？

说句实话吧，他觉得陛下太小题大做了，帝拓君王是这一辈的青年才俊之中最为杰出的人，把公主嫁给对方也不亏啊，他实在不能理解陛下到底在这里纠结什么……

他开口道："陛下，其实凤无俦也是不错的，论实力他在轩苍墨尘之上，有这样的女婿并不丢人，而且难道您不希望您自己的女儿，嫁给世上最出色的男人吗？"

他当然晓得陛下一直中意的女婿是轩苍墨尘那只笑面虎，可凤无俦根本就不比轩苍墨尘差啊，陛下这到底是为啥？

武修篁表情不善地看着他："朕当初和凤天翰那个死老头说的那些话，你都忘了？"

"呃……"茗人的嘴角很快抽搐了一下。那天陛下可是和凤天翰互相赌咒发誓了半天，说坚决不会让自己的女儿嫁给对方的儿子，也坚决不会允许自己的儿子迎娶对方的女儿来着。

茗人忽然有点儿同情自家陛下和凤天翰了。这两个人不会真的要践诺吧……

但他还是对武修篁说了一句中肯的话："可是陛下，您和凤天翰之间的事情，属下认为不应该影响下一辈，您跟凤天翰好好沟通一下，说不定你们都可以不必践诺，就当扯平了呢？"

武修篁不悦地看了他一眼："你以为这是主因吗？你看看凤无俦那个傲慢无礼的小子，每次看见朕是什么态度？他有态度可言吗？更别提他前段时日还打伤了朕！朕也曾经在心中劝慰自己，他打伤朕是因为武琉月，并且是为了维护朕的亲生女儿，洛子夜真心喜欢他，看在他们两个人是真心相爱的分儿上，朕不与他计较之前的事情，可是呢？"

武神大人更生气了："可是凤无俦这个混账，明知道朕是洛子夜的父亲，对朕这个岳父，朕这个泰山大人，竟然一点儿都不尊重。他对朕这么一个态度，你说他对朕的女儿，能完全真心吗？"

"陛下……"茗人忍不住说了一句大实话，"其实凤无俦对您这个态度，并不能证明他对公主不是真心的。属下认为，只是因为公主如今并不在意您，所以凤无俦才认为，对您也不需要过于客气！"

"闭上你的嘴，这个不用你提醒朕！"武修篁气得脸都绿了。

茗人看着自家陛下暴跳如雷的样子，意识到自己又作了大死："属下知错了，陛下恕罪！"

武修篁也懒得跟茗人多计较，扫了一眼凤无俦和洛子夜的方向，不悦地道："眼下洛子夜根本就不想认朕，凤无俦如今是她最在乎的人，并且将要成为她的夫君，他的意见对于洛子夜来说，肯定是至关重要的，可是如今凤无俦对朕是这个态度，自然一点儿都不利于朕认回女儿，故而……朕一定要想方设法破坏他们的婚事！"

倒是茗人灵机一动："陛下，您方才的话倒是提醒属下了，既然凤无俦是公主最为重视的人，并且公主对他的建议一定会非常在意，那么我们怎么能一再跟凤无俦作对呢？”

“呃……”武神大人蒙住了。

茗人继续说了一句明白人才能说出来的话：“您继续跟凤无俦作对，凤无俦肯定会更加讨厌您，他一定不会在公主的面前，说您的任何好话！您想想，凤无俦明知道您不喜欢他，也知道您不愿意将女儿嫁给他，既然这样，他会希望公主认您吗？”

武神大人被茗人说得茅塞顿开：“你的话有点儿道理！所以朕接下来应该做的事情，是停止跟凤无俦作对，并且去讨好他吗？”

“陛下，虽然属下说出的答案，您可能有点儿接受不了，但事实是……的确就是这样的！”这对眼下本来就很惨的陛下来说，其实是有点儿过于残忍了。

他话音落下，武修篁差点儿哭了：“让朕去讨好那个傲慢无礼的小子？”这简直就是在要他的命啊！

“陛下，其实不讨好也是没关系的，毕竟您是皇帝，想要认回公主的事情，其实我们也不急于一时！”茗人安慰了一句。

武修篁伸出手捂着自己流下面条泪的眼睛：“让正在查洛子夜所有喜好的人，顺便也给朕查一下凤无俦的喜好，朕也好对症下药，讨好一下那个拐跑朕的女儿的小王八羔子！”

茗人点了点头：“属下领命！陛下，您想开一些，毕竟这种事情是谁都不想看到的，您可以表面上喜欢凤无俦，并且讨好他，但是私底下继续讨厌他，是的，只要不让他看出您内心真正的想法就行了！”

“可是这样朕会更痛苦，难道朕是两面三刀的人吗？”武修篁气得脸又紫了。

茗人：“陛下，那您还是节哀吧！”

解罗或看了一眼凤无俦和洛子夜，想想自己要禀报的两件事情，都是好事，他就上去了：“王，萧疏影已经死在轩苍了。还有，一个时辰之前，南息辞传来消息，武琉月现在在他手中！”

洛子夜看着解罗或：“武琉月真的被交过来了？”

“是，王后！”解罗或是一个很聪明的人，知道这个时候加上这么一个称呼，会让王开心，洛子夜也开心。

果然，这个时候他叫出这种称呼，的确令帝拓的皇帝陛下眸中掠过一丝愉悦。

洛子夜游移了一下眼神，不过用应丽波的话来说，她的脸皮本来就是厚的，也不会不好意思太久。下一瞬，她的眼神放到了武修篁身上。之前在听说对方要将武琉月交出来的时候，她还将信将疑。

毕竟她认为不管怎么样，武修篁对武琉月都是有点儿感情的，却没想到……

她微愣之际，凤无俦已经知道她在想什么。他魔魅的声音撩过她耳畔："倘若此事是直接被揭开，之前你与武琉月之间没有过节，那么武修篁或许会因为念及旧情，即便待她不如从前，也决计是有情分的。然而，武琉月在明知道你才是真正的龙昭公主的前提下，一再利用武修篁对付你，对于武修篁而言，这定是不能容忍的！"

洛子夜点了点头，武修篁当机立断地把武琉月交出来，在洛子夜看来还是很识相的。

洛子夜的眼神看过来，武修篁自然也意识到了。虽然不明白女儿为何忽然拿正眼看自己了，但是不管怎么说，这对于武神大人而言，也是一件好事。他站直了身躯，对着洛子夜搔首弄姿，尽可能地表现自己的英俊。

茗人慢腾腾地往边上挪动了几步，他其实也没有别的意思，只是想跟陛下保持距离而已。他虽然非常理解陛下在知道真正的公主是谁后，表现出来的种种激动，但是他实在是难以理解，陛下这种激动的程度，简直宛如一个智障。

洛子夜看着武修篁摆 pose 的样子，忍无可忍地转过头，真的很后悔看了他一眼："你说武修篁是不是被谁刺激了？这简直就是脑子有病啊！"

帝拓的皇帝陛下扫了一眼武修篁，只说了一句："不必管他！"

"嗯！"洛子夜认同不用管他。

武神大人看见自己的宝贝女儿在扫了自己一眼之后，就回过头不知道在跟凤无俦说啥，他立即发挥了自己的想象力："茗人，我女儿刚才看了我一眼之后，肯定对凤无俦夸我英俊！"

"啊？"茗人嘴角一抽，公主刚刚是真的在对凤无俦夸奖陛下英俊，而不是在说陛下有病吗？

武修篁扭头看了他一眼："怎么？你觉得他们不是在夸奖朕英俊吗？"

"呃……没有，他们一定是在夸奖陛下您英俊！"茗人一本正经。

"嗯！"武修篁认真地点头，又换了一个更加英俊潇洒的姿势站着。

倒是茗人这时候说了一句："对了，陛下，您的手谕若是顺利，二皇子殿下奉命行事的话，武琉月今日就应该被送到边城了！”

武神大人安静下来，冷声道：“朕也想再见她一面，朕倒是想知道，一个人能狠心到何种境地，才能如同白眼狼一般，对朕下致命的毒药！”

阎烈这时候上来，问了凤无俦一句：“王，那我们接下来，应当跟龙昭商量歇战的事情了！”

毕竟这个时代，只要没有人想一统天下，把墨天子从皇位上踢下来，就不会有大国之间打到要对方国破家亡的地步，一旦这样打，定会让其他国家过来坐收渔翁之利。眼下南息辞已经攻破龙昭边城，生擒敌军三名虎将，这样的胜利，其实已经可以证明他们帝拓的实力了。

而龙昭也将武琉月交了出来，算是做出了一个妥协。不管将武琉月交出来，是因为战局上的失利，还是为了洛子夜，但总归人是交出来了，既然这样，就没有继续打的理由了。

解罗彧道：“龙昭的两位皇子，已经代表武修篁，传来了和谈协议！”

洛子夜耸了耸肩：“他们该没有说什么，我们不能伤及武琉月的性命吧？”

“武琉月不是真正的公主的事情，这时候已经在龙昭私下传开了，在龙昭那些人的眼中，武琉月就是一个耻辱，也是一个害得龙昭与帝拓交战多日的贱妇，不会有人在意她的死活！”解罗彧很快回话。

他似乎又想起什么：“还有一件事，武云倾竟然亲自来了边城，对南息辞说，希望我们好好折磨一下武琉月，看来武琉月在龙昭结仇不少！”

“嗯！”洛子夜点头，“要是这样的话，的确是应该歇战了，毕竟我们从一开始的目的，就只是将武琉月抓过来。而且龙昭这样‘深明大义’的态度，爷很喜欢。武云倾平常一定非常有眼光，我很欣赏他！”

解罗彧嘴角一抽，瞟了一眼洛子夜：“他要是知道您欣赏他，一定很高兴，毕竟您的一句话，说不定还真的能决定是他当龙昭的皇太子，还是武青城做龙昭的皇太子！”

洛子夜翻了一个白眼，看向凤无俦：“告诉他们，我们接受和谈。然后对他们说，他们的皇帝陛下，在我们的军营里，每天蹭吃蹭喝。提醒一下他们，一定要多答应我们几个条件，多赔款，必要的时候还割地，不然我们就在武修篁的饭菜里下毒！”

武神大人：“……”

他走到这跟前，就听见女儿冷酷无情的话，他的眼中含了泪水：“姑奶奶，你还没出嫁胳膊肘就往外拐！凤无俦到底给你灌了什么迷魂汤……”

阎烈等人率先翻了一个白眼，还王给洛子夜灌了迷魂汤呢，他们觉得是洛子夜给王灌了迷魂汤好不好？王也不知道成天在想什么，什么东西都拿出来求婚，现在帝拓的皇帝到底是谁他们都搞不清楚了。武修篁居然还说，是王给洛子夜灌了迷魂汤！

他们表示不服。好吧，谁被灌了迷魂汤又不是什么优点，他们还是不要说出来比较了，免得王把他们拍飞。

洛子夜四下扫了一眼：“亲爹？亲爹在哪里呢？”

武修篁：“……”

萧疏狂看着自己面前的人：“轩苍墨尘，要杀要剐悉听尊便，我萧疏狂既然敢出来从你手中劫走人，就不怕死！”

他被抓来了之后，就被关了几天。而自己面前的这个人，云淡风轻地饮茶，萧疏狂实在是憋不住这暴脾气。

轩苍墨尘看了看他，微微笑道：“既然你都这么说了，那朕也不必犹豫了！”

犹豫什么？萧疏狂有些防备地看着轩苍墨尘。

轩苍墨尘缓声道：“你是洛子夜手下的人，她从来就是为了朋友为了义气，不顾一切的人。所以你能大着胆子，更改朕对萧疏影的判决，朕也并不觉得奇怪。朕也没打算杀了你，毕竟杀了你，洛子夜知道了，一定会怨恨朕！”

“那你想干什么？”萧疏狂瞪着他。

轩苍墨尘将手中的杯子放下，从袖中掏出来一张纸，墨子渊接过，将那张纸放到萧疏狂的面前。萧疏狂难以置信地看着这张纸，这个是……大炮的结构图？不，这并不是大炮的结构图，有些地方的勾勒是错误的，这……

他震惊之际，轩苍墨尘轻声道：“洛子夜在天曜的时候，身边有两个侍婢，路儿和沓沓，你应当知道。她们当中有一个是我的人，这是路儿从洛子夜手中偷来的东西，只不过洛子夜做事，习惯留下后手，故而这张图纸，并不能做出来我想要的东西！”

“你想要真正的结构图？”萧疏狂眸中掠过血光。

轩苍墨尘轻笑了一声：“不错，你是洛子夜最信任的人，一定知道真正的图纸是什么样子。不过我相信，就算是我杀了你，你也一样不会将真正的结构图交出来的对吗？”

“你既然知道，又何必白费心机？”萧疏狂冷嗤。

轩苍墨尘轻轻一笑，手指在桌案上敲打了几下：“有个人，从你到了墨氏古都之后，就一直跟着你。只是，你还没有见到她，她就被朕下令抓了。朕是不是白费心机，你在看见她之后，再好好想想。”

他话音落下，下人们很快押着一个人上来了……

萧疏狂很快便看了过去，那正是上官冰！他眸中掠过一丝难以置信，扭过头看向轩苍墨尘：“这根本就不关她的事，你把她抓来……轩苍墨尘，你卑鄙！”

“朕从来就很卑鄙！”轩苍墨尘笑了笑，慢条斯理地道，“萧疏狂，朕以为你已经足够了解，朕这个人做事情，从来只知道结果，不问过程。以最小的代价，得到最大的利益，是朕处事的准则！”

他站起身，走到萧疏狂的面前：“你说的不错，这件事情跟上官冰没有任何关系，但是既然她是你的心上人，那么没有关系，就变得有关系了！或者你根本就不在意她的死活，能眼睁睁地看着朕杀了她，那么……就能证明，这件事情的确跟她没关系！”

萧疏狂瞪着轩苍墨尘，不说话，眼神看向上官冰，她此刻正被一群人桎梏着，口中塞着一个布条。她情绪很激动，狠狠地瞪着轩苍墨尘的背影。她行走江湖这么多年，从来就没有被抓过，这一次忽然被那么多人盯上，她就知道这件事情不简单。

萧疏狂的眼神在她身上掠过之后，回头看向轩苍墨尘：“纵然上官御是她的亲哥哥，但是我与上官御的交情，并不足以令我做出背叛洛子夜的事情。轩苍墨尘，你还是死了这条心吧！我什么都不会说！”

“是吗？”轩苍墨尘扬眉，回头扫了一眼上官冰，正对上她带着怨恨的表情。

他倒是有兴致，竟问了上官冰一句：“听见他说，他根本就不在乎你的死活，你伤心吗？”

萧疏狂和上官冰，几乎同时僵住。

萧疏狂炽烈的眼神放在上官冰的身上，试图告诉她，自己这话只是权宜之计。

然而这眼神只是一瞬便收了回来。要是让轩苍墨尘察觉了，就会知道自己是在乎上官冰的！让他知道这些，对他们才不利。

上官冰扫了一眼萧疏狂，看他一脸冷漠，旋即看向轩苍墨尘，表情很冷，似乎就是在告诉轩苍墨尘，她根本就不在乎萧疏狂是否在意这件事情。她并不蠢，这时候表现出他们有关系，才会令敌人占上风。

轩苍墨尘微微扬了扬眉，温声道："上官冰，你作为一个杀手，这些年杀了不少人，眼下判你死，也是你罪有应得。既然你面前这个人并不在乎你的死活，也不愿意拿他手中掌握的消息来换你，那你就只能准备赴死了！"

上官冰扬了扬眉毛，那表情带着挑衅的味道，这倒让轩苍墨尘好心情地笑起来。

"轩苍墨尘，你不要忘记了，上官冰是上官御的妹妹，上官御对洛子夜忠心耿耿，你要是真的杀了上官冰，洛子夜会怎么对你？她一定会恨你的，也一定会帮上官御报仇！"萧疏狂狠狠瞪着轩苍墨尘的背影。

这话却仿佛触动了轩苍墨尘的某根弦，令他那双墨玉般的眸中，掠过一缕暗沉的幽光："洛子夜会恨我？杀了她洛子夜就会恨我？呵呵……我不杀她，洛子夜就不恨我吗？反正她对我的恨早就深到无法拔除的地步，既然这样，让她再恨一些也无妨！"

"你……"萧疏狂难以置信地看着他。

看萧疏狂这样盯着他，轩苍墨尘扬了扬眉："萧疏狂，朕不杀你已经很给她面子了。毕竟你是她手下的人，而上官冰只是上官御的妹妹。朕并没有义务对她手下所有弟兄的家人手下留情，相信朕的意思，你明白！"

他这话一出，萧疏狂顿时沉默了。

轩苍墨尘盯着他，轻声笑道："想好了吗？朕的耐心有限，现在已经过了子时，朕要歇息了！"

萧疏狂咬着牙，死死地盯着他。然而他的情绪，不能给轩苍墨尘造成任何影响！

萧疏狂看向上官冰，咬牙问道："你怕死吗？如果你死了，我一定会去黄泉路上陪着你的，你怕死吗？"

上官冰一怔，一下子就明白了对方的意思，她飞快地摇头，摇头之间眼泪都掉了出来。她其实真的很害怕萧疏狂会为了自己选择背叛洛子夜，要是这样的话，她一辈子都会觉得自己对不起萧疏狂，也对不起洛子夜。

可是很好，萧疏狂问自己怕不怕死！如果不怕的话，他们一起死了，就算了结了对吧……他们就不用亏欠任何人！

萧疏狂当即便笑了，他声音刚毅，扬声道："上官冰，对不起，洛子夜是真的对我好，她非常信任我，什么机密都愿意交托给我，我真的不能背叛她，无论如何也不能背叛她！对不起，我不能救你，希望你不要怪我……我会去黄泉路上给你赔罪的！"

他闭上眼，说了一句："对不起，我是真的喜欢你的，可是……对不起，对不起……"

他说着这话，铮铮男儿，眼角竟然流出了泪。

她是他心上之人。当她扬剑出现在自己面前的时候，他的眼神就不能从她的身上移开。他知道自己此生不会再爱上别的女人了，他知道她就是自己想要的一生一世。但是他不能……他不能背叛洛子夜，萧疏狂一生光明磊落，岂能为了自己的私欲，为了自己的私情，就背叛自己的兄弟？

他不能这么做！可眼下他也知道，自己心中有多煎熬，多生不如死。可他真的不能背叛洛子夜，那个人那么信任他，真心将他当成自己人。

毕竟，信任和真心，都是这世上最不能辜负的东西啊……

轩苍墨尘轻笑了一声："萧疏狂，你确定吗？你要知道，朕原本是打算将萧疏影充为军妓的，可是因为你，朕的将士们等待落空！所以，你真的要为洛子夜守住秘密？你确定，你不会后悔？"

"轩苍墨尘，你这话是什么意思？"萧疏狂盯着他。

轩苍墨尘从容地盯着他："萧疏狂，你知道朕的话是什么意思不是吗？就让她当着你的面，被一群男人玷污致死，萧疏狂，你的心会痛吗？会后悔你眼下的决定吗？就算是不会后悔，你也会自责内疚一生，就算是真的死了，到了黄泉，你也不敢面对这个女人吧？本来应该放在你妹妹身上的惩罚，眼下放在上官冰身上，不知道你会不会后悔杀了你妹妹？"

"轩苍墨尘，你……"萧疏狂狠狠地盯着他，做梦都没想到，这个人竟连这种事情都做得出来。

而下一瞬，轩苍墨尘倒也不看他了，看向上官冰。上官冰的表情僵住，眸中流露出几分惊恐，同样难以置信地看着轩苍墨尘，一群男人……不，她不要，她不要！

轩苍墨尘温声笑道："你不怕死，那么，你怕他们吗？"

他说话之际，指了一下边上押着她的侍卫们，那足足有二十多个人。

上官冰掉下几滴泪来，她甚至都没有意识到自己又落泪了，只呆呆地看着轩苍墨尘。她不怕死，但是这样的死法，她是怕的!

“轩苍墨尘，你不能这样做！她是无辜的，我的事情、我妹妹的事情、大炮结构图，真的跟她一点儿关系都没有！你就算要杀她，我求你给她一个痛快，我求你了！”萧疏狂双眸猩红，对着轩苍墨尘狂吼。

轩苍墨尘缓缓地回过头，看了萧疏狂一眼：“原来那东西叫大炮结构图，你既然知道，那你也一定会画了？萧疏狂，你应该明白，朕那么爱洛子夜，当初却也能对她做出那么残忍的事。所以你认为，朕会对你们手下留情吗？你要好好想清楚，朕不在意她跟这件事情是不是有关系，朕只要得到朕想要的答案！”

“轩苍墨尘，你做梦，你……”萧疏狂再一次怒吼。

轩苍墨尘微微一笑：“看来你是冥顽不灵了，既然这样，动手吧！上官冰，你也正好好瞧着，这个口口声声说爱你的男人，是如何看着你被奸污致死也无动于衷的！”

“唔……”上官冰被捂着嘴，无法发出声音，但她已经明确地表露出了抗拒。

她不断摇头，但是很快便被侍卫拖到了大殿中央。

如此美人，这些侍卫自然也不会抗拒，他们三三两两地上去，剥除她身上的衣物。萧疏狂盯着轩苍墨尘，狂吼出声：“轩苍墨尘，你放开她！你要是这么做了，我一定让你不得好死，你放开她！”

没一会儿，上官冰便感觉到了凉意。身上的衣衫被剥落，男人们的脏手游走在她身上，她疯狂地挣扎，可手腕被绳子绑着，人也被下了控制内力的药，根本无法使上多少力气，被堵住的嘴也只能发出呜呜的声音。

“轩苍墨尘，你不能这样，轩苍墨尘……”萧疏狂一双眼眸已经变成了血色。

轩苍墨尘看了他一眼：“我能不能这么做，这并不需要你来告诉我，你只管好好看着就是了！萧疏狂，现在你还可以救她，珍惜你眼下的机会。你要是现在不救，那就再也没有办法救了！”

他说话之际，便已经有人将头埋在了上官冰的胸口。

而上官冰的挣扎，触怒了那些侍卫，他们有人重重地一巴掌打在她脸上，令她的头都蒙了蒙，有那么几秒钟，甚至丧失了挣扎的能力。

这一幕看得萧疏狂直觉得生不如死。上官冰却不敢看他，不敢看！不敢用眼神求救，她怕因为自己，萧疏狂背上不忠不义的骂名，是她自己没用才被人抓住，凭什么要萧疏狂付出这些来救她。但是她是真的害怕，她不怕死，但是她害怕这样死。

她甚至不敢看萧疏狂的方向，尽管她是那样希望，希望真的有人救她！

她泪如雨下，萧疏狂同样如是。

“你们这群浑蛋，不准对她动手！我杀了你们，我……”萧疏狂目光染血，他心里很清楚这些人不过是奉命行事，只有轩苍墨尘才是能终止眼前这一切的人，可是……

轩苍墨尘轻声笑道：“萧疏狂，你要想明白，你不能背叛洛子夜，那么……你就能接受，一个跟这件事情根本无关的女人，因为你经历这样的惨事吗？这对于一个女人来说，是比千刀万剐更痛的事。所以，朕应当赞你有情有义，还是说你无情无义？”

“轩苍墨尘，你混账！你不得好死，你……”萧疏狂转头对着他怒骂。

温润的帝王微微扯起了唇角，扫了那边一眼，便见上官冰的腿已经被扯开，他回头看向萧疏狂：“考虑清楚，这是你最后的机会！”

这一幕自然也落到萧疏狂眼底，他登时目光如刀，切齿道：“轩苍墨尘，你……”

“动手吧！”轩苍墨尘不想再多听他说什么，下达了指令。

那侍卫立即执行，上官冰闭上眼，遮掩住了眼底的绝望。

“不——”

“不！轩苍墨尘！我答应你！”终于，萧疏狂吼出了这么一句话。

他说出这句话，却仿佛骤然失去了生命中所有的支撑。闭上眼不敢再面对自己，也不敢再面对这个世界，他倒是想过他直接死了，就可以不必面对这些威胁，但是他不敢想，他死了之后，轩苍墨尘是不是依旧会这么做，将这所有跟上官冰完全无关的事情，加诸在她身上。

可是，他背叛了洛子夜。他将永远无法面对洛子夜，永远无法面对自己的兄弟们，也永远无法面对自己的良心。

这一瞬，他眼中流出血泪，艳红刺目，令人担心他的眼睛是不是会瞎。

轩苍墨尘立即扫了一眼墨子渊，墨子渊飞快上去，将银针扎入了萧疏狂身上的穴道，止住那血泪。要是瞎了，再想画出陛下想要的东西，就不容易了。

侍卫们停止了自己的动作，没有真正破了上官冰的身。可当萧疏狂那一声嘶吼响彻整个大殿的时候，上官冰眼中的绝望比他更甚，终究她还是连累了他。

墨子渊扎下两根银针，回头看向轩苍墨尘："陛下，不会有事。臣下已经处理好了！"

"嗯！"轩苍墨尘放下了手中的茶杯，心情似乎不错，盯着上官冰，"听见了吗，忠诚和你之间，他选了你，背叛了洛子夜。知道他这么在乎你，你开心吗？"

他这话一出，上官冰的眼神更加凶狠。

轩苍墨尘却也不恼，似乎是在问上官冰，也似乎是在自言自语："看你的样子，好像不太开心！男人为了自己的家国利益，为了自己心中的大义，舍弃你们，你们是不开心的。男人为了你们放弃一切，什么都不管不顾，你们依旧不开心！所以你们这些女人，到底想要什么呢？"

是啊，都想要什么呢?

他为了轩苍算计了洛子夜，洛子夜恨他入骨。萧疏狂为了上官冰放弃忠义，上官冰的脸上却也丝毫不见欣喜。

他霍然起身，自言自语："到底是你们想要的太多，还是因为我们的无奈，能给的太少……"

墨子渊低下头，心里头明白陛下是在想什么。

轩苍墨尘往大殿之外走去："收押起来，待朕的指令。任何人，都不要跟着朕！"

"是！"下人们应了一声。

他没说接下来是不是放了上官冰，也没说什么时候放。按理说他是一定会要求萧疏狂尽快将大炮结构图给他，可他竟然也没有提。

他看起来失魂落魄。墨子渊闭上眼，这一切无非因为……

这时候，轩苍瑙倒是收到了消息，飞快赶来了。同为女人，不管墨尘想要得到什么，她都不赞同他用这样的方式去得到。

可是，当她刚到的时候，就发现自己的皇弟，整个轩苍最为尊贵的帝王，就那样失魂落魄地走出了大殿。

她隐约意识到了有什么不对。尽管眼睛被布条遮着，她还是精准地伸出手，抓住了轩苍墨尘的胳膊："萧疏狂说了吗？"

“他愿意说！”轩苍墨尘语气淡淡的。

轩苍瑙顿了顿，松了手，由着轩苍墨尘从自己面前离开。她吩咐了一句：“好好照顾那位上官姑娘……”

“是！”墨子渊应了一声，看轩苍瑙似乎准备回寝宫，他欲言又止，最终还是忍不住开口道，“长公主殿下，您还是去看看陛下吧，他……”

他这话一出，轩苍瑙方才那不对劲的感觉更加强烈，回身去找轩苍墨尘。

半个时辰之后，轩苍瑙才找到轩苍墨尘。

她找到他的时候，他正坐在皇宫最偏僻的后院里面，一片花丛之中。那是他小时候亲自种下的花，也是他心情不好的时候，才会来的地方。

只是这个地方，他从父皇母后故去，登基之后，就没有再来过了。

当上了帝王，他一肩挑起许多责任，便不能再如同小时候那样，心情不好便找一个地方逃避，他必须解决每一个横在自己面前的问题，无法逃避也不容逃避。可今日，他竟然又来了。

他这一次再来，轩苍瑙的确始料未及。

听着自己身后的脚步声，轩苍墨尘便知道是谁来了。除了皇姐，没人敢擅自进这个地方。然而他静静坐在原地，没有回头，只等着对方走到自己跟前。

轩苍瑙在他身畔落座，伸出手拍了拍他的肩膀。

当她的手落在他的肩头，便明显感觉到他的身体僵了一下，遮住眼睛的布条，令她无法窥探他蓦然红了的眼眶。轩苍瑙轻声道：“墨尘，皇姐不是很明白，缘何几日之前，你还雄心勃勃，想让武修篁重新对你刮目相看，今日却忽然……皇姐纵然明白你这样做是为了轩苍好，只是，洛子夜要是知道了……”

她话没说完，轩苍墨尘便扯了扯唇角，从袖中掏出一张被他一再捏成一团，又一次一次展开的纸。那是一封信件，上面写着从蛮荒传来的消息。

他的声音温润如旧，轻声道：“皇姐，凤无俦昨日对她求婚，她答应了！”

他这话一出，轩苍瑙也愣住，明白了墨尘如此反常的原因。

她还没来得及说什么，轩苍墨尘便轻笑道：“难道我不知道，只要抓住上官冰，不仅仅可以威胁萧疏狂，还能威胁上官御，说出那个所谓的大炮结构图吗？其实我早就知道。为什么不做？因为她恨我，我不想她更恨我，可……”

说到这里，他顿住，忽然低低笑出声来：“我这么做，子渊也好，你也好，可能都会以为，我是得不到她，所以不想再顾及这些，便自私自利地谋求轩苍的利益了吧？不，其实我比你们想象的更加自私自利！”

话说到这里，他从来波澜不起的语气，也霍然变得激动起来，那双温润如玉的眸子染上了血光：“我嫉妒他，我想要他死！我知道这个武器不简单，只要掌握了真正的结构图，我就能再一次策划杀了他！我要用那东西荡平天下，我要任何人都不能再跟我争抢她，即便她手中也有一样的武器又怎样？我多的是办法击败她，即便不能，那就一起死！”

他这话里面，带着毁天灭地的怒意，那是一个已经失去一切的人想要毁灭一切，让所有人都陪着他一起死，一起堕入地狱，一起痛苦！

说到这里，他忽然又平静下来，自嘲地一笑：“皇姐，我以为我可以看着她幸福的，我以为我可以平静地面对她成为帝拓的王后，平静地面对她生死都名正言顺地和凤无俦在一起，可是，我高估了自己，当我知道凤无俦求婚成功的时候，我那么嫉妒，我嫉妒得要发疯！我发现我做不到，做不到平静地偏安一隅，看着她和别人在一起，和别人成婚，为别人生下孩子……皇姐，我做不到！”

他话音落下，轩苍瑙布条之下的眼，也红了。

而轩苍墨尘继续笑道：“抓住上官冰和萧疏狂的时候，我心中犹豫着，是选择轩苍的利益，还是选择……我犹豫了很多天，就在我刚刚对子渊下令让他们走的时候，我收到了这个。他们告诉我，凤无俦求婚成功了，他开心得要命，抱着洛子夜一再抛起……告诉我，他们有多幸福，告诉我他们的婚事怕也近在眼前，那时候我忽然就疯了。皇姐你体会过吗？那种疯了不能控制自己的感觉……”

他并不等轩苍瑙回话，便再一次轻笑，自嘲地道：“可当那结构图唾手可得的时候，我为什么会到这里来呢……因为我知道，我疯了一样想杀了凤无俦，想杀了所有会跟我争她抢她的人……可我有什么资格这么做，她爱上凤无俦之前我就认识她了，我明知道自己也爱着她，却还是为了轩苍，做了那么多伤害她的事，我还有什么资格说我嫉妒，我有什么资格去夺走她的幸福？”

他说着这话，便笑了，不再开口。

轩苍瑙终于叹息一声，伸出手抱住了他，低声道：“墨尘，我知道这些年你已经很累了，为了轩苍，你已经付出了你能付出的一切。怎样都好……如果什么时候，你想任性一次，你想把轩苍放下，只为了她、只为了你活一次，你就去吧，皇姐不会再拦着你了！”

这毕竟对于他来说，太不公平了。

小小年纪，本该是得天独厚的皇子，却在心智刚开的年龄，就走上了刀锋，坐上了最难坐的位置。他一直在做一个皇帝应该做的事，他付出一切，失去一切，可是上天不能这么不公平的，他太苦了，这些年都太苦了。

墨子渊这时也到了后院门口。其实他是同情陛下的，一直以来，陛下并没有真正做错什么，他做的都是一个帝王应该做的事，可陛下如此痛苦，因为他终究还是错了。

错在在这条本该孤独冷酷的帝王道路上，他爱上了洛子夜。情爱，是皇家的人最不应该有的东西。

轩苍瑙没有再开口，轩苍墨尘也没有说话，一直保持着静谧。

半个多时辰之后。

轩苍瑙问了轩苍墨尘一句：“所以，墨尘，你准备怎么做？是真的将那个什么结构图拿到了之后，去建造那个可怕的东西来对付凤无俦，还是……就这样放他们走？”

轩苍墨尘静默了数秒：“我也不知道！”

轩苍瑙也顿了顿，轻声道：“既然不知道的话，就先好好想想吧。想清楚了之后再做决定，不管你做任何决定，皇姐都支持你，只是，皇姐希望，你千万不要后悔，千万不要！”

“嗯！”轩苍墨尘应了一声。

这时候，尽管轩苍瑙抱着他，她的胳膊就抱在他腰间，然而他的背脊依旧挺得笔直。那是从来，不论什么事情，不论是伤心还是绝望，都必须自己一个人扛起的笔直。

谁都无法帮助或安慰他，那些必须自己解决的事情和情绪，终究都只能他自己解决。

十五天后。

蛮荒十八部族覆灭，天下皆惊。若是换了其他的地方，凤无俦用这么快的速度扫平，大家都不会觉得奇怪，毕竟那是王骑护卫，毕竟那是凤无俦，但是如果是蛮荒十八部族，大家就没有办法不震惊了。

毕竟蛮荒十八部族在天下人的眼中，是一颗难以拔除的毒瘤，寻常人在他们的手上，当真是难以讨到任何便宜。然而，就这么一个可怕的地方，竟然在凤无俦的御驾亲征之下，不出一个月，便被彻底荡平，世人实在是没有办法不震惊。

就是武神大人，也摸着自己的下巴："凤无俦这个小子，当真不简单！短短二十多天之内完成，朕认为自己都没有这样的能耐！茗人，或许你说的对，让一个最为出色的人做我龙昭的驸马，做朕宝贝女儿的夫君，其实也没什么不可以！"

茗人瞟了他一眼，端着自己手中的托盘，开口道："所以陛下，您到底是决定上去献殷勤了吗？"

其实人活成陛下这样，简直就是一种悲哀，一个岳父大人不被女婿讨好就算了，居然还要反过来讨好女婿。

但是陛下这几天什么都没做，因为陛下纵然决定去讨好凤无俦了，可实在无法对这个陛下眼中傲慢无礼的后辈做出任何谄媚的事，最终结果，就变成了……

陛下每天早上都会在帐篷的门口犹豫很久，但是最终都作罢了。

陛下就每天都到公主的面前去晃荡一下，各种表现出陛下的英俊潇洒，各种对公主展现出陛下的存在价值，并且各种讨好卖乖，一会儿端茶递水，一会儿帮忙削苹果，一会儿还要亲自下厨给公主尝尝，一会儿甚至连端洗脚水这样的事情，陛下都担心那些下人做不好，一脚把人踢一边，他屁颠屁颠地送上去。

可是悲伤的是，公主根本就不买账啊！

所以，他还真的就只余下讨好凤无俦这一条道路了，因为他已经努力了半个月，但是洛子夜还是正眼都不肯瞧陛下。

"朕真的要这么做吗？"武修篁捂着自己的脸。

茗人也捂了脸："陛下，这句话您最近问属下已经不下一百遍了！"

是的，陛下每一次在公主那里碰了钉子，没有得到好脸色回来之后，都会在半路上问自己一遍，是不是真的要去讨好凤无俦。每天早上出门之前，也要反复问上好几遍。

这时候茗人其实很想说，您想去讨好就赶紧去吧，趁着您最近经常鬼鬼祟祟地走到凤无俦的身边。想讨好的时候忽然后悔，掉头走了，但是这种种事情的发生，凤无俦都并没有厌恶到让您赶紧离开，您快点儿上吧。

属下觉得，您继续这样磨磨蹭蹭，几乎每一天都仿佛动机不纯一样，在凤无俦的身边鬼鬼祟祟，对方若是对您厌恶了，那您就是想上去讨好，都很难了。

他说："陛下，属下建议您若是想去，就赶紧去吧，不然到了您跟无忧老人约定的日子，您再想去也是来不及了，等您回来之后，公主还认不认您，这还不一定呢！"

这话直接就说到了武修篁的心坎上，他长长地叹了一口气，看了一眼远方的凤无俦，以一副壮士断腕的姿态开口道："走吧，我们过去吧！讨好就讨好，等老子认回了女儿，再让这小子到老子的面前装孙子！"

武神大人往凤无俦的身边走。

而这时候，阎烈正在凤无俦的面前禀报这一场战事的最终结局，以及人员伤亡情况："王，我们这边的弟兄因为都是王骑护卫之中精锐中的精锐，倒是并没有什么伤亡，这样的战绩，呃……"

阎烈说到这里，忽然不说了，用一种很古怪的眼神，看着扭扭捏捏走过来的武修篁。那个人一边走过来，眼神还一边四处乱看，一副自己只是观赏风景，将要从这里经过的样子。

然而……如果对方只是今天这样，阎烈自然也不会觉得有什么了。问题就是……他已经不知道最近这是第几次看见武修篁以这样一种诡异的姿态，出现在王的身边了。这令他忍不住中断了自己说得已经差不多了，并且相信王一定能明白情况的禀报，问了一句他憋了很多天想问的话："王，您说武修篁是不是找您有事？他这几天已经不止一次神神道道、鬼鬼祟祟地出现在您的面前，又忽然像是受了什么刺激一样，飞快地离开。这情况到底是……呃……"

他的声音并不是很大，但是武修篁是何等人，他是武神，直接就将阎烈的话听了一个全。这下他更加尴尬了，人虽然还是在往凤无俦的方向走，但是严重觉得自己已经走不动了。

难道自己最近经常在凤无俦身边出现，已经这么明显了吗？阎烈都发现了，那凤无俦是不是也发现了？说不定这个小子还能知道自己出现在这里的目的，知道自己是为了讨好他，让他帮忙在洛子夜的面前为自己说话来着。这样一想，武神大人登时觉得自己脸发烫。

然而，他实在是高估了凤无俦的情商。作为一个以耿直在美男子中扬名的人，帝拓的皇帝陛下对于阎烈的发问只冷嗤了一声，回过头扫了武修篁一眼，那双傲慢霸凛的眸中带着难掩的轻蔑，魔魅冷醇的声音缓沉地道："他找孤能有什么事？无非为了刺杀孤罢了！"

砰！武神大人脚下一滑，要不是因为内功高深，一定会摔出一个狗吃屎来！

凤无俦在说什么玩意儿？自己是为了刺杀他？！呸，他武修篁要是想杀人，犯得着这样偷偷摸摸地玩刺杀吗？凤无俦未免也太小看自己了！更重要的是，自己分明是来讨好的，难道自己脸上的表情看起来不友善吗？为什么凤无俦会认为是刺杀？！

阎烈嘴角一抽："可是……"这不像啊！

"王，武琉月已经带来了！是我们直接处置，还是交给王后？"肖班大步上来禀报。

洛子夜正巧从营帐里面出来："武琉月被抓来了？"

"的确如此！"肖班很快转过头，恭敬地看向洛子夜，"还有就是……那个女人的情况，有些惨……她有点儿疯疯癫癫的，估计也是不能接受眼下的现实！"

肖班的表情，倒是有些不屑。

洛子夜摸了摸下巴，回头看了武修篁一眼，几乎在一秒之间，他面上的表情就更加尴尬了，不敢看洛子夜，傻笑了好几声。

洛子夜盯着他："倒也是，其实不管是谁，处在武琉月的位置上，也是无法接受眼下的现实的，毕竟好好的公主，忽然就变成了阶下囚！从前对自己万分宠爱，不管自己做了什么缺德事，都一定会维护自己的父皇也不管自己的死活，甚至下令要把自己交出来，一般人能接受这种现实才怪了！"

肖班却开口道："王后，事情并不是这么简单，听说武琉月不久前流产了，奸夫是谁她自己也说不出来，还有她上次被您弄毁了的脸，眼下看样子，是这辈子都不能好了！再有就是，听说她在流产之后，在雪地里死尸一般躺了几个时辰，此生都不能怀孕了！"

武修篁眉梢微微皱了皱，神情有几分复杂。

洛子夜扬了扬眉毛："这么说起来还真的是很惨，不过我为什么一点儿都不同情她，还非常幸灾乐祸呢？”

凤无俦闻言，倒是伸出手揉了揉洛子夜的发，那是安抚的味道。仅仅几秒钟的工夫，洛子夜就冷静下来，扬了扬眉毛，对着凤无俦道：“没事！我很好，应该有事的是武琉月才对！把那个贱人给我拖上来，记住，是用拖的！”

肖班一拱手：“是！属下马上去做！”

洛子夜回头看了一眼想过来似乎又不敢的武修篁：“你应该也想看看武琉月的下场吧，不过，很遗憾，不管她今天是什么下场，你也只能作为一个旁观者在边上看着，不能再插手，否则……”

武修篁立即开口：“朕不会过问，你放心就是！”

他这么干脆的态度，洛子夜倒是有些惊讶，听完扬了扬眉毛，往凤无俦的身上一靠。阎烈在旁边看着，眉心一跳……怎么说呢，自从王求婚成功了之后，洛子夜就变得越来越懒了，并且懒得顺理成章。

就像现在，对方竟然直接往王的身上一倒，站都懒得自己站，亏得王内功高深，而且力气也很大，要不然洛子夜这样毫无预兆地一靠，要是一个手无缚鸡之力的人，这会儿能直接被洛子夜撞踉跄一下。

她这么一靠，帝拓的皇帝陛下倒是很享受，很自然地伸出手，揽住她的腰。

阎烈：“……”行了吧，人家一个愿打一个愿挨，自己就不要瞎操心了。他作为一个围观的人，唯一能够对王说出来的话，大概就是：祝您的生活比蜜甜！

武修篁看着凤无俦横在洛子夜腰间的手，皱了皱眉头，很是不爽。

而茗人对此，选择了视若无睹。反正陛下对他们两个人过于亲密的不爽已经不是一天两天了，前几天提出来的时候，被洛子夜一句“关你屁事”给堵了回去。

武琉月被肖班拖来的时候，远远地就看见凤无俦站在那里，而洛子夜那个贱人，竟然肆无忌惮地靠在那个男人身上，武修篁也正在洛子夜跟前。

她气得咬牙切齿，为什么所有好的东西都是洛子夜的？为什么上天似乎格外眷顾那个贱人？可是自己呢？

自己什么都没有，从一开始就活得战战兢兢，没有过过一天好日子，如今更是被窥破自己的身份，让天下人都知道自己并不是龙昭公主，甚至还让天下人都知道，自己是一个贱婢所生。

她到底哪里不如洛子夜？她到底……

她咬牙切齿道："放开我！"

砰！肖班也不想拉着她，直接就把她往地上一摔，拖到这里已经是可以了。

武琉月被摔在地上，也不爬起来，直接就往地上一坐："你们要杀要剐，悉听尊便！反正落到你们的手上，我也没指望自己还能活！"

"所以你一点儿都不后悔你自己的所作所为了？"武修篁厉声问了一句。

洛子夜看着他们似乎要父女撕架，她也没吭声，由着他们交流。

武琉月扬眉道："我有什么好后悔的，我所做的一切都是被逼无奈！我根本就不想这么做，可是我有选择吗？武修篁，你口口声声说你疼爱我多年，可是从我刚刚懂事的时候，就被一个黑衣人告知了自己的真正身份，被他威胁做出各种事情的时候，你帮助过我吗？你根本就不知道，由着我一个人在烈火里煎熬！"

洛子夜倒是扯了扯嘴角："黑衣人？"

真的有这么一个人吗？那是不是说明，幕后还有一只黑手？就如同之前，忽然冒出来的那个自称是凤无俦的未婚妻，接着又忽然销声匿迹的女人一样？

"不错！"武琉月冷嗤了一声，旋即偏转目光，看向凤无俦，即便眼下已经死到临头，应当对任何事情都无所畏惧，然而武琉月在看向凤无俦的时候，还是不敢直视对方那张脸。

她开口道："我为什么心心念念想要嫁给他？因为我知道这个男人足够强大，如果我嫁给他，那么幕后的人将再也不能威胁我，我的父皇也不会因为知道我不是真正的公主，以我混淆皇室血统为由，将我诛杀。可是呢？洛子夜，都是因为你，我才失败了，我才……"

"你应该不是因为我才失败的吧，我觉得就算没有我，凤无俦也看不上你！"洛子夜倒是很实诚地说出了这么一句话。

帝拓的皇帝陛下听了洛子夜这话，扬了扬眉，心中是赞同的。这个小女人也是了解他，只是他不愿意为武琉月这么一个女人多开口，并未吭声。

武琉月气急败坏："你……"

武修篁皱眉："你的意思是，你从一开始，心心念念地想要嫁给凤无俦，其实并不是因为你非他不可，只是因为……你想要借助他的实力和地位保命？"

"对！我这样做有什么错？我只不过是为了活下去而已！当年的事情跟我有什

么关系？上一辈的恩怨又跟我有什么关系？我并不是有意要混入皇家的，我也是身不由己，等我知道这一切的时候，事情就已经成了定局，我有什么办法？除了死，我只能不断听从他们的话……”武琉月表情激动起来。

最终，她捂住自己的脸：“我终于想到唯一能解救自己的办法，那就是嫁给当初的天曜摄政王，这个男人是墨天子都礼让三分的人，若是我能成为他的王妃，我就可以摆脱所有，只需要他对我有一分真心，相信他也不会让我因为真假公主的事情而死。可是洛子夜，你的出现掐灭了我所有的期望，我怎么能不恨你，我特别恨你！”

说着这话，她捂住眼睛，有泪从她的指缝中流了出来，她愤怒地哭道：“我到底做错了什么？我到底上辈子欠了谁，才会一出生就被放入一个死局里面？而我好不容易看见的一丝活着的曙光，也被硬生生掐灭，尽管我很清楚，洛子夜你就算是死了，凤无俦也不会正眼看我，可是我没办法，我只能这么做，哪怕这样做也是没用的，可我总不能……”

什么都不做，就这么静静地向命运低头，等着死亡降临吧？

洛子夜扬眉：“那你想杀了我还不够，还想找人毁我清白，这也是别人逼你的吗？”

“我原本也只是想杀了你而已，最多在你临死之前，让人打你一顿，报你一再对我动手的仇。可是……在他们动手之前，那个暗中控制我的人，只是他手下的一个暗卫……一个暗卫而已，奸污了我，才有了那个流掉的贱种。你知道吗，那时候我都不敢反抗，就是因为他威胁我，只要我叫出声，他就会把我的身份说出去……”武琉月说到这里，泣不成声。

洛子夜听明白了，她被人奸污了，所以也不想自己好过。她冷笑了一声：“所以你觉得你所做的一切，都是情非得已，你还觉得你自己挺可怜的？”

“难道不是吗？”武琉月仰头看向她。

洛子夜再一次冷笑：“从一开始就发现自己处在一个死局里的人，你以为只有你一个吗？我又比你好多少？作为天曜的太子，却是一个女人的身份，我跟你一样，一旦性别暴露必死无疑！”

她这话一出，在场的人都是一愣。凤无俦和武修篁也都看向她，眼底浮现出一丝心疼。其实比起武琉月，洛子夜最初的处境，又好到哪里去了？甚至比武琉月的处境更差。

武琉月也是呆呆地看着她……

洛子夜没有管其他人的眼神，继续道："可是我跟你不同，在我知道我处在死局里面的时候，我会想办法去壮大自己的力量，想办法挣脱出去，就算我最终还是不够强大，势必死在洛肃封手中，那我至少为我自己努力拼杀过，而且我在拼杀的过程之中，从来不曾伤害别人！"

洛子夜嗤笑："可是你呢？不想着怎么让你自己强大起来，却想借助嫁给一个男人让你自己脱困，人家不答应，你就搞事。甚至你都知道，就算你搞事是没有意义的，你还坚持。你是觉得你除了这么做，就不能做别的了吗？你就不能好好做点儿让你自己强大的事情？哪怕最后一样是无用的，可至少你无愧所有人地为自己拼杀过努力过不是吗？你害人的时候，心里就没有自责过吗？"

她这话一出，武琉月更是僵住了。其实自责过的，在害武项阳的时候，她真的自责过的……

其实任何人，即便是再坏的人，心中也会偶尔有那么一丝良知，只是那一丝良知，难以改变他的任何决定罢了。可是他在做出那些亏心的事情之后，心中不会自责内疚吗？其实都是会的。

看她不说话，洛子夜扯起嘴角："如果我是你，我就会告诉武修篁，要出去打仗，做史上第一个女将军，相信以武修篁对你的宠爱，一定会让你去！若你能打出战绩，在军营之中树立威望，为龙昭立下汗马功劳，成为龙昭百姓心中的英雄，试问一个有无数军功在身的公主，又有多少人会赞同你死？即便不能，谋划一下神不知鬼不觉地逃命，为自己铺好后路，诈死离开你总会吧？"

这话武琉月更是不知如何接，诈死离开她当然会，只是为什么不这么做？不过就是……舍不得罢了。

看她依旧不说话，洛子夜的面上浮现出几分讥诮："承认吧，什么身不由己，无非自己不愿意努力，想借别人的手摘得硕果！什么情非得已，不过是舍不得你公主的位置，不愿意去做一个平民百姓而已！"

她的话说完，武琉月便已经面色惨白，更是一句话都说不出来。

沉默了半晌的武神大人也憋不住了："武琉月，这么多年来，你作为朕的女儿，朕就不相信你不懂朕的性格。倘若在你第一次知道自己身份的时候，就说给朕听，朕定然是不会杀你的。毕竟这件事情根本就不关你的事，你也只是被迫入局的人，朕从来都并非不讲道理的人！"

洛子夜倒是扫了武修篁一眼，似笑非笑地对着武琉月道：“对了，这个我倒是忘了说，其实你从一开始，并不处在死局之中，因为武修篁是一个有情有义的人。要是你一直对武修篁万分孝顺，为人处世也特别善良，在知道这件事情之后第一时间告诉他……”

洛子夜顿了顿：“出于这件事情原本与你无关，出于你多年以来的孝心，出于对你心地善良的认可，出于你早日说清楚这件事情，武神大人就能早一点儿去找回自己的亲生女儿，这些加起来，以我们武神大人的重情重义，说不定不仅不会杀你，还会继续让你做公主，再不济也是个郡主，毕竟龙昭国力强盛，多养着一个公主或郡主，对武神大人而言，也并非什么大事！”

洛子夜的话是带着几分讥诮的意味说的，讽刺武修篁的意思很浓。不过说这话，也的确是出于了解武修篁。

倒是茗人难以置信地看了一眼洛子夜，觉得她真不愧是陛下的女儿，竟然这样了解陛下！

武修篁自己也摸了摸鼻子，没有吭声。

武琉月扭头看向武修篁，用眼神询问对方，而当她的眼神看过去之后，从武修篁尴尬中带着叹息的表情，她知道了，洛子夜说的话是真的。洛子夜猜中了，原来其实一切根本就没有自己想的那么坏。只是因为自己心胸狭隘，看不懂善恶，自己处在局中看不清父皇的脾性，才会以为自己处在死局中。

她霍然扭过头，对着武修篁道：“父皇……父皇，我知道错了，父皇您原谅我一次吧，洛子夜……我真的后悔了，我再也不会害你了，我只是怕而已，我只是怕死，我只是想继续当公主，我……”

“你还想继续当公主？你想不想上天呢？”洛子夜忍无可忍了。

武琉月跪着爬到武修篁面前：“父皇，女儿知道错了！真的知道错了！父皇您就饶了我吧，我以后一定改，我以后一定一心从善，我以后……”

“太晚了！”武修篁避开了她，“武琉月，从你对朕下毒的那一刻起，你就已经没有回头路可以走了！”

“呵呵呵……说到底，武修篁你还是一个自私自利的人，就是因为我对你下毒，你记仇了，所以你不愿意原谅我，也不愿意救我……”武琉月竟流露出几分嘲讽来。

洛子夜看醉了：“虽然武修篁这个糟老头我也很不喜欢，但是很明显，他拒绝

再给你任何的机会，是因为你连一个把你养这么大，在知道你毒杀了自己的大儿子后，也没将你怎么样，对你各种宠爱甚至是溺爱的父亲，为了你的公主之位你也说杀就杀，还一点儿余地都不留下，这样的人已经没有人性了，知道吗？”

洛子夜嗤道：“一个人性都没有的生物，其实就是畜生，已经不是人了你懂吗？你连人性都没有，连人都不是，那么你还有什么资格以人的形态活着，并且要求人给予你原谅？”

武琉月求原谅没求到，却被洛子夜斥骂她没有人性，脸色也是一阵青一阵白，却没有任何话，可以用来反驳洛子夜。

洛子夜回过头，扫了一眼边上的肖班：“之前我家小臭臭是怎么说的来着？找到了武琉月之后，先把她充为军妓，再……”

“王后饶命！”好几个人都跪下了。

阎烈、解罗彧、肖班跪了一排，王骑护卫们也都跪下了。

洛子夜皱了皱眉头：“你们要为武琉月求情？”她怎么不知道他们跟武琉月有了这么深厚的交情，不是一直表现得很讨厌武琉月吗？

“啊？没有！”众人齐齐摇头。

阎烈开口道：“王后，求您了！您直接杀了她吧，千刀万剐、碎尸万段都可以，就不要把她充为军妓了，她这样的女人，还有她这个样子，我们这些弟兄，实在是没有一个能下口啊！”

一个心思歹毒的蛇蝎毒妇，一个被人穿到流产的破鞋，还顶着一张已经毁容了让人看一眼就会做噩梦的脸，到底要怎么才吃得下去？看见她饭都不想吃了，还睡她？

肖班看了一眼武琉月，一脸壮士断腕的神情：“王后，您饶了我们这些弟兄的性命吧，您要是一定要属下睡她，属下现在就自尽在此！”

解罗彧默默地把刀拿出来，对准了自己的腹部，做出要切腹状。

武琉月的脸色一阵青一阵白。

洛子夜赶紧抬手：“你们冷静！”

洛子夜的内心有点儿崩溃，好不容易这个贱人落到自己手里，想怎么样报仇就能怎么报仇了，结果这些汉子都不给面子，想想还真是有点儿痛心。

她的眼神很快朝上官御看了过去，还没来得及问一下，上官御就扑通一声跪下了：

"主子，您饶了我们吧！不，不……"

莫树峰的嘴角也抽搐了几下："主子，这个女人都成这样了，怕是乞丐都不愿意碰她，您还是不要折磨弟兄们了！"

"是啊，主子，我们为您出生入死，对您忠心耿耿，愿意交托性命，您不能这样对我们哪！"上官御抹了一把脸。

这话说得俨然洛子夜要把武琉月赐给他们，那就是恩将仇报，辜负了大家一样。

洛子夜这下完全不说话了，瞅了一眼武琉月："你看看你吧，武项阳因为你皇子都不想当，策马江湖去了。武云倾把你交给我们的时候，还专程出来嘱咐我们，好好折磨你。武修篁也不想管你的死活。龙昭的百姓都视你为蛇蝎，觉得是你害了龙昭，现在连男人看见你都不想睡，你还求饶干什么？"

洛子夜说完这个还不够，在武琉月面色难看的情况下，继续进行人身攻击："你说你还求武修篁原谅你干什么？我要是你，早就自杀了！幸亏那个什么主公的暗卫夺走了你的清白，不然你还要带着处子之身死去，多可怜！"

众人："……"

其实这些已经算得上是洛子夜有生以来，对一个女人说得最恶毒的话了，这完全就是为了抒发不能用她最想以牙还牙的办法来惩治这个女人的郁闷！

"你……"武琉月脸色刷白。

"也不知道那个暗卫是不是眼瞎，居然碰她……"肖班忍不住嘀咕了一句。

洛子夜伸出手拍了一下肖班的肩膀："你我真是英雄所见略同！"

这一拍，整个场中的气氛顿时下降到冰点，肖班立即就感觉到自家王森冷如冰带着戾气的目光，落到了自己的肩膀上。那神态，似乎是想把自己的肩膀都给削断！

他更加心酸了，防狼一样移动了一下自己的位置，不敢再将自己的肩膀在洛子夜面前展露分毫。

真的很担心对方再拍一下，王就把自己的肩膀给削了。阎烈和解罗或对视一眼，相继对着肖班投去了同情的目光。

武琉月这会儿，就是铁青着一张脸，看着他们。

洛子夜扫了她一眼："那个所谓的主公是谁？你不想让我把你丢到乞丐堆里面试一下会不会有人碰你，你就告诉我！我向来没有什么耐心，所以你最好尽快回答我！"

“我不知道！”武琉月坦诚地开了口，“我是真的不知道！一直是一个黑衣人来跟我接头，我也一直以为主公就是修罗门的门主，所以在修罗门的门主死了之后，我就以为只要杀了你，那么那段过往就不会有其他的人知道了，只是……”

她闭上眼道：“只是没多久，那个黑衣人又出现了，说修罗门其实不过是主公掌控在手中的势力之一而已，他所掌控的东西，超出我的想象，所以……他到底是谁，我是真的不清楚！”

她继续道：“洛子夜，其实你也不用白费心机了，别说我是真的不知道，我就算知道，也不会对你多透露什么！你也看见了，从前我所有的不幸，我都会将它栽在你的头上，并希望你面对更多的不幸，既然这样，我怎么会说出任何对你有用的消息呢，而且还是在我临死的时候。”

她叹了一口气：“何况这件事情我是真的不知道！”

武琉月继续道：“洛子夜，其实你刚刚说的话也对。相较于你，相较于申屠苗，比起喜欢帝拓君王这个人，我喜欢的更多的是他的权势和能力，毕竟一个我连看他一眼都觉得我在冒犯他威严的男人，一个从第一次见面就知道我高攀不起的男人，我岂会生得出多少爱慕之心来？可我这半生所有的行为、做的一切恶事，竟然都是为了争抢他。细细一想，我的人生的确悲哀！”

洛子夜倒看了凤无俦一眼，他们家臭臭，被武琉月以这样的理由惦记上，不知道会不会觉得这是对他的侮辱。

却没想到，她的眼神看过去，凤无俦眸中只掠过一丝傲慢不屑的情绪。显然，武琉月是怎么想的，怎么看的，怎么期待的，其实半点儿都不能落入他眼中。

洛子夜摸了摸鼻子，收回目光。

武琉月眼神涣散地道：“其实，纵然很多时候，我都会觉得自己的不幸全部是因为你而造成的，纵然很多时候，只要我发生什么不好的事情，我就会希望你的下场比我更惨，可是我心中也不是没有想过，这些根本就与你没有任何关系。说白了，只是我不能拥有的东西你都有，你一直以我羡慕的样子活着，所以我嫉妒你罢了！”

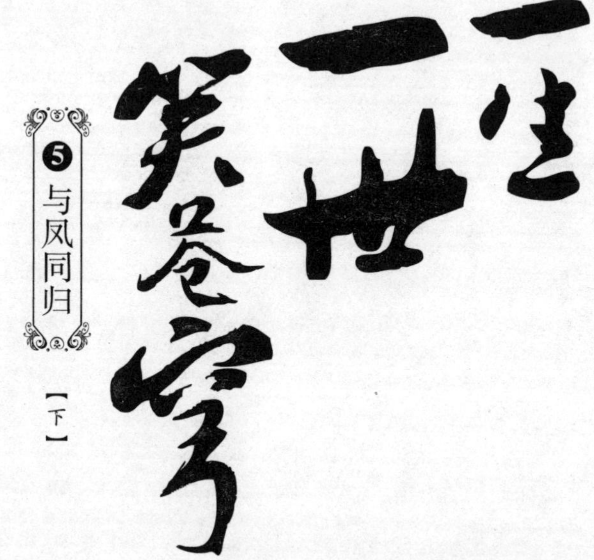

5 与凤同归

【下】

君子江山 作品

青岛出版社
QINGDAO PUBLISHING HOUSE

第九章

王，您的岳父正提刀对您杀来

说着，她抬头看向洛子夜："只是，从前我的嫉妒，都只是因为我觉得自己没实力，也没有你这样的运气，今天你的一席话，让我明白，我输给你的，其实不仅仅这些，在心性上我就输了。"

话到这里，她笑起来："我怎么从来就没有想过，要去让自己变得强大呢？一直以为自己做的恶事都是身不由己，即便许多事让我觉得对不起良心，我还是在做……"

她从那会儿的愤懑，变得心如死灰。

洛子夜收回了眼神，慢腾腾地道："你现在的话，算是忏悔吗？不过……我建议你还是去阎王殿，对阎王忏悔吧！走过奈何桥，你最好也忏悔一遍再喝孟婆汤，免得来世重蹈覆辙！"

云筱闹说了一句："什么来世重蹈覆辙！她这种丧尽天良、做尽了坏事的人，怎么可能还有来世？一定会被关在十八层地狱里面，没日没夜地受折磨！"

武琉月看向她们："你们两个……最毒妇人心！"

"惭愧惭愧，比不上你！"洛子夜回头看了肖班一眼，"既然你们都对她没兴趣，就拖下去五马分尸吧，记住，分尸之后残肢断臂都不要留下，直接放马踩成肉泥！"

“是！”肖班将武琉月拖走。

武琉月张了张嘴，正打算说出几句话骂洛子夜。

可刚张开嘴，一阵内息扬起，她被一股魔息带入空中悬空定格。又是一阵罡风起，武琉月顿时感觉一股力道在拉扯着自己的舌头，舌根剧痛，还未及反应，便看见自己面前血光一溅。

而也就在同时，凤无俦伸出手，遮住了洛子夜的眼。

武琉月的舌头被当众拔了下来，鲜血如注。

旋即，凤无俦魔魅冷醇的声音传入所有人耳中：“孤说过，她既然敢辱骂洛子夜，孤势必拔了她的舌头！既然你们都不愿意碰她，便先鱼鳞剐，之后五马分尸！”

他这话，就是下了最后的判决。

咚的一声，武琉月从半空中落下，摔在地面上。

云筱闹却被这么血腥的场面，给吓呆了。

解罗彧二话不说，给了阎烈一个暗示的眼神，表示他安慰的时候来了。阎烈也不傻，这些日子经常看见云筱闹，其实他也憋不住了。

洛子夜回头看了一眼武修篁，见武修篁神色复杂地盯着武琉月的背影，没说啥，扯着凤无俦就进了王帐。

刚才是听说武琉月被带来了，她才出去的。这会儿回到自己桌前，她就继续做自己之前没做完的事情。图案只画了一半，她低着头研究那些图纸。帝拓的皇帝陛下也没有打扰她，坐在不远处，静静盯着她。

等洛子夜画完，已经是两个时辰之后了。阎烈来禀报：“王、王后，武琉月受不住刑，在第三百刀的时候，已经气绝身亡了。肖班已经带人将她五马分尸了，这会儿……尸体已经被踩烂，什么都没留下！”

凤无俦随意应了一声：“知道了！”

洛子夜没吭声，伸了一个懒腰。一抬起头，就见他魔瞳凝锁着她，她眉梢扬了扬：“怎么？有什么事？”

“忙完了？”这声音魔魅冷醇依旧，如同魔域中的咒言，音节碰撞，极为好听。

“嗯！”洛子夜收了一下图纸，想起自己的心事，坦诚道，“萧疏狂从我这里走了，所以我的大炮必须改良，他知道的太多，从他离开这里，我心中就有准备，他也许会被人抓住，也许会被人威胁，也许会为其他人所用……”

说到这里，她笑着摇头：“说这些倒不是因为不信任他，而是世上的确有东西能让人背弃自己的意志。他走的时候，我就明白，很有可能，会有人利用他对付我！”

帝拓的皇帝陛下目光一凛，却也并未开口。

洛子夜说完，眼神便放在凤无俦的身上：“可是即便我知道他是个威胁，我却还是不能杀了他，因为他为我做过太多事情，让我仅仅因为担心他以后会出卖我，就杀了他以绝后患，我做不到！”

“所以，我就只能想办法改良我手中的武器了！当初我做出来的大炮，其实并不够精良，不过在这个时代使用，杀伤力其实已经足够了。我也不想花费太多的人力、物力、财力，于是就拿最简单的设计应付一下了。”说着这话，洛子夜有点儿羞愧。

她话音落下，他便起身，大步走到她跟前，铁臂伸出，将她从桌案后头捞到自己面前来。洛子夜忙碌了一天，也很累，靠在他怀里，仰头看向他俊美无俦的脸：“你会不会觉得我有点儿忘恩负义啊，萧疏狂对我那么好，我居然还担心他走了之后，会不会背叛我……”

他的大掌揉了揉她的发：“孤自然不会觉得你忘恩负义，萧疏狂之前为萧疏影欺瞒过你，日后为其他人背叛你，也并非不能理解之事。你已经足够心软，才放他走。若是皇家其他任何人，在你的位置上，怕只会杀人灭口！”

这就是为什么，那么多人会被她吸引。

她有实力，所以能引来他们的尊重，她也足够重情义，明知道萧疏狂可能背叛她，还是因为记着对方曾为自己付出而放对方走，再默默为可能出现的状况寻找应对之策。

她跟这些处在泥潭旋涡里面的人是不同的，她身上有他们许多人羡慕着却无法去践行的特质，所以才会让那些处在黑暗中的人，看见她就觉得看到了想抓住的光芒。

洛子夜笑了笑：“其实如果你在我的位置上，你也不会杀人灭口的不是吗？在这一点上，我们是一样的！”

只是，与她不同的是，他不会杀，是因为他从来傲慢张狂，不会认为任何人和事能将他击败。

这是他们的相同之处，也是他们的不同之处。

“不错！”他表示赞同。

洛子夜很快道：“你方才欲言又止的，是想对我说什么？”

他顿了片刻，道：“你先前对武琉月说的话，你处于天曜之时的困局……还有你眼下小心防备身边之人……”

洛子夜闻言一笑：“你是不是因为这些，特别心疼我？”

他一怔，旋即点头。

没想到他点头之后，洛子夜脸上的笑容更加狡黠：“其实我刚刚忽悠了武琉月，我跟她才不完全一样，我那时就有你保护我了，比她幸运多了！我为了教育她，才说我跟她一样惨的！”

其实，起初她比武琉月的处境更惨，只是她跟武琉月选择的路不一样，她选择自己的良心，选择强大，接着遇见他，他喜欢她，早早地保护她。而武琉月选择受制于人，最后把原本对自己好的人都推得很远。

一样的处境，选择的路不同，结局就不同。

她盯着他道：“感觉遇见你我真是太幸福了，你一定是因为我如此自立自强，为人又有骨气，还重情重义，所以才看上我的对吧？嘻嘻嘻……”

她说完不要脸的话，他低下头，攫住她的唇：“是！”

“唔……臭臭，别……我月事还没走！”洛子夜瞅着情况不对，开始推拒他。

他眸色一沉，脸色骤然难看起来：“还没走？”

已经快二十天了，怎么可能还没走？可是想起自己昨夜不信，褪下她的衣衫，的确是看见了经血，又只得作罢。但他还是低下头，狠狠地吻了她一口才罢休。

可腹中的欲念不能灭，于是他放下她，大步走出了王帐。

他却没看见他出门后，洛子夜更加狡猾的笑容……

帝拓的皇帝陛下出了王帐之后，很快便去了自己处理政务的王帐。欲求不满，他的心情很是不妥，下令让肖班过来。

肖班处理完武琉月的事，走进王帐，弯腰禀报道：“王，武琉月已经处理完了……属下，属……属下……”

他说到这里，扑通一声就跪下了。他太了解了，王肯定是不会无缘无故找自己的，只可能是一个理由，那就是那个时候……

他跪着声泪俱下："王，属下发誓，属下从来就没有勾引过王后！您是知道的，王后一直以来就是一个不拘小节的人，根本不会意识到属下是个男人，所以那时候才拍了属下的肩膀，属下对王后绝对没有非分之想，属下对您的忠心日月可鉴！"

凤无俦将奏章抛下，放在桌案上，盯着自己面前的人，也不开口。

肖班立即又发挥自己的狗腿神功，飞快地拍马屁："王，王后对您的心意，那是人所共知！您简直就是世上最为出色成功的男人，而且王后向来喜欢英俊的人，您的英俊世上根本无人能及，属下跟在您的身边，王后怎么会注意到属下呢？您一定要相信属下，在您的面前，王后是正眼都不会愿意看属下的！"

他这话一出，才算是令帝拓的皇帝陛下心情好了许多。纵然肖班这小子的话马屁居多，但逻辑没有问题。洛子夜喜欢美男子，与肖班相比，他认为洛子夜舍弃自己，看上对方的可能性并不大。

肖班又道："王，这世上是没有人比得过您的，王后常常看见您一个背影都要流鼻血，还有啊，上回您求婚的时候，王后也流鼻血了，您忘记了吗？您这么俊美，天上地下无人能比，您的情敌们都只配给您提鞋，王后一定不会移情别恋的。属下……属下也就是说了句话，得到王后的赞同而已，她对属下连欣赏都没有，您又何必多想呢！"

阎烈今日把肖班这小子一看，感觉自己恐怕要退休了，这小子拍马屁的本事，已经令阎烈感觉自己第一宠臣的位置被严重动摇。

纵然凤无俦不是被人家说几句好听的话就飘飘然不知所以的人，但是肖班的话不乏逻辑性，他也没打算再跟他计较，只警告了一句："以后离王后远些！"

"是！"肖班立即点头。

帝拓的皇帝陛下低下头看向奏折，霍然想起什么，抬头道："传闽越进来！"

"是！"

不一会儿，闽越来了，进门之后，便听得自家王询问："洛子夜的身子没有调理好，故而月事都快二十日了，却迟迟不走吗？她说她从前也时常如此！"

"啊？"闽越一愣，"王，不可能啊！就算身体再怎么不好，十天也该走了，怎么可能二十天？”

这下，凤无俦倒有些担心了，站起身，沉眸道：“可是孤昨日的确看见了经血。你随同孤去王帐，为她诊治！”

不能再让她任性不看大夫了，二十天都不走，决计是身体有大问题。

倒是阎烈忽然想起什么：“王……您说血的事情，王后这几天不知道为什么，吩咐我们每天要吃猪肉，并且要厨房的人把猪血留给她。已经连续半个月了，也不知道王后是在做什么，属下等没认为是大事，所以没禀报，眼下看来……”

“眼下看来……”闽越也意识到了什么。

而凤无俦也反应过来，这么一想，他的脸色就青了。

肖班这个孩子年纪比较小，说话口无遮拦，也没注意到凤无俦的脸色，帮忙总结了一下：“王，难道王后是在拿猪血假装月事没走？”

事实已经很明显了，但阎烈和闽越都不敢直接把真相点出来。却没想到，肖班这个小子这么不懂事，王的脸色已经很不好看了，难道这小子就没看见吗？

果然，凤无俦阴鸷的眼神很快落到了肖班的身上。

肖班浑身一僵，立即就意识到了不对，内心深处已经有点儿想把自己左右开弓。到底是谁要自己多嘴，难道这件放在明面上的事情，王自己不会分析吗？

还没来得及为自己说一句话，便听得凤无俦沉声道：“孤倒是不知道，你竟然如此机警，一语便能窥破天机！”

肖班浑身一抖，扑通一声，重新跪下了。

闽越同情地看了一眼肖班，开口转移话题：“王，只是属下不甚明白，好端端的，王后到底是为何如此呢？”

“是啊，这未免也太奇怪了！”阎烈很快帮忙接了一句。

他们两个人嘴上都在说奇怪，但是内心深处一点儿都不觉得奇怪。事情难道不是很明显吗？回回只要跟王行房，完事儿了之后王后晕倒了醒都无法醒来。王后要是心生畏惧，其实也是可以理解的。但为了肖班的安全，他们还是假装不理解，转移注意力。

这几个人一唱一和，凤无俦自然知道他们是为了给肖班脱罪。他冷嗤了一声，也不说话，大步往门外走。走到王帐的门口，大抵还是心中气闷不能平，他猛然挥袖，一阵罡风扬起，轰的一声，跪在地上的肖班被掀起来，往不远处一砸。

旋即，凤无俦不再停留，大步离开。

啊——一声尖细的叫声响起，却并不是肖班的声音，而是在角落里面躲着睡觉的果爷。

忽然被重物砸到，果果睁开眼，就看见肖班砸了过来，一屁股坐在果爷身上，它直接就哭了起来："果爷躺着也中肖班……"

凤无俦下手虽然不重，但肖班摔在地上屁股也是有点儿疼。只是这对于他来说，也算不得什么，他也不管被自己压扁了的果果，爬起来就道："不知道为什么，我总觉得自己从今天起，就要被王盯上了！"

闻越摇了摇头："你一天得罪了王两次，以后还是小心些吧，总觉得王要是还有什么不顺心，说不定还是会迁怒于你，你还是早点儿想一下应对之策！"

肖班："……"想哭！

阎烈瞟了他一眼："知道你这么不会看脸色，我就放心了！"

肖班："……"要不要幸灾乐祸得这么明显，就算知道自己盯上他第一宠臣的位置了，也不用这样吧，好歹兄弟一场！

凤无俦出去了之后，洛子夜就开始折腾自己的月事布。

月事布就是系在腿上的布条而已，随便沾上一点儿猪血，让凤无俦看见点儿前端的红色就完事儿了，趁着他出去了，赶紧把明天的也准备好。

她却浑然不知，帝拓的皇帝陛下已经走到王帐门口了。门口的人正要行礼，他霍然抬手，止住了下人们的动作，收敛了魔息，小心翼翼地靠近。

他有意收敛了自己的气息，洛子夜自然感觉不到有人靠近，听见一阵响动，抬眼就看见王帐的门帘被人掀开。她也没在意，转过身把月事布抓着，准备找个地方放着，头也不回地道："用膳是吧？吃什么都行，你先去通知一下凤无俦，问问他是单独吃，还是跟我一起！"

然而，她这句话说出来，门口的人并没有动，于是她也意识到对方并没有出去。

眉头一皱，她心里忽然有了不好的预感，转头便见着凤无俦正站在门口。那双魔瞳目光森寒，盯着桌案上那半碗猪血。

而洛子夜手里还拿着染了猪血的月事布，她嘴角一抽，往自己的背后一藏。

藏完之后，她也意识到自己二了，要是不藏还可以狡辩一下，这么一藏就是承

认有问题了。

而这时候，他已经抬眸。倒也不说话，魔瞳凝锁着她，里头的冷沉叫人看不懂。

洛子夜有点儿想哭，哆嗦着道：“那个什么……臭臭啊，你饿不饿啊！我们吃饭去吧，这个是猪血，我只是为了研究一下新的武器，看看猪血能不能有点儿用处。那个，我……”

话刚说完，帘帐再一次被掀开。

云筱闹道：“爷，用膳吗？呃……”凤无俦刚刚不是已经离开王帐了吗？不过这个不是重点，重点是这王帐里头的气氛，怎么好像不是太对。

“用膳！我已经饿得两眼都看不见了，就是因为我太饿了，所以我自己在干什么，我自己都不知道啊，快点儿给爷弄点儿吃的来，小臭臭你应该是跟我一起用膳的对吧？”洛子夜看着他。

却没想到，这一回，他是动了真怒，对着门口吼了一声：“滚！”

云筱闹吓得掉头就跑了！她今天到底是招谁惹谁了，先是看见活生生的拔舌头，眼下过来告诉爷用膳而已，居然还被迁怒了。等等，自己只是通知吃饭的事情，就已经这么惨了。爷……不会更惨吧？

洛子夜吓得汗毛都竖起来了，还没来得及说什么，他已经先她一步开口了：“月事还没走？”

“没……没走！”洛子夜的眼神到处游移。

看她还在嘴硬，他魔瞳一凛，嘴角微微扬起，举步靠近她。不一会儿，她就被他逼到了床榻上，手里的东西也被他劈手夺过，扔到不远处。

下一瞬，他直接便扯开她的裤子。

洛子夜伸出手去捂着，然而还是没有改变裤头离开自己的宿命！很快，他便看见她身上根本没有丝毫血迹，而月事布上的血，也只涂在外面的表层，并不会沾染到她身体上，可只是这样的程度，却已经足以蒙蔽他了。

洛子夜有点儿想哭，她自认为自己伪装得挺好的，他到底是怎么知道的？

她二话不说，就把边上的被子一扯。这大冬天的，其实还挺冷的。

然而她这样的举动，令他的眸色更加深了深。大掌伸出，他将面前碍眼的被子扯到一边去，欺身而上，并将她惊恐中打算推拒他的手腕抓住，狠狠压在她的头顶。

洛子夜已经知道自己今天是在劫难逃了，但是他眼下的状态又实在是太恐怖，让她心里非常害怕：“那个臭臭……咱们有什么话好好说，你千万不要激动，千万不要家暴啊……”

她话音刚落，便见他眸色更深，魔魅冷醇的声音一字一顿地询问：“洛子夜，你是不是在外面有人了？”

噗……洛子夜本来以为他是在开玩笑，但是对视间，却看见了他魔瞳中的认真。

这下，洛子夜也知道这不是开玩笑的时候了，她飞快摇头：“没有，一个你我就受不住了，还有别人，还想不想活了！”

这令他有了一瞬间的迟疑，然而，语气更重：“那你为何不愿意孤碰你？”

洛子夜看着他的表情，就知道他是真的不高兴了，飞快开口道：“不是这样的，因为这几天我很忙你也看见了，我在画那个大炮结构图的改良，希望能够早点儿完成这件事情，这样我心里的大石才能放下，但是每回与你……与你……之后，动辄昏迷两三天，就算勉强能起来，也是浑浑噩噩，神志不清，所以我故意如此，就是希望把图纸画完了之后再说！”

然而，对她这样的说法，他却并不买账，反而魔瞳一凛：“洛子夜，孤要是没记错，今日你的图纸已经画完了！可是你还是拒绝了孤！”

洛子夜抽搐了一下嘴角：“那是因为我今日太累了，所以想今天先好好休息一天，明天再说！”

说着这话的时候，她的眼神在左右漂移，这话是半真半假。今天的确是因为太累了不想行房，但是明天她会不会真的就……这个不好说，或许明天想一下之后，再一次鸵鸟一样拖下去……

看她眼神左右游移，帝拓的皇帝陛下很快就明白了，她的理由应当都是真的。只是明天她是不是会不再假装，却说不准。

想到这里，他容色更加危险。

而洛子夜倒是很快道：“等一下，你刚刚为什么会觉得我在外面有人了，这外头不是你的人就是我的兄弟，能有什么人？”

他语气不太好，吐出两个字：“肖班！”

洛子夜嘴角一抽：“噗……虽然我拍了一下他的肩膀，但是也不至于就让你这么怀疑吧？再说了，他又没你俊美，没你出色，没你对我好，你为什么会这么想？”

他顿时沉默了。对视了半天之后，他有些尴尬，有些不悦，又有些不满地吐出

了一句话："他比孤年轻！"

洛子夜："……"

肖班在他面前分析逻辑的时候，帝拓的皇帝陛下纵然觉得对方分析得很有道理，然而有一个无法忽视的问题，他并没有说出来，那就是自己的年纪。

他比洛子夜大了九岁半，这个问题，从前自己的情敌们就一直在提醒自己。有一段时间情敌们没有在自己的面前惹人嫌了，故而帝拓的皇帝陛下也没有多在意这个问题。

但是当武修篁出现在自己面前，当他意识到，武修篁只比自己大十多岁，自己比洛子夜大九岁半，他的年纪处在他们父女的中间数，这下就更令他心中久久无法释怀。

看洛子夜盯着自己不吭声，倒也不知是不是嫌弃。

他顿时便感觉自己心头又冒出一阵火，低头便攫住了她的唇："洛子夜，不管你心中怎么想的，总归孤是不会放手的！"

这一吻，便一发不可收拾。

洛子夜环住了他的脖子，低声道："说话可得算数，我才不管你每天在别扭什么、纠结什么、计较什么，总归我认定你了，我就是喜欢年纪比我大九岁半的人……"

这话却无疑取悦了他，也使得他魔瞳中的欲火更加炽烈。

洛子夜忽然想起什么："臭臭，我们好像还没吃晚饭！"

"……"他面色立即臭了起来，他倒是不在乎自己没吃饭，却不能饿着她。

洛子夜感受到了他的很不甘愿，也感受到了他在控制自己的欲火。半晌后，他重重吻了她一口。终究还是从她身上起来，沉声吩咐门外的士兵："备膳！"

"是！"

洛子夜嘴角扬了扬，也知道他这是珍惜她。她抱着他的腰，在他背后悄悄说了一句话，作为嘉奖："今晚喂饱我，爷已经准备好三天不下床了！"

说完这话，洛子夜自己险些先泪奔。也是没办法，也实在是觉得对不起他，一个男人对她这么好，她当然也不能太自私了。

她这话无疑取悦了他，见她乖巧地附在自己腰间，猫儿一般慵懒诱人，令他心头一软，今日被她气出来的怒火，已经消了大半。他将她捞入怀中，打着商量："既然你都忙完了图纸，修墙的事情也有武修篁替你盯着，那就十天不下床如何？”

“滚！这不如何，你不要太过分了……”

“八天？孤已经饿太久了！”

“我不同意！最多三天，不然咱俩别成婚了！我会死的，你干啥呢你，喂喂喂……”

“那就五天！说好了！”

“没说好，你怎么能自说自话，既然是商量，咋能你一个人决定？喂喂喂，你撒手！凤无俦，你流氓……”

“所以现在，我们的人是完全不能动手对吗？”凤无忧眼神幽冷。

那一众黑衣人摇了摇头：“无法动手，上一次我们推倒了墙壁，砸死了不少人，原当是天衣无缝，但是没想到漏掉了果果那只鸟，洛子夜已经有所察觉，这段时间，她一直亲自盯着修墙的事！”

“还有，武修篁来了王骑护卫的营帐，一直在给洛子夜帮忙，所以……就更难以下手了！”

他们就是有再大的胆子，也断然无法在武修篁的眼皮子底下做出什么事，毕竟那是武神。

凤无忧脸色发青：“看样子，是要想别的办法了！”

她扬眉问道：“联系上百里奚、秦月、洱历了吗？”

一名黑衣人很快道：“联系上了！对方承诺愿意见面，但是除此之外，不愿意承诺多的，相信也是要看到足够的好处，才有投靠我们的可能，毕竟商人重利！只是，洛子夜已经许给他们那么长远的利益，他们恐怕难以站到我们这边！”

又有一名黑衣人道：“除非您许给他们十辈子都享受不完的荣华富贵，他们才有放弃洛子夜的可能，只是单单这三个人的财富加起来，就比得上半个国库，想许给他们这样的好处，怕也是很难！”

他的话说完，凤无忧的表情更加难看了：“那么……我们招兵买马的事情呢？”

“买马倒是很容易，我们现在已经暗中收购了五千匹马，只是招兵确实很难，各国的军队都忠于自己的国家和君主，贫苦百姓就算是加入我们，没有经过正规的训练，也难以成为真正的军队，上了战场也不过就是老弱残兵罢了！”黑衣人回话

也很是无奈。

凤无忧冷声道："难道不能将他们招回来之后，再训练吗？"

那黑衣人道："训练其实是可以的，只是……我们手下并没有真正从军队里面出来的人，也不知道具体应当如何训练，就算是将他们都招回来，也是无从下手！"

砰的一声。

凤无忧掀翻了自己面前的桌案："不可能，这简直就是……我……"她气得不知道应该说什么好。

原本她以为自己只要有钱了，想做什么事情，就一定都能做成，但是没想到步步掣肘，干什么都不顺利。

可是想想，洛子夜手下当初也是一个人都没有，如今龙啸营却是威名赫赫，绝步天下。百里奚等人愿意跟洛子夜合作，而想把百里奚挪为己用，就会面对问题，甚至根本就无法解决。

洛子夜能够做成的事情，她几乎一件都做不成，难道她是真的比不过洛子夜？

下头的那些黑衣人也都不怎么吭声，但是心里其实跟她都是一个想法，他们甚至还觉得，没有金刚钻别揽瓷器活，显然凤无忧就没有养军队、让天下人都对她唯命是从的本事，也没有足够的智谋，学着洛子夜将那些人都收为己用。

而他们跟在凤无忧的身边，也无非为了钱而已。

凤无忧忽然想起什么："对了！军队的人，申屠苗呢？她眼下在何处？"

"申屠苗在准格尔，听说她如今仿佛是变了一个人，一心向善，虽不知是不是装的，但是表面上看起来是那样。帝拓的人知道她回了准格尔之后，已经在和申屠焱交涉，看申屠焱的样子，是想保住申屠苗！"

凤无忧皱眉，要是申屠苗向善是真的，那事情就很难办了。她开口道："无论如何，先想办法联系上申屠苗，至于她愿不愿意帮助我们，那就再论！"

"是，我们立即去办！"

却没想到，他们话音刚落，骤然传来一阵苍老的笑声，来人开口道："跟申屠苗合作，倒是不如跟老夫合作。毕竟你手中掌握着多少资源，老夫是清楚的！老夫也不会对凤无俦感兴趣，自然也不会与你争抢，这么算起来，跟我合作比与申屠苗合作其实好多了，不是吗？"

凤无忧站起来四下一看，惊恐地开口道："谁？是谁？别在暗处装神弄鬼，赶紧出来！”

但是修罗门的一众黑衣人听着这声音，都忍不住颤抖了一下。这个声音……是主公？

可是，主公不是已经死了吗？

他们惊恐地四下看着，一道黑影从屋顶上跃了下来，他身边还跟着一个人。两个人都蒙着面纱，这样的出场，的确就是主公无疑。这令这群黑衣人心中不好的预感越发浓烈。

而凤无忧看着那两个人，冷声开口道："你们是谁？你们为什么会在这里？你们有什么目的？"

那为首的人显然就是主子。他盯着凤无忧开口道："无忧公主倒是贵人多忘事，这么快就把你的救命恩人给忘了？"

"你……是你们！"凤无忧瞪大了一双美眸，难以置信地看着他们。

她当初就知道他们救了自己，目的一定不简单，所以在知道如何取得财宝之后，就想尽办法摆脱了他们。却没想到，对方居然还是找到了自己！

她话音一落，那黑衣人霍然伸手，掐住了凤无忧的脖子："公主，你可是让我们好找啊！足足找了你几个月才找到，真是能躲！怎么？受了恩情之后，就准备跑了吗？这样忘恩负义，当真是好事？"

他这话说得可谓咬牙切齿。他近日一直在找凤无忧的下落，这个贱人倒是能藏。若非他安排了人盯着洛子夜，知道前段时日有人动了那面墙，到眼下怕是连凤无忧的影子都找不到。好在自己是修罗门的创始人，知道修罗门这些人是如何出行的，所以花了半个多月的工夫，才算是找到了这里。

"你放开我！"凤无忧心里却一点儿都不害怕。

他就是想要那笔财宝，要是杀了自己，他什么都得不到，她相信对方不会这么做。

她这话一出，那人也的确松手了，眸中带着森冷的寒光，盯着凤无忧道："识相的你就把宝藏都交出来，我还能放你一马！否则，你就只有死路一条！"

他这么一说，凤无忧倒是镇定了："你当初救我，就是为了帝拓皇室的宝藏？因为你清楚，父皇一定会想办法将宝藏的下落告诉我？"

"不错！"那黑衣人坦然承认。

而下一瞬，凤无忧的眸中满是寒光，盯着对方询问："你到底是谁？我们帝拓

皇室有宝藏的事情，你怎么可能知道？这件事情……”

这件事情只有皇室之中十分受信任的人才会知道。就算是自己的兄长，凤无俦对这件事情都是一无所知，对方怎么可能知道？他跟帝拓皇室是什么关系？他又是什么身份？

她这么一问，那人眸中泛出一道冷茫：“这件事情你应该问你父皇！对了，你父皇如今已经死了，根本就没有人可以问了，那笔宝藏本来就应该是我的！如今我只是来索回而已，还有你父皇欠我的，一笔一笔，我都会一一索回，帝拓全部要还给我！”

当年他才是父皇最看好的儿子，原本应该是他登上帝拓君王的大位，也会被告知那笔宝藏的下落。

可是自己情同手足的皇兄来求自己，说他想当皇帝。只怪他当年傻，他原本志不在朝廷而在疆场，比起在宫中每日上朝，听那些官文，他更愿意在塞外做个无忧无虑的将军，于是就答应了对方。

他把最好的东西都给了凤恃，为他出生入死，驰骋疆场，为他刀锋血火，保家卫国，但是凤恃是如何对他的？害死他的爱妻，还是用最为耻辱的手段。

如今看来，也都不过是因为自己当年愚蠢，送出去皇位还不够，还葬送了自己心爱之人的性命！

凤无忧皱起眉头，盯着对方开口道：“你不要胡说八道，这笔宝藏是我们帝拓皇室的东西，与你没有半分关系，你……”

“我不想与你说这些废话，你只需要告诉我，你到底要不要把宝藏交出来！”黑衣人眸中掠过杀意。

凤无忧见他不打算告诉自己真相，倒也没准备继续多问。

她慢条斯理地坐下，开口道：“相信你也知道，我如今除了那些宝藏，一无所有，那是我唯一的倚仗。所以你也不用白费心机了，我是不会说的！不管你用什么手段逼迫我，是杀了我，还是弄残我，我都不在乎！总归我是不会将宝藏交出来的，我原本就是嫁过人的女人，纵然如今仍然是完璧之身，但我也并不在乎自己的贞洁，左右你要是敢动，我失去贞洁之后自尽就是了！”

她这话，在那黑衣人意料之中。

“你要是不满意，你就杀我好了，总归这笔宝藏，我得不到，谁也别想得到！”

凤无忧冷笑了一声，便不再看那黑衣人。

倒是那黑衣人身后的人忍不住了："凤无忧，你不要不知死活，我们多的是办法让你求生不得，求死不能！"

"那你们就来啊，反正我不怕！你要想想，一个能杀死自己的亲生父母的人，还会怕什么？我凤无忧什么都不怕，不怕死，也不怕被折磨，只怕失去自己唯一的希望，所以你们不必白费心机了，无论如何，我都不会将宝藏交给你们的！"凤无忧面上的神情竟然有些得意。

而那黑衣人笑了一声，盯着凤无忧开口："我当然知道你不在乎你的生死，我也知道你这个女人的心思。所以，凤无忧，我的意思，是我们合作！"

"合作？"凤无忧转头看向他。

"不错！"那黑衣人点头，"你将宝藏交出来招兵，军队我来帮你练，但是他们必须听我的。我保证三年之内，会让他们强大起来，只要我开始收网，整个煊御大陆都会是我们的囊中之物！"

"你……"凤无忧难以置信地看着对方，断然没想到，对方想要的竟然是整片煊御大陆。这……这可能吗？

她不能理解："你不要做梦了，这怎么可能呢？谁都不会去想一统天下这种事情，毕竟……"

毕竟这个时代的格局，是非常稳定的。时代的格局不稳定，要么是因为暴乱起义，要么是因为有一国独大，其他人都无法对抗，那才能完成统一。但是如今的格局，根本不存在哪一国独大的情况。

而她也并不认为，自己面前的人有能够媲美兄长的本事，或有完成统一的实力。

"我能不能做到，不劳你操心，你只要想想你要不要跟我合作！凤无忧，你想要的，并不是国家、权位、土地，只是你的兄长而已。等我们把事情做成了，我坐上至高无上的宝座，你跟你的兄长在一起，我们求仁得仁不是吗？"黑衣人嘴角扬起笑来。

凤无忧微微一怔："你的话都是真的？"

"自然！不然你以为，我要凤无俦有什么用？我要的只是天下而已。至于凤无俦，到时候他只属于你，任何人都无法从你身边夺走他，因为能夺走他的人，那时候已经全部被我们杀了！"那黑衣人嘴角带着笑，几乎是在诱惑凤无忧。

他这话，很快就让凤无忧的眼神晶亮了起来：“好，我考虑一下，三天之内给你答复！”

“你的答复最好是能令我满意的，否则三天之后，你若是不愿意合作，我也会觉得，那宝藏既然我不能得到，那么其他任何人都别想得到！你就可以去死了，把宝藏的秘密，永远带到地底下去！”他这话杀气腾腾。

凤无忧并不在意他的话，总归是不是要合作，主动权在自己手中，她既然不怕死，那就也不怕别的什么。

那黑衣人说完，扫了一眼边上的人，吓得修罗门的那些人都后退了一步，也不敢多话。

而那黑衣人却道：“你们跟修罗门之间，跟李鑫、李扣、武青城之间的关系，最好给我断干净，否则我会让你们生不如死，明白吗？”

他这话一出，那些人立即道：“是！主公！”

他们几乎是下意识地就喊出了这个称呼，那黑衣人扬了扬眉毛，满意地点头，大步离开。

这把凤无忧气得面色铁青，看着那黑衣人离开的背影，她默了片刻，倒是忽然想起什么，猛然问了一句：“难道，你就是我母妃口中的宇亲王？”

她这话一出，那人脚步霍然顿住。

凤无忧冷声开口道：“你真的是？你利用了我母妃一辈子，害得我王兄从小就离开帝拓，你

……”

“这些都是你父皇逼我的！”那人听着凤无忧的指责，倒也并不觉得抱歉。

凤无忧顿时一哽，骤然开口道：“母妃在父皇临死之前，很不希望父皇出事，因为她以为，父皇如果不死的话，她此生或许还会见到你！她是你爱妻的妹妹，你对她……”

“是我对不起她，只是……她到底是你父皇的女人！你父皇当年也害死了我的女人！”宇亲王不再停留，很快离开了此地。

凤无忧扬眉笑了，所以母妃做了这么多，这个人却从没有将母妃当成自己人过，只将对方当成一个工具，一个父皇的女人，也是他不会手下留情的人。这么看来，母妃的一生，也的确是很可悲。

只是她只觉得高兴，毕竟要不是因为母妃的自私自利，王兄也不会受那么多苦！

“王爷，其实……”随从欲言又止。

宇亲王抬手，示意对方不必多言：“凤无忧的母妃，我纵然亏欠她，但这都是她自己的选择！”

他这么一说，那随从顿时也不多言了，很快又道：“王爷，世子如今对我们的事情还一无所知，我们要将这件事情早日告诉他吗？”

“不必！他现在知道，对于我们而言未必是好事。且还让他逍遥一段时间吧，毕竟他眼下所处的位置，对于我们来说是有利的。我并不希望在未来，生出什么变数！”宇亲王回了一句。

“是！”

军营，王帐之外。

士兵们都很心累，他们发誓自己回了皇城之后，不管谁拦着他们，他们都一定马上给自己找个夫人。不然迟早被这些狗粮给砸死！

正想着，王帐的帘子被掀开，凤无俦和闽越一起出来了。

闽越低头道：“王后这一回，怕是要昏迷五六天！”他心里也是很崩溃，王和王后每次一定要这么激烈吗？难怪王后都要拿猪血假装月事没走了。

凤无俦魔瞳中掠过一丝尴尬，她可是说了最多三天，不然就不成婚的，他自认自己的尺度掌握得很好，却没想到……

帝拓的皇帝陛下默了片刻之后，终于想到一个好主意。

他回眸扫了一眼门口的士兵，沉声命令：“五六天之后，王后醒了，你们告诉她，她只昏迷了三天！任何人说漏嘴，孤割了他的舌头！”

众人：“是！”

有个人忍不住提醒了一句：“可是……王，若是王后还记得自己昏迷之前是哪一天呢？醒来了之后日期对不上，我们如何说？”

若是平常的话，洛子夜可能注意不到今天几号了。可是如今马上就要过年了，王后还会连自己处在哪天都不清楚吗？

阎烈也皱了皱眉头，悄悄地看了一眼自家王的侧颜：“王，您不要怪兄弟们坦

诚，这的确是个问题！还有，我们王骑护卫的人，倒是可以一起瞒着王后，龙啸营的人……我们过去好商好量，甚至威逼利诱一番，他们也许也会帮助我们一起瞒着，可是您不要忘了……我们军营里面，还有一个危险分子存在……”

那就是武修篁，他们对武修篁说什么，对方怕是都未必会配合。

凤无俦沉眸，魔瞳中掠过不悦，沉声吩咐道：“武修篁在哪里？将他赶走便是！”

阎烈：“……”王，您是认真的吗？这个说起来容易做起来难啊。难道您没有听过一句话，叫作一家人没有隔夜仇，王后如今是一副嫌弃武修篁的样子，但不管怎么说，武修篁就是她亲爹。

这几天他们父女失和，但是过几天，要是两个人的关系好了起来，王把岳父大人得罪了一个彻底，这可不是什么明智的事。

“王，真的赶走恐怕不妥！”闽越性格沉稳，比较知道人情世故，所以这个时候，他觉得自己还是应该劝劝。

这下，主仆几个都沉默了，阎烈和闽越，悄悄地看着自家王的脸色，对方不说话，他们也不敢说话。

倒是闽越大着胆子说了一句：“王，其实属下认为，您和王后之间的事情，可以适可而止，总是这样不节制，对王后的心情不好，对她的身体也不好！”

他这话一出，凤无俦听着前面的话，原本还有些不悦，但听到后头，却沉了脸：“你这话的意思是，长此以往，对她身体不利？”

“不错！虽然属下是有办法调理的，不至于令王后健康受损，可是……长此以往，王后的精神会越来越差，昏迷的时间太长，也会导致记忆力不好，更不用说您还打算让我们诓骗她只过去了三天，这会令她的记忆更容易混淆，所以属下认为，您日后的确要节制！”闽越说了一些心里话。

其实让王节制他已经说过很多次了，但王一直都没往心里去。

所以这一回，他就把可能对洛子夜身体产生的不利影响全部说出来，要是这样的话，王应该知道权衡轻重，以后也不会经常这样尴尬，以至于他们主仆几个人，在寒风瑟瑟的冬天，一起在外面吹着冷风，各种商量对策了。

阎烈和闽越已经是彻底明白了，对于他们王骑护卫来说，对于他们的王来说，打个胜仗就是吃一顿饭那么简单轻松的事情，但是讨个媳妇儿，并且想媳妇满意，简直就比登天还难。

闻越的话说完，凤无俦沉眸："既然这样是对她身体不利的，孤自然要克制了！"

他们的话刚说完，武神大人已经回来了。

茗人跟在武修篁的身后，轻声道："陛下，既然武琉月无情无义，您也不必再为她伤神了！"

"嗯！"武修篁应了一声。

武琉月的死，他没有做任何干涉，但到底是没有办法眼睁睁地看着对方被凌迟处死，所以行刑的时候，武修篁没有去看。人非草木，不可能彻底无情，他纵然也觉得武琉月罪有应得，就算是凤无俦不这么做，他大概也会赐死对方。

但是在听见对方被踩得尸骨无存的时候，他心情到底还是低沉的，以至于今日修墙，都是派去了自己所有的暗卫，先去盯一天，自己都没有亲自去，而去散了散心。也不知道洛子夜知道自己今天没有亲自去看着，会不会生气。

这么一想，武神大人的心情顿时又低落了。

这么想着，武神大人已经走到了军营里头，抬眼便看见凤无俦主仆站在王帐的门口，都不知道是在商量什么事情。

想起来自己要讨好女婿的事儿，他正想着自己是不是要上去跟凤无俦聊聊天，拉近一下翁婿之间的距离，就在这时候听见了自己右侧五米处，云筱闹的声音传了过来："爷这回拿猪血假装月事没走，拒绝行房的事情，已经被帝拓君王知道了！"

什么？行房？

武神大人整个人完全僵硬在原地，凤无俦这小子到底是在做什么白日梦，自己这个岳父大人都没有同意，就算是洛子夜同意了，他们两个也还没有成婚，根本就不是名正言顺的夫妻，他就想行房了，简直天真！

更可气的是，云筱闹在说什么？

他的宝贝女儿根本不想行房，这个该死的凤无俦，这完全就是想逼迫她，才害洛子夜竟然要拿猪血来蒙混过关。

只在这一秒钟，故事的情节在武神大人的心中，就变成了洛子夜根本不愿意，却又无力反抗，于是干脆假装月事。这女儿到底是受了多大的欺压啊！

人的火气一上来，就很容易失去理智。洛子夜跟凤无俦已经在一起这么久了，经常同床共枕，两个人也是如胶似漆，还有轩苍墨尘的那一次所谓落红的风波，这

两个人之间的关系，还怎么可能发乎情止乎礼。然而，武修篁根本不想这些！

洛子夜不愿意，还要假装，这决计就是凤无俦强要的结果，武神大人气得头发都要竖起来了！

应丽波哆嗦了一下：“这件事情从我们知道主子这么做起，就明白早晚纸包不住火！帝拓君王一定很生气吧？”

云筱闹点头：“是啊，可生气了！那会儿我只是去问了一下晚膳的事情，就被斥了一个‘滚’字，我现在想起来心里还害怕呢，生怕那时候帝拓君王迁怒于我，把我给打死了！”

“不过你怎么知道他生气是因为识破了这个事儿？”应丽波奇怪地看了她一眼。

云筱闹很快道：“还不是因为我看他发这么大的火，担心主子出事儿，所以尽管很害怕，在他们传膳的时候，我还是亲自送进去了，然后我就看见染了猪血的月事布，还有桌案上的猪血！”

她的话说完，应丽波咽口水的声音非常大，艰难地道：“看来还是主子作假的时候，被当场抓包！”

“应该是的！”云筱闹点了点头，“然后他们用完膳，主子就被帝拓君王压在床上整治了，我出来了老远，都能听到主子求饶的声音，听得我脸红心跳的……”

说着这话，云筱闹的脸也红了。

应丽波抻长了脖子看了一眼王帐的方向：“帝拓君王这会儿已经在王帐外头了，应当是完事儿了吧？按照从前爷那小身板的承受能力，这回不知道又要晕倒几天！”

“是的，我觉得也应该是完事儿了！”云筱闹点了点头。

应丽波摸了摸下巴，看了一眼王帐门口的闽越：“又让闽越来看诊了，看来主子是又被欺负晕过去了！”

又？

欺负得晕过去了？

这些话全部传入了武神大人的耳中！这个该死的凤无俦，在对自己的女儿做什么？这样胆大包天就算了，还不知道节制，武修篁愤怒得不知道如何是好。

茗人心里头也在冒冷汗。

云筱闹叹了一口气：“是啊！也不知道这回爷醒了之后，会不会找帝拓君王算账……”

“看他们主仆的样子，应该是会算账！”应丽波摸着自己的下巴，点了点头。

说完这话之后，她眼神偏转，看向不远处身材笔直的解罗彧，对方衣服贴身，能够看见完美的身材、有力的胳膊和长腿。这令她的表情忽然荡漾起来：“你说，帝拓的君王这方面这么厉害，他手下的人，这方面应当也不差吧？啧啧……”

“你说什么呢！”云筱闹扭头就红着脸啐了她一口，还以为对方是在说阎烈，调侃自己。

却没想到，看她色眯眯地盯着解罗彧，眼神还往对方的裤裆瞟。云筱闹登时就明白自己理解错了，一下子脸更红了，一方面是尴尬，另一方面是不理解自己为什么会想到阎烈身上去，还以为自己在被调侃！

“你脸红什么？”应丽波回头看她，很不理解。

武神大人听到这里，情况也差不多听明白了，他面色铁青，一副要杀人的样子，对着凤无俦的方向飞快走去。

茗人赶紧道：“陛下，您别忘了，他是您要讨好的人！陛下……”

“讨好个屁！”素来自认为自己风度翩翩的武神大人已经爆了粗口，“朕今天非要砍死这个臭小子不可，竟然敢……竟然敢这样对朕的女儿！”

武神大人怒不可遏，一把就抽出了茗人腰间的长剑，杀气腾腾地继续冲向凤无俦。茗人一抹脸，算是知道这翁婿之间的关系，从今天开始，彻底完蛋了！

而王帐的门口。

那主仆几人正惆怅着，肖班忽然往这边飞奔，指着自己的身后：“王，不好了！您的岳父正提刀对您杀来！”

在场的人俱是一惊，一起往前看，阎烈和闽越眼神对视，一脸的不明所以。王还没有真的下令将武修篁赶走呢，对方这是发了什么疯？来就算了，还提剑过来！

果爷也发现了这边的情况，从远方扑腾过来，一只翅膀费力地卷着一根树枝，拖着往这边跑，并尖着嗓子叫道：“主人，岳父你的，你的岳父，像这样拿着剑跑过来了！”

众人：“……”

他们抬眼之际，看着武修篁这样提着长剑过来，而跟前果果的模仿秀简直完美，

就跟武修篁眼下的状态一模一样，一远一近、一大一小地以同一个姿势飞奔过来。

众人的嘴角扯了扯。

不知道为什么，他们竟然在这种不太合适的时候，有些……想笑。

然而，帝拓的皇帝陛下是一点儿都笑不出来。

阎烈更是直接就道："难道王说要赶走他的事情，被他听到风声了？"不可能啊，他们这话刚刚说完，武修篁怎么可能听见风声？

"不可能！"闽越断然回答。

阎烈犹豫了一下，看了一眼解罗彧。两个人眼神对视，也不知道自己是不是应该拔剑，挡在王的面前保护。来人是武神，他们肯定不是对手，站在前头就是找打，尤其王跟武修篁之前的关系是翁婿，还是那个道理，一家人没有隔夜仇。

他们现在关系不好，指不定啥时候关系就好了。家务事，他们这些做属下的，还是不好参与吧？

思索之间，阎烈的手还是放到了腰间的剑柄上，显然是已经有了要动手的心思。而解罗彧也往这边靠了靠，准备好了保护。

这时候，武神大人已经冲到这边来了。

而远处的云筱闹和应丽波一愣一愣的，本来好好的，她们忽然看见一道人影从她们身侧愤怒地抽出长剑，对着帝拓君王杀过去了。

两个人咽了一下口水，云筱闹艰难地道："该不会是我们刚才的话，被龙昭陛下听见了吧？"

应丽波也哆嗦了一下："我觉得很有可能！"

"要是这样，他们闹出事了，我们两个是不是完了？"云筱闹更加害怕了。

应丽波惊悚地道："应该是完蛋了，毕竟帝拓君王和龙昭皇帝哪个都不是好相与的。要是让帝拓君王知道，这件事情是我们两个说着让武修篁知道的，导致他们翁婿失和，关系更加恶化……"

"不晓得会不会拔了我们的舌头！"云筱闹的面条泪，就这样流了下来。

应丽波一听这话，也是忧郁了，哭着道："不知道有没有什么能把断掉的舌头给接上的医术……"

"没有。"一道清冷孤傲的声音，从她们身后传来，冷冷清清，听不出温度，不待她们反应，对方已经从她们身边走了过去，白衣胜雪，如远天之月，令人不敢亵渎。

那是……百里瑾宸?

抱着彼此哭得正认真的云筱闹和应丽波，呆愣着看着对方从她们身边走过，回过神后，哭得更大声了。完蛋了，就连神医都说舌头断了没有办法再接上，她们两个基本上就是彻底完蛋了。天哪……

“我们一定要想点儿办法……”

“是的，比如说让他们知道，我们对于主子来说，到底有多重要！”

“如果失去了我们，主子一定会非常伤心难过，并且一定不会放过让我们离开她的人！”

“这样的话，他们也许就放过我们了……”

两个人哭着对话。

没走远的茗人回头看了她们一眼，叹了一口气。他比陛下理智多了，很清楚凤无俦和洛子夜之间早就那个啥了，不管怎么说，洛子夜还是答应了凤无俦的求婚，所以这证明洛子夜并不是完全抗拒的。

陛下作为一个父亲，生气是很正常的，但是这样冲出去，其实一点儿好处都没有啊。

他盯着她们两个，一副欲言又止的样子。

应丽波哭着道：“你是不是想骂我们两个人多嘴？嘤嘤嘤……其实我们真的不知道武神大人在这里啊，要是知道龙昭的皇帝陛下在这里，我们就是再傻缺，也不会这么说的！”

“不是！”茗人摇头，“我只是想说，帝拓君王那方面的能力很厉害，我们陛下那方面的能力也不差！”

说完这话，他扭过头，昂首挺胸，无比得意地走了。凤无俦那方面很厉害，这两个小妞就推断凤无俦手下的其他人那方面也是厉害的。

茗人很果断地说出了陛下也是厉害的，剩下的就给她们推断吧！按照这个逻辑，他茗人也是很……嘿嘿嘿，这其实才是他在这里站了半天的原因，也没有别的意思，就是想让她们知道自己也很厉害而已。

没想到，才走出去三步。

云筱闹：“他的话啥意思？”

应丽波：“不知道，好端端的说龙昭皇帝那方面的能力干什么？”

云筱闹：“难道是因为他不行，所以需要他们家陛下帮忙撑台面？”

扑通！茗人脚一滑，摔倒了，回头看向她们：“两位姑娘，这跟我想的不太一样！你们的逻辑怎么说变就变？”

凤无俦是厉害的，说明他手下的人也厉害。他们家陛下是厉害的，说明自己是不行的？逻辑呢？这样区别对待真的好吗？

“他居然摔倒了，看来我们料中了！”

“是的！唉……茗人真是可怜，居然不行，平常完全没看出来啊……”

茗人：“……”

轩辕无像是看智障一样看了茗人一眼，跟上了自家主上的步伐。

他们一来就看见武修篁不知道是受了什么刺激，提着长剑就对着王帐的方向飞奔去了，这两个姑娘还在讨论这种问题。主上思虑了一会儿，也明白了眼下的情况，心里也是不痛快了，才会说出“没有”这两个字，打击这两个可怜的姑娘。

轩辕无感叹了几秒，但是并不同情。

士兵们抽出了长剑和长戟，挡在武修篁前头。

砰！

砰！

兵器碰撞，长戟交叉。闽越抹了一把额头，岳父和女婿眼看就要在外头杀起来了，而洛子夜正昏迷着，就是劝架，也没有一个靠谱的人！

长戟挡住，武修篁停住了步伐，眼神里头的意思很明确，这些人挡不住他的，他并不愿意对这些士兵出手，相信凤无俦自己也清楚，让这些士兵来拦着自己，无异于螳臂当车，以卵击石。

他还没开口，凤无俦便先沉声命令：“都让开！”

“是！”士兵们没任何置喙，王的命令就是准则。

阎烈和解罗或听了这命令，也上一边去了。不过阎烈用密室传音小声道：“王，不管怎么样，这是岳父，您下手还是轻一点儿！”

“是的，最近对方对王后特别好，王后纵然没有拿好脸色对他，可有没有被对方感动一些，这都很难说了，要是您杀了他，事情就很麻烦了！”解罗或也用密室传音劝解了一句。

凤无俦魔瞳一凛，沉声道：“孤自有分寸！”

然而，很快他们便看见凤无俦魔瞳中，有鎏金色的光芒掠过，他们立即回头看了一眼，这一看，两个人呆若木鸡。

百里瑾宸怎么也来了？

他还没来得及说什么，凤无俦魔魅冷醇的声音便先自他身后响起：“怎么？武神大人是怕自己一个人打不过孤，便寻了孤的情敌来帮忙吗？”

武修篁一听这话，险些气得吐出一口血。他凤无俦再怎么厉害，自己好歹也是武神，比凤无俦多修炼了十几年的内功。他武修篁跟凤无俦交手，还要因为担心自己打不过，找个帮手来？凤无俦到底把自己看得多扁？

武修篁眼下要辩驳，百里瑾宸却先他一步开了口：“联手杀你，未尝不可。”他没有明确承认。

武神大人听着，虽然觉得哪里不太对，但一时间也说不上来。

凤无俦嘴角淡扬，盯着面前的两个人，评价了两个字：“很好！”

说话之间，大掌伸出。

阎烈立即会意，将一把宝剑交到了他手中，阎烈也不敢劝了，并且还觉得自己完全没有劝的必要，因为武修篁的确是太过分了，自己要来杀王，他们都可以勉强容忍，劝慰王看在对方是岳父的分儿上尊老，不跟他计较。可是他居然带来百里瑾宸一起出手，这不是太过分了吗？

凤无俦手中握着剑，魔瞳扫向他们，从他眉心的折痕能看出来，他正压抑着怒气：“既然这样，那就一起上吧！”

武修篁一口气险些又没提上来，正准备让自己的徒孙不要出手，自己亲自来教训凤无俦这个无礼的小子，百里瑾宸已经先他一步开口：“既然这般，那我就不客气了。”

武修篁：“……”

百里瑾宸不是从来都不喜欢说话吗？为什么今天一再抢自己的话说？武神大人已经意识到了哪里不对，但是具体是哪里怪怪的，他还没有太领会过来。

百里瑾宸的剑风脱手而出，对着凤无俦的方向攻击而去。

而下一瞬，两道黑色的剑光与内息便交会在一处。对战之间，便是刀光剑影。

茗人作为一个局外人，已经看清楚眼下的情况，很显然，陛下是被百里瑾宸给

带入坑里了，等洛子夜醒了之后，一旦问起来这件事情，凤无俦那边一定会解释为，是陛下带着百里瑾宸一起来杀凤无俦。

三个人交手，武神大人和百里瑾宸，都是绝世的高手，即便单打独斗跟凤无俦交战，也未必会很快显露败象，何况眼下是两个人。交锋之间，剑光犀锐，他们的速度实在太快，以至于在场的人都看不清楚。

王骑护卫的众人，眉头紧皱着。他们担心，王一个人跟他们交战会吃亏，尤其王的寒毒，没有彻底痊愈。

肖青捅了一下闽越的胳膊："你有没有什么办法，能让王后早点儿醒来？"

"没有！"他要是有办法，早就用了。

阎烈眉头皱起："王后要是不醒，今天是没有人能够拉住他们了！"

尽管他们都想告诉自己，这时候应该对王多一些信任，但是那两个人也实在是厉害。不过王既然敢交战，那定然是不惧的！

"你们说王后要是醒了，会向着谁？"解罗彧开口询问。

肖班迟疑地道："不是说未嫁从父，出嫁从夫吗？应该是向着王吧？"

这话一出，武修篁大笑出声。

帝拓的皇帝陛下，还有王骑护卫的众人，脸全黑了！什么狗腿班，分明是智障班，王后根本没有嫁给王，还只是订婚好不好？未嫁从父，这不等于是在说，王后会向着武修篁吗？

结果这个笨蛋分析完了，还说应该是向着王吧。

轰的一声，肖班的脚下，霍然被炸出一个大坑。

幸好他反应快，扭头就抱住了边上的阎烈，吓得阎烈飞快后退，两个人一起险险避过。避开了之后，肖班才发现是自家王出的手，这下他整个人都崩溃了！

完了，很显然他又说错话得罪王了。

完了，王对他出手他居然还避过了。

完了。

阎烈嫌弃地把他从自己的身上扯下来："看见你这么笨，又这么不会说话，我更放心了！"

肖班："……"说好的兄弟呢，为什么总是落井下石？

武神大人一边打，一边笑："凤无俦，你听见了吗？你自己手下的人都说女儿醒来之后，会向着朕！”

“未嫁从父，可惜，在她心中，并没有父亲！”凤无俦语气不耐烦，那其中是一贯的傲慢不屑。

这下，武神大人猖狂的笑脸定格在风中，一下子就笑不出来了。眸中却掠过杀气，下手的动作更狠！

凤无俦这个臭小子，真的知道怎么戳自己的痛处！

肖班一听自家王的话，立即顺着竿子爬上去：“我说的就是王说的这个意思，王后根本就没有父亲，所以肯定是向着王的，我的话一点儿问题都没有！”

说着这话，肖班内心全是崇拜，王真的好聪明啊。

却没想到，这句话一出，轰的一声，又是一道内息从半空中对着他砸来，也不知道是不是自家王出手的，他站在原地避也不敢避，倒是解罗或眼明手快，将他扯了过来。

原来出手的是百里瑾宸，半空中传来他淡漠的两个字：“聒噪。”

肖班：“……”我今天是招谁惹谁了？

凤溟皇宫之中。

年轻的帝王面前全部是奏折，堆积如山。

而这个人就像是不知道累一样，没日没夜地处理政务，每日的生活，也就是朝堂、御书房、寝宫，三点一线。

宫里的人都说，陛下从上次端木家谋反之后，就仿佛变了一个人。不但气质与从前不同，就连神情和眼神都与从前大不一样，而如今处理政务更是格外认真，几乎从凤溟历代以来，最为昏庸无为的君王，变成了最为勤奋的帝王。

整个国家的人，都处于一种激动兴奋，自己立即就要看见国富民强的希冀感之中。每天来上朝的朝臣们，觉得自己走路都有劲了。

然而，令狐翊却有些担心，跪在大殿的中央劝谏：“陛下，国事是处理不完的，臣听闻您已经有半个多月，每夜都只睡两个多时辰，长此以往，您的身体是会吃不消的！”

“嗯！”冥吟啸应了一声，埋头在奏折之中，对于令狐翊的这句话，显然没有听进心里。

令狐翊知道，自己说了也是无用的，开口禀报消息：“那个从臣手下逃出的产婆，已经见到了武修篁。如今，武琉月的身份已经彻底暴露，龙昭也将武琉月交给了凤无俦，据闻洛子夜原本打算将武琉月充为军妓，但是那些士兵都不愿意，最终武琉月被凤无俦亲自拔了舌头，凌迟处死，五马分尸，又将尸体踏为肉泥！”

冥吟啸手中的御笔顿住，看了一眼令狐翊，缓缓询问：“凌迟，分尸，踏为肉泥。这些是谁的命令？”

这问题一出，令狐翊立即就明白了对方想知道的是什么。他也不隐瞒，开口道：“凌迟是凤无俦的意思，分尸和踏为肉泥，是洛子夜的意思！”

冥吟啸笑了，轻轻扬眉，薄凉的唇缓缓吐出一句话来：“小夜儿不是心狠手辣的人，如今下令将武琉月杀了还不够，还要五马分尸，甚至尸体还要踏为肉泥，便只能见得小夜儿非常生气！”

这生气，不必多论，至少有一半是因为自己了。

看他如此高兴，令狐翊自然也知道他在高兴什么，从和洛子夜分别之后，陛下这是第一次露出这样欢喜的笑容。似乎从离开那个人之后，他的心已经死去，世上再不会有任何事情，能令他愉悦；世上再不会有任何事情，能够撩动他的心绪；世上也再不会有任何事情，能将他击败。

而今日，他终于又笑了，就像是一个还活着的人一样，笑了出来。

然而，令狐翊却很快说出了另外一个消息：“陛下，还有一件事情，凤无俦对洛子夜求婚，洛子夜已经答应了！”

他话音落下，便见冥吟啸面上的笑容丝毫不减，只是那双邪魅的桃花眼中，掠过一丝黯然。那一瞬过后，神情便很快恢复如常，手中的御笔放下，右手支着自己精致的下巴：“凤无俦给了什么聘礼，小夜儿竟然就嫁了？说说看，他是用什么法子哄走了我的小夜儿！”

令狐翊默了片刻，便从袖中掏出一张报纸。那是《皇家都市晚报》刊登的东西，写了凤无俦求婚当日的盛况，他双手举过头顶，将之交给冥吟啸：“陛下，这是《皇家都市晚报》的人写的，里头是凤无俦求婚当日的准备。只是，具体的聘礼是什么，报纸上面没有细说。但是我们的人听到传闻，好像是……”

“先别说！朕来猜猜！”冥吟啸轻轻一笑，左手敲打着桌案，“第一个跑不掉的，自然就是王骑护卫的虎符了！”

令狐翊一僵，没吭声。

冥吟啸继续道："应当还有帝拓的传国玉玺，帝拓大军的虎符、国库的钥匙，凤无俦应当也是舍得的，不过朕比较想知道的是……"

说到这里他顿住，旋即又轻笑："苍天之眼……他为了那颗宝石，可也是花了不少工夫。当初若不是为了照顾小夜儿，那颗宝石朕也会去抢。而那东西，如今作为给小夜儿的定情信物，最好不过，他给了吗？"

令狐翊沉眸："给了！"

冥吟啸面上的笑容有一瞬间的僵硬，最终笑着点头："既然这样……我就放心了……"

"既然这样，我就放心了！"

他喃喃自语，说了两遍，却似乎有些失神。此刻漫天星河点缀，明月已经被遮掩住，更令人心思飘远。

令狐翊一时间竟说不出话来。

默了一会儿，他开口道："陛下，还有一件事……墨子燿和百里瑾宸，似乎都已经知道了武修篁才是洛子夜的生父，所以他们已经开始讨好武修篁了！"

"哦？"冥吟啸从容地扫了令狐翊一眼，对于这个消息，其实并不意外，只是没想到情敌们都知道得这么早，而且已经开始动手了。

令狐翊也很快道："武修篁不喜欢凤无俦的事情，早已经不是什么秘密了。凤无俦的情敌们，大概也就是希望能够从这位岳父大人这里，找到突破口吧！"

冥吟啸扬了扬唇角，依旧保持着支着下巴的姿势，笑着开口："可惜他们的行为，怕都是徒劳了！"

"臣也这般认为！"令狐翊很快表示了赞同。

只是，冥吟啸默了片刻，又笑了。

"其实，他们未必不知道这样做是徒劳，只是，他们也没有其他的办法了，走投无路，于是希望看见一丝曙光。说起来，难道陛下您会无动于衷吗？"

冥吟啸轻声道："既然情敌们都开始讨好武修篁了，朕又岂能落于人后？去国库挑选一些稀有的珍品，送给武修篁。另外，他作为武神，定然爱武成痴，朕早年曾经收录到上古秘籍，也送与他便是！"

令狐翊道："可是陛下，您明知道这样做是无用的，您何必如此呢？"

这目的何在？

冥吟啸缓声道：“令狐，朕此生都不会让凤无俦觉得，朕已经彻底认输，放弃了一切可能得到小夜儿的机会！你要知道，作为情敌，朕是他最看重的情敌，也是对他威胁最大的情敌！”

他薄凉的唇扬起，那笑容似乎有些得意：“小夜儿被轩苍墨尘喂了禁药的时候，是朕陪着她。小夜儿险些被人欺负了，是朕去替她。她重情重义，定然不会忘记这些。而凤无俦那么爱她，当然知道朕在她心中的位置！在他眼中，朕是唯一有可能抢走小夜儿的人，所以，你说，朕能做出放弃的样子吗？”

“陛下，您这是……”难道是为了让凤无俦不舒服？这不应该啊，陛下也是希望洛子夜幸福的不是吗？

冥吟啸轻笑：“朕是要让他知道，朕永远都不会放弃小夜儿，朕要他好好照顾她，一刻都不得松懈，否则，对他威胁最大的情敌，不知道什么时候就乘虚而入，带走小夜儿了！”

其他人，如百里瑾宸，如轩苍墨尘，如墨子燿，就算是做再多，在凤无俦面前也是不具威胁的。

只有他冥吟啸，才是凤无俦真正看重的情敌。他当然也不能松懈，不能停止给凤无俦压力，一刻也不能。

如果不能亲自给她幸福，那么他一定会帮她守着幸福，谁都不能动，就是凤无俦也不能。

“臣……明白了！”令狐翊应了一声，“臣立即就去准备！洛子夜既然已经答应了凤无俦的求婚，或许不日他们就会发来请柬，若是那般，您是亲自去，还是臣直接安排使节去？”

他这话一出，刚刚提起御笔的人眸色又是一凝，手下的动作也是一顿，御笔上头的朱砂落于奏折的字迹之上，他竟完全没发现。半晌之后，他闭上眼：“朕亲自去！”

话音落下，他再一次睁开眼，眸中便似乎只有自己面前的奏折了。

“陛下？”令狐翊心头有些不解。

他到底没有说话，踏了出去，却在出门的时候听见身后帝王的声音传了出来：“令狐……朕要令凤无俦知道，朕永远不会放弃她。可同时，朕也要令她知道，朕是真的希望她幸福，朕必将会亲自送去祝福，令她不必与凤无俦在一起，还会觉得对朕有所亏欠！”

令狐翊长叹了一口气：“陛下，您是天底下最懂得如何去爱的人，只是……”

只是最懂爱的您，受伤最深。

冥吟啸闻言，轻轻笑了笑：“令狐，不必为朕神伤，有些东西是注定的！”

从爱上她的时候就已经注定。

令狐翊不再说话，举步离去，下人们也很快退了出去，陛下处理政务的时候，不喜欢有人打扰。

待所有人离开，冥吟啸将手中的御笔放下，自袖中掏出一个锦囊，小心地将里头的东西，拿出来。那是一缕头发。

是她的。

那是她在凤溟，知道她快要清醒的时候，他趁着她睡着了，偷偷剪下的。他一直没有告诉她，就这般“卑劣”地偷偷藏着。这是留在他身边的，属于她的，最珍贵之物。

结发为夫妻，恩爱不相疑。她终究要与凤无俦结发，至于他……

他轻轻笑起来，极为眷恋地抚过那一缕发丝。令狐翊认为他最懂得如何去爱，所以才伤得最深。

可令狐不懂。

爱上她，不管是苦是甜，他都甘之如饴。毕竟，他不敢想象，这一生若是没有遇见她，人生会多么苍白无力。如今，有一个人能让他爱着，即便心中疼着，其实也是很好的，不是吗？

他抬眼，再一次看向窗外的月色：“小夜儿，我想你了！”

只是，在他身边的你，可曾有片刻思念过我呢？

墨氏古都。

门口的下人，都一个比一个着急。

幕僚站在墨子燿身后，飞快地开口：“皇太子殿下，年关将近，皇宫还有许多事情需要您亲自操持，这个时候您岂能离开古都？”

看殿下的样子是要出远门，这远门一出，怎么可能赶得及回来过年呢？

墨子燿对他的话却没有丝毫感觉。翻身上马，一双血瞳中带着冰冷的幽光："从前本殿下不在古都的时候，难道墨氏没有过年吗？有没有本殿下在，并不影响大家！若父皇问起，就对父皇说，往年是如何过的，今年如何过便是！任何人不必跟来！"

说完这话，他转身策马而去。

门口的下人急得团团转，也不知道如何是好。

而墨子燿飞马出去片刻，便见着大街的中央横躺着一个人。他剑眉皱起，翻身下马，到底是皇太子，自然不可能无视民间疾苦。

他亲自上前扶起那人，那人还有些意识，原来也并不是旁的，只是饿坏了。

墨子燿二话不说，便将自己包袱中的干粮拿出来递给对方。那人立即狼吞虎咽地吃了起来，吃完有了些精神，看着墨子燿便是千恩万谢："多谢恩公，小的做牛做马，也要报答恩公！"

他一看墨子燿的穿着，就知道对方非富即贵，然而对方也不嫌弃自己脏乱，伺候自己吃喝了半天，心中自然更为感激。

墨子燿扫了他一眼，见着他的腿似乎折了，直接便伸出手为他接上腿："是京城的人吗？"

"不是！是阳和人，年初的时候出来挣钱，希望给家中的老人、妻儿好日子，却没想到一事无成。临近年关，没挣到多少钱，只省下了一个路费，原本就没脸回去，还遇上了劫匪，将钱都抢了去，打折了我的腿！"那人说着，便叹息起来。

墨子燿问了一句："报官了吗？"

临近年关，哪一国都不会安生，不少不法之徒都会出来为非作歹，各国也都加强了巡逻，只是还是会有一些漏网之鱼。

"报官了，可是还没找到那伙人！"那人应了一声。

墨子燿也没说什么，为他包扎好了之后，从包袱里拿出一锭金子递给他："路上小心些，既然想回家，就回家去吧！"

他说完便大步而去。

那人有些呆愣，看着自己手中的金子，这么大一锭，怕是一辈子都挣不到这么多钱！他还没来得及开口，便看见墨子燿翻身上马，他问了一句："公子，看您行色匆匆，也是赶着回家过年吗？"

墨子燿勒住缰绳的动作一顿，也是因为对方是个陌生人，说些话也没什么，于是难得地开了口："不！是离家而去。越近年关，便越不想见着家中那些人，往年在外孤单飘零思乡的时候，他们未曾有一个人盼望我回来。今年在家中，我却不愿再与他们一同过年了！我打算去找我期待的人，一起度过这几日。"

因为对"家"的心，早就被这些阴谋，被皇室的无情摧折到所剩无几了，一定在一起过年，才会令他心头不适。

说完这话，他策马而去。去找洛子夜！或许能遇见她，不管对方是不是待见自己，但是想想跟她一起度过新年，才是值得期待的。

看着墨子燿策马而去，那人才想起来自己激动之间，竟然都忘记了感谢恩公，就这样得到了一大锭金子。

他对着墨子燿离开的方向磕头感谢，喜极而泣。

他并不懂世上为什么会有人不愿意在家中过年，但是他想，大部分的人还是跟自己一样，希望快点儿回家见到家人，合家团聚的吧？也希望那位公子，真的能和期待的人，一起度过新年！

而这一边，帝拓皇帝陛下，和自己的岳父大人，以及情敌之间的交战，还在继续着。

下面围观的众人，表情也都已经越来越严肃，因为那几个人的交战，也越发严峻了，到眼下杀气弥漫长空，他们这些看热闹的人已经全部意识到了不妥。

阎烈看向不远处的茗人，皱眉询问："我能知道你们陛下这到底是为了什么吗？"

真是奇怪了，前几天武修篁虽然跟陛下关系不怎么样吧，但是至少也并没有出什么大事，也算得上是一直维持着表面的平和，可是今日这到底是怎么了？

茗人不耐烦地瘪嘴："这要问你们家主子，对我们公主做了什么。"

"做什么了，做什么了？"肖班飞快地开口询问，一脸的不服气。他觉得王对洛子夜非常好，到底是对洛子夜干了什么，才会令武修篁这样？

阎烈也是一脸的不明所以。

茗人这时候瞟了那两个二百五一眼，问了一句："阎烈，我问你，倘若你有了夫人，为你生下一个可爱的女儿，有一天你知道你女儿要嫁给你不喜欢的后辈，对方从来都不尊敬你，你会高兴吗？"

阎烈僵硬了片刻，摇了摇头，坦诚地道："不会！"

这下，他心里忽然有点儿理解武修篁这几天心中的折磨了，只是理解归理解，阎烈并没有打算临阵变节。

而茗人很快又道："你本来心里就已经非常不高兴了，接着你还知道，你女儿在成婚之前，就被那个后辈压在床榻上过了，甚至这会儿还昏迷不醒，放在你身上，你能忍住杀人的欲望吗？"

"不能！"阎烈很快回复了一句。

解罗彧皱起眉头："原来是因为这个，武修篁才忽然发疯！"

茗人嘴角一抽："恕我直言，这叫忽然生气，不叫忽然发疯！"

王骑护卫的人居然都跟那个凤无俦似的，一个比一个没礼貌，也是醉了，难怪陛下不喜欢凤无俦，他茗人想想自己以后经常要跟这些无礼的人打交道，都觉得自己要当场崩溃。

倒是肖班这时候纳闷儿地说了一句："可是这件事情今天下午才发生，你们陛下才回来，怎么会知道？"

一说起这件事情，茗人当即就不高兴了，很快就想起那两个姑娘的神逻辑，以及她们对自己的攻击性鄙视，嘴角抽搐了一会儿之后，道："你们真的想知道？你们知道了之后会怎么样？"

阎烈冷嗤了一声："要是让我知道，这个消息是谁走漏的，我一定亲自拔了他的舌头！"

"不错！"肖班立即点头，"这样多嘴的人，一定不能放过！"

解罗彧也皱了皱眉，表示深以为然。

茗人开口道："就是那个应丽波和云筱闹，在门口说起这件事情的时候，好死不死地，正好被陛下听见了，你们要是有本事的话，就去拔了她们的舌头吧！"

阎烈等人："……"

刚刚还气势汹汹的一众人，这时候全部不说话了，不仅仅因为云筱闹是阎烈的心上人，就是出于她们两个都是洛子夜手下的干将……他们也是没胆子上去拔舌头的。

茗人料想他们也不会有这样的胆识，看着他们三个人尴尬的表情："吹牛的时候都是一套一套的，正要上的时候就全怂了！"

"茗人，我希望你意识到我们是一群人，而你比较势单力孤！"肖班善意地提醒了一句。

茗人二话不说，飞快地退后三步："君子动口不动手，谢谢合作！"

他看了一眼身后的轩辕无："百里瑾宸在参战，你们如果实在想出气的话，也可以把轩辕无打一顿出气，不要找我！"

轩辕无："请问这跟我有什么关系吗？"

他只是看了一下他们吵架的热闹而已，为什么就要被怂恿挨打？他并不记得自己跟茗人结仇过啊。

好吧，自己作为一个见多识广的暗卫，其实早就应该明白，人与人之间，并不一定需要得罪，才会被迫害，还有可能就只是出于死道友不死贫道。

这些人正在下头争论着。半空中的武修篁已然盯着自己面前的凤无俦开口："凤无俦，你要是这时候投降，老子今天就只打你一顿，打残不杀！"

不管怎么说，他们的确就是在两个打一个，武神大人是有些不好意思的。这要是传出去，自己一个武神，竟然跟人联手一起攻击一个后辈，实在不知道自己的脸应当搁在哪里。

所以他就适当地表现一下自己的"宽容"，希望重新拔高自己伟岸的形象。

然而，凤无俦却丝毫不领情，手中的杀招丝毫不减，反而大增，对着武修篁的脸面攻击了过去："让武神失望了，孤此生，还从未听说过'投降'这两个字！"

已经大半天过去，他们从天将亮的时候，打到了今日的大中午，已经过了三百多招，可一直到眼下，也并没有哪一方显露出败象来。

只是，凤无俦一个人应付他们两个人，到底也还是看出了几分吃力来。

百里瑾宸并不是第一次与凤无俦交手，之前还没有真正动真格的，双方就因为各种理由停下来了，如今动起真格的了，他才明确意识到，对方的武力应当是在自己之上。

他纵横天下多年，少有对手。从前纵然知道凤无俦不好对付，但是也并没有意识到，对方在武力值这一方面其实是比自己强的，这令百里瑾宸的眸色沉了下来。

倒是这时候，凤无俦扫了他一眼，剑锋直指着他沉声道："作为情敌，你与他联手，足足半日也未曾击败孤，百里瑾宸，你认为你还有跟孤争抢的资格？"

他这话一出，那谪仙般的人竟然并不动怒。反而扫了凤无俦一眼，淡漠地道："在下比阁下年轻太多，阁下迟早会死在沙滩上。"

他这话一出，原打算羞辱他的帝拓皇帝陛下倒是被气得沉了脸。他算是发现了，自己的情敌们，在面对各种交锋的时候，就只会拿自己的年纪出来说，似乎除了年纪，就没有什么好说的了。

但是这个问题，偏偏就是铁的事实，根本无法反驳。

武修篁倒得意地笑了起来，他还记得自己第一次遇见洛子夜，是找洛子夜的麻烦，对方去寻求凤无俦的庇护，洛子夜就说了一句，说自己这个前浪，早晚是会死在沙滩上的，没想到竟然风水轮流转，这句话也被攻击到凤无俦身上了。

剑光四射之间，凤无俦魔魅冷醇的声音再一次响起："百里瑾宸，你似乎忘记了，当初你求孤放过轩苍墨尘的时候，说过什么！"

百里瑾宸寡薄的唇微动，淡漠地道："我说过不与你抢，但并未说过不杀你，杀了你之后，我就是与冥吟啸抢了，跟你无关。"

这种谬论说出来，就是武神大人听着，嘴角都忍不住抽搐了一下。这简直就是强词夺理，但是严格分析起来，好像也的确是没有什么不对。

武修篁的嘴角抽搐了几下之后，已经有点儿惊叹了，完全没料到，这个从来就闷不吭声的小子，说起话来竟然这么……能诡辩。

想到这里，武神大人已经提起内息，准备跟凤无俦展开内力之战。他的内力，定然是在凤无俦之上的，再加上白里瑾宸，胜利指日可待。

只是这么一出手，心里头难免还是有些不好意思，这样欺负一个小辈，就算对方是自己深恶痛绝的人，这样做好像也显得太不正当了。

百里瑾宸也同样出手。他心中却没有武修篁那些念头，他的兄长在一众情敌之中，得到了澹台凰的心，便说过一句话："抢女人，爷不择手段！"

如今，他百里瑾宸同样如是。

在他看来，洛子夜在他心中的重要程度，比自己是不是光明正大，是不是正派，是不是值得歌颂，要重得多。

这时候，轩辕无的心中也是轻叹，主上从来清高，任何时候都不会做出如同今日这样的事情，居然采用不公平的竞争手段，跟自己的情敌交手。如今想来，怕是太想得到洛子夜了。

毕竟，老主子也好，主上的兄长北冥皇太子也好，这些年来，灌输给主上关于争抢女人的思想，那都是成全固然很好，但是得到更加美好。争夺女人，不需要光明正大，不需要高风亮节，阴险也好，卑鄙也罢，不择手段，成功的才是赢家。

他叹气……

而交战，也已经到了白热化的阶段。

三个人打了好几天。

百里瑾宸雪白的袍袖之上，染了血。武修篁的嘴角，也挂着血迹。

洛子夜已经昏迷了好几天。

围观的群众也很是心累，本来以为他们这几日是可以大军开拔，说不定赶得上回家过年的，但是不幸的是，今天是大年初一了，三个人还在打架，这令他们这些人还离家甚远！

果果隔着内息球，看着自家主人胳膊上都是血，已经忍无可忍了。它进了洛子夜的帐篷，挥着翅膀对着她的脸一阵乱抽："杀人了，洛子夜，杀人了……欺负主人，他们联手欺负主人！"

洛子夜就这样在大年初一的大清早，被猛抽了一顿脸。

洛子夜昏睡了好几天，也终于慢慢清醒过来，醒来之后，看见这个嚣张的小破鸟居然敢打自己，也没听清楚对方是在说啥。

她二话不说，一巴掌把果果挥了老远。果爷一时不察，被挥得撞上了柱子，滑倒在地！但是这时候，它还是睁大了自己的眼睛，坚决地道："洛子夜，杀人了外面，洛子夜，他们杀人了……"

洛子夜坐在床榻上反应了半天之后，才算是终于找到了自己的若干神志。听着果果的声音传来，她皱眉开口："你在说什么？"

果爷捂着自己的脸，嘤嘤哭泣："主人在被他们欺负，他们欺负主人，你爹，还有百里瑾宸，他们把主人左右打，打了好多天！"

"什么？"洛子夜难以置信地瞪大眼。

果果继续哭："没有撒谎果爷，他们就在外面打……主人身上都是血，嘤嘤嘤……身上都是血主人，他们欺负主人！"

其实果果说的话都是真的，就是有一点儿夸大其词了而已。

分明就是势均力敌地交战了几日，而凤无俦的确是略逊于那两人联手，以至于吃了一些亏，但是不管怎么说，也绝对到不了凤无俦正在被那两人左右打的程度。

但是果爷是谁？果爷是天下第一神兽，是东方吉祥鸟，它当然知道适当地玩一点儿心计，让洛子夜对自家主人充满同情，然后早点儿出去帮忙！

洛子夜扯过边上的衣服，穿了起来。

该死的，武修篁是不是脑袋被驴踢了，自己昏迷之前那糟老头不是表现得都挺好的吗？今天这是怎么了，竟然搞出这种情况？

还有，这件事情跟百里瑾宸有什么关系？对方到底是为什么要来凑热闹？

她坐起来穿衣服，被子滑下，果果躺在地上，斜着眼睛就看见了她身上的春光。作为一只爱慕着主人的公鸟，不知道为啥，见着洛子夜这样出众的身材，竟然……流下了两管鼻血。

它还猥琐地尖着嗓子道："大年初一就勾引果爷，洛子夜勾引果爷大年初一……"

砰！

洛子夜的内力一扫，那只小破鸟就被挥了出去。

果果的身体在半空中完成了一个凌空翻转，一下子就摔出去老远。王帐门口的众人，看见果果是被人给打出来的，终于放心。看样子王后已经醒了！至于果爷到底为什么被打，大家不是很关心。

阎烈站在王帐的门口询问："王后，您醒了吗？"

洛子夜立即皱眉："醒了！外面真的在打？"

阎烈回话："的确，已经打了好几天了！王眼下的状况并不是很好，毕竟武修篁和百里瑾宸的实力，您都是知道的，这两个人联手跟王对战，王会很吃亏！"

洛子夜的眉心皱了起来："我知道了！"

三下五除二，她穿好衣服，出了王帐的大门，眼神就直接看向半空中，那个巨大的内息球。

几乎只是一秒钟的工夫，洛子夜的脸色就青了！

果然，是三个人在交战。凤无俦、百里瑾宸，还有武修篁那个老不修。

她也能看见，他们家臭臭的胳膊上，的确都是血迹，眼下的战况看起来虽然没有夸张到果果说的凤无俦在被那两个人左右打，但也的确是被围攻。

洛子夜回头问了阎烈一句："这是怎么回事？"

阎烈道："我们也不知道这是怎么回事啊，就在您晕倒了之后，武修篁忽然就带着百里瑾宸提着剑联手杀来了，当时气势汹汹，整个军营的人全部看见了。王也是被迫与他们交战！”

轩辕无：“……”

茗人：“……”

阎烈这样真的合适吗？这话已经将很多不利的事情，都推到了陛下的身上，让洛子夜觉得陛下就是趁着她昏迷的时候，上来无事生非，一个人来杀人都不够，还要带上一个。

至于陛下真正动手的原因，完全就是为了自己的宝贝女儿。这一点阎烈居然绝口不提！他们真是想不到，像凤无俦这样性格直来直往的人，身边居然会有阎烈这样的人！这两个人真的是主仆吗？

肖班这时候也是用一种崇拜的眼神瞟了一眼阎烈。

他觉得自己忽然有点儿明白，阎烈为什么在王身边受到的宠信，会一直长盛不衰了，情商是何等重要啊！只说自己看见的，避开会对武修篁有利的，不算是欺骗，只是有选择性地说出洛子夜想要知道的事情而已。最后就让武修篁这一行人完全陷入被动地位。

洛子夜没注意他们的眼神，二话不说，便御起内力，往他们交战的光圈里冲了进去！

三人几乎是在同时收敛了碰撞的内息，不再交战，担心她这样贸然闯进来会被他们的内息伤到。

内息敛下，光圈也慢慢淡化，直至消失不见。

洛子夜的眼神很快看向凤无俦，看着他袍袖上的血迹，纵然他穿着黑色的衣服，血迹看起来并不明显，但是袍袖已经被切开。

血迹从袍袖上被割裂的中衣上面看起来，却极为分明。

他俊美堪比神魔的面孔，威严霸凛依旧，只是面色有些苍白，薄唇干裂，便是多日没有吃喝导致的。

这令洛子夜看着，便是一阵心疼，尤其这一切还是因为她。要不是因为她是武修篁的女儿，这个老不修绝对没有任何理由跟凤无俦打架！

几人同时落地。

洛子夜看着凤无俦的胳膊，一下子眼眶就红了：“臭臭，你痛不痛啊？”

纵然她知道他这样的人绝对不会是怕疼的，但看着他这样子，她还是觉得很难

受，比砍在自己身上还让她难受。

受伤之后，却能看见她这样心疼的目光，今日倒是令他觉得愉悦的同时，也有些受宠若惊。

他魔魅冷醇的声音缓缓地道："孤没事，不痛，不必担心！"

洛子夜一直就知道，凤无俦是个大男子主义者，完全属于有什么事情都会一个人扛着，拥有狮子座典型的死要面子活受罪的特征。当初在天曜的时候，他明明有事还强撑着装自己没事的事情，她可是历历在目。

所以听见他这时候说自己没事，她完全不以为然。

武修篁心里就很不高兴了："女儿，朕也受伤了，你没看见吗？朕嘴角都是血迹，宝贝女儿，你就不能关心一下朕吗？"

百里瑾宸的目光，也自自己染血的袍袖上掠过。

再看洛子夜对他和武修篁视而不见，那双漂亮的桃花眼里面就只有凤无俦一个人，心里头忽然觉得很不是滋味。

洛子夜原本就很生气，这下听见武修篁的声音，登时就转过头看着他，眸中寒意森森。武修篁甚至还透过那冰冷，看见了洛子夜眼底的一丝杀意。

这令武修篁在这一瞬，竟感觉到了铺天盖地的冷意。

洛子夜偏过头扫了一眼闽越："还愣着干什么，拿药和绷带过来，还有，他需要食物和水！"

"是！"阎烈和闽越立即就回过神来去准备。

而洛子夜的眼神从武修篁身上扫过："三个时辰之后，我出来找你！你最好求神拜佛希望我家臭臭没有大碍，否则我管你什么武神，什么龙昭的皇帝陛下，我都不会对你手下留情。你给我记住，你再对我家臭臭动手，我必还以三尺青锋，十倍百倍从你身上讨回！"

说完这话，她扫向百里瑾宸："百里瑾宸，我一直很感激你帮过我。但是今日的事情，你实在过分，我希望你会给我一个合理的解释，不要让我们朋友都做不成，也不要让我们之间的关系，变成只剩你是我的恩人而已！"

话音落下，她扯了凤无俦的手，转身往王帐的方向走去。

首要的事情是他的伤，算账的事情，等处理好他的伤势再说。

她这一番话，令他嘴角淡扬。而武修篁和百里瑾宸，脸色都沉了下来，尤其武神大人面色灰败，这时候竟然有点儿想哭。

然而，他只是想哭。但是王帐之中，在亲自帮凤无俦包扎伤口的洛子夜是真的在哭。看着血肉模糊的伤口，她特别心疼："臭臭你真的不疼吗？伤口很深，好严重的样子，臭臭……"

看她这样子，他伸出手，大掌捧起她的脸，低下头攫住了她的唇："不严重，真的不疼！你哭着，孤才心疼！"

洛子夜一怔，想挣开他的大掌，去看他的伤势。

他却强硬地捧着她的脸，将她吻得七荤八素的，不让她再一次接触他的伤口。她眼下只是看一眼，便哭泣不止，既然这样，就不要让她看好了。

然而，他不让她看，洛子夜却不同意："臭臭，你的伤口……唔……"

话很快被他堵住，洛子夜却有点儿不高兴了，强硬地将他推开。

她如此大力，他便知道她是认真了。

倘若他一定拦着，便只会令她不快。他魔瞳沉敛，沉声道："孤的伤口，可以让闽越处理，你不必管！"

她要是继续这样哭下去，他才觉得自己该出事了。

"我就要管！"洛子夜一把将他的胳膊扯过来，下人在边上端着水盆，她从中拎起毛巾，为他擦拭边上的血。

见她如此，他不由分说地钳住她的下巴，用一种命令的口吻道："你一定要处理也可以，但是不准再哭了！否则孤就只能将你拎出去了！"

他小心翼翼守着的珍宝，从来就不舍得让她掉一滴眼泪。眼下却是因为自己，哭成这模样，纵然这令他明白她是在乎他的，但是看着她梨花带雨的样子，他倒宁愿她没多在乎他，也不必哭成这样令他心疼。

洛子夜嘴角一瘪，开口道："那好吧，我不哭了！"这个浑蛋，到底是什么人啊，就准他受伤，哭都不让她哭。可恶！

看她一副委屈的模样，他莫名觉得有些好笑。松开了她的下巴："洛子夜，你应当明白，这么一点儿小伤，对于孤而言，的确算不得什么！"

她低下头不理他，继续为他包扎。为了避免自己被他拎出去，她控制着自己眼中的泪花，不让自己哭出来。她憋着低着头，心里其实很是埋怨凤无俦，这个人，还不如让她痛痛快快地哭呢，这样憋着好难受。

擦干净了伤口，将药粉撒在刀口上面，他手臂上好几处伤痕，每一刀都不算轻，她红着眼眶，挨个处理。等包扎到只剩下最后一个伤口的时候，她终于再一次无法把控自己的情绪，努力憋着没有哭，但是眼泪自己掉了出来。

看她如此，他心绪微沉。

而这时候，她已经帮他包扎好最后一个伤口，二话不说就往他怀里一埋，说哭就哭，仿佛是被谁欺负了似的！

这下倒好，原本受伤的人是他，最后却反要哄她。

看她埋首自己怀中，还往他胸口捶了两拳："浑蛋，为什么不让我哭！呜……"他失笑，由着她打。她倒是很少哭得这样认真。

他魔魅冷醇的声音里头，还带着几分调笑的意思："洛子夜，孤从前怎么不知道，你这么爱哭？"

她的确一直坚强，很少有什么事情能让她如此失态。包括他惹她不高兴了，她也不会哭这么大声。

"我也不知道，嗝……"洛子夜哭得气都有些提不上来，她发现自己仿佛忽然就变成了一个爱哭鬼，动不动就憋不住了，有时候眼泪都不受自己的控制，说掉就掉。

凤无俦的手，很快从她发间撩过："孤已经没事了，别哭了。你若是再哭，孤就要把伤口扯开了！"

第十章

孤说过，以后什么都听你的

“你敢！”洛子夜立即瞪着他，一张小脸哭得像花猫，“你敢扯开一个试试看，我说不喜欢你就不喜欢你了！”

他沉眸，大掌伸出，擦掉她脸上的泪花：“那好，孤不扯开！你若是再哭，孤索性让你再昏睡两日好了！”

“你滚！”洛子夜立即一把抹了自己的脸，瞬间就明白了他的言下之意，一脸不爽地道：“不哭就不哭了，哼！”

而洛子夜的别扭也就是几秒钟的事情，很快把桌案上的东西往他跟前一推：“吃东西！你几日没有进食，肠胃不会很好，吃点儿淡粥和蔬菜比较好！等一会儿饿了，再吃别的。”

“好！”他倒也干脆，很快在她的监督下，吃喝起来。

洛子夜看得出他面上的疲惫，继续道：“吃饱了之后，就先休息一会儿，其他的事情我来处理！”

他应了一声："好！"

洛子夜支着下巴，奇怪地看着他："臭臭，你今天怎么这么好说话？"

往常的他，都是习惯下命令，习惯让其他人服从他。但是今日，她说了好几句话，他竟然全部听了，这时候洛子夜还真的有种翻身做主人的感觉。

他手中的筷子顿住，魔瞳凝锁着她，那眸中似乎有隐约笑意："因为孤说过，以后什么都听你的！"

"呃……"早知道订婚之后，自己的家庭地位能上升得这么快，她就应该果断地早点儿答应他的求婚，或者干脆早点儿对他求婚，真是失策！

她心里很想笑，但是这时候她还是努力地憋住了，毕竟这时候家庭地位的转换，已经使得他的地位一落千丈，她要是得了便宜还卖乖地狂笑起来，难免令他不高兴，还是憋一下好了。

看她小脸通红，似乎是在克制着什么，他沉声询问："怎么了，不高兴？"

"高兴，高兴！"洛子夜飞快地点头。从此有一个什么都听自己的老公，还有什么好不高兴的，简直太快乐了好吗？将他面前的食物往他的面前一推，还亲自为他倒了一杯水递给他："亲爱的，喝水！"

以后他都听她的，那在家里她就是地位最高的人了，作为一家之主，她当然要照顾一下凤无俦了。

她忽然这样……贤惠？他竟有那么一瞬间反应不过来，但到底还是接过了她手中的茶水，享受她难得的……伺候？

洛子夜盯着他道："臭臭啊，你放心吧，我一定会好好照顾你的！"

凤无俦："……"按理说，妻子说以后会好好照顾丈夫，这应该是一件好事，但是看着洛子夜那仿佛捡了天大便宜的样子，他为什么会觉得怪怪的？

门外的阎烈听着里面的动静，默默地看了一眼天空，他知道王这会儿多半是蒙了！

其实呢，事情很简单。王为了表示自己对媳妇儿的宠溺看重，所以表示，自己以后都愿意顺着她。

不过从洛子夜的反应来看，这个丧心病狂的女人多半是理解成了，她以后是撑起家庭的大女人，是一家之主，王要做她身后的男人了。她这也想得太美了，以王的性格，怎么可能！

算了，大过年的，就让她先高兴一下好了。况且，以王对这个女人的好，以后的确有可能符合她想象地过日子……这个说不准啊！

洛子夜还独自处在一种自己的幻想之中，怎么看凤无俦怎么得意，怎么看怎么觉得自己真是幸福。

看着她的眼神越发古怪，凤无俦终于忍不住道："洛子夜，你是不是理解错了什么？"

"啊？应该没有吧，我觉得我的理解很正确啊！"洛子夜一脸兴奋。

他已经意识到她想歪了，默了片刻，选择了暂且不提醒她。罢了，大过年的，还是先让她高兴一下好了。眼下她这样认真地照顾他，这也算得上是一件前所未有的事情，暂且享受便是。

洛子夜很快又给他倒了一杯茶水，并且拿起另外一双筷子给他夹菜，动作行为都是各种热情，这种程度甚至令他都有些招架不住。

一顿气氛奇怪的饭，就在洛子夜的各种殷勤之下，吃完了。

吃完之后，洛子夜忽然伸出手，抓住他桌案上的大掌："嗯，臭臭……你生气吗？"

这话倒是问得小心翼翼，是关于武修篁的事情，要不是因为自己，武修篁断然不会找他的麻烦，要不是因为自己，武修篁连他的军营都进不了，早就应该被赶出去了，遑论是和百里瑾宸一起，联手跟他交战。

他反手包裹住她的小手，一贯傲慢的语调之中，带着几分不以为然的意味："他们还不足以令孤生气，你是向着孤的，孤自当不会动怒！"

他要的很简单，她向着他就行了。

至于武修篁是如何惹他讨厌，他都懒得往心里去。

洛子夜立即点头："你放心吧，在任何时候我都是向着你的！这是一定的！"

他嘴角淡扬，显然心情很好，正要拉过她亲热一番，她却已经先起身，把他往床上扯："快去休息，快去休息！不睡到明天中午不准起来，我守着你，等你睡着了，我去找他们算账！"

这俨然就是一副马上就要给他讨公道的样子了。

凤无俦倒也不说什么，更不打算拦着她，让她去跟那两人交涉，让那两个人知道他在她心中的地位，也让那两个人知道他们自己在她心中的地位，这样也很好。

他躺到床榻上，也的确困倦，没多久睡意就来了，很快睡了下去。

洛子夜看他睡着了，便蹑手蹑脚地转身出去了。出门之后，开口询问："武修篁呢？"

阎烈立即道："应当是回自己的营帐处理伤口了，毕竟他的对手是王，即便有人联手，他想毫发无伤就将王刺伤，这是不太可能的！"

她点了点头，往武修篁的帐篷的方向走了过去。

茗人脸色不是太好地在门口守着，边上是武修篁手下的暗卫，在保护陛下的安全。

茗人看洛子夜的眼神并不友善。洛子夜当时出来止战，对待陛下的态度，使得陛下……这是水漪公主去世之后，茗人第一次在陛下的脸上看见那么难过的表情。身为忠心耿耿的仆人，茗人难以给洛子夜好脸色。

洛子夜也不在乎他什么表情，只觉得道不同不相为谋，他心里维护的人是武修篁，而自己要维护的人是臭臭，茗人用这种态度对她，她可以理解，也不打算回对方什么好脸色。

她语气不太好地询问："武修篁呢？"

"公主，恕属下直言，陛下是您的父亲！您一再直呼其名，对陛下非常不尊重，就算陛下当初对您不是很好，但是常言道不知者无罪，陛下并非故意如此，您何必一直耿耿于怀，难道陛下这几日道歉的诚意，您都没看见吗？"茗人问出了这么一句。

洛子夜瞟了他一眼，嘴角扯了扯："如果不是知道他当初不是故意的，你以为他还会有对我道歉的机会？"

她这话一出，竟将茗人给问住了。他还想为武修篁说句什么，帐篷里的武神大人已经听见了外头的动静："是洛子夜来了吗？让她进来！"

"是！"茗人很快站到一边去。

而此刻，军营之外，百里瑾宸漠然站在外头。

从洛子夜拉着凤无俦的手臂进了军营之后，他便直接走出了军营，站在大门口。

军营并没有他的营帐，凤无俦是情敌，洛子夜在生自己和武修篁的气，自然不可能给自己安排营帐。

他作为神医，不管在哪里，都是众人争相讨好的存在。却没想到，自己有一天会混到如此地步，尴尬得在一个地方找不到自己的位置。

然而，他眼下并没有心思在意这些，倒是低下头看了一眼自己的手。百里瑾宸，他拥有天下第一快的剑术，在快这一点上，即便凤无俦也不是他的对手，所以他才能伤到凤无俦的胳膊。

但是，他的肩膀同样被凤无俦砍伤，并且也已经令他意识到，他的实力跟凤无俦相比还有差距。并且这差距还不小，否则不会与武修篁联手，跟对方交战了好几天，也没能将对方诛杀于自己剑下。肩膀上的伤只是小问题，自己还受了不轻的内伤。

他素来清高孤傲，如今是放下清高，放下颜面，与人联手去取凤无俦的性命，却万万没想到……

而今日的事情，也的确让他极为愤怒，几乎不能克制自己的情绪，在走进军营的时候，就听说洛子夜和凤无俦……尽管他其实早就已经知道，他们之间有过肌肤之亲。

但是今日，亲耳听见凤无俦对她……也就罢了，还令她昏迷了好几日，不知怎的，心中的妒火忽然就上来了。以至于……才有了和武修篁联手的举动。

“主上，您的伤……”轩辕无小心翼翼地提醒了一句。

百里瑾宸并未在意，那双月色般醉人的眸子看向漫天星河，脑海中竟一遍一遍掠过方才洛子夜抓握着凤无俦的手腕，对他说出冰冷的话语，随后走向营帐的场景。

这令他眸色更为冰寒，心中的情绪无法纾解。

他素来淡漠，很少有事情能够撩动他的情绪，但是今日，一切都如此失控。

轩辕无看着他肩膀上的血滴落，继续道：“主上，您若是不爱惜自己的身体，留下什么后遗症，日后跟凤无俦交手……”算了，反正这时候能让主上在意的，也就只有洛子夜了，倒不如这时候提一下跟凤无俦交手的事情，主上或许会在意几分。

果然，他这话一出，百里瑾宸的确眸色微动，应了一声：“知道了。”

这话音落下，他举步而去，渐行渐远。

她照顾完了凤无俦，大概要来找自己的麻烦，或者说是来问自己要一个解释，尽管他早就想好了许多种解释，将这些事情的责任推出去，甚至还能借用言辞，令洛子夜觉得自己是为她好，但是他并不愿意等待她走到自己面前，为凤无俦出气，说出她在乎凤无俦的话，还有……令自己不快的话。

既然这样，还不如直接离开。

而这时候，武修篁的帐篷之中。

洛子夜脸色不是很好地站在他面前，武修篁沉眸盯着她：“你是来给那个臭小子讨公道的？”

“不错！”洛子夜直言不讳。

武修篁沉默了几秒：“你就不想知道，朕为什么要对他动手？”

洛子夜扬了扬眉：“你不喜欢他，其实早就不是一天两天的事情了，不是吗？要是你哪天忽然对他和颜悦色了，我觉得自己才应该好奇原因！”

她这话说完，武修篁眸中掠过一缕忧伤：“然而你也清楚，凤无俦并不喜欢我这个岳父大人，缘何你就要听他手下人的片面之词，认为这件事情的责任，全部在朕身上？”

这是这段时日以来，武修篁第一次在洛子夜的面前，拿出这个自称——朕。看来他眼下的心情也很糟。

阎烈对洛子夜说的话，茗人已经告诉自己了，他自然能明白洛子夜为何生气，只是她竟然连理由都不问，直接就来找自己算账，自己问她想不想知道，她还这样回复，他实在是难以高兴起来。

心中忽然有一个自己在悲唱：寒夜飘零洒满我的脸，吾儿叛逆伤透我的心，你的话就像冰锥刺进我心里，父皇真的好受伤……

洛子夜倒笑了：“武神大人，难道你真的一点儿都不明白，在你的眼里，你认为你到底为什么要对凤无俦动手，这件事情对于我来说，一点儿都不重要吗？”

她这话一出，方才还觉得自己心中可以唱欢乐歌曲的武神大人，便是歌唱的心情都没有了，盯着洛子夜，看着她脸上显而易见的厌恶，就像自己当初将水漪强行抢入皇宫的时候……

那样的神情，几乎能够重合。

洛子夜和洛水漪其实长得一点儿都不像，但是许多时候，神情竟然就像是一个模子刻出来的，就如同眼下……

他盯着洛子夜，开口询问：“这些理由，对于你来说，真的一点儿……一点儿都不重要吗？”

这时候他居然觉得有些颓然。要是洛子夜想知道理由，他尚且可以说出自己动手的原因，不管她怎么看的，至少自己还有一个辩驳的机会，一个让她不那么讨厌自己的机会，但是，她竟然说这是不重要的。

“因为他对于我来说，太重要！”洛子夜眼神更冷，“武修篁，从一开始到现在，一直是你自己一厢情愿，希望能够挽回我们之间的关系，说实话，这几日见你道歉得如此有诚意，我纵然依旧不愿意原谅你，怨恨比之前已经消了很多。可是……”

她这话一出，武修篁也是一愣。原本这些日子自己的各种表现她都视而不见，不管自己如何示好，她似乎也是极为厌恶自己，这令他几乎有些绝望，可她说，其实怨恨已经消了一些？

可是，可是什么？

洛子夜继续盯着他：“可是你居然对凤无俦动手，自己动手就算了，还带上百里瑾宸一起！你觉得你自己有个徒孙很了不起是吗？你是觉得凤无俦身边没人了，只能由着你们想怎么样就怎么样是吗？”

她面上戾气更重：“你为什么不好好想想，你在军营里面这么多天，凤无俦为什么不赶你走？你为什么不好好想想，你们两个今日联手，却也是在凤无俦的军营，他为什么不下令射杀你们？武神大人，您认为自己有多高超的武功，才能在千军万马的射杀之下，安然地活着回到龙昭？”

这是一个非常现实的问题，即便是凤无俦，面对千军万马齐齐射出来的羽箭，或许能够抵挡两三次，但是决计不可能扛得住多次。武修篁又为什么认为，自己能安然在箭阵之中活下来？

她这话一出，武修篁顿时愕然。他生气的时候，的确没想那么多，眼下回忆一下，要是凤无俦下令射杀自己，自己用内息回击，再被他击回，这时候羽箭要射中他，几乎就是轻而易举的事，可是他没有这么做！

一贯以来，疯疯癫癫，打打闹闹，可并不意味着他武修篁真的是个笨蛋，他心思立即就沉了下来。

洛子夜冷笑一声：“他明知道你讨厌他，却不赶你走，他明明可以射杀你，却不动手，无非就是因为你跟我这具身体有血缘关系，他担心我对你哪怕有一丁点儿在意，那么，你被赶走了，你出事了，我或许会失落，或许会难过，哪怕只是或许，他也不愿意这么做，因为他不愿意看见我难过的样子。他也担心万一哪天我与你和好了，我得夹在你们中间，看着你们翁婿之间的矛盾无法调解，以至于我心情不愉。

他才由着你们如此嚣张，由着你们在他大军的包围之下，对他动手！”

凤无俦纵然不说，可他的心思她从来都明白。

说完这话，她冷声道：“可是你呢，武修篁，你明明知道我爱他，你明明知道没有他我活不下去，你明明知道我对他有多在意，你却想联合百里瑾宸杀了他，所以我的感受对于你来说，根本就是无关紧要的，不是吗？所以，既然这样，我为什么要在乎，你对他动手的原因？”

“朕……”武神大人原本认为自己在这件事情上是有理的，却没想到，竟然被洛子夜说得哑口无言。

洛子夜继续道：“你不要以为你是龙昭的皇帝，所有人就必须给你面子，你杀上门要凤无俦的命，他也不敢杀你。相信你明白，这世上根本就没有凤无俦不敢做的事情，而你要是真的死了，你的儿子们大概都忙着抢夺皇位去了，大概也没有几个人会愿意为你报仇，毕竟凤无俦是如此强大的敌手，而你死后的事情，就可以参照洛肃封死时的情况！”

她这话一出，武神大人的面色的确很快难看了起来。洛肃封的事情的确是一个例子，洛肃封就是死在凤无俦手中，而天曜就这件事情对外的说法，是他重病之后死亡，几个儿子抢夺皇位，也没有人在意他的死活，甚至尸首都无人收殓。

同样是皇帝，也同样有几个儿子，武修篁可不敢随便认为，自己要是死了，下场一定会比洛肃封好，更不敢轻易指望有人一定会给自己报仇。

而下一瞬，武修篁的容色忽然真诚起来，看向洛子夜：“朕也并不想与他动手，朕希望你能体谅一个父亲的心情，朕当时听见的消息，是你根本不愿意与他同房，却被迫……甚至昏迷数日，据闻这种事情还经常发生，朕听说这件事情之后，心头怒火难平，也是担心你的身体，才会……”

洛子夜听完他的话，也是愣了一下，实在不能理解这样的谬论，他是从哪里听来的。要是这么说，其实他并不是无缘无故去找凤无俦的麻烦，而是为了维护她？可是即便如此，她还是觉得……

不等洛子夜开口，武修篁很快又开口道：“原本在听说这件事情之前，在听说你昏迷之前，朕已经在打听凤无俦的喜好，因为朕知道你在乎他，朕希望能够通过他来对你美言几句，令你原谅朕。桌案上的纸上，记下的是他喜欢的东西、他的口味，以及其他种种！洛子夜，朕如果不在乎你的感受，何苦做这些？”

洛子夜的眼神，很快落到了桌案上的纸张上。

她大步走过去，拿起来一看，看见上面记载的东西之后，心下竟然有些讶然，因为这上头事无巨细地记载着凤无俦的喜好。关于凤无俦喜欢吃什么，什么是忌口的，都查得清清楚楚，而这里面的许多信息，是自己这个作为人家未婚妻的人，都搞不清楚的。

从来她跟凤无俦一起吃饭，桌案上的菜，全部是她爱吃的，或者是对她的身体有益处，被他逼着吃的，其他她不喜欢吃的菜，就连出现在桌案上的机会都没有。她大概是心比较大，竟然一直没有注意到这些细节。

眼下，看着武修篁居然查到了这些，洛子夜忽然开始自我反省，想着自己这个未婚妻，是不是做得太不负责了。

而至于武修篁……

正想着，武修篁的声音也传了过来："凤无俦的武功实在厉害，朕以为你不是他的对手，才会一再遭受欺压。从她们的话中，朕听出来的意思，是你醒来之后，定然不会与凤无俦善罢甘休，朕以为你也是会生气的，是以朕怒极之下，才会对凤无俦动手！你为什么不想想，朕一直不喜欢凤无俦不错，可是为什么这么多天都不动手，却偏偏要这一回才出手？"

凤无俦想的是什么，是为了她。

自己想的是什么，同样是为了她。

但是凤无俦的心思，就算是不说，洛子夜也会感激，会体谅，会想到，会因此感动。而自己呢？自己的所有心思，都必须要说出来，对方才会知道，而知道了之后也就只是知道了，还未必会领情，未必会谅解。

这其实并不是父亲和岳父的区别，也并不是因为洛子夜不孝，而是因为……

武修篁闭上眼，继续道："朕知道这一年多来他对你很好，不论在什么时候，他都护着你。而朕在那些时日里，要么是在伤害你，要么就是冷眼旁观你受苦，你不能原谅朕，不能体谅朕，这都是朕自找的，朕怪不得你。今日你若觉得朕的行为是你无法容忍的，想要为他报仇，你直接动手便是，朕也不会多说什么！"

其实，她不能原谅，不能体谅，真的就是自己自找的。作为一个父亲，自己的确从来就没有尽到做父亲的义务，甚至所作所为，比一个陌生人都不如。

试想当初在天曜，眼睁睁地看着洛子夜差点儿被洛肃封父子打死。但是自己干

了什么？冷眼旁观。其实仅仅凭借自己跟洛肃封是宿敌的关系，看着他这样痛恨一个人，自己怕也是忍不住就出手救了，但是呢？

所以眼下她心中只有她的凤无俦，仅仅维护凤无俦，这其实都是应该的，自己根本就怨不得什么。但是该解释的东西，武修篁还是觉得自己需要解释清楚。

洛子夜扫了他一眼：“那百里瑾宸的参与，又是怎么回事？”

武修篁抬眸，盯着她道：“洛子夜，相信你知道，朕其实是一个好面子的人，你认为与一个后辈动手，朕还会去找个帮手来吗？百里瑾宸为什么会来，朕的确不知道，他其实先朕一步对凤无俦动手，朕那时候也是心头火不能平，所以加入了战局！”

说起这件事情，回头想想，他心里其实有一点儿后悔，并且严重怀疑，自己是被百里瑾宸这个臭小子给算计了。

话到这里，算是说完了。

洛子夜也放下了自己手中的纸，看了一眼武修篁，凝眸道：“就算你说的话，全部是真的，但是武修篁，你似乎忽视了一个很严重的问题。那就是，事实上我是一个有脑子的人！”

武修篁瞬间愕然。

而洛子夜很快开口道：“倘若你听到的事情真的是那样，我不愿意跟凤无俦做什么，但是他多次对我用强，那么你认为，我为什么要答应他的求婚？我为什么不早点儿离开这里？我为什么要跟他在一起？”

这话，的确把武修篁给问住了。

“所以，在你的眼中，我到底是有多蠢，有多忍辱负重，才会在一再发生这种要令我跟他动刀动枪的事情之后，还答应他的求婚？在这件事情里面，你最大的错处之一，就是把我当成了一个傻缺，认为我愚不可及，毫无判断力！”洛子夜说着这句话的时候，却是无甚表情的。

“主上，属下觉得吧，您要是就这么走了，洛子夜找武修篁算账，他要是真的肯拉下自己的脸面好好解释，那么这件事情理顺了之后，他们大概都会知道，这件事情是您搞出来的……情况会对您非常不利！”轩辕无跟在百里瑾宸的身后提醒，“说不定，这之外，洛子夜还会对您产生一些误会。”

百里瑾宸听了，脚步微微一顿。旋即再一次举步，用淡漠的语气缓缓地道：“误会就误会吧。”

这语气云淡风轻，似乎根本就不介意。

其实冥吟啸很早的时候就提醒过他了，洛子夜已经爱上了凤无俦，自己一定要掺和进去，最终也不过就是多一个伤心人而已。

只是有些事情根本就是身不由己。而如今，他也更加清楚，洛子夜的确是爱着凤无俦的，这其中并没有丝毫自己可以插足的可能。既然无论如何，她都不可能爱上他，那么何必还要在意洛子夜对他的看法？

他不是冥吟啸，会爱得轰轰烈烈，还守护得心甘情愿，希望将自己能给的都给她，希望将自己最好的一面，完完全全，尽数展现在她面前。

他也不是轩苍墨尘，得不到就想要毁掉，让所有人处在水深火热之中，处在炼狱之中。

他只是他自己。

既然已经注定得不到，那么她怎么想他，对他来说，其实已经无关紧要。他或许以后会帮她，或许也会护着她，但他不必继续在意她对他的看法。

最是淡漠如仙的人，即便决定放弃的时候，性情也比一般人要淡漠得多。

而也就在这时候，他们骤然听见了一阵脚步声从他们身后传来。

随着脚步声的靠近，木汐尧的声音很快传了过来：“百里瑾宸，我终于找到你了，到处都找不到你的踪迹，我就知道，只要你还在煊御大陆上，那就一定会来找洛子夜，所以我早早地就守在军营之外了，没想到守株待兔，终于等到你了！”

她跑过来，冥吟昭这时候正神情复杂地跟在她身后。

他的脸上戴着一个人皮面具，遮住了自己那张美艳的面孔。眼神落在百里瑾宸的身上，沾一身月华，浑然不染凡尘之气，就那般气度，一眼看去，也能令人知道不是俗人。

而木汐尧方才对他的称呼，是百里瑾宸。神医？也就是那个传闻中的天下第一公子？这念头出来之后，他心中忽然浮现出自卑的情绪。

这个人就是她喜欢上的人，也是她要带着自己来找的人。在她眼中，百里瑾宸才是她的心上人，而自己只是一个……弟弟而已。

她这声音传过来，轩辕无的嘴角先抽搐了一下，心里头其实挺佩服的，这位姑

娘的毅力的确不错，之前将她甩掉了，这才没多久，她竟然就又跟了上来。

百里瑾宸回过头扫向她，那张谪仙般的面孔上，看不见丝毫表情，找不到瑕疵的五官，在这一刻看起来却格外冷峻。

他淡漠的目光落在木汐尧的脸上，问道："找我有事吗？"

"呃，我……"他这个问题，将木汐尧给问住了，木汐尧僵硬地立在原地，一时间居然不知道自己应当怎么回复。

找他有事吗？

其实什么事情都没有，她就是想找到他，然后跟着他而已，哪怕他还是不愿意看她一眼，但是她可以时时刻刻看见他不是吗？却没想到，他竟然如此冷漠地问出了这么一句话。

那她应该怎么说？说自己喜欢他，所以才跟上来的？她能有足够的勇气跟在他身后，却找不到丝毫的勇气，说出表明心迹的话。

而下一瞬，百里瑾宸的语气更加淡漠："我救你，不是为了让你跟着我。"

他这话一出，木汐尧表情一僵，原本有些慌乱不知当如何的神情，在这一刻彻底刷白，她并不蠢笨，当然能明白对方的意思，他是已经很明确地表示不希望她跟着了，很显然，他就是经常看见她，都并不愿意。

"我，我只是……我并没想打扰你，我……"木汐尧不知道自己应当如何解释，她其实并没有指望他一定会跟她在一起，她只是想看见他而已，或许只是做朋友都好，可他为什么……

她话没说完，百里瑾宸淡漠的语声已经响了起来："我有心上人，也不会再爱别人，你不必浪费时间。"

他这话一出，木汐尧的面色更加难看了，显然，百里瑾宸知道自己是喜欢他的。

但是，他果断地选择了拒绝。

并且，他明确地说了，他已经有喜欢的人了，就算是他喜欢的人不喜欢他，他也不会再喜欢别人。

所以，这句话的意思，便是……就算洛子夜不喜欢他，他也还是不会喜欢上自己的，对吗？

"我……我明白的，我只是想跟着你而已，我知道你喜欢的人是洛子夜，我不会烦你的，也不会强迫你接受我，我只是……"说到这里，她表情有些灰败，甚至有些委屈。

她其实并没有想过要打扰他的生活，也并没有奢望过什么。她只是想跟着他而已，想看着他而已，想保护他而已，尽管他并不需要她的保护。

百里瑾宸闻言，却再一次失去了耐心，并不愿意等待她将话说完，直接便开口道："你令我无法漠视，放弃于你而言最好。"

这话，翻译过来却并非她的存在让他无法漠视，以至于眼神会一再落于她身上。而是，她跟在他身后，其实是令他难以漠视的，即便是被她跟着，他也不愿意。

轩辕无没有说话，但是也很理解主上，主上的性子就是这样的，不喜欢问题，也不喜欢麻烦。若是寻常的女子，喜欢主上，那要跟着便跟着了，主上根本懒得多看一眼，直接甩开便是了。

但是木汐尧这个女子武功高强，而且过于聪慧，主上费尽心思地将她甩掉之后，她很快就又会跟上来。主上大概是为了避免麻烦，才会说出这么伤人的话来。

木汐尧沉默了片刻，眼眶已经红了："我……我知道了，我以后不会再跟着你了，你且放心便是。"

这里并不是只有他们两个人，还有他身边的下人在，而她的身后还跟着一个人。

对于一个姑娘家来说，被拒绝原本就是会令人羞愤欲死的事情，遑论眼下还有外人在这里听着，木汐尧脸上火辣辣的，觉得十分难堪。

她这话说完，冥吟昭面色变了变，原本打算上前跟百里瑾宸理论几句，在他看来，木汐尧是世上最好的女子，她武功高强，心地善良，性格坚强独立，是难得的好女人，百里瑾宸就算不喜欢她，可是说出这样的话，也实在是太过分了。

然而，他脚步刚刚往前，木汐尧就伸出手将他挡在了自己身后，并笑着看向百里瑾宸，继续道："嗯，你放心吧，我以后再也不会……再也不会跟着你了！"

她脸上带着笑，眼底却是泪，但是她忍住了，没有让自己哭出来。

百里瑾宸也没说什么，转身离开。

待到他走远之后，木汐尧还站在原地，看着他离开的背影。

等到那道雪白色的身影彻底从她面前消失，她霍然无法控制自己的情绪，蹲在原地，抱着自己的腿哭了起来。

寒风瑟瑟，她这副模样，在暗夜中看起来极为单薄，冥吟昭看了片刻，也跟着蹲了下来。在他眼中她一直是很坚强的，他从来就没有看见她失态过，不论是遇见

什么样的对手，遇见什么样的危险，她都不曾畏惧，不曾示弱，眼下只是那个人的两句话，便令她伤心至此，失态至此。

这一瞬，冥吟昭的心头忽然燃起了一阵怒火。

而木汐尧啜泣的声音也响了起来："你一定也觉得，我很狼狈，对不对……我也觉得。我喜欢了师兄十几年，可是他不喜欢我，他喜欢上了洛子夜。我对百里瑾宸心动，他喜欢的人依旧是洛子夜。很多时候，我真的会想，洛子夜，她真的有那么好吗，为什么大家都喜欢她？为什么……"

为什么她一生里的两次心动，爱过和爱上的两个人，喜欢的竟然都是洛子夜。

"我到底……是哪里不如她呢？"

她听说过，洛子夜第一次遇见百里瑾宸的时候，也是死皮赖脸的，还要上去摸手，因为这件事情师兄发了很大的火，好好地收拾了洛子夜一顿。

所以她想着，要是自己真的喜欢他的话，就放心大胆地追上来吧。

他既然能喜欢上主动的洛子夜，未必就一定不会喜欢自己。

可是呢？最后的结果，是他不仅仅不喜欢自己，不仅仅拒绝了自己，说出来的话，还这样残忍。

冥吟昭看着她这样子，心里也有些不是滋味，压低了声音道："姐姐，你其实也很好的，只是感情的事情，是不由己的。你问他们为什么会爱上洛子夜，问他们你是不是不如洛子夜，怕是他们也都无法答出来的。"

毕竟爱情，并不是因为对方很优秀，就一定会爱上的，也并不是因为大家都喜欢那个人，然后自己就一定会喜欢上的。

就比如，洛子夜他也是看见过的，那个女人变成傻子之后天真可爱的样子，他见过的。一个漂亮的女人，维持着六岁的智商，天真烂漫，心地善良，这样子的确惹人怜爱，许多人看见，说不定都会有照顾她一生的心思，可是他冥吟昭并没有丝毫心动。

就比如，洛子夜到了凤溟，找出独孤允，端掉修罗门，拔除端木家的时候，那样聪明，那样艳光四射，甚至是令将她视为情敌的令狐翊也不得不惊叹她的聪慧和实力。可是自己，依旧没有丝毫心动的迹象。

而木汐尧，只是在看见对方第一眼的时候，他就爱上了。与美人救英雄无关，爱上了就是爱上了。

爱情这种东西，从来都是不能讲道理，也不能与其他人比较的。

也许你什么都比她好，但是你喜欢的人爱上的还是她，这样的事情也是会有的，更何况洛子夜原本也很优秀。

木汐尧苦笑了一声："所以，我只能认命对吗？"

直到这时候，她忽然觉得，申屠苗因为爱上了师兄，就想杀了洛子夜，但是自己呢？师兄和百里瑾宸竟然都喜欢她，出于自己的角度，是不是应该更加希望洛子夜去死呢？

冥吟昭这时候忽然道："如果不想认命的话，我想办法帮你杀了她！"

他这话一出，木汐尧登时怔住，飞快地回过头看向他，抓着他的胳膊开口道："不行，不能杀了她！她并没有什么错，尽管我也不懂为什么我爱上的人都会爱上她，但是……这么做，这是不对的！"

"是我杀了她，又不是你。即便是我这么做了，这件事情跟你也没有什么关系！"冥吟昭拧眉。

她想要的幸福，他想帮她得到。如果洛子夜死了，或许她喜欢的人就真的会多看她一眼，就真的会喜欢上她。

哪怕只是也许，但是总比毫无希望要好上许多不是吗？然而，说完这话之后，冥吟昭自己也愣了愣，忽然想起一点，那就是……洛子夜是皇兄喜欢的人，要是自己真的杀了那个女人，皇兄大概也会因此难过的吧？

想到这里，他心头也开始犹疑起来，只是看见木汐尧这样伤心的样子，他心头实在怒火难平。

木汐尧抬头看向他，坚定地道："我知道你对我好，但是你不能这么做，不能这么做知道吗？她并没有做错什么，她也不欠我什么，我或许有时候真的觉得上天对我不公，我或许有时候真的会想，如果没有她，我喜欢的人是不是会喜欢我，但是我们不能下手杀了她！不能！她马上就要成为我嫂子，我不想让自己无法面对自己的兄长，也不想无法面对自己的良心！"

冥吟昭听完，当即沉默了下来。是的，其实他也不能这么做，他要是真的这么做了，怎么面对自己的皇兄呢？可是……

看着她坚定的眼神，他终究还是点了点头："我知道了！"

木汐尧说服了他之后，却还是无法令自己不再难过，抱着自己的腿，继续哭

了起来。

冥吟昭在边上看了许久，蹲在她身边，看她将脸埋在膝盖中，他一再犹豫着伸出手，一再犹豫着想要触碰她。

最终，他鼓起勇气，抱住了她。

“别哭了！”他的声音不大，却很好听，厚重之中是令人心颤的热度，使得木汐尧微微一僵，就连哭泣也中止了片刻。

冥吟昭的心中也有些害怕，担心自己会被推开。

然而，在如此寒冷的夜里，在心头如此冰冷的时刻，忽然有这样温暖的怀抱紧紧地抱住了自己，这一刻，她忽然不想拒绝，只是一怔之后，便继续哭了起来。

风雪起。

他抱着她，为她遮挡着风雪，她酣畅淋漓地哭了一个痛快……

百里瑾宸走出去一段之后，也寻了个避风的地方，处理自己身上的伤口，调息内伤。

轩辕无帮忙在药箱中拿出需要的东西，欲言又止，片刻后，还是开了口：“主上，那个木汐尧……属下觉得她人不坏，您就算是不喜欢她，也实在不必说出那些话来刺她！姑娘家脸皮薄，就是单独说也就罢了，问题是那时候属下在边上看着，她身后也还有个人，怕是脸面上都过不去！”

只要想一下木汐尧当时的样子，轩辕无都觉得她会感到难堪。

百里瑾宸默了片刻，缓缓地道：“这样对她好。”

木汐尧心地不坏，他自然是知道的，他还知道对方和洛子夜之间的关系，就算是不好，也绝对不坏，所以自己当初才会救她。

至于这件事情，原本就没打算让她得偿心愿，不如从一开始就拒绝，若是能够早点儿抽身，也能少一分受伤。继续下去，陷得越来越深，反而对她不好。

而他既不愿意身后拖着一个麻烦，也不会拖累别人的人生。

他这么一说，轩辕无登时明白过来。也是，主上既然不喜欢她，也没打算跟她在一起，那便实在是没有必要拖着她，早点儿让她知道主上的意思，其实也挺好的，省得继续耽误对方。

默了一会儿，他问了一句：“主上，我们就这么走了，洛子夜那边，您还打算回去吗？”

此刻，军营的大门口出现了一位贵客。

对方递来了证明自己身份的东西，门口的人便立即去找凤无俦禀报了。墨氏皇朝的皇太子出现在这里，大家都没有拦。

毕竟这个天下，名义上是墨氏皇朝的，就算墨氏如今已经只剩下一个躯壳，明面上对墨子燿的尊重，却还是必须要有的。

门口没有人拦着墨子燿，他直接便进了帝拓的军营。士兵们虽然都很防备地看着他，但并没有人挡着他的路，只是这种放行，就像监视一样，不少人都跟在他身后、两侧，观察着他的一举一动。

墨子燿对这些眼神也并不在意，问了一句：“洛子夜在哪里？”

“王后？”肖班扬了扬眉，倒是不敢随便回复，最近因为自己的低情商和乱说话，已经得罪王不少次了。

墨子燿血瞳微眯，扫了肖班一眼：“王后？本殿下可不记得，帝拓君王已经成婚了！”

纵然他已经在来的路上看见了那些报纸，听见了那些传言，知道洛子夜已经接受了凤无俦的求婚，知道了他们两个人的婚事就在眼前。但是只要他们两个人一天没有成婚，他便一天不愿意承认这件事情。

肖班嘴角一抽，也有点儿尴尬。但还是硬着头皮道：“婚事已经近在眼前了，皇太子殿下也不必在乎这些称呼！”

哼！墨子燿不置可否，却等着肖班说出洛子夜的下落。

肖班立即睁着眼睛说瞎话：“王后在哪里，臣也不知道！皇太子殿下不如稍作等待，臣让人去找找！”

王后在哪里，他当然知道。

但是王的情敌来了，自己马上就对着对方交代王后的下落，王知道了还不得扒了自己一层皮。

墨子燿冷嗤了一声，他当然知道，肖班不过就是不想说罢了。

他冷声道：“本殿下自己找！”

洛子夜和武修篁正在对视。

武修篁终于叹了一口气："朕承认这件事情是朕做得不对！要杀要剐，你动手便是！"

他的话说完，洛子夜也是半点儿都不客气，直接便拿起桌案上的长剑，对着武修篁刺了过去！

血光一溅。

长剑没入肩内，鲜血滴落在地。洛子夜没有刺他的要害，因为她知道自己刺他的要害，他是不会躲的，旁人因为对自己的在乎而不还手，在这种情况下杀人，她做不出来。但是对方伤了凤无俦的事，她却不能不在意。

其实这样也挺好，令武修篁知道自己不必犹疑，也能将长剑刺入他体内。让他知道，在她心中根本就没有所谓的血缘至亲，也好让他早点儿离开。

武修篁低头看了一眼肩膀上的伤。这一瞬也明白了，自己的宝贝女儿心中是完全没有自己这个所谓的父亲存在的。

洛子夜松了手，由着那长剑插入他体内，也没抽出来，只盯着他道："到这时候你心中应当清楚了，继续在我这里期待我原谅你，无异于白日做梦，我根本就没把你当父皇，也不需要你这么一个父皇。你若是明白之后就早点儿走吧，毕竟你继续留在这里，是浪费你的时间，也是浪费你的精力！"

洛子夜说完，便不再看武修篁一眼，转身而去。

刚走到门口，武修篁忽然盯着她的背影出声，这一瞬他的声音听起来有几分沙哑："洛子夜，这件事情你已经为凤无俦出完气了，刺伤了朕。而从前的事情，朕想问你，倘若朕跪下来向你致歉，你会原谅朕吗？"

他这话一出，洛子夜的背影立即僵住。

而帐篷外，茗人也愣住。陛下这么多年来，从来就没有对任何人低过头，高高在上的龙昭皇帝如今的天下第一霸主，万人敬仰崇拜的武神，即便墨天子对陛下也是礼让三分，竟然在今日，在这时候，说要跪下致歉？

陛下莫不是疯了？

洛子夜听着身后他肩膀上的血滴答滴落的声音，心情也变得复杂起来。

武修篁竟然说到跪下道歉这个份儿上，她自然不能再轻视。

她默了片刻之后，细细地想了一会儿，忽然问他："武修篁，倘若我告诉你，其实我不是你的女儿，你真正的女儿早就死了，在一年前被洛肃封杖责而死，我不过是寄在她身上的一缕游魂，你还会坚持希望我原谅你吗？”

“坚持希望！”武修篁一叹，神情带着说不出的复杂。

旋即，他轻声开口道：“洛子夜，在你第一次说朕的女儿已经死在天曜皇宫了，朕就查过。查出来一年的时间，你性情大变，从前的你做尽坏事，被洛肃封养得无法无天，可在一次杖责之后，忽然就……查到这些的时候，朕就知道，你之前的话应当不会是胡说八道，而是真的！”

他这话一出，洛子夜看他的眼神有些不可思议：“你既然已经相信她已经死了，那么这样的事情，你不觉得奇怪吗？”

“一个人在出事之后醒来，忽然性情大变，却是来自异世的一缕魂魄，此事在你的身上并不是第一例。煌墠大陆的南宫锦、澹台凰，跟你是差不多的情况。无忧老人是朕的老友，这些事情朕都听他说过！”武修篁坦然地说出了这话。

“什么？”这下倒是洛子夜有些惊讶了。

上次在海上她是遇见过澹台凰的，但是那个时候彼此都没有互通身份，也都没有想太多，竟没想到，澹台凰也是从异世来的。

武修篁低笑道：“二十年前，无忧老人就对朕说过，天降异数，必将有人自异世而来，改变天道运数，为天下格局纷争拉开帷幕。天机门的东西，那个老头一直神神秘秘的，不愿意让朕知道，可是那一次，他竟然直接对朕说出那些话，那个时候朕就很奇怪，他为什么会忽然对朕说这些！”

说完之后，他看向洛子夜：“如今朕才明白，因为他早就料到有朝一日，这缕魂魄会落到朕的女儿身上，否则他决计不会对朕提起。这其实就是命中注定的宿命，注定你将占据这具身体，成为朕的女儿。所以，这一缕魂魄，到底是属于这里，还是属于异世，在朕看来，都并不重要，重要的是你的身体里面，流着的是水漪和朕的血！”

洛子夜听他这么一说，便更是惊讶了。他这话信息量太大，意思是，她们的到来，其实是已经注定的事情。等等，他刚刚说南宫锦，那不就是百里瑾宸母亲的名字？要是这样的话，南宫锦是妖孽的可能，就真的更大了。

她盯着武修篁询问：“你不遗憾你自己的女儿……”

武修篁很快回话：“那是朕的过失，朕自然遗憾。若非朕没有保护好水漪母女，

真正的洛子夜便不会死。朕年轻的时候，从来都是妄自尊大，自以为天下无敌，朕要什么就是什么，却没想到朕竟然犯下这样的大错！”

说到这里，他目光更深，盯着洛子夜继续道：“而如今，你占据了这个身体……洛子夜，朕已经因为自己的愚蠢，因为朕没有保护好水漪母女，失去了真正的洛子夜，失去了一个女儿，朕不希望自己再失去一个！”

他语气如此真诚，在明确地知道自己并不是他的亲生女儿，只是占据了洛子夜身体的一缕魂魄之后，竟然还说出这话。

这的确令洛子夜有些惊讶。

事实上在说出自己并不是武修篁真正的女儿的时候，洛子夜心里都还有点儿担心，对方是不是会激动得想找个收妖的道士，把自己从洛子夜的身体里面赶出来。但是没想到，他却说出了这话。

武修篁看她不说话，便继续道：“洛子夜，朕在武琉月的教唆之下，险些又酿成大错，朕的确很后悔，朕不希望你再出事，希望自己能够保护你，能够尽到一个父亲的责任！否则，朕无论如何，也对不起水漪。如果可以，朕盼望你能原谅朕，不管付出什么样的代价来换取你的原谅，朕都愿意！”

他说这话时，语气更加诚恳。

说完之后，洛子夜盯着武修篁半晌没有吭声，从对方的眼神之中，她看见了深深的悔恨，还有几分沉痛。

洛子夜沉眸：“可是武修篁，你做下的许多事情，我的确难以释怀！即便是一个陌生人，我想我都不愿意再看见对方，更何况你还跟我这具身体有血缘关系！”

她这话一出，武修篁闭上眼，遮掩住了眸中的失望，叹息道：“我知道，其实我不该奢求的！当初若不是我……水漪当年便说过，我一定会遭报应的。不错，这报应的确都落到了我身上，心爱的人死在我错手之中，我跟她的女儿也因为我的愚蠢丧命。如今你的到来，大概是上天想给我一次挽回的机会，却没想到我不仅没有把握住，还……”

的确，这都是报应。

他还记得那个晚上，水漪含恨的眼神。

他也不会忘记，她无声无息地死在他怀中，仿佛解脱了一般的容色。这些年来，对当年的事情他绝口不提，也不允许别人提，便是因为心中太悔太痛，他怕自己无法支撑，想随水漪而去，若是那样，他和水漪的孩子，一个孤女，在皇宫中绝对不可能生存下去。

可是偏偏，可笑的是他保护的孩子，从一开始就保护错了。

洛子夜看着他的样子，一时间也不知道自己该说什么。原谅吧，自己心里那一道坎儿完全过不去，不原谅吧，看着武修篁可怜的样子，她心里又有一点儿同情，真是见鬼了。

她回头看了武修篁一眼，冷声开口道："还是那句话，要不是你跟凤无俦动手的话，我或许真的会心软，但是……武修篁，他才是我最在乎的人！"

"如果朕发誓，从此以后，再也不与他动手，即便他要杀朕，朕也绝不还手呢？"武修篁说着这话，凝眸看向洛子夜。

洛子夜盯着他没有回话。

武修篁继续道："或者，你想要朕亲自去给那个臭小子道歉？"

这下，洛子夜皱了皱眉："你要是真的亲自去找凤无俦道歉，我会认真考虑这件事情的！"

话说完，她掀开帘帐，走了出去。这倒是一句实话，要是武修篁愿意找凤无俦道歉，有些事情的确可以考虑宽容面对，毕竟人活着总是怨恨，也并不是什么好事，不是还有那么一句话，叫冤家宜解不宜结吗？

她说完之后便离开了。

武修篁的眸色却亮了起来，纵然对于凤无俦那个傲慢无礼的小子武神大人是一百个不喜欢，一万个看不惯，但是如果对对方道歉能够使得自己得到洛子夜的原谅，武神大人觉得这其实是值得的。

茗人看着洛子夜出来，容色复杂地盯了一会儿，有些心烦地回过头，他纵然很理解陛下希望早点儿得到女儿原谅的心情，但是陛下的这种程度，未免也太过分了。

洛子夜走出门，并很快看见了门外的人。那人负手身后，一双血瞳正定定地盯着她，俊美的面孔上，依旧留着性感的胡楂，如同暗夜中的吸血鬼一般迷人。

但是洛子夜看见对方之后的第一反应，竟然只是："你来干啥？有什么事情吗？"

墨子燿微微怔了怔，其实并没有想到洛子夜的表现会如此冷淡。

可是以自己跟她之间的关系，她其实也并没有要对自己和颜悦色的理由。

他笑了："怎么？不欢迎本殿下吗？"

他话音刚刚落下，一道魔魅的声音很快响了起来：“的确不怎么欢迎！”

洛子夜嘴角一抽，眼神很快看向西面，那是凤无俦来的方向。他魔瞳之中带着几分冷意，显然是并不待见墨子燿。

墨子燿的眼神也迅速看了过去。他就知道凤无俦知道自己来了，还如此顺利就找到了洛子夜所在的地方，他是断然不可能无动于衷的。

只是自己好不容易才赶到，虽然没有来得及与洛子夜一同度过大年三十。但是这初一总归是赶上了，就算凤无俦不欢迎自己，他也是要死皮赖脸地住下，决计不会走的。

“你既然要合作，就要拿出你的诚意，不是吗？”凤无忧看着自己面前的人。

而宇亲王冷冷地扫着她：“你想要的诚意是什么？”

他们说好了三天之后，她便给出答案。但是这个该死的女人竟然以死相逼，说自己要多考虑几天。他很生气，一直等到今日，对方才再一次允许自己进来谈事情。

凤无忧听他这么一问，手在桌案上轻轻地敲打了几下：“我想要的诚意很简单，既然你说了以后王兄会是我的，如同洛子夜这样的人，都会从这个世界上消失，那么……我认为，你应该先向我证明你是不是有能耐杀了洛子夜，我们再考虑合作的事情，毕竟如果你只是为了骗走我的钱财，却什么事情都做不成，要是那样的话，我就亏大了不是吗？”

宇亲王顿了数秒之后，开口道：“你就真的那么希望洛子夜死？”

“不错，我是真的希望！”凤无忧直言不讳。

她桌案之上还有一张报纸，那是那个所谓的《皇家都市晚报》给搞出来的，每一日都在提醒她，王兄对那个该死的女人到底有多好。她无法忍受每日都想将洛子夜给千刀万剐，才能消自己心头之恨。

宇亲王冷冷笑了一声：“我可以试试，但是凤无忧，你自己心里也清楚，这件事情有多难办到，我们若是真的想杀了她，除非我们实力已经足够强大，可能动摇凤无俦的实力。不然，单单凭借眼前的你我，想要杀了洛子夜，根本难如登天！”

凤无忧一听这话，立即就哽住了。

可她又不得不承认，眼下的情况的确就是如此，洛子夜身边有那么多人保护着，王骑护卫的人、龙啸营的人，还有王兄、武修篁，她自己武功也不俗，想要动她的确不容易。

她看了一眼宇亲王："就算你无法杀了她，但是我认为你至少应当让我看见你的诚意！如果还没有开始合作，我让你尝试着杀一下洛子夜你都不愿意，那么我要怎么相信，等我们的事情成了之后，你会履行承诺，让王兄和我在一起，而不是斩草除根？"

凤无忧虽然并不聪明，但她也并不是愚蠢至极的女子。

"我知道了！"宇亲王很快便起身，大步往门外走去。走到门口之后，回头看了一眼凤无忧："我答应试试，你会看见我的诚意，但是我们之间的合作，你要明白，你除了答应，别无选择！而我的耐心从来都有限，你最好不要将你自己活至将生死置之度外的境地！"

话说完，他大步离去。

凤无忧面纱下的容色扭曲，盯着宇亲王的背影，冷笑了一声。她就是要对方去杀洛子夜，要是他死了，死在王兄的手中，那么这件事情就了结了，便不再有人能威胁自己了！

她回头看了一眼自己身边的黑衣人："想办法去给洛子夜那边的人报个信，让他们知道，有人要刺杀洛子夜，提醒他们准备好天罗地网，等着我的这位皇叔！"

她这话说完，边上的黑衣人竟然一个都不敢动，面面相觑，看着彼此的眼睛，都是一脸蒙了的表情。要是真的这么做的话，被主公知道了，他们一定会死得尸骨无存。

凤无忧看他们都不动，当即便冷了脸："怎么？你们都听不懂我的命令了，不知道谁才是你们的主子了是吗？"

她这话一出，这群黑衣人竟然还是一个都不敢动。

其中有一个人站出来道："主人，虽然您如今才是我们的主子，但我们还是建议您不要激怒他，他的实力不容小觑，若是让他知道我们在背后搞鬼的话，他一定会杀了我们！我们只是您花钱请来为您做事的人，我们并不想死！"

"你们……"凤无忧瞪着他们，气得胸口剧烈起伏。

接下来，又有一名黑衣人看了凤无忧一眼："主人，其实您也是希望洛子夜死的不是吗？既然这样的话，又何必冒着激怒主公的风险去提醒洛子夜？要是主公真的能把洛子夜杀了，那就证明您和主公合作是很有必要的。这样的话，您的情敌也

死了，您身边也有了一个强有力的帮手，不是很好吗？”

凤无忧的面上掠过一缕深思，随后她轻声道：“你说的对！”

说完这话，她眸色霍然一亮，心中又有了计较。其实不仅仅如此，还有一点，要是宇亲王真的能够做成这件事情，那洛子夜死了之后，自己其实可以……

想到这里，她心情立即愉悦起来，点头道：“你说的不错！还是应当让他杀了洛子夜再说！”把洛子夜给杀了，许多事情都能了结。

轩苍皇宫，地牢之中。

萧疏狂被关在里面，从那一日自己答应画出大炮结构图给轩苍墨尘之后，他就一直被对方关在这里，不见天日，也不知道轩苍墨尘是在打什么主意。

按理说，轩苍墨尘早就应该来找自己要大炮的图纸了才对。但是对方拖着，这对于萧疏狂而言，其实算得上是一件好事。

他其实很希望这时候他们被抓的事情被爷知道了，要是爷知道了之后，肯定会来救他们的。他一点儿都不在乎自己是不是能活，但是只要把上官冰给救出去，自己就可以安心赴死了，轩苍墨尘也什么都不会从这里得到。

正想着，地牢的门忽然被人打开了，萧疏狂的眼神很快就看了过去。

不一会儿，便见着轩苍墨尘缓步从外面走了进来，他身后还跟着不少随从。轩苍墨尘走到萧疏狂面前，站在牢门的外面，却对着自己身侧的人吩咐道：“将牢门打开！”

狱卒领命：“是！”

话音落下之后，牢门很快就被打开了。

上官冰也被人带了过来。萧疏狂带着恨意的眼神放在轩苍墨尘的身上，正要说出话来骂他几句。轩苍墨尘却忽然开口道：“你们走吧！”

“什么？”萧疏狂有些难以置信地看了他一眼。

他不是处心积虑地想要得到自己手中的结构图吗？为什么会忽然如此？难道他已经得到了，还是又有了别的打算？

看萧疏狂的眸中满是防备，轩苍墨尘轻声道：“你们走吧，萧疏狂，朕的确很想要大炮结构图，但是朕承诺过的，再也不会伤害她。若是让她知道自己设计的东西被朕用这样的手段获得，甚至有朝一日，朕还会借用这些东西来对付她，她一定会很恨朕！所以，你们走吧，在朕后悔之前！”

说完这话，他扫了押着上官冰的人一眼，用眼神示意他们放手。那些士兵很快松开手，站到一边去了。

萧疏狂和上官冰都有些难以置信，这个人那日才发了那样的疯，做出那么灭绝人性的事情，就是为了大炮结构图，如今却忽然变了态度，的确匪夷所思。

萧疏狂也不说多的话，也不愿意再管那么多了，他大步往外走，看了一眼上官冰，示意她跟自己一起离开。

上官冰也没有说旁的话，很快跟上了萧疏狂的步伐。

两个人走到地牢的大门口，身后轩苍墨尘温润的声音缓缓地传来：“萧疏狂，这一次朕可以利用上官冰，让你交代大炮结构图的事情，那么以后，旁人或许也会这样威胁你。朕要你记住，关于大炮结构图的事情，你日后若是泄露出去一个字，朕一定会杀了你！”

萧疏狂脚步僵住，他往后伸出手，上官冰几乎是没有任何犹豫地就将自己的手放入了他手中。

他这时候也已经相信了，轩苍墨尘是真心想放他走。

他拉着上官冰往外面走，冷声道：“你放心，我们会找到一个天下人都找不到我们的地方，我们会躲藏得很好，不会再让任何人发现！”

他说完，便拉着上官冰离开了此处。

轩苍墨尘看着他们两个人离开的背影，看着他们两个人紧握的手，淡淡扬了扬嘴角。很显然，这件事情之后，从前对萧疏狂并不是那么上心的上官冰已经愿意跟他在一起，那手也已经放入了对方掌心。

其实，女人要的原来真的……是男人全心全意，将她当成自己心中的第一位。

他终于懂了这些，却也明白，无论如何自己也做不到，给不了洛子夜这些。

他收回了眼神，也松开了自己紧握的双拳。其实，在明明可以得到一件对自己很有利、对轩苍很有利的武器的时候，却选择了放弃，选择了让他们离开，对于他来说，真的是一个很难挨的过程。

他这般作为，便已经不是一个帝王应该做出的选择。身为王者，当不必在意手段如何，不必在意是否卑鄙，不必在意会牺牲多少无辜的人，也一定要成就大局。可是这一次，他的选择……连他自己都很讶异。

敛了心神，正要离开，这时候，下人却匆匆忙忙地来禀报：“陛下，陛下……出事了，风王殿下知道萧疏影死了，他现在，他……”

轩苍墨尘闻言，登时面色一变：“他眼下在哪里？”

“在风王府！”下人很快应了一句。

轩苍墨尘没有任何犹豫，便大步往宫外掠去：“备马！”

“是！”

风王府。

一名穿着得体的女子，在不远处静静看着面前的男子发疯。

她容貌秀美，妆容精致，一双似乎单纯不染世事的眸中，噙着泪水盯着轩苍逸风。那个人是她的夫君，出阁之前，她其实也曾经幻想自己能够嫁给一个好人，对方会对自己好，会将自己视若珍宝。

爹爹也说，像自己这么善良的姑娘，一定会遇见一个良人对自己好的。

领到圣旨，在知道自己会嫁给风王殿下的时候，她曾经那样开心，她也成为贵女们羡慕的对象。谁都知道，风王是陛下最宠爱的弟弟，大家还知道，风王本性良善，一定会是一个好夫婿。

可是呢？大婚当日，这个男人喝了很多酒，压在她身上，叫着别的女人的名字。

他其实知道自己不是他心中的那个人，所以他才会那样粗暴。

那一晚，床上的血迹不仅仅是她的处子血。他粗暴之中，使得她血流不止，险些去了半条命。

从那之后，他再也没有碰过她。而有了那一晚的粗暴之后，她也不敢再让他碰她。

这些时日在风王府，她看见他对所有人都好，对所有人都和善，却唯独不曾给自己任何好脸色。

有时候她会想，自己到底做错了什么，才会处在天下女子都羡慕的位置，却遭着这样的罪。

她曾经期待的夫妻情深、举案齐眉，都成为泡影。而这世上被所有人看成很好很好的人，却偏偏对自己一个人冷酷残忍。

最可笑的是，从他揭开自己的盖头那一瞬，在她看见自己期待了许久的夫婿的时候，她心跳如擂鼓，心中爱意不能平复，最终陷入这魔障之中，无法自拔。

眼下看着他疯了一样喝酒，疯了一样将自己的拳头狠狠地捶打在石桌上，任由手上鲜血横流，也似乎毫无所觉，感觉不到疼痛。

她忽然轻轻叹了一口气，闭上眼，眼底的泪水也落了下来。

终究，她误入了别人的镜花水月，也砸了自己的水月镜花。

人说心善之人，做好事会有好报，可为什么自己没有呢？她没有得到好的姻缘，她几乎是错付了一生，可偏偏她还交出了自己那颗心，再也收不回。

轩苍墨尘走进风王府的时候，看见的便是这一幕。

后院之中，詹月情站得远远的，在流泪，而轩苍逸风疯了一般灌酒，疯了一般用拳头在假山、桌案之上捶打，那手早就鲜血淋漓、血肉模糊。

她看见轩苍墨尘那一瞬，便转过身想行礼，却动了一下，险些栽倒在地。

她身后的侍婢立即扶着她，随同跪下。轩苍墨尘目光扫过，便看见她脚踝处的裤管已经被鲜血染红。

那侍婢哭着道："陛下，王爷忽然就成了这个样子，王妃想拦着他，被王爷推到边上，腿就摔成这样了！"

轩苍墨尘默了片刻，温声道："起来吧！"

"是！"詹月情应了一声，便起身。

而轩苍墨尘走过她身侧的时候，忽然开口问她："你恨朕吗？是朕的一纸诏书，才令你陷入这般境地！"

从洛子夜身上，从上官冰身上，他都已经知道，女子都是希望自己被好好呵护的。詹月情眼下却……

她默了片刻，看了一眼轩苍逸风，看着他疯狂的样子，嘴角扬起一抹苦笑，轻声道："陛下，如果可以的话，请您允许妾身……出家吧。"轩苍墨尘沉眸，扫向自己身后的女人。见她眸中一片凄冷，似乎已经失去所有的希望。一时间他竟无言对之，也开始质疑自己做得到底对不对。

他几乎确信，逸风只要愿意正视，以自己身后这个女人的优秀，他是一定会爱上詹月情的，毕竟他多年来算计人心从未出错，可他似乎忘记了，这过程之中詹月情会受伤。

他沉默片刻之后，终究叹息道："你想好了吗？"

墨子渊这时候看着，也颇为同情地看了詹月情一眼，他相信陛下决计不会判断

失误，若是詹月情肯坚持，他们两个人未必不会有好结果，只是这过程，也实在折磨人。

“妾身想好了！”詹月情复又看了轩苍逸风一眼，苦笑了一声，继续对轩苍墨尘道，“妾身心慕王爷，自是不能再嫁，只是妾身也不愿意继续留在王府，王爷不喜欢妾身，他看见妾身定不会觉得痛快，妾身也不想终日看见王爷这个样子，妾身怕自己会受不住，故而妾身希望陛下成全！”

皇家的媳妇，尤其是皇帝亲自赐婚，婚事都是无法作废的，即便是轩苍逸风自己，也不能不问过陛下的意思就自顾自地休妻。

詹月情既然想要离开，也一样要问过轩苍墨尘的意思，否则想走也是不能。她贸然出家就等于公然抗旨，是会连累家族的重罪。所以她只能请旨！

轩苍墨尘叹了一口气：“准了！只是你若什么时候后悔了，想要重回风王府，朕会派人接你回来！”

毕竟这件事情根本与詹月情无关，她几乎是无意闯入了这件事情里头，轩苍逸风和萧疏影之间的残局，其实并不应该由她来收拾。

“多谢陛下！”詹月情磕了一个头，很快站了起来。

只是她还没有走，眼神依旧落在轩苍逸风身上，那是等着这件事情的最终结果，那是想知道他最终将如何。

轩苍墨尘摇了摇头，举步走向轩苍逸风。

轩苍逸风此刻又灌了几口酒，颓然地坐在假山脚下，那张俊逸的面孔上，满是悲凉绝望。萧疏影，他想过他们此生注定无法在一起，他想过她或许会嫁给别人，成为别人的妻子，为别人诞下子嗣，可他从来不敢想，她会死。

尽管其实他知道的，那件事情之后，煜成王府被满门抄斩之后，自己不得不放弃她之后，她不会活。当日她割腕就是最好的证明，可是他还是不能接受她就这样死去。

他一生里爱上的第一个人，他一生里第一次那么想给一个人天长地久，那么想好好照顾她一生一世。可是最终她死了他都无能为力，甚至她已经死去那么多天，他到今天才知道。

当轩苍墨尘走到他身侧，他低着头，问了一句：“皇兄，人是不是真的需要有足够的本事、足够的实力，才能保护自己心爱的人？”

是啊，心爱的人。

她曾经说出那样的话伤害他，他也曾经说过绝情的话，以为他们会一刀两断，以为他们能够一刀两断，可原来是不能的，她终究是他心爱的人。

轩苍墨尘闻言，温声询问："所以你恨朕吗？是朕逼死她的！"

"陛下……"墨子渊忍不住出声。虽然的确是陛下逼死萧疏影的，但要不是那个女人说话咄咄逼人、刺伤陛下，陛下又岂会……可陛下竟然不解释一句，直接便默认这罪责。

轩苍墨尘并没理墨子渊，那双墨玉般温润的眼眸，盯着蹲坐在假山下默默喝酒流泪的人。

轩苍逸风默了一会儿，忽然笑了："皇兄，我不恨你，我只恨我自己不够强大，恨我自己不能保护她，恨我一生恣意江湖，活了这么多年，竟然不知道想要好好活着，想要保护自己心爱的人，必须要强大起来，必须要……"

说到这里，他已然无法控制自己的情绪，将手中的酒坛狠狠砸了出去，几乎是咆哮道："可是我现在明白了，我现在明白了有什么用？她已经死了！她已经死了！死了……就算我懂了又有何用？就算我日后再强大又有何用？有何用……"

詹月情看着他这样子，闭上眼，又有眼泪流了出来。

"王妃……"侍婢于心不忍，在边上扶着她。

詹月情苦笑了一声，低声道："如果可以的话，我真的希望替他心爱的人去死……"

这样的话，她就不用看着他这么难过，她也不必因为他的心痛而如此难过。

"王妃……"那侍婢眼中含泪，盯着詹月情的侧颜。王妃是个好女人，可是王爷偏偏不懂得珍惜，视而不见，心里只惦记着那个女人，她真的为王妃不值，也觉得天道不公，王妃这样的人，没理由不能得到幸福啊。

詹月情没有看她，眼神依旧落在轩苍逸风的身上，她何其无用，才不能为他分担任何。

墨子渊忍不住劝了一句："风王殿下，您冷静一点儿！"

风王殿下这话根本就是在针对陛下，也根本就是怨怪陛下的。无非说自己不如陛下强大，所以才……这是要兄弟成仇吗？

轩苍逸风对他的话充耳不闻，轩苍墨尘却温声道："你说的没错，你足够强大，

才能保护你爱重的人，否则你日后，还会失去，还会痛不欲生！”

“陛下……”墨子渊这时候也不知道应该说什么了。

轩苍墨尘扫了他一眼，示意他不必开口。

既然已经这样了，能借着此事逼着逸风强大起来也好，无忧老人断算天命从未出过错。逸风大概就是轩苍未来的帝王，他如今这般心思不在朝政上，也的确令自己忧虑，若是能借此令他强大起来，处事坚决果断，哪怕是由着他从此记恨上自己，又如何？

然而，轩苍逸风苦笑了一声：“皇兄，我已经没有想要保护的人了。我现在只想随着她一起死，黄泉路上太孤单，她去了之后，必定无颜面对煜成王府的人，如果我陪着她一起去的话，会好很多。生前我不能保护她，或许死后可以吧……”

他低着头，一副颓然的模样，只是苦笑。

轩苍墨尘眸中掠过冷茫，断然没想到他会这样：“逸风，此事……”

“皇兄你不必劝我了，我心意已决！”他闭上眼，继续道，“皇兄，洛子夜不在你身边，她尚且只是和凤无俦在一起，我想你也是心痛的。她呢，她却死了，你让我如何……如何才能说服自己好好活着……”

他这话一出，轩苍墨尘顿时语塞。

而边上看着这一幕的詹月情却顿时慌了。

他不能死，他怎么能死？

她大步往前，走出了一步，开口道：“王爷，您不能死！您死了，这偌大的风王府怎么办？您死了，妾身……妾身肚子里的孩子怎么办？”

她说着这话，指尖都在颤抖。

她嫁给轩苍逸风不足一个月，怎么可能知道自己是不是有孩子。

她在撒谎！

可是眼下，他如此难过，似乎已经失去了一切活着的勇气。她却不能让他死！那就……先骗骗他吧。人说时间是最好的良药，等他知道自己其实是在欺骗他的时候，或许已经几个月之后了，或许这一段情伤已经过去了，或许他已经振作起来了。

至于知道真相之后，他会怎么对她，那就听天由命吧，只要他能活着，她死了也无妨。

轩苍逸风愕然抬头看向她。

她强装镇定，继续道：“王爷，您可以不在乎您的性命，您可以不在乎妾身，到底妾身不是您心爱之人，不配让您在乎。可是，您不能不在乎您的血脉，他是您的孩子，您不能让他还没出生，就失去自己的父王！请王爷看在孩子的分儿上，振作起来！”

她这话一出，便跪在了轩苍逸风面前，含泪继续道：“请王爷……请王爷体谅臣妾为人母的心情！”她这话一出，轩苍墨尘倒是微微蹙眉。

与眼下惊愕之中，有些混乱的轩苍逸风不同，他的眼神落到詹月情的袍袖处，能看见她颤抖的指尖。

再算算她嫁给逸风不足一个月，怕是再高明的大夫也看不出来她是否已经怀孕。所以……她这话应该是假的！

他在心中一叹，便也明白了詹月情这么做的理由。

可真的这么做，詹月情想要出家，那就不能了，以后只能在风王府守着，直到……孩子的真相浮出水面。

到底，把詹月情配给逸风，是厚待了逸风，只希望逸风不要负她太深。

凤无俦表示不欢迎，也并不在墨子耀意料之外。

他血瞳扫向凤无俦：“帝拓君王应当知道，本殿下没有跟你争抢的意思！”他只是想看见她而已，只是想一起在这里度过这几日而已。

他这话一出，凤无俦魔瞳中的敌意也果真散去许多。

洛子夜回头看了一眼边上的上官御：“百里瑾宸在哪里？”

武修篁的账已经算完了，这时候她应该去找百里瑾宸了，问问那家伙到底是怎么回事。百里瑾宸并不是会无理取闹的人，他的行为实在是令人难以理解。

上官御开口道：“方才营帐门口的人说看见他已经走了！”

“走了？”洛子夜有些意外，既然走了就算了。

凤无俦也没打算在意，毕竟自己所有的情敌里面，最令他不喜的，就是百里瑾宸那个绿茶男子，他走了，对于他而言，倒也不失为一件好事。

他对着洛子夜伸出大掌，魔魅冷醇的声音缓缓地道：“随同孤回王帐！”

即便墨子耀已经表示没有争抢的意思，但是帝拓的皇帝陛下依旧不愿意让洛子夜同自己的情敌待在一起。

洛子夜顿了一会儿，扫了一眼墨子燿："但是皇太子殿下来这里，是……"这么千里迢迢，又是新年的特殊时期，他竟然不在古都过年，却跑来这里，这应该是有非常重要的事情吧？

"本殿下只是想见你而已！"墨子燿倒是直言不讳。

却没想到他这话一出，凤无俦的掌风便毫不客气地对着他扫了过去，杀气腾腾，便是真的想杀人。

墨子燿早就知道自己开口定然会激怒凤无俦，他很快后退，并抬手使出内力与凤无俦相抗。却没想到，对方的内息还是比自己厉害得多，对方这一掌落在他的胸口，他后退数步，已经被击伤。一阵气血上涌，但他到底咽了下去，没有呕出血来。

他武功不及凤无俦，被他打伤其实很正常。只是眼下洛子夜在此处，他不能吐出血来，示弱于洛子夜面前。

凤无俦不客气的声音很快响了起来："墨子燿，孤相信你清楚，墨氏皇太子的身份放在武修篁的面前，他或许会给你三分薄面，但是在孤面前，你的身份，孤丝毫不看在眼中！你大可以试试继续触怒孤，孤也想看看，若是孤杀了你，墨氏会派谁来给你收尸！"

他魔瞳中鎏金色的光芒掠过，很显然他眼下十分不悦。墨子燿那一句明显是在对洛子夜表明心迹的话，已经触了他的逆鳞。

墨子燿闻言扬眉，那双冰凉的血瞳扫向凤无俦，竟也没打算退："那阁下不妨杀了本殿下，看看本殿下是不是会怕！"

反正他也并不是那么在意生死的人，尤其已经失去洛子夜，尤其亲人们更看重的是他的利用价值，尤其墨氏王朝已经从根部腐朽，丧失了重新站立起来的可能。生或者死，对于他来说其实并没有太大的区别。

"够了！"这时候武修篁掀开帘帐走了出来。不过是这一会儿的工夫，他肩膀上的伤已经包扎好了。他看向墨子燿，随后又扫向凤无俦，"皇太子殿下是朕请来的，朕与他有要事相商，他这几日就跟朕在一个营帐之中，断然不会叨扰你们，这一点朕能够保证！"

他要是不出来，墨子燿又不退让，凤无俦今日说不定会打死墨子燿。

在墨氏古都，自己被武琉月毒倒的时候，墨子燿亲自守着自己醒来，这个恩情武修篁不可能不念。

凤无俦蔑然的眼神，很快放到了武修篁的身上。武神大人看着他这眼神，嘴角一抽。这个凤无俦的确让他讨厌，这小子的表情让人看见就想揍他。如此嚣张，即便有嚣张的资本，却还是令人气愤难平。

然而，想想自己答应了洛子夜的事情，他缓步上前，站在凤无俦面前："凤无俦，几日之前对你动手的事情，朕深表歉意。至于百里瑾宸的参与，其实是他自己正巧来了，并非朕带着他的，也并非朕打算与他联手杀了你。你要知道朕毕竟是武神，断然不会做出联合一个小辈来杀另一个小辈这样的事！朕没有搞清楚状况，就以为你欺负了朕的女儿，故而才对你动手，朕心中十分抱歉，但望你原谅！"

武修篁说这话时，表情有些沉。

墨子燿都觉得有些不可思议，毕竟武神大人从来高高在上，何时站在旁人面前道过歉？看这样子，武修篁这个父皇的位置在洛子夜心中，其实还并不如凤无俦的位置稳。

素来狂拽酷霸帅如凤无俦，看着武修篁致歉，浓眉微微皱起，并不清楚他葫芦里面卖的是什么药。

而武修篁很快补充了一句："凤无俦，朕今日向你道歉，不是为了你，也不是怕你，朕只是为了朕的女儿而已！"

凤无俦冷嗤了一声："孤倒希望你不道歉！"

他这么一道歉，定然会在洛子夜的面前博得好感，对于这一点，帝拓的皇帝陛下是半点儿都不愿意看见的。

洛子夜在中间尴尬地摸了摸鼻子，也不知道自己应该说啥。其实她完全没想到武修篁真的会拉下面子跟凤无俦道歉，她一直以为对方不过是说说而已，没想到……

而凤无俦似乎已经失去耐心，魔瞳凝锁着洛子夜，大掌伸出，示意她一起离开。

他其实并没有休息多久，洛子夜也希望他早点儿回去休息，于是扫了一眼武修篁和墨子燿之后，跟随他离开。

武神大人在原地站了一会儿，墨子燿转身对他点点头，以示对他出来解围的感激。

洛子夜跟着凤无俦往王帐的方向走。

一路上两个人都没有说话，洛子夜悄悄地仰起头看了一下他的侧颜，小心翼翼

地开口询问：“臭臭，你生气了？”

好像武修篁道歉的事情，已经让他有点儿不高兴了。

她这话一出，他回眸扫向她，魔魅冷醇的声音缓缓地道：“孤没有生气，只是他忽然来找孤道歉，是你的意思吗？”

洛子夜摸了摸鼻子：“爷就只是说了，他愿意跟你道歉的话，爷会考虑原谅他，只是考虑，也没有说一定原谅，相信他能明白爷的意思，所以方才与你道歉之后，他也没有对爷提一定要原谅的事儿……我就是觉得他们欺负你太过分了，所以想他给你道歉而已！”

她最后一句话，立即便令他眸中掠过一道柔光。

说到底，她还是为了维护他。

他大掌伸出，揉了揉她的发，沉声道：“既然是这样，孤自然更没有生气的理由！”

他真正不高兴的事情，是墨子燿的到来。而偏偏因为武修篁对他的维护，对方是自己的岳父，是以自己想将墨子燿杀了或者丢出去也不能，以至于他眼下心情不是太好罢了。

洛子夜听他这么一说，倒是放下心来，盯了他一眼，继续道：“我今天告诉了武修篁，说我不是他的亲生女儿，他的亲生女儿早就已经死了，我不过是异世来的游魂，但是即便如此，他还是坚持想要得到我的原谅，并且说了不少好话。臭臭，你觉得……我应该原谅他吗？”

他如今算是她的未婚夫，这样的事情，她当然要问过他的意见。

凤无俦魔瞳凝锁着她，沉声道：“孤不打算在这件事情上干涉你的决定！”

从他的角度，他定然是不希望她原谅的，因为不认，对于他来说才是最好的。一个如此不待见自己，并且在维护自己情敌的岳父，对于他而言，自然不是值得期待的存在。

他若是开口，便只是从他自己的角度表明自己并不期待。但是这样未免太过自私。

毕竟从前她就很羡慕武琉月，有一个父亲那样维护她，他并不愿意因为自己的自私，去影响她的想法。

他这话一出，洛子夜有些意外地看了他一眼：“可是你不是很不喜欢武修篁吗？”

她原本以为，他会表示强烈反对，却没想到，是根本没打算干涉吗？

说话之际，两人对视着，从他那双霸凛的魔瞳之中，洛子夜霍然看懂了他的意思，也看懂了他的体贴。

她顿了片刻之后，低着头道："不管……不管我做什么决定，你都会支持吗？"

他的大掌紧紧包裹着她的小手，沉声道："不错，无论你决定如何，孤都会支持！因为你的任何决定，可能造成的便或不便，孤都并不看在眼里。更因为这世上不会有任何事，比你能随心所欲，比你开心更为重要！"

的确，纵然他并不希望有一个岳父的存在，但是事实上这对于他而言，却并不是多大的问题。到底他凤无俦从来就没有将任何事情看在眼中过。

至于到底要不要原谅，她觉得如何选择会比较开心，便如何选择就是。

看他魔瞳中的容色满是认真，竟像是完全没将他和武修篁之间恶劣的关系看在眼里，眸中有的只是对她的顾惜，洛子夜立即懂了，他的确更在意的是她的心情。

她长长地舒了一口气："你更加在意我的心情，我自当不辜负你的心意，只是对于武修篁，我想想三年难以受孕的事情，还是觉得心里哽着一根刺，我先好好考虑两天吧！"

她这般一说，他颔首，牵着她的手往王帐走，几步之后霍然想起来什么，回眸扫了她一眼，沉声警告："洛子夜，你不要以为孤不知道，你跟孤在一起之前，曾经扬言要摸墨子燿的胡子，还想触电……"

至于触电是什么，其实他并不完全明白，但总归不会是什么值得期待的东西就是了。

呃……洛子夜的嘴角抽搐了一下，脑门后头是巨大的汗珠，她不太明白他为什么忽然提起这些不堪回首的往事。

她哆嗦着道："那个，事情已经过去这么久了，你也说了是我跟你在一起之前的事情，你跟我在一起之前，还有什么师妹未婚妻，我都没有跟你计较呢，所以过去的事情就……呃，好吧，你跟她们没有事，但是我跟墨子燿之间也是纯洁的关系啊！"

她本来是打算举例他身边的莺莺燕燕，然而不能忽视的事实是，那些莺莺燕燕，他一个都没怎么搭理，所以在她说这些的时候，他的眼神很可怕。于是她只能吓得立即改口。

"哼！"他冷嗤了一声，警告道，"孤自然知道你们之间没什么，那时候是他

不乐意，如今他乐意了，你最好检点一些，否则孤会怎么对你，相信孤不说你也明白，毕竟千年玄铁的锁链，还在孤的床头！”

洛子夜虎着一张脸，表情难看地瞪着凤无俦：“那时候他不乐意是因为他不知道我有多优秀，我有多美，不是因为他看不上如此出色的我！你看，他现在都专程来找我了，这充分证明了我的魅力，你这个家伙到底怎么说话呢！”

那话说得仿佛就是她很被人瞧不上似的。

好吧，虽然刚开始见到墨子燿的时候，对方的确不咋理会她，可是这种丢人的事情，他怎么能就这么提出来！就算她的脸皮比一般女子的脸皮要坚强一些，但是她好歹也是个姑娘家好不好，他居然这样说。

看出了她的不高兴，一向低情商的帝拓皇帝陛下回忆了一下自己的话，嘴角也抽搐了一下。纵然事实就是如此，他要表达的意思也是如此，但是这种话直接便说出来，的确会伤及颜面，尤其洛子夜还是如此好面子的人。

于是，在她不高兴的表情之下，他魔魅冷醇的声音缓缓地道：“是孤失言，彼时他不能慧眼识珠，如今识得了也晚了！”

“这还差不多！”洛子夜满意地点头，被戳伤的自尊心得以挽回，看他这样识相，她继续道，“你放心吧，我跟墨子燿之间根本不可能有什么，就冲着他们算计我们那一回……我跟他之间纯洁得没有关系，早就升华成了纯洁的仇人关系，如今就是没当初那么讨厌他了，也不会再对他有任何好脸色！”

她这话一出，他嘴角淡扬，显然心情已经不错。

而洛子夜的话，也的确就是真话。

七天之后。洛子夜的修墙政策，还在实行之中。

王骑护卫已经开拔，前往龙昭边城。墨子燿在军营里面惹帝拓皇帝陛下讨厌了几天，也没能跟洛子夜进行任何友好交流，把他们纯洁的仇人关系再改善一下。

倒是跟武修篁住在一个帐篷里头，两个人闲来无事谈谈政治、国家建设，展望未来发展，各种英雄所见略同，成功地建立了忘年友情，关系越发密切，看得茗人都已经开始琢磨着继续这样下去，陛下最喜欢的人还是轩苍墨尘不？

不过武神大人对于百里瑾宸直接离开没有任何对自己不利的解释，等于默认自己对洛子夜的言行很是满意。他当然知道百里瑾宸那个小子要是真的狡辩起来，能有一百种说法，把责任都推到自己身上。眼下对方不解释直接走了，他自然心情愉悦，也还是很瞧得上那个小子的。

洛子夜跨坐在马背上，跟凤无俦一起，先行去龙昭边境，武神大人也一起走。

龙昭和帝拓的战事已经结束，两国君王在阵前签订休战协议，达成双方条件是必要的，故而众人一路前行。

果果如丧考妣地跟着一起走，因为果爷心里清楚，回去了之后，洛子夜和主人八成就要办婚事了，果爷就等于彻底失恋。它一路尖着嗓子伤心唱歌："怎么会狠心伤害我，可怜我爱你那么多……"

洛子夜听得嘴角直抽。

它一路唱了半天，洛子夜终于忍无可忍，扭头看了一眼身侧。离她最近的是肖班，她直接开口道："肖班，你能把这聒噪的小破鸟拎走吗？"

她这话一出，帝拓皇帝陛下阴沉的目光，就落到了肖班的脸上。

肖班忽然有点儿想哭，王后为啥谁都不使唤，偏偏就使唤自己。难道王后不知道自己已经被王盯上了吗？好不容易这段时间过去，王不再盯着自己了，王后倒好，又喊自己。他发自内心地觉得自己命苦，却只能在王阴鸷的眼神注视之下，过去把果果拎走。

他看了一眼洛子夜，询问："王后，不知道那个秦月，娶亲了吗？"

"你问这个干什么？"洛子夜有点儿奇怪。

肖班一本正经地胡说八道："王后，属下看上他了，属下其实一直喜欢的都是男人，所以打听一下！"

对，就这样胡说。让王以为自己是喜欢男人的，这样王就不会把自己当情敌看了。至于为什么选秦月问，因为前几天正好见过一面，而自己马上回帝拓了，这辈子都不可能再看见秦月了，这样胡说八道，也不会对彼此造成什么影响。

王骑护卫的众人如遭雷击。

肖班脑门后头都是冷汗，阎烈和闽越对视一眼，完全明白他是为了啥，心里同情又理解。而凤无俦眸中掠过一丝惊讶，旋即便冷嗤了一声，收回眼神不再多看。

洛子夜倒是直接被呛到了："那个……我还真的没问，别急，我马上派人给你打听一下，问问他！"

“王后，不用问了，反正以后可能不会再见了！”开玩笑，问了让秦月知道了，以为自己真的喜欢他怎么办？自己是个正常的男人好吗？

可惜洛子夜是个热心肠：“不行！不行！我一定帮你问好，尽力把你们撮合成功，相信我！”

肖班：“……”继续说不用帮忙，估计就被王看出自己在扯谎了。可是看着洛子夜一脸志得意满，仿佛真的能帮自己办成这件事的样子，他心里这不祥的预感是怎么回事……

几人正这么说着，洛子夜抬首之间，霍然看见了前方不远处熟悉的身影……

是夜，所有人安营扎寨，来了两位客人，也正是今日在半路上洛子夜一行人遇见的人。

武项阳和澹台毓糖。

两人已经见过武修篁了，他们两个人的意思是，武项阳纵然已经决定离开皇室，但是武修篁依旧是他的父亲，过年的时候就一直想来看看武修篁，带着媳妇儿一起回来那种，然而犹犹豫豫一直没有动作。

一直到今天，才算是犹豫完，所以才出现。武修篁也没有说什么，对武项阳的到来，他纵然没有表现出明显的愉悦，但是从他的种种表现来看，他的心情是不错的。

澹台毓糖这会儿，正跟洛子夜在外头烤火。已经好久不见，洛子夜笑了一声：“你跟武项阳之间，是怎么和好的？”

他们两个人看起来浓情蜜意的，看武项阳的意思，是已经在对武修篁言明他们之间的婚事，并不是找武修篁同意，而只是通知一声。

可是当初在草原上，武项阳是怎么算计澹台毓糖的，洛子夜一直到现在都还记忆犹新，忍不住八卦了一句。

云筱闹也在边上坐着，等着澹台毓糖开口。

澹台毓糖瞟了洛子夜一眼，一张脸上都是明媚的笑容：“没有怎么和好啊，他来找我，说自己要离开龙昭，再也不会过问朝廷上的事情了，想要同我在一起，同我一起浪迹天涯，他还说他已经跟龙昭的皇帝说清楚了，说自己再也不会回去了，然后……”

“然后你就原谅他了？”云筱闹惊呆了！难以置信地盯着澹台毓糖。当初那件事情，她都非常同情澹台毓糖，却没想到……不对，一定还有别的对吧，绝对不会这么轻易就原谅。

洛子夜都有点儿惊讶，盯着澹台毓糖等着下文。

澹台毓糖耸了耸肩："是啊，我就原谅他了！我没有要他做任何事情去证明他对我的真心，也没有让他为自己当初的所作所为忏悔，并要求他付出血的代价。他说他想要同我在一起，说他这辈子只爱我一个，我就原谅他了呀！"

洛子夜有些愕然，一时间竟然不知道怎么评价。

澹台毓糖看她这个神情，倒是笑了："你一定以为这是因为我脾性好，因为我不记仇，所以我才原谅他对吧？其实你错了，我可记仇了，从小到大，有谁得罪过我，有谁伤害过我，我都记得一清二楚，大到生死之事，小到平日拌嘴，我其实全部记得！"

"那你为什么……"云筱闹实在是没憋住。

澹台毓糖盯着她，坦然道："因为我爱他啊……和其他的事情不同，我心里清楚我是爱他的，我想跟他在一起，跟他在一起我一定会感觉到快乐。既然已经确定他不会再做出伤害我的事情了，那我为什么还要揪着过去的事情不放，让他痛苦，我自己不是一样苦苦煎熬？"

说到这里，她脸上的笑容更加灿烂："可能你们觉得我这么简单地原谅他，其实很傻吧，但是我这么选，并不全是为了他，只是不想继续为难自己而已。再说了，我也是知道他的，他纵然当年伤害我，可都是为了他的皇位，并不完全因为他冷酷无情，如今他既然已经放下皇位，决定从此一心一意待我，我就权当他被我的一片真心感动，终于同意与我在一起了吧！"

反正从一开始，项阳哥哥从来就没有说过喜欢她，是她先喜欢上他的，也是她一直追着他希望他也喜欢她。

如今便权当是自己做了那么多，对方被自己的真心感动好了。

洛子夜听完之后，心情有些复杂，倒是笑了："其实并不能说你做的不对，一件事，每个人都会有自己的处理方法。你如果不能释怀，坚决不原谅他，是对的，你倘若觉得自己开心更为重要，不再为难他不再为难自己，这样选择也不会是错的，毕竟生活从来都如人饮水，冷暖自知，你自己选好了就好，不必在意旁人是不是会觉得你傻！"

她这话一出，澹台毓糖立即红了脸。竟然被洛子夜看出来了，其实她在说这话的时候，心里一直是不好意思的，很怕洛子夜和云筱闹嘲笑她没出息，说她傻，毕竟武项阳当初做的事情，的确是太过分了。

她这样轻易地原谅他，她自己心里都常常拷问并责备自己，这么做是不是太对不起自己了。

说给洛子夜听的时候，也是怕他们觉得自己傻，可是洛子夜这么说，她心里终于松了一口气，这些日子的郁结也散了。

洛子夜看了她一眼，又问道："只是一直到现在，你后悔过原谅他吗？"

"纵然一直质疑自己这么做是不是太没出息了，但是后悔倒是没有！"说着这话，澹台毓糖的脸上都是幸福的笑容，"他对我很好，大概他自己也知道从前对不住我，所以如今处处顺着我，前几日随我回西域，父王不待见他，他在我父王门外跪了三天并磕了三天头，我父王见我还是愿意同他在一起，才同意他娶我。你们注意到没有，他额头上的伤还没好，那都是磕头的伤痕……"

说着这话，澹台毓糖捂着嘴笑起来。

洛子夜和云筱闹相视一笑，的确注意到了武项阳额头上的伤，看起来还不浅。

澹台毓糖说完，拍了拍自己裙摆上的灰尘，一双眼睛里都是开怀的笑："所以啊，我不后悔原谅他，他从前做的错事，他以后都会加倍补偿给我。这样他是快乐的，我也是幸福的，何乐而不为呢？过去的事情，既然他都知道错了，就放下吧，总归他不会再错一次，而且他还会因为内疚，比原本能给我的更多，会待我更好！"

她这话一出，洛子夜的神志倒是恍惚起来。想起了武修篁，关于是不是要原谅对方，洛子夜至今没有给出一个明确的答案。

其实说起来，好像情况也是差不多，按照澹台毓糖这个说法，武修篁日后肯定不会再做什么对自己不利的事情，而且也一定会加倍补偿自己。想想从前自己是那么羡慕武琉月，有一个这么维护她的老爹……

正失神之间，澹台毓糖忽然问了一句："对了，神医是不是在这里？"

"不在！"洛子夜回过神，继续道，"前几天倒是出现过，后来因为一些事情，闹得不是很开心，他先走了！"

澹台毓糖听完，四下一看。确定四周都没有凤无俦的身影之后，才小声对着洛子夜道："爷，我说句实话给您听，我觉得百里瑾宸对您是真心的。您还记得吗，当初我为了救项阳哥哥，失血过多，我最后是怎么活的？是百里瑾宸用他自己的血救我，理由只是你希望我活着！”

洛子夜眉梢一皱，霍然想起来，当初百里瑾宸将澹台毓糖送来的时候，脸色的确不怎么好。

澹台毓糖继续道：“说这些只是想告诉您，您就算不喜欢他，也稍微对他好一点儿吧，毕竟他那样孤傲的性子，很难说出一句软话。你们闹得再不开心，我都盼望您多考虑一下他对您的真心，宽容一些！”

澹台毓糖说这话，其实就是感念对方的救命之恩。总归好话是已经帮百里瑾宸说了，至于其他的，就不在自己的控制范围之内了。她在凤无俦的军营里面说这种话，要是风声传到凤无俦的耳朵里面，那个男人一生气，是会把自己给宰了的，所以她也不敢再多说了。

洛子夜表情复杂地点点头：“我知道了，我会好好斟酌的！”

话说到这里，武项阳已经从帐篷里面出来了，看向澹台毓糖：“糖糖，我们走吧，你想去的封山就在这附近，我们眼下就出发，明早还能在山上看见日出！”

“好！”澹台毓糖很快起身。

洛子夜看这情况，倒也没有留她，亲自送澹台毓糖出军营。

武项阳走到门口之后，忽然对着洛子夜拱了拱手，弯腰道：“先前不知道你是我妹妹，近年来多有得罪，希望你能多担待，原谅我这个兄长的不是！”

洛子夜点点头，只笑着说了一句：“以后别再找我麻烦就成，还有，好好照顾糖糖！”

“哈哈，自然！告辞！”武项阳也是爽快，翻身上马。

目送他们两人离开后，洛子夜在营帐的门口犹豫了许久。想着澹台毓糖方才对自己说的话，关于原谅不原谅，为难自己和别人及放过双方，彼此释然与快乐，以及加倍补偿和不会再做错……又想起武修篁近日对自己的讨好退让，她脚步一再犹豫，终究还是走到了武修篁的营帐门口。

洛子夜掀开帘帐，不客气地道：“武修篁，我来通知你一声，过几天你的小祖宗就要出嫁了，记得早点儿为你女儿准备嫁妆！”

武修篁一愣，宛如一个呆头鹅一般，盯着门口的洛子夜。

墨子燿也似有些惊讶，看向门外的洛子夜。他素来知道洛子夜的脾性，想要她

原谅武修篁，定然并不简单，可是眼下听着她这话的意思，是准备原谅了吗？

看武修篁呆呆地盯着自己不说话，洛子夜扬了扬眉毛，恶声恶气地道："怎么，有意见？"

"没有！"武神大人立即立正站好，一脸肃穆地看着洛子夜，那模样活脱脱就像是在接受检阅的士兵。

墨子燿都忍不住斜视他，心里头也是觉得有些好笑。武神大人一生风光，怕是他自己都没想到，有朝一日会这般站立于旁人面前吧。尤其方才洛子夜说的称呼是什么来着？小祖宗？

洛子夜盯着他一本正经的样子，也有点儿想笑，耸了耸肩："先说好，爷是没打算改姓武的，洛子夜这个名字叫着挺习惯的，所以就算爷认下你这个爹，也是不可能跟着你改姓的！"

一来，的确是叫洛子夜习惯了。二来，就当作是对他这个破爹害得自己三年不能怀孕的惩罚好了。

墨子燿一听这话，直接便看了武修篁一眼。皇族血脉这是大事，从来没有放任子女改姓这一说，也不知道武修篁是否会答应。

却没想到，武神大人一听这话，一点儿意见都没有就算了，还字正腔圆地道："你想姓什么就姓什么，不想随父皇姓没关系，不姓武就不姓武，父皇不介意，只要你能认朕这父皇，父皇随你姓都行！"

他说完这话之后，墨子燿如遭雷击，难以置信地看了他一眼，万万没想到与自己这么多日来相谈甚欢的武神大人，为了认回女儿，竟然这样毫不要脸，毫无操守，丧失底线。

武神大人说完之后，内心也是有点儿尴尬，事实上跟着女儿姓没什么，可是他忽然想起来，可怕的是女儿和自己毕生的情敌、几十年的仇人洛肃封是一个姓。这……跟着女儿姓，不就是等于跟着洛肃封姓吗？他开始觉得有点儿不能忍受。希望女儿不会真的要他改姓……哭瞎！

茗人也是一副不忍直视的样子，根本懒得看自家皇帝陛下。

洛子夜扬了扬眉毛，"宽容"地道："跟我姓就不用了，我可不想龙昭的百姓觉得是我害得龙昭国姓都改了！"

武神大人闻言，连连点头："小祖宗说什么就是什么！"

他依旧一本正经地在原地站着，保持着立正的姿态，俨然洛子夜不说句什么，他就不准备好好坐下了。

洛子夜扬了扬嘴角，突然心情也不错。其实澹台毓糖的话真的没说错，有时候对别人宽容，对自己的心情也是一种成全。打死不原谅武修篁，他心情不好，自己每天看见他也生气，两个人都因此心情不爽，又是何必呢？

她道："虽然说原谅你了，但是你以前做的那些事情，爷可都一件一件记得清清楚楚。你最好好好表现，要是气得爷哪天跟你断绝父女关系，那以后你就是寻死觅活，咱俩也是不能好了！"

武神大人立即指天发誓状："女儿你且放心，父皇决计不会做任何让你心情不好的事情！从今天起，你说什么就是什么，父皇什么都听你的！"

这样的承诺，武修篁敢许给洛子夜，当初却不敢许给武琉月。洛子夜是有智慧识大体的人，武修篁根本不担心她会提出任何不合常理的要求，但是武琉月就不同了，武琉月不论是智慧还是心地，都远不及洛子夜。

"嗯！"洛子夜耸了耸肩，瞟了他们两个一眼之后，退了出去，"好好准备嫁妆，不要丢我的人！"

话音落下之后，她放下了帘子。

武修篁飞快地称："是！小祖宗你放心，父皇保证这煊御大陆，从古至今都不会有任何女子比你出嫁的时候还要风光！"

他这话，走到门外的洛子夜自当是听见了，也没有回他，哼着歌儿，慢腾腾地往自己的帐篷走去。

月明星稀。

澹台毓糖走了之后，营帐之中恢复了往日常态，一阵静谧。

婚事就在眼前，与龙昭已经歇战，武琉月死了，申屠苗很长时间没有出来搞事，这一切似乎都意味着，美好的日子即将到来。

但是不知道为何，洛子夜近日来总会感觉到一种暴风雨前夕的宁静。思虑起拆毁了他们的墙壁、害死那些工人的幕后黑手，至今都没有找出来，洛子夜心中隐约还是有些不安。

正想着，莫树峰上来了，站在洛子夜身前："爷，李鑫和李扣那边回话了，说

修罗门的那群人如今已经失去联系了。怕是要么出事了，要么是有更强大的人控制住了他们，否则单单为了钱财，他们应当不会跟李鑫、李扣断掉联系的！”

莫树峰这么一说，洛子夜心底的不安这一刻又得到证实。不管是出事了，还是被更强大的力量控制了，那都意味着在暗处还有一股不知名的力量，隐忍待发。

洛子夜点了点头，瞟了一眼莫树峰：“上官御让你来的？”

“是！”莫树峰低下头，强忍下自己心中的激动，多少次了，在太子哥哥的身边，他依旧忍不住自己激动的情绪。

洛子夜笑道：“日前在修葺墙壁这件事情上，以及和百里奚等人的接洽，你也参与了吧？”

上官御既然都让这小子来自己面前露脸了，十有八九就是很喜欢这个小子，并且已经历练过他了。想起之前萧疏狂离开的时候，也是大力推举这小子，想必能耐的确是非凡的。

莫树峰点头道：“主子，的确如此！上官将军一直在给属下机会，属下十分感激！”

洛子夜若有所思，盯着他看了数秒，忽然笑道：“以后你就跟在我身边好了！”

“是！”莫树峰立即跪下，心中的激动之情已然无法平复。

一步一步，他跟着她已经半年了，终于再一次有了站在她身边的机会。从前在天曜皇宫，他那么轻易地就成为她珍视的人，可大概是为了惩罚他当初不珍惜，所以如今举步维艰才走到她身边，半年，足足半年。可他并无任何怨言，只觉得幸运，庆幸自己有机会再一次立于她身侧。

“去吧，让李鑫和李扣帮忙盯着，不要放弃联系上那些人的机会，尽可能地为我探来线索！”洛子夜吩咐。

莫树峰立即点头：“是！属下立刻就去办！”

说完之后，他转身离去。

洛子夜看着他的背影，不知怎的，竟有点儿恍惚：“莫树峰，其实你有点儿像一个人！”

他通身一震，强迫自己镇定下来，回身道：“不知主子是指何人？”

洛子夜摇了摇头：“那个人跟你其实没有一点儿像，性格不像，容貌不同，说话的声音都不一样。只是刚才你的背影……罢了，总归此生那个人，我是不会再见到了。你下去吧！”

说完这话，洛子夜都怀疑自己是不是上年纪了，才会突然回忆起往事，忽然想起洛小七来。这莫树峰跟洛小七，根本毫无相似之处好吗？她到底是怎么联想到一起的？

“是！”莫树峰心下复杂，转身退下。

下一刻，军营的门口来了一行人。洛子夜眉梢皱起，看见肖青在前端带路，那行人行色匆匆地往凤无俦的王帐而去。

她很快折起了扇子，跟着一起往凤无俦的王帐里头走……

洛子夜走到王帐的门口，就跟那行人相遇。在看见肖青身后那人之后，洛子夜愣了一下。此人一双浓眉，黑眸晶亮，五官极为立体，轮廓深邃，然而组合在一起，却意外地透着一股妖美，是个非常难得、十分绝代的美男子。

这货看起来，让洛子夜觉得非常眼熟，但一时半会儿又说不清楚是在哪里见过，使得她自己的心情都有些诡异，也万分怀疑自己的脑袋是不是出岔子了，怎么一会儿觉得莫树峰像洛小七，一会儿觉得面前这个小子也很是熟悉。

对方在看见洛子夜的时候，当即弯腰行礼：“嫂子！”

“呃？”洛子夜有些惊讶。

凤无俦的弟弟？声音好熟悉，跟申屠焱的声音一模一样。她细细地盯着自己面前的人，在对方的脸上寻找蛛丝马迹。

越看越是眼熟，五官比较陌生，但是……但是轮廓很熟悉啊，仔细一看那眉眼，可不就是申屠焱的眉眼吗？

她诡异之际，问了一句：“申屠焱？还是申屠焱的弟弟？”

申屠焱每回出现在自己面前的时候，都是一张大胡子脸，纵然之前对方说自己是大漠第一美男子，但一直以来，她都无缘看见对方的真面目。听着这个美男子的声音，跟申屠焱这么像，她实在是忍不住产生了一些联想……

“申屠焱！”申屠焱低下头，回了一句，对待洛子夜的态度非常恭敬，与之前发现他妹妹失踪了之后，直接去找洛子夜要人问责的模样判若两人。

“唔……”洛子夜这回是发自内心地感觉到了惊讶，她实在难以将一个大胡子的糙汉脸，跟面前这张妖美到简直宛若小白脸的人联系到一起。

她咂巴咂巴嘴，讲真的，看见了一个新鲜出炉的帅哥，她实在是有点儿……兴奋，不过她还是努力克制着自己的秉性，没有做出任何逾矩的行为。

然而，这外头的动静，营帐之内的帝拓的皇帝陛下已经听见了。

既然洛子夜都已经问及对方的身份，那么不必说，申屠焱脸上的胡子此刻定然是剃干净了。

帝拓的皇帝陛下表示心情十分不豫，魔魅冷醇的声音很快响起，打断了外头的交谈与对视，沉声道："进来！"

门外的人都是一愣，这还没有来得及禀报呢，王就直接让大家进去了？

洛子夜一听凤无俦的声音，心头登时警铃大作，在内心深处告诉自己千万不要再多看申屠焱，便转身一脸正气、目不斜视地走进王帐。

她却浑然不知，倘若她以一副正常的姿态进入王帐，帝拓的皇帝陛下或许根本不会多想，也不会认为申屠焱那张脸对她造成了任何影响。但是她一脸正气，显然是在掩盖什么的样子，便无异于在向他承认，申屠焱的容貌对她有所触动。

洛子夜走进来之后，很努力地表现出自己的正派，表现出自己不被美色迷惑，却在对上他那双霸凛魔瞳的时候，不知道为啥，小心脏忽然瑟缩了一下，脑后也冒出一滴巨大的冷汗。其实申屠焱虽然很帅，但是他们家臭臭更帅好吗？她刚刚就只是在外面小小地兴奋了一下，都没有任何不妥当的举动。

讲真的，要是换了一个人，洛子夜看见这么一个美男子，指不定真的忍不住做出不妥当的行为。

但是对方是申屠焱，之前他们的关系就不是很美好，是以洛子夜难以友善热情起来。不过凤无俦这个眼神，还是让她没来由地心虚，她讪笑了两声，就往凤无俦的身边走。

刚刚走到他身侧，他便猛然伸出手，长臂将她揽入怀中，是在宣告所有权，也是在警告洛子夜。

洛子夜被他弄得一个踉跄，栽倒在他怀中，这会儿这么多人，洛子夜自觉有点儿丢面子，回过头狠狠剜了他一眼。

然而她这眼神，落到他眼里，竟觉得有些好笑，落在她腰间的手不甚规矩地掐了她一把，使得洛子夜通身一僵，她很快老实了，他的眼神才扫向门口。

申屠焱进来之后，单膝跪地："兄长，申屠焱此来，是来求情的！"

他这话一出，随同他进来的肖青容色复杂地道：“王，属下负责跟准格尔接洽，希望他们和平交出申屠苗，但是申屠王子坚决不答应，并且要亲自来见您，是以属下只好暂且回来，并将他带来了……”

“申屠苗又咋了？”洛子夜有点儿蒙。

印象里面，申屠苗最后一次搞事情，好像就是撺掇了武琉月去给武项阳下毒。而这件事情之后，洛子夜就没有再听见过对方的消息，这个人仿佛销声匿迹了一般，以至于洛子夜都快慢慢相信，这个人应该已经改邪归正了。眼下听申屠焱这么一说，这证明凤无俦其实一直在找申屠苗的麻烦。为啥？

申屠焱听洛子夜这一问，开口道：“嫂子，苗儿之前做的事情，是她自己做错了，如今她已经知错了，希望嫂子您能给她一个改过的机会。她这段时日在大漠吃斋礼佛，修身养性，已经很久不问中原之事，希望嫂子您能给予宽容！”

洛子夜对兄长的影响能力不言而喻，只要洛子夜同意放过苗儿，相信兄长是一定会同意的。

“呃……”洛子夜向旁边看了一眼，开口询问，“可是你总得告诉我，她又干什么了吧？”按理说，对方只要没有做出什么过分的事情，凤无俦应该不至于亲自下令找麻烦啊。

所以洛子夜觉得，这绝对是一件自己不知道的大事。

她这话一问，边上的肖青开口道：“王后，是这样的。事前王领军为您打下那片土地的时候，申屠苗曾经出现在王帐，并且使用了易容术，冒充成您的样子……”

“什么？”洛子夜眉峰皱起，扭头看了一眼凤无俦，脸色都已经青了，“她假扮成我？你不会跟话本子里面写的似的，正好喝多了酒把她给睡了吧？”

凤无俦嘴角一抽，低下头看向洛子夜。他极高，即便是坐着，这么看她也是居高临下。

这一刻，洛子夜在他的眼中看见了久违的……如同看蠢猪一样的神情，仿佛自己这话已经蠢得不可救药，以至于他眼下的神情，才如此不耐烦甚至难以忍受。

这眼神让洛子夜的嘴角也禁不住抽搐了一下，呃……好吧，凤无俦应该不会这么蠢吧。

肖青立即开口道：“王后您想多了，申屠苗刚刚出现，就被王给识破了！旋即王便下令，要她的性命，但是她被轩苍瑙阴错阳差救走了，最后又辗转回了准格尔！”

“哦，那我就放心了！”洛子夜拍了拍胸口，她可受不了这种打击，要是真的发生这种事情，她估计自己都不想活了，也不会太想让凤无俦活着。

说完这话，她便意识到他阴鸷的眼神落到了她身上。很显然，眼下，对于她竟然用如此愚蠢的假设揣测他的行为，他已然产生了怒气。

洛子夜嘿嘿干笑了一声，给了他一个知错的表情，然后小媳妇儿一样老实待着了。

下一瞬，凤无俦冷嗤了一声，打算回头再教训这个小女人。眼神再一次扫向申屠焱，魔魅冷醇的声音响彻王帐：“她竟妄图欺瞒孤，还假扮洛子夜，申屠焱，你认为孤有轻纵她的可能？”

“兄长！”申屠焱跪着往前头走了一步，膝盖在地上磨出一阵声响，他的眼神放在洛子夜的身上，“嫂子，她做的事情纵然过分，可是到底最终也没有造成什么……”

“你这话我就不爱听了！”洛子夜表情变得不那么客气起来，“你总不能把我和凤无俦聪明，躲过了算计，注解成她没有犯下了不起的大错吧？”

求情可以，要是申屠苗以后真的不搞事，并且认错态度诚恳，秉承着冤家宜解不宜结的态度，申屠焱对自己又如此尊敬，你看这，凤无俦在这里，他都不找凤无俦求情，找自己求情，看在他这么有眼色的分儿上，也是可以考虑原谅的。

但是申屠焱这样说，那就不是这个道理了！

申屠焱立即道：“是小弟失言，请嫂子谅解！申屠焱是个粗人，不会中原人咬文嚼字那一套，也不怎么会说话，嫂子是大度的人，希望不要与我计较。”

申屠焱一辈子就没有这么低声下气过，但是为了苗儿，他眼下也顾不得这么多了。

他话说得还算是好听，洛子夜也没觉得自己的雷点被触及。她支着下巴，手在桌案上轻轻敲打，慢条斯理地开口道：“可是，如果你妹妹是真心悔过了，你至少把她带到我们面前，让我们看看她是真的决定改邪归正了，还是旁的吧？”

申屠焱就这么说几句话，他们便要判断他的话都是真的，并认真考虑原谅，要是人家出于对自己妹妹的信任和私心，做出错误的判断，这一点谁能保证？

洛子夜这话一出，申屠焱微微蹙眉，也觉得洛子夜的话有些道理，而且这个要求也的确不过分。

他弯腰开口道："嫂子既然这么说了，那就容我眼下便回去，将苗儿带到您和兄长面前，以证明申屠焱的话都是真的！"

他的话刚刚说完，门外的肖班就进来了："王，准格尔来人了，就在王帐外头，说要见申屠焱，看他们的样子，像是准格尔发生大事了！"

帝拓的皇帝陛下目光一凛，扫了一眼门口的肖班，沉声道："让他进来！"

"是！"肖班立即退出去传令。

不一会儿，一个大漠穿着的男子就进来了，先对着凤无俦跪下："拜见帝拓君王！"

凤无俦沉眸，嗤了一声，示意对方可以起身。

那人才起身，又对着申屠焱行礼："殿下，不好了，公主殿下迷昏了她宫中的下人，偷偷跑了。这是公主殿下留给您的信件，属下等不敢擅自拆开，您……您……"

他说着这话，心里也是十分尴尬，他知道皇子殿下此番来这里，就是为了给公主殿下求情的，这……殿下前脚才来，公主后脚就跑了，殿下估计也是想吐血的。

洛子夜眼神一变。肖青的脸色也是青了，早知道申屠苗会跑，他才不会回来，一定会在准格尔守株待兔，等着她逃出皇宫。

申屠焱的额角也抽搐了一下，万万没想到她竟然还跑了。

他伸出手，示意那人将信件给他。

洛子夜坐在凤无俦身侧，慢腾腾地道："作为一个差点儿就被你说服，决定不再计较当初的事情的人，我是不是有权利或者是机会，看一眼她的信件写了什么？"

洛子夜的话，是好商好量地说着，仿佛只是提议，但是她的手，却对着申屠焱伸着。

申屠焱看了一眼洛子夜，叹了一口气，将这还没有来得及拆开的信件，直接对着洛子夜递了过去。

洛子夜是不是会让兄长放过苗儿，就看苗儿的信件里面写了些什么了。希望这丫头不会冥顽不灵，直到逃离准格尔，还是准备继续与洛子夜为敌。

洛子夜将手中的信件打开，将之展在桌案上，旋即扫了一眼边上的云筱闹。

云筱闹立即会意，低下头将信件拿起来，看着上面的内容，将信件里面的话都读了出来："王兄，对不起，我骗了你，我并没真的打算一辈子待在准格尔，再不踏足中原半步，我也并不是真的打算吃斋念佛，从此修身养性。"

申屠焱一听这话，脸色登时就青了。

而云筱闹继续读道："这些时日以来，王兄对我的好，我都看在眼里，王兄为了护着我，不惜将帝拓君王的人拒之门外，我也都看在眼里。也正因为如此，我心中才格外愧疚！王兄，其实假山之下的财宝，是被轩苍墨尘给取走了，是我，是我告诉轩苍墨尘的，我为了保命，为了让他放过我……"

"什么？"申屠焱难以置信地打断道。

云筱闹看了他一眼，继续读："轩苍墨尘将我打扮成洛子夜的样子，一会儿温柔对我，一会儿又说我不是她，疯了一般命人毒打我，我不是怕死，我实在是不能忍受，我真的是受不了了，求生不得，求死不能，才会做出这种事情！"

洛子夜的表情很快复杂了起来。轩苍墨尘莫不是有毛病，竟然能搞出这种事情来，不知道的还以为他有多爱自己，可是那个人心里真正爱的，是他的轩苍，是他的皇位不是吗？

凤无俦听着，浓眉也蹙了蹙，那双霸凛的魔瞳之中，有鎏金色的光芒掠过，显然他已经动怒。他并不喜欢轩苍墨尘用这样的方式，来表达对洛子夜的惦记。

而云筱闹又很快道："王兄，我既然对你说过，从此以后会好好改过，不会再去找洛子夜的麻烦，不会再去害人，我就一定会做到，不为旁的，只为你对我太好，我不想再让你失望！我这一次离开准格尔，不是为了去找洛子夜的麻烦，也不是为了旁的，只是为了去轩苍，想办法夺回你藏在假山之下的那些财宝，否则我一生都不能安心，一生都会觉得无法面对王兄。"

读完这些，云筱闹看了一眼申屠焱，读出了最后一句话："轩苍墨尘不是好相与的人，我心中有数，这一去如果我能活着回来，定然会带回王兄的宝藏，从此好好做人，再也不生事。如果我不能回来，王兄就当没有过我这个妹妹，是我对不起王兄，从此，勿念。"

"没了！"云筱闹读完之后，看了一眼洛子夜，表示自己读完。

洛子夜心里头也是琢磨着，申屠苗都这么说话了，估计也是真的没打算再搞事儿了吧。

申屠焱的表情却非常难看，一时间有些青紫，一时间又变得极为复杂。那么多宝藏，一直以来都被申屠焱视为骄傲，视为自己最大的后盾，就算是宫中有变，有了那么大的一笔财宝，自己也不愁不能东山再起。

那宝藏说没有就没有了，他一直都在查，可是并没有找到任何的蛛丝马迹。

眼下知道了事情的真相，他自然生气。可生气之余，知道申屠苗竟然去找轩苍墨尘的麻烦了，他心里又开始担心她的安全。如果此刻申屠苗就在他面前，他指不定会忍不住亲手杀了她，但是知道对方为了挽回这个错误去以身犯险，他又……

这心情复杂之间，他看向洛子夜："嫂子，您也听见了，苗儿她是真的知道自己错了，她离开了准格尔，也并没打算来找您的麻烦，您……"

说到这里，申屠焱自己都说不下去了。他自己眼下也很生申屠苗的气，为对方求情的时候，他自己都有些心烦，所以愣是没办法继续说好话了。

洛子夜支着下巴盯着他："所以这情况，是你的宝藏，被申屠苗给交出去了？"

"是！"申屠焱倒也坦诚。

洛子夜扬了扬眉毛："所以你心里也不爽快了吧，帮忙求情都求得没劲儿了吧，如果申屠苗在你面前，你也想打她一顿吧？其实人就是这样的，没有侵犯到自己利益的时候，就在边上站着说话不腰疼，求情的时候也是说得大气恢宏，觉得人家应该宽容善良，事情落到自己头上，心里就塞了！"

"我……"申屠焱噎了一下，觉得无法反驳。

洛子夜扫了一眼边上的阎烈："去查查看，申屠苗是不是真的去轩苍了，相信你们的情报系统是不会让我失望的。如果真的如她信件中所说，她是去找轩苍墨尘了，那就随她去吧，反正轩苍墨尘也不是啥善茬，落到轩苍墨尘手中，她也不会有好下场，恶人自有恶人磨！"

"是！"阎烈很快应了一声。

说完他一出门，就迎面跟应丽波撞到了一起。应丽波手中的一个瓷瓶掉到了阎烈的脚边。应丽波目露惊恐之色，那是洛子夜让她找的助兴的药，可瓷瓶已经被阎烈捡了起来。

看着瓷瓶上面的几个字，阎烈的脸色青了……他看向应丽波，应丽波捂着自己的额头，这一秒钟也是无语了，万万没想到自己揣着它过来，这一撞，好死不死就给撞出来了，真是人要倒霉了，干啥都不顺利。

阎烈沉眸："这是……"

应丽波二话不说，劈手夺回来，然而阎烈一抬手，没让她抢成功。

她欲哭无泪，心里也很着急，主子是打算用了这药，去对付帝拓君王的。这被

阎烈给发现了，要是一告发，坏了主子的事儿，事情就麻烦了！

于是，她咬了咬牙，只能一狠心，自己背黑锅，盯着阎烈睁眼说瞎话："这个……这个是我打算用来对付解罗彧的，你知道他那个人的，不解风情，不管我做什么，他也一样是视而不见，不管我说什么，他也仿佛没有听到，我如今是忍无可忍了，所以……"

应丽波说着这话，脸上也是微臊，并且心里觉得主子简直要给自己颁个奖，好好表彰自己的舍己为主。她现在已经想挖个坑把自己埋了好吗？

阎烈嘴角一抽，难以置信地看着自己面前的人："你确定？"

解罗彧那小子到底有什么好的，冷冰冰的不解风情，应丽波至于吗？

应丽波飞快地点头，硬着头皮道："我确定，我打算把这个药下到他的饭菜里，然后就啥也别说了，今天晚上我就把他给睡了，明天我就哭着要求他负责，说他禽兽不如，强迫我！他要是不负责任，我就去找主子和你们家陛下告状，哈哈哈……"

应丽波这是为了给洛子夜挡刀，纵情胡说，强颜欢笑。

阎烈盯着她身后，忽然咽了一下口水，嘴角抽搐了一下似乎很想笑，把自己手里的瓷瓶还给应丽波："我去做正事了，你……你开心就好！"他说完就从应丽波身侧走过。

看着阎烈那个诡异而又要笑不笑的表情，应丽波忽然有了一种不祥的预感。

接着，解罗彧冷冰冰的声音，就从身后传了过来："给我下药？然后说是我强迫你？"

应丽波："……"啊，西湖的水，我的泪……

她的帅哥，她的美男子，她的幸福生活，她的美好未来，她光辉灿烂的人生……从此，一去不复返了！

她扭过头，根本不敢看他，捂着自己眼角的泪花："我刚刚就是胡说八道，相逢相遇都是缘，不要杀我，不要杀我，再见！"

说完一堆乱七八糟的，她自己都不知道自己说了啥话，扭头就跑进了王帐！

解罗彧盯着她飞奔的背影，眉梢皱了皱，嘴角扯起淡淡的笑，却在门口侍卫的眼神看过去那一瞬，立即敛下笑容，又是一张冰山酷脸。

应丽波一脸自找苦吃地进门，对着洛子夜走了过去："爷，您要的东西准备好了！"

“嗯！”洛子夜表情镇定，强压下自己内心的兴奋，这件事儿她早就想做了，把凤无俦给榨干，给自己雪耻。

应丽波几乎是含着眼泪，偷偷摸摸把药递到洛子夜的袖子里头的。她觉得自己真的牺牲得好大啊，她差不多已经完了！

洛子夜奇怪地看了她一眼：“你怎么了？”

“一言难尽！”应丽波含泪应了一声，捂着自己的脸，伤心地出去了。

洛子夜奇怪地看了一会儿她的背影，收回了目光，瞟了一眼凤无俦：“我先回去休息了，你忙完了早点儿回来！早点儿！”

帝拓的皇帝陛下有些奇怪地看了她一眼。平常她甚至不希望他回去睡觉，每每夜间便防狼一样防着他，今日让他回去便罢了，还强调早点儿？洛子夜完全没意识到自己的不对劲，交代完之后，就笑得一脸荡漾地回去了。

申屠焱看了一眼洛子夜的背影，弯腰道：“兄长，既是如此，我就先回准格尔了！苗儿的事情，便……看她自己的选择了！”

凤无俦沉眸，威严的语调霸凛依旧：“退下吧！”

“是！”申屠焱很快起身，退了出去。

坐在王座上的人低下头捡起没看完的奏折，忽然想起洛子夜方才的话，顿了顿，将手中的奏折抛下，大步往入寝的王帐走去。

洛子夜回来之后，就非常亢奋，想象着明天一大早凤无俦扶着腰说他肾亏，她觉得自己做梦都能笑醒。这还没开始，她就感觉自己已经看见了成功的曙光，令她兴奋得无以言表。

她快乐地在王帐里面来回蹦跶，忘乎所以，然后就是因为太忘形，以至于脚步声将近都没听见，等她听见动静的时候，已经是门外下人们行礼的声音：“王！”

洛子夜嘴角一抽，险些没跌倒。这么快就回来了？洛子夜二话不说，就把瓷瓶里的药往嘴里一塞。

凤无俦进来的那一秒，她光速地把瓷瓶藏回了袖子里头。

盯着门口的他，她背脊开始发麻，谁能告诉她这瓷瓶咋办，他为啥说回来就回来，一点儿缓冲时间都不给？

看着她一脸古怪地盯着他，他浓眉皱起，眉宇之间是熟悉的折痕，魔魅冷醇的

声音倒带着几分戏谑："让孤早些回来，怎么，想要了？"

"嗯！"洛子夜认真点头，想雪耻了！点完头之后又发现不对，飞快地摇头，"没……没有！"

理论上是要准备开始了，但是袖子里面的瓷瓶咋办？她表现得有些慌张，飞快地道："你等我一会儿，我马上回来！"

说着她就往门外冲，先出去把瓷瓶给扔了。

然而鉴于她平常一旦与他涉及房事，就会想跑，是以对于她这样的行为，帝拓的皇帝陛下直接便注解为她这又是拒绝同房。

于是，她还没有跑到门口，就被他的铁臂拦下，打横抱起她，便往床榻上走。

洛子夜蒙了，吃下去的药这时候也起了反应，尤其他眼下触碰着她，那反应便更为激烈，使得她几乎忍不住要往他身上贴，脑子却还保持着清醒，扬声道："不行不行，我要先出去一下，我……"

瓷瓶还在袖子里面呢。怪她傻缺，刚刚进来之前没把瓷瓶给扔了只带着药丸进来，哭瞎！

话刚刚说完，人就被他压住了，他魔魅的声音透着低沉惑人的味道："但是孤想要了！"

说罢，他便封住她的唇。

衣帛撕裂，咚的一声响，令两人都是一僵。

洛子夜浑身燥热不已，但她还是能清楚分辨眼下的情况。

见凤无俦的目光随着那瓷瓶的掉落偏转，洛子夜立即开始挣扎，试图从他身下挣脱，将那瓷瓶夺回来藏好。

然而，他的铁臂先她一步伸出，大掌将瓷瓶握入掌心。

洛子夜："别，别看上面的字！还给我，这个是……"

她话没说完，他的魔瞳已经落在了瓷瓶上刻的几个字上。几乎是在一瞬间，他那张俊美堪比神魔的面孔便沉了下来。

洛子夜立即意识到，上面的字他看见了。这一秒钟她忽然非常想哭！

很快，他霸凛的魔瞳便凝锁住她："洛子夜，这是打算给孤吃的？你是觉得，孤不能满足你吗？"

洛子夜嘴角一抽，这是她自己吃的好吗？谁敢给他吃啊，他不吃就已经这样可怕了，吃了她还活不活了？

随着他这话音落下，洛子夜发现他魔瞳暗沉，里头几乎是凶残的光芒。大概他的猜测如果是对的，今天就得做死她！

她飞快开口解释：“不……不，不是的，你理解错误，是我自己准备……”

是她准备自己吃的好吗？

然而，他并没打算听她解释，魔魅的声音带着铺天盖地的怒意，切齿道：“洛子夜，既然你胆敢这样挑衅孤，孤势必不会让你失望！”

第十一章

我觉得男人就应该要有风度

“我没有挑衅你……”这是洛子夜哭泣着说出的最后一句话。

而这过程之中，他倒也的确发现她反应过于热情，与往常很是不同。比起她想把这药用在他身上，倒更像是她自己将这药给用了。

但这时候，帝拓的皇帝陛下只顾着疼爱她，顾不得那些了。

牺牲了自己，成就洛子夜的应丽波，在王帐之外的不远处站了良久，听着里头的动静，狠狠地攥了一下自己的手心，希望爷吃了那药之后，真的能一雪前耻，不要枉费自己的牺牲。

这一回过头，便见着不远处阎烈正同云筱闹在一起，那妮子已经被阎烈逼到了树干上靠着，一脸惊恐又不知所措地盯着阎烈。

两个人不晓得是在交涉什么。

应丽波双手抱臂，好笑地摇了摇头。上官冰跟着萧疏狂走了，闹闹想明白自己对阎烈的感情，也该是迟早的事情，所幸看他们两人这样子，当是要有结果了。

她正摇着头，忽然听见自己身侧的脚步声。

一种冰冰凉凉的感觉似从脚底下蹿了出来，她惊悚地回头一看，便见着了面无表情的解罗彧站在她身边。

想起半个时辰之前的尴尬事件，应丽波抽搐着嘴角，嘿嘿地干笑着往后退：“那个啥，你不会是真的想要打我吧？解罗彧，不管怎么说，你也是个男人，我觉得男人就应该有风度。你觉着呢？”

她退了几步，却没注意到自己身后有块石头。

脚后跟往上头一撞，她整个人踉跄了一下，直接往后头一仰面，吓得她惨叫了一声：“啊……”

忽然腰间被人抱住，她闭着眼，没能成功跌倒在地上，颤巍巍地一睁眼，便见着了面前这张英俊冰冷的脸，她迟疑着开口：“那个，你……”

“药呢？”解罗彧的声音依旧冰冷，轻轻问了她一句。

应丽波有点儿反应不过来：“啊？你说什么？”什么药？难不成说的是那个药？呃……这该不会是真的要找自己算账吧，不要啊。

解罗彧直接便问：“你打算给我吃的药。”

应丽波的眼神四处乱看，人还在他怀里没有出来。

咋说呢，这个药这会儿已经交给主子了，可是这个事情不能告诉解罗彧吧？那……

看她似乎说不出来，解罗彧扬了扬眉：“你若是打算拿来给我吃……”

“不，不！不！我不敢的，你放心，我绝对不会的，你千万不要杀我，好汉饶命！”她就算本来有这个心，这时候也不敢多想了好吗？

看她说着这话，已经吓得重新闭上眼，解罗彧莫名觉得有些好笑，冰冷的面色却不变，凑近了她，冷声道：“你若是打算拿来给我吃，今夜便赶紧，否则过了这个村，就没有这个店了！”

这话说完，将她的身子扶稳，他才收回了在她腰间的手，抱着剑，转身去了。

应丽波呆愣着在原地反应了半天，才终于算是领会了他的话，一瞬间那脸便红了一个彻底，攥紧了拳头，扭头就去找药。管他呢，反正这话是解罗彧自己说的！机会在眼前，不要白不要！

今夜，似是桃花绽放的一夜。

这不，军营的门口，还正来了一个人。这人来得匆忙，是策马而来的，正带着

巡逻的队伍在外头巡查的肖班，看着骑在马背上的来人，扬了扬眉毛，心里顿时有了不好的预感。

怎么回事？

那是秦月？他来干什么？

他顿时便想起来，自己今日上午为了摆脱王对自己的“偏见”，故意胡说八道的那些，一下子整个人都有些不自在起来。

不过，秦月应当是不会知道这些事情的，对吧？

毕竟这些话自己早上才说，秦月就是想知道，也着实是太早了。

然而，正在他这么安慰自己的时候，秦月的眼神已经落到了他的身上，那眼神简直堪称目光如炬！

肖班浑身一抖，颤抖着道：“你看什么？有事吗？”

“有事，来找你！”秦月说完这话便翻身下马，笑吟吟地往这军帐内走，“你不是对人问，我娶亲了没有吗？”

“啊？”肖班一个大窘，拔高了音量询问，“谁说的，你是怎么知道的？”

王后就是要行动，应该也不会这么快啊！

秦月扫了一眼肖班身后不远处，肖班也下意识地回头看了一眼，那正是肖青！肖青嘿嘿干笑，眼神根本不敢看肖班。

肖班嘴角一抽，盯着他：“肖青，是你说的？”

“嗯，我买通了他，让他帮我盯着你！小家伙，你知道的，我秦月作为煊御大陆十大富商之一，论财富排行第二，我最不缺的，就是钱！”秦月继续笑着，为肖班解惑。

肖班气得脸色发青，盯着肖青一阵狂吼：“他最不缺的就是钱，肖青你很缺钱吗？”

肖青尴尬地摸了一下鼻子：“其实我也不缺，只是他忽然来找我，让我帮忙盯着你，有什么动静就告诉他。我感觉这也不是什么大事，左右我这不是没有媳妇儿吗，借机赚点儿外快，多置办些房马，等着遇见命中之人，这也是可以的，所以我就……”

肖班登时脸色更青了，忽然意识到了什么，回头对着秦月怒道：“你这个变态，你让肖青盯着我干什么？我跟你无冤无仇，你到底想干吗？”

秦月扬了扬嘴角，变态吗？

武神大人的营帐之外。

“你还不打算回墨氏古都吗？”武修篁神色复杂地看着自己面前的人。

墨子耀面色有些沉，轻轻舒了一口气，冷声道：“是要回去了！”

这个年，已经过完了。这几日他并没能每天都见到洛子夜，更是因为凤无俦，完全无法接近她。可每每即便是远远地看一眼，他心中都是满足的。

只是，这里终究不是能久留的地方，也终究不是他和她的地方。

更何况，他是墨氏皇朝的太子，就算现在立马赶回古都，他离开皇宫的时间也超过一个月了。

大局终究还是要人回去掌控的，否则早就已经被腐蚀的墨氏，怕会更加摇摇欲坠。

嗯！武神大人点了点头，心里头也是觉得可惜。

面前这个小子，其实也是很得自己喜欢的，尤其论起实力卓绝，这一群小辈当中，的确没有人比得过凤无俦，但是论起身份尊贵，却无人能及墨子耀。

毕竟墨子耀才是真真正正所谓皇室中人，龙昭、帝拓再怎么厉害，名分上算起来，其实也不过就是诸侯之国罢了。

只是，墨子耀已经在这里待了好些天，自己的宝贝女儿莫说是对他有动心的意思了，平常就是多看一眼都不曾，这种状况之下，即便是武神大人，都不敢盲目乐观了，所以墨子耀基本上就是不可能了，只能被淘汰出局。

遗憾之中，武修篁行了一个礼：“那便恭送皇太子殿下了！”

墨子耀也回了一个礼。

旋即他回头看了一眼不远处，那是凤无俦的王帐所在的方向，他心中清楚凤无俦在那里，也清楚洛子夜在那里。

他嘴角微微扬起，看起来像是苦笑。

墨子耀终于没有更多停留，往马厩的方向去了。他跟洛子夜之间，其实告别都显得多余了，毕竟，她其实根本不在意他来或者去。

既然这样，似也没有必要到她面前去，看她毫不在意的目光。

武修篁倒也没多说什么，目送他走远。

武修篁也回头看了一眼凤无俦王帐的方向，心里头其实也有点儿不痛快，想想眼下跟自家宝贝女儿同眠的凤无俦，他老人家心里头的感触就像是自家的白菜被猪拱了。

怨念地看了许久之后，武神大人不甚甘愿地收回了目光。

凤溟的皇宫。

后宫偏僻处的一座寝殿之中，冥吟啸躺在一处艳红色纱帐之下的床榻上。

那一双漂亮的桃花眼，看向床顶。

他左臂枕在脑后，右手缓缓抚过身侧，偌大的床，他睡在里侧。而外侧……曾经是洛子夜睡的地方。

她失去记忆的那几个月里，便是睡在这张床上，蜷缩成一团。

偶尔做了噩梦，睡不着的时候，便定要拉着他陪着她睡，却固执而倔强地一定要睡在外面，说那是她的位置，谁也不准动。

这张床还在。

床幔上红色的纱帐也是当初她亲自挑选的，灼灼之华迷煞人眼。

只不过，她却不在了。此刻，她也当躺在另外一个人身侧。

他那双邪魅的桃花眼闭上，收敛了心绪，但望自己能沉入梦境之中，或许梦里的她……就在自己身边呢。

他却不知，那窗外不远处的梨花树下，正远远站着一人，透过那扇窗子看向屋内。

那树上早就没有梨花的踪影了，有的只是一树的雪。雪花簌簌地落下，落到了他的肩头。白雪却衬得他眼眶更红，默然从那窗口看向榻上那人。

那正是武青城。

他原本以为自己走了便是走了，即便心中惦记着，也断然不会再回来，却管不住自己的腿。从除夕夜开始，他脑中便一遍一遍掠过：原本便如此孤独的冥吟啸，在这么一个连他武青城都未曾陪伴在他身边的年，他将如何过？

终于他心中开始不忍，或者说是不舍，毕竟他心里从来就不想离开。

只是……

这多日的犹豫纠结之后，他终于还是来了。

毕竟他是武青城，是贴身跟了陛下这么多年的人，想要进宫也不会有人拦着，更不会有人不识趣地要上来禀报。

于是他便这样畅通无阻地进来了，却没想到，进来之后看见的就是这样一番景象。

其实也是在他意料之中的。

冥吟啸总归是放不下洛子夜的，就像他武青城，总归也是放不下他一样。

躺在床榻上的人，似是已经睡着了。只是这冬日里，依旧是有冷风从窗口往那殿内吹去，撩动艳红色的纱帐，撩动那人胸前的墨发。

武青城在原地站了半晌之后，终究敛了气息，无声无息地走到那窗前，伸出手，为他将窗户关上，挡住了外头的寒风。

那一扇窗，将他的视线也隔断，再不能看见殿内之人。他的手在窗门上停留片刻，终究慢慢收回，转身往宫外走去。

离开这内院时，他吩咐了一句："不必惊扰陛下，也不必告诉陛下，我回来过。"

"是！"侍卫们应了一声，目送着武青城神志恍惚地走远。

而殿内之人，在窗户关上之后，慢慢睁开了那双邪魅的桃花眼，回头看了一眼紧闭的窗门，又缓缓收回了眼神，再一次闭上了眼……

这个晚上的洛子夜，热情得厉害，活脱脱像个妖精，令帝拓的皇帝陛下都有些惊诧。他心中不免生出了一些怀疑，甚至看着她过于灼热的脸庞，他忍不住伸出手探了一下她的额头，看看她是否发烧了。

这一探，的确是有些热度，却又并不似发烧之后会有的反应。

这令凤无俦诧异之中，眼神便落到了那个瓷瓶上头。

他将那瓷瓶打开，往外面倒了倒，才发现里头竟然是空的。

他魔瞳微凛，看着洛子夜的样子，轻轻捏了捏她的脸，沉声道："洛子夜……"

"唔……"她红着一张脸，迷迷糊糊地看着自己面前的人，脑子已经处于一种混沌状态之中，"怎么了？"

"这药你吃了？"他冷醇磁性的声音此刻听来有几分喑哑，魔瞳也更沉了几分。

若真的是她吃了，那他似乎已经不必再有任何的容忍控制了，这念头出来之后，他竟如同青涩小伙子一般，心中多了几分兴奋之感。

洛子夜处于一种不太知道自己处境的情况下，迷迷糊糊地开口：“是啊，我吃了！我吃完之后，大展神威，你……你就不是我的对手了我跟你说！然后……然后我神威勇猛，与你大战三百回合，明日一早你扶腰说你不行了，我……我便得回颜面了……呃……”

她的话说得极为认真，语调激昂，堪称抑扬顿挫。

他魔瞳凝锁着她那张迷糊的小脸，嘴角淡扬，便是笑了。

指望他扶腰说自己不行了，这怕是不太可能。但大战三百回合，既然娘子有所愿，他岂能不满足？

夜，还很长。

今日在帐篷外头守着的侍卫们，心里格外奇怪。

已经快天亮了，竟然也没有听见王后求饶的声音，这简直就是诡异。一直到这一日的中午，门外的侍卫们才终于算是听见洛子夜“久违”的求饶声。

而第一个听见她这声音的，自然是帝拓的皇帝陛下。

看着她这样子，脸上身上已然全部是汗水，发丝湿透了贴在颊边，一副精疲力竭的模样。

看起来，药效是已经过了。

折腾了她这么久，想必她也受不住了。

他扬了扬嘴角，终于放过了她。

洛子夜并没有睡很久。

不过是一个时辰之后，她就强撑着精神醒来了，她一直没有忘记自己的伟大志向，也更不会忘记自己吃下这药，到底是为了什么。

靠着这样一股意志力，她这一回没有进入长时间的昏睡，倒是脸色苍白地撑着醒了过来。

她睁开眼的时候，其实感觉自己的眼皮是非常沉重的，但是她还是坚定不移地撑着，她绝对不能让自己昨天晚上的努力付诸流水。

她一定要假装神清气爽，一点儿事都没有地走出去，让外面的士兵们都知道知道她的厉害，让大家都知道她洛子夜是决计不会在一件事上总是让凤无俦占上风的。

王帐里面并没有凤无俦。

这会儿还不知道他出去是做什么去了。

然而洛子夜已经坚定不移地起身了，抖着自己的腿，撑着自己将要断掉的腰，哆嗦着穿好了衣服。

她对着镜子正了正色，努力使自己的面色看起来正常而自然之后，就举步往外走了。

却没想到，帘帐掀开之后，她刚刚往外一走，脚步就踉跄了一下，险些没摔了。

两边的侍卫们立即开口："王后小心！"

洛子夜尴尬地扶着门框，这才算是站稳了，看着门口侍卫们脸上了然的表情，她心中顿时就流下两根面条泪。

这还没开始装呢，就这样轻易地暴露了。不过她是不会就这样放弃的，她都成这样了，想必凤无俦其实也没有好到哪里去，毕竟她昨晚缠着他索求无度的状况，她还是有那么一点儿印象的。

所以她推断，凤无俦这时候的表情和状态，一定比她惨多了。她踉跄了一下其实根本就不算什么，对！只要努力站稳，一本正经地往外走，大家很快就会忘记她这一步路的失误，并依旧认为她是很厉害的。

她如是安慰自己，在安慰之间，她挺直了腰板，继续往外走，并开口道："凤无俦出门的时候，可说了什么？"

"没有啊！"侍卫们面面相觑。

而很快，洛子夜继续问："他什么都没说？他就没有说他肾亏了，腰酸腿疼什么的？"

"没有！"下人们认真地摇头，脑后都是硕大的汗珠。王后到底在说什么？王这样强悍的人，是会说出这种话的人吗？而且王出门的时候，分明就心情愉悦，神清气爽，甚至还算得上是一副吃饱了的样子，到底哪里看起来像肾亏了？

不瞒王后说，王后眼下的样子，才是有点儿像肾亏了的。当然，这话到了嘴边，他们都没敢说出来。

洛子夜脸一青，心里已经有点儿失望，但还是不死心，盯着他们又问了一句："那他的精神状态呢？是不是特别不好，表情苍白，脚步虚浮？"

下人们："……"王后到底想说什么？

看自己问完之后，下人们都是一脸蒙且不理解地盯着她，洛子夜心头忽然冒起一阵火，整了半天不会告诉她，她盘算了这么久的事情，其实根本一点儿成效都没有收到吧？

但她到底还是控制着，没有发火，盯着他们道："我刚才描述的状况，他都没有吗？"

"没有啊，全部没有！王后，您到底怎么了？"下人们忽然觉得自己有点儿不理解了，正常的女子怎么会希望自己的夫君有这种反应啊。

可王后在问这些问题，听见他们说没有的时候，一副很失望甚至还有点儿绝望落寞心如死灰的样子，实在是令他们费解。

听他们说完这些话之后，洛子夜的表情就变成了面如死灰，心里很是郁闷，难道这意味着她这辈子都不可能斗过他了？不管自己想了多少办法，用了多少手段，也断然不会是他的对手了？

这郁闷恼火之间，便见着他远远地过来了。

黑衣霸凛，鎏金色的暗纹在阳光的照射之下，有些扎眼，便如同他这人，永远光芒万丈，叫人只能低头。

而凤无俦在看见洛子夜的时候，显然也有些惊讶。

他并没想到她今日竟然起来了。

他大步走到门口，行到她跟前，询问："不累吗？"

洛子夜盯着他，看着他精神很好，状态很好，看样子心情还很好，走路也还是那么霸气十足，根本就看不出半点儿所谓肾虚还是肾亏的样子。

她一下子觉得自己的人生都灰暗了。

眼下他竟然还问自己累不累！

这时候，边上的侍卫们古怪的眼神都已经落到了洛子夜的身上，心里都在纷纷猜测，王后一定是累的，刚刚出门的时候都踉跄了一下……

然而，就是他们这样的眼神，激得洛子夜心火越发旺盛。

整了半天，自己没有达到目的就算了，他还是这么神清气爽的，自己却完全不行了，这肯定是不能说累了！

就是累得要死了，她这会儿也一定要努力强撑下去，决计不能让门口这些士兵给瞧扁了。

本来她就已经觉得自己很丢人了，是断然不能更丢人的。

于是她睁着眼睛说瞎话："不累！一点儿都不累，我们赶紧出发吧，时辰已经不早了，已经耽误不少工夫，再不出发怕是来不及了！"

说完这话，她就上去拉着凤无俦走。

她如此神采奕奕，令帝拓的皇帝陛下微微蹙了蹙眉。

总觉得她看似精神很好，实则外强中干，事实上状态根本不佳，只是她如此着急要走，他终究还是没有逆了她的意。

一路上，洛子夜一直强撑着精神，坚挺地坐在马背上。

然而凤无俦却看得出来她精神并不佳，故而也一直盯着她。

洛子夜在马背上强撑着坐了一个时辰之后，终于累得不行了，小鸡啄米般点几下头之后，便睡着了，握着缰绳的手一松，差点儿从马背上掉下来。

帝拓的皇帝陛下盯了她多时，一见她这种状况，便立即飞跃而起，落到她的马背上，圈住她的腰。

这下他便懂了，这小女人一直倔强着，其实不过是强撑面子罢了。这令他嘴角淡扬，又觉得有几分好笑。

武神大人的表情，却是臭如狗屎。

凤无俦这种一点儿都不把长辈看在眼里，跟自己的宝贝女儿想做什么就做什么的态度，实在是让武神大人感到非常不爽快。

看洛子夜这样子，就知道昨天晚上又是被某人给累坏了，武神大人自然是更加不高兴了。

对于他的表情是不是高兴，帝拓的皇帝陛下根本瞧都懒得瞧一眼，冷嗤了一声，便只是抱着自己怀中的女人，让她横靠在自己身上，缓缓策马前行，并不会颠簸到她，也绝不会让她从马背上掉落下来。

等洛子夜醒来的时候，天都已经黑了。

而外头的人都已经在安营扎寨。

她睡了这么一天，凤无俦怕她身体受不住，还渡了些真气给她，这时候便已经是神清气爽了。

醒来的时候，他正亲自布筷。

桌案上是已经备好的饭菜，看她醒来，他侧头扫了她一眼，嘴角淡扬："醒了？"

这话里头，听得出来有几分戏谑。

洛子夜很快就想起来，自己睡着之前似乎是在马背上，这下强撑了一整天的面子，登时就觉得有些撑不住了，尤其看他还如此戏谑，更是面色泛红。

洛子夜虎着一张脸，从床榻上下来，继续死撑："嗯，醒了，那个时候也是太困了，大中午的，人就是容易想午休！"

"午休到半夜里？"他浓眉微扬，倒是沉着笑问了她一句。

她眉头一跳，心里头已经有火了，咬着下唇瞪着他："我一向比较能睡，难道你不知道吗？"

她这样子，倒是令他心头更有了几分怜意，便也不再逗她了。

他伸出手将筷子递给她，魔魅冷醇的声音缓缓地道："自然是知道的，孤的确不应当大惊小怪！当是饿了吧？"

看他这样识相，洛子夜也不继续矫情了，很快坐下，拿起筷子同他一起吃饭。

而他并没拿筷子，倒是在边上的水盆里头先净了手，旋即将碟中洛子夜爱吃的虾拿起来，亲自为她剥壳。

那虾刚刚出锅，还烫得很，他的指腹很快便被烫红。

他却眉毛都没有抬一下，剥好了之后便将之喂给她。

洛子夜手里拿着筷子，有些呆愣，看着递到自己唇边的虾肉，一张口便含住了。这虾很是鲜嫩，也的确是要热的才好吃，可他的手被烫得通红……

洛子夜见他又拿起一只，正要拦着他。

可还没来得及动作，他魔魅冷醇的声音便先响了起来："这么一点儿小事，便不要拦着孤为你做了！"

他说话之间，头也不抬，专注地剥着虾壳。

这是半点儿邀功的意思都没有。

洛子夜咬着筷子犹豫了几秒钟，终究还是没有再吭声，默默地接受了他的心意。

只是看着他泛红的指尖，她难免还是感觉有些心疼。

来不及说更多的话，他已经又剥好了一只虾，递到她唇边。

洛子夜一口咬住，终究笑了一声：“要是我们能一直这样幸福下去就好了！”

他扫了她一眼，沉声道：“会的！”

这一顿饭吃完，洛子夜想出门活动一下，顺便消消食。但是这一出门，看着门外的情况，她登时就震惊了。

这都是什么鬼？

云筱闹跟阎烈坐在一起烤火，时不时地，阎烈会为她撩起耳边的发。这也就算了，阎烈一直是对云筱闹有意思的，出现这种状况，其实也没有什么需要大惊小怪的。

但是……

为什么应丽波在喂解罗或吃饭，解罗或一脸冷漠的样子，并不领情，眸中却有隐约的笑意？

最可怕的是，肖班旁边那是谁？秦月是什么时候跑来的？并且看肖班那一脸嫌弃，一脸备受折磨，甚至是一脸生不如死的样子，显然这两个人之间也是有那么点儿关系了！

她嘴角抽了抽，中午自己醒来之后，直接就爬上了马背，那时候也是太困了，根本就没有多关注周围的情况，眼下这……

她其实只睡了一天对吧？

为什么感觉整个世界都变了？感觉人间简直变成了乌托邦，到处都是幸福美好的生活和虐狗的情侣。

她嘴角抽搐了几下之后，扭头回王帐：“我一定是在做梦，再睡一会儿再说！”

怎么可能一天没管，他们的情况，就成这样了呢？

“你没做梦！”她这么说着，帝拓的皇帝陛下也正往门口走，与掀开帘帐的她对视。

旋即，他浓眉扬起，魔魅冷醇的声音缓缓地道：“阎烈昨夜逼着云筱闹表白，云筱闹想着上官冰已经走了，终于应了阎烈。应丽波把昨夜你吃的那种药给解罗或吃了，他今日怕是非负责不可了。至于秦月，也是昨夜来的，肖青收了秦月的好处……至于第一时间把肖班询问秦月是否娶妻的消息传给秦月，是孤的意思！”

洛子夜：“呃……”

本来是想赞美凤无俦一句，说他关心下属的，肖班这么一问，他就马上下令牵

线了。但是不知道为啥，看着他的表情，她忽然觉得怪怪的，怀疑他八成还有什么旁的想法，于是她没赞美出来。

洛子夜摸着鼻子道："可以的，可以的！我其实也觉得他们三对，都非常合适！"

她咋忘了，之前他因为肖班吃过醋来着，还怀疑她对肖班有意思。所以他忽然这么热情地帮助肖班解决个人问题，似乎也并非不能理解。

对她的这句话，他倒很是满意。

果爷却很不满意，气鼓鼓地瞪着这些虐狗的情侣，这群浑蛋，都欺负果爷单身。哼！

正在生气之际，它便看见阿记还在莫树峰的跟前献殷勤。

阿记抱着自己烤的烧鸡，毫不犹豫地将两条大腿撕下来给他。莫树峰顿了片刻，终究还是伸出手，将那烧鸡接过了……

果爷瞬间更加不高兴了，这都是什么跟什么，全世界仿佛都要谈恋爱了，只有果爷这么惨，果爷心爱的主人还在跟洛子夜相亲相爱，果爷真是想死的心都有了！

它感觉到了来自这个世界的几万点暴击。

正在痛苦之际，身后传来一阵脚步声，果爷回头一看，正是闽越。

闽越轻轻叹了一口气，便将果果拎了起来，抚摸着它的羽毛，深沉地道："不必难过，这世上单身的不仅仅你一个！"说完抱着伤心欲绝的果果走了。

倒是阎烈和解罗彧，这时候神色复杂地回头看了一眼闽越的背影，旋即两个人对视了一眼，脑海中竟不约而同地想起了轩苍瑙，旋即都叹了一口气。

难了……

肖青看着大家同情的眼神都看着闽越，心里其实挺不服气的。谁还不是单身咋的，干啥都同情闽越不同情他？这根本不公平！

翌日一大早。

大军再一次出发，洛子夜出门之后，看着门口的人，嘴角抽搐了一下。

那是百里瑾宸？

不，不是百里瑾宸，很明显是有人易容成了百里瑾宸。她上下打量了对方一会儿，很快抽搐了一下嘴角，认出来了，这是武神大人。

她木然看着他：“你打扮成这副样子干什么？”

虽然脸看起来是百里瑾宸的，衣服也是百里瑾宸的风格，但是这奇怪的气质，和高冷的百里瑾宸完全就不像，身高体形也不对。

“父皇帅吗？”武修篁一脸认真地看着她。

她嘴角又抽搐了一下，但终于还是说出了一个字：“帅！”还是英俊的，毕竟这是一张百里瑾宸的脸，纵然没有那人的风华，好看却是毋庸置疑的。

武神大人欣喜若狂，正打算说句什么。

凤无俦这时候也掀开帘帐出来了，扫了一眼武修篁，看着对方的脸，不必问询他就知道对方的企图，魔魅冷醇的声音里头，带着不屑的味道：“觉得自己的脸难看，需要用百里瑾宸的吗？”

“你！”武神大人险些被气蒙了！

然而从凤无俦的容色之中，他老人家也很快便看懂了，凤无俦已经知道了自己的企图，所以故意说出这么一句话来气自己。

其实他也没想别的，答应洛子夜不再对凤无俦动手了，但是他老人家依旧不喜欢这个女婿啊。

于是他做着垂死挣扎，想着自己这几天打扮成百里瑾宸的样子，过几天再打扮成轩苍墨尘的样子，在女儿面前多晃荡晃荡，也许忽然哪天她看着就顺眼了，接着就放弃了凤无俦，考虑一下其他几个小子呢?

然而，他老人家才刚刚开始，竟然就被凤无俦一眼给看出了企图，他心里也觉得甚为疲累。

他也不跟凤无俦多言，低下头看向洛子夜：“女儿，你要多欣赏一下父皇现在的……”这张脸……

话没说完，洛子夜已经被凤无俦扛了起来，从武修篁的身边走过，那是一眼都没打算让洛子夜再多看。

洛子夜还有点儿云里雾里不太懂，被扛着走的过程之中，纳闷地询问：“他到底想干吗？”

凤无俦闻言，只不痛不痒，却也不是很高兴地回了一句：“不必理他！”

哦！洛子夜也很是听话，说不理就不理。

她默默地觉得，凤无俦并不是那种会无理取闹的人，他既然这样说了，那肯定是武修篁的表现有点儿什么问题了，所以她也不要多问了，随便武修篁去发神经好了。

接下来的几日，武神大人也的确将“发神经”表现得淋漓尽致。

今日打扮成百里瑾宸，明日打扮成墨子燿，后日又忽然成了轩苍墨尘，大后日便是冥吟啸，再过几日便是冥胤青这类够不上绝世美男子程度的帅哥，也扮演了一番，在洛子夜面前各种晃荡。

武修篁内心深处无比希望洛子夜发现自己扮演的这些人，是多么英俊，早日放弃凤无俦这个傲慢无礼的臭小子。

王骑护卫和洛子夜手下那一众人，都在心里质疑武神大人这种种表现，是不是因为吃错了什么东西，比如……药？

洛子夜却看得更加云里雾里，心里也有点儿怀疑武修篁是不是吃错药了，还偷偷摸摸问过茗人，要不要请闽越给武修篁看看病，茗人当时就是一副吞了苍蝇的表情看着她。

其实也只能怪洛子夜这个人太耿直，又完全相信了武神大人不会继续找凤无俦的麻烦了。

于是……这联想能力就变差了。

武神大人扮演了好几天，没有收到任何成效不说，还差点儿被看病，一时间也是心累不已，眼见这就已经到了帝拓和龙昭军队扎营的地方，也要开始谈判了，他老人家才终于算是放弃了。

在凤无俦不待见的目光之下，武修篁重新穿回了自己的龙袍，也不再盗用其他人的脸。

武云倾和武青城，早几天就已经到了，等待着武修篁。

南息辞也是得意不已地等着凤无俦，打了胜仗之后，身后几乎就要生出一条尾巴，可以在身后摇几下，浑然忘记了之前打败仗，被抓走还要自己赎回自己的那档子事儿。

墨氏王朝，派了吏部的人来做见证。

两边便开始进行谈判。

洛子夜在边上待着。

条款都是两边的臣子早就拟定好了的，君王看过之后，再在谈判桌上进行进一步商讨。

好像没她什么事儿，她便百无聊赖地在旁边吃梨。

然而这抬首之间，她便见着凤无俦打开手下的人拟定的条款，浓眉皱起，扫了一眼之后，便随手扔了。

他凝眸看向武修篁，魔魅冷醇的声音缓缓地道："宣战是龙昭，要求停战也是龙昭，如今是我帝拓破你边城，这停战，孤只有一个条件，龙昭承担我帝拓伤兵的治疗费用，以及帝拓战死的士兵家人的赡养费用！"

"王！"边上兵部的人不赞同地上前一步。纵然王的意思不容违逆，可这也太……

哪有这样的，龙昭吃了败仗之后要求停战，不管怎么说也应当让他们割地赔款，就算是不割地，单单赔偿这么一点儿东西，那也是不够的，这条件谈的……

更何况谈判桌上，从来都是要一便说二，对方讨价还价之后，达到自己真正想要的结果。

但是王的要求，竟然就这么简单?

洛子夜纵然对谈判这种事情不是很懂，但是从凤无俦的话里面，她也听得出来这个要求的确提得太轻了。

她歪着脑袋一看，便看见了他方才随手扔下的刻着条款的竹简上头的字。

条款一二三四五，虽从她的角度并不能看清楚每一条上面的字迹，但是上头一定有许多要求，可是他只提出了一条?

武修篁听完凤无俦的话，也有些错愕，几乎不敢相信自己听到的。

按理说，不管是从政治的角度，还是从自己与凤无俦之间的关系来看，对方都断然没有仅仅提出这么一个要求的可能。这是……

诧异之间，武修篁扬眉看向凤无俦，却见那人魔瞳之中带着几分不耐烦，似根本不想看见自己。

从他这表情，便能一眼辨出他只提出这么一个要求，并不是为了讨好自己，那这是为了什么？只是一瞬之间，武神大人便明白过来。

无非为了洛子夜罢了。

提出这么一个简单的要求，一来是对死伤的士兵有所交代，二来便是……

毕竟倘若此刻凤无俦提出割地赔款的要求，龙昭在这样一场战争之中付出太多，便会导致朝臣和民众对帝拓不满，更不会赞同将他们的公主嫁给凤无俦，而若洛子夜一定要嫁，届时在民众面前的形象就会很是尴尬。

甚至说不定会有人辱骂她不知国耻。

眼下，最好的处理办法就是帝拓不提过高的要求，只提出一个象征性的要求，便能巧妙地为洛子夜化解在这件事情之中的尴尬。武神大人并不蠢，只是这一瞬间，便反应过来。

这下，他的表情也复杂了起来。

纵然他一直不看好这个女婿，并且一直到今天早上，还在假扮轩苍墨尘妄图拆凤无俦的台，但是到这时候，他也不得不承认，凤无俦对洛子夜的确是真心的，也的确是好得没话说。

国家的利益摆在凤无俦的面前，还不及旁人是否会说她两句闲言碎语重要。

想到这里，武神大人霍然开始质疑自己从前对凤无俦的态度是否太武断了。虽然这个小子对自己的确很不客气，常常让武神大人认为他连自己的岳父都不尊重，又能真心对自己的女儿多好？

可眼下看来，凤无俦竟是从来就没有把他武修篁和洛子夜真正联系在一起，故而不曾敬重，可这小子的每一个行为，无疑都是在为洛子夜着想。

这样一个女婿，日后势必也不会负洛子夜，这般想来，自己的种种行为，怕的确应该收敛一些了。

龙昭的人也都有些惊讶，万万没想到凤无俦竟然就提出这么一个条件！作为战胜国，又是被龙昭挑衅开战，帝拓这么一个要求，无疑就是象征性的。

众人对视一眼之后，不由得又想起关于他们龙昭真假公主的事情，又看了一眼坐在边上的洛子夜，心里顿时明白过来。一时间众人都不说话了，只是心情都很愉悦，这还是很不错的，相较于武琉月，他们如今的公主，还真的有价值不知道多少点。

这还没正式认祖归宗呢，帝拓就愿意舍下这么好的一个获取利益的机会，再想想从前只会给他们惹事的武琉月，这真是没有对比，就没有伤害。

他们原本不看洛子夜，洛子夜也已经意识到这件事情的问题。眼下再这么一看，她登时就更确定了。

她一下子脸色也不好看了，扫了一眼凤无俦的侧颜，又看着武修篁若有所思的神情，顿时也明白了是怎么回事，怕也是担心龙昭和帝拓因为谈判闹得太难堪，她一个即将要嫁到帝拓的龙昭公主，夹在中间尴尬为难罢了。

她扫了一眼龙昭身后的臣子，开口道："有劳你们出去一下！"

"嗯？"那些臣子，左右对视了一眼。

武青城是清楚洛子夜如今在武修篁心中的地位的，直接便一挥手，带着所有人出去了。洛子夜若有所思地看了一眼武青城，很快便收回了目光。

待所有人都出去了之后，洛子夜大步上前来，将那本竹简放在掌心，查看上头的条款，的确是有割地、赔款这些。然而凤无俦说出来的，却仅仅是……

她扫完这一眼之后，放下竹简，坐在边上，敲打着桌案，盯着武修篁道："凤无俦方才提出来的，只是表面的要求，这些可以对外宣称，让人以为龙昭只是赔偿了我们这些。但是除此之外，我认为龙昭辱我帝拓在先，战败在后，至少应当承担帝拓三倍军费，此事方能了结！"

她这话一出，帝拓军部的人脸色都好看了许多。王提出那样的条件，很显然就是为了王后。

王后眼下的话，纵然没有帝拓朝廷的人期望的割地，但是谁心中都清楚，这一场战事，他们帝拓纵然胜利了，但其实也只是表面的胜利，两国都没有动真格的，帝拓陛下没有参战，龙昭武修篁后期也不在战场上。

以龙昭的国力和武修篁的实力，他们帝拓想要成为真正意义上的战胜国，怕这场战争要打十年之久，还会被其他大国坐收渔翁之利。眼下不过是两国都不打算再打了，就这样结束罢了。

所以指望割地是不太可能，但是高额赔款却是应该的，不管怎么说，如今龙昭的边城的确被破了。可三倍……

凤无俦浓眉皱起，扫向洛子夜。洛子夜瞪了他一眼，示意他不要说话，见她容色坚持，他便也知道是为了维护他的利益，这令他心中一暖，便没有开口。

武修篁嘴角一抽，盯着洛子夜。

他沉默了数秒，心中盘算了片刻，认为洛子夜的要求是合理的。正当情况之下，两军谈判之后的最终结果，需要龙昭赔款，这是必然且合乎眼下战况的，只是凤无俦都直接说了条件，洛子夜却加上一个，更何况三倍……

他叹息道：“女儿，看来你还真的是维护他！”

“所以你是答应还是不答应呢，父皇？”洛子夜扬了扬眉毛。

这一声“父皇”一出，武修篁登时一怔，眼眶都热了一下，有些难以置信地盯着洛子夜，一下子就说不出拒绝的话了。

事实上赔偿军费是可以的，但是三倍也太高了，按理两倍便已经够了。可是这个丫头说完这话，还故作天真地看着自己，一声父皇更是叫得非常甜，这让武神大人眼眶热了热之后，险些扶额哭出声。

最终他支着自己的额头，悲伤地道：“女儿，你知道你这叫什么吗？你这就是坑爹！”

这可不就是坑害自己的亲爹吗？

洛子夜看着他的样子，也觉得有些好笑，却只是继续问：“答应还是不答应嘛，亲爱的父皇？”

“答应，答应！”理论上，他觉得自己是应该哭穷的，告诉女儿这场战争自己也花了不少钱，希望她把要求降低一些，换成两倍什么的。可是她这一口一个父皇，这简直就是他梦寐以求的，他实在是怕自己讨价还价一下，好好的“父皇”称呼，又变成了“武修篁”。

是的，纵然她那天已经表示愿意原谅自己，可是这么多日子以来，她对自己的称呼，要么就是疏离的“武神大人”，要么就是点名指姓地叫“武修篁”。

这会儿也算是好不容易亲近些了，打死武神大人，他也是不愿意把这好不容易亲近的父女关系弄砸。再说了，不就是一点儿钱嘛，他龙昭也不缺这么点儿，毕竟龙昭可是煊御大陆实力最雄厚的国家，这并不是吹出来的。

他这么轻易就答应了，这让帝拓军部的人都很是惊讶。

不管怎么说，他们也认为武修篁会把条件改成两倍，可是万万没想到，对方竟然直接就答应了，看来他们未来的王后，还真的是个不简单的人物，嫁到帝拓之后，龙昭和帝拓之间的关系必是牢不可破。

这么想想，他们已经开始觉得，之前觉得洛子夜配不上王后之位，还让王将她纳为夫人，迎娶武琉月作为王后的大臣们真的是瞎了眼！当初幸好王没有听他们胡说八道，要是听了，如今这还得了？

怕是好好的王后跑了不说，龙昭跟帝拓还会失和。

洛子夜这个人向来念恩，武修篁既然答应了，自然很大的程度上也是因为在意自己这个女儿罢了。

所以在武修篁应下之后，她支着下巴道："听说冥吟啸在对你们进行军事制裁，拒绝再将武器卖给龙昭，想必这对于龙昭来说，也是一个不小的问题吧？"

当初，因为武琉月对她的算计，触怒了冥吟啸。

这个军事制裁出来之后，《皇家都市晚报》里面，时政这一块都报道了好几日，一直到如今也并没有收到两国关系缓和的消息。

武修篁颔首："不错，纵然你才是朕的亲生女儿这消息出来之后，冥吟啸也如其他人一般送了朕不少礼物，可军事上的制裁并未中止，看冥吟啸如今的意思，怕是想让凤溟占据霸主地位了！"

凤溟沉寂了这么多年，如今有了这样的想法，其实也不奇怪。

洛子夜知道凤溟的一些内政，自然更不会奇怪。冥吟昭从前让凤溟一落千丈，如今冥吟啸回去了，自然是不同的。

她盯着武修篁笑问："所以跟帝拓的战事结束了，龙昭和凤溟，也或许有一战？"

"不错！"武修篁坦然点头，"倘若冥吟啸的武器谁都不卖，那便也罢了，但他只不卖给龙昭，最终会令龙昭的军事处于极为被动的地位，若只有战争能平息这件事情，朕自然只能开战！"

只是他没想到，洛子夜对这方面的事情也会如此敏锐。

洛子夜就知道，武修篁虽然看起来吊儿郎当的，但是这些政务上的问题，他一向是看得清楚通透的。

而洛子夜心里更清楚，冥吟啸实力超群是不假，可这些年被冥吟昭拖下去的国力，要是正儿八经地跟龙昭打起来，未必能占上风，最终的结果不过就是两败俱伤罢了，左右如今武琉月这个罪魁祸首已经死了，所以……

她啃了一口梨，口齿不清地道："不如你女儿我就给你们做个和事佬，一来是谢你这么轻易地答应我的条件，二来是感谢他多日来对我的照顾，让他重新把兵器卖给你，省得你们两败俱伤，让边上的轩苍坐收渔翁之利。"

相信如今武琉月死了，冥吟啸也不会拒绝自己这个提议。

毕竟互相卖兵器，对两国的发展都有好处，而打仗的话，却对两国都不利。

她这话一出，武修篁更是扬眉。说实话，这些日子他没有明着提出要跟凤溟开战，其实还真的是顾忌着边上的轩苍。两国的交界处之外，再翻过几座山，就是轩苍皇朝，龙昭和帝拓交战的这段时日，轩苍已然日益强大起来。

眼下龙昭和凤溟再打，两败俱伤之后，轩苍怕是会忍不住出来再分一杯羹。

这就是他至今没有宣战，还只在打算之中的原因，他欣赏轩苍墨尘，自然也了解轩苍墨尘，那小子出来搞事情的可能性太大了，眼下听洛子夜这么一说，他倒是笑了："好！那这件事情就交给你了！"

相信冥吟啸也不会拒绝，这对两国来说，都是好事。

只是他们中间，需要一个人去调和罢了，而洛子夜正合适。

这话说完之后，洛子夜登时感觉到自己身边的气温都森冷了下来。她立即回过头看向凤无俦，接着就看见了对方的臭脸。她嘿嘿干笑出声："你也不要生气嘛，我就只是给冥吟啸写封信，说说这件事情而已，并没打算千里迢迢去凤溟找他商讨！"

家有妒夫，她的行为自然也就只能慎重再慎重。

武修篁看着他们两个人的互动，也觉得有些好笑，而更多的是欣慰。他盯着凤无俦，开口道："从今日起，朕当对你改观了！"

他这话，说得极为认真，却也已经是一个岳父对女婿的认同。

凤无俦微微一顿，对视之间已然懂了武修篁的意思，这意味着这个人从今日起，便不会再给情敌们加戏，在洛子夜面前说谁的好话，或是打扮成谁的样子了。

洛子夜啃了最后一口梨，已然是吃完了，扬眉看着武修篁道："那事情就结了，我们……"

"我们筹备婚事。父皇要出海一段时日，既然是龙昭和帝拓的大婚，自然也马虎不得，嫁妆、聘礼、排场，都至少需要三个月布置，那时候父皇定已经回来了，需要准备的东西父皇都会弄清楚，然后让你二皇兄和四皇弟准备。你放心，定然不会折了你的颜面，也不会损我龙昭国威！"武修篁笑着接了这么一句。

这算得上是破天荒第一次，武神大人主动提起成婚这件事情。

原因无他，只是因为今日在这谈判桌上，他已经清楚地看见了凤无俦的诚意和这小子对洛子夜的真心。事实上说起来，只要女儿过得幸福，有真心对她的人疼爱，这便已经够了，至于对方是不是敬重自己这个做父皇的，在女儿的幸福面前，似并没有多重要。

两国都是大国，慎重地准备起婚事来，需要三个月，这是正常的。

凤无俦听了，并没有什么意见。他看向武修篁的容色，却也在武修篁的态度之下，在对方主动提起婚事的情况下，缓和了许多，不同于之前的满是不耐烦，倒是多了几分敬重。

很显然，帝拓的皇帝陛下，便是对方认同自己，自己也能将对方当成泰山大人对待，可对方若是不认同自己，甚至还要搞破坏，那么他也不会给武修篁任何好脸色。

他沉声道："既如此，孤便派礼部的人过来协商！"

"好！"武修篁站起身，倒是伸出手，在凤无俦的肩膀上拍了几下，"之前的事情，若能一笔带过便带过，朕不计较你的傲慢无礼，你也不必对朕的态度耿耿于怀，便权当是为了洛子夜！"

凤无俦偏头看了一眼对方落在自己肩头的手。

理论上若是有谁以这样一种长辈的态度将手落在自己的肩头，他怕是早就动手了。然而对方是武修篁，是洛子夜的生父。

他到底没有做出任何举动。

而在对方这句话之下，他竟站起身，行了一个君王之间见面的礼节："既然岳父大人这样说，孤自当摒弃前嫌！"

他这举动一出，在场所有的人都愣住了。

武修篁也很是惊诧，凤无俦这小子，在天曜做摄政王的时候，就总是高高在上的傲慢样子，平常去古都朝拜，诸国君王行礼，他要么缺席，要么远远往那里一站，表示自己来过就走人。

武修篁不如其他诸国君王一样，很是崇拜或好奇这个人，于是偷偷摸摸上去跟着看看，以至于多年来都没真的见过这小子，直到去年与洛子夜发生冲突，才算是第一次看见他。

而眼下，也算是自己第一次看见他如此客气地弯腰行礼，要知道平常都是旁人给凤无俦行礼，他要么根本不回礼，要么就是一副瞧不上人家的姿态，看都不看一眼，如今这……

阎烈也是震惊了，跟了王这么多年，王这么客气还真的就是从古至今头一回。

武修篁这短暂的呆愣之后，便也弯腰回礼，毕竟这小子纵然是自己的女婿，可

两人的身份都是君王，诸国历代以来，即便是联姻，也从来没有联姻之后，女婿就成为小辈之说的，帝王就是帝王，该有的礼节是必须要有的。

武神大人亦笑道："但望我们日后相处愉快！"

眼下，武神大人也懂了，他一度很是嫌弃凤无俦的傲慢无礼，但若是在洛子夜同意认下自己这个父亲之后，自己立即对凤无俦示好，而非继续表现自己的不喜，这小子怕是早就客气地对待自己了，也决计不会傲慢无礼直到如今。

有句话叫尊老爱幼，眼下看看一直在搞破坏的自己不被尊重，那也是因为自己一直为老不尊在前。

这一对翁婿，如此客气地互相行礼，看得洛子夜那是一愣一愣的。

这两人行礼之后还相视扬眉，嘴角淡扬，颇有一笑泯恩仇，摒弃前嫌的味道。她现在都有点儿觉得，这个世界是不是太玄幻了，所以就连凤无俦和武修篁之间的关系都能变好。

两边的人都在收拾东西。

洛子夜从帐篷里头出来，龙昭的朝臣们就在门口。事实上方才她要他们出来，并不是因为那些话他们不能听，不过是因为不想谈判的时候被这些人给打断罢了，事实上她谈判的条件，两边都应该是可以接受的。

纵然她提高了凤无俦的要求，可是调解龙昭跟凤溟的关系这样一个条件加上，对于龙昭来说，其实也并没有亏到哪里去。

所以大家也没什么意见，心里头反而觉得洛子夜很有见地，有这样气魄和胸襟的女子，的确很难得。

作为即将嫁到帝拓的龙昭公主，她在事情的处理上，不让帝拓失利，也不让龙昭单单付出诸多却无所得，同样还帮忙调和龙昭和凤溟的关系，使得两国都得益，天下太平，这样的公主……不仅仅识大体，也非常有政治见地，怕是墨天子知道她打算平息龙昭和凤溟之间的事端，也会赞扬于她。

说实话，尤其再对比一下武琉月之后，他们觉得就这么轻易地把公主嫁到帝拓去，真的好不舍！

要是继续留在他们龙昭，说不定以后能为龙昭做出不少建设，可惜……眼下她所有的盘算，已经不仅仅是为了龙昭，而很大程度上，是在维护帝拓。

天要下雨，公主要外嫁，这都是拦不住的呀！

洛子夜出来之后，扫了一眼武青城，问了一句："你离开凤溟了？"

之前铲除修罗门的时候，她看见过武青城的真面目，当时就觉得这小子跟武修篁长得很像，如今他穿着一身皇子的朝服，气度卓绝，与当初在冥吟啸跟前做小厮的时候已完全不同。

就这么看起来，这一秒钟洛子夜还真的不知道自己应当感叹这世道千变万化，还是应当为冥吟啸担忧。

对于自己被认出来，武青城倒是没什么反应，客气地点头："回皇姐的话，的确如此！"

洛子夜比他大些，自然也就是他的皇姐。他心心念念惦记的人，心中的人就是自己的皇姐，这种感觉的确有些讽刺。然而他纵然因为冥吟啸对洛子夜谈不上多喜欢，但也不讨厌，所以这时候他语气客气而平淡。

洛子夜轻轻叹了一口气，没再多说。

她很清楚冥吟啸的独孤，也很清楚一旦青城都离开他身边，他会更加独孤。只是每个人都有自己的人生，武青城还是皇子，她似乎并没有一定要谁去陪着冥吟啸的资格，而人生是武青城自己的，他自然也有资格做出他自己的选择，选择他想走的道路。

沉默片刻之后，武青城道："他是一个为了你不知道顾惜自己的人，他这个样子，我即便跟在他身边，也是保护不了他的。皇姐，我离开他，一方面是因为他这样，已经令我失望透顶。另一方面，是那一次武琉月的设计之后，我已经明白以一个小厮的身份守在他身边，是护不住他的，我也需要强大起来！"

如果他成为龙昭的王，那么一切或许将大不一样。

即便是父皇最宠爱的武琉月，也只能老老实实的，不敢再碰冥吟啸一根手指头，只是没想到他回来之后没多久，就知道武琉月并不是自己的亲姐姐。不过这也无妨，手中握着更多的权势，才是保护一个人的筹码。

一个人，想要去守护另一个人，光有心是不够的，必须要令自己强大起来，要能给他许多，要能为他抵御伤害，要能真正成为他的后盾。

如今他武青城已经明白，只希望自己明白得还不晚。

他这么一说，洛子夜便扫了他一眼，倒也没说什么，却拍了拍他的肩膀："你的好，他肯定是懂的，也一定都放在心上！"

毕竟冥吟啸是那样一个别人对他有一点儿好，他就不惜所有去回报的人。

就算他不会接受武青城的感情，但武青城的付出，他心中一定都记得，也一定感恩着。

她这话一出，武青城一怔，心中骤然一暖，其实人心是世上最柔软的东西，当有人能看懂自己，有人能肯定自己的付出，说出来的话便最是触动人心。

这一刻，他倒是对洛子夜生出了不少好感来。

方才也已经听见了父皇与他们谈论婚事的问题，他扬眉一笑，开口道："祝贺你们大婚，但望你幸福！"

洛子夜扬唇一笑："多谢！"

两国谈判结束，帝拓大军回国。

接着，又传出了龙昭和帝拓即将联姻的消息，这让不少不明真相的吃瓜群众云里雾里。

前段时间，帝拓国君还宁可打仗，都不愿意迎娶龙昭的公主，怎么忽然就改变心意了？

还有，两国刚刚打完仗，怎么就要联姻了？按理说帝拓打了胜仗，龙昭这时候不应该是对帝拓恨之入骨，甚至是将帝拓当作敌国吗？

怎么还愿意嫁个公主过来？

这真是奇了怪了！

吃瓜群众实在是想不太明白，郁闷之中，一下子觉得瓜都不好吃了，看不懂这个世界，他们还是骑着皮皮虾别处玩去吧……

不过呢，还有一些乱七八糟的传言出来。

关于帝拓迎娶龙昭的公主，这是在巴结龙昭，毕竟龙昭如今是当之无愧的第一大国，从眼下身份地位来看，除了墨氏的皇太子，谁家迎娶了龙昭的公主不是高攀呢？

不过，知道真相的，看得清如今时政的，自然不会这么想。

只怕谁将女儿嫁给凤无俦，才算是高攀。

可这下，有的人就坐不住了，风风火火地赶回来，进了帝拓的皇宫之后，便吼了一句："有谁能告诉本王，到底发生了什么？怎么好端端地就跟龙昭联姻了？洛子夜为什么忽然就变成了龙昭的公主？这简直……"

阎烈等人，都是一脸同情地看着凤天翰。

说实话，他们都还记得，武修篁和凤天翰当初互相赌咒说出的那些话呢，各种如果我儿子娶了你女儿，我就要怎么样；我女儿嫁给你儿子，我就要怎么样。

这下……他们该不会是要践诺吧？

不过武修篁这会儿出海去了，说是无忧老人拜托了他一件事情，需要他去做，已经走好几天了。

尤其是看武神大人临走之前那个表现，怕是根本就将这件事情给忘干净了。眼下凤天翰正急匆匆地发火，阎烈诚恳地道："老王爷，婚事已成定局，要不然您就假装失忆，告诉自己您之前什么都没说过，武修篁当初跟您是一起赌咒发誓的，只要您假装这件事情没发生，相信他也不会主动提起！"

"是的！"肖青和肖班一脸赞同地点头。

凤天翰沉着一张脸询问："这法子靠谱吗？"

"老王爷，再不会有比这更靠谱的法子了！"阎烈一脸认真，他其实想说的是，除了这个根本就没有其他法子了，毕竟这话都是老王爷和武修篁自己说的，也没有人逼着他们说。

这会儿出了这档子事情，除了装傻，还能怎么样？

难道真的说了上吊的赶紧去上吊，说了自杀的立即去自杀啊？

或者指望王和洛子夜，为了这种事情决定不成婚了？这可能吗？所以除了装傻，还能怎么样？

凤天翰沉着一张脸，思虑了半晌，终于不说话了，好像也是真的没有别的办法了。阎烈继续道："老王爷，您想想不日您就可以喝到儿媳妇茶了，再过几年就能含饴弄孙，享受天伦之乐了，这种小事情，您该忘记就忘了吧！"

他这说服人的本事，看得肖班那是一愣一愣的，看样子自己还是需要进步啊。虽然说论起狗腿和拍马屁，基本上是没有人比得过自己了，但是阎烈的情商还是自己需要努力攀登的高峰啊。

肖班正傻愣着，只见不远处有一个人笑吟吟地走过来，正是秦月，手里头拿着一块羊脂美玉，还没走过来便扬起那块玉笑道："喜欢吗？"

凤天翰有些奇怪地看过去。

秦月作为煊御大陆排行第二的有钱人，自然也是有些眼力见儿的，看着他们似都对凤天翰很是敬重，是以问了一句："这位是？"

"这是王的父王，我们的老王爷！"阎烈笑着解说了一句。

阎烈看着秦月的目光，那是非常亲切友善，让肖班恨得一阵牙痒痒。这几天秦月简直就像一场瘟疫，把王骑护卫里面所有跟自己关系好的人，全部拉到了他身边，跟他称兄道弟。

让肖班充分见识到了这个人左右逢源，拉拢关系的能耐。

实在是令他赞叹不已，钦佩不已。

秦月立即跪下行礼："草民见过老王爷！"

凤天翰点了点头，看了一眼一脸痛苦的肖班，又扫了一眼秦月："起来吧！"

"谢老王爷！"秦月慢条斯理地起身，那眼神很快落到了肖班的脸上。

肖班悲伤地开口道："秦月，你一个当老板的人，真的就这么闲吗？你们的商会没有什么事情需要你回去处理吗？"

每天就在这里献殷勤，再不然就是跟阎烈等人勾肩搭背，各种哥俩好，只要王没有任务下来的时候，就拉着他们去喝酒，把阎烈等人哄得服服帖帖的，恨不得把自己惯穿的亵裤颜色都泄密给秦月。

肖班表示自己有这么一群兄弟，这简直就是上苍对自己的考验。

秦月听了，倒是轻笑了一声："至少目前，再没有比你更为重要的事情了！"

凤天翰嘴角一抽，颊边的胡子都跳了跳，看了他们两人一眼："你们两个之间，可是有那种什么关系？"

肖班正打算说绝对没有，远远地就看见王和洛子夜一同过来了。

他的话一下子就堵在了喉咙里头，只觉得喉头都开始发苦。

秦月笑得一脸暧昧，开口道："差不多！"

凤天翰登时目露嫌恶之光，那表情仿佛已经想呕吐了，盯了这两人数秒之后，一挥袖大步去了。而转头之间，便见着凤无俦和洛子夜正在往这边走。

阎烈小声在秦月耳边道："我们王和王后起初在一起的时候，王后对外的身份是个男人，老王爷当时很是愁苦，想必就是因为这个，所以老王爷如今对男人和男人之间……嗯，很是不能忍受！”

秦月倒没说什么，但肖班已经想哭了。

他也真的很不能忍受啊，毕竟他自认自己跟秦月之间什么事情都没有，但是竟然被老王爷用这种想吐的眼神看了，他的心真的又痛又冷。

倒是洛子夜，远远地看着肖班那个痛苦的表情，扭头纳闷地询问凤无俦：“臭臭啊，你说肖班是怎么回事儿啊，不是他自个儿说自己喜欢秦月吗？怎么如今秦月来了，对他也很好，他反而仿佛不高兴了呢？”

她这一问，凤无俦那双霸凛的魔瞳就落到了肖班身上。

这会儿他们已经走过来了，便听得帝拓的皇帝陛下魔魅冷醇的声音缓缓询问：“肖班，你不高兴吗？”

“啊？”肖班浑身一僵，硬着头皮含着眼泪道，“王，属下很高兴，属下非常高兴！”

他高兴得想挖个坑直接把自己给埋了，真的是心好塞啊！

这下洛子夜更加看不懂了，恕她见识浅薄，她实在难以领会肖班这一脸的生无可恋，到底是哪里显得高兴了。

秦月倒是一副要笑不笑的模样。

凤无俦听完肖班的话，冷嗤了一声，便看向凤天翰：“父王！”

洛子夜跟着喊了一声：“老王爷！”凤天翰一向不喜欢自己，所以洛子夜的称呼很是客气疏离。

凤天翰听了，却扬了扬眉：“怎么？马上就要做我凤家的媳妇儿了，见着本王都不跟着王儿称呼一声父王吗？”

“呃……”洛子夜愣了片刻，有些怀疑自己是不是听错，却在看向凤天翰的时候，发现他眸中都是笑意，她脸一臊，不是太好意思地称呼了一声，“父王！”

这一声出来，凤无俦嘴角淡扬，那是好心情的弧度。

大掌伸出，他抓住了她的小手，抓握得很紧。

凤天翰听了，登时也笑了，连称了三个“好”字。

有人欢喜，自然有人忧愁。

当龙昭和帝拓的婚事弄得轰轰烈烈的时候，凤无忧已经完全稳不住自己了，桌

子都被她掀翻了不知道多少张。

她铁青着一张脸怒吼："该死的凤阳，他不是说了会帮我杀掉洛子夜吗？为什么已经快两个月了，洛子夜还好好地活着？还要跟王兄成婚，该死！该死！"

凤阳，正是当年宇亲王的名字。

四面的黑衣人一个都不说话。

他们如今已经知道了凤无忧的真正身份，也知道了这个女人的公主病，但凡有一点儿不开心，便一定会大发脾气，掀桌子砸板凳，看多了便能习惯了。

所有人都不说话，凤无忧这脾气发得也没有找到存在感。

恼怒地瞪着他们，凤无忧开口道："你们为什么一个人都不说话？"

一众黑衣人："……"他们根本就不想说话好吗？好吧，说点儿就说点儿吧，免得看着她这样发脾气，也影响人的心情。

默了片刻之后，一名黑衣人开口道："主人，您还是先等等吧，毕竟您手中的财宝主公他一直是想要的，他一日不对洛子夜动手，您便一日不会将您手中的财宝交给他，既然如此，您有什么好怕的，左右这财宝还在您手中，而主公也断然不会放弃这笔财宝！"

他这话一出，凤无忧倒是冷静了片刻，细细想来，也的确如此。

她咬牙闭上眼，攥紧了拳头。凤阳，你千万不要令我失望，无论如何，也一定要杀了洛子夜，决计不能让她嫁给王兄，决计不能！

她霍然抬头，看向这群黑衣人，冷声询问："百里瑾宸在何处？"

"百里瑾宸？出海了，他素来行踪不定，眼下这么久都没有动静，定然是回煌墠大陆了，又或者是去了翾都大陆，这些都说不准……"一名黑衣人很快应了一声。

凤无忧面色发沉，冷声道："这个百里瑾宸也是对洛子夜有些惦念的，这一年多来帮过洛子夜不少回，这个人活着，定会是个麻烦。毕竟他是神医，医术天下一绝，说不定还有死而复生的本事，就算凤阳真的能杀了洛子夜，指不定也能被他给救活！"

"主人，您这话是什么意思？"那黑衣人皱起眉头，偏头看向凤无忧。

凤无忧眼神毒辣，扫向他们："你们也出海去，替我杀了百里瑾宸！"

她这话一出，那些黑衣人险些没被呛死，皱眉看向凤无忧："主人，百里瑾宸是绝世高手，我们这些人，岂会是百里瑾宸的对手？"

凤无忧真的不是在跟他们开玩笑吗？

百里瑾宸作为天下第一公子，剑术也是天下第一，让他们去杀百里瑾宸，这跟鸡蛋碰石头有什么区别？

凤无忧皱了皱眉，事实上他们的话，她心中也有数。百里瑾宸是什么样的高手，她纵然没有见识过，却也听过，想杀百里瑾宸，对于王兄来说，怕都不是容易的事，何况是面前这些人呢。

她沉眸看向他们：“你们且跟上去，寻找机会，若真的不能便罢了，若是能……只要找到机会便杀了他，以除后患，若是能做成，回来之后，我定重赏你们！”

她这话一出，在场的人面面相觑。

谁都知道，凤无忧有许多钱财，若是真的重赏，他们拿到钱财之后，便不必操心自己下半辈子的生活了，自然也就不必再听这个女人的命令了。

说实话，跟着这个毫无脑子，一天到晚只知道发公主脾气的主子，他们也是觉得丢人，觉得心累。要是真的能杀了百里瑾宸，拿到他们想要的，能离开这个女人，也算是早日解脱！

于是，便有人站出来领命：“是！我们即刻去办！”

武修篁出海，已经三个月了。

帝拓的皇宫里，洛子夜收到了上官御传来的消息，说是她让修缮的城墙已经修建好了，与相邻诸国合作通商的文书，该发出的，也都尽数发出去了。

洛子夜有着龙昭公主和帝拓未来王后的身份，如今这煊御大陆上，谁都不敢不给她面子。

更别提婚事出来之后，据闻凤溟的君王与洛子夜也是知己好友，凤溟的君王送到龙昭的贺礼，排了好几条街道。

这样的身份，她说要跟周边那些国家合作，凤溟和轩苍一听说是她的人，当即便同意了，边上的小国哪里还敢不同意，都恨不得多许给她一些利益，以求在她面前博得一个好印象，指不定以后还能借此飞黄腾达。

是以这件事情，上官御办得非常顺利。

如今洛子夜在帝拓的宫中，也是穿的女装，一袭红色纱衣，衬着那张带着英气

又绝美娇俏的脸，迷得宫中不少侍卫都不敢看她，生怕见着那脸便移不开眼，让王看见了，他们可就惨了。

洛子夜收到了这消息之后，便起了身，拿着桌案上的盒子去找凤无俦。

来往的人，都跪下行礼："王后！"

如今谁都知道，在这宫里头，最有地位的人，其实是王后，王都对王后的话言听计从，不允许任何人对王后有丝毫不敬。几日之前有一名胆大包天、不知死活倾慕王的宫婢对着王后翻了一个白眼，王当即便下令处死了。

王后说了一句海棠好看，这宫中便到处都是海棠。

王后说西面那一处宫墙看起来过于冷肃，王当即便下令拆了重建，眼下那一面宫墙，可是被装点得热闹得很。

总归王后就是王心尖上的人，所有人都不敢对王后有丝毫不敬。

远远地，南息辞踏入宫门，便见着洛子夜穿着一身红色的曳地长裙，往御书房去了。

她脚步轻快，并不似那些贵族女子一般稳重，可也正因为如此，才越发与众不同，更是令人无法移开眼。

他有些失神地往前头走，上了殿门口的楼梯，便见着洛子夜此刻已经在殿内了。

她将一个锦盒放在凤无俦的面前，随后坐在他面前的桌案对面，手支在自己的下巴上，眼睛一眨不眨地盯着他。

凤无俦沉眸，扔下手中的奏折，宠溺的目光中只有她，盯着她那张漂亮的小脸，魔魅冷醇的声音缓缓响起："怎么，想孤了？"

"不是！每天都见面，哪有什么想不想的，我是有事情想要同你说！"洛子夜笑看着他。

她就这么说不想，他自然有些失望，可他心中也清楚，这小女人向来便是没心没肺的，指望她在他身边的时候，也还在思念他，怕也的确有些难。

他大掌伸出，揉了揉她的发，沉声道："何事，你说！"

洛子夜将自己面前的盒子打开，里头是他的玉玺、兵符、钥匙，还有一张地图，那地图正是他赠给她的那块土地的地图，她将盒子推到他面前。

他却因此沉了脸，除却宝石不在，其他的都是他送给她的礼物和聘礼，她如今退回，这是什么意思？

要退婚？

看他沉了脸，洛子夜就知道他多想了。

洛子夜当即便是一笑，伸出手抓住他的大掌，那双漂亮的桃花眼盯着他，开口道：“你送给我的那块土地，我已经处理好了，如今交给你，也算是为你做了一件事！”

凤无俦沉眸：“洛子夜……”

她这到底……

他话没说完，她已经伸出手堵住了他的薄唇，眨眨眼，轻声道：“你先别说话，先听我说！我知道你对我好，想让我做女王，想让我站到至高的位置，以前我也是这么想的，我想成为一个能和你比肩的人，想站在巅峰，成为王者，但是如今，我不这样想了！”

说完这话，她收回了捂着他的唇的手，轻轻咬了咬下唇，脸色有些赧然，似还有些不好意思看他：“如今呢，比起成为女王，我更想做你的王后，眼下也只期待这么一个身份，至于这些烦琐的政务，你还是自己操心吧！”

她这话一出，他紧锁的眉头霎时便散开。

洛子夜也很快将上官御传给她的信件展开，给凤无俦看：“看看我帮你把事情处理得多好，你送我的那块土地，如今已经彻底归顺，眼看便要发展得比龙昭、帝拓都好了，这么看来，论起母仪天下的本事，有谁比得过我？所以你以后要好好珍惜你的王后知道吗？我可是一个为了你放弃做女王的人啊！”

洛子夜说着这话，自己也觉得有些好笑。

她这絮絮叨叨地说完，他魔瞳凝锁着她，神色动容，这是她第一次说出这样动听的情话，无关她是不是做女王，而是她在告诉他她的爱意。她在告诉他，比起成为王，她更想做他的妻子。

看他一副感动到眼眶都泛红的样子，洛子夜不禁开始想，自己是不是一直以来都表现得太没心没肺了，所以正儿八经地表白一次，就能将他感动成如此模样。

话都说到这里了，她索性便忍不住更肉麻一些：“凤无俦，我是个心比天高的人，我曾弯弓射雕更甚男儿，我曾游刃朝堂愚弄君王，我曾驰骋疆场狙杀敌将。我曾想要天下人都看见我，想要繁华浮世在我足下，想要四海苍生都听我说话。可如今，比起这些，我更想要待在你身边，做你的妻子，一世相守，不离不弃。”

她这话说完，被他的内力扯动，整个人便凌空而起，落入他怀中。方才说完肉麻话的嘴，也被他用唇堵住，她笑着环抱住他的脖子，回应着他。

她永远不会放弃追求自己的强大，只是成为王这样外在的东西，其实并没有那么重要，真的去做一个女王，便常常要去那一块领地上朝，处理政务，他们或许经常要因此分开，这般算来，至少在洛子夜看来，是并不划算的。

他们好不容易才走到今天，好不容易才开始幸福，为何一定要为什么女王的身份，让他们失去相守的时光？

她在宫中研究一下武器，好好训练龙啸营的士兵，也可以扩张一下军队什么的，然后带着自己的大炮，看谁不顺眼就轰了谁，想要出去打谁家的国王就出去打谁家的，比做女王每天处理政务，不是轻松自在多了？论起气派也不比做女王差不是？

这一吻作罢，他深情的目光凝视着她，霸凛的语气却有几分叹意："可洛子夜，若是这般，孤就真的不知道还能给你什么，能令你开心了！"

她什么都不稀罕，什么都不想要，如此洒脱，给她女王都不想做，送她土地也不想要，那么他还能给她什么？

他还能用什么来讨她的欢心？

他当真不知道了。

洛子夜掰着手指头，数着告诉他："这还不简单吗？顺从我，关心我，爱护我，体谅我，夸奖我，捧着我，崇拜我……这都是能让我开心的事！至于你的玉玺，你还是早点儿收回去吧，你每回下个圣旨，阎烈就要将圣旨送来，让我看一遍是否认同，再考虑是否盖章，你知道我有多累吗？每天都是你的那些政务，盖章盖得手痛！"

她都不知道为啥会有人喜欢当皇帝，只是为他盖了几个月的章，她就已经不想干了。

她这话一出，他沉声而笑："好！孤顺从你，关心你，爱护你，体谅你，夸奖你，捧着你，崇拜你。只是这玉玺你可以送回来，但虎符和国库的钥匙，你无论如何也要收着。军队是一个国家的命脉，国库是你的丈夫所拥有的财产。孤必须要你掌控着这些，叫你时刻安心、放心，叫你明白即便是孤，也不能动摇你在帝拓的地位分毫！"

拿着大军的虎符和国库的钥匙，可不是他这个做皇帝的人都动摇不得她吗？

洛子夜一听他这话，捧着脸思索了一下："你说的也很有道理，那虎符和钥匙我就不还你了，以后要出兵拨款什么的，你就来请示你的夫人我！"

她一副古灵精怪的模样。

南息辞在门口听着，便只觉得王这样的男人，从来便是一句话出来便要天地都听从他的号令，岂可能同意出兵去请示洛子夜呢？这怕是……

却没想到，他心中永远高高在上、不容置喙的凤无俦，听完洛子夜的话笑了，吻在她的额头上："好，家中若是有大事，原就是应当请示夫人的！"

作为王和王后，国也是家。

洛子夜原本也就是那么一说，心里头觉得这货霸道的性格，怕是不会同意什么请示不请示，却没想到他这么爽快就同意了，还是一副理所当然的模样。

她当即也是心花怒放，抱着他的脖子就咬了一口他的唇。

南息辞站在门口看了一会儿，算是明白，一直以来自己都是痴心妄想了。他原本不止一次想过若是有一天，王和洛子夜之间又出了什么变数，她如当初初来帝拓那晚那般，哭着出现在他面前，他定会鼓起自己毕生的勇气，去抱住她。

而后，或许他们之间就会有些可能，哪怕自己因此被王杀了，他也是甘心的。

只是今日，看着他们两个人，看着从来高高在上、霸凛不容人质疑的他，会因为不知当如何讨她欢心而苦恼，会理所应当地表示自己出兵要请示她。

一向要强、好面子、喜欢装的她，会对做女王这种事情都毫无兴趣，只想做他的王后，跟他好好相守。

这样的两个人，凑在一起了，谁能分得开他们呢？

南息辞扯唇笑了笑，这笑容里面有几分苦涩，是为他们开心，也是为自己难过。这二十多年来，唯一让他动心的女人，竟然是自己的嫂子，这也当真讽刺。可看着自己最敬重的表兄和自己喜欢的女人都能幸福，他又如何能不开心呢？

然而到底还是觉得他们这样子，看着有些扎眼，他将手放到唇边，很不识相地咳嗽了两声。

一看见他，洛子夜登时就知道他是有正事禀报了，否则决计不会在这种时候不识相地打扰，她二话不说便翻身从凤无俦身上起来了，有些尴尬又有点儿不好意思

地摸着鼻子，将盒子里头的虎符和钥匙拿出来之后，便往外走：“我先出去了，你们聊！”

南息辞进来行了礼，才道：“王后您也不必走，这件事情是与您有关的。婚礼的事情，我们已经筹备得差不多了，龙昭负责婚礼的是武青城，他表示他那边也准备好了，按理说，眼下便可以举行婚礼了，只要挑选一个黄道吉日便可，但是……”

说到但是，坐在王座上的凤无俦便沉眸扫了过去。

南息辞接着道：“但是王后，您的父皇出海已经三个月了，至今未曾归来，婚礼上他是必须要出席的，奇怪的是他声称自己一定会提前回来，如今这么久了都不归……这婚礼的事情……”

这就是不需要洛子夜出去的原因，因为这件事情跟洛子夜的父皇有关。

“不会是出什么事情了吧？”洛子夜皱了皱眉。

凤无俦沉眸，魔魅冷醇的声音缓缓地道：“应当不会，武神纵横天下少有敌手。人脉雄厚，怕是难有人能在他手中讨到便宜！”

纵然帝拓的皇帝陛下事前对自己的岳父有诸多不满，但武修篁的实力，他还是看得到的。

他这话一出，洛子夜放下心来。她也不想刚刚认完的老爹还没焐热呢，就出事了。

她正想着，阎烈忽然大步流星地进来了，进门之后便跪下禀报：“王，龙昭传来的消息，说是近日煌墣大陆出了些事情，百里瑾宸重伤在前，龙昭皇帝的至交好友无忧老人故去在后，眼下龙昭皇帝正在缅怀无忧老人，得一个月之后才能回来，希望帝拓能谅解，待他回来之后再定婚期！”

无忧老人？

这个人洛子夜并不是很熟悉，只是偶尔听人提起过。只是百里瑾宸重伤，有谁能让他重伤？

凤无俦敛眸。

无忧老人与武修篁之间的交情是天下人都清楚的，眼下对方出事了，武修篁需要缅怀之后再回来，这也是人之常情，尤其对方在这种时候还传信回来向帝拓解释，也足见重视，是以帝拓的皇帝陛下虽然对婚期延后有些不快，但到底没有什么成见。

阎烈说完之后，继续道：“百里瑾宸重伤的事情，倒是有些复杂，听说是为了救自己妹婿的哥哥损耗了真气，以至于毫无还击之力，后被修罗门的人偷袭，落入河中险些丧命！”

说到这里，阎烈皱眉继续道：“百里瑾宸的背景最为复杂，且不说他是夜幕山庄的少主，天下第一公子，也是神医，他的父亲是前南岳皇帝百里惊鸿，义兄是煌墠大陆的掌权人北冥皇太子君惊澜，妹婿乃翺都大陆掌权人楚玉璃的亲弟弟，大楚的战神楚长风，师父是纵横天下的前魔教教主冷子寒，他自己更是煊御武神大人的徒孙，正常情况下，按照这位的身份背景，怕是除了王，谁都不会轻易得罪他，也不知道这修罗门又是发了什么疯！”

“修罗门？”洛子夜心头一跳，“其他的大陆也有修罗门吗？”

洛子夜心里也惊叹，百里瑾宸这完全随便捞个亲属都是大人物，怕她认识的人里头，论实力是没有凤无俦强大，但是论后台没有谁比百里瑾宸更硬了。

阎烈摇了摇头：“没有，所以这就是问题的症结所在，修罗门的武功路数天下有不少人知道，但总部只在我们煊御大陆，倘若北冥的皇太子君惊澜插手这件事情，或许会引起几块大陆之间的动荡，就是开战都不是不可能。好在百里瑾宸获救之后，表示这件事情不必其他人插手，看样子他是打算自己处理！随后便听说北冥出了些事情，无忧老人丧生，就是如此了……”

这样的话，大陆之间的动荡就可以避免了。纵然他们帝拓也不怕谁，若是几块大陆真的交战，第一个要操心的也应该是墨天子，但是有些麻烦能避免还是尽量避免，毕竟他们王一向是懒得理会这些事情的人。

洛子夜听完这些之后，表情有些复杂：“如今修罗门在武青城的手中，我觉得武青城没事不会去找百里瑾宸的麻烦，毕竟这对武青城来说，并没有什么好处！那要是这样的话……”

难不成是跟之前的事情有关？城墙倒塌砸死人的事情，一直到今日都没有查出个所以然，而那件事情也的确是离开了修罗门的那群人与神秘人干的。

所以百里瑾宸遇袭的事情，怕也是那群人的手笔，只是他们到底想做什么？

想到这里，她继续道：“之前武琉月也说了，暗中还有一个主公在控制着她，也不知道这些人到底是想搞什么事情！”

说到这里，门口忽然传来凤天翰不以为然的声音：“他们若是有能耐，让他们来便是，本王已经在王府闲了多年，如今身手已经生疏了，他们若是愿意来，给本

王练练手，再好不过！左右不过兵来将挡水来土掩，不必杞人忧天！”

他这么一说，阎烈当即笑了：“老王爷说的是！”

洛子夜也笑着耸了耸肩：“好像除了这样，也没别的办法，他们藏得太好，武青城的人也早就联系不上他们了，只能等他们冒出头来了！”

凤天翰这话说完，便往边上一坐，给自己倒茶，扫了一眼凤无俦和洛子夜：“等武修篁回来，这婚事便要办了，只是你们两个是否打算让父王知道，父王什么时候能抱上孙子？”

他这话一出，在场的人都愣了愣。

洛子夜更是表情一僵，她身体若是没出问题，凤天翰这时候问起这些，她或许还觉得这个公公非常讨人嫌，这还没成婚呢，就开始催生了。但是眼下她身体出了这样的问题，她便只觉得心虚。

凤天翰说这话的时候，倒是满面笑意。

那是一副十分期待的样子，看了看凤无俦，又看了看洛子夜，见他们两个人都不说话，他面色慢慢沉了下来：“怎么了？”

正给凤无俦端化解寒毒的药进来的闽越，也听见了凤天翰的话，一时间也不敢开口。

他的医术是老王爷一手教出来的，多年来老王爷最信任的人也是自己，平常自己有什么事情，都是不曾瞒着老王爷的，但是唯独这件事情，王交代了不要对任何人说，包括老王爷，所以自己没有禀报。

眼下看着老王爷问起，他依旧没打算多话，毕竟老王爷知道了这件事情，对王也好，对洛子夜也罢，都并不是什么好事，老王爷或许还会因此心情不佳。

洛子夜犹豫了几秒钟，原是打算说真话的，凤无俦却先她一步，魔瞳微沉，缓缓地开了口：“洛子夜本身便是个孩子，孤觉得如今谈子嗣还太早，毕竟带着一大一小两个孩子，对孤来说，的确是累了些！”

这话中带着几分调侃的笑意，眼神却落在洛子夜身上，显得极为宠溺。

洛子夜嘴角抽搐了一下，心知他这是不打算对凤天翰说实话了，倒也好，省得麻烦，只是他这样的说辞，成功地令她开始琢磨，到底应该感谢他这么将她撇出去，还是应当郁闷他这么说她。

什么叫作她本身就是个孩子啊？什么叫作带着一大一小两个孩子？他既然觉得

她是个孩子，那怎么每次抱着她睡觉的时候，他一点儿心理压力都没有呢?

好想打人啊!

凤天翰听了这说法，嘴角也是微抽，却忍不住道：“王儿，子嗣还有宫人来照顾，实在不行父王也是可以帮忙的。你莫要与父王打马虎眼，你如今已经二十八岁了，寻常男子在你这个年纪，孩子都有十岁了。不孝有三，无后为大，你再不上心，父王便真的要动怒了！”

洛子夜在边上坐着也不吭气。在古代，男子的确成婚很早，生孩子也很早。不过凤无俦二十八岁都没有小孩，也不完全是自己的问题，毕竟自己才认识他一年呢，只是他二十八到三十也没有孩子，那就是自己的锅没有错了……

而眼下，他倒是一力把所有的问题担到他身上去了，凤天翰完全不晓得问题出在她身上。

凤无俦听了凤天翰的话，也不多说什么，就是一副不孝子的样子，不甚上心，应了一句：“知道了！”

凤天翰看着他漫不经心的样子，便有些来气。

阎烈立即在边上劝了一句：“老王爷，子嗣的事情还是随缘吧，毕竟您这么年轻，太早做爷爷，实在是与您年轻英俊的容貌不搭，属下认为您实在不必太忧心！”

凤天翰摸着胡子道：“你说的也是！”

洛子夜：“……”看来阎烈真的是凤无俦身边情商第一高的属下。

三日之后。

洛子夜有些烦闷地将手中的秘籍抛了抛，也不知道是不是见了鬼，就是没办法找到内功第十重的突破口。

正恼火之际，凤天翰从门口经过，见她一脸不悦，便问了一句：“有什么不顺心的事？”

“父王！”洛子夜规规矩矩地打了招呼后才回话，“是不太顺心，这个心法不知道是怎么了，我无论如何无法突破最后一重，若不是先前的九重修炼都很是顺利，我都要怀疑自己是不是修炼了假秘籍！”

凤天翰站在门口默了片刻，盯着洛子夜道："据闻今日无忧老人的师弟莫邪正在海上。天机门的人倒是知道不少奇事，或许你可以考虑出海去问问他，他也许有解决之道！"

"奇事？"洛子夜扬了扬眉。

凤天翰继续道："不错，是奇事！煌墷大陆还有人是从异世而来，这些奇事，莫邪都知道，我看你近日闲着也是无聊，去寻些事情做也好！"

从异世而来？

原本单单为了武功心法是不是能窥破一二，洛子夜还并不是很动心，可眼下听对方说什么从异世而来，她就真的起心思了。她一直就怀疑妖孽也在这个世界上，甚至还有自己的怀疑对象，左右眼下是等着武修篁回来之后举办婚礼，这段时日她也没什么事情，出海去看看也未尝不可。

思此及，她点了点头："我去同凤无俦说一声，然后就出发！"

"龙昭与帝拓即将联姻，诸国都有些忌惮，是以不少人蠢蠢欲动，想要在两国联姻之前弄出点儿事情来。轩苍最近更是有兵马动向，轩苍墨尘此人心思深沉……"

凤天翰说到这里，看了一眼洛子夜，继续道："你当初与轩苍墨尘之间到底有什么，如今已经都是过去的事情，本王也不打算再追问。只是他若是真的动了，怕也定然是为你，王儿眼下不能离开帝拓，以免生变。你明白本王的意思吗？"

洛子夜也不傻，当然明白。

眼下时局不稳，就是凤天翰不说，她也知道这时候不宜喊凤无俦一同出海去寻人，她原本也只是打算跟他说一声就走，没打算拉着他同去。诸国的动向凤天翰清楚，她也很是清楚。所以就只能自己去了！

凤天翰点点头，正要走，又忽然想起什么，回头看了洛子夜一眼："最好带上闽越同去，他会医术，若有什么万一，他也能帮你一二！"

这话便是关心了。

洛子夜听了，很快笑着点了点头，便去寻凤无俦了。

"要出海？"凤无俦沉眸看着她。

洛子夜飞快地点头："嗯，嗯！我不是与你说过妖孽吗？我的死党，我怀疑她就在煌墷大陆，还听说莫邪就在海上，说不定知道我冲破最后一重武功的办法，是以我想着，说不定……”

话没说完，下颌就被他掐入掌心，他魔魅冷醇的声音带着威胁的味道：“洛子夜，你是当真想去找妖孽和莫邪，还是惦记着海上遇见过的美男子，或者是在担心百里瑾宸的伤势？”

“啊？”洛子夜愣了一下。

海上遇见的美男子？好吧，虽然当初皇甫轩和百里瑾宸的美貌实在是令人见了之后便会感觉毕生难忘，可是她根本就没有往那边联想啊。

更何况之前阎烈也说了，百里瑾宸已经醒来了，都还不打算让自己的亲戚们参与自己遇袭的事情，所以洛子夜当真没有担心百里瑾宸的伤势，他要是真的有事的话，还会逞强不让亲戚们多事吗？

看她一脸呆愣，显然根本想都没往这边想过。

凤无俦冷嗤了一声，眸中的危险才算是散了一些。他沉声道：“孤陪你去！”

“不用了，如今的局势你也不是不知道，轩苍有调兵的迹象，你若是走了，父皇也不在，帝拓和龙昭都会面临兵临城下的风险。臭臭，颜值越高责任越大，你长得如此英俊，这时候自然不能乱跑了！”洛子夜认真地拍着马屁。

说完之后，她继续道：“上回去千浪屿求药，我不也没出事吗？这回只是去找人，相信我，不会让你对我有任何安全之忧的，每隔三天我会给你写一封信，好不好？”

她的实力他其实并不担心，这世上能动她的没几个人，尤其她素来深知打得过就打，打不过就跑的道理，旁人便更是难以将她如何。

只是……

他伸出手擦过她的唇，冷醇磁性的声音缓缓地道：“出海之后，孤至少一个月见不到你……”

“哎呀……”洛子夜很快靠过去，与他鼻尖相对，“不就是一两个月而已嘛，左右不过人家今日喂饱了你之后再出门，等我走了你可不许找别人，哎……”

话没说完，便见他魔瞳一炽，她人就被扛了起来。

他魔魅的声音在她头顶道：“除了你，没人对孤有这样的吸引力！找旁人？旁人是谁？孤从未听闻。”

“唔……”

五日之后，洛子夜踏上船的时候，腿还是哆嗦着的，只觉得凤无俦这个人，真的是毫不辜负“凤禽兽”这三个字。

一同前往的，还有路儿、沓沓，带上她们两个人，洛子夜是有意的。

接着便是莫树峰、上官御、闽越、果果。

在船边，她被裹成了一个粽子，他的披风也被系在她身上，整个人看起来就像是一头熊，颇为可笑。他将她送到海边，嘱咐了一句：“注意安全，早些回来！”

“是！”洛子夜乖巧地点了点头。

要不是因为实在是很想看看那是不是妖孽，又实在是想突破内功第十重，她还真的舍不得离开他。

船舶远行，两人遥遥相望。

这一次出海，比起上次那种朦胧中不舍，不知道自己是何种情绪，对他又是何种心情，已然演化成如今这般，颇有生死相依，片刻都不愿意分离的心态了。

洛子夜微微抿了抿唇角，决定这件事情之后，再也不要与他分开了。

待船舶漂远，凤无俦穿着一身墨色的锦袍，负手立于岸边，还看了许久。

到那船形成一个小黑点，什么都不能再看见，阎烈大步走到他身侧禀报：“王，我们在轩苍的线人探查到，百里瑾宸往煊御大陆来了，将要先去轩苍。茫茫大海之上，有可能会遇见王后，也有可能会错身而过，只是属下不是很明白，按理说他此来目的应当在修罗门才是，去寻轩苍墨尘做什么？”

纳闷地说完这话之后，他继续道：“还有一事，轩苍墨尘近日的确正在点兵，只是他是否会出手还是未知之数！据闻冥吟啸知道这消息之后，也有兵马动向，王，这婚礼……”

怕是不太平！

还没开始，王的情敌们就开始动兵了，谁知道最后会搞成什么样子。

凤无俦扬眉，眸色却是不屑：“他们若是有胆量来抢婚，便让他们来，孤拭目以待！”

阎烈嘴角一抽，倒不吭声了。也是，人家要是真的来抢婚的话，除了让人家来，再打回去，好像也没有什么旁的办法。

洛子夜刚刚出海七天，便遇见了对面船舶上的百里瑾宸。

他似也没想到，会在这里遇见她。

两人对视之际，想起当日百里瑾宸与武修篁联手同凤无俦交战的事情，洛子夜的容色有些复杂，但依旧问了他一句："你没事了？"

前几日听说他被修罗门偷袭……

问了之后，原是没打算他会回答的。

却不曾想到，他还是应了一声："嗯。"

她继续问："再来煊御大陆，可是有事要处理？"关于修罗门？

他闻言，吐出两个词，四个字："寻仇，赎罪。"

"赎罪？"洛子夜不是太理解，找修罗门寻仇，洛子夜是可以理解的，但赎罪？

看百里瑾宸面色不是很好，那双月色般醉人的眸中透着几分隐约的疲惫，似还隐藏着某些难以言说的情绪，她想问也没问出口。

百里瑾宸自也知道她想问。

他以清冷孤傲的语气，淡漠地道："几年前我做错过事，害得人折了腿，如今能治好那腿的药没了，我自当重新寻。人要为自己做错的事情负责，这便是赎罪。"

那药从前是澹台凰在寻，他见她都能找到，便没有插手，如今没有了，这责任自然是他的。

洛子夜倒还不知道，百里瑾宸有这样的黑历史，自称自己是做错事，害得人断了腿。

她点点头："祝你早点儿找到你要寻的药！"

百里瑾宸没有再开口，两人的船舶错身而过。她听见他淡漠的声音，缥缈地传入她耳中："洛子夜，当日与凤无俦动手并无旁的缘由，只因我妒忌他能拥有你罢了，你怪我也好，不怪我也罢，但是我并不后悔。"

在与凤无俦动手的时候，他并未想过有朝一日，他会同洛子夜说实话，说出自己真正动手的原因。但眼下就这么说出来，他却反而觉得很轻松。

左右他们二人已经要成婚了，自己对于她来说，怕也就只是一个路人，有些话如今不说清楚，日后怕是连说的机会都没有了，眼下借着这机会说出来也好。

洛子夜怔了怔，并未开口。

她也不傻，只是这话她没办法回应，顿了片刻她问了一句：“你娘……”

“上煌墣大陆之后去寻澹台凰，她会带你找到我母亲。”百里瑾宸很快应了一声。

洛子夜点头，各自远走。

这回比较倒霉，洛子夜的船舶在海上遇见了大风，几回都被吹得不受控制地掉头前行。该死的，原本半个月就能走完的海航行程，硬生生在海上漂了三个月。

闽越的表情难看得像狗屎一样，王那边已经传来消息，说武修篁早就已经回国了，他们在海上并没遇见武修篁，这茫茫大海，怕是离得远了都没瞧见彼此。

重点就是，两国婚事已经准备妥当，该出席的人也已经全部到场，但是他们说好了出海一两个月的王后，三个月了还在海上漂着，不知道的还以为她是逃婚了，诸国这时候也的确已经纷纷议论猜测了。

若非洛子夜三天一封信地写给凤无俦，闽越也力证的确是遇见了恶劣天气，洛子夜并不是想逃婚，怕是帝拓的皇帝陛下早就坐不住了。

可这件事情未免也太坑爹了。

洛子夜也觉得很坑爹，一大早就坐在船头，险些出于悲伤，唱起了“雪花飘飘，北风萧萧”……跑出来了三个月，也没在海上遇见传说中的莫邪，回去之后，凤无俦还不知道会如何整治她，她是发自内心想哭。

正在悲伤之中，她霍然看见了前方的船舶。

远远看去，便见那船舶上头的一行人，站在前头的可不就是大熟人澹台凰吗？这不用上煌墣大陆，就直接遇见了，真是不错啊，她简直感动得想哭！

洛子夜立即热情地挥手，挥了几下手之后还深深地觉得，如此不足以表达自己的兴奋，于是又来了几个热情的飞吻。

澹台凰看见洛子夜的时候，嘴角显然也抽搐了一下。

洛子夜很快看见了澹台凰身边那个男人，她当即面色一僵，咽了一下口水。那个男人似一道夺目天光，站立在那里，远胜天地之辉，美艳至极又妖孽至极，却又自有一番高华清贵的味道，眉间那一点朱砂，简直就是点睛之笔，令万物都在他身后黯然失色。

她几乎是无意识地说了一句老话：“帅哥，我们真有缘！”

这完全没比她家臭臭差啊，跟凤无俦、嬴烬都是同级别的美男子啊。啊，不行她要冷静，她现在是有未婚夫的人，被美色迷惑的她，并没注意到她这句话出来之后，那边上有个看起来三十多岁的中年美妇眉梢微微皱了皱。

两边的船舶越来越近，洛子夜也近距离地看见了君惊澜的脸。我的妈呀，帅得她一脸血，差点儿没站稳。

澹台凰有点儿无语地看着她。

洛子夜欣赏了一会儿美男子之后，回过神来，毕竟他们家臭臭才是她的真爱，欣赏一下就好了，欣赏一下就好了。她平定了情绪之后，偏头看了澹台凰一眼，眼角的余光也看到了边上一名女子。

那女子和当初皇甫轩画给她的画像一模一样，那正是南宫锦的脸。

洛子夜一惊之后，脑子开始飞速运转，南宫锦……如果真的就是妖孽，妖孽是百里瑾宸他娘亲，如果让自己的死党知道她被死党的儿子给追求了，这脸往哪里搁？辈分都低了！

所以她立即机智地假装根本不认识百里瑾宸，一脸嫉妒地看着澹台凰："我说，你认识的美男子也太多了吧？上次那两个呢？"

澹台凰听了她的话，表情僵了僵，似乎有什么难言之隐。洛子夜也是识趣的人，一看她这表情就没再问。

倒是洛子夜身后的路儿、沓沓都很是不理解，不是三个月前洛子夜自己遇见过百里瑾宸吗？为什么要装傻询问？

洛子夜没再开口之后，又看了一下澹台凰船上的其他人。

我的妈呀，一半以上都是帅哥，年纪各异，看样子是两代人结伴出来游玩了。在海上漂了三个月，都没有再看见帅哥的洛子夜，险些流出了激动的泪水。

过于激动，以至于两船靠在一起，她跑上对方的船之后，就没管住自己的嘴："啊，我们实在是有缘，尤其这几位帅哥，不知你们摸起来手感如何？不，我的意思是说……不知你们高姓大名？"

她觉得自己的老毛病又有点儿犯了，看见帅哥们之后，把啥正事都忘记了。

澹台凰嘴角抽搐了几下之后，笑着指了指自己身边的男人，随后一一介绍了过去："这是我夫君，君惊澜。那是那位魏凤姑娘的夫君，尉迟风。那个是……"

君惊澜？

洛子夜已经不是第一次听见这个名字了，北冥的皇太子，煌墷大陆的掌权者，有无双风华、艳惊天下的美誉，乃百里瑾宸的义兄，如今看起来，的确名不虚传。

正介绍着，果果那不识相的鸟就飞出来了："不用跟她介绍这么多，介绍给果爷就行了！她不需要，她……"

砰！洛子夜简单粗暴的一扇子，把它挥回去了，撞在船板上。这个臭果果，洛子夜可没忘记上回在海上遇见美男子之后，就是这个浑球回去告状，害得她被阎烈带领王军捉拿，又被凤无俦给收拾了一顿。

眼下看见它又跑出来，实在是难以有任何好脸色给它。

澹台凰盯着今天没化妆的果果，嘴角一抽："果爷不是一只八哥吗？"怎么这会儿看起来像是一只翼龙和霸王龙的混血？眼睛却是天蓝色的，很是好看。

出于对果果上回回去告状的恼火，洛子夜直接便道："它？其实就是原始时代一只霸王龙和一只翼龙没想开杂交出来的一颗蛋，被保存了几千万年终于孵化出来的神奇得和八哥一样会讲话，还喜欢把自己化妆成八哥、凤凰、鹦鹉、喜鹊等各种鸟类出来晃悠的蠢物，简称果果，自号果爷。生性多话，喜告状，品质低劣，爱帅哥而不知谦让！"

果爷听完气得脸都绿了："放屁！果爷是凤凰后裔，果爷的母亲是凤凰！"

它发誓，这次回去之后，一定要找主人再告洛子夜一状，她居然这样诽谤果爷。

它这话说完，洛子夜便想起来什么一样，补充道："抱歉我说漏嘴了，它最大的爱好就是自称凤凰后裔，并自以为自己是东方吉祥兽，上古神兽的后代，其实……纯属往自己鸟脸上贴毛！"

果果一秒钟被气得话都说不出来了，掉过头愤怒走人，回去研究怎么找主人告状了。

它走了之后，几人又说了几句，说起几块大陆之间的关系，澹台凰和君惊澜似乎都不知道还有煊御大陆。因着开天辟地以来，几块大陆都没什么联系，但是煊御大陆是原始的大陆，史书上有所记载，故而他们不清楚，洛子夜却知道。眼下澹台凰表示听百里瑾宸说他去了煊御大陆，且不知是不是个地名，洛子夜就介绍了一番。

洛子夜有心去问问南宫锦到底是不是妖孽，介绍完之后，继续假装不认识百里瑾宸，故作猥琐地问了澹台凰一句："不过话说，你刚刚说的那个去了煊御大陆的，是上次被我往袖子里伸了手的美男子吗？"

还是快点儿把不认识百里瑾宸的事情假装完，一点儿破绽都没有了，就赶紧问问那个女子是不是妖孽啊！

她说完这话，路儿和沓沓对视一眼，忍不住咳嗽出声：“喀喀……”

就连闽越的嘴角都抽搐了一下，怀疑洛子夜是不是中邪了，忘记自己三个月前见过百里瑾宸就罢了，这会儿竟然连对方的名字都不记得了，洛子夜这是认真的吗？

听着他们的声音，洛子夜也很怕自己为了面子，继续装下去，他们把自己戳破，于是赶紧点到即止：“我只是随便问问，我从来都是一个专一的人！”

澹台凰觉得有些好笑，又问了几句煊御大陆的事情之后，边上的南宫锦听着煊御大陆这回事，便憋不住了，说了一句：“等我得空了，到处漂漂看，说不定又能捞一笔钱！赶紧传信给瑾宸，他不是已经到煊御大陆了吗？让他马上发展基地，待我去大发横财！”

洛子夜听着倒是有些诧异，百里瑾宸都去煊御大陆好多回了，怎么他母亲和嫂子都不知道有这块大陆？

不过她想了一下好像也很正常，百里瑾宸那个闷骚，人家主动上去问他几块大陆之间的事情，他都未必会说，指望他主动开口跟家里人说这些问题，好像是比较难。毕竟他是一个内心独白已经绕地球二十圈，但是面上还是淡漠毫无表情的人啊。

想通了这一点，她直切主题地看向南宫锦：“你跟我一个朋友很像，满脑子就只知道钱！不过她已经离开我很久了，那天她坐公交车不小心刷了两下……”

她这话一出，便见南宫锦眼前一亮，当即便对洛子夜出手，手腕成蛇形，对着洛子夜的脖子掐去。

南宫锦怀疑半天了，这看见美男子就走不动路的作风，可不就是自己上辈子的死党，好色到没救的妖物吗？她出手，洛子夜也同样出手，却是一个剪刀手，打蛇打七寸一样，咔嚓拦住！

这一招，是妖孽独创的，当初教给了洛子夜。

两人都是一怔，对视几秒。

南宫锦忽然道：“现代人？妖物？”

澹台凰从上回听说洛子夜找南宫锦，就有过几分怀疑，再看这家伙跳脱的性子，

也的确不像是古代女子该有的表现，试探着唱了一句："感谢天，感谢地……"

南宫锦接着唱："感谢上帝……"

洛子夜也接着唱："昨天没放屁！"

其他人："……"

洛子夜和南宫锦的眼眶都红了，南宫锦又唱道："雪花飘飘，北风萧萧……"

洛子夜含泪拖长了音调继续唱："那银行卡，藏在床下……"她这死党妖孽没有别的，就是贪财得不得了，一生唯一放不下的东西就是钱。

这不，她这句一唱完，南宫锦咚的一声，就躺下了，捂着自己的脸哭了起来："妖物你这个浑蛋，你快说，你是不是把我那几百个亿的钱都给用了……"前世作为第一杀手，她执行过许多任务，赚了不少钱，都舍不得花，坑爹的是说穿越就穿越，钱都没用着，她要哭瞎了。这一直是她穿越之后二十多年来最大的痛之一，只要想起来就忍不住奔腾的泪水！

洛子夜叹气："我倒是想给你用了，但是你的银行卡密码根本没告诉过我啊！我又不是你法律上的亲属，也没有你的财产继承权！"

"便宜银行了……"南宫锦再次痛哭。

早知道立下一个遗嘱，把钱留给妖物和老大她们了，这也是伤悲。虽然她很舍不得自己的钱，但是把钱给好姐妹们，可不比便宜银行要靠谱多了吗？

洛子夜翻了一个白眼："好了，起来吧，我赌一块钱，你已经为那笔钱伤心很久了，事情过去这么多年了，你就不要继续蓝瘦香菇（难受想哭）了！"

边上的人听得云里雾里，什么银行卡？那是什么东西？

洛子夜三人对完暗号之后，一起过去聊天。君惊澜眯起那双丹凤眼，显然不是很高兴，倒是一名和百里瑾宸长得有八九分相似，就连那气度也差不多的男人开口道："那是个女子。"

南宫锦对他说过，她的死党妖物是女子。而这人，便是百里瑾宸的生父，南宫锦的夫君，前南岳皇帝，百里惊鸿。

君惊澜闻言，眸中的戾气才算是散了。

只是这红衣人女扮男装的本事也的确是高超，他竟看不出半点儿破绽。

洛子夜拍着南宫锦的肩膀："妖孽你不知道，你死了之后老大可难过了，你的死因我们找了很多专家，都没有查出来……我们作为道上第一的杀手组织，差点儿因为你的死亡地位不保！”

南宫锦瞟了她一眼：“虽然你没用，完成不了任务，但不是还有夜魅在吗？严格说来，夜魅纵然名气不及我，但是下手比我更狠，你们怎么就地位不保了？”

洛子夜听她这么直接说自己没用，很是受伤，但也没有什么话为自己辩解，只是白了她一眼：“你又不是不知道夜魅的性格，她跟你可不同，你是有钱就出任务，夜魅那是要追在她的屁股后面，至少表扬她一个星期她是世上最美丽的杀手，她才会考虑出去接任务。老大每次请她出山就跟请菩萨似的，她接下一个任务的时候，其他的组织都完成好几个了，你说那可不是……”

“你说的也是！”南宫锦点了点头，夜魅是她们四个人里面，看起来最正经冷漠的，但恶趣味也最多，生平最爱被夸奖，只是从夜魅那张冷若冰霜的脸上，难以看出这些。

澹台凰听着倒是惊叹：“看来你们之前的杀手生活，都很是精彩啊！”

洛子夜点头：“还可以吧，你也是21世纪来的吧？你是怎么死的？她是上公交车不小心刷了两次卡，付了两回车钱，回来哭了许久，我怀疑她是心疼死的。我是不小心砸到了高压电闸，你呢？”

“我？”澹台凰摸了摸鼻子，“我比较冤枉，去求佛诅咒我的老板，结果被人当成负心前女友一刀给误杀了！那真的就是没有一丝防备，说被捅刀就被捅刀……”

三个人对视之间，又是互相同情，欲语泪先流。

南宫锦问了洛子夜一句：“你如今混得如何了？”

洛子夜叹了一口气，就把自己这一年多的事情，悉数讲给南宫锦听。听得南宫锦和澹台凰一阵唏嘘，同情不已。她们三个人的故事，真的就洛子夜最惨了，被人算计成狗，在风雨里飘摇，这可怜的，简直闻者伤心，听者流泪。

表达了一下同情之后，南宫锦开口道：“对了，你在煊御大陆，也是有名望有地位的人了，我儿子去那儿，你得……算了，你还是别照料他了，反正你已经有对象了，你还是离我儿子远点儿好！”

她怎么差点儿忘记了，自己这一穿越可比洛子夜大了近二十岁，儿子却和洛子夜年纪差不多。

瑾宸那么英俊，洛子夜又是个看见美色就走不动路的，可别把自己的儿子给祸

害了。

她哪里知道，自己的儿子早就被祸害了，只是洛子夜实在不愿意被嘲笑阿姨被侄子追求，所以一直在假装跟百里瑾宸不熟罢了。

眼下听南宫锦这样一说，洛子夜也是尴尬得很，只好转移话题："他去干吗？"

出于女人的八卦心态，洛子夜其实是有点儿想知道百里瑾宸过去到底怎么了，那些黑历史都是怎么回事儿，所以这时候就问了一句。

然而澹台凰并没有解释具体的事情，只是开口道："找几味药材，治疗我王兄的腿！"

洛子夜回头看了一眼闽越。

凤无俦那里的确有不少好药，闽越在宫里头还有几个药铺，都是些珍贵的药材。她之前在宫中闲着无事，还过去找闽越了解过一番，看过医书来着，这会儿听她们说找药，直接便大气地道："天下什么药材我没有？写个单子，有空给你们捎过来！"

不过可千万不要是闽越没有的啊。可是她忽视了一个问题，要是闽越随随便便就能种出来的药材，还需要百里瑾宸亲自去寻找吗？不管怎么说，百里瑾宸也是当代神医。

她这话一出，澹台凰果真给她一个单子。

洛子夜看完之后嘴角一抽，还真的一味药都没有，至少她了解过的，闽越的药铺里头就没有这些。

她尴尬地嘿嘿一笑："我刚刚说什么了吗？我刚刚什么都没说对吧？"

百里瑾宸要找的这些药，怕都是不好找的，有几味药材是天下间的珍品，只出现在传说里头，寻常人根本见都没见过。看来百里瑾宸接下来的事儿，不好办啊，难怪在海上遇见了自己，直接匆匆地离去了。

澹台凰："……"

南宫锦看洛子夜也是尴尬，便转移话题："对了，现下三块大陆，我们三个穿越者，你说会不会老大和夜魅也穿越到另外两块大陆了？"

洛子夜一拍大腿"有可能！等老子闲下来，我们一起去另外两块大陆耍耍……"说不定老大和夜魅也来了，要是这样的话，事情就美好了。

几个人又闲扯了一番，说到洛子夜过段时日就要成婚了，这两个人都表示过几天要过去凑凑热闹，让洛子夜定了日子想办法通知她们，洛子夜立即开心同意。

见着自己的死党，也是各种开心，更是各种不舍，一会儿拉手，一会儿拥抱，澹台凰跟她们聊得好了，也是一起亲近着。

尽管都是女人，她们这种过密的表现还是令百里惊鸿和君惊澜有那么一些不高兴了。

就在这两个男人醋意大发，惹出什么事儿之前，不远处来了一叶孤舟。

澹台凰的眼神看了过去，蹙眉道："莫邪？"

洛子夜一听这名字，也跟着看了过去，她这次出海一方面是为了来找妖孽，另一方面就是为了莫邪来的，却没想到，运气倒是不差，前脚遇见了妖孽，后脚莫邪就来了。

澹台凰过去跟莫邪说了几句话，两人达成了交易。

接着洛子夜就看见她此生见过的最为玄幻的场景——莫邪劈开了一道天光，将景象投影到了现代，让澹台凰见着了自己在二十一世纪的爷爷。

洛子夜这会儿才算是相信了凤天翰的话，天机门真的是很厉害。

莫邪也真的是很牛！

这简直了……

要是自己这内功不能到第十重，问一下莫邪，或许对方还真的能有解决的办法。澹台凰看着虚空中的景象，很是伤神，洛子夜便在边上看着，也没有打扰。

待莫邪撑不住了，那景象便消失不见了。

这么玄！

洛子夜深深地认为，自己期待的事情找莫邪这个老头询问，没准儿靠谱！这会儿岸边又来了一只船舶，也像是澹台凰他们的熟人。

洛子夜琢磨了一会儿：莫邪就在这里，自己想问什么得赶紧上去，再有自己已经出海三个月了，再不回去成婚，凤无俦怕是真的要剥了自己的皮。

于是她也不再耽搁，跟大家挥手告别，纵然都是不舍，但是大家也都知道洛子夜还有自己的事情。南宫锦也没多说什么，已经准备好了过几日去煊御大陆，参加洛子夜的婚礼！

洛子夜告别完毕，对着莫邪的船跳了过去："刚刚你那一手真厉害，估计算命也很灵吧，要不也帮我算算……"

讲真的，她还一直有一件心事未了，一直就很想找个算命的算算……

没想到她话没说完，莫邪斜睨一眼，答："你不用算了，你想算的我已知道结果。你一生没有机会再染指其他美男子，否则一定会被打断腿！"

洛子夜："……"

好吧，其实她早有预料，虽然也没真的指望染指其他美男子，但是听莫邪这么说，心里还是有一丝难过。

澹台凰听见了，直接喷笑出声。洛子夜也不多纠结了，上前一步，勾住莫邪的肩膀："好，那不算这个，我们算点儿别的……"

说不定还能给算出来，到底是谁在他们背后搞鬼，那个什么主公又是个什么东西。

然而莫邪这个人比较现实，刚刚帮澹台凰，也是为了拿回一块玉佩，眼下自然是不会平白无故帮洛子夜做事。

莫邪不冷不热地道："算什么？我莫邪从不免费给人做事，你有我感兴趣的东西吗？"

洛子夜琢磨了一会儿，估摸着这种知道天命的人应当是不会对钱财什么的感兴趣的，也不会有什么留恋官场的想法，于是她道："只要你给老子算好了，你想知道任何美男子的内裤的颜色，老子都能马上告诉你！"

莫邪："我为什么要对这种东西感兴趣？"

澹台凰等人的船舶渐远，洛子夜和莫邪勾肩搭背地走人。

"其实爷知道你是不感兴趣的，不过呢，如果你不帮我的话，我就不断地烦你，再不然你提个要求，说不定我能办到，然后我们也来个条件交换？"洛子夜倒是很好商量。

莫邪却沉默了片刻。

事实上他这一生，自从自己的师兄无忧老人死了，也是一生的仇敌死了，除了方才从澹台凰手中拿来的玉佩，当真是没有什么可求的了。

眼下洛子夜让自己提条件，他也的确提不出什么所以然来。

看洛子夜盯着他，他叹了一口气："罢了，我就当日行一善，毕竟我已经许多年没有做过好事了。你无非想要你的武功冲破第十重，但是洛子夜，你这具身体自小没有练武，即便有凤无俦那般帮你，想要冲破第十重也很难。澹台凰其实与你差不多，但是她能练到最高一重，是因为她的身体没受到大损，可是你……你自小还被药物改变体质，这几乎绝了你练到第十重的可能！”

“你是说……我练不到第十重，跟我的身体有关？”洛子夜皱眉。

那这话的意思，难道自己这辈子都不可能练到第十重了？

而此刻，煊御大陆之上，一只船舶停在岸边。

帝拓的朝臣们都在恭送自己的君王。凤无俦却沉着一张脸，显然心情很不好！不管洛子夜是不是当真在外头遇见了恶劣的天气，如今出去了三个月都未归，帝拓的皇帝陛下觉得自己再不出门亲自将她逮回来，怕是她早已玩得乐不思蜀了。

“恭送王！”谁都没以为自己能拦住王。

大家还很希望王能早点儿去把王后给抓回来，毕竟从王后出门之后，王的脾气从从前的暴戾，变成了如今的喜怒无常，大家每天都生活得胆战心惊，王早点儿去把王后带回来也好。

凤无俦上了船舶之后，阎烈这时候过来禀报：“王，两个消息，其一，我们的人收到消息，百里瑾宸去了千浪屿，好像是为了求药。其二，轩苍墨尘今日已经启程去了龙昭，看样子是为了跟武修篁交涉，也或许是为了讨好武修篁！”

第十二章
一生一世笑苍穹

只是轩苍墨尘这个时候去讨好武修篁，不嫌太晚了吗？

两国的婚事都已经定下来了，婚期也就在眼前，眼下出手，他不觉得多此一举？

凤无俦闻言，只是冷嗤了一声，不以为意。船舶远行，往煌埠大陆的方向而去……

莫邪盯着洛子夜，开口道："所以你就死心吧，倘若你的身体能好转，变为正常女子的样子，以后再修成第十重，也不是完全不可能。但是看你的样子……尽管你的身上佩戴了这珠子，怕也没什么大用！"

他这话一出，洛子夜立即低头看了一眼自己颈间。

这是冥吟啸送给她的珠子，据说戴着这东西便不必吃药了，身体也会慢慢好起来，可眼下莫邪竟然这么说。

她斜着眼睛看向他："你该不会是在信口雌黄吧？我这体质，许多人都说可以调养好，只需要三年而已，你怎么就说……"

对她的质疑，莫邪只轻笑了一声，那是不以为然的意思。

莫邪缓声道："你若是不相信，大可以等三年，不……两年之后，你就会知道，你的身体看似已经调养过来了，体态也都矫正了，可事实上内里一点儿变化都没有。

我莫邪纵然不是什么好人，但你我无冤无仇，我也犯不着骗你！好了，不与你说了，我走了！”

“等等！”洛子夜皱眉，心绪乱了起来，“你的意思是，我的身体……那么，是不是不仅仅我无法修炼到第十重，就连孩子……”

上回闽越的意思，似乎是她的身体体质本身就有问题，又受了武修篁的一掌，以至于三年内难以怀孕。

他有这样的判定，想必是因为三年之后她的体质可以调养好，所以他认为她三年之后能够受孕，但是眼下莫邪却说……

莫邪默了片刻，看着她眉头紧锁的样子，伸出手算了算，眸中骤然掠过一道光，扫了一眼洛子夜之后，笑道：“目前的确是如此，但是洛子夜，你的命数并不差，我推断两年之后，或许会有转机发生在你身上，只是多的我不能说了。你自己珍重你身边的善缘便是，想必你应当还记得，有人曾对你说过，练好了武功之后，要以天下苍生为念……”

他这话一出，洛子夜眉间有了几分动容。

不错，这话的确有人说过，乃当初将秘籍给她的天曜国寺方丈说的。只是莫邪眼下提起这个，又是为了什么？

莫邪看着洛子夜，继续道：“我算出你这些年来的所为，纵然没有什么大善，但你从未为恶，也未曾辜负将秘籍托付给你的那个人。你比另外几个从异世来的人都更为心善。南宫锦锱铢必较，挡路者死；澹台凰冷漠强悍，为敌者死。而至于你，甚至还有管闲事帮助不相干之人的时候……”

“你不会是想说，我一再因为心善放纵，以至于麻烦不断，所以我是三个人里头最蠢的吧

……”洛子夜其实一直这样自我质疑过，说着这话她自己都汗颜。

莫邪扫了她一眼，坦然道：“这倒不是，天道之中讲求因果，有多少善心，便得多少善缘。我算得原本洛子夜命数之中是不会有子嗣的，也不可能修炼到第十重武功，但天数已经被你更改，得益于你曾经有过的善心，做过的善事，以及难得的洒脱与宽容。你也不必着急，只需要等待，时机自然会来！”

莫邪说着这话，心中也是惊叹不已。万万没想到，还能有这样的事。

洛子夜听了，一时间情绪还真有点儿大起大落，刚开始说她不行了，现在忽然

又说可以，还表扬了一下她的心善，变化和幸福来得太快，就像龙卷风啊！

她瞅着莫邪问："你这话都是认真的吧？"

"是不是真的，你且等几年之后再看！"莫邪说完，便将洛子夜挥开，用内息前行而去。

洛子夜盯着他的背影，忍不住又问道："那我身边的其他人……"

莫邪头也不回地应了一句："其他人自然有其他人的命数，这是你更改不了的。今日我便也劝你一句，有些东西如果已经失去，该放下时便放下，否则你会失去更多，还会后悔终生！"

他这句话说得玄妙，洛子夜思索了一会儿，却不太懂。

目送着莫邪走远，她只是回头吩咐了一句："我们回去吧！"

"是！"

七日之后。

天色乌沉沉的，海天相接的地方，隐隐泛着一股青色，将天边的万丈霞光尽数遮住。

看着这天色，便是一副状况不太好的样子，洛子夜的表情也开始变得有点儿痛苦："这不会又是……要变天了吧？"

这几天她一直在认真思考莫邪的话，回程的路上也还算顺利，并没有出什么幺蛾子，每天天气都还算是比较晴朗，但是今日这个情况……

闽越的表情也有些凝重，要是又变天，他们不会还要三个月才能回去吧？

出来三个月，回去三个月，这就半年了，不知道王会不会发疯。

轰隆隆的一声，雨水从半空中滴落下来，甲板上的人尽数进了船舱，不敢继续在外头浪。在海上遇上雷阵雨，算得上是非常恶劣的天气了，很容易出事。

回了船舱里头之后，洛子夜躺在床榻上，吩咐人把路儿和沓沓喊过来，莫树峰、闽越也都跟着一起来了，还有偷偷摸摸把自己打扮成划船的水手而混上船的阿记。

叫人来的时候，洛子夜也没想到他们竟会都来凑热闹。

眼下左右也不是什么了不得的事儿，她便没有避讳着大家，直接便盯着沓沓，开口询问："你跟着我也算是有段时间了吧？"

沓沓心头一慌，一时间不知道洛子夜问自己这话是什么意思。

洛子夜坐起来，瞅着她道：“你不必担心，这一年多来，你也没有害过我，至少没有被我抓到过任何把柄，所以我才能容忍你一直待在我身边。只不过，你能不能告诉我，你背后的主子是谁？洛肃封定然不会将简单的人放在我身边，你说呢？”

路儿是轩苍墨尘的人，她得到了洛肃封的信任，才会被安排到自己身边，但是沓沓呢？

沓沓扑通一声就跪下了：“奴婢……奴婢……”

她心里头清楚，洛子夜今日既然问她了，那自然就容不得她撒谎，若是撒谎的话，下场定然会很惨。她眼神左右漂移，就在这时候，看见边上莫树峰的小手指轻轻地动了动。

她立即便安心下来，在洛子夜再一次发问之前，开口道：“奴婢……奴婢是如今天曜君主洛小七的人，奴婢当初被派到您的身边乃天曜先皇的意思，与主上无关，奴婢跟在您身边之后，一切事情都自有小鸣子在做，也用不上奴婢。奴婢这一年来，也并未有过您的任何有用信息传达给主上，所以奴婢未曾做过背叛您的事情，请您明察！”

“洛小七吗？”洛子夜慢慢地念出这个名字。

边上的莫树峰看着她这样子，手忍不住紧握成拳：太子哥哥其实还是记得他的对吗？不管是情还是恨，终归还是记得的。

洛子夜敛下心神，这个名字已经一年不曾听人提起了。

如今再细细回忆起来，竟说不清心中是何种感受。她扫了一眼沓沓，开口道：“既然你什么都探查不到，他就没让你回去？如今我于他也不会再有什么利用价值，他心中定然清楚，我不可能相信你，也不可能再轻信他，既是这样……”

沓沓立即磕头道：“主上他……主上他并未要奴婢将您的任何消息传给他，主上只吩咐了，要奴婢在您身边，尽我所能地保护您。主上对当初的事情也十分愧疚，他一直觉得自己亏欠您，他心中也是有您的，日后断然不会再做伤害您的事情，您……”

“好了，不必再说了！”洛子夜打断了她。

她整理了一下衣摆，冷声道：“过去的事情我不想再提，如今我身边也不缺人保护，等回到煊御大陆，你从哪里来就回哪里去吧。路儿你也是，不管轩苍墨尘如何想的，你继续待在我身边也不是个办法。你们还是早早离开，说不定还能为你们

的主子做点儿别的事情！”

“我们……”路儿和沓沓都面露难色。

洛子夜扫了她们一眼，继续道：“在我改变心意之前，你们最好尽早离开，不要逼我动手！回去之后告诉你们的主子，以后不要再往我身边派人了，再派人来，我可不会这么好说话了！”

“是！”路儿和沓沓对视了一眼，看洛子夜面色冷若冰霜，便只能领下这道命令。

沓沓应了这一声之后，看了洛子夜一眼，又开口道：“您还是如当初那般，恨着我家主上吗？哪怕他改头换面，哪怕他毒坏了自己的嗓子，哪怕……”

“我对他说过，永不原谅！”洛子夜眸色定定地盯着沓沓，打断了她的话。

沓沓抿了抿嘴，不再多说什么，却不知边上的莫树峰面具下的脸霎时灰白。

洛子夜扫了他们一眼：“好了，都出去吧，我要休息了！”

“是！”众人很快退了出去。

洛子夜躺在床榻上，却还是辗转反侧，思考沓沓的话。什么意思？洛小七改头换面，毒坏了自己的嗓子？这丫头只是随口一说，还是真的发生了什么？

只是这一年来，离开了天曜之后，洛子夜一直有意地避讳跟那个人有关的任何消息，甚至任何与诸国的交涉，天曜都是被她排除在外的，所以也不知道洛小七如今如何了。

唯一知道的关于天曜的事情，就是洛小七登上帝位之后，天曜一蹶不振，早已不复天曜当年的风光，也没有了丝毫当初天下第一大国的影子。对于洛小七，洛子夜还算是了解的，那小子当初能下那么大一盘棋，和轩苍墨尘联手设计她和凤无俦，自然不会是泛泛之辈。

可他接手天曜之后，天曜却一落千丈，这倒不由得让她想起冥吟昭来……可没理由啊，冥吟昭是个实打实的草包，洛小七的本事，却是毋庸置疑的。

眼下听闻沓沓这话，她登时便觉得更加奇怪了。

想了想之后，一阵困意袭来，她也不愿意再多想了，总归已经是过去的事情了，她跟洛小七也不会恢复如初。既然是这样的话，还管那些做什么？他如今怎么样，便随他去吧。

睡到半夜里，洛子夜霍然感觉到一丝杀气，将她惊醒。在二十一世纪作为杀手，就算是没完成过任何一项任务，但是对于杀气她最是敏锐。

嗖的一声，羽箭破空而来。

她飞快翻身，从床榻上滚了下去，下一瞬，她的床榻之上已经插满了羽箭。

幸好她滚得快，不然这会儿在床榻上，就会被射成一只刺猬了。

这么大的动静，自然很快惊动了外头的人，躺在洛子夜床榻下头怕死的果爷第一个尖着嗓子惊叫："快来人啊！有人要刺杀果爷，快来人啊……"

一时间，船舱之内灯火通明。

四面的黑衣人，数量也极为惊人。

砰的一声，洛子夜房间的窗户被人一脚给踹开了。为首的人一双锐利的眼放在洛子夜的身上，他的脸上蒙着面纱，一眼看去，便叫人知道他是个高手。

而很快地，黑衣人便都闯了进来，落在船舱之中。

莫树峰等人，这时候也都闯入了船舱之中。

洛子夜扫了一眼面前这些人，嘴角扬起讥诮的弧度："好大的阵势！这又是哪个爱慕凤无俦的人的手笔，还是幕后的那位主公？"

说着这话，她的眼神看向为首之人。

讲真的，她还当真相信，面前这个人就是传说中的主公，因为对方只要立在这里，这内功修为就已经让洛子夜断定，此人的武功怕是都不比凤无俦差多少。

"死到临头，话倒是不少！"那为首之人这一句落下之后，一剑便对着洛子夜刺了过去。

而边上的黑衣人，也都很快出手。

船上的人很快同那些黑衣人一起厮杀起来，不一会儿就陷入混战之中。而为首的人，目标明确，只对着洛子夜一个人攻击。

洛子夜同他交手，不一会儿也谨慎起来。

自己对面的这个人，是个绝对的高手。

与他动手，洛子夜便直接回忆起自己当初跟武修篁交手的时候，几乎一直就在被对方的内息压制。好在她内功虽然比不上对方，但出手的速度非常快，也算是为自己把分拉了回来。

可就在她跟那黑衣人对战的时候，船舶之外不远处的一处暗礁之上，已经有人

将手中的羽箭对准了船上的洛子夜。

那人眼神如刀，盯着洛子夜的眼神更是极为森冷。

洛子夜对战之中，心知暗处还有杀机汹涌，只是应对自己面前的人就已经是很勉强了，更别提还要应对暗处那人了。

这令洛子夜的眼神很快冷了下来。

难不成自己今日就要命丧在此？

她脚尖一钩，藏在她靴子里头的匕首便飞射而出，对着那暗礁处攻击而去，也几乎是在同时，那一箭对着她射了过来！

洛子夜正要避开，可面前这个黑衣人，狠狠一掌对着她打来。若是要应对那羽箭，则避不开这一掌，这一掌正对着心脏，要是被击中，必死无疑！

她一咬牙，这一箭，看来只能硬扛了，只希望别射中自己的要害。

扬手之间，她运起内息与那黑衣人相抗，羽箭对着她射来。

正在此刻，莫树峰惊呼一声："小心！"

他二话不说，飞身而起。

噗的一声，他口中溢出一口血，那羽箭从他的后心穿过。

"莫大哥！"阿记惊恐万状，盯着莫树峰。

洛子夜也是一怔，很快便感觉到有人俯在自己背上，温热的血从自己肩头滑下，浸湿了她的衣物。回头一看，便见着了莫树峰嘴角的血……

那黑衣人显然也没想到，如此万无一失的一箭竟然会有人出来挡下。

他眼神往外一扫，那暗礁上的人这时候已经受伤，洛子夜射出去的那把匕首正插在那人肩头，想再射一箭，怕是不可能了。

那黑衣人一咬牙，手中的长剑，便再一次对着洛子夜袭来。

洛子夜见着莫树峰成了这样，一阵心头火登时便涌了上来，二话不说便持剑与面前这人恶战起来，越战越勇，刀锋凌厉，下手杀气尽显。

那黑衣人原本就清楚洛子夜身手不凡，纵然不是自己的对手，自己想要杀她，怕也是要交战三五百招才能取胜。

眼下对方因为莫树峰受伤，怒气之下实力大增，打起来便更为困难。

他们两个人都算得上是高手，是以边上的人想要插手，也是近不得身。就在这时候，那暗礁上受伤的人霍然看见前方不远处，一只船舶对着这个方向而来，离这边约莫还有一百米的距离，远远地已能看到那船舶上的标志。

他立即尖声道："主公，不好，是凤无俦的船！"

"他竟然这么快……"凤阳也是难以置信，凤无俦竟然这么快就到了，自己在海上找洛子夜都花费了几日，却没想到凤无俦的动作这么快。

他袖中的烟幕弹很快抛了出来，砰的一声响起，一阵烟雾升起。

洛子夜被烟雾遮挡了视线，而凤阳很快说出一声："撤！"

那些黑衣人赶紧退了出去，洛子夜看着莫树峰伤成这样，心头怒火难平，提着长剑追出去，却见这些黑衣人全部跃入水下，这黑灯瞎火的半夜里，天气也不好，想在水下看见什么，基本上是不可能的事情。

洛子夜咬了咬牙，闽越跟着追出来，一看这场景，皱眉道："王后，不宜追！那个主公武功在您之上，要是追的话，必须要很熟悉水性的人才行，可遇上那个主公，怕都是有去无回！"

这个道理，洛子夜自然知道。

她心中不忿，却也只得作罢，回头看了一眼船舱之中的莫树峰，立即开口道："你赶紧看看莫树峰如何了！"

"是！"闽越很快进来。

洛子夜看了一眼东方，便也见着了百米之外的船舶。对方是因为凤无俦来了，才逃走的，所以那应当就是凤无俦的船了。

她只看了一眼之后，便回了船舱，先看莫树峰的伤势。

他面色惨白，已经晕了过去。

船上的人心情都很差，不知道是谁有这么大的胆子，竟然敢动他们帝拓的王后，真真是不要命了！

"王，那边好像是王后的船！"阎烈禀报了一声。

凤无俦闻言便从船舱里头出来了。他内功高深，一眼看去，便能看见船舶之上有几处损毁。这使得他魔瞳一凛，沉声道："立即靠过去！"

"是！"

"墨尘贤弟，你在我这里已经住了好几日，你到底有什么事情，不妨直说！"

武修篁盯着自己面前的人，径自开口，“纵然我龙昭泱泱大国，不会吝啬一碗饭给你，但是你作为一国皇帝，一直待在这里不走，旁人可是会心生怀疑的！”

轩苍墨尘闻言，微微一笑，放下自己手中的茶杯，那双墨玉般的眸子盯着武修篁，温声道：“朕想做什么，修篁兄难道不知道吗？”

武修篁微微一僵，摸了摸自己光洁的下巴，看着面前的人，开口道：“为了我女儿？”

“不错！”轩苍墨尘倒也算直白，直接便站起身，开口道，“朕还记得一年前，修篁兄似乎很中意朕做您的女婿，如今，朕也很希望认下您这位泰山大人！”

“别！”武修篁抬手，止住了他准备行礼的动作。

武修篁叹了一口气，开口道：“我先前的确是很不喜欢凤无俦，但是如今龙昭和帝拓的婚事已经近在眼前，凤无俦和洛子夜都很期待这桩婚事，我这个做父皇的自然应当祝福自己的女儿，不宜再于背后搞出什么事情来，而至于你小子……”

说到这里，武修篁戏谑地看向他：“朕还记得，当初朕想将女儿嫁给你的时候，你直接便拒绝了朕，朕从前也说过，那样的话朕只会同你说一次，如今这机会错过了便是错过了，你也怪不得朕！”

轩苍墨尘唇角笑意微僵，却轻声道：“修篁兄应当明白，当初朕为何拒绝，如今朕又为何答应！”

“朕自然明白！”武修篁点点头，却很快道，“当初是武琉月，如今是洛子夜。可这不也正好说明，你的本意并不是当朕的女婿，而只是想迎娶自己心爱的人吗？既然这样，你又何必来讨好朕呢？”

洛子夜是自己的女儿，他就愿意给自己当女婿。

武琉月是自己的女儿，他便不愿意。

这不就是说明，他是冲着自己心爱的人来的，并不是冲着自己这个岳父来的？既然这样，那也不必讨好自己不是，直接去讨好洛子夜便罢了。

轩苍墨尘温声道：“修篁兄应当也清楚，但凡朕还有旁的办法，也不会走这一条路！”

他这话一出，武修篁也沉默了。

其实不必打哑谜，所有的事情大家都心知肚明，轩苍墨尘如今同洛子夜的关系的确是不管他做什么，在洛子夜面前，怕也都是徒劳。这一点武修篁自然清楚。

他沉默了片刻之后，盯着轩苍墨尘开口道：“朕真的在洛子夜面前为你们几个小子都努力过了，但是的确是一点儿用处都没有。而如今，两国的婚事成了定局，洛子夜也好不容易才认下朕这个父皇，朕实在不愿意再生出任何变数，打破这难得的幸福与宁静。所以贤弟，你还是回去吧！”

武修篁的话，说得极为诚恳。

轩苍墨尘顿住，袍袖下的手紧握成拳。事实上他早就知道这件事情难以再生出变数，只是依旧不肯死心罢了。

眼下听武修篁这么一说，便等于将自己心中所想尽数坐实。他温雅的声音此刻听来有几分颓然：“朕知道了！”

的确是他妄念了，毕竟洛子夜行事从来自主，怕也不会听武修篁的话。

正想着，门外有人进来禀报：“陛下，轩苍来人了！”

武修篁扫了一眼轩苍墨尘，轩苍墨尘点点头，武修篁便冷声道：“让他进来！”

“是！”

不一会儿，外头便进来一个人，他来得急匆匆的，进门之后便跪下行礼，看了一眼武修篁，也不知道对方在这里，这事情能不能说。

武修篁正打算自觉地出去，轩苍墨尘却道：“不必避忌，有什么事情直说便是！”

“是！”那下人点头，旋即对轩苍墨尘开口禀报，“陛下，不好了！风王殿下不知道如何得知风王妃怀孕的事情是假的，震怒之下推搡之间，不小心摔了风王妃，风王妃腹部撞在桌案上……流……流产了！”

“你说什么？”轩苍墨尘沉眸，盯着跪着的那人。

那下人心头也是无言，继续道：“好像是风王妃假装怀孕，但是没想到风王殿下这一摔……便摔出一个信息，原来大婚当日圆房之后，风王妃真的怀孕了，她怕自己假怀孕的事情被人知晓，于是几个月未曾来月事也不敢请太医，以至于并不知道怀孕的事情是真的，眼下这流产……”

武修篁在边上看着，心知眼下就算自己不赶人，轩苍墨尘自己也是要走了。

轩苍墨尘听了这话，向来温雅的面色此刻竟有些发青，切齿道：“逸风这个混账！他难道就半点儿都不知道詹月情的一番苦心吗？他竟然……”

“风王殿下眼下也很是后悔，只是……”只是后悔有什么用处。

三四个月大的孩子，说没有就没有了。

那下人继续道："百里瑾宸去了千浪屿，长公主也去千浪屿待客了，眼下风王府乱成了一锅粥，风王妃知道自己流产之后，心如死灰，眼下昏迷不醒，太医说她已无求生之念，怕是凶多吉少了。风王殿下懊悔不已，陛下您……"

"修篁兄，出了这样的事情，朕当真要先回去了！"轩苍墨尘沉眸，心头的怒火不能平息，若是轩苍逸风此刻在他面前，他或许会一掌打死这个混账东西！

皇室的第一个后嗣，逸风那孩子若是生下来，是个儿子，便可能是未来继承轩苍大统之人。他轩苍墨尘此生娶不到洛子夜，便断然不会再迎娶旁人。

可这个混账东西，竟然……轩苍皇室的第一个后嗣，便这样夭折。詹月情不顾逸风心中只有萧疏影，也是一心一意地为他，可最终落到这样的下场。轩苍墨尘如何能不生气！

武修篁点点头，看着轩苍墨尘盛怒的样子，忍不住劝了一句："朕是过来人，心中清楚，孩子即便不是心爱之人所生，也到底是自己的骨肉，即便不疼爱，心中也是有不小的分量，眼下贵国风王殿下心中不会比任何人好受，你还是少苛责一些！"

他武修篁遇见水漪之前，也是有两个儿子的，武青城也已经被怀上了。

他纵然并不怎么疼爱这几个儿子，可也从来不允许旁人欺负了去，更是不能想象自己哪天接到他们的死讯，所以眼下轩苍逸风心里定然不好过，好好的孩子折在自己手中，此事轩苍逸风定会后悔一生。

武修篁这般一说，轩苍墨尘心中的怒气才算是平息了一些，轻声道："朕知道了，多谢修篁兄劝解，先行告辞！"

看着他大步离开，武修篁想了想，轩苍逸风那个小子曾经在江湖上混迹的时候，他也见过，亦正亦邪随性而为，却没想到有一日，他会落入这样的局面之中。

武神大人摇了摇头，叹了一口气……

"他没事吧？"洛子夜看着闽越从莫树峰的屋子里头出来，着急地问了这么一句。

凤无俦眼下已经在洛子夜身边了。

原本他满腹怒气，因着这女人出海这么多时日，竟然也没回来，可知道她遇刺之后，便只剩对她的担忧了。打量了许久，才确定她的确没有受伤，他便直接下令，让人搜查那些刺客的踪迹。只是那些刺客下水之后，便连影子都捞不着，是以眼下帝拓的皇帝陛下浓眉也紧紧蹙着。

闽越擦了擦额头上的汗水，开口道："很是凶险，那羽箭还差一点儿就从心脏穿过了，所幸就差那么一点儿……所以眼下人已经救回来了，再好好休养几日，就没有什么大碍了！"

他这话一出，洛子夜便松了一口气，边上的阿记也是抹了一把脸上的泪水，很快放了心。

"我进去看看他！"洛子夜这一句话说出，便直接进了莫树峰的房间。

凤无俦也举步，随同她一起进去。他俊美的面容冷沉，情绪极为不好，只因着还差那么一百多米的距离，约莫一盏茶的工夫，两船才到一起，便使得她遇刺的时候他完全不知情，亏得有莫树峰帮她挡了一箭，若非如此，岂不是真的要出事？

也亏得自己这一次出门来寻她，若是他不来，若是那些人不是看见他的船舶之后逃走，那又会如何？这些念头，令他眉宇之间尽是杀气。

他们进了莫树峰的房间。他此刻正昏迷着。

然而盯着对方的脸的那一瞬，凤无俦的眉梢骤然皱起，眉宇间的折痕很快便更深了一些。这个人是……

看莫树峰还在昏迷着，洛子夜看了他一会儿之后，叹了一口气。

她正准备退出去，回头却看见凤无俦冷沉的面色，问了他一句："怎么了？"

"他便是莫树峰？"凤无俦沉声问了一句，那双霸凛的魔瞳一直落在莫树峰的脸上。

洛子夜点了点头："是啊！你没见过他？哦，对了，你好像是没见过！"说起这件事情，洛子夜回忆了一下，倒是觉得有些蹊跷。

好像这段时日以来，每次只要凤无俦一出现，莫树峰就会找个理由马上退下，从来没有跟凤无俦正面碰到过，就算有，也是站在远处，不曾靠近凤无俦，眼下算起来，凤无俦还真的没见过他。

只是他这种避开，是巧合还是刻意的？

这么想着，她问了凤无俦一句："他好像的确经常避着你，你眼下不问，我都没意识到。怎么了，是有什么问题吗？"

帝拓的皇帝陛下默了一会儿，沉声道："无事！"

罢了，还是先不对她说。洛小七，这小子既然为她挡箭，想必已经将生死置之度外，若是如此便也没有再算计她的道理，想必他心中也清楚，当初轩苍墨尘初到天曜，便能被自己一眼识破身份，故而才不敢出现在自己面前。

否则，只要出现，便已经是露馅了。至于他到底想做什么，倒不妨回头再问问他。

洛子夜总觉得凤无俦好像怪怪的，只是他沉声说了一句无事之后，便敛了目光，没有再多话的意思。洛子夜也没有再问，嘱咐了一句让闽越照顾好莫树峰之后，便冷着一张脸走出了莫树峰的房间。

他此刻需要静养，她还是不在这里打扰为好。

只是这时候倒是明白了上官御和萧疏狂都如此信任这个小子的缘由，肯以身来挡箭，这份心思不是谁都能做到的，难怪萧疏狂临走的时候，都对莫树峰百般推举。

出了船舱之后，两人在船头并肩而立。

洛子夜开口道：“那个人就是暗中操控的主公，怕也就是武琉月口中的那一个，他的武功在我之上，今日若不是你来了，怕是我们一船的人都会出事！看见你的船舶之后，他们跳船逃走，但是一直到现在我都没想明白，这又是哪一路人？我又是如何得罪他们了？”

她并不认为自己有那么大的价值，已经能够决定大陆格局的走向，所以对方才要来杀自己。

毕竟从武琉月之前的话里能推断出来，那位主公的野心是很大的，自己又不是哪一国的君王，犯得着他亲自来动手杀自己吗？

要不是凤无俦来得及时，继续交战下去，自己一定会吃亏。

凤无俦闻言，魔魅冷醇的声音缓缓地道：“或许并非你得罪他们了，只是你挡了他们的道，或者……有人拿杀你作为条件！”

他这话一出，洛子夜立即偏头看了他一眼。

凤无俦的情商一贯不高，智商却高得没话说，眼下他这样推断，那么十之八九就是这样的。

洛子夜笑了一声，也有些头痛：“可惜我们眼下连他们是谁都不知道，他们想要做什么，我们也浑然不清楚，眼下他们都杀到我们跟前来了，我们却还处在一无所知的状态之下！”

这倒是他们有史以来第一次面对如此局面，只能说暗中那人藏得太深。

面对这样的敌人，即便是凤无俦也不敢掉以轻心，他自然不怕对方袭击他，可是那人不对自己动手，却会在暗中趁着自己不在的时候对洛子夜下手，自然也就由不得他不怕了。

洛子夜说完这话之后，复又看向凤无俦："臭臭，对方的武功也不比你逊色多少，尤其他手下还有一个人，箭术十分了得，不管是从射箭的角度，还是从出手的方式来看，都十分专业。想必有这样能耐的，这世上也没有几个，看来暗中那人手下也是能人众多，我们日后要小心了！"

幸好这一回没有伤及莫树峰的性命，这已经是不幸中的万幸。

她这话一出，凤无俦眸中掠过一道鎏金色的灿茫，魔魅冷醇的声音缓缓地道："孤倒想知道到底是谁在背后搞鬼！"

"只怪我们性格都太耿直……"洛子夜沉着脸感叹了一句。

她和凤无俦都不是善用阴谋诡计的人，肚子里面也没有那么多花花肠子和阴谋阳谋，以至于人家就这么算计到了他们的头上。

她这话一出，帝拓的皇帝陛下倒没多说什么，吩咐了阎烈一句："去查，但凡跟离开修罗门的那群人有关的任何事情，都不能放过，不可放过任何蛛丝马迹，极力牵出幕后之人是谁！"

阎烈点头："是！"

从前遇见这样的事情，王根本就懒得查，而是直接等着人再一次送上门来就是了，毕竟在王眼中，对方即便是来，王也是丝毫不看在眼里的。

可是眼下，对方不对王下手，却先对王后下手，这般情况，王却不得不查了。

洛子夜眉头皱着，纵然闽越已经说了莫树峰没有大碍，但她还是有些担心对方的伤势。

她回头看了一眼那屋内，心思有些重：这伙幕后的人，一天不牵出来，的确是一天不能让人安心。

倒是凤无俦扫过她的眼神，又睨了一眼船舶之内的"莫树峰"，眸色复杂。

收回目光之后，他问洛子夜："遇上想见的人了吗？"

"遇上了！"洛子夜很快便将前几日的事情，尽数说给他听。

海上天气恶劣，直到半个多月之后，洛子夜和凤无俦等人才上岸。

武神大人老早就听说他们将要上岸的消息，已经在岸边等着了。

大婚在即，洛子夜便在帝拓的皇帝陛下不甚满意的目光之下，跟着武修篁先回到龙昭，等待出嫁。到这时候，帝拓的皇帝陛下再一次清醒地意识到洛子夜有个娘家，对于自己而言，的确算不得什么好事，这不，眼下她回了龙昭，等到婚期便又要许多日不见了。

他自然心情不好。

洛子夜倒不觉得有什么，左右不过这一两个月的工夫，她跟凤无俦之间这么多风风雨雨都走过来了，还在乎这一两个月吗？风风光光地出嫁才是正道，只希望这段时日不要出什么幺蛾子，那个什么主公可别在她的婚礼上出来搞破坏。

“你不是说，会帮我杀洛子夜吗？”凤无忧瞪着自己面前的人，扬声嘶吼。

凤阳倒是一副不甚在意的样子，冷声道：“我已经动过手了，洛子夜好不容易出海一次，可谁知道凤无俦竟然亲自去接她，这能怪我吗？我手下有五块大陆第一的弓箭手楚鑫，我亲自带着他出马，最终也只伤了洛子夜身边的莫树峰，只怪她身边的人都太忠心……眼下楚鑫也被洛子夜的匕首所伤，想再出手也得等他养好伤再说！”

这话说完之后，他看向凤无忧：“凤无忧，我早就对你说过，这时候想杀洛子夜，不是那么容易的事情。我也说过我会出手，但是能不能成功还未可知，可是……”

说到这里，他的眼神霍然阴冷起来。

他走到凤无忧的面前，猛然伸出手，一把掐住了凤无忧的脖子，眸色如刀，冷声道：“你倒是有脸问我洛子夜的事情，你倒不如说说，到底是谁给你的胆子，竟然敢对百里瑾宸出手？”

“百里瑾宸？我，我没有啊！”凤无忧看着凤阳的眼神，那眸中带着杀机，仿佛自己承认这件事情是自己做的，那自己就死定了。她知道情况不好，眼神左右漂移，竟不敢看自己面前的人，也不敢承认。

凤阳嘴角掠过一丝讥诮：“不是你？武青城自然不会动，而除了你，还有谁手中有修罗门的人？还有谁会如同你一样不知死活，连百里瑾宸都敢动？”

凤无忧瞪着凤阳：“我为何不敢动他？不过是一介行医的布衣罢了，他自己不知死活，要一再帮着洛子夜，就是死了那也是应该的，是他咎由自取，我为何……”

啪的一巴掌，凤阳直接打在她脸上。

他额角的青筋都已经暴了出来，瞪着面前这个该死的女人，切齿道：“一介布衣？凤无忧，你这个不知天高地厚的无知贱妇！你可知道他的兄长是谁？你可知道他与富可敌国的夜幕山庄是何关系？你可知道如今我煊御大陆的第一富商百里奚，也曾被夜幕山庄逼得走投无路？你又可知他妹婿是谁？你什么都不知道，就敢对他动手，他如今没事算是你烧了高香，他要是出事了，后果你承担得起吗？”

他这一字一句地问出来，凤无忧便也惊住了，凤阳这话都是什么意思？

她还没来得及问对方此话何意，凤阳已经不耐烦地踢了她一脚，冷声道：“我告诉你，百里瑾宸要是有个万一，等着我们的是几块大陆之间的战争！就凭你手上掌握的那么一点儿钱财，你就敢跟他作对，你简直是吃了熊心豹子胆。整个煊御，除了凤无俦和武修篁，任何人跟他作对都讨不到好果子吃。只有你这个愚蠢至极的女人，才做得出这档子事来！”

他这话一出，边上的黑衣人，表情也都紧张起来，话说是他们出门对百里瑾宸出手的。

之前他们也没听说百里瑾宸身份不凡啊，眼下这……

凤阳说完这话，还抓着凤无忧的头发警告了一句：“最近给我躲好一点儿，还有你们，都给我藏好！别怪我没奉劝你们，凤无俦已经开始查了，百里瑾宸也不会放过你们，一旦你们被他们发现蛛丝马迹，所有人都要完蛋！你们自己想死本王没有意见，但是你们不要坏了本王的事！”

凤无忧做梦都没想到，自己手中的财宝都没有交出来，凤阳竟然就敢这样对待自己。

眼下她呛得眼泪鼻涕都出来了，心里头更是明白自己怕是的确惹了大祸，这下也是不敢吱声。

凤阳冷眼看着凤无忧，继续道：“你最好眼下就将财宝交出来，否则我会立刻把你的下落透露给凤无俦和百里瑾宸，让你来做这替罪羔羊，看看是他们谁先找到你，看看你是会死在百里瑾宸手中，还是死在你心心念念的王兄手里！”

凤无忧当即面色煞白。

她不怕死，却着实怕死在王兄手中。

凤阳继续道：“你让我帮你杀洛子夜，该拿出的诚意我也都拿出来了，如若你还是什么都不肯交出来，那我便也没有那么好说话了！”

“我给你！我给你便是了……”

一转眼，又是两个月过去了，莫树峰的伤已经大好。

龙昭和帝拓的婚事，也如火如荼地展开。只是天下围观的吃瓜群众都很是纳闷，总觉得这场婚礼里面，透着烽火硝烟的味道。

为何婚事拖了这两个月，那是因为有另外一块大陆的贵客来访，为了配合他们到来的时间，是以又延期了一段时间。

而帝拓的皇帝陛下，为此心情很是不好。

但对于一个什么事情都是王后说了算的男人，即便心情不好，也只能好生憋着了。

至于这烽火硝烟的味道，是因为轩苍的皇帝陛下，轩苍墨尘来参加婚礼就算了，却还带了二十万兵马，就守在龙昭的边城之外。洛子夜嫁到帝拓，出了龙昭的边城之后，送嫁的队伍还要横穿好几个国家，方能到达帝拓，眼下轩苍墨尘这兵马一带来，便令人看见了来者不善的味道。

而相应地，凤溟的皇帝陛下冥吟啸来参加婚礼，也带来了二十万兵马，也在龙昭的边城外头，跟轩苍墨尘的人各据一方。

这令武修篁头疼不已。

正常情况下，送公主出嫁，只需要派遣几千精兵就行了，可是这两国一共带来四十万大军，自己要保证洛子夜安安稳稳地嫁到帝拓，难道要派出四十万大军跟随？

要是这么一派，除却守着各大边城的士兵，龙昭的皇城差不多就空了。

可是不派，女儿的幸福就在眼前，武神大人也无法不慎重。

洛子夜倒是表现得比武修篁淡定得多，明日就是婚期，洛子夜便派人将武修篁请了过来。武神大人刚刚进屋，洛子夜便开门见山，直接开口道：“我嫁到帝拓之后，回来的机会怕不是很多，今日趁着我还没走，你告诉我你心心念念的那本札记如何解开，帮你做完这件事情，我就安心出嫁了！”

她这话一出，武修篁倒有些惊讶，万万没想到对方还记挂着这件事。

他倒也不客套，很快便说出了解开札记的办法。洛子夜二话不说就放了血给他。那札记上头的字迹，也果然都解开了。

武修篁没给洛子夜看，上一辈的事情，洛子夜上去八卦似乎也不是很妥当，所以没必要给她看。

只看见武修篁看着那札记，眼眶越发温热，便是一副悔不当初的模样。最终他将那札记合上，对洛子夜道："女儿，等你嫁到帝拓，父皇就去一趟天曜，带着你母亲的尸身，出海去。不知道何时会归，你自己保重！"

洛子夜皱眉看着武修篁，询问："是母亲的遗愿吗？"

"是她生前想做的事，只可恨当初我一心妒忌洛肃封，与你母亲的关系闹得很僵，以至于从来不知道她心中想要的是什么，也从来不知道她心中之人到底是谁……"武修篁说着这话，整个人都仿佛苍老了许多。

洛子夜犹豫再三之后，还是开了口："我听说，当初母亲是死在你错手之下……"

这话令武修篁闭上眼，幽幽开口："不错，朕此生最后悔的事情，就是当初强迫你母亲做朕的女人。若非如此，她不会死，也不会有这么多的孽债。只是朕很清楚，倘若时光重来一次，朕看见她还是会忍不住那么做。罢了，当年的事情朕不想多提了，如今你长大了，也觅得了自己的幸福，比父皇和你母亲都幸运，朕很为你高兴，相信你母亲在天之灵也会高兴的！"

说着这话，他伸出手，摸了摸洛子夜的头。

洛子夜没说什么，只是点了点头。又与武修篁坐了一会儿之后，他便嘱咐她好好休息，然后出去了。

婚礼之上，敲敲打打很是热闹。

南宫锦和澹台凰一早便到了，在洛子夜的房间里头，同喜娘一起与她说话，还抱来了翠花生下的那只漂亮的宠物，说这小家伙出生之后，好几次改名，改来改去，最终便是小名叫菀菀，大名叫潘安。

也不知是不是因着洛子夜对翠花有过救命之恩，这小家伙通灵，便跟洛子夜格外亲近，洛子夜抱着玩了许久。

南宫锦的手在桌案上敲打着，开口道："可惜瑾宸去了千浪屿，他爹和惊澜都很担心，便都去千浪屿寻他了，眼下就只有我们两个来了！"

"千浪屿？"洛子夜回头看了南宫锦一眼。

千浪屿她是去过的，求药差点儿弄丢了性命，还是多亏轩苍墨尘帮了她一把。

南宫锦点头，面上也有几分愁绪，怕若不是自己死党的婚礼就在眼前，她此刻也去千浪屿了："瑾宸的实力我不是很担心，只是来了煊御大陆之后，听你们这里的人说起千浪屿，好像的确是个凶险的地方，我也有些担忧起来，不过他爹和他义兄都去了，当也不会出事。待你午时出嫁之后，我们就要走了，也去千浪屿瞧瞧！"

洛子夜心里也有些遗憾："原本还以为你们这一回过来，我们能让三个二十一世纪的姑爷碰个面呢，却没想到……不过你们来参加女方的婚礼，似也没有跟着一起去男方国家的道理，日后你们再有时间了，就来帝拓看我好了！"

"以后会有机会的，我也很是期待姑爷们见面！"澹台凰笑着说了一句，便安抚她们。

门外有人来喊："新娘子，准备上轿了！"

南宫锦将喜帕给洛子夜盖好，笑道："祝福你，一定要幸福啊！"

"好！"洛子夜含泪应了一句。

她真的做梦都没有想过这辈子还能再见到妖孽，也从来不敢想，她会出现在自己的婚礼上，为自己献上祝福。

澹台凰倒是没说什么，只是无声地同南宫锦一起，牵着洛子夜的手将她送出门外。

刚刚出门，没走出几步，便是一阵风扬起，将洛子夜头顶上的盖头掀开。

盖头扬起那一瞬，不少人倒吸了一口冷气，万万没想到，她竟这样美。洛子夜正要伸手去扯那盖头，却就在这时候，在人群里头看见了冥吟啸的脸。

这令她失神之间，便没扯住。

他一双邪魅的桃花眼染笑，看向她。恍惚之间，洛子夜猛然想起，当初她痴傻着在凤溟的时候，他曾经带她去试过喜袍，只是那时候的他就知道，他们终究不会有结果，所以他看她穿着喜袍，笑着，眸中却有湿意。

而如今，她终于穿上喜袍，却不是为了他。她跟他之间，这一生，终究是她欠了他。

她却不知，这时候边上的轩苍墨尘和墨子燿也正怔怔地看着她。她化了极为美艳的妆容，艳红色的红唇，眉间点着梅花，美得就像是妖精。只是这如火的嫁衣，终究是为凤无俦穿的。

南宫锦将喜帕捡起来之后，再一次为洛子夜盖上，隔断了诸多视线。

在喜娘的牵引下，洛子夜缓缓走下台阶。

武修篁站在洛子夜身侧，扫了一眼边上的轩苍墨尘和冥吟啸，倒是开门见山地问了一句：“两位君主能否直言，你们带兵前来，到底是为了什么？朕也要早做打算！”

轩苍墨尘回过神，扫向武修篁，温声道：“出了龙昭的国境，再要做什么，就是朕的事情了不是吗？凤无俦同样派了王骑护卫来迎亲，想必也是做好了应战的准备！至于凤溟的君主，想必你来的目的，同朕是一样的吧？”

他这话一出，在场不少人当即便倒吸了一口冷气。

轩苍墨尘这话，无异于当众承认，他是为了抢婚来的。

洛子夜心头一跳，直觉告诉她，冥吟啸并不会这样。

果然，下一瞬，冥吟啸已经走到了她身侧。那双邪魅的桃花眼扫向轩苍墨尘，靡艳的声音缓缓地道：“轩苍君主来者不善，朕带兵前来，自然是怕你搅了小夜儿的婚事。有我冥吟啸在，任何人都动不了她的婚礼，任何人也动不得她的幸福。轩苍皇帝若是不信，今日便大可以试试！”

他这话一出，轩苍墨尘面色微变。

而喜帕之下，洛子夜的眼眶霎时一热，她就知道，他永远不会破坏她的幸福，她就知道。可他越是这样，她就越觉得自己欠他的，无法偿还。

墨子燿这时候也上前一步，手放在了轩苍墨尘的肩膀上，冷声道：“放手吧，你我是最没资格破坏这一切的人！”

他们当初在天曜那般算计她，如今又有什么脸面，来以爱的名义做出伤害她的事情？

轩苍墨尘闭上眼，其实他心知冥吟啸此来定不会同自己一样，是为了抢婚，毕竟这个男人做得最多的，从来都是牺牲与成全。其实他知道，即便自己倾举国之兵来抢婚，在龙昭和帝拓的大军之下，也只是溃不成军的命运。其实他知道，自己做这件事情，成功的概率有多小，小得几乎没有。

可是他不甘心，不甘心就这样放弃。

但是不甘心又能怎么样呢？墨子燿说的没错，他们是最没资格破坏这一切的人。

所有人的眼神，这时候都放在轩苍墨尘的身上。洛子夜站在原地没有动，喜帕盖住了她的脸，遮挡住视线，低下头只能看见自己的脚尖。

她作为当事人之一，在这时候却表现得超乎寻常地镇定。

南宫锦和澹台凰四面看了看，也都是见过大场面的，只是一眼便能明白是怎么回事，倒也没有吭声。

整个场面，陷入一种诡异的静默中。

而轩苍墨尘似终于回过神，眼眶却已经红了，盯着洛子夜道：“洛子夜，有些事情，若是做错了，便是此生都无法回头吗？”

“是！”洛子夜并不动，话语无悲无喜，极其淡漠。

轩苍墨尘脚步一晃，却也避过了身后墨子渊的搀扶，轻声道：“洛子夜，倘若今日我侥幸赢了凤无俦，甚至我能杀了他，得了你，你……”

“就算有那种万分之一的侥幸，你得到的也只会是一具尸体，他死了我不会独活的。”洛子夜语气淡淡，继续道，“轩苍墨尘，你我之间原本就没有从前，便不必妄议未来，若说一定有从前，也不过是你对我的算计和伤害罢了。放过我吧，也放过你自己。”

对。

没有从前，便不必妄议未来。他跟她之间有什么？什么都没有，只有仇恨。若说有从前，那便也是冥吟啸曾经得了她四个月的依赖罢了，可自己算什么？不过是一个路人，不，其实在她眼中，连路人都不如。

他最终叹了一声，不等其他人开口，缓缓后退了一步：“好，我放了你。”

我放了你，可我知道，这一生我都无法放过我自己。

武修篁扫了他一眼，也不知道当说什么，最终只是叹息了一声，不再多言了。自古情之一字最为伤人，但说到底，一切都比不过情深缘浅，得了善缘的冥吟啸尚且如此，更何况只有孽缘的轩苍墨尘呢。

这一场婚礼，空前盛大。

据说煊御大陆开天辟地以来，就无人见过这样盛大的婚礼，龙昭皇城与帝拓皇城连贺十八日，两国大赦天下，普天同庆，天下欢腾。

新娘子的轿子所过的一路，都是大红色的灯笼，高高挂起，一片喜色。

更令人哭笑不得的是，龙昭那位疼爱女儿至极的皇帝陛下竟然选了九十九个伴娘，随同送亲至边城。

按照龙昭成婚的礼节，公主是可以有九位伴娘的，送到边城便与送亲的队伍一起回来，而皇后可以有十七位伴娘，但是武修篁竟直接选了九十九位，充分表明自己的宝贝女儿比任何女子都要尊贵。

洛子夜在知道这件事情的时候，除了哭笑不得，也不晓得应该用什么话来形容自己的心情。她出了龙昭的边城，南宫锦和澹台凰便都离去了。

轩苍墨尘果然没有动作，事后与冥吟啸的大军各自回去了。

到了帝拓的边城，凤无俦便早早地在外头候着了。

洛子夜才下了轿子，便被他打横抱了起来，他魔魅冷醇的声音里头，带着几分难以掩饰的醋意："孤听闻，在龙昭的时候，你喜帕下的脸，便被那几个人看了去？"

那几个人，不必想，也知道他说的是情敌们。

这几日的确传得沸沸扬扬，说是轩苍皇帝原本要抢婚，但是凤溟君主站出来表示谁也抢不得，而这位引起纷争的龙昭公主喜帕正巧飞起，叫人看见了那张美艳不可方物的脸，使得不少人久久不能忘怀，并算是明白了什么叫作绝代佳人。

这些话，传到帝拓皇帝陛下的耳朵里面，他自然高兴不到哪里去。纵然他派了王骑护卫去龙昭接亲，任凭谁抢亲也是不能成功，可听见她竟被那么多人看了去，并惦记着，自然不会舒坦。

洛子夜抿了抿嘴，觉得有点儿好笑，低声道："今日我们大婚，你还要同我生气不成？"

他嘴角淡扬，显然也因为"成婚"二字心情大好。

他低下头，隔着那喜帕，吻在她的头顶，用冷醇充满磁性的嗓音缓缓地道："那要看王后洞房花烛夜是否打算让孤满意了！"

洛子夜咬了咬下唇，没理他。

倒是从来厚脸皮的她，今日却很是容易羞涩，当了新娘子，终归又多了几分女人味。

向来认为天地都担不起自己一拜的凤无俦，今日为了与自己心爱的女人有一个天长地久，倒也规规矩矩地拜了天地，全了礼数，方入了洞房。

时光荏苒，一晃两年过去，可谁都不敢掉以轻心。

幕后那主公始终没有被找出来，像是从当初的事情之后便消失不见了一般，离

开修罗门的那些人也都已经不见踪影，寻不得半点儿蛛丝马迹。

武修篁带着洛水漪的尸身，离开了煊御大陆，两年来不知所终，武青城彻底将武云倾压制住，成为龙昭如今的掌权人。

只是在近日，诸国都发现了一丝异变。不知道是从哪里来的一股人流，悄然涌入各个国家，可去的都是小国，动辄发生一些小规模的征战，墨氏收到请求帮忙平乱的折子也堆了很高。

然而墨氏早已摇摇欲坠，小国求墨氏无果，便将折子递到大国，寻求大国的庇护。

今日帝拓的朝堂上，主要便在议论两件事情，第一件事情，是诸国这动乱要如何平息，第二件事情，是王后两年都没有为君王诞下一儿半女，臣子们都在奏请凤无俦纳妃。

纳妃的事情传到后宫的时候，洛子夜正听应丽波说起诸国动乱的事情。

眼下听宫婢这么一说，洛子夜眉心一跳。她和凤无俦大婚之后，云筱闹和阎烈也修成正果，孩子已经周岁了。解罗彧和应丽波也成婚了。秦月死不要脸地跟在肖班身后两年，似也在几日之前得偿心愿。

而她也如同莫邪所言，两年过去了，身体并无半分好转，喉结已经不见了，骨架也慢慢如女子般纤细起来，但是内里半分好转都没有，毫无受孕的可能，闽越也很是纳闷，全然不知道是怎么回事。

应丽波听了那宫婢的话，小心翼翼地看了一眼洛子夜："主子，这个……"

"你们不必管，先退下吧！"洛子夜挥了挥手，心思也有些重。

应丽波有些担心，但还是退下了。

等到所有人都出去了之后，洛子夜走到寝宫外，在门槛上坐着，靠在自己身后的柱子上。抬眼望去，倒是不巧看见百米之外，云筱闹正抱着孩子逗弄着，一时间竟然说不清心中是何种感受。

她自然不担心凤无俦真的要纳妃，这两年来他待她如何，不必旁人说，她心里也明白，但是这些大臣竟然一起奏请这件事情，她心中着实难以痛快。

坐了半个多时辰之后，耳边传来一阵声响，洛子夜斜着眼睛看过去，便看着果果挪过来了。它也是一副很惆怅的样子，靠在洛子夜的脚边，尖着嗓子询问："洛子夜，是不是很想要孩子你……你是不是很想要孩子？"

洛子夜奇怪地看了它一眼，很是纳闷这家伙怎么忽然来关心她了，她和它认识了三年，关系从来就没好过。

不知道是不是因为心情太恶劣，眼下果果这么一问，她倒是直接就开口了：“倒不是很想要，只是要不着，心里不太舒服！”

“果爷知道你想要，主人也想要！”果果一屁股坐在地上，样子很是惆怅。

洛子夜没搭理它，默默盯着前方，莫邪说这件事情会有转机，只是转机在何处？

正想着，果果它老人家忽然叹了一口气，瞟了一眼洛子夜：“你等着，果爷找自己的蛋来！”

蛋？

虽然不知道果果在说啥，但是洛子夜还是坐着等了一会儿，没过多久，果果抱着几块破碎的蛋壳过来了，那蛋壳竟然是金黄色的。

它坐下之后，从翅膀下掏出一个竹简，翻了一页给洛子夜看：“凤凰后裔的蛋壳，若是碾碎熬成汤药，能抵御许多毒物，也能创造神迹。”

给她看完之后，果爷叹了一口气，难得地没什么语法错误地道：“虽然你一直不相信果爷是神兽，是东方吉祥兽，是凤凰一族的后裔，但是你可以试试果爷的蛋壳，说不定真的能治好你！这是果爷出生破开的蛋壳，就送给你了。”

洛子夜盯了它一眼：“可这对你来说，很重要吧？”

果果一直很不喜欢她啊，这时候忽然要帮她，让洛子夜都有些接受不过来。

果爷歪着脑袋道：“有很重要的纪念意义，不过没有什么大用，你拿去试试吧，如果有用，你要感谢果爷，要感谢果爷！”

“好！”洛子夜伸出手摸了一下它的小脑袋，虽然不知道是不是有用，但是它有这份心，她还是很感动。

果爷嫌弃地一翅膀把她的手挥开：“快走，快走，赶紧去试试！果爷最讨厌你了！”

“口是心非的小破鸟！”洛子夜嗤了一声，又犹豫了一会儿，毕竟这东西对果果来说，纪念意义非同一般。

然而果爷当即蹬了她一脚：“快点儿去，再不去果爷拿去送给别人了！”

洛子夜瞟了它一眼，看着它不高兴的样子，最终还是拿着它的蛋壳去膳房了。罢了，这小破鸟这么坚持，也不要辜负它的好意了。

看着洛子夜的背影，坐在地上的果果悄悄地背过身抹了一把眼泪。凤凰后裔的

蛋壳可以创造神迹，许多人都知道，但是只有果爷自己知道，凤凰一族的繁衍，需要食下先辈的蛋壳，才能诞下新的小凤凰，就算是果爷与其他种类的鸟繁衍，那母鸟食下蛋壳，也是能生下新的小凤凰蛋的。

如今凤凰的后裔只剩下果爷一个，这蛋壳给洛子夜了，就再也没有了。

凤凰一族将彻底绝迹。

果果眼眶红红的，但是没有再哭。主人想要一个小宝宝，洛子夜也想要一个小宝宝，果爷是伟大的神兽。这个秘密，果爷谁也不会告诉，希望主人能有一个小皇子，希望那些叽叽喳喳的大臣，再也不要烦主人了，果爷最爱的就是主人了……

至于果爷，就继续当洛子夜口中那个自诩凤凰后裔，其实是霸王龙和翼龙生下的不知道什么品种的动物吧，果爷只是没有成年而已啊，等百年后果爷就是漂亮的凤凰了好不好，抱鸟爪哭……

朝堂之上。

丞相上奏道："陛下，臣等认为，夏司马之女夏云念、洛司空之女洛雪熙，不论身份美貌，都是可以选入后宫的女子。王后两年无子，此事……"

他话没说完，凤无俦便沉声打断了他的话："怎么？这两个人都愿意嫁入宫中吗？"

"这……"丞相一时间失语，倒也不知道凤无俦这一问是什么意思。

而下一瞬，凤无俦沉声道："既然她们愿意，就让她们到殿上来！"

他这话一出，一众大臣当即认为自己看见了希望，赶紧一挥手，让下人去请人。不多时，这两名女子便战战兢兢地上殿了，进来之后头都不敢抬，跪着一动不动。

正跪着，便听得一道威重霸凛的声音从头顶传来："你们愿意入宫？说起来，王后近日正说自己很闷，孤倒是认为，你们若是愿意入宫，正好可以五马分尸了让王后拿来做人偶玩赏，你们看呢？"

"啊？"丞相第一个吓得失态，一屁股就坐地上去了。

南息辞立即开始一唱一和："王，王后大概不爱那些血腥的东西！"

凤无俦扬了扬眉毛，沉声道："孤却很喜欢将一些不知死活、不知道天高地厚，胆敢觊觎王后掌中之物的人，折磨致死！"

王后掌中之物？王这话的意思，是王将他自己看作了王后的掌中之物吗？

洛雪熙和夏云念很快就意识到了情况不对，两个人赶紧齐声道："不敢！不敢！臣女不敢，臣女从来不敢与王后作对，王后的……王后的夫君，臣女等也不敢觊觎，请王明察！"

洛雪熙说完之后，便扬声道："王，臣女倾慕南世子多日，此番来此处只是为了求您指婚的，哪怕给南世子做一个侧室，臣女也甘愿，请王千万不要误会！"

天知道她根本没见过南世子，只知道这个人花心风流，说了自己不会娶妃的，为了自己的小命着想，只好先拖他下水了。

夏云念也完全不想自己被做成人偶，立即道："臣女，臣女……"南息辞已经被喜欢了，还有什么适龄的、身份又合适的男子可以被自己喜欢呢？

啊，对了！

她慌乱地道："臣女倾慕肖青肖大统领多日，斗胆请王赐婚！"

这两个女子上殿之后便被吓得开始胡说八道了，一众大臣这时候也算是明白了，王对他们的劝谏从前是从来不听，如今让她们上殿来，原来根本不是改变了心意，是想从根源上断绝此事，眼下莫说是姑娘们不敢随便想了，就是大臣们也不敢轻易拿女儿来触这霉头了。

南息辞赶紧道："王，这件事情不关臣的事啊……"

肖青却扫了一眼夏云念："王，臣愿意！"

反正也没媳妇儿，一直也没合适的，这夏云念看着机敏可爱，长得也还好看，说不定就是自己命中之人呢，他已经在京城置办了五处房产，再没有媳妇儿他都没有继续拼搏的动力了。

"肖青你……"南息辞气得脸都绿了，肖青这时候答应下来，这不是在挖坑给自己吗？

果然，凤无俦沉声道："准了！至于洛雪熙，你既然愿意做侧室，便给南息辞做个侧室吧。诸位爱卿，你们还有什么话要说吗？"

"臣等没有了！"好端端地想送两个女子进宫当娘娘，最后把事情弄成这样，他们什么都不想说了。

南息辞是有苦说不出，他心中的人分明是……正想着，心中咯噔一下，一抬头便见凤无俦警告的目光盯着他，他心中顿悟，看来自己的心思被王知道了，眼下这也是在敲打自己。

他当即弯腰道："臣领命！"

夏云念和洛雪熙："谢王隆恩！"她们才觉得自己有苦没地方说呢！她们根本就没见过这两个男人好吗？只是随口胡说一下，为什么说赐婚就真的赐婚？赐婚来得太快，就像龙卷风！

"下去吧！"凤无俦吩咐了一声。

两个女人便含着心酸的泪水退下了……

接着，朝堂之上又开始如火如荼地讨论起诸国动乱的事情。

洛子夜按照果果的法子，将那蛋壳食下之后，便霍然感觉到一阵神清气爽，身上的血脉似乎都畅通了。

刚刚回到自己的房间，便感觉到一阵杀气对着自己的方位缓缓涌来，这令她面色微沉。眼角的余光看了一眼窗外，下一瞬，三支羽箭破窗而来，是对着她的方位！

她眸色微冷，这样的技巧，两年之前在海上她也见过，当初对方就是这么一手，才伤了莫树峰。

所以眼下不必说，这定然是同一个人！

她眸色森寒，袖中的匕首射出，将那三支羽箭齐齐切断，可也就在同时，又是一箭从另一个方位对着她射了过来。她眼神一冷，前方那人同样也是一箭，对着她的方位继续袭来。

两支羽箭，不同的角度，却都是对着她。

避开其中一箭，便难免被另一支羽箭伤到。她身体很快后仰，避开了自己的要害，两支箭一支落地，一支从她的肩膀上擦了过去，伤了些皮肉。洛子夜低头看了一眼，并不以为意，手中的匕首却飞射而出，对着向自己射箭那两人袭去。

哧的一声，匕首割断了那射了自己两回的人的喉咙。

下一瞬，匕首角度偏转，又对着另外一人攻去。

那人瞪大眼，似难以置信这匕首如此轻易便夺取了同伴性命，他后退数步，见已经伤了洛子夜，便飞跃而去。

洛子夜正要去追，这时候宫中的侍卫却是已经发现不对劲，推开洛子夜的房门："王后，你没事吧？"

洛子夜没理会他们，很快飞跃出殿门，跟随那黑衣人几个跳跃之后，竟然跟丢了。

这令她面色冷沉。此人的武功在自己之上，想必就是当初那个对自己动手的主公，这伙人两年不曾出现，一出现又是对着自己来的，这到底是想做什么？

还有，这里是帝拓的皇宫，不是等闲之地。

到底有什么人能轻易地带着自己的属下在宫中穿行，如入无人之境？是他们的武功当真已经这样厉害了，还是宫中有他们的内应？

她眼神冰凉，开口吩咐道："搜！"

"是！"魔伽应了一声，很快地着人去搜查了。

"陛下，这段时日，那个人的表现倒很是不错！"令狐翊低头，在冥吟啸的面前禀报。

说完这话，他又笑道："木汐尧把他带得很不错，如今他不仅仅已经武功卓绝，也常常做些好事，惩办贪官。臣前段时日悄悄跟了他们一段时间，发现他的确与当初大不一样了，怕是他什么时候起了心思再回来做皇帝，您都已经可以安心将担子交给他，高枕无忧了！"

冥吟昭如今的确不同当初了，这两年来，在外头的历练，几乎将他整个人改造了一番，完全不似从前那个人了。

冥吟啸听了这话，轻笑了一声，靡艳的声音缓缓地道："只是佳人在侧，他怕也不愿意再回来了！"

"不错！"令狐翊点点头，一时间倒也不知道当说句什么好。

从前冥吟昭没那本事的时候，心心念念想当皇帝，如今有本事了，心思却不在此处了，大概上苍就是喜欢如此愚弄人吧。

说着，令狐翊又道："陛下，这两年来，在您的带领之下，我凤溟已经成为煊御大陆数一数二的强国，与龙昭、帝拓、轩苍、天曜并为一线大国。这是我凤溟之幸，想必那位在江湖之中看着也会觉得，皇位您坐着很好，不需要他操心！"

冥吟啸轻嗤了一声，不以为意，却缓声道："这股动乱，幕后的人，查得到吗？"

"查不到！只知道是一伙流民，可看他们挑起事端的样子，倒像是训练有素的军队。臣总觉得这件事情怕不会像表面上看起来那样简单！"令狐翊说起这件事情，脸色也沉了下来。

君臣二人正说着，门外忽然有人来禀："王上，出事了。东南之地四位小国的

君王，点兵往我凤溟而来。西南之地十位小国的君王，忽然联手，往帝拓去了，看样子是要宣战。还有，龙昭的武青城忽然下了战书给轩苍墨尘，说是要踏平轩苍！”

“什么？”冥吟啸扬眉。

令狐翊迅速道：“诸国动乱，大国派遣兵去平乱，幕后之人就在这时候趁乱进攻，的确下得一手好棋，只是武青城为何会掺和到这件事情里头？”

冥吟啸放下手中的奏章，眉间浮现出冷笑：“看来，这动乱的策划之人，终究是坐不住了！”

“洛子夜已经中箭，纵然只是擦破了一点儿皮，但是她也必死无疑！最后剩下的一部分财宝，你可以交给我了吧？”凤阳盯着凤无忧，眸色冰冷。

他为此死了一个楚鑫，乃他手下第一能人，这么多年来让楚鑫执行任务从未失败过，对方一直就是自己最得力的手下，可眼下竟就这么轻易地死在了洛子夜的手中，他如何能不怒。

凤无忧站起身，盯着凤阳：“此话当真？”

“我还骗你不成？箭头上有毒，无解之毒，探查都探查不得。即便是百里瑾宸也救不了她，可惜那羽箭没能射中她的要害，只伤了肩膀，不过毒性蔓延三日之后，也定然会死！”凤阳冷声回话。

凤无忧当即面露喜色：“太好了，我等今日等了两年，我等今日等了两年，洛子夜终于要死了……”

凤阳盯着她：“快点儿将东西交出来！”

凤无忧也不犹豫，直接便将袖中的钥匙掏出来交给了他：“在东郊丘陵之下，你直接去寻便是！”

凤阳睨了她一眼，拿着钥匙，大步出去了。

待凤阳离开之后，凤无忧坐在屋子里思索了片刻，心中顿生不好的预感。凤阳已经得到了他想要的，自己知道这么多，他难免会担心自己坏了他的事，若是这般……凤阳回来了之后，说不定会杀了自己。

这般想着，她很快回到自己的房间，将自己所剩的珠宝都装好，便小心翼翼地走出房间。

却没想到，刚刚关上门，便见着了离开修罗门的那一行人，也是自己如今的属下。

为首之人盯着凤无忧笑道：“怎么？公主这就准备走了？临走之前也不打算给我们一点儿交代？公主你可不要忘记，我们为你做了多少不要命的事情，如今你却将所有的财宝给了主公，仅剩的珠宝你也要带走，你是要将我们置于何地啊？”

凤无忧吓得后退一步。这个人凶神恶煞，她手无缚鸡之力，定然不是他们的对手。

她将手中的珠宝尽数递给他们：“我把这些东西都给你们就是了，你们不要杀我！”

“哟，公主从前不是不怕死的吗？”那为首的黑衣人将珠宝拎起来，看了看里头的分量，勾了勾嘴角，却蹲下身，扯下了凤无忧的面纱，“虽然额头有伤，但依旧颇有当年天下第一美人的风貌！”

“你想做什么？”凤无忧心中顿生不好的预感，往身后爬了一步。

那黑衣人扬了扬嘴角：“想做什么？凤无忧，这两年多来，你可有将我们当人看过？如今你的利用价值已经没有了，你觉得我们会想做什么？”

“当然是尝尝当年所谓天下第一美人的滋味了！”有人在他身后接了一句。

凤无忧目露惊恐之色：“你们敢！我告诉你们，我可是帝拓的公主，我王兄是凤无俦！他不会放过你们的，你们……”

那群黑衣人，已经开始宽衣。

为首之人冷笑出声：“在帝拓眼中，无忧公主早就是一个死人了！两年半之前就已经死了。至于你王兄，就算他知道你还活着，在知道你让主公去杀洛子夜，使得洛子夜中了无药可解之毒后，他会管你的死活？他或许会亲自将你碎尸万段！”

“你们滚开！我王兄不会放过你们的……”

“滚开……啊……”

“没事吧？”洛子夜看了一眼自己肩头的伤。

闽越摇了摇头：“无妨！并没有伤及要害，上头也看不出毒性，想必没什么大碍！”

说完这话，他便为洛子夜上了药粉。

洛子夜点点头：“既然是小伤，就不必对凤无俦说了，省得他担心！”

闽越犹豫了一会儿，想着左右也不是什么大事，但是落在王眼中怕就是天都塌了，想想也没有必要多说，于是点头道：“是！”

处理好伤口，闽越便退了出去。

而上官御也很快进来了：“主子，出大事了！整个天下都乱了，四方诸侯国不知道是发了什么疯，竟然一起出来抗击大国，帝拓这边竟面临十个小国联军。最奇怪的是，武青城竟然也参战了，主动宣战轩苍，还放出要与帝拓、凤溟决一死战的话！”

“他疯了？”洛子夜皱眉，不能理解。

随即她心思一沉，很快便意识到了：“看来这两年，那个主公不声不响并不是真的失踪了，而是一直在背后策划这些。那些诸侯国的人，怕早就被他控制了，所以他悄悄在那些地方养兵练兵，也不会有人知晓。眼下他这是打算做什么？做天下霸主吗？”

上官御如今跟着王骑护卫的人混久了，也有了不少见地，当即便道：“主子，属下认为您的推断是对的，只是这件事情里面，唯一不合情理的是武青城竟然也参战了，末将觉得这件事情里面透着古怪！”

洛子夜起身：“武青城到底怎么了？怕是要我亲自去龙昭看看了！”

她作为龙昭公主，于情于理这时候都是可以回去看看情况的，开战不是小事，想必武青城也不敢将她如何，毕竟他不可能不怕武修篁回来。武修篁如今不过是出海去了，武青城暂代国事罢了，他胆子也没理由这么大。

她这话刚说完，凤无俦便进来了。

上官御很快退了出去，而凤无俦进门之后，直接便将洛子夜往床榻上扯：“遇刺了？受伤没有？”

“呃……”洛子夜还没来得及说自己没事，衣服就被扯开了。

肩头的伤也落入他眼中。

她摇了摇头，笑道：“闽越看过了，只是皮肉伤，不妨事。伤我的人我已经杀了，被探知是天下第一神箭手，倒是他的同谋跑了，我不是很理解！”

的确不是很理解，毕竟那个同谋的武功在自己之上，若是要杀自己的话，应当继续出手才是，但是为什么竟然跑了呢？

她这话一出，他魔瞳微凛：“当真只是皮外伤？”

“当真！你看我不是好好的吗？眼下诸国来战，你应当去准备战事了吧，怎么还在我这里……唔……”话没说完，人就被他压下去了。

他魔魅冷醇的声音自她头顶响起："不错，孤将要亲征。这一次战事不同以往，怕至少要两个月才能回来！"

洛子夜心头一跳……

所以？

为了正事，她推了他一下："我明日打算回龙昭看看武青城是怎么回事。你今日且温柔些，明日若我下不来床，我可就趁着你不在，离家出走了！"

"你要去龙昭？"他魔瞳凝锁着她。

洛子夜点头："不错，父皇如今不在煊御大陆，龙昭的事情，也许只有我能解。毕竟我不愿意看见龙昭和帝拓两败俱伤，武青城攻打完轩苍，下一个就是帝拓，所以我一定要回去一趟！"

他闻言，沉眸盯着她，并不说话，但从他眉间的折痕能看出来，他并不赞同。

洛子夜很快继续道："你若是不放心，便派人保护我！我不会有事的，武青城也不敢动我，再说了，我的武功打不过你和父皇，但是跟武青城打却不是什么问题，他不能将我如何！"

她如此坚持，说完这话之后，更是很快地道："我保证不会让自己受任何伤的，好不好？"

她从来都是个倔强的人，话说到这里，他沉眸，终究是应了她："你若是受伤了，孤定不饶你！"

只是那暗中伤她的人，他终究还是不放心，看来要让阎烈亲自跟着她去了。有王骑护卫的人保护着，即便是武修篁那样的高手，也很难讨到好处。

洛子夜离开帝拓之前，倒是把许多事情安排好了，龙啸营的人没有跟着她一起，都在战场上应敌。

洛子夜把大炮交给了他们，一处带着几门，告知他们心情不爽的时候，直接轰了敌军便是。

七日之后。

"王爷，凤无忧不日之前，被那伙人……"下人禀报。

凤阳眉毛都没抬一下，问了一句："被如何了？"

“被凌辱致死！不过那伙人刚离开山庄，就被百里瑾宸找到，尽数诛杀！”下人说着，低下了头。看来那群人还真的是讨厌凤无忧到极致，怕是凤无忧这几年主子做得很不称职，才使得他们下这样的重手。

凤阳轻嗤了一声：“报应罢了，不必管他们，只是洛子夜中了我们的毒箭，为何到今日都没有事？”

“这件事情属下也很是诧异，她眼下正在往龙昭而去，怕是再过三五日，就到了！若是她到了龙昭，见到了武青城，或许会坏了我们的事！”那下人很快说了一句。

凤阳面色发青：“本王就知道，这个女人活着，对本王来说只会是麻烦！带人，今日再不杀了她，本王必不罢休！”

这七日，洛子夜的状态其实并不是很好。

前几日倒是没什么，却是这两天视线越发模糊，时不时还能感觉到气血上涌，却并不知道到底是怎么回事。

阎烈也察觉到了她的不对劲，只以为她是太累了，倒是没往心里去。

正当他们将要往面前那一座山去，霍然听见身后的一阵马蹄声。

阎烈回头一看，便见着一行黑衣人对着他们狂驰而来。为首之人气势汹汹，手中拿着长剑，一看便是绝世高手。

阎烈立即对洛子夜道：“王后，您先走，属下等拖住他们！”

洛子夜这时候正觉得视线模糊，头脑发昏，倒也没逞强，眼下自己留下才会拖阎烈的后腿。

她二话不说，便策马离去。

两方人马，很快便交战在一起。

凤阳眼下被阎烈绊住，看见洛子夜要逃，手中的长剑直接便对着洛子夜射了过去！

杀气将至，洛子夜自然感觉得到，正要回击却骤然感觉到一阵气血上涌，嘴角猛然溢出血来。

那长剑，正对准了她的后心！

她这时候忽然有点儿想骂人，这不会就是要死了吧？

锵的一声。

长剑撞击在一起的声音响起，下一瞬，她便被人抱入怀中。那人身上似带着冰雪的气息，令她没感觉到丝毫的温暖，却觉得十分舒服。

百里瑾宸低下头，看着她嘴角的黑血，眸色凝了凝：“洛子夜，你怎么了？”

他不过是路过，便正好看见一伙人行色匆匆往这边来，跟上来便见着他们的目标竟然是洛子夜，于是便出了手。

洛子夜其实也不晓得自己是怎么了，只觉得自己越来越看不清楚东西，迷迷糊糊的，就失去了意识。

百里瑾宸看了一眼追兵，阎烈正同那些人缠斗在一起，他便也没说什么，直接带着洛子夜先走了。她眼下似乎是中毒了，要先救她。

带着她跃入山间，他很快便找到了一个山洞。

进去之后，便将她放在硕大的石板上头，为她诊脉。这时候，洛子夜倒是有了些意识，慢慢醒了过来，但是眼前还是一片模糊，甚至那光亮都在慢慢消失不见，这令她迷迷糊糊地问了一句：“我怎么了？”

“是毒。”百里瑾宸很快应了一声。

这毒名为“梓刑”，无色无味，不能被探查出来，染上之后三日之内必然会死，但是看洛子夜这样子，已经不止三日了，还让自己查出了毒性，这唯一的可能便是……

“洛子夜，你近日是否服用过抗拒毒性的东西？”他问了她一句，这东西似乎不仅可以抗拒毒性，还能调理她的身体。

“没有啊，对了……”洛子夜想起来了，“果果给我吃了它的蛋壳，它说……它说蛋壳可以抗拒毒性，不过不知道是不是……”

百里瑾宸闻言，伸出手在洛子夜的眼前挥了挥。

却见洛子夜睁大了眼，看着山洞顶，眼神根本不能聚焦。他轻声询问：“洛子夜，你还看得见吗？”

“看……看不见了……”她面前一片漆黑，心中顿生惶恐。

百里瑾宸眸色微沉，低声道：“你那蛋壳，怕是真的有用，为你抵御了大半毒性，所以不会伤及性命，这便是为何三日过了你还没事。只是那残毒会侵蚀人体最脆弱的地方，你的眼睛……”

他说到这里，洛子夜怔了怔：“我不会……瞎吧？”

她这般一问，他似默了片刻，最终轻声道：“我不会让你瞎的。”

下一瞬，他扬手打昏了她。

轩辕无皱着眉头在边上看着，便见百里瑾宸已经扎开了自己的指尖，他立即道：“主上，这是梓刑，即便残毒也是无解！就算您体质特殊，能将残毒吸入您体内，但是……”

百里瑾宸闻言，容色淡漠，只回了他一句：“我不会让她瞎的。”

“可……”轩辕无喉头哽住。

可是……

若将残毒引入您体内，您会瞎的。

就在此刻，山洞外有脚步声传来，百里瑾宸轻声道：“看来追兵不止一伙，你带着我们的人出去引开他们。”

“主上……”轩辕无盯了一眼洛子夜，又看了一眼百里瑾宸，要是自己真的去了，主上要这么救洛子夜，那……

“去。”只是一个字，是命令。

轩辕无咬牙：“是！”应了这个字之后，他便转身出去了。

刚刚走到山洞门口，轩辕无就听得那人淡漠的语调传来：“若我从此失明，不要告诉任何人。”

他会装作若无其事，不必令身边人担忧，也不必令洛子夜内疚。

轩辕无脚步一顿，咬了咬牙，应了一声：“是！”

最终大步出去了。

洛子夜醒来的时候，山洞之中燃着篝火，已经是晚上了。

她擦了擦眼睛，发现自己是能看见的，看来百里瑾宸的医术果真很高明。她回头看了一眼，便见着百里瑾宸静静地坐在山洞边上，身边靠着他的长剑。

他看起来没什么异样，但不知道为什么，洛子夜就是觉得有点儿怪怪的。

“醒了？”他先问了她一声。

洛子夜点点头，爬起来，坐到他身边：“醒了！谢谢你，我好像完全没事了。只是你身上的血……”

“是你的血。”他淡淡应了一句。

其实血是他的，只是没必要令她忧虑罢了。

哦！洛子夜点点头，这会儿正是半夜，就是要赶路也要明天再说了，她便索性靠在石壁上，问他："听说你近年来一直在找药，是为了澹台凰王兄的腿对吧？我还听说，你在千浪屿求药，闯过了生死劫，如今那些药你都找到了吗？"

他闻言，语调淡漠，应了一句："还差一味药，帝王心头血。"

洛子夜一怔，奇怪地偏头看了他一眼。

却见他双眼似乎毫无焦距，盯着前方，她只以为他陷入回忆之中，倒也没有多想。而百里瑾宸也很快问道："想知道我以前的事吗？"

"想！"洛子夜想八卦很久了，但是这个人性子冷，所以她也没敢问。

他今日似乎心情不错，都有兴致对她说起从前了。

他语调淡淡的，轻声道："其实也不是什么有意思的事，我母亲欠了旁人的人情，便收了我义兄做干儿子。从小到大，母亲心中只有他，任何我喜欢的东西，只要他也喜欢，母亲就会送给他。最可笑的是，因为一个误会，我以为义兄想要我的命，我以为他霸占了我母亲还不够，还希望我就此消失。"

说着这话，他轻轻笑起来，这是洛子夜第一次看见他笑，却觉得很美。

而百里瑾宸继续开口："所以我也恨他，做了许多事情设计他，这过程之中，害得澹台凰的兄长澹台戟断了腿。澹台戟原本是无辜的，却因为我……后来也就如你当初所言，其实一切不过都是误解，败在我心中有事，却不肯说开，于是误会母亲多年，也误会义兄多年。后来事情都说开了，他们原谅了我。澹台凰为她兄长求药救腿，皇甫轩为此赔上了一条命，为她凑齐了所有的药，原本……"

说到这里，他又笑起来："原本这件事情是结了，可最终因为一些事情，那药没了。所以，这药材便只能由我重新找了。这原本就是我造的孽，自然只能我来赎罪，就是这么简单。"

洛子夜听着，心思也有些沉重。

她还记得自己从前是羡慕百里瑾宸的，羡慕这个人想做什么就能做什么，可如今看来，他也的确有过一些令人心疼的过去。她轻声道："以为自己不被母亲爱的时候，其实心里很难受吧？"

他微微一颤，倒没想到她并未指责他出手害人，却问起他这个。

洛子夜知道这家伙有洁癖，但还是伸出手拍了拍他的肩膀："百里瑾宸，我知

道你是什么样的人，或许你觉得你害过你的兄长，便一直觉得你是有罪的，但是我并不这么看，错的并不完全是你，他们也有错，你不曾问清楚，可他们也没人找你说明白。你这么做纵然不对，却也是人之常情，好好补偿便是了，不必长久积压在心中自我折磨！”

这是第一次有人告诉他，当初的事情，并不完全是他的错。

哪怕只是因为他们之间关系比较好，她的一种偏袒，他也是觉得开心的，尽管他心中依旧认为错的是他。

他语气淡漠，字却清晰：“谢谢你。”

洛子夜没吭声，又拍了几下他的肩膀，无声安慰。

就在这时，山洞之上又传来了脚步声。洛子夜眼神微冷，起身道：“我先出去看看，你在这里等我就行了！”

“好，我等你。”他应了一声。

不知怎的，洛子夜总觉得他有点儿怪怪的。她大步往山洞之外走，忽然听见他淡漠的声音传来：“洛子夜，你会回来吗？”

她奇怪地看了他一眼，更觉得不对劲了，却还是应了一句：“会回来的！”

“好。”他又应了一声。

洛子夜皱眉看了他一会儿，也没看出什么异样，便先出去了。

可几乎就在她离开的同时，他口中猛然吐出一口血。那是残毒在冲击心脉，所以他不曾与她一同出去。面前一片漆黑，他眼中什么也看不见，只有一片幽暗。

什么都看不见的时候，他心中竟会生出恐惧，即便是他百里瑾宸，也会觉得恐惧。

不是怕死，是永不见天日的惶恐，是对未知世界的茫然。

从此……他的人生，只有黑夜，再不见白昼。

可这一瞬，他却庆幸，幸好看不见的人是他，不是她。

洛子夜出来之后，走出去三百多米，很快便见着了交战的人。那些人似乎不死不休，非要杀了她不可，阎烈正在跟他们打，轩辕无也在跟他们打。

洛子夜二话不说，很快便加入了战局。

这么一打，两帮人马竟打了三天两夜。凤阳想要杀洛子夜，但阎烈等人一直死死护着，即便是凤阳也近身不得。王骑护卫不比等闲，个个都是高手，若是一定要上来，车轮战都会将凤阳打到虚脱。

就在这时候，暗中来了一名黑衣人，在凤阳身边道："王爷，不好了，龙昭皇城中有人逃了出来！"

这人这话一出，凤阳眸色一冷，很快便开口道："撤！"

"是！"那些黑衣人很快便撤退了。

洛子夜也没有追上去，两方人马势均力敌，继续打下去，自己未必能讨到便宜。两三天的交战之后，所有人都是又渴又饿。

轩辕无在百米之外交战，眼下敌人都撤了，他才能到洛子夜身边来。

他样子很急，盯着洛子夜询问："主上呢？"

"百里瑾宸？他在山洞之中等着啊，怎么了？你这么着急干什么，百里瑾宸的武功你又不是不知道，他还能出事不成？"洛子夜看着他着急的样子，不能理解。

轩辕无却变了脸色，瞪着洛子夜道："你把他一个人丢在山洞里面，三天两夜？"

主上没有出来应战，便定然是残毒冲击心脉。洛子夜眼下浑然无事，主上的眼睛怕已经……眼下主上一个人在山洞里面，什么都看不见，还中了毒……

洛子夜更不懂了，只觉得前两天看见百里瑾宸怪怪的，这时候轩辕无也是怪怪的。

她怀疑自己是不是智障了，居然看不懂他："他怎么了吗？"

"他没事！"轩辕无冷着脸应了一声，主上说了，这件事情不能让任何人知晓，他自然不会抗命。说完这话，他便转身，大步往山洞而去。

洛子夜也跟上。

轩辕无却回过头瞪着她："洛子夜，你如今已经是帝拓的王后，与我们主上也并无可能，你有什么事情要做，还是先去做吧。主上这边，有我照顾就行了！"

"可是我答应他会……"回去的。

他问了她会不会回去，她说会的。

轩辕无冷声道："洛子夜，如果你不爱他，就不要再给他任何希望了。你走吧，不要回去了。你回去，他只会再一次对你燃起期待！我希望你以后离我们主上越远越好，以后不要再同我们有任何关系！还是你嫁给凤无俦了，却还不知廉耻记挂着其他男人，所以一定要同我再去见主上？"

"轩辕无，你……"阎烈忍不住便想拔刀了。

这话的确是太过分了，轩辕无也知道，但是若能就此切断主上对这个女人的思念，他倒愿意做一回恶人。

洛子夜伸出手拦住了阎烈，盯着轩辕无道：“你这么说……”

话没说完，轩辕无扑通一声跪下了：“洛子夜，算我求你了，你走吧！不要再去见主上了，这是为了主上好，我不愿意看见他继续记挂着你，他已经……他已经这样了，你总不会非要去见他，害得他记着你一生，孤苦一生吧？”

他说着这话，竟对洛子夜磕起头来。

洛子夜叹了一口气，当初武青城也请求她离冥吟啸远一点儿，如今又是轩辕无。罢了，说不定她还真的是个祸害，离他们远一点儿，对他们好！她轻声道：“既然你坚持的话，那就这样吧，你好好照顾他！”

“多谢！”

洛子夜不再说旁的话，便带着人走了，如今战事越发紧张，他们在这里打了几天，外头的战争也持续了好几天。

心里头却一直在奇怪百里瑾宸的事情，她总觉得轩辕无的反应太奇怪了。

正这么想着，他们已经带着人，到了龙昭国附近。

可就在这时候，一行人匆匆忙忙地对着洛子夜这一行人过来。来的人身上穿的是凤溟的宫服，洛子夜在凤溟皇宫待过四个月，自然一眼就能看出来。

阎烈的手已经放在了剑柄上，毕竟这一路太过凶险，实在不能不防。

不过好在为首的人洛子夜认得，那人上来之后，便弯腰对着洛子夜开口：“帝拓王后，我是子矜，凤溟君王御前的人，不知道您可记得？”

“冥吟啸找我？”这小子她的确认得，是冥吟啸的人。

子矜点头：“王上知道您是为了武青城来的，关于武青城的事情，我们已经知道了不少隐情，王上知道您来这里就是为了去找武青城，但是王上说了，您不宜去，武青城眼下已经不是那个他了，您眼下还是先随同属下去凤溟的军营与王上好好商讨这件事为好！”

“武青城出事了吗？”洛子夜皱眉。

事实上她的确一直很奇怪，因为在路途中，她已经听说武青城有一支军队还偷袭了凤溟的人。就算武青城真的脑抽了，要找他们所有人的麻烦，但是没理由连冥吟啸的麻烦都找，这是不合常理的。

子矜应了一声："是！此事您还是与王上细论吧！"

"好！"

五日之后，洛子夜已经到了冥吟啸的军营。

而冥吟啸也早就等着她了，见到她的时候，他几乎是不能控制地嘴角便扬了起来，那模样极是摄人心魄："小夜儿，两年不见了！"

"嗯，两年！"再见故人，他们似乎都没有什么不同。

上一次见面是在她的大婚典礼之上，那时候的他，眸中尽是深情，如今亦然，半分不曾减少，却似随着两年不见，思念越浓，那情意更深了一些。

冥吟啸倒也不说旁的，直接让洛子夜坐下。

接着，王帐里头就进来了两个人，一个人是洱厉，洛子夜认得，另外一个是当初龙昭皇朝的桐御医。他们进来便行了礼。

洱厉上来之后，便对着洛子夜开口道："我几日之前见着这位老者从皇宫里面逃出来，还有人在追杀他，最近太乱，我总觉得这中间可能有什么问题，便用我手下的人脉和钱财，想办法帮助他逃了出来，他出来之后便要来见凤溟的君王，故而……"

洛子夜点点头，如今两年过去，洱厉在龙昭已经有了不少商铺，能做成这件事情并不奇怪。

奇怪的是，冥吟啸在见着那个老者之后，倒是颇为客气："坐！"

这话落下之后，冥吟啸便看向洛子夜，缓声道："桐御医是第一个发现武青城不对劲的。他神志狂乱，似乎被什么人控制了。桐御医借三个月为众皇子请平安脉为由，探查了一番，武青城的确是中蛊了，这种蛊毒会让人神志不清，受下蛊之人的控制，眼下武青城已经被人操控着了！"

桐御医摸着自己的胡子道："看四皇子殿下的脉象，乃是多年前就被人种下了蛊毒，这蛊毒也只有下蛊之人开始操控的时候，才会被人察觉，是以这么多年来四皇子殿下的身体也没有出什么问题，但是如今……"

洛子夜迟疑地看了他一眼："可是，你知道这件事情之后，为何谁都不找，却来找冥吟啸？"

桐御医很快回话："公主殿下，老臣应该先去找您的，但是追兵来得太猛，帝

拓远在百里之外，帝拓的大军迎击十个诸侯国的联盟，也离此地甚远，但是凤溟的大军就在这附近，是以……”

冥吟啸这时候也开口道：“还有一事，便是桐御医的夫人嬴苛是我母妃的长姐。当年凤溟政变，我母妃一族倾覆，嬴苛夫人逃到龙昭，为桐御医所救，那时候桐御医已经快四十岁了也未曾成婚，不想两人生出情意，便……后来我姨母隐姓埋名过了一生，此事我也是五年前才知道！”

毕竟桐御医谁都不找，偏偏来找冥吟啸，的确是有些奇怪，但冥吟啸这么一说，便通了。

洛子夜点头表示了解，看了一眼桐御医之后，询问：“那武青城身上的蛊毒，你能解开吗？”

“不能！”桐御医摇了摇头，“大概是我本事不够，那蛊毒已经被种下数年之久，实在难以拔除。若说这天底下有谁有本事解开这蛊毒，怕只有神医百里瑾宸，或者千浪屿的那位老太太！”

他说起百里瑾宸，让洛子夜容色有些复杂，想起几日之前，轩辕无激动的样子，这件事情怕是不能再找百里瑾宸帮忙。

只是千浪屿的老太太，那便是轩苍墨尘的皇姐，请得动吗？

冥吟啸倒似是知道洛子夜心中所想，只是到底不知道多日前轩辕无的事情，道：“百里瑾宸如今下落不明，但眼下龙昭既然同轩苍宣战，让轩苍瑙出来帮忙，怕问题并不大，毕竟这也是轩苍的国事，这时候对于轩苍而言，也的确到了关乎存亡的时刻！”

“既然这样的话，就要有个人去同轩苍墨尘说了！”洛子夜说着这话，便站起身来。

冥吟啸扫了她一眼：“你要亲自去？”

“眼下大战在即，你也好，凤无俦也罢，都在战局之中，能到处跑的，也就只有我这一个闲人了！轩苍墨尘当初在我的大婚典礼上，既然选择了放手，这两年来也是相安无事，想必也没有再强留我的可能，所以我去找他商量这件事情，再合适不过！尤其，武青城如今在龙昭皇城，他武功也不弱，在宫中更是有父皇临走留下的龙魂影卫保护，想要抓住他，并不是一件容易事！”洛子夜说着这话，面色沉了下来。

冥吟啸亦沉眸道："需要一个合理的理由，将武青城引出来，只有他离开龙昭，我们抓住他的可能性才比较大！"

"比如轩苍兵败在龙昭军阵之下，武青城作为执政者，定然是要出来执掌大局，收拾残局！"洛子夜眉梢扬起，扫了一眼冥吟啸。

冥吟啸嘴角扬起，轻声道："那就要看轩苍墨尘的戏，演得像不像了！"

"你想要我假作兵败，引武青城出龙昭？"轩苍墨尘语调温雅，看向面前的人。

两年不见，她依旧那般美艳张扬，也同样胆大妄为。他原本做梦都不会以为，她有胆子亲自来找他。

洛子夜点点头，看向轩苍墨尘："眼下的战局，想必你看得也清楚，诸侯国都出来征战，但事实上只要凤无俦和冥吟啸派兵镇压，想扫平他们，不过就是几个月的工夫。眼下大家最大的敌人，其实是龙昭！可武青城既然是被蛊毒控制了，那么……只要我们能解开他身上的蛊毒，这场战事基本上就平息了。眼下只要我们将他骗出龙昭，再想办法将他擒住，问题就能解决。你说呢？"

轩苍墨尘闻言，那张俊雅的面上露出浅浅的笑意来："只是，洛子夜，轩苍今时不比往日，谁都知道轩苍如今国力大盛，若是要武青城相信轩苍轻易兵败，这并不是一件容易的事情！"

"说实话，这个问题，我也觉得很难，放在我身上，我是没办法让武青城相信的，但是你不同啊，你作为整个煊御大陆心机最重的人，我相信只要你愿意好好想办法，这件事情对你来说应该不难吧？"洛子夜瞟了他一眼，语气之中倒是带着几分揶揄。

她这话一出，轩苍墨尘倒是笑了。

他温声道："原本我并不打算开战，准备避战观望几日再说，可既然你说了，我为你战一场也无妨。你说的不错，作为你眼中心机最重的人，我的确有办法叫武青城相信我兵败！"

洛子夜点了点头，倒是没深想，毕竟在她眼里，轩苍墨尘一直就是个心机深沉的人，惯用阴谋诡计，他要是说他没办法，她才会觉得奇怪。

可当她知道他口中所谓的办法是什么时，多年以后她常会想，如果当日她多问他一句就好了。

半月之后，轩苍和龙昭的大军交战。

两军对战在前，龙昭大军需跨过河畔，原本轩苍只要派兵出击，便能将龙昭打一个措手不及。然而御驾亲征的轩苍皇帝却说既然身为君子，就要讲“礼节”二字，要待他们渡过河畔之后，再行出击。

后人对这件事情众说纷纭，有人说轩苍皇帝讲礼节，是一位真正的君子，也有人说轩苍皇帝愚蠢，就是因为所谓的礼节，错失战机。

史书上记载的这一战，轩苍大军溃败，龙昭大获全胜。

轩苍皇帝在这一战之中，被羽箭射中要害，倒在两军交战的河畔。

昏倒之前，他只说了一句话：“我为你战，我为你败！”

洛子夜，我为你战，我为你败。

这消息传到洛子夜耳中的时候，她正在凤溟的王帐里，登时便白了脸色。这就是轩苍墨尘的办法？一国皇帝在大战之中身受重伤，这的确足够取信龙昭，让武青城相信轩苍败了，可要害中箭，这……

冥吟啸容色复杂，看着洛子夜的背影：“要去看看吗？”

洛子夜点头：“自是要去的，毕竟这件事情……”跟她脱不了干系！

冥吟啸颔首：“你自放心去吧，我在龙昭的线人已经传来消息，武青城闻讯大喜，即将出城来。我早已布好天罗地网，只要他出了龙昭的边城，我便会寻到机会将他抓住！”

“好！”

三日之后，洛子夜进了轩苍的营帐，几乎没有人拦着她。

到了王帐的门口，她便听见里头的声音传了出来。下人正要禀报，便被她抬手拦住了，她敛了气息，站在门口。

里头传出来的，是墨子渊的声音：“神医，陛下怎么样了？”

神医？百里瑾宸在？

从上次跟百里瑾宸在山洞那边分别，已经二十多天了，有了轩辕无那一番话之后，她都不知道自己还能不能见这个人。

正想着，轩苍墨尘虚弱的声音带着几分笑意，倒先传了出来：“朕的身体朕自己知道，瑾宸兄不必多费心了！”

“的确不必再费心。”百里瑾宸语气淡淡，说出的这话，更是淡漠无比。

轩苍墨尘的面上带着几分了然，温声道：“中箭的时候，朕就知道，朕的身子骨原本就一日不如一日，这一箭便等于是压垮朕的最后一根稻草！”

“陛下，您既然知道，又何必用这个方法？我们就是真的与龙昭打，也未必会败！就算与龙昭拼个鱼死网破又如何？”墨子渊声色俱厉。

轩苍墨尘却笑了，那声音依旧温雅悦耳：“轩苍当真与龙昭打……龙昭是她的母国，她身为龙昭公主，嫁给凤无俦两年无子，帝拓早已有了怨言，一旦龙昭倒下，她的处境会更为尴尬。所以同龙昭动真格的，我当赢了龙昭，还是当输给龙昭？如今有了折中的办法，假装战败，从武青城手下……子渊，她信我能做成这件事，我也的确能做成。不论代价是什么，我也不能装作不能，不是吗？”

墨子渊一时失语。

轩苍墨尘说完这话便闭上眼，靠在床榻上：“到底……我欠她那么多，如今能还一点儿便是一点儿吧！”

他这话一出，里头沉默了，帐外的洛子夜也沉默了，伸出去打算掀开帘帐的手也顿在那里，一时间心中对轩苍墨尘竟不知道是恨多一些，还是感激多一些。

百里瑾宸淡漠的语调很快便响了起来：“这是药方。”

墨子渊接过那药方，问了百里瑾宸一句：“神医，我家陛下的身子……还请您明示！”

他这话一出，床榻上闭目养神的人倒温声道：“无忧老人两年多前便说我活不过三年。如今算算日子，三年也快到了！”

说起自己的生死，他的语气倒很淡然。

百里瑾宸淡漠地道：“好生养着，或许……能撑过这个冬天。”

只是，就已经是极限了。

洛子夜却不知怎的蓦然红了眼眶。她应该恨轩苍墨尘的，当年的事情历历在目，他如今要死了她应该高兴才对，却不知道为什么，泪水竟湿了眼眶。他是因为她才断了命数，只剩下这短短数月的时光。

如今，是恨他，还是欠了他的，都已经成了一笔烂账，算不清了。

她站在门口，竟然觉得进退两难。

很快，轩苍墨尘的声音又传了出来："皇姐去了千浪屿，这数月怕是不能归来，不日武青城那边，还需要瑾宸兄帮忙解开蛊毒。这么多年来，你一直在为澹台戟寻找治腿的药，差的是一味帝王心头血，朕死后，你将朕的心头血取走便是，便算是答谢你助武青城解毒之事！"

百里瑾宸只救朋友，不顾闲人，让他帮武青城解开蛊毒，自是要答谢的。

百里瑾宸似默了片刻，最终淡淡地道："好。"

洛子夜听到这里，觉得自己听不下去了，转身大步离开。她怕自己会哭出来，可要是真的哭出来了，那算什么？她很感激轩苍墨尘，可也同样恨着他，如今……

如今还是不见的好，免得见面之后，她反而不知如何面对。

见她要走，营帐门口的士兵有些惊讶："您这就要走吗？"

洛子夜点头，低声道："告诉你们陛下，说我来过了，替我跟他说句谢谢！"

"是！"

洛子夜回到凤溟军营的时候，武青城已经被冥吟啸擒住，她倒是没能看见他狂性大发的样子，只是被打晕了，躺在床榻上。

洛子夜扫了武青城一眼，说了一句："武青城被你抓了，幕后的主公怕是要疯了！"

龙昭是那主公手中最大的筹码，如今凤无俦的大军势如破竹，短短一个月不到，那十个小国的联盟便节节败退，快要被打回老家了。与冥吟啸对战的四个小国也是不成气候，在冥吟啸御驾亲征之下，也败象尽显。眼下武青城被抓，那主公可不是要疯了吗？

冥吟啸却叹道："事情没有这么简单，凤无俦击败十方诸侯就在眼前，但未曾想到，十方诸侯还有援兵。大约二十万兵马，不知道是什么时候养起来的，如今看来，有人暗中培植这些势力，怕是已经二十多年了！"

说到这里，冥吟啸倒是笑了："凤无俦在我们当中年岁最长，但从局势来看，幕后之人布下这个局的时候，怕是凤无俦都没有出生！这二十万大军，凤无俦怕也是不看在眼中的，至多还有一两个月就会了结他们，但我总觉得这背后还会有什么事情！"

他的预感和凤无俦的预感差不多，当初凤无俦要出兵之前，也对她说过，这一次的战事不比以往。

说完这话之后，冥吟啸似是想起什么，扫了洛子夜一眼，开口道：“你从轩苍回来之后，就一直闷闷不乐的，可是轩苍墨尘出了什么事情？”

洛子夜犹豫了片刻，还是将轩苍墨尘的事情对冥吟啸说了。

冥吟啸听完，看着她的样子，只说了一句话：“小夜儿，这件事情怪不得你，这是他自己的选择！”

洛子夜一顿，却也无话可说。

就在这时候，门外传来一道声音：“神医到了！”

这在洛子夜的意料之中，冥吟啸当即便道：“请神医进来！”

百里瑾宸进门之后，什么话都没有多说，直接便到了床边，抓起武青城的脉搏。洛子夜因为轩辕无当初的话，这时候有些尴尬，也没有上去搭话。只是看着百里瑾宸今日一切正常，那几日因为轩辕无的过于激动以至于有些不安的心，也放了下来。

“点燃烛火。”百里瑾宸淡淡吩咐了一声。

边上的宫婢立即将烛火点燃。百里瑾宸拿着银针在烛火上烤，角度却偏离了，还差那么一寸。

洛子夜愣了愣，那种不对劲的感觉，再一次袭上心头。

是哪里不对？

对了，从那天醒来之后看见他，他的眼神好像就从来没有聚焦过。脑海中闪过当日轩辕无激动的话——你把他一个人丢在山洞里面，三天两夜，闪过她当日离开山洞的时候，他问她还会不会回来。想起那日看见他雪白的衣衫上全是血。她心中顿时有了一种不好的预感。

冥吟啸看着百里瑾宸，眉梢也微微扬了扬。

而百里瑾宸这偏离只是一瞬，很快便对上了位置，似方才那偏离只是不小心的。

洛子夜却因着当日的那些不对劲，以及这些日子心中一直压抑着的不安，敛了气息，小心翼翼地一步步上前来，到了百里瑾宸的跟前，伸出手在他眼前晃了晃。

百里瑾宸竟浑然未觉，眼睛都未曾看过来，只淡淡地道：“都出去。”

下一瞬，在对上轩辕无的目光之后，洛子夜眼眶一热，猛然意识到了什么。

轩辕无对着她摇了摇头，示意她不可说破此事，洛子夜捂住了自己的嘴，却已经泪流满面，压抑着不曾哭出来。

众人也都很配合地全部退了出去。

出去之后，走了老远，轩辕无才道："你明白我当日为何生气了？那日你身上的毒很凶险，不救你，你就会瞎。救你的唯一办法，就是将毒引出去，这样主上就会瞎。你把一个什么都看不见，被毒冲击内息的他独自丢在山洞里三天两夜，洛子夜，我当日进山洞找到他的时候，你知道他是什么样子吗？我这一生都不愿意再看见主上那么狼狈的样子！"

洛子夜蹲在地上，视线模糊，地上全被她大滴的泪水染湿："我不知道，我不知道他……如果我知道我肯定不会走的，我真的不知道……"

可她知道，就算她真的不知道，这自责也会伴随她一生。

轩辕无闭上眼，轻声道："主上不希望任何人知道这件事情，更不希望你知道。你就装作什么都不晓得吧，主上心里会舒服点儿！"

轩辕无说完，看洛子夜点了头之后，方叹了一口气，转身走了。

洛子夜蹲在那里哭了很久，她什么都能看见，什么都看得一清二楚，可是这光明是百里瑾宸给她的，是他牺牲了他那双眼睛给她的。

她还记得自己第一次见到他那双月色般的眸子，是何等惊艳。如今那双眼睛里面，却再也看不见神采。

冥吟啸蹲在她身边，修长的手抚过她的发，低声道："小夜儿，他不想你知道，就是不想你难过，别哭了。幕后之人还活得好好的，杀了那个主公，才算给你、给他报仇！"

"嬴烬，这都是我害的……"她始终还是喜欢叫他嬴烬。

冥吟啸到底没有再说什么，他心知自己说再多，她依旧会自责，便只能抱住她的肩膀，无声安慰。

"王爷，事情已经脱离我们的掌控了，多年前您收下武青城为徒，培养他，就是为了给他种下蛊毒，让他什么都听我们的！可是武青城已经被冥吟啸抓住了，百里瑾宸正在救他，这……"那下人很是紧张。

凤阳伸出手揉了揉眉心："百里瑾宸……好不容易让他相信凤无忧已经死了，当初行刺他的罪魁祸首已经死了，行刺他的人他也全杀了，眼下他却又搅和到这件事情里面来！想来凤无忧当初想杀他真的是对的。只是……"

只是这个人，他还真的是杀不起。

要是杀了，后患无穷。

下一瞬，他目光森冷："轩苍墨尘战败竟是假意……"

"不错，他如今身受重伤，轩苍逸风接管了战事，轩苍墨尘在军队的护送之下先行回宫了！"下人很快禀报道。

凤阳眸色森冷："洛子夜、轩苍墨尘……去，派人截杀轩苍墨尘！他如今身受重伤，手无缚鸡之力，杀不了他，你们提头来见我！"

"王爷，这……"这时候杀轩苍墨尘干什么？

凤阳嘴角扬起："轩苍墨尘要是死了，即便武青城被治好了，龙昭和轩苍也不可能停战！轩苍逸风岂可能看着自己皇兄的死坐视不理？这是国仇！只要轩苍墨尘死了，就算武青城不继续为我们所控制，龙昭和轩苍交战，也一定会两败俱伤，届时我们与帝拓对战，还有几十万大军，何愁不能击败他们？"

那下人立即明白过来："是！那帝拓那边……"

"埋了这么多年的暗棋，我如今也要下手了！"凤阳嘴角扬起冷笑。

密林之中。

"陛下，有追兵！"墨子渊在轩苍墨尘跟前禀报，"这伙人想必是一直潜伏在我轩苍，他们来势汹汹，都是高手，且人数众多，我们怕不敌他们！"

轩苍墨尘靠在轿辇之上，笑道："看来他们还真的是不肯罢休，派人去引开他们！"

"可是陛下，随同保护您的只有尚将军，尚将军若是带兵去引开他们，就真的没有人保护您了，再有追兵的话，那我们……可若不是尚将军去引开，怕是士兵们跑不了多远就会被诛杀！"他墨子渊是一届文臣，尽管武功尚可，带兵却是不行。

他们正说着，一道女声很快响了起来："我带兵帮你们引开他们！"

这声音一落，众人的眼神便都看了过去。

那是申屠苗。

她的眼神看向轿子前的帘帐，她知道轩苍墨尘就在里面，便扬声道："轩苍墨尘，我带兵帮你引开他们，你应当知道我申屠苗在大漠带兵的本事，多少男儿都望尘莫及。你也应当知道，引开他们，无异于送死。这一去，我凶多吉少！所以，我

有一个条件。当初我为了自己，将我王兄藏在假山之下的财宝出卖给你……如今，我只希望你将财宝还给他！”

轩苍墨尘闻言，默了片刻。

如今他只剩下几个月的光景，是生是死，他都不是很在意，眼下对于申屠苗的条件……

他还没开口，申屠苗却跪下了：“轩苍墨尘，不管你答不答应我的条件，我今日都会为你引开那些追兵，因为……我爱你。也许你觉得我就像个笑话，但我大漠女子一向如此，敢爱便也敢说。我不需要你回应我，你只需继续爱着你的洛子夜便是！我不会眼睁睁看着他们杀你……不管你领不领我的情，我都会这么做！”

说到这里，她眼眶红了：“只是，如果你心中有一丝感激，请帮我把那些财宝还给我王兄，我不想……带着叛国的罪死，我不想对不起我王兄。这是我唯一所求！”

她这话一出，就是墨子渊也愣了愣。申屠苗喜欢的不是凤无俦吗？当初她为了凤无俦……莫不是当初在轩苍的皇宫，对陛下动了情？

轩苍墨尘沉眸，这申屠苗与他何其相像，当初为了所爱不择手段，如今为了所爱，明知是死却还是要去。

大概是出于同病相怜，他轻轻扬了扬嘴角：“好，我答应你！”

申屠苗喜极而泣，当即便起身，看着边上的那一队人马：“你们跟我走！”

“是！”那些士兵也没什么异议，为陛下而死，虽死犹荣。

申屠苗带着人，临走之前，背对着轩苍墨尘的轿子道：“告诉我王兄，是我对不起他，希望他不要怪我！还有……”

“替我对洛子夜说声对不起！”她不后悔当初为了凤无俦做的那些事情，可如今回头想想，洛子夜何其无辜，她喜欢凤无俦，又关洛子夜什么事呢？

人总是在已经没办法回头的时候，才能看清一些事。

这是她在这世上，留下的最后一句话。

九日之后，轩苍墨尘回到皇宫，同时也收到了申屠苗的死讯，死在那些刺客手中。

他轻轻一叹，温声吩咐道：“将财宝送回准格尔，将她的话传给该传的人……至于申屠苗，她终归是为朕而死，既然她说爱朕，便将她葬在皇陵吧，葬在朕的帝陵之侧，算是朕欠她的一条命。”

若他死后，洛子夜也愿意让他葬在她身侧，多好。可惜，是不能了。于是，便只能是他全了别人的心愿，全了一个跟他如此相像之人的心愿之时，就好像是……洛子夜在成全他。

“可陛下，皇陵只能葬皇族之人……”墨子渊皱眉提醒。

纵然只是帝陵旁，不是与陛下同葬，可也是入了皇陵。

轩苍墨尘闭上眼，缓声道：“那便追封她为皇贵妃！”

“是！”

武青城醒来之后，问询清楚情况，倒没有多说什么。只是以他国皇子的身份，对着冥吟啸道了谢，便离开了。

收兵之事刻不容缓，他自然离开得很快。

百里瑾宸治好了武青城之后，便离开了，由始至终，不曾与洛子夜说过一句话。洛子夜也不敢主动跟他说话，怕自己一说话便哭出来，令他知道她已经知晓了他眼睛的事。

轩苍逸风因着轩苍墨尘重伤，原是不肯平息这场争端，可轩苍墨尘遣人传话来，说受伤不过是他自己的一场设计，与旁人无关。是以这场战争便平息了。

洛子夜也启程离开，往帝拓大军所在之地而去。

凤无俦知道她归来的消息的时候，正在战场之上，便派了莫树峰带人去接她。与莫树峰才会合，洛子夜便察觉到不对。四方有杀气，还有火药的味道！

鉴于目前这几天自己遇见刺杀的频率实在太高，连累人也实在太广，这令她直接便偏头看了一眼莫树峰：“等会儿遇见危险了，你直接带人跑吧。莫树峰，你已经救过我一次了，不必再有第二次！”

莫树峰看了一眼洛子夜，不知道她为何如此不自信，有人刺杀他们，杀回去就是了，为何都谈到跑了？

他哪里知道，洛子夜在海上遇见刺杀，害得莫树峰中箭，在半路遇见截杀，纵然是因为事先就中毒了，却还是害得百里瑾宸盲了眼，眼下要是再遇见刺杀，鬼知道又是以什么情况终结！

“属下知道了！”莫树峰倒是很配合，没逆洛子夜的意，那话说得仿佛他真的

会跑似的。

也就在这会儿，四面的人围了上来。

来人人数甚广，洛子夜也没料错，他们手中都拿着火药。

她眸色微冷，为首之人冷声道："帝拓的王后是吗？听说冥吟啸为了她可是什么都能不顾，要是抓到她，你们说能换来什么？"

"就算抓不到，杀了她，凤无俦也会失去镇定，败局在前！"

莫树峰递给洛子夜一把枪："来之前上官将军交给属下的，说可能有用！"

是一把机关枪。

洛子夜拿着它掂量了一会儿，眼神一扫四面拿着火药的人，低声吩咐道："一会儿我射杀拿着火药的人，你们跟他们打，如果发现情况不对，就跑，不必管我！"

阎烈没吭声，莫树峰也没吭声。

对方的人扬声道："杀！"

这一声出来，立即便有人点燃火药。洛子夜当机立断，手中的枪直接便对着那人射去……

砰!

砰!

她眼光锐利，尽管身边的人都已经开打，不少人在交战中涌现在她前方，遮挡住视线，但是洛子夜半点儿都没看在眼里，枪中的子弹还是精准地打破了手持火药之人的头颅。

除了敌军手中拿着的火药，他们还真的不怕什么。

那些火药被点燃之后，都没来得及抛出，手持火药的人就被洛子夜击毙，火药在原地爆炸。

二十六、二十七、二十八……

打到这一个的时候，洛子夜心头一凉，这把机关枪她纵然已经改良过，但是限于古代的材料问题，最终只能装上二十八颗子弹，可还有一个人手中拿着火药!

她二话不说，袖中的匕首便对着那人飞了出去。

哧的一声，血光一溅，正中对方眉心。

她刚刚松下一口气，然而混战之中有一人到了她身侧五米，猛然从怀中掏出火药点燃，对着洛子夜掷了过去!

“太子哥哥，小心！”

轰的一声响起。

洛子夜趴在地上，前方是漫天烟尘，她感觉到自己身上压着一个人。整个场面都静默了片刻，洛子夜心头微凉，脑海中回忆起方才那称呼……

太子哥哥?

是莫树峰的声音，可这称呼是……

“杀！”阎烈已是彻底怒了，“一个活口都不留！”

洛子夜飞快地爬起来，将莫树峰扶起来，这一场爆炸之下，他脸上的人皮面具已经脱落，后背更是一片血肉模糊。那张美绝尘寰的面孔，带着污迹出现在洛子夜面前。

是小七。

真的是洛小七。

难怪她当初会觉得莫树峰跟洛小七像，可是怎么会……

洛小七看见她眸中有泪，抱着他一副仓皇的模样，终究是笑了。太子哥哥虽然嘴上说永不原谅他，但心里终究还是在乎他的：“太子哥哥，我……”

洛子夜打断他道：“你别说话，你不会有事的，闽越离这里不远，很快……”

洛小七伸出手，抓住了她放在他脸上的手，轻声道：“太子哥哥，当年的事情，小七真的知道错了……太子哥哥，你……你原谅我好吗？”

“好！”洛子夜应得很是干脆。

他害了她和凤无俦一次，也救了她两次。

他又笑了，如初见时一般好看：“那我便……那我便放心了。”

说罢他便晕了过去。

战局仍在继续，那些人手中没了火药，在阎烈等人的手下毫无还击之力。洛子夜却顾不得这么多，背起洛小七便往帝拓的军营飞奔而去。

阎烈立即贴身护着他。

到了军营，她二话不说，便将人交给了闽越。

她坐在帐篷外头等着，而一个多时辰之后，阎烈也回来了，说那些是叛乱诸侯的人，动了几国库存里面极其少量的火药，就是为了取洛子夜的命，可惜到底没成功。

凤无俦眼下还在战场之上，并未回来。

三个多时辰之后，闽越出来了，擦了一把额头上的汗水，笑道：“命大，再休养几个月就没事了！”

阿记那小丫头也不知是从哪里蹿出来的，出来之后，便吵闹着要去照顾洛小七，闽越也没有反对，由着她去了。

洛子夜终于放心，有些浑浑噩噩地站起来，去王帐休息了。她只觉得这几日太累了，不管是身体还是心，都尤为疲累。

阎烈看着她的背影，面色微沉，未曾说话。

“王爷，我们诛杀轩苍墨尘失败了！如今十方诸侯和四方诸侯的联盟，都已经在凤无俦和冥吟啸手中，溃不成军。眼下……”下人很是头疼，觉得他们这约莫就是要完蛋了。

凤阳沉了脸，冷声道：“将这封信传给凤无俦！只要凤无俦死了，这帝拓便是本王掌中之物。至于那洛子夜，也只能……”

“王爷，您这样会暴露身份的！”下人皱眉。

凤阳冷笑：“暴露又如何，已经走到这一步，也没有别的路可以走了，凤无俦奈何不得本王！”

“老王爷！”阎烈等人低头行礼。

凤天翰点点头，只问了一句：“洛子夜呢？”

“在王帐之中休息，王还没有回来。肖青传回消息，说还有一个时辰，王就会回来了！”关于王后遇刺的事情，洛子夜让他们暂且压下，没有对王说，以免扰乱他的心神，耽误战事。

他这话一出，凤天翰立即颔首，扫了阎烈一眼：“如今战事紧张，摇摇欲坠的墨氏也帮不上什么忙，都要靠我们自己解决。你们去做自己的事吧，洛子夜这边，自然有本王保护！”

“是！”阎烈不疑有他，很快便退了下去。

凤天翰进了洛子夜所在的王帐。

洛子夜也是太累了，衣服都没脱直接就倒下睡了，听见脚步声，她倒很快清醒过来，看了一眼凤天翰，擦了擦眼角：“父王，您有什么事吗？”

凤天翰没说话，却一步一步走近。

洛子夜擦干净眼角，盯着面前的人，这时候正对上凤天翰的眼睛，这样冷锐的目光如此熟悉，她心中登时警铃大作，这与那主公的眼神……

她正要起身与他对战，但到底晚了一步，还没站起来，就被凤天翰敲晕了。

“你说什么？小夜儿被劫走？嫌疑人是凤天翰？”冥吟啸盯着自己面前的人，难以置信。

凤天翰与凤无俦的关系……若说这背后之人是凤天翰，怕是谁都不敢相信。可是……

子矜低头禀报：“不错，听闻凤无俦收到凤天翰的信件，说半个月之后，在崇山之巅与凤无俦做个了断！”

“不行，朕必须去一趟崇山！”冥吟啸说完这话便翻身上马。

凤天翰在凤无俦身边潜伏多年，说不定在凤无俦身边埋下不少暗线，倘若这幕后的主公真的是他，那后果不堪设想，凤无俦都未必能应对。

子矜一惊：“陛下，那……”

“若朕回不来，便传信给冥吟昭，让他回国主持大局，凤溟的王位，他如今也坐得起！”冥吟啸话音落下，便策马而去。

这消息传到武青城耳中，他便也很快跟着去了崇山。

半月之后，崇山之巅。

洛子夜这几日一直处于半昏迷状态，嘴里还被人塞着布条，今日才算是醒来，但浑身无力，显然是被人下了药。

凤天翰进来之后，都没看她一眼，便直接拎着她往山峰而去。

凤无俦早就等在那里了。他冷沉着一张俊美堪比神魔的面孔，看着凤天翰步步逼近。

他凝眸之间，眼神却落在洛子夜的身上。凤天翰，不……凤阳，看着凤无俦嗤道：“她没事，不过被我喂了些药罢了，对身体无碍！凤无俦，你是不是没想到，幕后之人是我？”

“孤的确没想到！”凤无俦扫向他，那眸中除了冷意，还有几分沉痛之色。

这世上怕是没有什么事情比养育了自己多年的养父，其实是幕后设计这一切阴谋的人更为讽刺的了。

凤阳嘴角扯起：“那眼下想到了吗？想清楚缘由了吗？”

凤无俦眉梢凝起，魔魅冷醇的声音缓缓地道：“孤这几日的确一直在想，也查了二十多年前的事。唯一的解释便是……你是当年的宇亲王——凤阳！”

凤阳眉毛扬起，冷声道：“不错！当年你父皇负我，害死我妻。我吃下会让人快速老去的药，毁了自己的脸，隐姓埋名多年，就是为了今日，如今便是你们一并偿还给我的时候了！我设计天煞孤星的命格之事，将你从涟河救起，便是为了让你们父子残杀。所幸我做成了，凤无俦你一定想不到，从你出生之前，这个局就已经布下了吧？”

他这话一出，凤无俦并未回话，唇色却透着一丝隐隐的白。

他盯着凤阳，开口：“所以如今，你想要什么？”

凤阳将洛子夜往半空中提了提，冷笑道：“从前只想要凤恃付出代价，如今我想要整个天下！阎烈，我儿，到父王身边来！”

“什么？”阎烈瞪大眼，难以置信地看着凤阳。

他们查探到当年的事情，凤阳的确有一个儿子，和王同岁，比王还大几个月，凤阳这话的意思……

凤阳冷眼看着他，厉声道：“还愣着干什么？这么多年来，我将你养在凤无俦身边，就是为了让他信任你。如今，父王会给你机会亲手杀了他！你先传令，让山下王骑护卫的人都退下。等父王杀了凤无俦，这帝拓、这天下，就是我们父子的了！”

洛子夜听着他这话，也难以置信地看了一眼阎烈，阎烈才是他的儿子？

难怪当日在山中自己遭遇刺杀的时候……

阎烈惨白了脸：“不可能，我……”

凤阳看着他这样子，声音放柔了一些：“如何不可能？当初在山间，有百里瑾宸掺和的那一场刺杀，若非你拼死也要保护洛子夜，为父怕伤了你，岂会让洛子夜全身而退？”

“不可能！不可能！”阎烈的眸中掠过一丝狂乱，后退了数步，蹲在地上，似已经陷入魔怔之中，能说出口的就只有那三个字——不可能！

凤阳看他这样子，面色微冷，却是怒其不争，也不再多看阎烈了，扫向凤无俦，凤无俦却出奇冷静，只扫了一眼阎烈，便收回了目光。

凤阳盯着凤无俦，也终于失了耐心，冷声道：“你想要洛子夜是吗？还给你！”

他这话一出，便将洛子夜对着凤无俦抛了过去。

可就在同时，他连续三掌，狠狠对着洛子夜的后心打去！

那掌风正对着她的后心，凤无俦便是想运起内息打偏它，也是不能。凤无俦飞身而起，很快便抱住了洛子夜，后背迎上那要命的三掌，被打中之后，他口中吐出一口黑血。

两人摔落在地，洛子夜却还被他护在怀中，落地之后，他便扯下她口中的布条，撑着力气为她解开绳索。

束缚解开，她便扶着他：“凤无俦，你怎么样？”

“倒是夫妻情深！”凤阳眸中掠过一丝妒恨。当年他与爱妻又何尝不是夫妻情深，可就是因为凤恃，因为凤无俦的父亲，他们夫妻才会生离死别！

洛子夜含恨的眼眸很快便看向他：“凤天翰，凤阳！你……”

“你恨我又如何？洛子夜，你被我喂了药，眼下能站起来都算你能耐，你还是少说几句吧！”他眸中掠过讥诮之色，却没想到三番五次想对洛子夜下手都这么难，可用凤无俦养父的身份出现在她面前，便成功让她放松警惕，将她抓到手中。

凤无俦攥住了洛子夜的手，沉声道：“孤无事，不必担心！”

“无事？”凤阳冷笑了一声，继续道，“凤无俦，你还提得起多少真气？你以为我为什么选在半月之后与你了结？这两年来，你一直在服用闽越开给你的解开寒毒的药，寒毒见好，你便不会以为有问题。可昨日最后一碗彻底解开寒毒的药，在我两年前的吩咐之下，闽越定加了一味火炙草！”

闽越站在凤无俦身后，着急地开口：“火炙草与血逆花合在一起，便能化解寒性，这有什么问题？”

凤阳嗤笑，盯着闽越道：“火炙草与血逆花合在一起，便能化解寒性。可这个药理是谁教你的？这是十年前我告诉你的。闽越，其实这两味珍奇的药合在一起……是毒！凤无俦，你中了这毒，还受了我三掌，今日你必死无疑，不，你们夫妻都必死无疑！”

闽越难以置信地瞪大眼，跌坐在地。

这下，洛子夜便知道眼下情况不好。

凤阳却又扬起一掌，对着他们的方位打来。她还来不及做什么，凤无俦便再一次抱紧她，那掌风也再一次落在他后背上。

她身上都是血，全是他吐出来的，这令她眸中尽是泪："凤无俦，你怎么样，你……"

他扫了她一眼，眼神似在告别。

下一瞬，他回头看向凤阳，掌中慢慢凝聚真气，那双魔瞳中带着戾气，沉声道："你说的不错，孤今日想击败你怕是没可能了！但，同归于尽呢？"

"你……"凤阳难以置信地后退一步。

下一瞬，便见凤无俦身侧有黑色巨龙盘旋而起，那是与龙同归最后一重。即便只使出了五分力道，可到底是震慑五岳之力！

凤阳眸中露出惊恐神色，二话不说，也使尽自己所有的真气去接。

砰的一声落下。

两股内息狠狠相撞，凤无俦与凤阳皆吐出一口血。两个人都已经是重伤，被重击之后，再动弹不得！

同归于尽？

洛子夜抱着凤无俦，见他一脸一身的血，心中慌乱不已。

而凤阳躺在地上，更是一根手指头都动不得，他看向阎烈，艰难地道："我儿！杀了凤无俦，杀了他！以后这天下就是你的，是你的……"

阎烈似终于找回几分神志，当真站起来，缓缓抽出了手中的长剑，往洛子夜和凤无俦的方位而去。

洛子夜惊恐地摇头。她中了毒，眼下并不是阎烈的对手，闽越也打不过阎烈，凤无俦眼下和凤阳一样，动都动不得，若是他真的要杀凤无俦，那……

她眸中带着几分恳求："阎烈，不要！阎烈……你们兄弟情深，阎烈……"

她正说着，阎烈已经到了她跟前。他眸色通红，问她："王后，你还站得起来吗？"

"勉力能站！"她不知道他为何这么问，却还是答了。

阎烈将手中的长剑递给她，闭上眼道："那你就去杀了凤阳！他到底是我父王，我不能亲自下手！"

洛子夜难以置信地看了他一眼，颤抖着接过长剑。

凤阳更是目眦欲裂，瞪着阎烈："你说什么？"

阎烈跪下，对着凤阳磕了三个响头："父王，对不起！忠孝不能两全，煊御大陆也不该因为我们父子陷入混战与浩劫！”他终究选了忠于王，也选了一个义字。

洛子夜也不再犹豫，拿着长剑站起身来。

她看着凤无俦一身是血，想起百里瑾宸的眼，甚至想起轩苍墨尘和洛小七，她都不能不恨，必要杀了凤阳！她一步一步，艰难地走到凤阳身侧，狠狠一剑对着他的胸口刺入。

而凤无俦看着这一幕，也终于放心，闭上眼晕了过去。

可就在他闭上眼的下一瞬，整个崇山开始地动山摇起来，还有轰鸣之声响起。

凤阳盯着自己胸口这一剑，听着这声音，扬声大笑起来：“好！好！好！凤无忧一年前听见我……听见我说漏嘴，将与凤无俦在崇山决战。那时她便买下……买下许多火药，果然是埋在这里了，我的人也找到了火药！哈哈……洛子夜，这山就要塌了，我不能活，你们一个也别想活！”

山下的人没有收到他取胜的信号，也过了约定的时间点，便直接点燃火药了。

很好，就算不能赢，有这些人陪葬也好。

巨大的轰鸣声再一次响起，这山也倾斜起来，看样子是真的要塌。洛子夜扫了一眼凤无俦，看他气息奄奄，她倒不怕什么，慢慢挪回他身边抱着他。想逃下山已经不可能，那么要死，就一起死吧！

她才闭上眼，便听见了一阵马蹄声。

抬眸看去，便见一袭红衣在风中摇曳，来不及看清，那人就已经落于她跟前，看了她一眼：“小夜儿，你没事吧？”

“我没事，你来干什么？快走，这山就要塌了……”洛子夜伸手便去推他。

冥吟啸回头看了一眼山岚，山峰之上，巨石已经滚落下来。想来买火药的人是大手笔，才能弄来这么多火药，将如此一座山炸成这样。

他回头，那双邪魅的桃花眼看向洛子夜，修长的手拂过她的脸，却叹了一声，轻声道：“小夜儿，这是我最后一次帮你了！以后的路，你自己好好走，待自己要好，记住了吗？”

“冥吟啸，你想做什么？”洛子夜伸手去扯他。

他却没回她，扯开了她的手，立于他们身前一丈之地，随后伸出手，狠狠一掌打在他自己胸口！

噗的一声，一口血吐出，随同吐出的还有一根似针的东西。

那是压制着他体内御龙之殇的五楮钉，御龙之殇最后一重，有排山倒海之能，可使用多少力道就会受多少反噬，一旦他今日用了最后一重，便会经脉尽断而死！

那山势倒塌越发凶险，他手中内息凝起。

红色的内息幻化成龙，在他身侧盘旋，他靡艳的声音响彻山谷："御龙之殇！"

"冥吟啸！"武青城追上山，便只来得及看见那一幕。

一阵狂风起，遮挡住了所有人的视线，洛子夜被这风吹得睁不开眼。飞沙走石，山石从旁处掉落，他们这一边却是安然的。

烟尘落下之后，山脉平复。

她却看见他一袭红衣，浑身是血，却强撑着一步一步，往她这边走来。

洛子夜飞快起身，踉跄着对着他飞奔过去，他终究无法支撑，倒在她怀中。

洛子夜被吓白了脸，御龙之殇她听过，最后一重……最后一重……

她只是掉泪，为他擦掉唇边的血，却越擦越多："冥吟啸，嬴烬……嬴烬，你怎么样？你不要吓我，嬴烬……"

武青城在远处跪坐着，不再往前一步。

冥吟啸勉力睁开眼，见她脸上都是泪，便伸出手去擦："小夜儿，别哭……"

她抓住他的手，却能感觉到他气息渐渐微弱，身体渐渐冰凉，她哭出声："嬴烬，你不要死！你不能死，你……"

他看着她哭，却轻轻地笑，看着她低声道："小夜儿，当初凤无俦派兵抓你，你误入了相思门才遇见我。这原本……咳咳……这原本就是向他借的缘分，如今时间到了，也该还了……"

洛子夜却不接受这说法，抱着他哭道："不！嬴烬你忘记了，我说过要为你找到宝石的，星光般璀璨的宝石，可是那宝石我还没找到，你怎么能死，你不能……"

他却看着她，那双邪魅的桃花眼含着笑，他轻声道："小夜儿，那宝石，我早就找到了。"

他慢慢撑起身子，依旧对着她笑："小夜儿，你等我回来。"

这话说完，他霍然出手，那手刀打在她颈后，令她晕了过去。

她晕倒那一瞬，他抱住她，轻轻一吻落在她额头上："如果我回不来，你就当做了一场梦，你从未去过相思门，也从未遇见过我。"

话音落下，他的手放在她后心，将他体内最后一丝真气渡给她。她一直想解开她身上武功的最后一重，他曾听过御龙之殇的残余真气，能解开高深内功的桎梏，纵然不知是否有用，但就试试吧，总归这一丝真气对他而言，也没有用了。

那真气流入她体内，他回眸看了一眼武青城："带我回凤溟！"

"你……"武青城眼眶染红，他的身体，根本不可能活着回到凤溟了。

冥吟啸轻笑，似知道他想说什么："我知道我回不了凤溟了，可我不能死在她面前，不能叫她看见我死去的样子，她会痛一生的！"

如果不看见，或许能好些。

尽管他其实那么想，死在她怀中。

武青城闭上眼："是！"

洛子夜昏迷了半月，醒来之时，凤无俦已经醒了，正守在她身边。

如同当初一样，她醒来之后，第一句话就是问："嬴烬呢？冥吟啸呢？凤无俦，他……"

她说着这话，看着他凝重的表情，心慢慢凉了下去。

凤无俦也犹豫了片刻，终于还是开了口："他死了，御龙之殇最后一重，他用了，谁都救不了他。武青城带着他回凤溟，还没有走出帝拓国境，他就已经……如今冥吟昭已经回了凤溟，替他坐那王位！"

"不会的！不会的！"洛子夜神色狂乱，当即便哭出声来，"他不会死的！"

他怎么会死？

她还记得她痴傻的那四个月里，所有人都不信她，唯独他一个人护着她，如珍如宝守了她四个月。她还记得她落入蛮荒之人手中，是他以身去替她。她还记得大婚当日，是他站出来，说有他在谁也动不得她的幸福。可他怎么会死呢？

凤无俦伸出手抱住她："你冷静一点儿，他……"

"他不会死的，他说让我等他回来的！"洛子夜哭成一个泪人，在凤无俦怀中拼命挣扎。

闽越站在边上，闭上眼，默然无声。他不忍心说，冥吟啸也说了，如果他回不来，就让她当是做了一场梦……

其实谁都知道，他回不来了，他自己也知道。

她神色悲恸之间，便是一阵目眩。闽越开口道："王后，您情绪不可起伏过大，

您已经有了两个月的身孕，原本这些时日您就动了胎气，若是再悲恸过度，便……”

尽管洛子夜并不愿意接受，冥吟啸终究还是死了。

她几乎成了一个木偶，不会哭，也不会笑，神色空洞。果果那蛋壳的确有用，她那日与凤无俦……便怀上了孩子。

三个月之后，纷乱的战事全部平息，便是第二年的开春，轩苍国殇。

轩苍墨尘熬过了那个寒冬，死在了这一个春日。

史书上记载，轩苍皇帝讲信义交战，身受重伤，次年不治而亡，轩苍逸风登基，詹月情为后。

洛子夜记得，是一个风和日丽的下午，她收到了轩苍墨尘传来的信件，那是他临死之前写给她的：“洛子夜，我不知道如今你还恨不恨我，可终究这一生，我欠你良多。冥吟啸的死，对你打击很大，我知道。可我的死，对于你而言，怕你眼都不会眨一下，或许还会高兴。但也罢了，我既要死，这些也看不到了。”

他的信件不长，说了这些，就只余下最后一句话：“闻说人死后，都会饮下一碗孟婆汤，忘记前尘往事。洛子夜，死后我不饮，我会记得今生，来世偿还给你！”

风将信件卷走，洛子夜缓缓闭上眼。

的确，嬴烬的死，对她打击很大。她不由得总会怨怪自己，为什么要相信凤阳？也会问自己，倘若自己当年没有坚持回到凤无俦身边，冥吟啸是不是就不会死？

冥吟啸和凤无俦，都是这世上对她最好的人，可如今冥吟啸死了，她如何能说服自己没心没肺地与凤无俦幸福？

洛小七那次受伤之后醒来，得到了洛子夜的原谅之后，便走了。

阿记要跟着他一起走，他也没有拒绝，两个人去了江湖，再无踪迹。

“她的身体很不好，冥吟啸的死，她胎气大动，这段时日以来更是日渐憔悴，分娩之时怕有性命之忧。”百里瑾宸语气淡淡，轻声对着凤无俦开口。

凤无俦魔瞳微凛，闭上了眼。

冥吟啸的死，她自责，他何尝不是！倘若他当年就死在冰室，没有被凤阳所救，信任那个人至此，便不会害死冥吟啸，令她如此伤心。倘若当日凤阳死后，他没有晕过去，死的是他而不是冥吟啸，怕也不会是今日的光景。

这段时日她始终沉浸在冥吟啸的死讯之中，不能自拔，不论他说什么做什么，她都听不进去也看不进去，以至于日渐憔悴，变成眼下这般。

他魔魅冷醇的声音缓缓地问："有什么办法吗？"

"灵芝草。"百里瑾宸淡淡应了一声，继续道，"我查访过，煊御大陆有一株灵芝草，生长在落岩山的岩浆洞中，长在岩浆正中央，唯武功盖世方能取得。可那株灵芝草牵扯着整个山洞的机关，一旦拔出，山石就会崩塌，届时即便你能逃出来，灵芝草也会被岩浆吞没。"

他这话一出，凤无俦沉眸扫向他："若是孤不逃呢？"

他这一问似在百里瑾宸意料之中，他淡漠地道："若是你不逃，用内息护着，将灵芝草扔出来，便会来不及脱身，葬身岩浆之中，死无全尸。我兄长君惊澜和嫂子也曾经取过灵芝草，他们那次远没有你这一次凶险，可那次我兄长也险些丢了性命。你若去也是九死一生，言尽于此。"

百里瑾宸说完，便转身而去。

他倒是想替他们去取，可是他看不见，入了岩浆洞，怕也不知道灵芝草具体在哪里。至于怎么选，便只能看凤无俦了！

凤无俦沉眸："孤知道了！"

一晃数月过去，再有半个月，就是洛子夜临盆的时候，但她身子越来越差，脸上几乎没有血色。

这段时日凤无俦对她很好，却不像之前那样安慰她冥吟啸的事，像是知道她无法释怀，便放弃了，只是默默对她好。

这天早上，她倒觉得凤无俦有点儿奇怪。

她半梦半醒的时候，似乎听见他的声音，那声音霸凛而冷醇："洛子夜，你好好活着。如果可以，孤真的希望能看见我们的孩子出生！"

她好像是做了一场梦，梦中他这句话让她格外不安。她惊慌醒来，便见床榻上只有她自己，身畔已经空了。

凤无俦两天没出现在她面前，阎烈也没出现。

她心中的不安越发强烈，也就在这时候，她殿中来了一位客人，是百里瑾宸。

他进门之后，语气淡淡，淡漠地道："冥吟啸临死之前，我见过他。"

他这话一出，洛子夜霍然偏头看向他。

百里瑾宸继续道："我原本以为可以救他的，但是没想到御龙之殇内功反噬太重，即便我也无能为力。他料到你或许会因为他的死放不开，洛子夜，他托我告诉你，为你做任何事情，都是他自己的选择。他唯一所愿，就是你能幸福，他希望你不要辜负他的死，也不要辜负凤无俦。凤无俦也是真心待你之人。"

洛子夜听他这么一说，心头的不安越发强烈："嬴烬让你带给我的？你为什么之前不说，却是今日……"

"之前不说，是因为我知道说了你也听不进去，今日说，是因为凤无俦去为你取灵芝草了，你的身体若是没有灵芝草，分娩时必死无疑。可如果要护着灵芝草出来，凤无俦会葬身岩浆之中。"百里瑾宸淡淡说完这话，方转身而去，"若你能看开，便赶紧去落岩山，或许还能见到他最后一面。"

他话音刚落下，洛子夜便如一阵疾风，从他身侧飞驰而过。

等到洛子夜忍着腹痛，赶到落岩山的时候，便看见那山石已经崩塌。

阎烈和王骑护卫的众人在落岩山附近跪了一地。

洛子夜急匆匆地上去，心中从未如此慌乱过，抓着阎烈问道："他呢？他呢？"

阎烈眸中含泪，盯着那崩塌的山峰，终于克制不住情绪，哭道："王后节哀！王独身进去取灵芝草，在最后一刻用真气护着这灵芝草，这草破出山石落到属下手中，可王自己……没能出来，已经葬身岩浆了！"

"不可能！凤无俦不是第一次在山下出事，他……"洛子夜红着眼眶辩驳。

阎烈咬牙道："可王后，那下面是岩浆啊！"

他当然知道，以王的实力，就是山岚倒塌也奈何他不得。可下面是岩浆，人的血肉之躯怎么可能在岩浆之下活下来?

"不，不可能……"洛子夜后退一步，脚下一个踉跄，便是一阵腹痛如绞。

闽越当即高喝："遭了！王后要生了！"

产房之中，云筱闹红着眼眶端来了灵芝草熬成的药汁，洛子夜却摇着头不喝。

云筱闹凄声哭道："王后，我知道您心里难受！可这是他用命换来的，如果您不喝，他九泉之下……”

接下来的话，云筱闹也说不出了。

洛子夜更是泪如雨下，但终究喝下了那灵芝草。

阵痛之下，她脑中回忆起很多很多。当日他在天曜皇宫背着她逃出来；当初她误以为自己被轩苍墨尘……他却抱着她，说是他没保护好她；他向她求婚，将他所有的一切交托给她，她点头那一刻，他兴奋得仿佛得到了一切。

她也回忆起来，从冥吟啸出事之后，这半年来她未曾给过他一个好脸色，未曾同他好好说过一句话，就是他要走，要去取灵芝草，她也没能同他好好道别。

凤无俦，你落入岩浆那一刻，可曾舍不得？

你可曾怪过我？

莫邪当初劝她，有些东西如果已经失去，该放下时便放下，否则会失去更多，还会后悔终生。可她一句都没听进去，凤无俦……

“不好了，王后血崩！”产婆厉声高喝。

云筱闹泣不成声，攥着洛子夜的手哭道：“王后，您不要这样，您多想想小殿下啊！他还没出生，您不能这样……”

是啊，孩子还没出生。

可孩子的父皇已经没了，洛子夜哭红了眼，她多想撑下去，为凤无俦把这个孩子生下来！她知道他想要这个孩子的，她知道那一日早上听见的话，不是梦，他真的想看见他们的孩子出生。

可是，他不在了，她撑不下去啊。

那就这样吧，他们一家三口，若能在黄泉之下相会，也很好。

“王后，您醒醒！王后！”

有人在吵闹，在她将要失去意识之时，砰的一声响，那门被人一脚踢开，所有人难以置信地看向门外。

凤无俦一身是血，一身是伤地闯入殿中。他大步进来之后，狠狠攥住她的手，魔魅的声音一字一顿道：“洛子夜，为孤撑下去！”

洛子夜，为孤撑下去！

她迷迷糊糊地睁开眼，看见他俊美的脸，看着他那双霸凛的眸子。

最终，她点了点头：“好！”

“王后生了！母子平安！”

山岚之中，轩辕无笑道：“倒是没想到，凤无俦竟然在落入岩浆之前，打穿了山腰的岩壁，一掌一掌击碎了山石，从山中逃了出来。纵然还是被岩浆烫得一身是伤，但总算是捡回了一条命！”

百里瑾宸闻言，并未回话。

轩辕无继续道：“您当初对洛子夜说的冥吟啸生前的那番话，倒是有用，凤无俦经过这次死劫之后，他们夫妻已经和好如初。冥吟啸临死前传给洛子夜的真气也的确有用，她如今已经练成了第十重武功。至于轩苍墨尘的心头血，您取来练了药，澹台凰兄长的腿也已经好了！”

百里瑾宸却还是没吭声。

轩辕无便不再说话，这段时日，主上已经伪装得越来越好，加上自己的配合，任凭谁也看不出来主上的眼睛是看不见的。就连主上当众看什么信件，自己也会第一时间在边上偷看了，用密室传音告诉主上，信件上写了什么，再由主上说出，完全不会被其他人察觉问题。

而澹台凰有时候提起洛子夜，主上似乎也一副不识得或是不熟的模样，轩辕无却不懂，主上这算是不愿提，还是放下了。

半晌之后，轩辕无再一次开口了：“主上，您为什么总来这座山，还有这个山洞……”

这是当初主上为了救洛子夜，盲了一双眼的那个山洞。

百里瑾宸容色淡淡，却回了一句：“我在等她，她说过会回来的。”

轩辕无喉头一哽，记起当日洛子夜要回来，说答应了主上会回来，可自己逼走了她。那时候他认为自己做的是对的，可眼下……

他闭上眼低声道：“主上，她不会回来了。”

百里瑾宸嘴角淡扬，淡漠地道：“我知道她不会回来了，但我会等……”

我知道她不会回来了。

但我会等……

等一场永远不醒的大梦终结。

等一个明知此生等不到的永恒……

番外一

满城罂粟祭故人

他说："冥吟啸，生前我伴你十年，你曾说欠我许多，那么……死后，你不要回凤溟了，随我去龙昭，葬在我身边可好？"

他不等那人回话，是怕听见那人的拒绝，便飞快地又道："若你同意，以后……我会帮你保护你心中的那个人！"

那人说："好。"

满城遍地罂粟香，一人负手身后，站在坟墓前。

他身后，是看守此地多年的戴旭和迦简，也是武青城最信任的心腹。

墓碑上刻着的名字，是"嬴烬"，不是"冥吟啸"。冥吟啸是凤溟的君主，冥吟昭如今以冥吟啸的名字处在凤溟君王的位置上，那么冥吟啸葬在此处，自是不能用本名的。

"陛下……"戴旭站在武青城的身后，唤了他一声，迦简不爱说话，便没出声，表情却很复杂。

武青城并未回头，轻声道："下去！"

"是！"二人领命，很快退下。

他们退下之后，武青城的眼神看向那墓碑，容色沉沉。他如今已经是龙昭的皇帝，武修篁将帝位传给他之后，又出去游玩了，眼下龙昭终于是他的天下。

当初他回到龙昭，最想做的事情就是成为龙昭的君王，能够手握足够的势力，能够凭借自已的力量，真正保护那个人。可当他终于成为龙昭的皇帝，他想要保护的人，却已经……

他轻轻叹了一口气，上前几步，走到墓碑前，伸出手触摸墓碑上的字，嘴角倒是扬起笑，轻声道："冥吟啸，你生前最爱养罂粟。如今我同洛子夜，将这城中种满了罂粟，让它们都陪着你，你可会开心？我还找到了能工巧匠，引来华山之泉、炼河之水，使得这罂粟一年四季常开不败，你若还活着，是否会惊叹？"

他这话说出来，自然没有人回答他。

随后他又笑出声，低声道："按理说，你死后我应当陪你去，只是我不敢。因为我清楚，这世上没有人比我更了解你，没有人比我更知道你想要什么……没有人比我更懂，以你的性子，死后希望你的墓园被布置成什么样子……这些事情，都需要我亲自来做，我才能放心！"

他还没说。

倘若冥吟啸被秘密葬到凤溟，他为洛子夜而死，冥吟昭如今对洛子夜恨之入骨，定不会允许洛子夜去祭拜他。

所以，葬在龙昭，葬在他身边，洛子夜便能不受阻碍地来看他了。洛子夜来，不是他武青城愿意的，但是他知道，如果冥吟啸泉下有知，会期待。

好在冥吟啸同意葬在龙昭，冥吟昭虽然不甘愿，但到底没有反对。

身后传来一阵脚步声。

武青城没有回头，便知道来的是故人。

洛子夜和凤无俦进入这墓园之内。洛子夜身后的侍婢雨梦瞪大了眼看着里头这些罂粟，也露出了赞叹的神情。

进入龙昭皇城的时候，她便发现皇城满地罂粟，也都是拔除了毒性的，天下若是有十株罂粟，便有九株在此处。当年他们帝拓的王后也曾经帮忙到处寻罂粟的种子，来成就这样一座遍地罂粟的皇城，来成就这样一个墓园。

龙昭的百姓都以为这是因为他们当年的四皇子，如今的陛下武青城，和龙昭的公主，也是帝拓的王后洛子夜，都喜欢罂粟，所以才会如此。

但极少人知道，这满城的罂粟，不过是为了祭奠故人。

两国的帝王并没有互相打招呼，这些年来私下见面，也少了许多客套。

听着洛子夜的脚步声将近，武青城忽然道:“他故去之后，你来看他倒是很勤！”

洛子夜微微一顿。

这两年来，武青城纵然对外很维护她，也一再表明龙昭的公主不容外人欺负，但是她心里头清楚，对方并不是很待见她，他这两年从未跟她说过一句话。

如今他忽然开口，她有几分惊讶，眉梢皱了皱，上前在坟前上了一炷香。

做完这一切，她才低声开口：“你想说什么？”

武青城轻笑了一声，慢声道：“我想说，他生前那两年，你嫁入帝拓，从来没想过去看他。任由他一个人在你曾于凤溟宫中住过的寝殿，度过那七百多个漫长日夜。如今他已经不在了，你再做这些，又有什么用处？”

他这话一出，便是对洛子夜心头一刺。她眼眶已湿。

的确，她那两年从来没有去看过他，是最终那场大战爆发，她回龙昭看情况，才又见到他。

她总觉得自己不去见他，时间长了，他或许就会忘记自己，能够早日拥有自己的幸福。她总觉得不见，就不会给他过多的期待，就不会令他一生放不下，也不会误了他一生。可最终……

如果早知道这就是结局，她当初定然不会……

凤无俦眉梢微扬，而也就在这时候，武青城又嗤笑了一声：“我也不过是说说罢了，你听过忘了就是，他哪怕如今已经归于尘土，也定是希望你常来看他的！”

他说完之后，没再多话，转身出去了。

凤无俦沉默着走到冥吟啸的墓前，上了一炷香，也退了出去。

每年他们来祭拜冥吟啸，上完香之后，她都会要求所有人出去，单独在这里待一会儿，今年也不会例外，凤无俦便直接出去了。

待所有人都离开，洛子夜慢腾腾地坐在了冥吟啸的墓碑前，看着上头的字，轻声道：“嬴烬……武青城说的话……我不知当怎样与你解释，我总以为自己少见你几回，你终究会放下我，或许会爱上史思婧，或许会爱上旁人。只是我没想到……是我自作聪明，自以为这样便是对你好，也不知道你是不是怪我，但总归我是怪我自己的。”

她说完这话，自是无人应她。

若是那人还活着，此刻定会告诉她，小夜儿，不要自责，我不会怪你。毕竟他对她那么好，怎么会舍得她自责，怎么会舍得怪她。

只是那个人不在了，“小夜儿”这三个字，再也没有人叫过了。

再不会有人如他一般，臭不要脸地在她面前自称为夫，再不会有人如他一般，一声一声小夜儿叫得她骨头发酥，也再不会有人如他那般，纵容又小心翼翼地……爱着她。

她越是想，眼眶便越热。

很快，她便又笑道：“嬴烬，轩苍墨尘说，他死后不喝孟婆汤，要记着今生欠我的，来生偿还我。你说，人是不是真的有来生？如果人真的有来生，那死后我也不喝孟婆汤，今生我欠了你这么多，来生也该还你才是。”

她这话一出，却不知道墓园之外，凤无俦听闻此言，魁梧的身躯一僵，那双魔瞳中掠过一丝痛意，但他终是没有开口。

她伸出手，那手掠过他墓碑上的文字，轻轻地道：“也许来生我爱的依旧不是你，但是你对我的好，来生我一定要一笔一笔还给你。如果可以的话，我真的希望上苍能给我们来生……”

她说完这话，慢慢抬眼。

在他墓后的那一片罂粟花海之中，似乎看到他的笑脸，人似画中妖，一笑醉天下。

那只是一瞬间的恍惚，她却有些恍神，看了那片花海许久。

最终她低声笑道：“嬴烬，你离开之后，我再也没有看见谁笑得有你那么好看了！”

曾经名动一时的天下第一美男子，曾经让男男女女都甘愿为之弃国舍命之人，那俘获众生的笑容，却已经成为所有人刻于心中的回忆，只能想起，或再也想不起。

但，她会记得的，一生都会记得。

静坐了一个多时辰，她起身准备离开。回头之间，便看见一张熟悉的脸，那是史思婧，从前在凤溟的时候，她曾不止一次见过这个女人。

史思婧看见洛子夜，低眉顺目道：“拜见帝拓王后！”

“你是凤溟的……”洛子夜沉声开口。

史思婧轻声道：“我从家中逃了出来，已经不再是郡主了，父王也不知道我去了何处。我如今在这里守着他，每日为他上香。”

武青城对她也是宽容，同意她留下。

大概是两个人同病相怜，一样爱着，一样求不得，也一样放不下。

于是多了几分宽容。

洛子夜点头，然后往外走去。史思婧忽然开口：“其实当初你在凤溟的时候，纵然我很嫉妒你，但我还是希望你留下，同他在一起。因为……从我爱上他起，我从来就没有见过他那么开心的样子，他和你在一起的时候真的很快乐，哪怕那时候你只是个傻子。所以我不懂，他明明那么想留下你，为什么还要帮你解开禁药……”

洛子夜站在原地，没有说话。

史思婧笑了，继续道：“那时候我都想帮他偷偷把那药换掉，让你再也好不了，让你留在他身边，让他每天开开心心地留在凤溟，我也能常常看见他，可我到底不敢这么做，他把药看护得太好。如今，看他已经……我倒是明白了，原来不过是因为，在他眼中，他自己一点儿都不重要，重要的是你……”

洛子夜依旧没说话，眼眶却又热了。

史思婧叹了一口气，最终道：“好好幸福吧，这是他的期盼，他生前……你待他就不怎么样，他死后，别再辜负他的心愿。”

洛子夜睫毛一颤，忍住了那泪，最终点了点头：“好！”

话音落下，她大步离去。

她不会辜负他的心愿。

嬴烬，因为你，我的岁月静好。但望这满城的罂粟陪着你，你也永不再寂寞……

番外二

百里瑾宸

我还清楚地记得，十几年前的那个清晨。

如烟脸上写满了笑容，蹦蹦跳跳地跑进我的房间，兴奋地将我摇醒：“白狐生了！哥哥，白狐生了！你小心翼翼地守了几个月，它终于生了，我们以后有玩伴了！”

我当时便从床上跳起来，难掩心里的兴奋，跟如烟一起往门外跑：“走！我们去看看！”

等了这么多天，终于生了。

我们两个刚跑到白狐所在的窝，便见母亲已经抱着那个刚出生的小家伙，笑看向父亲：“小鸿鸿，可算是生了，瞧瞧这小家伙，有九条尾巴，真是太可爱了。我们把它送去北冥皇宫，给惊澜吧？他见着这小家伙，肯定会开心的！”

那一刻我愣住，僵立在门口。

我其实不服气，为什么要送给惊澜哥哥？从白狐怀孕的那天开始，就是我小心翼翼地守着它，生怕它磕着了还是碰着了。好不容易等到今天，小家伙终于出生了，母亲却看都不看我一眼，也不问问我的意见，就要把它送给惊澜哥哥。为什么？

如烟似乎也愣住了，小心翼翼地看了一下我的脸色，轻轻地扯了一下我的袖子：“哥哥？”

父亲的眼神，也看了过来。他看着我的脸色，又看了一眼母亲，犹豫了片刻，似乎想说什么，可最终还是什么都没说。

母亲的眼神，也随着父亲看过来，笑看向我："瑾宸，你看这小家伙可爱不？你们男孩子的眼光应该是差不多的，你说你惊澜哥哥会不会喜欢？"

母亲满脸的笑容，说完便又低下头摆弄那小家伙了。

我没说话，转身走了。我能说什么？跟母亲说我也想要吗？可我清楚，如果我这么说，她肯定会不开心的。所以我没说，也不想多说。

母亲看见我走了，似也愣了一下，接着我听到她对父亲说："你看瑾宸这兔崽子，从小就跟你似的不爱说话，我讲话他就当放屁一样，只是让他帮忙参考一下惊澜会不会喜欢，他都不乐意。唉……"

母亲后来又说了什么，我没听见，也不想再听。

那天后，所有人都不在的时候，我常去小家伙所在房间的窗口，偷偷地看它。可我不敢靠近，也不敢去摸它，母亲过几日就要把它送去给惊澜哥哥了，我如果靠近了，只会更舍不得它。

几天之后，母亲和父亲一起出门，把小家伙送去了北冥皇宫。

我站在门口，目送他们走远，直到再也看不见他们的身影，才转过身，一个人走到河边静坐。

如烟也知道我心情不好。她小心翼翼地靠近我，坐在我的旁边，看着我的脸色："哥哥，你不要不开心了！"

"嗯。"我应了她一声，除了这个字，我也不知道说什么。其实我想发脾气，其实我想问她，问她能不能告诉我，母亲为什么总是这么偏心，为什么我喜欢的东西，不管那东西是什么，母亲都会送给惊澜哥哥，我甚至想哭。

可如烟是我妹妹，她比我小，她也只是个孩子，我是哥哥，我不能吓到她。

如烟说："哥哥，你都好几天没说话了，你跟我说说话吧，你这样好吓人！"

我依旧不想说话，只摸了摸她的头。她放心了一点儿，靠在我身边睡着了。

从那天开始，我越来越不喜欢说话。我总会害怕，我一旦开口，说出来的就是不甘心的言辞，说出让母亲难过的话，甚至让妹妹为我担心。我努力地告诉自己，惊澜哥哥是母亲的义子，也是我的兄长，我不应该这样敌视他，也不应该为这样的小事不开心。

半年之后，母亲笑着来告诉我，说北冥皇族举行秋狝，惊澜哥哥让我们也都去玩。

于是我们举家出发了，母亲一匹马，父亲的马背上驮着如烟，我自己一匹，那是我第一次独自骑马。

到了北冥皇宫的门口，惊澜哥哥就开心地从皇宫里面跑出来，扑到母亲的怀里。母亲抱着他，满面喜悦，这么多年，母亲就没有这样抱过我。

我看着母亲开心地抱着他，甚至喜极而泣。我看见如烟倦了靠在父亲怀里，父亲小心翼翼地抱着如烟，带笑的眼神看向母亲。

我低下头，看向马背之上，形影孤单的自己，忽然就觉得，他们才是一家人，我不过是一个无关的路人。

我知道这样想不对，我甚至鄙夷这样心理阴暗的自己，可我无法控制情绪。

狩猎场之上，开始狩猎之前，我看见了那个小家伙。惊澜哥哥抱着它，不知道是谁给它取了名字，叫小星星。它真的很可爱，我只看了一眼，就收回了眼神。

母亲忽然指责我："瑾宸，你怎么一点儿礼貌都没有？看见你惊澜哥哥，你都不打招呼，也不叫他一声哥哥！就是不爱说话，也不应该如此啊！"

君惊澜也看向我。

父亲和如烟也看着我，如烟说："是啊，哥哥，你都没给惊澜哥哥打招呼呢！"

我也从父亲眼中，看见了他对我"无礼"的不赞同。

我看向惊澜哥哥，不知不觉之中，已经攥紧了拳头。

这一声出口竟如此艰难，我甚至觉得自己喉头干涩。这不是他的错，我知道，不是他的错。错在我，错在我太小心眼，对，错在我。

我不应该敌视他，也不能敌视他。

可我还是叫不出口。

惊澜哥哥笑看向我："走！瑾宸，我们去狩猎！"

"嗯。"

母亲终未再开口，只是摇了摇头，说："这孩子，性子太冷了，打声招呼都不愿意。"

狩猎场上，追逐激烈，母亲也跟了上来。

我跟惊澜哥哥策马往前，可谁都没看见前方草丛之下，竟然是个斜坡。我和惊澜哥哥，一起从马背上滚落下来。

我感觉到自己的腿一阵剧痛，还听到骨头折裂的声音。

母亲惊慌失措地上前来，跑到了惊澜哥哥的面前，问他："惊澜，你怎么样？"

同时，母亲看了我一眼，但很快收回了眸光。

惊澜哥哥的胳膊擦破了点儿皮，他笑着看向母亲，说："干娘，我没事！一点儿也不疼。"

母亲却很担心："不行，都出血了，怎么能说没事？干娘带你去找御医包扎！"

她一把将惊澜哥哥抱起来："瑾宸，你自己回去吧！"

母亲就这样抱着他走了，头也不回。

我看着他们离开的背影，心里忽然很酸，她为什么不问我有没有怎么样，甚至临走都吝于看我一眼？

林中只剩下我一人，目送他们走远。腿很痛，我轻轻碰了一下，便知道已经骨折，我咬牙站起来，拖着它往回走。独自走出那片密林，我抬眼望过去，便看见远处，母亲在为惊澜哥哥包扎伤口。

我低下头，回了北冥宫人早已为我安排好的房间，自己处理腿伤。父亲让人送来了药，却并未过问我的伤势。

那个晚上，我独自靠在床边。夜很冷，腿很疼，我期望母亲能过来看我一眼，可她没来。她正在陪惊澜哥哥睡，照顾惊澜哥哥的伤。

那夜的窗外一片漆黑，只有孤月悬在天际。

我看向天上的月，竟然在想，如果我没有这个哥哥就好了。

这个想法倏地将我吓到，我立即躲进被子里，不敢再想。

后来的几年里，我拼了命地练功，拼了命地读书，去接触那些我根本没有丝毫兴趣的经商之道，拼了命想多挣一些母亲爱极的钱，亦被世人誉为"天下第一公子"。

我想证明给母亲看，我并不比惊澜哥哥差。我只是希望，她也能像对惊澜哥哥那样对我好。

然而，一切都是徒劳。

她还是那样，一切都以惊澜哥哥为先。我终是放弃了，我想我或许上辈子欠了

惊澜哥哥的，所以这辈子都要还给他。

我强迫自己不在意，不问，不看，不听，不说。

我想，总有一天我能看开。后来，等我再回过头来看，便发现不知从什么时候开始，自己真的不再愿意开口说话了，成为一个比父亲还要沉默寡言的人。

就连如烟有时候都会说："哥哥，你真无趣。"

是，我也觉得自己很无趣。

本以为这一生就是如此，母亲被惊澜哥哥抢走，父亲宠爱着如烟，我嘛，隐忍下去，便也过了。

可我没想到，他竟然想杀我。

那一年在北冥皇宫，踏足惊澜哥哥为了纪念他的父皇而建下的种满药草的院子，我却忽感不适，喉头有窒息感。越靠近那些药草，这感觉便越强烈。我诧异之间，将一盆药草捧起，那窒息感越发浓烈。我便确定，就是这东西作祟。

我曾无意中翻过医书，这属于对药草过敏，若不加注意，接触过多，便会致命。我匆忙将药草放下，一抬头便看见了不远处的惊澜哥哥。

我愣了一下，料想他定也看见了方才那一幕。

这时候母亲过来，走向惊澜哥哥，说："惊澜，当初你父皇是神医门的唯一传人，他将他的医术传给了我。神医门的规矩，是只能有一个传人，如今你也大了，我想把这医术再传给你，你……"

母亲话未说完，惊澜哥哥忽然看向我。他眼神含笑，说："我在皇宫要应付太多尔虞我诈，实在是没空再学医术。干娘你把医术教给瑾宸吧，以后让他帮我也一样！"

我看着他，不敢相信自己听到的。他明明看见我对药草过敏，却让母亲教我学医。他抢走了母亲不够，竟还想除掉我？我碍他的眼了吗？

母亲诧异地看了我一眼，没多坚持，就同意了。

我没说话，转身离开。那一刻，我忽然那么恨他。君惊澜，为什么你抢走了我的母亲不够，你还想杀我，你甚至想借我母亲的手，让她来教我学医术，让她来帮你杀我？

那一天的太阳那样刺眼，风也那样刺骨，将人心刺穿、刺透，直至支离破碎。

"惊澜哥哥"这个称呼，像是一个天大的笑话。

我想我此生也不再愿意叫他一声哥哥。

既然他想杀我，那么……我也可以动手杀他。

学医很苦。我忍着对药粉的过敏，冒着生命危险去学，怎会不苦？

可我没对母亲提一个字，母亲也并不知道我对药粉过敏。因为教我学医的第一天，她就对我说："瑾宸啊，不管多苦多难，你也一定要学好，以后才能帮到你惊澜哥哥。"

对啊，都是君惊澜，她的眼里永远只有君惊澜，哪怕她心心念念的干儿子君惊澜想杀死她自己的儿子。

我没让她失望，不记得多少次险些因此丧命，最终成为世人口中的"神医"，也机缘巧合，在海上遇见了此生唯一的朋友——轩苍墨尘。

那一次我药粉过敏严重，他救了我。

救我一次，这恩我便会还一生。后来我多次出海，前往轩苍皇朝，不管他是否需要，也时常施以援手。

他喜欢算计设局，我却淡漠不喜欢麻烦。

他儿时便失去父母，若是没有姐姐和弟弟，便算个孤儿。而我纵有父母，母亲心里只有惊澜哥哥，父亲也只会宠爱如烟，若是没有这个妹妹，我与孤儿也没什么不同。

我们那样不同，却又这样相像。成为朋友，大概也是缘分。

他也知道我心中有事，看似淡漠却对人有怨，但他从来不问，只在一次谈笑中，说："你性子淡漠，却又这样腹黑，若是哪天忍不住出手，怕是对方会难以承接。瑾宸兄，我看得出来你在隐忍，不想动手。可我觉得你憋不住的，你总有一天会出手！"

他说得对，我在隐忍，我不想动手，因为我知道一旦动手，就难以回头。

他也说得对，我憋不住，终会出手。

忘记跟君惊澜明里暗里交锋多少次，我想他猜到暗中设计他的人是我，但他从未说破。

我心知他聪明不下于我，想取他性命并不容易，这机会需要静待。后来我等到了一个人的出现，澹台凰，君惊澜的心上人。他竟然愿意为了这个女人做任何事，这样疯狂，我猜想他大概能为她连命也不要。

那一次在山上，我以澹台凰为诱饵，设计了他。

他真的险些丧命。但是在下山的路上，我遇见了父亲。父亲可能看出了端倪，可我竟然觉得无所谓，看出来便看出来了，我既然敢做，便不怕承担后果，即便母亲知道了，我也没什么不敢承认的。我没说一句话，在父亲的面前，坦然地下了山。

可我设计成功之后，却在京城盘旋着没走，我也不知道自己为何盘旋。

这一场设计中，君惊澜的后背被大面积烧伤，除了我手中唯一的一瓶药，无法可解。我原本以为我是想等着他死，却没想到，我竟没控制住自己，出手救了他。

为什么救他，我也不知道。

也许是知道这些年我与他的交锋，他都有意让着我？

也许是顾念多年前，他看我的眸光，似真的有对弟弟的疼爱？

也许……

大概只是因为如烟知道，我手中有药能救，她当场说破了我有药，我不想让母亲知道这件事情是我做的，所以无奈相救吧。

我这样想。

可是我明明并不害怕被母亲知道。

但我告诉自己，只能心软这一次，我还是要杀了他。

后来他大婚，我又利用他对澹台凰的心，设计了他一次。可阴错阳差，他重伤没死，却让澹台凰的大王兄澹台戟，在这一场设计中断了腿。

这并非我本意，此事与澹台戟无关。母亲为澹台凰寻找治好澹台戟腿的办法，我也在帮忙找，最终找到了药方，只是有些药难求，澹台凰表明在收复漠北之后，会亲自去寻。

母亲私下诧异地问我，平常都不愿意管闲事，对此事为何如此上心？

我不想多论，也见澹台凰对药志在必得，便转明为暗，只是暗中观察，没再参与寻药的事。

可那时候，我却有些看不懂君惊澜了。他明知道一直都是我在设计他，他明知道我两次险些害得他丧命，他明知道害了澹台戟的人是我，他为什么不站出来指责我，揭穿我？却一声不吭，隐瞒这一切不让母亲知晓，陪着澹台凰收拾我惹出的烂摊子，甚至将他父皇留给他唯一的念想儿，那味极珍贵的药草，也拿了出来，给澹台戟治腿。

我知道即便这一切不是我做的，为了澹台凰，他也会将那药草拿出来。

可我却不能理解，他为何要对我处处忍让？明明他也想杀我不是吗？

再后来，我的频频动作，终于也让澹台凰察觉到不对，怀疑到我身上。

那段时日，我几次三番地害他们，却又几次三番地救他们。我不懂自己明明想要他死，为什么又会出手相帮，澹台凰竟因此戏称我是个闹别扭的孩子。君惊澜也问我，这么多年了，还没闹够吗？

从他的话中，我感觉不到丝毫敌意。

那时候我想，是我误会了，还是……他这些年也终于觉得对不起我，觉得抢走了母亲还想杀我这并不对，所以想要改变对我的态度，不再想除掉我了？

如果他不想杀我了，那我就原谅他吧，我想。

可没想到，竟被母亲在帐外听到了我们的对话。她不敢置信地进来质问我，之前几次三番害君惊澜的人是不是我，看着她气急败坏的神情，我忽然想知道如果我承认了，承认了我一直想杀她的宝贝干儿子，她会是什么反应。

所以我承认了，母亲不敢置信之后，竟当众打了我一耳光。

所有人都惊住。那是我出生以来，她第一次打我，依旧是为了君惊澜。那么多人在，火辣辣的一巴掌打在脸上，我竟然来不及觉得难堪，就感到刺骨的冷。

为了君惊澜，她从未重视过我。

为了君惊澜，她将我喜欢的东西都拿走。

如今，为了君惊澜，她当众打我。

这便是我的母亲，我这十多年来，都在奢求着她眸光的人。我听见我说："从今日起，百里瑾宸没有母亲，你，不再是我的母亲。"

反正本来这么多年，一直也等于是没有，如今也不过是断干净罢了！

我离开了那个帐篷，甚至不记得我是怎么走出去的。没来得及走远，君惊澜便上来拦住我。他大概知道，我若走了，便永远都不会再回来。我们交手，打了很久，澹台凰追上来，说服了我回去。她说母亲想把事情说清楚，我倒也想知道，那个被

我称为母亲的人，想如何解释这些，如何解释她这么多年的种种偏爱，和种种冷漠。

我便回了头，走进帐篷，我看见母亲眼睛红肿，知道她哭过。

这些年来，我从未见她哭过，那一刻竟有过自责，不敢抬头看她，便随其他人席地而坐。

接着，我听母亲说了当年往事，说她当年欠下君惊澜的父亲一条命，这些年的种种不过是报恩。

可那一巴掌打在脸上的痛感犹在，我问母亲，既然她欠了旁人这样多，不得不将所有的母爱都交托出去，那为何还要生下我？

母亲怒极，便说起我孩童时的种种，说起生下我的艰难，说起我幼时发烧她衣不解带地照料，说起她一年不过见君惊澜几次，我也要与君惊澜争。

我忽然觉得如刺哽在喉头，却嘴硬一样问她，她说这些是当真如此，还是只是为了让我不再针对君惊澜。

母亲似没想到我会这么问，她露出伤心欲绝的神情。

那一刻我也后悔，后悔自己明明已经心软，却还刻意嘴硬，说出这样的话伤她。

接着，我听见君惊澜为了解开我与母亲的心结，说母亲对他与对我不同，是因为自己的孩子即便对自己不好，也不会过多记恨，但别人的孩子便不同，一个不好便会记仇。

他还说，他是事后才知道我也喜欢小星星，几日之前，他也曾想过还给我，只是当年没还我，是因为孤单。

但我心中真正解不开的结，却是学医的事情。我看向他，问他是否明知道我对药草过敏，还让我学医？

当我说出这句话，所有人都惊住了。是啊，谁会想到，神医竟然会对药草过敏。母亲都呆住了，不敢置信地盯着我。

君惊澜却说，他当初看见我抱着药草，误以为我喜欢，所以才会这样对母亲说。

他不屑说谎，我清楚。而若事情的真相真的是这样，他从未想过杀我，那么，这些年他对我的处处忍让，似都已经说得通了。

我说我信他。

可我也明白，当我说出信任时，就等于承认了我身上所有的罪。

承认自己小心眼，与他斤斤计较争夺母爱。承认自己偏执，只看见母亲对他的偏爱，不知母亲对自己也关心。承认自己丧心病狂，竟因为一个可笑的误会，屡次出手害自己的义兄，最终害了不相干的澹台戟。

承认一切都是自己的过错。

事情都做了，错已经铸成。即便所有人说原谅，我也无法原谅自己。

但，即便的确就是我错了，我却因为骄傲，说不出抱歉。

我说点到即止，与君惊澜打一场。却在最终对决的一招收了剑，想让他杀了我。

我两次险些害死他，赔他一条命，算是两清。却没想到，他竟忍着内力反噬，收了剑。长剑只刺入我胸口，不能取命。可君惊澜却说："这一剑下去之后，你便不欠我的了！"

他说不欠了，可我清楚，如何能不欠？

我未曾多言，告知他父亲、母亲与我远出游历的打算，也终于再次对他叫出多年来未曾再叫的称呼——哥。

他似乎很开心，我不知为何觉得局促。嘱咐他小心，却反遭他调侃。

我当时的心情，大概算恼羞成怒，径自离开。

后来的日子里，我开始赎罪。

大概我就是这样的人，轩苍墨尘救了我一次，这恩情我要还一生。而因为误解，我犯下诸多大错，对君惊澜和澹台凰，还有澹台戟的亏欠，同样需要用一生偿还。

尽管我不喜欢掺和是非，却也常常会对君惊澜和澹台凰伸出援手。

尽管不喜欢药草，却也会走遍许多地方，去寻找稀世名药，因为知晓君惊澜和澹台凰的路，还困难重重，或许他们明日就会需要救命的药，我不知道他们会要哪一种，所以只要是能救命的珍贵药草，我都会费心寻来。

这是我欠了他们的，我必须还。

澹台凰终于为澹台戟找齐了治腿的药，我护送她回煌墣大陆，那时我觉得松了一口气，心中的重负终于轻了一些，于是也有了胆量在船上问澹台凰为什么不怪我。她说反正治疗澹台戟腿的药已经找到了，因为对君惊澜的感情，因为我多次相助，便不怪我了。

那时候我觉得这个女人的观念很有意思，君惊澜那么爱她，其实也不是没理由的。

然而我到底嫌弃她聒噪，大概这些年来，我已经不再愿意多说话，所以也受不了聒噪的女人吧。

可我没想到，也就是在这条船上，我遇见了洛子夜。

风浪起，我们避过劫难，澹台凰的那只叫翠花的狐狸，却因此出事。

第一次见洛子夜。

她像是一团火，刺目耀眼，却无法撩动我心中丝毫涟漪。

她流出鼻血，将手伸入我袖中的孟浪行为，甚至令我不悦。我想，若非因为她表示愿意救翠花，我的长剑也许会直接切断她的脖子。

接着，我便见识了一个比澹台凰更为聒噪，更不知所谓，甚至有些疯癫的女人。不错，我甩开她的手之时，已经探出她是一个女人。

她满脑子似只知道美男子，看我的眼神，极为炽热。最令我不能容忍的是，她这样的眼神不单单对我，对皇甫轩也是一样，仿佛我与皇甫轩在她眼里，都是烟花之所任她挑选的小倌。

我避开了她。

翌日，洛子夜与我们分道扬镳。当时我心中感觉并不太深，说她能撩动我太多情绪，倒也不尽然，毕竟这天下再能令我动容的事物不多，只是心中有念头一闪而过，那便是，日后不再遇见她最好。

可没想到，再一次煊御大陆之行，成为这一段孽缘的开端。

为何说是孽？

因为得不到，却也再不能放下。可我却感念，有这样一个人，住进我的心底。曾让我喜，让我忧，让我疼，让我知道，自己还是一个活生生的人，不会如从前生命中匆匆流过的岁月那般，除去对母亲的怨和对君惊澜的恨，便对世间万物一无所觉，一无所感，冰冷得仿佛雕像，淡漠得如同一个死人。

再见洛子夜，是轩苍墨尘神神秘秘又深感苦恼地告诉我，自己喜欢上了一个男人。看见他所指的对象，是女扮男装的她，我顿感轩苍墨尘品味独特。

然而，后来我的品味，竟也跟着“独特”了。

我已经不记得，是如何喜欢上她的。是数次相遇，看她在烽火中，毅然站立而傲骨不折，是她泼皮无赖，却又偏偏有所坚持，心善正义，好色却不滥情，还是……还是她聪明，一眼就能看出，我这样不喜欢说话的性子，什么都不说，其实会造成自己与身边人的误会?

那时，听她那样说着我，我从来平静的心，像被投入一块巨石。我看着她的侧颜，心中在想，如果我早一点儿遇见她就好了。

早一点儿有一个人告诉我，应该多说些话，有事情不必藏在心中倔强不言，也许就不会跟君惊澜有过那么深的误会，也许就不会犯下这么多过错，成为背负一生的罪孽，从此只知道两个字——赎罪。

很多人喜欢她。凤无俦喜欢她，嬴烬喜欢她，轩苍墨尘喜欢她……或者还有其他人也喜欢她。当那一刻，我心中涟漪再不能平复时，当我觉得这一瞬，相见恨晚的心情无法割舍时，我便明白了，我也喜欢她。

嬴烬劝我早日抽身而退，他看出来她心里只有凤无俦，其实我也看得出来。

我更知道继续将眸光放在她的身上，只是徒劳，只会越陷越深，只会无法自拔。然而，我还是不愿意生生剥离那情感，因为我知道，剥离，也会疼。

忘记自己明知不会有结果，却依旧在她身边盘旋多久，却记得自己第一次说放弃，是为了在凤无俦的手中，救下轩苍墨尘。轩苍墨尘对我有恩，我不能不救。至于她，我明白，即便不说放弃，她也不会属于我。

我跟她，其实真的相遇太晚。倘若我遇见她，在她爱上凤无俦之前，那么，以凤无俦那般低下到几乎感人的情商，定然不是我的对手。并非自信，而是事实。毕竟，他们都说，我是最腹黑的人。

对，这些年论腹黑，除了君惊澜，我就没有输给旁人过。我算计了凤无俦不知道多少次，却也因为大意轻敌，让凤无俦反算计了我一次。

但到底都是小事，因为从一开始我就知道，不管我做多少，如何做，是否成功，洛子夜喜欢的还是凤无俦。她心中不会有我一席之地，所以，是不是算计成功，或者是否被反算计，似也都并非多重要的事。而至于为什么要这样算计，不过是想让她注意我一下罢了。

那几年里的我，明知我跟她的结局，就是不会有结局。

却依旧那样盼望着，坚持着。那时光仿佛回到多年前，我期待母亲一个温暖的眸光，她却将眼神都给了君惊澜。

而如今，我那样期待，期待洛子夜也爱着我，她心里却只有凤无俦。

一切如此相似，似乎宿命相缠。

我似乎总在奢求我此生无法得到的东西，追求一个自己装睡着，不愿意叫醒自己的梦。

可终究我知道，我对母亲的看法不过是误会。可我也明白，我对洛子夜的看法，并非误会，她是真的爱凤无俦。

澹台凰为澹台戟治腿的药，一直不能成，后来才知需要一味药——帝王心头血。皇甫轩为了成全澹台凰，祭出了自己的性命，将自己的帝王血给她。我看见澹台凰因此痛不欲生，便清楚，我身上的罪孽又重了许多。

若非我当年算计，皇甫轩就不会死，一切错在我。

澹台凰中毒，澹台戟为了给澹台凰续命，将能救治他腿的药，喂给了澹台凰。

重重波折之后，澹台凰被救回来，但治澹台戟腿伤的药，却需要重新找。

这原本都是我造下的孽，这些药，我便也有责任去找。

那段时日，我便没有再出现在洛子夜身侧。我走遍天下，去了许多地方，也去了千浪屿，通过重重考验取药，轩苍墨尘也暗中帮我一把。最后，我终于找到了澹台凰当初寻到过的各种奇珍，最终只差一味药——帝王心头血。

这东西太难求，我只得暂且搁置。

再去煊御大陆，洛子夜被围杀，我救了她，也诊断出她中了毒。

只有我能将毒引到自己身上，可那时的情况，是不救她，她会瞎。救她，我会……

我看见了她脸上的恐惧，对于失去光明的恐惧。我听见自己说："洛子夜，我不会让你瞎的。"

我将毒引到自己体内，视线慢慢模糊起来，眼前的东西越发看不清，于是只得靠在石壁上，等着她醒来。这毒性很猛烈，撕扯肺腑。而我眼中仅存的光芒，也一点一点消散下去，直至一片漆黑。

她醒了。

不愿让她担心，或者是出于骄傲，我不想让她知道我再也看不见的事情。毒还在体内肆虐，我却抑制着毒血，与她说起我从前的事情，说起我与君惊澜的恩怨。

她的反应让我很惊讶，她并未指责我，却告诉我，这件事情错的并不仅仅是我，其他人也有错。我不曾主动问起，其他人也不曾主动解释。

这是第一次，有人告诉我，错的不仅仅是我。我知道她这么说，更多的是因为我是她的朋友，她总归是维护我的，可我还是开心。

她要出去，看外面的战况。

我心知自己的身体已经不能支撑，被我强压下去的毒血，也将要从我唇畔溢出。我并未留她，却在她将要离开的时候，问她："你会回来吗？"

你会回来吗?

那时候我发现，自己竟然也会害怕。

害怕她走出去之后，这山洞中只余下我一个人，面对这永不见天日的黑暗。

她说，会回来的。

我相信她会回来的。

她出去之后，我便吐了血。眼前漆黑一片，我却想起来多年前，我摔折了腿，母亲去关心君惊澜，留下我一人在房中，望着孤月的夜。与那一天不同的是，那个夜晚那么漆黑，我还能看见月亮。而当日，我知道天是亮的，可我什么也看不见了。

毒蔓延到全身，我甚至无法再移动，终于倒在自己的血泊中。刺鼻的血腥味，经脉寸断般疼痛，眼前一望无际的黑暗，还有饥饿、干渴。这是我此生最狼狈的时候，也是我这一生唯一狼狈的时候。

我总觉得自己在下一秒就会死去，却强撑着不愿意死去，因为她说过，她会回来的。

我在等她回来。

不知道自己等了多久，看不见的时候，日夜的交替，我都不能知晓。

可后来，我等到的脚步声，却并不是她的，而是我的影卫轩辕无的。

我失去了意识。

她骗了我。

她没回来。

也再也不会回来。

我在轩辕无的照料下痊愈，随后串通了轩辕无，让他替我隐瞒我失明的事。我不愿因为自己，让父亲、母亲，甚至我的义兄君惊澜挂怀。因为作为神医的我最清

楚，我的眼睛再也好不了，让他们知晓，也不过徒添感伤。

轩辕无与我配合得很好，甚至看信件的时候，他都能以最快的速度，踮脚看见，并密室传音给我，让所有人都以为，那是我自己看见的。

那天，洛子夜没回来，我很生气。也许就像澹台凰说的，我就像个孩子。我以为我这辈子都不会再想见她，可我却也清楚，在她需要帮助的时候，我还是会站出来。

轩苍墨尘求我，去帮武青城，说作为答谢，会将心头血给我，他知道我一直在寻。事实上，即便他不这么说，我也会去，因为这是洛子夜要做的事，我必然会帮她。我去了，也遇见了她。

却因为她那日失约，别扭得不肯与她说话。

直到后来，嬴烬为她而死，我知道她很在乎这个人，千里追上想要救他，却终究是徒劳。一个人浑身经脉全部断掉，不论是谁也不能再替他接上。

我听了嬴烬让我带给她的遗言，那些话，都是关于今生，关于她的幸福。

我也曾问他，不想求来生吗?

那时候嬴烬似愣了一下，随后便是笑，只是笑。他死了，就在我面前。

那时候我曾想，如果我也死了，跟他一样干干脆脆地离开，是不是就不用像现在一样，怀揣着她永远不可能再兑现的诺言，心中这么……痛?

对，痛。我真切地感觉到了痛。

那年里，我唯一的朋友——轩苍墨尘，也死了。依轩苍墨尘生前所言，我取了他的心头血，治好了澹台戟的腿。

嬴烬死了，轩苍墨尘也死了。

他们真能逃，是因为都知道，死了就不会再痛了吗?

她生产，凤无俦去为她取灵芝草。若在从前，我会珍惜这样的机会，认为凤无俦死了，或许我能得到她。可这一次，我没有这样想，也没打算这么做。我将嬴烬的遗言带给她，让她去见凤无俦最后一面。

她知道了一切，飞一样地跑了出去。面前一片漆黑，我不能看见她飞奔的样子，却能感受到她的急切。

那一刻，我那样希望，凤无俦能活着，希望他们能有结果。

因为我跟她，不会再有结果了。

因为……这时候的我，骄傲如我，却终究只是个瞎子。

一个瞎子，配不上她。

命运终究眷顾他们，凤无俦躲过这一劫，他们也终于在一起。

而我，却喜欢去那座山上盘旋，在她曾在山洞中说过会回来的那座山里盘旋。

好像只要我常常来，她那天就不曾走。只要我一直在这里等待，她便终有一日会回来。哪怕……我明知道，她再也不会来了。哪怕我明知道，她并不知我依旧在这里等她。

可是，我还是会等。

等到她回来的那一天，我就能斥她："洛子夜，你这个骗子，你说了会回来的，却让我等了这么久。"

这么久……

番外三
轩苍墨尘

从小我就喜欢养花种草，父皇和母后，常常会斥责我，作为皇室的长子，应当勤于政务，多学习。可我总是兴趣缺缺，每当被父皇责骂了，我就会回自己种满了花草的院子，静静坐上一个下午。

我很不开心。我为什么要生在帝王家，不能做自己喜欢做的事，却偏偏要被逼着去学着处理那些无趣的政务？那时候我尚且年幼，逸风也才三岁。我自私地想着，等我和逸风长大了，就由他来接管皇位，我离开皇宫，去养我的花草，过比谁都要逍遥自在的日子。

可我没想到，我们还没有长大，父皇和母后便去世了，死在千浪屿，因为一次求药。多可笑！千浪屿原本就是轩苍皇室所创，祖宗立下的规矩却用来害自己家的后人。

还来不及为父皇和母后的死掉泪，宫中便生变，我的皇叔想要谋反，并要设计杀死我与皇姐、皇弟。兵荒马乱之中，眼见我们被包围，那时尚且年幼的我，便对皇姐献策，挽回了败局。

那时候我在想，这些年，我被父皇逼着看的兵书，终究没有白学。

逸风还年幼，所以半个月之后，尽管我不愿，作为嫡长子，我还是被皇姐扶上了皇位。

皇叔策划的这一场动乱，叛军与禁卫军的厮杀，使得宫门口血流成河，我看见太多人死在我面前，而那些，都是轩苍的百姓。

那时候我问皇姐，做一个君王，需要做什么？

皇姐说，君王，在任何时候都要心系子民，将国家的利益放在第一位。

于是，登基为帝的那天，我告诫自己：我是轩苍的君王，从此以后，我不能再让轩苍的百姓，多流一滴血。

我关闭了我养着花草的院子，像是就此掐断了自己毕生的一个梦。转身离开那一刻，我心中如被刀割。因为我懂，从此以后，我与我想要的生活，再无丝毫关系。从此以后，轩苍墨尘无法再为自己而活，作为皇帝，我心中只有国家、百姓。

国不能一日无君，登基之后，轩苍才举行父皇和母后的葬礼。

那一日皇姐和皇弟，都哭得肝肠寸断。我也想哭，看见双亲的身体冰冷地躺在自己面前，眼泪已经到了眼角。可我太清楚，我不能哭。我是皇帝，一旦在众人面前软弱，便等于暴露软肋，太多人盯着我的位置，太多人想要我们姐弟三人死，而一旦战乱，受苦的将是士兵和百姓。

我没有流一滴泪，攥紧了自己隐藏在袍袖下的手，目送父皇和母后出殡。

似乎从登上皇位那一刻起，我甚至失去了流泪的资格。

这是帝王的悲哀，还是轩苍墨尘的悲哀？

我没有答案，却也不想再去寻求答案。

就这样吧，反正这一生已经注定。

那些大臣私下说，这个小皇帝，失去双亲却一滴眼泪都没有，这样的人没有软肋，没有破绽，难以对付。

于是，许多原本跃跃欲试，想要趁机作乱的藩王，竟也老实了下来，默默观望。

这个皇位并不好坐，多年来我如履薄冰。每走一步，都要算计三步，也吃过亏，不知道多少次险些丧命。而敌人的这些算计，让我越发谨慎，也让我从轩苍这样一个小国的操控棋盘者，变成三百诸侯国中，也少有人能与我论谋策的人。

可我明白，轩苍国势太弱，只能蛰伏。

凤无俦忽然从天曜崛起的时候，我还在轩苍操烦着内政，当他成为天下无人能敌、人人畏惧的摄政王，我才终于将大部分的权柄，收入自己手中。

这些年我没有一个朋友，或者说也无人敢与帝王交朋友。我不知道他们什么时候会算计我，在我的酒盅里投入致命的毒。他们也不知道这个看似温润的君王，会在什么时候忽然出手，将他们杀死。

就这样尔虞我诈地活了多年，习惯了之后，竟然也不觉得累。

百姓们拥戴我，因为从我登上皇位起，轩苍没有发生过一起暴乱。

我一个人放弃了自己想要的生活，换得黎民安泰。这笔生意，我觉得划算。逸风也终于长大，长成了我梦想中自己的样子，他活得肆意潇洒，与我儿时一般不愿意看书，无心政务。他还喜欢捧着那些江湖中的话本子，拿着长剑去闯荡江湖。

我曾经笑对他说，如果能不做这皇帝，我也想跟着他去江湖看看，然后寻一个僻静之所，种种花养养草。逸风却很激动，立即说让我不要指望将皇位丢给他，他是不会接的。

他看出了我说这话的意图，他看出我想将皇位交给他，而我也从他眼中看见了坚定的拒绝。

我们对视了一刻钟，我终于一笑，不再勉强他。如果我跟他之间，注定有一个人必须放弃自己想要的，那么只能是我，因为我是兄长。何况这条帝王之路有多难走，无人比我更清楚。

我已走过这条路，知其中之苦，作为兄长，我怎么能强迫逸风也走上这条路?

我放他远走，也回头面对自己的政务。

当终于大权在握，轩苍尽在我掌中时，我却不能懈怠，因为这并非一个太平盛世。天下战乱不断，诸国之间只要一言不合就能打得头破血流，人命贱如草芥。大国之间交战，有墨天子坐镇，也还能有不败之地，因着诸国需要大国的稳定，以维护天下格局的平衡。可小国呢?

只要惹了大国一个不快，就会被夷为平地，被吞并，连挣扎的机会都没有!

于是，我的眸光，放在了轩苍之外，放在了天下这一盘大棋上。我要为轩苍在这天下谋得一席之地，只要站在一线大国的位置上，哪怕发生征战不敌他国，为了天下局势的平衡，其他大国也会相助轩苍。这般，轩苍才不会任人鱼肉，轩苍的百姓，才能抬起头做人，他们的生命才有保障。

而这时候我都觉得可笑，作为一个皇帝，我竟然从未想过还要顺道一统天下这回事，也并没有将墨氏九鼎搬来轩苍，做千古一帝的野心。我只想让轩苍成为一线大国，为轩苍的百姓求一个安稳，仅此而已。

可我没想到，这一求，葬送了我与洛子夜，所有的可能。

我韬光养晦，不露声色地发展轩苍。

我也暗中出巡游走天下，寻求最锋利武器锻造术，甚至暗器机关，那时候遇见了武神武修篁。我欣赏他的气魄，他赞叹我的谋略，不过是一起喝了一回酒，在我的几句“修篁兄”之下，我们便成了忘年之交。

可他是帝王，我也是帝王。尽管彼时龙昭是一线大国，轩苍作为小国，这国力武修篁也不看在眼中，他也不屑于算计，但彼此之间的距离和防备，却还是有的。故而，这忘年交，也永不可能成为至交。

而后来，我遇见了此生唯一的朋友，也是情敌——百里瑾宸。

我做任何事情，都必会谋算。在海上见他命危，唯独这一次，我只是想做一回好人好事，体会一番逸风在江湖里行侠仗义的快意。却没想到，一救便救了个神医，还是有“天下第一公子”美誉的百里瑾宸。

治好他之后，我们竟成为朋友。

他不喜欢说话，而我向来最懂得拿捏分寸与进退，便也不至于令他反感。我小心翼翼地珍惜着这个朋友，倒不是想利用他为我做什么，反而是因为我与他之间，毫无利益牵扯，他不是政场的人，甚至不是煊御大陆的人，他没有理由算计我，我对他也同样如此。

正因为这样，我们的友情反而纯粹。

人生得一好友，也算快哉。

他常常来帮我，说是欠了我的救命之恩要还。我却也没想到，一个性子看着这样淡漠的人，对恩情竟如此执着。友情之外，还有神医相助，我自也没有反对的理由。

我终于找到合适的时机，借用了逸风的身份，乔装打扮出使天曜。

天曜的所有局势，都与我想象的相差无几，不过很短的一段时日，我便与龙傲翟、洛小七达成协议，算计凤无俦。这个计划里，我算准了人心，算准了每一步棋，算准了局中所有的人，却唯独算漏了我自己的心。

算漏了，我竟然会爱洛子夜。

在后来的许多年里，我常会想，如果我没有爱上她，凤无俦如我所愿，失去神坛的地位，让天下格局重新洗牌。轩苍也借助扶持洛小七登上皇位的举动，一举跃入一线大国行列，完成我毕生夙愿。

如果我没爱上她，多好。一切都遂我心愿，轩苍从此国富民强，百姓能真正无忧无虑，作为帝王，我也算对得起我肩头的责任，哪怕这过程卑鄙了一些。

如果我没爱上她……

可偏偏，我爱上了她。不仅仅如此，我还算计她，甚至用她来算计凤无俦，令她对我恨之入骨！

犹记得当初，千浪屿之上，我帮了她一次，险些葬送了自己的性命，那时候我对皇姐说，我的爱不能用家国来衡量，却能用我的命来衡量。我可以为她死，也能于她在千浪屿上昏迷之后，尽管想要她，还是克制住自己，只在她额头留下轻轻一吻。

这是我能给她的真心与真诚，可这重量，却大不过我心中的重担，大不过轩苍的黎民百姓。

我利用了她和凤无俦之间的关系，苦心孤诣地谋划，将凤无俦从神坛上拉下。

那时候她恨我，恨极。她甚至说出后悔在千浪屿被我所救这样的话，后悔她自己活到如今，害了在乎她的人。

什么是冰锤刺骨，我想那时候我明白了。那是我自父皇母后故去之后，这么多年来第一次感觉到痛，痛极。

她恨我的时候，其实我也恨我自己。我恨自己为什么站在她的对立面，我恨自己为什么偏偏处在帝王之位，我恨自己为什么明知道这么做，会将我与她之间的关系推入万劫不复的深渊，可我仍然不得不选择算计她。

我不知道我应该恨老天，还是应该恨自己。

她原本没有那么爱凤无俦，因为这一场算计，她心心念念的，只有那个人。而我，我费尽了心机，好不容易在她眼中赢取的那一点儿信任，也因此土崩瓦解，就连残渣也不曾剩下。

凤无俦被困千里峰，其实我并不一定要杀他，我只是想除去王骑护卫而已。

可却因为凤无俦的存在，竟伤不得王骑护卫分毫。知道洛子夜赶来，我再一次利用了她，我带着她出现在山顶，刻意让凤无俦看见她，让他们之间的误会达到极致，也终于让那个似乎能永远不败的男人，被击垮在地。

她很聪明，很快便看出我的意图，看我的眼神似能吃人饮血。那眼神那样刺目，如成千上万的利剑，对着我的心口刺来。

其实，哪怕有其他任何一种选择，我也不想这样算计她，我也不想伤她。可，我没有选择，轩苍和我自己的情感之间，我到底还是选择了轩苍！

我相信她能理解我的选择，但我也明白她永不会原谅。

对啊，永远都不会原谅。

她充满恨意的眼神那样刺眼，与她对视之间，我忽然累了。如果她真的能忘了这一切，是否从此我便不必再面对这种眼神？只要她吃下禁药，是否从此她也能爱上我，哪怕我自己明知这爱都是假的。

她让我放走凤无俦，我便与她谈了条件，要她吃下禁药。

那时候我希望她答应，却又害怕她答应。其实她势单力孤地上山，若我小心设计，哪怕她以性命相威胁，我也能在不伤她性命的前提下，将她擒下，逼着她喝下禁药。可我却想听她的答案，想知道她的选择。

洛子夜，那么独立骄傲的一个人，她真的会为了凤无俦，喝下禁药吗？

她宁可为了那个男人，从此失去最珍贵的记忆，以一个六岁孩童的智商，待在她此刻恨之入骨的我身边？

我觉得她不会答应。果然，她很快便用死威胁我，威胁我说，她要跟凤无俦同生共死。

那一刻我心里忽然那样嫉妒，嫉妒凤无俦，也担心这个女人真的疯了，要跳下山去。可我却故作镇定，表明并不在意，只提醒她，如果她死了，凤无俦必死无疑。

我看见她看我的眼神，从这一刻起，已经不单单是在看一个仇人，更像是看什么肮脏污秽之物，仿佛她这一生，就未曾见过我这般卑鄙的人。

那时候的我，竟然已经不觉得心痛了。

因为早已痛到麻木。

就如同父皇母后出殡那日，心中再悲苦，我依旧能面无表情，甚至嘴角扬起。

她终究是怕的，不怕她死，却是怕她死后凤无俦会死，她选择了妥协。我原本以为她会玩些小伎俩，假装喝下。却没想到，她真的喝了。

她倒在我怀中的时候，身躯是我想象中的温软，却未曾令我感到丝毫愉悦，甚至令我感到怒。凤无俦在她心里，真的就这么重要，重要到不在乎自身，重要到她

竟能做出这样的退让？

可我呢？我日后要如何？真的面对一个智商变成六岁的她，从此在爱与痛中受折磨，明知她恨我，却只能自欺欺人这样度过一生？

可事已至此，我没有后悔的余地，甚至没有说后悔的资格。

我也在这一刻，真正将凤无俦恨之入骨，我从来没有这样嫉妒过一个人，嫉妒到恨不能食其血肉。这一刻我忽然懂了，那些因为情爱想要诛杀情敌的人，都是何种心情。

我背弃了对洛子夜的许诺，下令要凤无俦尸骨无存。

留下这个命令，抱着她离开的时候，我心中那样解气，我要他死！说我丧心病狂也好，说我毫无人性也罢，我要看见他的尸体被碾碎，方能消我心头之恨。

这一生我从来没为自己求过什么，只这一次，洛子夜，我要得到她，要她属于我，只属于我一个人！她爱过的人，应该被葬入黄土，也只能葬入黄土！

这是我一生里最疯狂的一次，也是最极端的一次。

她昏迷之中，竟也不肯松开凤无俦送给她的信物，妒火之下，我毁坏了那东西，也忽然有毁了她，甚至毁坏她跟凤无俦之间所有可能的冲动。

反正她恨我，反正她觉得我再卑鄙不过。

这是第二次，我有了得到她的机会。我便做了，不再如在千浪屿之上那般君子，我也清楚，一旦这样做了，我便再也不是从前那个我。可，即便不做，我又能回得去吗？

那是我离她最近的一次，但终究没能得到她。

她竟会反抗，在昏迷之中仍会反抗，甚至险些丧命，也让那药的药性，生出了变化。从子渊的眼神里，我看出他责备我太心急。而那时候我也终于冷静，不再若之前妒火焚身时那般疯狂。

凤无俦竟从千里峰走脱。在子渊的劝谏之下，我先去处理凤无俦的事。可却没想到，我这一走，她竟然被冥吟啸救走。

我回头带人去追，因为我深知，这一次错失，将会永远失去她。不管是失忆之前的她，还是失忆之后的她，都将一并失去。

终于在皇陵，我追上了他们。可她已经醒来，她果真变成了六岁孩童的智商，失去了所有记忆，也因为那禁药爱上了冥吟啸。可那时候，她还是恨我。那是从骨子里生出的憎恶，已经无法抹去。

那一瞬我觉得那样悲哀，做了这么多恶事，这样不择手段，可最终还是这样的结果。

我忽然就明白了，什么叫作报应。

她无意之中毁了皇陵，里头葬着我轩苍皇室的先祖，还有我的亲生父母。怒极之下，我真的想杀了她，还有冥吟啸。我让他们走，因为我清楚，他们继续在我面前多待一刻，我会控制不住自己，让他们死在我剑下。

他们离开了，我眼角的余光目送着他们离开。

我知道，这一次她走，便会去凤溟，处在冥吟啸的庇护下，我或许此生都不能再见到她。可她不能留下，我怕我此刻会忍不住杀了她。

轩苍墨尘，这样自私的一个人，却在这时候，到底还是不够自私。

或许是醒了吧，或许是报应落到自己身上之后，想起来自己的初衷。想起来爱上她的时候，我原本想要保护她，让她从这些战局中抽身，让她做世上最幸福无忧的女人。可最终，害她最深的是我。

我终于冷静下来，子渊问我，陛下，要再追吗？

我默了许久，到底还是选择转身而去，我听见自己说，不必了。

是啊，不必了。我已经将她害成这样，她醒来第一个见到的人是冥吟啸，她也已经爱上冥吟啸。我追上去能怎样？重兵围困，杀了冥吟啸，就像当时算计凤无俦那样，让她再一次恨我入骨，让她再一次因我痛不欲生？

不必了。我到底该醒了，害了她一次，伤了她一次，难道还要再来一次吗？

我在皇陵前，跪了几天，为我放走了毁坏皇陵之人赎罪。

我放走了她，却是对先祖不孝。

我跪在父皇母后的陵前，问他们我做的一切对不对。我算计了凤无俦，一步一步走向极端，将我与她逼到这一步，到底对不对。无人回答我，也永不会有人回答。

天在下雨，似乎在为我而哭。

那次我发了烧，以致无忧老人断言，我命不过三年。

其实谁又在乎能活多少年，这些年放在我肩上的担子，令我早就已经累了。逸风不愿意接替皇位，可如今也由不得他的性子了。他终究还是被我从江湖中抓了回

来，开始接受帝王之术的训练。

凤无俦复出，成为帝拓的新皇。当初在千里峰没能杀了他，我便料到他会再崛起。

只是这对我来说，影响已经不大，当初我算计他，也只是为了让天曜摄政王这个存在，被历史掩埋，只是要天下格局重新洗牌而已。他是不是成为帝拓的皇帝，对我来说并无影响。那时候疯了一样杀他，不过是因为我对洛子夜的心思罢了。

这期间，我听闻冥吟啸竟然治好了她，而她被治好之后，做的第一件事情，就是去找凤无俦。

那时候我觉得冥吟啸真傻！

真的。

同为情敌，或许我们之中，不会有人比他更傻。她就在他身边，爱着他。他居然要治好她，让她重回凤无俦的身边。这世上真有这么无私的人吗？或者冥吟啸立志要做个善人，做个好人？其实我懂，都不是。

只是因为，冥吟啸爱她的方式，与我不同。

我想得到她，而他只想要她好好的，要她心愿得偿，要她幸福。

相较之，我多自私啊。

我甚至想立即便出发，去帝拓离间他们。他们之间的关系，本就在冰点，只要我去，他们必定一拍两散。可这一回，我却拼了命地提醒自己，不要再去毁掉她的幸福。轩苍墨尘，你说过的，你当初算计她，是为了轩苍，为了百姓。如今你再出手，能是为了什么呢？

不过就是为你自己的私心。

我没出去，将利器打入自己的掌心，留在了轩苍皇宫。

后来知道他们和好，知道他们在一起了，我竟险些疯掉。百里瑾宸前来，救了我一命。

可也就是这时候，妒火再一次从我心头燃起，无声无息，直到再一次彻底将我吞噬。

我设计了处子血的局，想再为自己争取一次。可我再一次败了，甚至被凤无俦当众羞辱。做了这么多年轩苍皇帝，我学到最多的东西，除了谋算，还有一件更重要的，便是忍辱负重。

这些年不知忍下多少嘲讽羞辱，凤无俦的行为，对于我来说，并不算什么。

但有意思的是，洛子夜这时候来了，她想与我和解。从此不再敌视，却要我撤军，并配合她开一个什么会，记者招待会。

我心知这绝对不是什么值得期待的东西，可好不容易有机会，能令我与她之间的关系，有回旋的余地，我却舍不得错过。那时候我才意识到，自己竟有些像一个追求着执着之物的孩子，因为得不到，甚至对方一点儿善意都不再愿意给了，所以宁可毁掉。

可，一旦她愿意摒弃前嫌，哪怕是施舍一点儿友情，或者收回一些充满恨意的眸光，我也愿意……愿意为她做任何事。

我在那场所谓的记者招待会上，被她算计着出尽洋相，可我却没走。诸国的君王们，也时而同情地看向我，或许他们也觉得，我真蠢，已经发展成这样了，竟然还不走，还在配合她。

我也觉得自己蠢，可我甘之如饴。

因为她答应了，只要是愿意配合她澄清，以后我们就是朋友。

尽管我清楚，并不可能真正成为朋友，但至少，她不会那么恨我了。

萧疏影竟设计害她，可皇弟却爱极了这个女人。这样的女人，我不杀她，就已经是宽容，断然不可能让她嫁入轩苍皇室。可逸风一定要保她，于是我与逸风谈了条件。

娶了詹月情，圆房。

我想要萧疏影痛苦，让她为她对洛子夜的伤害付出代价。却没想到，这个女人却疯了一样，对着我嘶吼，她说，她生不如死，她可以死，可洛子夜恨着我，我一样生不如死，可我却扛着身上的责任，连死都不能。

她一字一句，竟字字都能刺到我心底，句句都能戳到我心中痛处。为何违背了和逸风之间的诺言，要她的命，还要她死得难堪？我想是因为恼羞成怒。

可萧疏狂杀了她，虽然没能让她痛苦地死，可也到底是死了，我可以不计较。

洛子夜的手里，有一些奇怪的武器。我一直想知道，那些都是什么。我也很清楚，如果我也拥有这些，将能令轩苍更上一层。我抓到了上官冰，正好萧疏狂也在我手里，找到了机会，能得到结构图。可我却一直犹豫着，没有动作。

那是洛子夜的东西，我真的能取？可这关乎轩苍的利益，机会就在眼前，我岂能放过？

也就在我犹豫的时候，我收到了凤无俦和洛子夜的婚讯。知道凤无俦竟准备了一场浪漫的求婚，洛子夜也为此十分感动，他们的婚期大概就在眼前。妒火之下，我用最卑劣的方式，逼得萧疏狂承诺开口。

可得到对方的承诺之后，我却忽然倦了。

我去了自己小时候养着花草的院子，这里被我封了多年，草木已经不是当年的样子，就如同我，也早就不是当年的样子。我在那里坐了很久很久之后，皇姐来了。

我告诉皇姐，我其实真的不想再破坏她的幸福，可是我忍不住，我忍不住心中的妒和怒。

我也不想伤害她，不想窃取她的武器，可轩苍的利益，就摆在眼前。

皇姐终于也不忍，告诉我，我可以任性一次，按照自己的想法做一次。

终于，登上皇位这么多年，这是唯一一次，我任性了一回，没有将自己当成一个皇帝。我放萧疏狂和上官冰走，也似完全忘记了那些武器的事。从萧疏狂的眼睛里，我看见了不敢置信。

其实我也不相信，有生之年，我竟也会有一次，将国家的利益，放在洛子夜之后。

可我也努力地告诉自己，只有一次，只能是这么一次。

她大婚，我带兵去了。去的路上我一直在想，我要不要出手，能不能出手。

婚礼那天，如今的墨子燿，当初的龙傲翟对我说，我与他，是最没资格破坏这一切的人。他这话一出，我对她的那些伤害，仿佛就在昨天，走马观花般，出现在我眼前。

墨子燿说得对，在场的情敌之中，谁都有资格来破坏，我与他最没资格。

我退到一边，目送她出嫁。从此她名正言顺地成为凤无俦的妻，为他生子，百年后与他同葬。

而我，轩苍墨尘，什么也不是。若一定要说是，那便只是一个她生命中，曾深深憎恶过的人。

时光荏苒，便是数年之后。

武青城被人动了手脚，挑起战争。洛子夜来找我。

我原本以为，她这一辈子都不会来找我，更遑论是独自前来，没想到她竟然就来了，大大咧咧，无惧无畏，灿烈如同当年的她，我初见她的模样。

她让我帮她。

可这件事情的确棘手。她却出言表示，坚信我能做到。

她这样相信我，我怎能让她失望？

我像个笑话一般，在两军交战的时候，说自己要讲求道义，等敌军渡河之后再交手。终于败得顺理成章，并以身中一箭来取得武青城的信任，为她达成了目标。

我心知这几年，我的身体早已不堪一击，这一箭之后，即便我这次侥幸不死，也活不到明年的这个时候了，可我还是这么做了。

那天，我倒在自己的血泊中。

只记得自己说了八个字：我为你战，我为你败！

百里瑾宸救了我，他让我好好养着，可以撑过这个冬天。

我请他去帮武青城，以他所需的帝王心头血做回礼。他没多说什么，算是应了。但我也知道，即便我不求他，洛子夜需要他帮武青城，他一样是会帮的。毕竟，他也那样爱洛子夜。

武青城的事情终于解决，我也启程回京城。

却在回程的路上遭人围杀，我也不曾想到，申屠苗竟然愿意以命救我。我还记得当初在轩苍皇宫，我那样折磨她。我也还记得当初，我是怎样想将她当成洛子夜，用来欺骗自己，可终究没有成功。

是否会死在这些刺客手中，我并不在乎，可我却不能这时候死，若是这时候死了，逸风定然会将这笔账，算到龙昭头上，到时候轩苍与龙昭必定不死不休，而龙昭是她的母国。于是，我答应了申屠苗的条件。

我回到皇宫，几日之后，也收到申屠苗的死讯。

我下令将她葬入皇陵，在我皇陵之侧。为什么这么做？因为她说她爱我。而我也爱洛子夜，我那么希望自己死后，能葬在洛子夜身边，可我明白那是不可能的。所以，就当是圆了申屠苗一个梦吧，那感觉，就像给自己圆梦一样。

没过多久，我收到消息，凤无俦和洛子夜被设计，冥吟啸为了救他们死了。

彼时我在轩苍的皇宫里养病，虚弱的身体，已经让我无法站立，终日坐在轮椅上。我知道她一定很难过，可我无法再为她做什么。

那年开春，我知道自己大限将至。

我写下一封遗书，让人交给洛子夜。我说，这一生我欠她良多，闻说人死后，都会饮下一碗孟婆汤，忘记前尘往事。死后我不饮，我会记得今生，来世偿还给她。

其实我清楚，或许她来生，根本不愿意再见到我。

可我还是忍不住这么说了。

我没来得及看见这一年的桃花，便结束了我这一生。

洛子夜，如果真的有下辈子，我希望自己只是一个普通人，或者生来就是强国的君主，不用为了扶持起一个弱小的国家而算计一生，算计你。

若真能这样，请神能赐我们来生相遇。

因为只有那样，我才有资格。

说我爱你……

番外四

嬴烬——冥吟啸

小时候，母后便喜欢抱着我，指着天上的星星，对我说，我就像星光一样璀璨，是世上最纯粹的光芒。

母后很爱我，我清楚。我也清楚她并不快乐。因为那个坐在皇位上的人，并不是我的父皇，而是我的皇叔，他杀了我父皇，窃取了皇位，还霸占了母后。而母后为了保护我和弟弟，才忍辱负重，做皇叔的女人。

我也知道，皇家不能有双生子，所以我的双胞胎亲弟弟，还在暗不见天日的地窖中，过着人不人鬼不鬼的日子。

那时候我便在心中暗暗发誓，我一定会杀了那个坏人，夺回我父皇的皇位，像个男子汉一样，保护母后和弟弟。

皇叔对我终究有戒心，偷偷遣人给我喂下蛊毒。而幸运的是，我竟咬牙扛过了万蛊之王的毒，将之处理掉，并时常假装毒发，麻痹皇叔。

我装作无害的样子，在宫中活了多年，却一直在暗中培植自己的势力。我也会悄悄地，在夜深人静的时候，偷偷去地窖看弟弟。地窖很黑，弟弟说他很害怕。那时候我总会抱着他说："不怕，哥哥会救你出去的。"

对，我一定会救他出去的。

许多年过去，我发现皇叔看我的眼神，逐渐变化。那其中有垂涎与欲，我心知他在想什么，却隐忍住屈辱，假装浑然不觉。

我一步一步地，蚕食着皇叔的势力，将那些将军都纳为己用。一切悄无声息地进行，可终究还是被皇叔察觉。他心知不是我的对手，心知回天乏术，便想毁我声名，羞辱我，大概是想着临死也能拉着我垫背，让我一生活在耻辱之中，或者还能借此磨灭掉我的意志，将我除掉。

他用冥吟昭的性命威胁，我怒极，却无可奈何。

那一夜我计算好了每一步，倾覆皇宫，夺取他手中的权势。我永远不会忘记，他那双让我恶心的手，在身上游走的感觉，像是被毒蛇攀爬。所幸，我也终究在他未得逞之时，就将他斩杀。

可我没想到，母后竟会在这个时候，从门外闯入。

我不知道那时候，母后心中的我，是什么样子的。

我只知道那时候，她眼中的我，衣衫不整，与那个老男人纠缠在床榻上，身上还有那个男人留下的吻痕。一副狼狈而又无耻的样子，像是青楼里最下作的小倌。

母后指着我，她不敢置信，气得面色发青，唇都在颤抖。

我顾不得自身情绪，匆忙下床，想要解释，可还没来得及说出一个字，母后便怒斥我："你竟然为了皇位，躺上杀父仇人的床！冥吟啸，我没有你这样的儿子，最美的星光，你侮辱了星光！"

她冲入密道，而我，从小在皇叔的监视下生活，根本没有多少学武的机会，会的仅仅是些皮毛，即便尽了全力，也没能拦住她。

那扇门紧闭，我深知母后刚烈的性情，更深知她这么多年忍辱负重，都是为了我和弟弟。她这般误解，打击之下，定会轻生。

我疯了一样地捶打那扇门，手上鲜血淋漓，却丝毫不感觉痛。

我知道，这扇门此刻如果无法打开，便会成为我与母后之间的永诀。可那扇门那样坚固，我无论如何也无法撼动分毫，我一生里，从未有过一刻，这样无助。捶烂了手，也未能打开那扇门。找遍了房间，也未曾看到机关。

无能为力之下，我跪在门前，哭求她出来，却没得到任何回应。

后来，搜遍了整个皇宫，找到了密道的出口，我终于再次见到了她。

却已经是一具冰冷的尸体。

我的母亲，倾尽了一切保护我的人，就这样死了，而我是害死她的凶手。

我不知道我是如何从地上爬起来的，也不记得自己是如何站立的，更不记得自己接下来做了什么。却只在很久之后，从我手中大将的口中得知，那一晚的我疯了，屠杀了三百多人，焚烧了帝王寝宫。

不听任何劝阻，也听不进任何劝阻。

皇叔已死，我该是下一代帝王，众人从刚开始的退让惧怕，到最终无可奈何地将我拿下，关进了地牢。

冰冷的锁链加身，我却没有丝毫感觉，从此在地牢里终日酗酒。逃避现实，也不再记得现实。

我忘记了今夕是何时，忘记了我为什么被关在这里，甚至忘记了自己是谁。

蓬头垢面，如同一个疯子一般，被锁在地牢里，整整三年。

不知道是谁代替我坐上了帝位，而凤溟需要一个皇子来代替我，活在世人面前，于是皇弟被放了出去，以我的身份，处在朝政之中。

我以为我将这样过一生，这样度过害死了自己母亲，屠杀了那么多无辜的人的，混沌罪恶的一生。

可那天，皇弟出现在我面前。

他说："皇兄，我想做皇帝。"

我抬头看向他，透过自己凌乱肮脏的发，看向他脸上的表情，看向他那张与我一模一样的脸。时光忽然定格，我想起来多年前，阴冷潮湿的地窖里，是我抱着他，告诉他，哥哥一定会救他出去的。

他是我唯一的亲人，若母后还活着，一定也会很宝贝他，因为他不会像我一样罪恶肮脏，而我也永不会让他变成我这样，不会让他永远处在弱小的位置任人欺凌，不会让他望着想得到的却终生难以企及。

我说："好！"

那是那三年里，我开口说的第一个字。

我听见自己声线嘶哑，难听得如同乌鸦之音，才忽然想起来，这些年疯癫沉默里，我竟然已经快忘记如何开口说话了。

我让他取走我腰间的玉佩，交给那些对我忠心耿耿，将我藏在这地牢里，没被

新皇察觉的将军。

我也在三日之后，在将军们的信任下，走出了这困了我三年的地牢。

再一次倾覆皇权，对我来说并不难，而我的手段也越见狠辣，对敌人毫不留情。

这过程中我遇见了我师父。他是不世的高人，说我有绝佳的根骨，可偏偏败在从小没有学武，于是失去了修炼上古神功的机会。从他的神情中，我看出来他是有办法的。

我问他，没有其他的可能吗？

他却先问我："孩子，你相信轮回之说吗？"

轮回？我愕然看向他。

他说："的确有一种武功你能学，它叫御龙之殇，有排山倒海之能，只是这种武功违背武道，所以反噬极强，你打出去，对敌人造成多少伤害，对你自己同样如是，甚至更甚。如果没有极强的意志力，交战的时候，你反而会因为内力的反噬，死在敌人的前面。"

他还说，上古传说中，因为这种武功违背武道，所以修炼了它的人，会受到上天的惩罚，在死后一切都散去，不会有来生。

不会有来生？

所以他问我，相不相信轮回之说。

我笑了，相信如何，不相信又如何。就因为我武功不济，当初才没能拦住母后，也没能用内力撞开那面墙，那样的无助之中，我没能保住我生命中最重要的人。

这样的悲剧，我不想再有第二次，也承担不起第二次。

我说，我要练，死在敌人之前无妨，没有来生也无妨。

从师父的眼神里，我看见了不赞同，也看见了无奈，但他从我的眼中看见了坚持。他叹了一口气，终究遂了我的心愿。

我没让他失望，没过太久，便练成了御龙之殇，掌握精髓。可他却终究怕我因用这武功而死，在我体内留下五楮钉，限制我用御龙之殇最后一重。师父说："一旦你用了，你就会全身经脉尽断而亡，我将它留在你体内，无法轻易取出，你好自珍重。"

他说完这些，便走了。

我拜谢了师父，也在那时候完成所有布局，攻入皇宫。

我不知道那时候在帝位上的，是我堂哥还是堂弟，甚至是叔伯，或是其他。我只记得，当我再一次攻占皇宫，他不敢置信地望着我。他知道有双生子的事情，他原本以为我已经死了，他更知道如果我活着，他不可能做这么多年皇帝，可他不懂，我为何放任他做皇帝，又为何忽然出手夺回。

他不懂，这些也都不用他懂。

从我手中接过玉玺的那一天，冥吟昭很开心，而我也该功成身退。

我离开了凤溟的皇宫，开始浪迹天涯，去寻找最美的星光。有人说宝石最美，于是我爱财如命，偏爱宝石，相信我终有一日，会寻到像星光般璀璨的宝石。那是母后眼中，最纯粹的光芒，也会是我唯一的救赎。

而不知从什么时候开始，武青城就已经如影随形地跟着我。他是龙昭尊贵的皇子，他以为我不知道他的身份。其实我清楚，但并未点破。这样寂寞的人生，有一个人陪着，其实也很好。哪怕我知道，他对我有那样的心思。

那些年里，我也曾暗中去过当年宫中被我屠杀的那三百多人的家中。

我敛尽天下之财，连武青城都不知道，其实那些钱财大部分都被我送入那三百多人的家里，只余下一小部分，保存在武青城手中。我知道这样的补偿，对于那些家庭来说，什么用都没有，换不回失去亲人的悲痛，可除此以外，我也不知道自己还能为他们做些什么。

人的身上，一旦被打上罪恶的烙印，就再也无法消弭，不管做再多弥补，罪恶也终究就是罪恶，无法被原谅，也永远不能得到救赎。

而我没想到的是，冥吟昭，我的弟弟，竟开始一再派杀手来杀我。我清楚，他是怕我夺走他的皇位，他将我视为他最大的威胁。

可即便如此，我却还是不忍心对他下手，也不忍心苛责他。我进了相思门，要为冥吟昭守住皇位，那么离开了凤溟，我也需要一个地方来打探各方消息，青楼无疑是最合适的地方，何况相思门也的确是一个能敛财的好地方。而像我这样罪恶的人，似也只配待在这个地方。

这一待，就是三年。

这些年里我依旧在喝酒，却练出了越来越好的酒量。不再像刚开始那般，能借助喝酒，让自己麻醉，却反而喝到吐血，也只是越喝越清醒，越清醒却越想喝。我总觉得再多喝一些，也许就可以醉了，去到一个虚妄的世界，远离令我憎恶的现实。

武青城费尽了心思劝我，却终究劝不动。

可出乎意料，在相思门自我放纵般守了三年，我竟然等到我此生的幸运，也是此生的救赎。

洛子夜，那么一个好色、特别、善良，也耀目的女人。

我欠下洛小七的人情，应了他的条件，用天子令的事情算计她，造成了我跟她错过的开始。

那时候她生我的气，原以为一生都会是敌人，却没想到，她竟然会对我好。

我永远都不会忘记那天晚上，在那个屋顶。

她对我说，她会为我找到星光般璀璨的宝石。那时候月亮星星都在她眼底，我知道自己看见了世上最美的光芒。

我也知道，我爱上了她。她就是我心里，最美的星光。

我小心翼翼地爱着她，为她戒了酒，生怕自己做错了什么让她不开心，生怕自己任何一个举动令她生厌，生怕哪里做得不够周到让她觉得我不够好。除去她寻我借钱，我假装没钱那一回，我几乎没在她面前犯下任何大错。

可最终，她喜欢的人却还是凤无俦。

会不甘吗？

其实是会的，我更不甘的是，在她假扮着男人，以为我是断袖，问我能不能接受女子的时候，我没能想清楚她的意图，也没能说清楚我的心意，以至于我们彻底错过。

那些年里，她看似很讨厌凤无俦，可我却又从她的眼睛里看出了在意，她若是不在意那个男人，又岂会如此“厌恶”呢？我与凤无俦争，看着她对凤无俦越来越在意，我心中也越来越没底。

终于，她坦诚自己喜欢的不是我，她让我退，她说希望我退。

我其实也想退，我不愿意给她造成任何困扰，可我知道，我退不出去。于是我笑笑，故作大度，故作无所谓，假装答应她，我退，反正我爱得也不深。

是啊，爱得不深，只是入了骨髓。

再也剔除不掉，不由我操控。那便假装不再爱吧，只默默护着她就是了。

而这段时日的我，也那样庆幸，我学会了御龙之殇。在她身边的时日，除了用这武功与凤无俦争风吃醋，更多的是用来保护她。

原本以为我的退让，换来的会是她的幸福。没想到，却迎来了轩苍墨尘的算计。她被算计得那样狼狈，我看见她浑身是血，被凤无俦背着，从天曜皇宫逃出来。

我看见她奄奄一息，躺在床榻上，不省人事的样子。还有她醒来便哽咽着问我，凤无俦在哪里。

那时我心中痛极、恨极。我所珍视的星光，我舍不得她受一点儿委屈，舍不得说出半句伤她的话，却被这群人害成这样。

若非我离开凤溟，若非我放下手中权势，失去保护她的倚仗，是不是……她就不会变成这样？

我决定回到凤溟，重掌王权。我决定要那些伤她、害她的人付出代价。我要他们用流不尽的鲜血，为他们对她铸成的伤害赎罪，他们在意什么，我就要毁掉什么。如果人间是炼狱，我就留在炼狱里陪着她，也将那些人都拉下来，让他们尝尝痛不欲生的滋味！

千里峰的那一局，小夜儿被轩苍墨尘喂下了禁药，她醒来之后，看见的第一个人是我。

那时候她看我的眸光，充满依恋与爱慕，美得就像是一场梦境，让我几乎就要忘记，她失去记忆之前，曾经求我治好她。

可我终究没有忘记，也不忍忘记。

我想要她快乐，想要她所有的心愿都能得偿，想要她与她爱的人幸福，哪怕她爱的人不是我。

我帮她找解药，也为她报仇，屠杀墨氏百姓，扬言搬走墨氏九鼎，报复墨子燿！那一年里，我再一次化身杀人不偿命的魔鬼，可与当年不同的是，那时候的我失去了神志，而这时候的我比谁都清醒。

而这时候的她，跟在我身边，像个小孩子，眼里只能看见我，心里只有我。她偶尔会提起凤无俦，会让我觉得心痛，但更多的时候，她还是只在意我的。

百里瑾宸也在帮忙找治好她的药，他也并不能理解我竟想治好她。我知道，如果他是我，他不会像我这样做，可他不是我。每个人爱的方式不同，我只做对她好

的事，和她希望我做的事。

治好她，花了数月时间，也为了取得能治好她的药材，我放过了墨氏。

我每日亲自给她煎药，而失去记忆的她，也时时刻刻守在我身边。那段时日里，她曾主动对我承诺，她永远都不会离开我，她还主动说过，她只喜欢我一个人，永远都不会再喜欢别人。我知道这只是一场梦，我知道这场梦终究会醒，我也知道她说的这些话，她清醒后都会反悔。

可我却还是那样庆幸，我觉得上天对我是这样仁慈，至少，它给了我一段美好的回忆，可以用一生去怀念、珍视。

那时，我拿回王权为她报仇，保护她这件事，到底激怒了冥吟昭，令原本就想除掉我的他，更是对我恨之入骨。

而这段时日，他也更加荒诞，竟与妃子光天化日之下，便在宫中野合。小夜儿无意中看到这一幕，那时候她懵懂的眼神看向我，她问我，如果我要跟她永远在一起，是不是也要做这样的事。

她扯着我的衣角，麋鹿般的眼神，令我心头的欲火涌动，我知道我此刻若是要她，这时的她一定愿意。

可我也知道，一旦她清醒，这对于她来说，无异于一场噩梦。

最终，我只是抱紧了她，压制住自己心头的火，将所有自私的念头在心中碾碎。我说，我不能伤害她。她懵懵懂懂，不知道我在说什么，可到底没有再多问。我抱了她一整晚，什么都没做。

她常常缠着我陪她睡，可我怕控制不住自己，终究不敢逾越。

慢慢地，她能记起凤无俦的时候越来越多，提起凤无俦的时候，也越来越多。

我知道她就要醒了，在我每日熬好的解药之中，她将要记起所有的事，而我小心珍藏的这一场梦，也要碎了。我不知道她哪一天会醒，可在一个晚上，当月光照在她脸上，我做了一件很不光彩的事，偷偷地，剪下了她一束头发。

小心翼翼地珍藏起来，就算她醒了，就算她离去，也还有这一束头发陪着我。这件事情我不曾告诉她，我想我永远也不会说。

她终究还是清醒了。

然而，她没有马上离开，而是在凤溟发展了几个月势力。我想帮她，她却说不用，我便没再插手，只暗中查访那些加入龙啸营之人的身世。

她将扩充后军队的名字改为龙啸营，我知道这是因为我，因为我的名字里，有一个“啸”字。但也并不是因为她爱我，而是因为感激。

可即便只是这样，我还是偷偷欢喜了很久。

我护送她回到了凤无俦的身边，我甚至在凤无俦的宫中，听见他们欢好的声音。这是我一心求的结局，这是我费尽心思想为她求来的幸福，可当这一切就在眼前，我忽然飘忽，找不到自己的位置，也再也没有任何位置。

母后死了，她和凤无俦在一起了，冥吟昭一心想要我死。

而冥吟啸，存在的意义，是什么呢?

因为我，她和凤无俦之间有了误会，我选择离开，不再给她造成困扰。

却没想到，很快因为一场刺杀，她再一次去了凤溟，也卷入了凤溟的世家纷争之中。在她的计策之下，一场兵不血刃的战斗展开，我们赢得很轻松。可从慕容震的口中，我却再次听见了我所做的恶事。

将皇位交给什么都不懂，却空有一个皇帝梦，不愿意听我任何教导的皇弟手中，将凤溟的江山和百姓，都放在皇弟手中，使得凤溟国力一日不如一日，使得这些原本对我忠心耿耿的人，都失望透顶。

我从轻处置了慕容震，没有取他性命，因为我心知他做这一切，不过是为了凤溟的黎民百姓。

而那时候我没想到，刚刚才被我救下的冥吟昭，竟会在这时候，将刀子插入我的腰腹。

他将我与他的关系，逼到绝处。那时候我清楚，即便我再一次原谅他，可已经恶化到这般程度的关系，也再难修复了，因为他恨我，恨到极致，他知道当年的一切，他知道母后是我害死的，他甚至知道我是一个肮脏污秽的人。

洛子夜打了他。她愤怒地嘶吼，竭力为我解释。

而冥吟昭看着我倒下，冷硬的心也似终于软化。有生之年，我再一次在他眼中，看见了关切我的眼神，不再是从前那般，只想要我死的恨。我听见了他叫我“哥”。

那时候我更确信，洛子夜，她真的是我的救赎。

我挺过了这一劫，没死。

却也知道洛子夜思念凤无俦，她想早点儿回去，早点儿回到那个男人身边。我没有留，也不忍留，便让她走。

那时候冥吟昭也走了，不再恨我之后，他的皇帝梦似也醒了，成熟了许多，决定自己出去成长。

洛子夜担心我，说了很多话劝慰我，我只知道她会担心我，如果我死了，她一定会难过。所以我绝不会死，只叫她放心离开。

然而，接着我很快便知道，她落入了申屠苗和萧疏影的圈套。

被逼用自己去换她，我再一次体会到那样恶心的感觉，男人的手在自己身上游走，可那时候我竟然庆幸，幸好我来了，幸好面对这一切的不是她。

凤无俦来得及时，算是救了她，也救了我。

那时候我不知道自己有多狼狈，却只觉得难堪。我没等她醒来，就匆匆离开。因为不想面对她醒来之后，愧疚、同情，抑或是心疼地看我的眼神，也因为不想从她的眼神中，看见那样难堪的自己。

而我为她做的这件事，也终于激怒了武青城，他怒而离去。

从此我身边，便只剩下自己一个人，还有那些我极为珍视，收藏着的珠宝。

冥吟昭离开，我只得担起帝王之位。

我拼了命地处理政务，也曾为了她与龙昭为敌，不再售卖兵器给龙昭，却也渐渐地，一步一步，将一个日渐没落的凤溟撑起，让它真正走向强国该有的高峰。

那时候有不少人，都说凤溟的皇帝冥吟啸，登基三年，不鸣则已，一鸣惊人。我都只是笑笑，未曾在意。

有一日，在藏书阁，我无意中翻到一本书。

竟有御龙之殇的相关记载，记载了关于御龙之殇的一切，关于反噬，关于轮回，关于无来生。也记载了压制人使用御龙之殇，必须用五楮钉，更记载了将五楮钉从我身体中剥离的方法。

我原本以为哪天我要解开这束缚，必须找到师父才行，却没想到，竟透过这一本书发现了解决之道。而这一次的发现，或许是冥冥之中的定数。

小夜儿与凤无俦成婚了。

我原本不想去，不想亲眼去见证，她成为别人的妻，不想去面对那锥心之痛。可我又清楚，诸多情敌之中，尤其轩苍墨尘，他性格极端，在这样的时候，他或许会忍不住出手，破坏这一场婚礼。

这是她好不容易得来的幸福，我怎么能容许别人破坏？

于是我去了，带着重兵，风风光光地送她出嫁，也亲眼看着仪仗队走远……

从此她成为别人的妻子，与我再无可能。

而那一日里，她曾经说过不会离开我，不会喜欢别人的承诺，竟残忍地在我脑海中一再盘旋，最终我闭上眼，将一切湮灭在无声隐痛中。

两年过去，我每一日都很想她，很想很想。

她从来没来看过我，我也不敢去找她，别国的君王造访帝拓王后，传出去她的名声会如何？成为凤无俦王后的她，是否又会因为我的不请自来，再次与凤无俦之间生出嫌隙？这些我都不能不考虑。

她好不容易求来的安稳，我不能破坏，也不敢放纵自己做出有丝毫可能破坏这安稳的举动。

所以我只能默默想着她。

去她曾经睡过的寝宫入睡，捧着我当初悄悄剪下的她的那一束发，去做一场美梦，梦见她就在我身侧。

天下动乱，武青城被药物控制，而我也终于再看见她。

还是当年那般模样，还是我爱的那个样子。轩苍墨尘重伤，活不了太久，她心情很复杂，我看得出来她的难过。尽管她恨轩苍墨尘，可她还是为他难过。这就是我的小夜儿，那样敢爱敢恨，内心却也善良柔软。

我说，这是轩苍墨尘的选择，劝她不必难过。

就像这些年来，我为她付出的这些，也都是我的选择，她也不必为此愧疚一样。只是这句话，我没说。

她终于心情好了些，动乱在即，也不容她再想其他，很快她便启程离开。

我没想到，再一次见她的时候，竟会是我与她的最后一面。

知道她陷入危机，我策马上山。

路途中，我听见山石爆炸的声音，感觉到山脉晃动，我知道这座山即将倒塌。我若不想一起被这山埋葬，就应该立即掉转马头，离开这里。

可我不能走，因为我知道，小夜儿还在山上。

她看见我的时候，疯了一般叫我离开。但事实上我与她都清楚，山已经要塌了，这时候就是策马离开，也来不及了。而就算我能一个人安然离开，她在这里，凤无俦在这里，我又怎么可能走？

也许这世上真的就有一种东西，叫宿命。

我无意中翻到那本书，知道了解开五楮钉的办法，便能使用御龙之殇最后一重。而御龙之殇的最后一重，也正好有排山倒海之能。

我对她说，这是我最后一次保护她了。

真的，真的，是最后一次了。

因为修炼了御龙之殇的人，是没有来生的啊。如果这世间真有轮回，我连来生再遇见她的机会，都没有了……

我用了御龙之殇的最后一重，也断送了自己的性命。

她说她没有为我找到星光般璀璨的宝石，我不能死。可她不知道，那宝石我早就找到了，就是她，也只有她。

凤无俦曾经说，我与她的缘分，是他借给我的。这时候我也信了，当初他若是不下令追杀她，我怎么可能遇见她，又怎么可能寻到我心中最美的宝石？借来的，终究是要还的。

我不敢死在她面前，我怕她痛一生，所以打昏了她。我知道她一直想将自己的内功，练到至高境界，我便将自己最后一丝内力传给她，希望能帮到她。

我让武青城带我走，不敢再回头看她一眼。

回凤溟的一路上，我身上的经脉，一寸一寸断掉。

我也一直在吐血，我从来不知道，人有一种死法，能这样痛，肉体上痛到极致。可我却撑着最后一口气，想回到故土。曾经有那么几年，我那样不愿意回去，可人到死的时候，不能葬在心爱之人身边，便终究还是会希望归根。

可我知道，我回不去了，我撑不回去了。

武青城说，以后帮我保护洛子夜，把我葬入龙昭，葬在他身边好不好。

我忽然想起来这些年欠他的，最终一笑，便答应了。

百里瑾宸赶来，想救我，最终也是无能为力。

他问我有没有遗言要带给她，我说希望她能放下我的死，和凤无俦幸福。他问我，不求来生吗？

他说来生，我笑了，没有答他。

就是因为知道，我没有来生，所以这一生我才会那样拼了命地对她好啊。我怕只要留下一丝遗憾，便再也不能弥补了，世间的永生永世，世间的万载轮回，我都没有机会弥补了。

因为，冥吟啸是没有来生的人……

我轻笑着闭上眼，不知道自己何时慢慢没有了呼吸，只知道死去的时候，我似乎做了一场梦，梦见相思门中，我在沐浴。她如初见一般，冒失地闯了进来……

梦里的我，这一次没有再错过，抱紧了她……

从此不再放手。